消された作家カイ・フン

植民地主義・民族主義に抗う「小さな物語」

田中あき

松籟社

目次

消された作家カイ・フン

凡例

- 注記は各章ごとの通し番号とし、各章の章末に記載する。また引用には、適宜（中略）を用いる。
- 引用文内の訳注・補注などは〔　〕で囲む。
- 孫引き引用をした場合には、原本・原典とともに、それを一次引用した著作物の出所を明示する。
- ベトナム語の訳出に関して、漢字由来のベトナム語（漢越語）から直訳しているものがあり、日本語の熟語とは若干違和感を感じる訳出になっている。
- ベトナム文学や言語および文化に関して、hiện đại や hiện đại hóa の直訳は「現代」と「現代化」となるが、日本の読み手に分かりやすいように、その時代が示す「近代」および「近代化」と記す。
- ベトナム国内ではインドシナ戦争およびベトナム戦争を、抗仏戦争および抗米戦争と称するが、本書では「抗」であることを十分に認識した上で、対仏戦争、対米戦争と記す。
- 自力文団のメンバーで政治活動に関わった者の名前については、他の論文の前例に倣い、原則として文芸活動ではペンネームで、政治活動ではペンネーム或いは本名で記載する。
- カタカナでチュォン・チンと表記される人物が二名存在するが、共産党の理論家（Trường Chinh）は長征《チュォン・チン》、文芸評論家（Trương Chính）はチュォン・チンと記すことで、その判別を図る。
- ベトナム語の表記に則って『風化（*Phong Hóa*）』『今日（*Ngày Nay*）』を「新聞」と記す箇所もあるが、これらは「文芸誌」の性格を有している。よって、本書には二つの表記が見られるが、内容としては同一のものである。

・ベトナム語参考文献の略字NXBは、出版社（Nhà xuất bản）の意味である。

・フランス語参考文献のCAOMは、フランス南部エクス＝アン＝プロヴァンス市（Aix-en-Province）にあるフランス海外公文書館（Centre d'Archive d'outre-mer）の略字で、ここにはフランス旧植民地に関する資料が収められている。

・本書に掲載する『風化』『今日』の風刺画をはじめとする当時の新聞・雑誌に関する画像の一部は、南カリフォルニアにあるベトナム系新聞社「ベトナム人（Người Việt）」（https://www.nguoi-viet.com/ThuVienNguoiViet/thuvien-NV.php）や、ベトナム国立図書館（http://baochi.nlv.gov.vn）およびフランス国立図書館電子図書館Gallica（https://gallica.bnf.fr/accueil/en/content/accueil-en?mode=desktop）から取り出したものである。

消された作家カイ・フン——植民地主義・民族主義に抗う「小さな物語」

序論にかえて　ベトナムの植民地的近代を生きた作家カイ・フン

ベトナムにおける植民政策

「食民政策」――こう書いたからと言って誤植ではない。この言葉は仏領期ベトナムに生きた人々が「植民政策」に対して抱いていたある理解を表している。ベトナム語で言うならThực dân《トゥックザン》。このローマ字表記の国語《クォックグー》（ベトナム語）は、「食民」と「植民」のいずれの漢字も当てはめられるため、日本語話者にとってもこの両義性はいくらか響くところがあるのではないか[1]。このアイロニカルな表現が、現地の民を「食民《カンニバル》」の対象としてきた西欧植民地主義の「植民政策」の本質を暴いている。次ページ図1のグエン・ザー・チー（Nguyễn Gia Trí, 1908-1993）による風刺画などもそのことを示唆している。

植民地主義においては、外からやってきた植民地支配者は、アプリオリに現地の人々を観察する者として現れる。まなざすこととまなざされること――この弁証法は、サルトルやファノン以来、常に植民地主義の権力の形として言い表されてきた。しかし、常にまなざされる側、「即自存在」であることを強いられる側に置かれた被植民者であっても、現地に生きる民衆は、日々の暮らしのなかで支配者をしっかりと観察している。植民地当局によるありとあらゆる抑圧と暴力を被る日常のなかで、その支配者を冷静に見つめ、嘲笑している。「植民」と「食民」の二重性はその一例である。さらに、フランス植民地当局によって推し進められたベトナム語のローマ字表記化[2]、すなわち国語《クォックグー》が、そうした二重性表現を可能にしているとするなら、それはなおさらの皮肉かもしれない[3]。抵抗の手掛かりはそこにも潜在していた。

図１　グエン・ザー・チーによる風刺画
Ngày Nay – Kỷ nguyên mới, Nº.2, 1945/5/12.

植民地主義は、政治的、経済的に理不尽な抑圧であり収奪であるだけでなく、身体性や感受性のレベルにおいても過酷で残酷な暴力として作用する。植民地主義は言語文化のレベルにおいても、ひとびとに隷従を強い、そのことが当たり前となる象徴体系を作り出す。しかし、そのもとに生きるひとびとの日々の痛みや傷は、そこにただ受動的な痕跡を刻むばかりではない。彼らはまさに自分たちの生きる言葉を介して、自分たちに与えられた位置づけを転倒させ、自己を再定義する可能性を模索し、そこに新しいエージェントとしての自らの世界を構築しようともする。脱植民地化の過程においてあらゆる地域の自生的な言語が解放の過程に深くかかわるように、ベトナム語による文学表現もまた、そうした戦いのアリーナを準備してきた。とはいえ、その道のりはきわめて困難なものであった。

ベトナム語作家カイ・フン

本書は、ベトナム近代史においてベトナム語で書いた作家のなかでも、筆者がとくに重要であると考えているカイ・フン（Khái Hưng, 1897-1947[4] / 本名：チャン・カィン・ズー、Trần Khánh Giư）[5] という文学者の営みを、日本語圏の読者に届けようとしている。カイ・フンは、ベトナム近代文学の形成に主要なかかわりを持った文学グループ自力文団の支柱となる存在であり、総計おおよそ八万七千部を売り上げた当時のベストセラー作家であった。[6]

自力文団は「西洋の学問＝近代的な教育＝新学」を身につけた知識人の集まりであった。彼らの文学活動が旧習を打破し、「我」と「個」を前景化させ、それによって近代的自我が確立していったとされる。日本において、カイ・フンの文学作品はすでに数冊日本語に翻訳されている。[7] ところが、彼と彼の仕事は、ベトナム国内外において、不当なまでに評価を与えられずにいまにいたっている。そうした極端な黙殺や冷遇の理由は、もちろん、構造的に西欧植民地主義によるコロニアルな、そしてポストコロニアルな言説空間の支配が第一にはあった。現在にいたっても西洋の普遍主義的な文学的カノン《正典》は、植民地の作家たちに関心を持つこと自体を妨げている。第二に、カイ・フンに関しては、社会主義文学に関する政治と文学のアポリアが、この作家の存在の足跡を消去する役割を果たしている。つまり、インドシナの地で猖獗を極めた植民地支配者にとっても、植民地解放闘争を勝ち抜いた現在の正統的なイデオロギーにとっても、カイ・フンという力量のある、ベトナム近代の苦しみを照らし出す作家は、厄介で除けてしまわなくてはならない存在なのである。

本書はそうした現状に抗って書かれている。筆者はなぜカイ・フンを論じるのか。それは、彼の作品のなかにこそ、まなざされる植民地の犠牲者たちがまなざす側に転じるぎりぎりの場面で起こった物語があるからである。植民地主義と戦いながら、しかもそれが別の硬直したイデオロギー的な主体を作ることに切り縮められない貴重な瞬間を、可能な限り丁寧に捉えたいからである。

ベトナム語（国語《クオックグー》）作家カイ・フンは、イデオロギーの世界の物分かりのよい書き手になるには、あまりに多くの文化的要素の交錯点に立っている。彼は、ベトナム・中国・西洋（越・漢・洋）の知的素養を備えた作家だからである。一方では古き越漢の伝統と美意識を身に着けていながら、それがけっして保守主義とはならず、むしろ同時に西欧の知的な蓄積にもしっかりと根を下ろして思考する作家であった。彼が幼少時代に、奇妙にも「間《ズア》」という名前で呼ばれていたことがそれを示唆しているかのようである。カイ・フンは、それぞれの言語・文化・民族・宗教に囲まれた異種混淆の空間に身を置いて、思考を重ねた。それだけではない。新と旧、右と左、理想と現実、精神と肉体、私と世界、個人と団体、善と悪……、彼はその都度そうした「あいだ」で引き裂かれ、「あいだ」で苦しみ、そしてまた、「あいだ」を架橋しようとした知識人であった。だから、彼をただ作家とだけ呼ぶことも物足りないのかもしれない。実際に彼はしばしば思想家とも評されたからである。(8) それだけカイ・フンの鋭い洞察のひとつひとつが、ひとびとにとって導きの力をもったときがあったのだ。彼の文章はユーモアとアイロニーに満ちており、いまも、数少ないとはいえ、そのテクストに近づくひとびとを魅了しないではいない。

ベトナムのコロニアル状況——一九三九年二月の新聞コラムより[9]

植民地支配は常に過酷な暴力である。被植民者からあまりに多くのものを奪う。だが、それはいつも苛烈な顔をし続けているとはかぎらない。たとえば、タヒチに魅了されたゴーギャンがそうであったように、コロニアルな空間のなかの存在を特異で無垢な何かとして賛嘆するエキゾチズムという姿となることもある。しかし、これもまたコロニアリズムの文化的支配の一類型である。インドシナ半島をめぐっても同類の言説が存在する。一九三八年に『安南〔ベトナムに対する旧称〕の昔話と伝説（*Contes et légendes du pays d'Annam*）』[10]という一書が、あるフランス人の植民地作家によって改訂されて（植民者側の視点から編集・リライトされて）世に出たとき、カイ・フンはエキゾチズムそのものの典型例を突きつけられた。この書は、同時代における植民地支配者に、またベトナム人知識人に注目されていた。というのも『安南の昔話と伝説』の美意識は、植民地支配下の文化状況の宿痾を晒した言説であったということができるからだ。カイ・フンは怒りを込めて書いている。[11]「ハノイで生まれたものでもパリで生まれ出たものでも、〈人間〉性を無くした文学はもはや文学ではない。このような〈外来〉（exotique）性を前面に押し出した文学作品には、我慢がならない」。フランス人作家が、〈フランス人〉植民地作家の植民地〉を、まるで誰も侵すことができない神聖な土地であるかのように扱う倒錯を、カイ・フンは何よりも問題視している。カイ・フンのメッセージはこうであろう。その神聖な土地に侵入してきたのはまさしくあなたたちフランスではないか。にもかかわらず、フランスの作家が、植民地ベトナムを、誰も侵害することのできない土地のように崇める荒唐無稽さに、あなた方は思い至らないのか。なんという倒錯であることだろうか、と。とはいえ、そのエキゾチシズムを拒絶することは、ただ文化を拒絶するという単純な戦略では応答できない。「あいだ」の作家であるカイ・フンは、ベトナムの社会環境とは異なった、フランス文学や中国文学に描かれた事物の色彩や形象に、その都度強く惹かれてもいた。それだけではない。各国文学の読書体験や実際の翻訳作業を通して、それらを受け容れ、消化していた。貪欲な学び（真似び）の経験が、カイ・フンの文学とそれを支える思想に豊かさをもたらしたのである。

ところで、カイ・フンが直面する現実は、すでに述べた西欧の植民地主義の文化システムや、その反転像である硬直した社会主義イデオロギーだけではない。彼の作家としての格闘に立ちはだかったのは、わたしたち日本の過去でもあった。カイ・フンは、『安南の昔話と伝説』を取り上げた同じコラムのなかで、「ヒトラーのオリンピック」と称されたベルリンオリンピックの宣伝映画『オリンピア』（カイ・フンが観た映画はフランス語で *Les Dieux du stade* と題されていた）に触れている。彼は一九三九年の旧正《テト》月映画として上映されたこの作品を自分でも観て、その際の観客の反応に強い印象を持った[12]。言うまでもなくこの映画は、親ナチ的といわれる監督レニ・リーフェンシュタールが作った『意志の勝利』と並ぶ代表的なプロパガンダ映画である。フランス語の支配空間であったインドシナ半島で、この映画が上映されたという当時の事情には、一九三八年に仏印に赴任してきていたデュコロワ（Maurice Ducoroy, 1895-1960）の存在が関わっている。デュコロワは、兵士向けの健康トレーニングを実施してきた人物で、仏印ではのちにスポーツ・青年局局長の職についている[13]。カイ・フンは、ナチだけではなく、このアーリア人の身体を強調した映画『オリンピア』のなかで例外的に活躍するアジア人の身体に目を留めている。そこで成功する日本人には、実のところ、やはり植民地支配下で本来的な存在を奪われていた朝鮮人も含まれていた。ベトナム人観衆も、映像美の世界にすっかり魅了されたという。観客のなかには、アジア系の選手の活躍する姿によって、それまで嫌悪していた日本人の印象が急に良くなるという現象が起きており、このことがカイ・フンに、スポーツが国の宣伝に大いに効果的であることを気づかせた。もっともこの後には、第二次世界大戦がドイツに有利な展開となり、さらに日本軍がベトナムに進駐してくる。皮肉な予兆であったというべきであろうか。ちなみに図2は、オリンピックにかこつけて、第二次世界大戦の様相を描いた風刺画である。

図2　「1940年世界オリンピック」
Ngày Nay, Nº.205, 1940/3/30.

図3　1941年 聖火リレー
アンコールワットからハノイへ
Sports jeunesse d'Indochine. Edition du Nord,
Nº.1, 1941/12/27.

ベトナムの「圧縮された近代」

カイ・フンという作家の主要な活動時期は、一九三〇年代前半から一九四六年にかけてであった。彼は数多くの小説を執筆した。当然のことながらフランス植民地時代には、厳しい言論統制が敷かれていたために、ベトナム語での表現活動そのものに大きな制約があり、したがって書ける主題も限られていた[14]。彼が小説家として活動を開始して、自身の主要なテーマとして取り組んだのは、ベトナムにおける前近代的な家族制度の問題であった。この主題は、ある意味では植民地支配下であっても、西欧近代の個人的自由の規範から前近代的な現地社会を批判しているように解釈される、つまりフランスの普遍性を前提として遅れたアジアを批判している限りでは、表現可能な主題である。植民地当局の許可を得た出版物の論調は、当然親仏的で改良主義的と受けとられていた[15]。さしあたって彼が描いたのは、古き桎梏からの女性解放であった。その際に彼は、女性の心理を巧みに描写していると評価され、そのために一時は〈女子たちのお気に入り作家〉[16]という声価を得ることもあった。しかし、本書ではこうした初期の作品をことさらにとりあげることはしない。この時期にカイ・フンが取り上げた問題自体を軽視するからではない。むしろそうした主題は、その後の活動時期に、たんに古き

図4　カイ・フンが解放した女性と自由恋愛
Loa, Nº.76, 1935/8/1.

ものからの解放の物語としてではなく、より複雑で複合的な文脈のなかで、再度引き受けられていくからである。[17] 本書が本格的に取り組むのは、カイ・フンが仲間と共にありたいという願いとともに、自覚的な文学者として政治活動に関わり始めた頃から、亡くなるまでの時期の作品群である。事実彼は日本の軍用機で台湾と広東にわたったことがあり、[18] それを理由に仏植民地当局に約二年間投獄されている。女性や家族にまつわる執筆の時期を前期とするなら、本書は後期（一九三八年から一九四六年）の作品、とりわけ支配者（植民者）や支配構造（植民地構造）など、植民地性が顕著或いはセンシティブに描き出された作品群にこそ焦点を絞って検討する。

植民地における近代は、本国のそれが「圧縮」された状態で出現する。オーストラリア在住の文芸批評家グエン・フン・クォック（Nguyễn Hưng Quốc, 1957-）は、自力文団についてこう述べている。

　自力文団の作家たちは変化を止めなかった。テーマ小説から心理小説、理想小説から風俗小説、ロマン主義から写実主義、人生への執着から芸術至上主義への幾らかの執着、世事の憂慮から形而上学の憂慮まで。彼らは一〇年足らずの間に、一九世紀初頭から二〇世紀初頭までの約百年間に及ぶフランス文学の主たる芸術的技法と思想のほぼすべての応用を試みたということができるだろう。[19]

カイ・フンが手がけた文学にも「圧縮された近代」を認めることができる。しかし「圧縮された近代」という表現は危険な面がある。ともするとそこからは老子や李白、蒲松齢などの漢籍、フランス語に訳されベトナムに持ち込まれたドストエフスキー、ゴーリキー、岡倉覚三（天心）、ディケンズ、タゴールといったもっと多様な文学状況が見過ごされ、広範囲な空間的広がりが看過されかねないからである。

ところで、作家としてのカイ・フンは、常に両義性を帯びたものである。けっして断言的ではなく曖昧に見える書き方をする。けっしてステレオタイプ的ではなく、流動的で、時流によって自身を変化させる[20]。カイ・フンはまた、読者に対して思考することを求める書き方をする。そうした姿勢をとりつつ、時代の要請に応えるために政治的な主題にもコミットした。そうした彼の小説を理解するには、当時の政治社会状況とともに、ベトナムの伝統文化が小説にどのように作用したかなど、さまざまな背景的・状況的要因を度外視できない。そのために本書では、その時代に生を営んでいた人々がカイ・フンの小説をどのように読んでいたかを常に意識しながら、作品の分析を進めていこうと思う。

植民地下における現地作家の文学テクスト

フランツ・ファノンは、植民地下における原住民知識人が辿るさまざまな局面を、原住民作家の作品を通して見出そうとする際に浮かびあがる三段階のパノラマを挙げている。ヨーロッパ的発想で作品を編む完全同化の時期（第一段階[21]）と、闘争の時期（第三段階）の間には第二段階が位置している。これを彼は次のように分析する。

> 第二段階においては、原住民〔知識人〕は動揺し、過去を想起しようと決意する。この創造の時期は、われわれがさきに述べた再沈潜[22]〔の時期〕におよそ一致する。しかし原住民〔知識人〕は、その

民衆のなかに組みこまれているわけではなく、民衆に対して外在的な関係を保っているために、過去を想起するだけで満足する。幼年時代の古いエピソードが記憶の底からつれ戻され、古い伝説が、借り物の美学や他国の空の下で発見された世界観に応じて、解釈し直されるであろう。ときにはユーモアと寓意《アレゴリー》が、この闘争前夜の文学の主調となることもあろう。苦悩の、不快の時期、死の体験、また嘔吐の体験。彼らは自分自身を吐き出してしまう。しかしすでにその下に、笑いが開始されている。[23]

ファノンのこの考察は、カイ・フンの作品群とどれほど一致するのか。さらにフレドリック・ジェイムソンは次のように分析している。

第三世界[24]のテクストは、それがいかに表面的には私的で純粋に個人的リビドーのダイナミックスの記述に捧げられているとしても、必然的にそれはナショナル・アレゴリーというかたちで社会のある政治的次元を映しだしている。つまり、私的な個人の運命にかかわる物語はつねに第三世界の一般的な文化と社会における対立の状況を写す寓話なのである。[25]

はたしてカイ・フンの文学に、ジェイムソンの言うような寓話性を見出すことはできるのか。ともあれ、新聞発行に携わり国内外の時事問題に精通していたカイ・フン文学の読み解きを通して、様々なイデオロギーが交錯する大戦期・戦間期のベトナム社会の実相や、その政治的次元を明らかにしようと考えている。

本書が扱う時代

本書で分析する作品が書かれた時代は、太平洋戦争前夜から日本の敗戦、八月革命とホー・チ・ミン(Hồ Chí Minh, 1890-1969)によるベトナム独立宣言を経て対フランス戦争がいま始まらんとする時期までである。戦争に規定された時代、つまり、帝国主義的な侵略戦争から植民地解放戦争まで、世界のいたるところで戦争が勃発し、続いていた時代である。諸方面から政治的・軍事的圧力を受けていた植民地ベトナムでは、支配者とそれに付随する政治的環境はめまぐるしく転変した。検閲制度も微妙に、あるいはドラスティックに変化した。連続する変化に踊らされずに、いかなる政体においても言論活動を継続していくためには、いずれの政権下にあっても目を付けられることのない柔軟な文体を身につける必要があっただろう。さらにベトナムは、文化だけでなく、言語、民族、宗教、習慣においても実に複雑な力がせめぎ合い、交わりあうフィールドであった。作家カイ・フンも、そのような時空間において、矛盾しあう言葉を書き残した。ことさらに知的好奇心を持ち、批判精神が旺盛なカイ・フン。この人物の文学的な成功と蹉跌を描くことで、インドシナ半島の空間が経験する植民地的近代のさまざまな様相が見えてくるのではないか。酒井直樹が指摘したように、「国際世界」の成立過程は近代特有の植民地統治を通じて互いに深く結びついており、近代という時代を植民地主義を無視して理解することはできない(26)。フランス植民地時代の暴政やそこでの言論統制、大東亜共栄圏建設を掲げた日本軍進駐(どちらも冒頭で述べたような「食民政策」であった)、小牧近江など思いがけない日本の知識人との交流、その日本が敗戦したことがベトナムに与えた影響、あるいはベトナム語による文学創造や国語《クォックグー》の成立過程における呻吟、それと深く関わりを持つ「想像の共同体」ベトナムのナショナリズムの問題。これらをカイ・フンという、今日のベトナム国内において消去されている作家の存在を取り戻す作業を通じてひとつひとつ解明していくことにしよう。カイ・フンは消された作家だと述べた。しかし、それは彼が非力だからではない。むしろ、数少ない評価の機会に際しても、これまでカイ・フンは、二〇世紀前半における最も偉大な小説家として、また国民文学の創作者として、さらにはベトナム語を国際的言語に引き上げた人間として語られてきた。[27] カイ・フンを評価する研究者が確実に存在していたのである。そのような潜在的に影響力の大きな作家であったからこそ、彼は為政者にとっては消す必要のある厄介な存在であったということもできる。

カイ・フンの評価

カイ・フンという作家およびその作品、とりわけ本書が扱う後期の作品群は、繰り返すが、現在のベトナムではほとんど知られていない。ベトナム国内においては、この時期のカイ・フンの言動が「反動かつ頽廃の傾向」と評されているからである。[28] まさしくそのために、カイ・フンの後期文筆活動に注目した本格的な学術研究はほとんど存在しない。対仏、対米戦争に最終的に勝利して統一された今日のベトナムでは、旧北ベトナムのイデオロギーが支配的な言説を規定している。そこでは自力文団と呼ばれる近代化の過程で重要な役割を果たしたアクターの中心人物は、反体制派の作家群と見做され、作品は発禁の対象であった。何よりもカイ・フンは、共産党を主軸としたベトミン（Việt Minh）[29] に殺害されている。その一点においても、カイ・フンその人の存在自体がデリケートな問題と見做されている。今なお教育現場においては、カイ・フンには触れてはならないという共産党の宣教班（Ban tuyên giáo）[30]による指導が続いている。[31]たしかに統一以前の南ベトナムでは、カイ・フン後期文学の重要性は認識されていた。しかし、その南部地域においても、カイ・フンを学術的に主題化するためには、まず戦争等で散失してしまった資料を集めることから始めなければならなかった。また、そこでの学術的批評活動では、ベトナム語で書かれた国内文学を論じるよりも海外文学の研究を行うことを好む傾向があった。そうした諸事情に制約されてカイ・フンに焦点を当てた研究がなされないまま旧南ベトナムの陥落、ベトナム統一に至っている。このようにカイ・フンの評価を妨げる要因は、統一前と統一後は異なっていながら、否定的に作用し続けている。

それでも、数少ないカイ・フン研究に目を凝らしてみると、その評価は南北で異なっている。旧北ベトナムや、そのイデオロギーを引き継ぐ現ベトナム国内の評価では、当然予想されるように俗流マルクス＝レーニン主義による価値観が規範化されている。そのためカイ・フンは「プチブル色に濃く染まった人生観で、自らの階級だけに留まり、そのため彼の思想はひどく貧相である」[32]と捉えられる。それに対して、ベトナム統一以前の旧南ベトナムでは、カイ・フンの前期作品が学校教育で用いられることもあった。[33]また、カイ・フンの後期作品群についても「戦乱と南北分断によって、保管もままならず今や散り散りとなった、カイ・フン後期の新聞掲載小説を蒐集し出版することは、カイ・フンの親族・友人の義務だけでなく、教育省の義務でもある」[34]と捉えられたことがある。「これらを出版することは、揺るぎない価値を備えたベトナム文学の宝庫の維持につながり、さらには、故郷を心から愛しベトナムの将来に奮い立つ、真の革命家の高潔な意識への途上にある、若者世代の心の育成につながるであろう[35]」とまで評価されていたのだった。ただし、それはあくまでも統一以前の一過性の評価であったことはすでに述べたとおりである。

ベトナムにおけるポストコロニアルな困難と今日の教条的な政治状況という二つの面だけから見てみても、カイ・フンという作家の公平な評価にいたるためには、幾重もの困難が控えている。この緊張感のなかでは、彼は簡単には「位置付け」が出来ない。

カイ・フンは、植民地主義に抵抗して戦いながら、他方でその声を民族主義へと収束されてしまうことに対して異議を唱えた。そうであるならば、カイ・フンの営みを分析していくことで、植民地主義への抵抗が民族主義の高まりと統治され、その二つの過程がひと括りで語られてしまうベトナムの公的歴史観の批判と、その複層化が図られるだろう。また、コロニアリズムの時代に人類の未来を案じた彼の言論活動は、植民地主義者のみならず、その犠牲者たちにもまた同様の二項対立の状況を強いる植民地社会の執拗な文化的支配に「迎合しない」。そのことを解明するなかから、ポストコロニアリズム論の先駆としてカイ・フンを評価することもありうるかもしれない。

カイ・フンとの出会い

ここで筆者とカイ・フンとの出会いについて、個人的なエピソードを記しておきたい。「正しいベトナム語を身につけるには、自力文団の小説を読むといい」。二〇〇〇年代初頭、ホーチミン市でベトナム語を学んでいた筆者に、近所に住む詩人がこう提案してくれた。手始めに貸していただいたカイ・フンの『蝶魂仙夢（*Hồn bướm mơ tiên*）』を読み、シンプルなベトナム語で書かれた文章を通して、仏領期ベトナム北部の様子や当時の女性や青年の心理など、これまで知らなかったベトナムを垣間見られる魅力に惹かれ夢中になった。次々と自力文団の作品を読み進め、彼らの文学を研究したいという想いがむくむくと芽生えてきた。そして、ベトナムで社会人生活を送っていた筆者は、大学への再入学を決意した。

入学後、自力文団を取り上げたいくつかのウェブサイトを見つけ、手当たり次第連絡をとってみた。すると思ってもみなかったことに、南カリフォルニアのリトルサイゴンで開催される自力文団のシンポジウムに招待されることになった。そこではじめて自力文団の主要メンバーの子孫のほとんどがアメリカに住んでいることを知った。その事実は少なからず筆者を驚かせた。筆者はそんなことにも無知だったのだ。その後も研究のために資料蒐集や文芸関係者へのインタビューを進めていくことになるが、その行き先が米国やヨーロッパになるとは思いもよらなかった。

リトルサイゴンのシンポジウムでは、サイゴン時代に詩人だった聴衆のひとりから、文芸誌『文（*Văn*）』のカイ・フン特集号を譲られた。それは、一九六四年にサイゴンで出版された雑誌を自らコピーし製本した、手作り感溢れるものだった。筆者は知らなかった。サイゴンで出された文芸誌の多くが、サイゴン陥落後に焚書され流通禁止になったことを。抹殺された文学への深い愛情がその本に込められていた。この元詩人はホーチミン市で筆者に自力文団を勧めてくれた詩人の友人であった。アメリカに移住する前に筆者の話を聞いていたという。元詩人はまた失われた南ベトナム文学の蒐集家でもあった。頂戴した雑誌には、かつて読んだカイ・フンの『不安（*Băn khoăn*）』（『清徳《タイン・ドゥック》（*Thanh Đức*）』

図5　自力文団シンポジウムのポスター
2013/7/7, Little Saigon, Orange County, California.

図6　手作りの『文』カイ・フン特集号

かでも、とりわけカイ・フンに焦点を当てた研究を進めていこうと決意するにいたったのである。

の存在が蘇ってきた。こうして『不安』を分析したいという気持ちが強まり、自力文団のメンバーのな

通すと、よく分からないながらも内面の深いところで自分に繋がっているという感触があった『不安』

(1943) を指す。なぜ、タイトルが異なるのかはのちの章で詳述する) の批評が掲載されていた。目を

本書の構成

本書は、二〇二三年に東京外国語大学に提出された博士学位請求論文「仏領インドシナにおける植民地文学：ベトナム語作家カイ・フン（自力文団）の後期テクストを中心に」に基づいている。この研究を、出版にあたって加筆修正した。しかし、本文の構成は基本的に学位論文がもっていたそれを踏襲している。大きく分けるなら、第一章から第三章までと、第四章から第八章までの二つの部分から構成されている。第一部では、自力文団およびカイ・フンの文芸活動や政治活動を概観する。第一章では、カイ・フンが所属した文学グループ自力文団の概要を把握し、第二章では、政治活動やその立ち位置も含めたカイ・フンの生涯を詳しく見ていく。第三章では、カイ・フン文学に対するこれまでの批評の変遷を丁寧に追う。第二部では、カイ・フンの後期文学作品のなかでも、植民地主義の様相を垣間見ることができる作品を年代順に論じていく。第四章では、『ハィン（*Hạnh*）』(1940) をグエン・ホン（Nguyên Hồng, 1918-1982）の『幼き日々（*Những ngày thơ ấu*）』(1941) と並べて論じることで、仏植民地支配下におけるベトナム近代文学の様相を探る。第五章では、投獄された期間を含むおおよそ二年の間に書かれた『清徳』を取り上げ[36]、支配者による言論統制下で、様々な工夫が凝らされた作品を読み解いてい

く。第六章では、出獄後の保護観察下で書かれた児童書『道士（*Đạo sĩ*）』（1944）に込められた、大戦下における世界消滅の危機を前にした作家のメッセージを分析する。第七章では、日本の敗戦により、支配者の検閲から解放された後（1945-1946）、植民地主義および植民者の表象がいかに描かれたかを追う。第八章では、インドシナ戦争（対仏戦争）勃発直前に起きていた国内における「国共内戦」を描いた「月光の下で（*Dưới ánh trăng*）」（1946）を材料に、残留日本兵の動向も含めた当時の極めて混乱したベトナム北部の様相を明らかにする。

研究への視座

本書は、支配的な制度のもとで抑圧されてきたカイ・フン文学の可能性を解放する試みである。カイ・フンの後期作品の解釈は、歴史や政治の知識なしには進めることはできない。ベトナムの史実だけでなく、例えば、フランス外人部隊の実相、オーストリアでの革命、中国の国共内戦までを探求せずには理解が難しい。作品内で言及される海外文学への理解を深める作業と同時に、このような作品周辺の諸情報を収集する作業を重ねながら、個人が書いた「小さな物語」であるカイ・フン文学の分析を試みることで、「大きな物語」としての公式に認められた文書からは窺い知ることができない重層的な歴史が呈示されていくはずである。

フランス在住の文芸批評家トゥイ・クエ（Thụy Khuê, 1944- ）は「カイ・フンは多層的思想を持つ作家であり、彼の作品には総じて哲学的意義が秘められ、様々な方法で読むことが可能であり、各々の読みはそれぞれ異なる理解へと導かれる(37)」といった。本書は、豊かな可能性を孕んだ各々の作品から「正解」を導き出そうという志向は有さず、そのような「正解」（もしあるとするならば）を相対化し、読みの多様性を重視する研究となる。カイ・フンの言葉を借りると「馬の腸のようにストレートな大衆文学[38]」とは異なる彼の文学を理解することは容易ではない。想像する努力でもって、能動的に読んでいく必要があるのである。

注

（1）国語《クォックグー》は表音文字であり、漢字や字喃《チューノム》のような表意文字ではない。ベトナム語や漢越語の多くは複数の意味を持つ。そのため発音をローマ字でそのまま表すだけでは、その音の意味は不明確のままである。国語《クォックグー》は欧化という目的を実現するための手段であり、その背景には植民地政策があった（Nguyễn Văn Trung, *Chữ, Văn Quốc Ngữ: Thời kỳ đầu Pháp thuộc*, Nam Sơn, Sài Gòn, 1975, p.139, p.141.）。

（2）日本人キリシタンが用いていた日本語のローマ字表記にならって、漢字に代わって宣教師が工夫したローマ字表記が次第に強制されるようになった（石井公成、「ベトナムの仏教」、『新アジア仏教史10　朝鮮半島・ベトナム　漢字文化圏への広がり』、佼成出版社、二〇一〇年、三三九ページ）。

（3）日本語についても、漢語をカタカナで書くことで、その不思議なパロディ効果が増加され、われわれの抽象概念を馬鹿にする効果が相まって、ひとつの偶像破壊的な効能がもたらされることを、三島由紀夫が指摘している（三島由紀夫、『文章讀本』、中央公論社、一九六九年、二四-二五ページ）。

（4）一八九六年との記録もあり。

（5）Dư と書かれている学術書も多く存在するが、正しくは Giư である。

（6）Linh Phạm, "The Life, Death and Legacy of 7 Pillars of Vietnam's Quốc Ngữ Literary Wealth", *Saigoneer*, 2024/4/22.

https://saigoneer.com/trich-or-triet/25576-the-life,-death-and-legacy-of-7-pillars-of-vietnam-s-quốc-ngữ-literary-wealth?fbclid=IwZXh0bgNhZW0CMTEAAR2vfBvgsHRz1iJE218v2gNrYnfWd4UBtB1Pzg9qB3gLkuhUaP9MZuTT9Sw_aem_Ab0uX2Sn1Dc3QWOWncA7VT2WY_6BgTCV3EHw18x82Fiu_bDc3DtfBj7TSue60FKYDUSJnbOyG7C4xiU_d_hAqX8 最終閲覧：二〇二四年五月三日。

（7）『蝶魂仙夢』、『ベトナム短編小説選』（ともに大学書林）、『花を担いで（*Gánh hàng hoa*）』（ニャット・リンとの共著、穂高書店）など。ニャット・リンとカイ・フンは自力文団の中心人物であったが、ベトナム国内においては、同じくメンバーであるスアン・ジェウなどと比べて知名度は低い。この点については、第三章で言及する。

（8）Trương Tửu, "Văn học Việt Nam hiện đại chung quanh một tấn kịch của thời đại", *Loa*, N°.78, 1935/8/15, p.3.

（9）本書では、一九三八年一一月から新聞連載された『ハイン』を始まりとしてカイ・フンの後期作品群の分析を試みていく。当時のベトナムの様相を窺うためにカイ・フンのコラムを参考にする。

（10）Cesbron, Fernand, *Contes et légendes du pays d'Annam*, Imprimerie Truong Phat, Nam Định, 1938.

（11）Khái Hưng, "Câu chuyện hằng tuần…", *Ngày Nay*, N°.150, 1939/2/25, p.4.

（12）Khái Hưng, "Câu chuyện hằng tuần…", op.cit., p.6.

（13）Phạm Xuân Cần, "Gần một thế kỷ trước thanh niên xứ Nghệ chơi thể thao ra sao?", *Tạp chí điện tử Nông thôn Việt*, 2023/08/18. (https://nongthonviet.com.vn/gan-mot-the-ky-tr.ıoc-thanh-nien-xu-nghe-choi-the-thao-ra-sao.ngn 最終閲覧：二〇二四年三月五日。）翌年七月にヴィシー政府が樹立されると、植民地当局によるスポーツ・青年活動の振興がますます活発になっていった（難波ちづる、「ヴィシー期フランスの対インドシナ文化政策」、『現代史研究』五三、二〇〇七年、五四ページ）。

グエン・ヴァン・チュンによれば、こうした動きには青年に政治を忘れさせ、青年を日本が組織する様々なイベントから遠ざけたい意図があった（Nguyễn Văn Trung, *Chủ nghĩa Thực dân Pháp ở Việt Nam - Tập 1*, NXB Nam Sơn, Sài Gòn, 1963, p.298.）。村上さち子も、「スポーツ・ジュネス（青年スポーツ）」と呼ばれるこの運動は、デユコロワの指揮の下で進められ、最大の目的は「青年に情熱を抱かせ、日本のプロパガンダから気持ちをそらせるため」であったことを指摘している（Maurice Ducoroy, *Ma Traison en Indochine*, Les Editions Internationales, Paris, 1949, p.93. Devillers, Phillipe, *Histoire du Viet Nam. 1940 à 1952*. Editions du Seuil, Paris, 1952, p.85.（村上さち子、『佛印進駐：*Japan's Thrust into French-Indochina 1940-1945*』、非売品、一九八四年、三九一ページより再引用））。

（14）冒頭の「食民政策」の風刺画は、日本単独支配期に描かれたものである。

（15）岩井美佐紀、「ベトナムにおけるナショナリズムと「国語」問題：20世紀前半のクオックグーの扱いをめぐって」、『神田外語大学日本研究所紀要』三、二〇〇二年、七ページ。

（16）Thái Phi, "Khái Hung, Nhà văn "cưng" của bạn gái", *Ngọ Báo*, N°.1991, 1934/4/26, Hà Nội, p.1.

（17）もっとも封建的家族制度下で桎梏の身にある女性にまつわる諸問題を扱った作品を、仏植民地主義により桎梏の身にあったベトナムの苦悶と重ね合わせて読むこともできるだろう。

（18）CAOM, RST/NF 6495, Đại Việt Dân Chính, Note N°.23670.（Guillemot François, *Đại Việt Indépendance et révolution au Việt-Nam : L'échec de la troisième voie, 1938-1955*, Les Indes savantes, Paris, 2012, p.87. より再引用）

（19）Nguyễn Hưng Quốc, "Đánh giá lại Tự Lực Văn Đoàn", Phạm Phú Minh ed., *Kỷ Yếu Triển lãm và Hội thảo về báo Phong Hóa Ngày Nay và Tự Lực Văn Đoàn*, , Người Việt xuất bản, California, 2014, p.104.

（20）Thế Phong, *Lược sử văn nghệ Việt Nam nhà văn tiền chiến 1930-1945*, Vàng Son xuất bản, Sài Gòn, 1974, p.31.

（21）「第一段階においては、高踏派《パルナシアン》が、象徴主義者《サンボリスト》が、超現実主義者《シュール・レアリスト》が見出されるであろう」（フランツ・ファノン、『地に呪われたる者』、鈴木道彦・浦野衣子訳、みすず書房、二〇〇四年、二一五ページ）。

（22）「自己の闘争を正当性の観点に位置づけ、その証拠をもたらそうと欲し、自己の肉体の歴史をよりよく示すためにすすんで裸になることを受け入れる原住民知識人は、その民衆の臓腑のなかに沈潜することを余儀なくされている」（フランツ・ファノン、前掲書、二〇四ページ）。

（23）フランツ・ファノン、前掲書、二一五ページ。

（24）「第三世界」の呼称は一九五〇年代初め頃から使われ始めた用語であるが、筆者はこれを、大国への従属を経験した国として捉える。

（25）Jameson, Fredric, “Third-World Literature in the Era of Multinational Capitalism.” *Social Text*, N°.15. Fall, 1986.（今福龍太、「世界文学の旅程」、『越境する世界文学』、河出書房新社、一九九二年、一一ページの和訳に依拠する。）

（26）酒井直樹、「文学と国際世界」、『早稲田大学国際文学館ジャーナル』一、二〇二三年、六三ページ。

（27）Durand, Maurice M. and Nguyen Tran Huan, *An Introduction to Vietnamese Literature*, trans. from the French by D. M. Hawke, Columbia University Press, New York, 1985, pp.187-189.

（28）Vũ Đức Phúc, *Bàn về những cuộc đấu tranh tư tưởng trong lịch sử văn học Việt Nam hiện đại (1930-1954)*, NXB Khoa học Xã hội, Hà Nội, 1971, p.152.

この書籍では、『正義』に掲載されたカイ・フンの短編が俎上に上げられ、ここから北ベトナムにおいて、当時のベトナム国民党の機関紙が、この時代まで保管されていたことが推察できるが、カイ・フンは『文学談義』で（共産）党の文学路線を露骨に攻撃したといったように、いくつかの作品を取り上げて痛烈な批判がなされている。

（29）一九四一年に結成されたベトナム独立同盟（Việt Nam Độc lập Đồng minh）の略称。ホー・チ・ミンの提唱により共産党を主軸とした既存の各種救国会を含めた統一戦線として結成された。

（30）思想・宣伝教育を専門とする機関であり、共産党中央委員会の宣教委員会の下に設置されている。

（31）この点はハノイ国家大学ベトナム学部教員でベトナム文学研究者のレ・ティ・タイン・タム（Lê Thị Thanh Tâm）氏のご教示に負っている。

（32）Vũ Đình Liên et al., *Lược thảo lịch sử văn học Việt Nam - tập 3*, NXB Xây Dựng, Hà Nội, 1957, p.337.（Ngô Văn Thư, *Bàn về tiểu thuyết của Khái Hưng*, NXB Thế Giới, Hà Nội, 2006, p.8. より再引用）

（33）例えば、後期中等教育（高等学校）の一九五八–一九五九年度カリキュラムでは、一一年生のベトナム語《クオックグー》のプログラムに、カイ・フンの『春半ば（*Nửa chừng xuân*）』のほか、ニャット・リン『断絶（*Đoạn tuyệt*）』、ホアン・ダオ『思惟十項（*Mười điều tâm niệm*）』が採用されていた。Trần Văn Chánh, Chương trình Giáo dục và Sách Giáo khoa thời Việt Nam Cộng Hòa (tiếp theo), *Văn Việt*, 2015/9/18.（http://vanviet.info/tu-lieu/chuong-trnh-gio-duc-v-sch-gio-khoa-thoi-viet-nam-cong-ha-tiep-theo/ 最終閲覧：二〇二二年八月二五日。）

（34）Thư Trung, "KHÁI HƯNG thân thế và tác phẩm", *Văn*, Nº.22, 1964/11/15, Sài Gòn, 1964, p.16.

（35）Ibid.

（36）第五章でも言及するが、『清徳』の最終ページには、執筆年と思われる「1941-1943」が記されている。

（37）Thụy Khuê, "Sự tiếp nhận Tự Lực Văn Đoàn, tự lực văn đoàn văn học và cách mạng (6)", *Da Màu*, 2020/12/16.（https://damau.org/66898/tu-luc-van-don-van-hoc-v-cch-mang-6 最終閲覧：二〇二二年八月二四日。）

（38）Khái Hưng, "Câu chuyện văn chương", *Chính nghĩa*, Nº.19, 1946/10/7.

第一部

自力文団と文団を支えたカイ・フン

第一部では、一九三〇年代半ば〜一九四〇年代半ばにベトナム・ハノイで活躍した文学グループ自力文団、およびそのメンバーであったカイ・フンについて概観する。本書は、カイ・フン一人に焦点を当てて考察を行っていくことで、従来とは異なる新たな角度から眺めた自力文団像が発見されていく。これまで自力文団と言えば、主にリーダーのニャット・リン（Nhất Linh, 1906-1963／本名：グエン・トゥォン・タム、Nguyễn Tường Tam）、そして彼の政治活動を含む諸活動を中心に評価されてきた。同時にそれと連動するように、自力文団が古い価値観を否定する「新学」の代表格とされ、親日派と見做されてきた。このような既存の評価は、カイ・フン個人に注目することで、かならずしも正当ではないことが明らかになるだろう。

第一章

自力文団

二〇世紀初頭、ファン・ボイ・チャウ(Phan Bội Châu, 1867-1940)やファン・チュー・チン(Phan Chu Trinh, 1871-1926)ら開明的儒者たちによる抗仏運動が頓挫した。その後閉塞状態が続くが、近代的な教育(「新学」)を受けた世代が登場して変化が生まれる。一九一九年に従来の官吏登用試験(科挙)が廃止され、植民地支配者は、漢籍古典を中心とする「旧学」に代えて、フランス語や国語《クオックグー》、西洋的知識・技術を教授し、それによってフランスとその文明を敬愛する知識人の育成を図った。若い都市知識人たちの多くは、従来の漢字教育や儒学的教養、そして農村での伝統的な生活形式を前近代的で遅れたものと見なし、西洋的な生活スタイルや価値を文明的で優れたものと見做す傾向を共有した。そのような考え方を代表するのが自力文団だと一般的にはみなされている[1]。

自力文団は、近代小説の確立に主要な働きをすると同時に、啓蒙的役割を果たした。また、文学賞を設けて新しい才能を発掘したり、「光明会／団」なる慈善組織をつくり、貧困などの社会問題に取り組んだりした。一九三〇年代後半には親日的な民族主義政党を結成するなど政治活動に走った。このような説明が日本で発行されたベトナム事典には記されているが[2]、本章ではより詳細にこのグループの活動を見ていきたい。

一．ベトナムの植民地的近代

カイ・フンが所属した自力文団が文学活動に勤しみ活躍した時代。そこには享楽的都市文化が映し出され、ベトナムの歴史を振り返れば、この時代はベトナム北部が〈最も西洋化した〉時代と言える。当時の様子について、年代を区切って見ていこう。

一九二九〜一九三二年

一八八七年から約八〇年間に亘ったフランスによる植民地支配下のベトナムにおいて、最も暗黒の時代は一九二九〜一九三二年であった。経済恐慌のなか、対仏革命運動[3]の勢いが極限に達し、それに対する仏植民地当局の弾圧および白色テロは、これまでにない残虐さや醜悪さを呈した[4]。この時代はまさに、搾取を狙いとした統治を維持しようとする植民地当局の暴力的体質が、鮮明に現れ出た時代であった。[5]

一九三二〜一九三五年

こうした状況を変え民衆からの信頼を得ようと、植民地当局はベトナム各地で見本市を開催した。育英会支援等の慈善活動を名目としたが、民衆を楽しませ、また、支配の現実を忘れてもらうことを狙いとしていた。ハノイの令息令嬢たちがバレエのファッションに身を包み、ヨーヨーを片手に市を闊歩し舞い落ちる紙吹雪を頭にのせた少女たちが愉しそうに笑う。このような時代に、自力文団は悲しみや失望感を吹き飛ばす指針を示した。それはまさしく時宜を得たものであった。同じ頃、植民地当局が現地での新聞発行活動を奨励し[6]、民衆が発言できる環境を整えた。しかし、この奨励は文芸やスポーツが主であって政治を論じることは除外されていた。その後、懐柔政策がとられるとともに若者に期待が寄せられ、一九三五年には検閲制度が廃止された。しかし、実際には、自力文団のメンバーであるトゥー・モー（Tú Mỡ, 1900-76 / ホー・チョン・ヒウ Hồ Trọng Hiếu）が言うように「著者自らが自分の文章を検閲しないことには、新聞が発禁になった場合に、牢屋に入れられてしまう恐れがある。（中略）詩がフランス語に訳された時、誰に咎められることなく、しかし読者が行間を読み取ってその言外の意味を理解できるよう、巧妙な筆使いを必要とした[7]」というのが実情であった。

一九三六〜一九三九年

一九三六年、フランスでの人民戦線政府誕生により、インドシナにおいて公の政治活動が復活した。自力文団も社会活動を開始し、グエン・トゥォン・タム（＝ニャット・リン）が光明会（Hội Ánh Sáng）[8]を設立した。植民地当局は、民衆の発言や要求を受け入れると同時に、娯楽を振興し劇場やダンスホールが次々に誕生した。とりわけ、一九三七年にシャテル（Yves Châtel）が北部の理事長官になると、青年たちを耽美的にする風潮が生まれ、第二次世界大戦目前の一九三八〜一九三九年のハノイでは、この享楽的風潮はさらに高まりかつての詩的な様子とは一変した。この時期の倦怠と堕落は、ニャット・リンの『白い蝶（*Bướm trắng*）』、カイ・フンの『不安』（『清徳』のこと）、およびスアン・ジェウ（Xuân Diệu, 1916-85 / ゴー・スアン・ジェウ Ngô Xuân Diệu）やフイ・カン（Huy Cận, 1919-2005）による「新しい詩」（Thơ Mới）に描かれた。確かに、カイ・フンの『清徳』には、薄明かりの部屋で夜遊びに耽る若き男女、官能的遊堕への耽溺が描かれている。

なお、文学研究者タィン・ラン（Thanh Lãng, 1924-1978）は、「一九三七〜一九四一年頃のベトナム社会は呪うべき社会であった。頽廃し、不当で、罪深く、貧しかった。まさにその極貧の盲目的・頽廃的生活が、社会に生きる人々を売春、詐欺、窃盗といった罪の道へと押しやった[9]」と記している。

二、自力文団の結成

自力文団は、ニャット・リン、カイ・フン、テー・ルー（Thế Lữ, 1907-1989 / 本名：グエン・トゥー・レー Nguyễn Thứ Lễ）、ホアン・ダオ（Hoàng Đạo, 1907-1948 / グエン・トゥォン・ロン Nguyễn Tường Long）、タック・ラム（Thạch Lam, 1910-1942 / グエン・トゥォン・ラン Nguyễn Tường Lân）、トゥー・

図1　自力文団メンバー
Ngày Nay, Nº.198, 1940/1/27, 1940 年旧正月《テト》号

モー、スアン・ジェウのベトナム青年知識人七名から成る文学グループで、一九三三年にハノイで結成された。[10] ニャット・リン、ホアン・ダオ、タック・ラムは実の兄弟であり、カイ・フンはリーダーのニャット・リンより約一〇才年上で、グループの最年長であった。

　自力文団という名には、自らの芸術でもって自力で生計を営むという含意があり、政府の力を借りたり他のいかなる財力にも頼ったりすることもなく、彼ら自らが掲げた方針以外には、いかなる指図にも従わないという強い意志が内包されている。彼らは各々活動資金を出し合い、『風化』(1932-1937)、『今日』(1935-1940) 等を発行し、君主制度、官僚社会、封建的家族制度等を糾弾した。このような旧制度への批判は、植民地支配者側の思惑に適っており、これら文芸誌の発行許可証を得られるひとつの理由となったと言えるだろう。一方で、彼らは朝廷やさらには官吏ひとりひとりを攻撃し、とりわけ『インドシナ雑誌 (*Đông Dương tạp chí*)』の編集に携わり『南風《ナムフォン》雑誌 (*Nam Phong tạp chí*)』の主筆を務めたファム・クィン (Phạm Quỳnh, 1892-1945) を糾弾した。また、一九四〇年には印刷機を買い備え、ハノイ旧市街の北に位置するクワン・タィン通り (Phố Quan Thánh)[11] 八〇番地にあった、フランス建築のカイ・フンの自宅[12] (現存する) は、印刷所兼出版社であるドイナイ

図2　現存するカイ・フンの自宅裏庭より撮影。
現在は数世帯がこの邸宅に居住している。

社（Nhà Xuất bản Đời Nay）の役割を担った。(13) しばしば革命運動の温床として捉えられる印刷機を設置した空間で、常に植民地当局からの警戒の目に晒されながら、カイ・フンは日々を過ごしていた。

三．模範としてのプレイヤッド派

「自力文団には多数の協力者がいたものの、一六世紀フランスのプレイヤッド派（la Pléiade, 七星詩派）を模範にすべく、七人体制を崩すことはなかった(14)」と、グエン・ヴァン・スン（Nguyễn Văn Xung）は指摘している。プレイヤッド派の功績は古代やイタリアの文学を模範として自国の文学の向上をはかり、語彙や比喩や映像や音楽性を豊かにして、ソネ、ストローフ、アレクサンドラン、脚韻を完成にみちびき、芸術を神聖化して文学者の地位を高めたことにある。(15)

文学研究者ファン・ク・デ（Phan Cự Đệ, 1933-2007）は、自力文団の言語面での功績について、「民族言語の発展、特に人間の心理、感情描写の語句を豊富にした点で貢献をした。自力文団の文章は音調豊かで、イメージに富み、柔軟、流麗で魂の微妙な感触を表現する能力をもっている(16)」と評価し、川口健一は「彼らの文学活動は、封建的因習に浸ったベトナムの社会と民族を新しきものに覚醒させるための啓蒙的役割を果たす一方、ベトナムに近代表現形式の確立をもたらす直接の契機を作り出した(17)」と述べている。

方法は異なるにしても、自力文団はプレイヤッド派と同じように自国文学の向上を目指した。外国文学の翻訳をはじめ文学の執筆を担った文団七名各人による国語《クオックグー》の語彙・比喩・映像・音楽性の充実は、自力文団の延長線上にいる現代のベトナム作家、ひいてはベトナム語話者のほとんどがその恩恵を受けている。なお、トゥー・モーによれば、一九三九年には、その自力文団のプレイヤッド派的性格は希薄になっていた(18)。

四．『風化』・『今日』

自力文団が発行した代表的文芸誌は『風化』と『今日』である。『今日』は日本の単独支配後に後継版『今日－新紀元』となるが、当誌に関わったメンバーはイデオロギーの相違を理由に文団のメンバーの半数となり、当誌自体も日本の敗戦によって短命に終わった。

まず、風刺新聞『風化』について、文団メンバーのタック・ラムは次のように評価している。

形式面では、『風化』はしきたりを打ち壊し、漢語を極力避け、シンプルで分かり易い庶民的な文体を築き上げた。こうして生まれた文体が、日に日に柔らかみを帯び、フランス語の修辞法にさらなる厚みをもたせ、今日まで広く流行する文体となった。

精神面では、『風化』は敗北から生まれ出る屈辱感に抗った。私たちは、感傷的になることを害毒と見做し、深き悲しみを遂行すべき義務からの逃避であると主張した。楽しく愉快であることは、もはや低俗でも軽視すべきことでもない。笑いがその価値を取り戻し、深遠で清雅なるものとなった。[19]

『風化』は、ベトナム語（国語《クォックグー》）という言語の発展と充実に大きく貢献した。[20] そして、彼らは打ちひしがれた社会における笑いの価値を認識していた。自力文団にとって、笑いは闘争の武器であった。『風化』は、仏植民地当局による厳しい圧政や弾圧のもと、絶望に陥った民衆の生気を取り戻すべく発刊された。「風刺」という行為は、社会や人物の欠陥と罪悪などを責める際に、往々にして「笑う」ということを伴う。[21]『風化』は、絶望の世の中に風刺をきかせた滑稽《ユーモア》で、民衆たちの間に〈笑い〉を起こさせた。しかもそれは、仏植民地当局の厳しい検閲下にあり、新聞の各所に削除・伏字がなされるような状況において実行された。

一九三八年一〇月八日付『今日』紙一三一号では、カサブランカの教師チャールズ・ペンズ（Charles Penz）による「ユーモア精神の価値（*Giá trị tinh thần của Hài hước*）」という記事が紹介されている。そこではジュール・ルナール、アナトール・フランス等の名と並びフロイト[22]のユーモア論にも言及している。記事内の「ユーモアとは〈超自我（trên ta）〉の顕れ」とは、「ユーモアとは超自我の媒介によって生ずる滑稽である[23]」というフロイトの命題を由来としているのであろう。フロイトは、「ユーモアの中に含まれているのは諦めではなくして反抗[24]」と言った。自力文団は、このユーモアという魂の武器を用いて、絶望したベトナム民衆が打ちひしがれることのないよう精力的に活動を続けた。

『今日』は廃刊に追いやられた『風化』を引き継いだ出版物である。フランス植民地支配のもと、文学、世界情勢、政治、経済、音楽、ファッションなど、様々なテーマを取り上げ[25]、次のような社是を掲げていた。

『今日』は進歩的でも後退的でもない機関紙である。自らの能力を推し量ってみても、未来の新聞を名乗るには及ばない。『今日』は、それが示すように、ただ、今日の新聞になることを望むだけである[26]。

なお、自力文団のメンバーでこそないものの、後にカイ・フンと組んでいくつかの新聞に関わった、ニャット・リンの末の弟グエン・トゥォン・バック（Nguyễn Tường Bách, 1916-2013）は、『風化』と『今日』についてこう振り返っている。

『風化』および『今日』グループが、民衆をとりわけ惹き付けたのは、彼らの文才によるものである。これは、偏見のない公正な文学者による批評である。しかし、彼らの進歩的性格に同意を示さない人間も一部存在する。のちに私が読んだ数冊の本のなかでは、公的権威を有した作家が、彼らについて、民衆を眠りに誘い、革命に弊害をもたらしたと評している。この論に正しく基づくならば、秘密工作あるいはゲリラ攻撃だけが、まさに進歩ということになるだろう[27]。

自力文団のメンバーそれぞれがみな、文学の才能を有していた。まさに彼らの文学、そしてそこに織り込まれた思想が、読者を惹き付けた。しかし、のちに生まれた体制のもとでは、彼らの文学の革命的価値は正当な評価を受けず、ただ「堕落」文学のレッテルを貼られる憂き目に遭った。

『風化』および『今日』紙には様々な記事が掲載された。海外の話題や情勢に関しては、ほとんどがハノイで入手することのできたフランス語の新聞からの翻訳であろう。「印度支那で發行されて居る佛語新聞は、殆ど完全な自由を許されて居るので、それをよいことにして、有難いことには英國の植民地新聞ではめつたに見られない程の、自由放恣に陥つて居る。官吏やその行動が殘酷に批判され、不人氣な人に對しては寸分も假借する所がない[28]」。そのような新聞各紙を彼らは読んでいた。こうした環境が、彼らの自由な批判精神を育み続けたともいえるだろう。

自力文団は、新聞購読者である成人だけでなく、若き青少年に向けてもメッセージを発信している。フランスで一九〇九〜一九三九年に出された、「青少年向けの紅本（*Les livres roses pour la jeunesse*）」のベトナム版[29]というべき冊子がそれである。

五.「紅本《サックホン》」

自力文団が一九三九〜一九四四年にかけて手がけた、少年少女向け「紅本《サックホン》」シリーズの存在は、今日のベトナム国内においてはほとんど知られていない[30]。ホアン・ダオ訳『人魚姫（*Cô bé đuôi cá*）』(1944)、テー・ルー訳『ロビンソン・クルーソー（*Cuộc đời ly kỳ và gian nan của Rô-bin-son*）』(1944)、トゥー・モー訳『白雪姫（*Bạch Tuyết và bảy chú lùn*）』(1943) など、海外の青少年向け小説をベトナム語で紹介した。さらにベトナムに古くから伝わる物語を詩的魅力とともに新しく描き直した「紅本《サックホン》」シリーズは、民衆を大いに魅了し、結果国語《クォックグー》の普及に多大な貢献を果たした[31]。「紅本《サックホン》」はフランス語を理解しない子どもたち、或いは理解したにしても両親からベトナム語を読むことを勧められた子どもたちのために書かれ、その内容は *Les livres roses* と同様に教育的性格を帯びていた[32]。カイ・フンに関して言えば、「紅本《サックホン》」において、他のメンバーのように翻訳作品は出さずカイ・フン独自の創作作品のみを発表している。そのほとんどが昔から語り継がれてきたベトナムの物語を題材にしている[33]。

五．一．儒教思想の再評価

「紅本《サックホン》」シリーズは、アンデルセン、デフォー、キップリングなど、海外作家の作品の翻訳が主となっている。自力文団メンバー独自の創作作品もいくつか見られるが、なかでも儒教思想の再評価がなされていることは注目すべき点である。自力文団の宗旨(1934)のひとつに、「孔子の教えがも

図3: 米国コーネル大学図書館に収められた「紅本《サックホン》」サイゴンで再刊されたもの

はや時代に合わないことを教える」[34]が存在したからである。

カイ・フンは、『儒学者ベー』(1939) という作品を描いた。初版で一万部刷られたこの作品は、当時のフランス語新聞において、些細なディテールも実に忠実に表現され、何よりも多くの点で非常に「安南的」であると評された。[35]この作品に言及したドー・クィ・トアン (Đỗ Quý Toàn, 1939-) は、次のように「紅本《サックホン》」の役割について考察を行っている。彼によれば、自力文団、とりわけカイ・フンとホアン・ダオは、「紅本《サックホン》」を用いて古き倫理の価値を高く評価し、青少年がベトナムの伝統的な規律や道徳を理解できるよう尽力した。たしかに彼らは、ベトナム社会の古臭いしきたりなどの風俗を描き出して批判を加えたことで知られる。しかし「紅本《サックホン》」では、仏教や儒教の精神を体現した鑑となる生き方、見本となる人間を通して、仏教と儒教における良き慣行の回復を目指してもいる。[36]とはいえ彼らは、儒教や仏教への入信を勧めるわけではない。ただ、これらの精神を受容してベトナムの道理を築きあげてきたベトナムの文化の源に横たわる価値に注目したのである。自力文団は、古き〈風化〉[37]を打ち壊そうと攻撃を加えただけでなく、それとは逆に、彼らには古くから伝わる良き伝統を回復するために寄与したいという思いがあった。こうした側面は、これまで批評家や文学史研究者に見落とされ言及されてこなかった。なぜなら、彼らは「紅本《サックホン》」の内容に関心をもたなかったからである。総括すれば、自力文団は一方で新しき道理や新しき生き方の建設に力を注いできたが、同時に他方ではベトナムの文化遺産における美しき良き生の法則を継承してきたのである。[38]

五・二・儒教思想とベトナム青年知識人

このように、自力文団は儒教が教える礼儀の慣習などを貴ぶ一方で、儒教に基づく家父長制などには否定の意志を示した。こうした経緯の背景には、二つの世界を跨いで生きていた当時のベトナム青年知識人の精神世界における煩悶があった。ベトナムの青年について論じたダオ・ダン・ヴィ（Đào Đăng Vỹ, 1908-1997）は、次のような分析を行っている。

この昔の文學士《レットトレ》の儒教思想は現代のインテリ青年のうちに、ある種の追憶としていつまでも殘つてゐる。そしてその追憶は知識の形であらはれず、幼年時代からうけた印象や習慣の固執にあらはれてゐる。儒教を否定し、その時代錯誤を責める多くのインテリが、實生活においてはまだ儒教道徳の信条にそうて行動してゐる。彼らはいつまでもむかし學校でならつた仁義禮智信の五常をさすがに神聖なものと思つてゐる。われわれは二つの世界、二つの異つた人生に生活してゐる。一つは不本意ながら父祖の伝統と信仰の追憶をぬけきらぬ現實生活、もう一つは科學的な否定が、現代の理性では信ずることも處理することもできないすべてのものをすてさる知的な生活である。(39)

生まれた時から彼らには儒教思想が身体に染み付いており、時代の趨勢とは別に、こうした思想から完全に抜け出ることができない。それだけでなく、その思想を貴ばずにはいられない。この時代を生きた若者の「あいだ」における葛藤は、自力文団メンバーも同様に抱えていたはずだ。

「紅本《サックホン》」は海外の文学を精力的に紹介する一方で、ベトナムの伝統文化の継承を忘れなかった。本書冒頭で言及したように、フランス人によって『ベトナムの昔話と伝説』が編まれる不条理さを「紅本《サックホン》」を用いて自分たちの手で解決していくと同時に、根無しとなった青年たちの拠り所となる文化的地盤を再構築した。このことは、一九四〇年には存在した「新安南運動」（植民地総督ドクー（Jean Decoux, 1884-1963）による政策）、即ち「従來の支那文化やフランス文化の壓倒的な影響をはなれて、歴史的にも民族的にも嚴存する安南の伝統や民族性に還れといふ」[40]動きと相関している。植民地当局の方針に沿ったかのようなベトナム回帰的作品が生まれ出ていたことと、文団が出版許可を保持し続けられるか否かの生き残りの問題を繋げて考える視点を、植民地における文学活動を考察する際に忘れてはならない。

ところで、自力文団は親日派と呼ばれた。日本軍による仏印進駐が展開され、フランスは日本の脅威にさらされていた。

六．親日派

自力文団のリーダー、ニャット・リン（＝グエン・トゥォン・タム）は、一九三八年頃に大越民政党（Đại Việt Dân Chính đảng）を立ち上げた。党は、孫文の三民主義にイタリアファシズムとナチスドイツとを複合させた方針[41]を掲げ、親日派として知られていた。「越南〔ベトナム〕民族は、アジアの共栄圏などという言葉に酔うよりも、現実として、日本が自分たちをフランス植民地政策の桎梏から解放してくれることに期待をかけていた」[42]。古田元夫は、欧米の植民地であったがゆえに、ナショナリストにして親日的という選択肢があった東南アジアと、東アジアとの相違を指摘している。[43]

一九三〇年代後半になるとベトナム北部では大越国家社会党（国社党）（Đại Việt Quốc gia Xã hội đảng (Đảng Quốc Xã)、大越民政党、大越国民党（Đại Việt Quốc dân đảng）などの国家主義的な政党が叢生した。反共・反仏では一致していたこれらの党派は、日本軍の北部仏印進駐以後親日の立場を明確にし、日本を利用してフランスを打倒する方向に傾き、四四年には新ベトナム国民党（Tân Việt Nam Quốc dân đảng）とともに大越国家連盟（Đại Việt Quốc gia Liên minh）を結成した。しかし、四五年日本軍の敗北とベトミンによる親日党派掃蕩にあって、急速に勢力を失った[44]。

一九四一年四月、日本に亡命した「ベトナム復国同盟会（Việt Nam Phục quốc Đồng minh hội）」の会長クォン・デ候（Cường Để, 1882-1951）の側近であった陳文安《チャン・ヴァン・アン》（または陳福安《チャン・フック・アン》と呼ばれた。日本名は柴田喜雄）に会うことを目的に、カイ・フンはニャット・リンとともに日本の軍用機に乗りこみ広東と台湾に渡った[45]。渡航にあたっては、カイ・フンの漢字能力が役に立っただろう。なお、ある証言によればニャット・リンの指示によって、陳福安は一九四三年七月二二日に広州で暗殺されている[46]。

カイ・フン個人に関しては第二章で示すように、自力文団結成以前カイ・フンがハノイ北西のフート省（Tỉnh Phú Thọ）で漆商をしていた時に、同じく漆を扱っていた日本人の友人が存在した。カイ・フンはこの人物のコーディネーターおよび通訳という役割を担っていたと考えられる。また、自力文団が政治活動へ方針を転換した以降には、小牧近江（1894-1978、本名：近江谷駟《おうみやこまき》）や小松清（1900-1962）といった日本人と関係を持っていた。

一九二一年に雑誌『種蒔く人』[47]を創刊した社会科学者、仏文学者、翻訳家である小牧近江は、一九三九〜一九四六年の間、仏領インドシナに滞在した。小牧は、商社を経てハノイ日本文化会館事務長となり、ベトナムの民族主義者との交遊も多かった。その小牧の著作『ある現代史』（一九六五）には、ニャット・リンとカイ・フンとの交流が以下のように描かれている。

私は、金永鍵[48]さんを通じて、安南の作家、評論家や、詩人のグループ、グェン・ヴァン・タム、[49]カイ・フンなどと知り合いになりました。彼らは、〝今日〔ドイナイ〕社〟なる文芸家の運動をしていましたが、それは、ちょうど、〝種蒔く人〟の運動のようなものでした。私は、とたんに親近感を感じました。（中略）〝今日社〟を知ることによって、私は、インドシナの文化について、さらに啓発されました。ずいぶん、本を読みました。おまけに、彼らが、まずこの本を読め、つぎはこの本だ、と親切にすすめてくれたので、短日月のうちに効果をあげることができました。フランス語のおかげです。そうしているうちに、私は、だんだんと、越南の独立運動に関係するようになったのです。[50]

彼らの交流は、日本敗戦後、小牧が引き揚げ船でベトナムを離れる日まで続いた。小牧は「私の夢のために買い求めておいてくれた田地ではじめてとれた米」を、ニャット・リンの関係者が餞別として贈ってくれたと書いている。[51]また、一九四一〜一九四六年の間、二回に分けて仏領インドシナに滞在し、ベトナム独立運動にも参加した、評論家、仏文学者で、『金雲翹（*Kim Vân Kiều*）』[52]（＝『翹伝（*Truyện Kiều*）』）をフランス語から重訳した小松清[53]は、当時の経験を素材に著した半自伝小説『ヴェトナムの血』（一九五四）を残している。小牧近江をモデルにした作中人物の志村は「こないだ、広東の亡命生活から帰ってきて、故郷に錦をかざった大越党の中心人物のグェン・ツンタム（阮祥三）〔ニャット・リンのこと〕なんかでも、何年か前、彼が草鞋をはいたとき、南洋協会にたのみこんで、そのルートで台湾に逃がしてやったのは、ぼくじゃなかったかね！　旅費までこさえてやってね。タム以外にも、ぼくが親身になって世話したり、かくまったり、逃がしてやった大越の連中は随分いますよ。フランス当局から、いつも睨まれたり、すんでのところで追放になりそうな目にあいながらね(54)」と発言している。

自力文団およびカイ・フンについての評価は、評価する時代、評価する場所によって、大きな開きが見られる。カイ・フンの死後、分断と統一を経たベトナムにおける評価は非常に複雑であり、すべての評価を鵜呑みにすることは危険である。これに関しては次章で詳述する。

＊　＊　＊

二〇世紀初頭の維新運動（Phong trào Duy Tân）は、明治維新以後の日本の富国強兵策を模範とし、孫文の三民主義を参考とした。ベトナム国内では東京義塾（Đông kinh Nghĩa thục）を設立した。竹内與之助は、彼らの維新思想が三〇年後に自力文団によって再生され、そのことはベトナム史上特筆さるべき事柄だと指摘している(55)。

自力文団は七名のメンバーによる文学グループであった。しかし、ニャット・リンが政党を立ち上げた以後は、七名全員がその政党に所属したわけではなかった。例えば、メンバーの一人で浪漫主義的な傾向の濃い詩を得意としたスアン・ジェウは、一九四四年にベトミンに参加し共産党に入党後、党の方針に則った詩を創作し民衆の戦意を煽った。このような経歴により、彼は現在ではカイ・フンとくらべて非常に高い認知度を保持している。このことからも分かるように、自力文団を、ひとまとめに論じることは困難である。同様に、ニャット・リンと共に政治活動を進めたメンバーたちも、それぞれの思想と理想を抱いていた。ニャット・リンを中心にこれまでひとまとめに捉えられていた彼らに対する硬直した評価を、今後切り崩していく必要があるだろう。

注

（1）白石昌也、「20世紀前半期ベトナムの民族運動」、池端雪浦・石井米雄ほか編、『東南アジア史　第7巻　植民地抵抗運動とナショナリズムの展開』、岩波書店、二〇〇二年、一九八–二〇一ページ。
（2）石井米雄監修、『ベトナムの事典』、同朋舎、一九九九年、一六六ページ。
（3）インドシナ共産党（Đảng Cộng sản Đông Dương）指導によるゲティン・ソヴィエトの蜂起（Khởi nghĩa Xô Viết Nghệ Tĩnh, 1930-1931）、およびベトナム国民党（Việt Nam Quốc Dân Đảng）によるイエンバイ蜂起（Khởi nghĩa Yên Bái, 1930）が起こるも、双方とも敗退に終わった。
（4）およそ一万人が殺害され、五万人が追放された（Joseph Buttinger, *Vietnam: A Dragon Embattled - Volume I*, Pall Mall press, London, 1967, p.219.）。
（5）Nguyễn Văn Trung, *Chủ nghĩa Thực dân Pháp ở Việt Nam - Tập I*, NXB Nam Sơn, Sài Gòn, 1963, p.31.
（6）一九三三年の一年間で二七紙が誕生。

（7）Tú Mỡ, "Trong Bếp núc của Tự Lực Văn Đoàn", *Khái Hưng - Nhà tiểu thuyết xuất sắc của Tự lực văn đoàn*, edited by Phương Ngân, Nhà xuất bản Văn hóa - Thông tin, Hà Nội, 2000, p.387.

（8）グエン・トゥォン・タム（＝ニャット・リン）を中心に一九三六年に設立された社会事業組織。ジュール・ブレヴィエ（Jules Brévié, 1880-1964）総督を名誉会長に置いた（*Ngày Nay*, Nº.90, 1937/12/19.）。

（9）Thanh Lãng, *Bảng lược đồ Văn học Việt Nam - Quyển Hạ - Ba thế hệ của nền văn học mới (1862-1945)*, Trình Bầy, Sài Gòn, 1967, p.729.

（10）テー・ルーの義娘ファム・タオ・グエンによれば、自力文団は一九三三年七月一四日〜七月二一日の間に結成された（Phạm Thảo Nguyên, "Tự Lực Văn Đoàn thành lập năm nào?", *Nhìn lại Thơ Mới và Văn Xuôi Tự Lực Văn Đoàn*, NXB Thanh Niên, Hà Nội, 2012, p.340.）。

（11）現表記はQuán Thánh。

（12）著者が二〇一七年にここを訪れた時、この家に関する近所の人の認識は、ベトナム国民党の機関、というものであった。なお、カイ・フンの自宅は、一時間に一二五〇ページの画像を印刷できる小型の印刷機を有していた（Martina Thucnhi Nguyen, *On our own strength: The Self-Reliant Literary Group and Cosmopolitan Nationalism in Late Colonial Vietnam*, University of Hawai'i Press, Honolulu, 2021, p.37.）。

（13）自力文団に関しては、竹内與之助「Tự Lực Văn Đoàn（自力文団）とその背景」、『東京外国語大学論集』一三、一九六六年、七七-九三ページに詳しくまとめられている。ちなみに、一九三四年に掲げられた自力文団の宗旨は以下のとおりである（川口健一、「ベトナム近代文学の展開（I）小説」、『東京外国語大学論集』三七、一九八七年、一八七ページの和訳に依拠する / *Phong Hóa*, Nº.87, 1934/3/2.）。

1．文学的価値をもつ書籍を自ら作り出し、文章的性格しかないような外国書籍の翻訳をしない。すなわち国の文学的財産を豊かにするためにである。

2．人間と社会を日々向上させるような社会的思想を有する本を編纂、あるいは訳出する。

3. 平民思想に従って、平民的性格を有し、平民主義を愛するよう他の人々を鼓舞する本を編纂する。
4. 平易で理解しやすく、漢字の少ない文体、ベトナム的特色をもつ文体を用いる。
5. いつも新しく、若々しく、人生を愛し、闘争心をもち、進歩を信じる。
6. 国の美しい様相しかも平民的性格をもつ特色を称え、他の人々に平民としての愛国心をもたせ、貴族的長老的性格を抱かせないようにする。
7. 個人の自由を尊重する。
8. 孔子の教えがもはや時代に合わないことを教える。
9. 西欧の科学的方法をベトナムの文学に応用する。
10. これら9ヶ条のなかのひとつに、それが他の条項に反しない限りにおいて、従うだけでもよしとする。

(14) Nguyễn Văn Xung, *Bình Giảng về Tự Lực Văn Đoàn*, Tân Việt, Sài Gòn, 1958, p.10. カイ・フンの弟であるチャン・ティエウ（Trần Tiêu, 1900-54）が、自力文団のメンバーに数えられることもあるようだが、ニャット・リンの末の息子グエン・トゥオン・ティエット（Nguyễn Tường Thiết）は、自力文団のメンバー七人に言及したニャット・リン直筆の書類を保管しており、これに基づけば自力文団には、チャン・ティエウは含まれない。

(15)『フランス文学辞典』、白水社、一九七四年、六三九ページ。

(16) Phan Cự Đệ, *Tiểu thuyết Việt Nam hiện đại*, NXB Đại học và Trung học chuyên nghiệp, Hà Nội, 1974, p.89.（川口健一、前掲論文、一八四ページの和訳に依拠する。）

(17) 川口健一、前掲論文、一八〇ページ。

(18) Tú Mỡ, op.cit., p.390.

(19) Thạch Lam, "Tiểu thuyết", *Ngày Nay*, N°.132, 1938/10/15, p.9.

(20) 当時発行されていた合法紙誌の発行部数は多くても二〇〇〇から三〇〇〇部ぐらいだったが、『風化』は創刊から数ヶ月で一万部を達成している（加藤栄、『「ベトナム文学を味わう」報告書』、国際交流基金アジアセンター、一九九八年、七五ページ）。

（21）島本浣、岸文和、『絵画のメディア学――アトリエからのメッセージ――』、昭和堂、一九九八年、九九ページ。

（22）フロイトに関しては一九三六年一一月二二日付『今日』紙三五号で、フロイトの精神分析が紹介されている。*Ngày Nay*, N°.35, 1936/11/22.

（23）フロイト、「ユーモア」、『フロイト著作集 第三巻』、高橋義孝（他）訳、人文書院、一九六九年、四一〇ページ。

（24）フロイト、前掲書、四〇八ページ。

（25）一九三六年から一九三九年にかけて、フランスの人民戦線政府の圧力により、フランスの地方行政は公の言論と出版に対する統制を緩和した。これによって、これまでにはなかった大きな知的自由が与えられた。しかし、北部と中部では一九三八年まで新聞発行を許可する権利と、その許可を取り消す権利は維持された。(Shawn Frederick McHale, *Print and Power: Confucianism, Communism, and Buddhism in the Making of Modern Vietnam*, Munshiram Manoharlal Publishers Pvt. Ltd., New Delhi. 2010, p.40, 56.)

（26）*Ngày Nay*, N°.1, 1935/1/30, p.2. 当時、『トンキンの未来（*L'Avenir du Tonkin*）』という名のフランス語の新聞が存在した。

（27）Nguyễn Tường Bách, *Việt Nam những ngày lịch sử*, Nhóm Nghiên cứu Sử địa xuất bản, Montréal, 1981, p.30.

（28）ヘスケス・ベル、『蘭・佛印植民司政』、羽俣郁譯、伊藤書店、一九四二年、一七四ページ（原書はHesketh Bell, *Foreign Colonial Administration in the Far East*, E. Arnold & Co., London, 1928.）。一九二六年の訪問手記である。

（29）赤色にバラの花といった冊子の表紙デザインは、瓜二つである。

（30）旧南ベトナムで、幼少期・青年期を過ごした人々のなかには（そのほとんどは難民としてアメリカなどの海外に移住しているが）「紅本《サックホン》」を懐かしむ方もいる。

（31）Thanh Lãng, op. cit., p.711.（フランス国立図書館Gallicaのウェブサイトでは、「紅本《サックホン》」シリーズのほか、第二部で論じる『ハイン』や『清徳《タイン・ドゥック》』『道士』などを閲覧することができる。）

（32）Đỗ Quý Toàn, “Sách Hồng: Một chủ trương “xây dựng” của Tự lực văn đoàn”, *Văn Việt*, 2015/4/9.（http://vanviet.info/nghien-cuu-phe-binh/sch-hong-mot-chu-truong-xy-dung-cua-tu-luc-van-don/ 最終閲覧二〇二一年十月三一日）

（33）cf. フランス植民地主義の進出とともに、一九世紀末にフランス人学者ランドはベトナム各地の口頭伝承を調査し、それをフランス語で記録して、「安南の神話と伝説（*Contes et Légendes Annamites*）」と題して『遊覧と観察（*Excursions et reconnaissances*）』という刊行物に連載した。さらに一九五七年から一九八二年にかけての間、ベトナム民間伝承研究の先駆者グエン・ドン・チー（Nguyễn Đổng Chi, 1915-1984）はランドの記録をベトナム語に翻訳した上で自らの調査で収集した地方伝承も加えて、『ベトナム昔話の宝庫（*Kho tàng Truyện cổ tích Việt Nam*）』という説話の集大成を書き上げた。ベトナムの子どもたちに親しまれた多くの説話の語りは、漢文から現代語訳されたものではなく、フランス語からベトナム語に翻訳されたものである（ファム・レ・フィ、「ベトナムの説話世界の独自性と多元性――東アジア世界論・単一民族国家論・ナショナリズムを超えて」、『説話文学研究の最前線』、文学通信、二〇二〇年、三三四ページ）。そのため、カイ・フンが「紅本《サックホン》」としてベトナム語で出版したベトナムで語り継がれてきた物語が、果たしてランドの刊行物を参考としたのか、それともカイ・フン自身が幼少期から耳にしてきた物語の言語化なのかを確認する必要がある。今後の課題としたい。

（34）Tôn chỉ 8: Làm cho người ta biết rằng đạo Khổng không hợp thời nữa.（*Phong Hóa*, N°.87, 1934/3/2.）

（35）Van Lang, “Les <Livres Roses> Annamites”, *La PATRIE ANNAMITE*, N°. 326, 1939/11/18, Hanoi, p.2.

（36）そのうちの一つとして捉えられる『道士』については、第六章で考察する。

（37）風化とは、徳によって人々を教化すること、の意味である。

（38）Đỗ Quý Toàn, op.cit..

（39）ダオ・ダン・ヴィ、『若き安南』、成田節男訳、白水社、一九四二年（原著一九三八年）、一二〇―一二一ページ。

（40）小松清、『仏印への途』、ゆまに書房、二〇〇二年（旧版『仏印への途』、六興商会出版部、昭和一六年）、一三四ページ。

（41）Nguyễn Tường Bách (1981), op.cit., p.36. なお、「良識的知識人がファシズム体制に組み入れられた一つの原因は、この理想の欺瞞性を看破できなかった彼らのロマンチシズム的心情にあった」とされる（『新版 哲学・論理用語辞典』、思想の科学研究会編、三一書房、二〇一二年、三三三ページ）。

（42）小牧近江、『ある現代史――〝種蒔く人〟前後――』、法政大学出版局、一九六五年、一五七ページ。

一九四一年の日本印度支那協會の資料によれば、当時の安南人の日本に対する意見の総合は以下のとおりである。

一、司法行政はより公正に行はれるであらう。

二、日本の指導者はフランス人の如く吾々を攻撃しないであらう。従って民衆にもつと《ママ》有利に租税率を引下げることが出来るであらう。

三、官吏は實際に仕事に携はるであらう。そのため、公共財産の損害となる如き濫費を避け得るであらう。

四、フランス人が好んでなした如くに、吾々を「穢れた人種」扱ひする如きはないであらう。

（日本印度支那協會、『佛印の政治經濟状況と印度支那人の希望事項』、一九四一年、三九‐四〇ページ。まえがきには、本稿は西貢在住一安南人が執筆せるもので佛蘭西治下の安南人の窮状を具さに訴へ、安南同胞を救ふものは日本以外にないと斷じ、日本の統治を前提として種々の希望條項を述べてゐる、とある。）

一方で、あるベトナム人新聞記者の日本に対する考えは、次のとおりである。

「俺は決してこの世間一般で行はれてゐるやうな日本に阿諛する考へは持つてゐないフランス人は嫌ひであるが日本人も嫌ひである、何故かと申すと日本人はフランス人の後を嗣ぐものである一體このフランス人なるものは何んだ俺達に言はせれば旅行者の如きものである、佛印に行けと命ぜられて次ぎ〳〵來てその後を嗣ぐ、相手が代つて來ては、それにより俺達が支配されてゐる。日本も再び原住民と云ふものを支配しに來ると云ふ行き方を踏襲して行くと云ふものであれば、これはフランス人と同じものであると思ふ、原住民の思想を理解し原住民の文化を理解せず政治的にフランス人の政治的地位に取つて代るやうな日本人なら俺達は機會があれば起たうではないかフランス人に反抗して亡ぼされるのも日本人に抗して亡ぼされるのも同じ事で原住民が亡ぼされるならば満足だ、倒れるところまで自分達の子供を引連れ自分達の孫を引き連れて起たうではないか」（名和田政一、「印度支那における佛蘭西の文化政策と其の現狀」、『東亞文化圈』一-二、青年文化協會東亞文化圈社、一九四二年、七七-七八ページ）。

（43）古田元夫、「ベトナム知識人の八月革命と抗仏戦争――ヴー・ディン・ホエを中心に」、『岩波講座　東南アジア史　第8巻　国民国家形成の時代』、岩波書店、二〇〇二年、一三七ページ。

（44）石井米雄監修、『ベトナムの事典』、同朋舎、一九九九年、一九一ページ。

（45）CAOM, RST/NF 6495, Đại Việt Dân Chính, Note N°.23670. (Guillemot François, *Đại Việt Indépendance et révolution au Viêt-Nam : L'échec de la troisième voie, 1938-1955*, Les Indes savantes, Paris, 2012, p.87. より再引用）

（46）CAOM (Aix), GGI, 7F29 (2), p.1. (Nguyên Vũ, "Khái Hưng Trần Khánh Giư (1896-1947?)", *Hợp Lưu*, N°.104, California, 2009, p.21. より再引用）筆者は当資料を未確認であるため、現在のところその内容の確証はない。今後の課題としたい。なお、グエン・ヴーの本名はヴー・グ・チェウ（Vũ Ngư Chiêu）で、一九八四年にウィスコンシン大学マディソン校にて歴史学の博士号を取得している。ヴー・グ・チェウによれば、陳福安は復国会（Phục Quốc hội）創立にあたり重要な役割を担った（Vu, Chieu Ngu, *Political and Social change in Viet-Nam between 1940 and 1946*, University Microfilms International, Michigan, 1984, p.246.）。

（47）小牧による第三インターナショナルの紹介をはじめ、反戦平和、被抑圧階級解放を公然と掲げて注目された文芸雑誌（第一次：一九二一年二~四月、第二次：一九二一年一〇月~一九二三年一〇月）。

（48）『印度支那と日本の関係』（冨山房、一九四三）の著者でベトナム研究家。一九一〇年にソウルで生まれた金永鍵は、一九三〇-四〇年代ハノイに滞在した。一九三一年からハノイにあるÉcole Française d'Extrême-Orient（遠東博古学院、Viễn Đông Bác Cổ Học Viện、フランス極東学院）で活動を始め、一九三二年五月一日にフランス極東学院に正式雇用された。金永鍵は、歴史、語学、文学などにより強い関心を抱いていたとされ、仏教関連の研究成果の紹介も行なっている。一九三六年七月上旬の『東亜日報』では、「安南遊記：安南の文壇」という題目で、自力文団の活動に言及し、『日・仏・安南語会話辞典』（岡倉書房、一九四二）では、ニャット・

リンの『断絶』が抜粋された。第六章で触れるインドの説話や仏教説話などは、日本国籍のフランス極東学院の韓国人司書であった金永鍵を介して知り得た／読み得たとも考えられる（ヨン・デヨン、「1930-40年代の金永鍵とベトナム研究」、『東南アジア研究』四八-三、二〇一〇年）。

(49) グェン・トゥォン・タムの誤り。

(50) 小牧近江、前掲書、一五六ページ。

(51) 小牧近江、前掲書、一九四ページ。

(52) グエン・ズー（Nguyễn Du 阮攸, 1765-1820）によって書かれた、ベトナムを代表する国民文学的作品。『翹伝』（＝『金雲翹』）は、ハノイ日本文化会館が「素如《トーニュー》」劇団を後援し、新たな演出により、一九四四年二月にハノイのオペラハウスで上演された（在佛印日本文化会館東京事務所、『佛印文化情報』五、一九四四年一二月三一日、二八-二九ページ）。

(53) 小牧近江は次のように記している。「小松清は私にとって、行動の文学の盟友だったばかりでなく、ヴェトナム民族解放運動の一助として、元〝改造〟編集長水島治男とともに内地で〝水曜会〟をつくり、ハノイ＝東京路線のくさびをつくった間柄だったのです」（小牧近江、前掲書、一八五ページ）。

(54) 小松清、『ヴェトナムの血』、河出書房、一九五四年、三〇〇ページ。

(55) 竹内與之助、前掲書、七八、九一ページ。

第二章

「間《あいだ》」のひと、カイ・フン

ポストコロニアル文学は、作者の人生というテクストの外部を参照することなしには読解不可能といら。(1) 植民地で現地の人間によって書かれた文学も、しばしば作者の人生と対応させることなくしては読解できない。この観点に立てば、本書を展開する上でカイ・フンとは一体どのような人物であったのかを探ることは極めて重要な作業である。これまで、ニャット・リンの影に隠れがちで、再三ニャット・リンと同一視されてきたカイ・フンは、(2) ニャット・リンより一〇歳年上で「旧学」と称された漢学の豊かな見識を有する人物であった。

本章では、暴力を用いた革命闘争ではなく、社会をそして未来をより良くしていくための「筆による闘争」を自身の使命と見据え、分析的思考および感受性でもって、極めて複雑な構造にあった植民地において他者への想起を読者に促す文学作品を生み出してきたカイ・フンについて論じる。政治リーダーとして革命闘争に従事してきた行動の人としてのニャット・リンとカイ・フンを重ねて見ていては、カイ・フンを真に理解することはできない。筆者は、この二人をしばしば並べ重ねて見てきた従来の評価を問題視しており、こうした評価によってなかなか表に出てこなかったカイ・フン像を明らかにすることが本章の目的である。

南北分断や幾度もの戦争を経たことで、カイ・フン像を探るための資料、とりわけ日記やメモ帳などの個人的な資料は散逸している。残念なことに、カイ・フンの養子で、ニャット・リンの息子であるグエン・トゥォン・チェウ（Nguyễn Tường Triệu, 1932-）ですらこれといった資料を持ち合わせていない。

以下に紹介するカイ・フンの来歴は、幾つかの資料からの情報を総合したものであるが、その真否の検証もまた今後の課題である。なお、回想をもとにした記録に書かれた数字、年月日などの諸情報についても精度は危うい。信頼度を補強するためにさらなる資料を探し出す必要がある。

本章では、カイ・フンの来歴・最期を追ったのち、カイ・フンの政治的立場、さらに国語《クォックグー》形成過程における彼の貢献に言及していく。

一．来歴

カイ・フンの来歴を記す前に、文芸誌編集者トゥー・チュンの次の叙述を念頭に置いておく必要がある。

カイ・フンの生涯を探ることは至極困難なことである。困難なのは、資料がほとんど存在せず、あったとしても粗放であるか、もしくは信憑性に欠けるからである。さらに、カイ・フンの身近に生きた人物が今や〔一九六四年時点〕何人もおらず、その何人かのうちの一部は、なんらかの理由やその他の要因のために亡き人について筆をとろうとはしない。

カイ・フンの著作・作品を探すのも決して容易いことではない。ドイナイ社によって出版された本以外に、カイ・フンにはまだ多くの作品が存在するものの、いまだ本のかたちになっていないことを私たちは把握している。それらの作品の多くは、探し出すのが大変困難な新聞の紙面上に散り散りに掲載されている。『風化』や『今日』はきちんと保管している人がいるものの、『今日－新紀元（*Ngày Nay - Kỷ nguyên mới*）』や『正義（*Chính Nghĩa*）』、『ベトナム（*Việt Nam*）』に関しては、保管できている人（しかも全号ではない）は数えるほどしかいない[3]。

トゥー・チュンは、反体制側の新聞を保管することは、それ自体が危険な行為であり、『ベトナム』や『正義』といった新聞を保管しようとする勇敢な人間はいなかったと述べているが[4]、フォン・レ（Phong Lê, 1938-）編集一九八六年刊行『対仏抗戦時のベトナム文学（1945-1954）(*Văn học Việt Nam kháng chiến chống Pháp (1945-1954)*)』では、『正義』紙掲載のカイ・フンの短編が言及されている。幸運なことに、誰かの意志によってなんらかの形で、それが今日まで保管されてきたものと考えられる。

パリの図書館といった遠方で探そうにも、不運なことに一九四五年三月九日の変転〔日本による仏印武力処理〕によって、ハノイの納本局はインドシナで発刊された本や雑誌を、《貴国》〔ファム・クィンの言葉と注記がある〕で保管するために発送することを止めてしまった。これにより、カイ・フンの（文学・思想における）少なくない価値を有する作品が散り散りになってしまった。(5)

このように、インドシナ戦争、南北分断、さらにはベトナム戦争の戦禍を経て、共産主義体制による反体制派の取り締まり、サイゴン陥落後の焚書等の様々な理由により、カイ・フンについて述べられた書物に書かれた内容や数字等の信頼性は不確かである。そのために、それらを盲目的には信じることができない。なお筆者は、すべてではないものの『今日‐新紀元』や『正義』『ベトナム』を入手することができた。のちの章で、これらの新聞に掲載されたカイ・フンの言論および短編・戯曲の分析を行う。

カイ・フンとは一体どのような人物だったのか。本節では、カイ・フンの親族から依頼を受けて一九七一年にサイゴンで出版された、『カイ・フン短編集』の冒頭に記された来歴(6)、そして政治活動突入以後（一九三八年～）については、フランス在住の文芸評論家トゥイ・クエ（Thụy Khuê, 1944-）(7)や、ニャット・リンの弟で、カイ・フンの後期にあたる時期に共に新聞を発行したグエン・トゥォン・バックの文章を軸に(8)、カイ・フンの生涯を追う。

カイ・フン、本名チャン・カィン・ズーは、一八九七年に生まれた。ハノイの中学校コレージュ・ポール・ベール（Collège Paul Bert）入学時に、年齢制限を超えぬよう三才年をごまかしたため、出生証明書は一九〇〇年生まれになっている。

カイ・フンは、ハノイの東約一〇〇㎞に位置する、ハイズォン省（Tỉnh Hải Dương, 現ハイフォン市 Thành Phố Hải Phòng）ヴィンバオ郡（Huyện Vĩnh Bảo）にある、科挙制度時代に多くの知識人を輩出してきたことで有名なコーアム村（Làng Cổ Am）で生まれた。そこは、一九三〇年二月一五～一六日に起きたベトナム国民党のリーダーであるグエン・タイ・ホック（Nguyễn Thái Học, 1902-1930）によるイエンバイ蜂起（Khởi nghĩa Yên Bái）後に、仏植民地政府軍の空軍機五機によって、五七個の一〇キロ爆弾を投下された土地でもあり[9]、革命の村としても有名であった[10]。

カイ・フンの父親は、ハノイの南東約一〇〇㎞にあるタイビン省（Tỉnh Thái Bình）省長のチャン・ミー（Trần Mỹ）で、彼には五人の妻がおり子どもの多い家庭であった[11]。カイ・フンは第一夫人の次男で、作家チャン・ティェウ（Trần Tiêu, 1900-1954）の兄である。

図1　1936年にサパで撮影されたカイ・フン　*Thời Tập*, #5 4, 1974.

幼少時、家族はさらに弟が生まれることを期待して、間《あいだ》という意味のズア（Giữa）という名でカイ・フンを呼んでいた。しかし、カイ・フンは国語《クォックグー》習得後に名前から「a」と声調記号を取り去り、ズー（Giư）に変えた。Giưという単語は国語《クォックグー》では何の意味も成さず、漢字にも存在しない。また、後にカイ・フンがベトナム史を

図 2　コーアム村にあるグエン・ビン・キェムが教室を開いた寺（Chùa Mét）

図 3　コーアム村にある木造の教会

漢字で学んだ際に、陳朝時代（一二二五〜一四〇〇）蒙古襲来時において戦いに貢献した名将チャン・カイン・ズー（Trần Khánh Dư〔陳慶餘〕, ?-1340）を知り、民族の英雄の名にあやかってミドルネームにカイン Khánh を付け足した。幼少時から親交のあった作家グエン・コン・ホアン（Nguyễn Công Hoan, 1903-1977）は、「チャン・ズー（Trần Giư）がニンザン省（Tỉnh Ninh Giang）で石油の代理業を営む際、陳朝時代の将官陳慶餘《チャン・カイン・ズー》が油売りの出であったことにあやかって、ミドルネームにカインを付け足した(12)」と記している。陳慶餘の父親の家業は炭売りと言われており(13)、油とは形態は違っても同じ燃料であるのでこの説にも一理あるだろう。家族のなかでミドルネームを持つのは唯一カイ・フンだけである。カイ・フンというペンネームは、カイン・ズー（Khánh Giư）のアナグラムである。カイ・フンという名を使う以前には、時に〈炭売り（Bán Than）〉の名で『維新（*Duy Tân*）』紙に記事を掲載していた。『風化』以後、カイ・フンは他にもニ・リン[14](Nhị Linh)等のペンネームを使って執筆活動を行った。

カイ・フンは六〜十二才頃まで漢字と国語《クォックグー》を学び、文学者ゴ・トイ・シー(Ngô Thời Sĩ, 1726-1780)の子孫をはじめ優秀な教授陣に囲まれ、四書(『大学』『中庸』『論語』『孟子』)やベトナム史、中国史を修めた。一九〇九年に父親がハノイから南西一二㎞に位置するハードン省(Tỉnh Hà Đông)に配属されると漢学を学ぶことをやめ、ハードン省の小学校でフランス式の学問を学び始め、一九一三年六月に小学校卒業資格試験に合格した。

一九一三年、アルベール・サロー(Albert Sarraut, 1872-1962)が仏領インドシナ総督になると、植民地政府は現地民衆の歓心を買おうとして、ベトナム人に対してフランス本国の制度によるコレージュ・ポール・ベールへの入学を許可した。カイ・フンは一九一三〜一九一四年の学年度から、つまりベトナム人第一期生として入学し、文学部でラテン語・ギリシャ語を学んだ。クラスメイトには、後に政治秘密警察の一員となるクソー(Cousseau)がおり、カイ・フンが政治活動を始めた後、頻繁に遊びにやってきて

図４　コレージュ・ポール・ベールは現在
共産党中央渉外部の建物になっている
http://hanoirekishi.web.fc2.com/vietnamkyousantouhonbu.html
(ハノイ歴史研究会)

は探りを入れた。

コレージュ・ポール・ベール（のちにリセ・アルベール・サロー Lycée Albert Sarraut へ名を変更）で学んだカイ・フンは、一九一九年、大学入学資格試験であるバカロレア第一部の試験を受けるも、合格するまで二年を費やした。当時、バカロレア受験者は少なく、毎回一〇人を超える志願者に対し文学部での合格者は三〜四人だけであった。

第一部に合格後カイ・フンは哲学科に進んだが、四度に亘る試験失敗の後受験をやめた。親族によれば、カイ・フンが試験に失敗したのは学業が劣っていたからではなく、不注意な性格のために与えられた主題から外れた解答をしてしまうからであったという。

試験を断念したカイ・フンは、自宅で本を読み、フランス文学を翻訳し、漢字を復習し、将棋を指したり、絵を描いたりと、いわゆる〈高等遊民〉的生活を送った。その成果として、一九二二年または一九二三年に、ラシーヌの喜劇『訴訟狂（*Les Plaideurs*）[15]』（1668）の翻訳でナムディン到知会（Hội Trí Tri Nam Định）の一等賞を獲得、「翰墨書香[16]」の四文字が刺繍された絵がカイ・フンに贈られた。さらに一九二四年または一九二五年、ハノイの絵画展覧会で霧の中の帆船を描いた絵で奨励賞を受賞した。

一九二一年に結婚する。カイ・フンの配偶者となったのは、ハノイの南約一〇〇㎞に位置するナムディン省（Tỉnh Nam Định）チュックニン郡（Huyện Trực Ninh）ジックジェップ村（Làng Dịch Diệp）、レ・ヴァン・ディン（Lê Văn Đính）省長の次女レ・ティ・ホア（Lê Thị Hòa, ペンネーム：ニャー・カインNhã Khanh）であった。夫婦には子どもがおらず、ニャット・リンの息子グエン・トゥォン・チェウ[17]を幼少時から養子に迎え入れた。裕福な家庭に生まれたホアは漢文の素養のある女性であった。レ・ヴァン・ディン省長が、漆と茶で名高いハノイ北西一〇〇㎞に位置するフート省（Tỉnh Phú Thọ）で巡撫[18]の職に就いていた頃には、カイ・フン夫婦はそこで漆の商いをした。フートの風景はカイ・フンの小説のなかに多く描かれている。

一九二七年、スタンダード・オイル社（現エッソ）で働く学友アルフォンス・ダマス（Alphonse Damasse）の紹介により、ハノイ南東八〇㎞にあるニンザン省で石油の代理業を営む。ニンザン省は比較的人口の多い所だったが、三年の後、会社からの借りが保証金と同額にまで嵩んでしまったため、カイ・フンは仕事を続けることができなくなった。カイ・フンが商売に失敗したのはひとを思い遣る性格によるもののようで、掛け売りした金をそのままにして回収できない事態に陥ったからだという。

スタンダード・オイルでの仕事を辞すとハノイに上京し、ハードン時代の学友ファム・フー・ニン（Phạm Hữu Ninh）が経営する私立タンロン校（Trường Tư thục Thăng Long）で作文（国語《クォックグー》）教師の職に就いた。そこで、今日革命家として名の知られる名士たちやニャット・リンと出会った。カイ・フンは学生たちに常に、整然かつシンプルな散文を書くよう指導した。その方針はカイ・フン自身の文体にも影響していた。カイ・フンは、ドーデーやモーパッサンの文体を好んでいた[19]。

一九三二年、ニャット・リンがファム・フー・ニンより『風化』を買い取り、ベトナム初の風刺新聞となる週刊『風化』を立ち上げ、自力文団を結成した。カイ・フンはすでにファム・フー・ニン時代の『風化』から参加し、当初から女性に関わるコラムを書いている。一九三六年、『風化』の発行許可証を取り上げられると『今日』がその代替紙となった。

カイ・フンが『風化』に掲載した最初の中・長編小説は『蝶魂仙夢』で、『春半ば（*Nửa Chừng*

Xuân)』がそれに続いた。この二つの小説が、カイ・フンの文名を揚げることになった。

約一〇年の間に、カイ・フンはニャット・リンとの共著も含め[20]二〇冊を超える作品を書籍化した。そのほとんどは社会小説的傾向を持つ作品であるものの、理想を掲げた詩的味わいが漂う作品である。カイ・フンの人物描写・風景描写は忠実かつ柔らかで、秀麗なタッチを持ち読者の心を揺さぶった。ちなみに、長編執筆時にはカイ・フンはアヘンを使用していたとの記録が残っている。[21] 養子のチャン・カィン・チェウ（＝グエン・トゥォン・チェウ）は、カイ・フンは体重が約四六キログラムと痩せ細ってはいたものの、アヘン中毒ではなかったと反論しているが、カイ・フンがニコチン中毒であったことは認めている。[22]

一九三六年、フランス本国に人民戦線内閣が生まれた。植民地インドシナでも政治活動への規制が緩和され、共産党員を含む政治犯が釈放され、言論の検閲も緩むなど、自由な雰囲気が生まれた。[23] 一九三八年、自力文団は植民地からの独立を目指す政治闘争へと方針を転換した。ニャット・リンが興越党（Đảng Hưng Việt）を立ち上げ、その後大越民政党へ名を変えた。一九四〇年、カイ・フンとホアン・ダオは他の革命政党と連絡を取るために中国へ渡り、一九四〇年末に帰国した。[24] 一九四一年四月、独立運動家で日本に亡命したクォン・デの側近で一九四〇年には日本軍の大佐を務めていたとされる[25]陳文安《チャン・ヴァン・アン》あるいは陳福安《チャン・フック・アン》（日本名：柴田喜雄）に会うことを目的に、ニャット・リンとともに日本の軍用機に乗りこみ広東と台湾に渡った。[26] 一九四一年九〜一〇月[27]には、ホアン・ダオや自力文団に協力した画家のグエン・ザー・チーとともに、大越民政党への参加を理由にフランス当局に捕えられた。彼らは拷問を受け、ホアビン省チャウラックソン、ヴバンの監獄（Trại giam Vụ Bản, Châu Lạc Sơn, tỉnh

Hòa Bình）に収監された。なお、『正義』に掲載されたいくつかの短編には監獄生活の様子が描かれている。政治活動開始後、かつて漆の商いをしていた日本人達と再会したとの記録があり、日本人漆商人との関わりなども、親日派と見做された要因であった。[28] 二年後の一九四三年に監獄から解放されたが、ハノイで保護観察下におかれた。

一九四三年一〇月、イタリアが日独伊同盟から離脱した。日本の勢力に期待できないと感じた大越民政党は、中国国民党を頼りとするベトナム国民党と合併し、中国と連携して日・仏に対抗しようとした。[29] 一九四五年三月九日、日本軍は「仏印」軍の解体と単独支配をねらってクーデタを起こし、それによってインドシナにおけるフランス軍の主権は失われた。[30] カイ・フンは、在ハノイ日本文化会館での活動に従事していた小牧近江と小松清が関わる新聞『平明（*Bình Minh*）』の主筆役を担ったが、それも数ヶ月で辞している。その後の一九四五年五月五日、『今日』の後継事業である『今日－新紀元』がカイ・フンとホアン・ダオ、そしてグエン・トゥォン・バックにより運営を開始した。

一九四五年八月一九日、ベトミンが政権を掌握した。一九四五年九月二日にホー・チ・ミンによって独立宣言が読み上げられ、ベトナム民主共和国（Việt Nam Dân chủ Cộng hòa）が樹立された。『今日－新紀元』は閉刊し、一九四五年九月、ホアン・ダオは大越民政党を再組織し『ベトナム』の前身である『ベトナム時報（*Việt Nam Thời báo*）』を刊行した。[31] 創刊号が一〇月二三日に出て、グエン・チョン・チャック（Nguyễn Trọng Trạc）が監修、カイ・フンが主筆を担った。中立路線を貫く日刊『ベトナム時報』は、共産党以外の国家主義者《ナショナリスト》たちと共産党とが暫定的に協力を図ったことによってこの路線をとったが、ベトミンからの威嚇が絶えなかった。やがて主導権を掌握した共産党は、常に自らを祖国・民族に位置づけ、彼らに反対する者を反国・反民族と見做した[32]。そのなかで『ベトナム時報』はそれほど時間が経たぬうちに、政府と対立するベトナム国民党の言論機関となり『ベトナム』へと名を変えた。一九四五年一一月ニャット・リンが中国から戻り、連立政権に参加し外務大臣の席を占めた。ニャット・リンは、ダラット会議で団長を務めるものの[33]、フォンテーヌブロー（Fontainebleau）会議の団長は辞し[34]、一九四六年中国に渡った。

ベトミン政権と対立したといわれる『ベトナム』では、カイ・フンとホアン・ダオ、グエン・トゥォン・バックが政権批判の記事を掲載したとされるが、各記事に署名はなく誰がどの記事を書いたかは明らかではない。一九四六年二月にはカイ・フンがひとり党の宣伝機関を受け持ち、ホアン・ダオ、グエン・トゥォン・バックは中国に渡った。カイ・フンはまた、レー・ゴック・チャン（Lê Ngọc Chân）によるベトナム国民党の別の言論機関紙『正義』に、引き続き短編を掲載した。

一九四六年一二月一九日、インドシナ戦争が勃発する。カイ・フンは家族とともにナムディン省へ疎開した。その数日後の一九四六年末、カイ・フンはベトミンに捕まり、一九四七年旧正月《テト》頃に殺害された。

二、最期

カイ・フンの死から一年後の一九四八年一月二四日付『新たな日（*Ngày Mới*）』に[35]、「カイ・フンの死」と題した記事が掲載された。その見出しには「殺して当然！　奴は大反動！　奴はベトナム国民党のリーダーのひとりである！」と書かれ、カイ・フンが銃殺されたことが公表されている。それから一〇年後、トゥー・ガイ（Tú Gầy：痩せたトゥーの意）というペンネームを持つ人物の資料に基づいて、カイ・フンがベトミンに捕えられた後の興味深いエピソードが出版された。(36)

カイ・フンが連行された拘置所の応接室には、茣蓙二枚ほどの大きさのホー・チ・ミン主席の肖像画が掲げられていた。無任所大臣ボー・スアン・ルァット〔Bồ Xuân Luật, 1907-1994〕が拘置所を訪問したことで幹部たちが宴を催すなか、囚人であるカイ・フンにホー主席の肖像画をお題に詩の創作を依頼した。カイ・フンは何度か断ったが、筆を握らざるを得ず、肖像画に次の文章を記した。

四〇年のあがきを経て　縦横無尽な行動で　自由を手にし　国に報い
百万里に訴え　雲を集めて風をあおり　独立を掲げて　人に酬いる(37)

宴の連座者たちは、この句を「四〇年間の奔走によって国に自由をもたらした」と理解したが、「人に酬いる」の解釈に苦しみ「ホー主席はフランス人に酬いたのだ」と勝手に理解してカイ・フンに感嘆の目を向けた。が、その後、カイ・フンはボー・スアン・ルァットに呼び出され、「カイ・フン、君はホー主席を狡猾だと言いたいのか、詐欺師で裏表のある人間だと」と責め立てられた。その間カイ・フンは両手を縛られながら、目を光らせ、言葉を発さず、蔑みの目で笑うだけで、大臣がカイ・フンにこの対句の解釈を求めても、彼は平然と黙するだけであった。大臣はこの肖像画をホー主席に送り、その一週間後にカイ・フンはホー主席を否定したこの対句の詩によって銃殺された。

この出来事が事実であるならば、カイ・フンは、植民地当局による検閲下での執筆活動で腕を磨き、その才を発揮し続けてきた機知と風刺とを直接の原因として命を失ったということになる。皮肉な結果ではあるが、カイ・フンの達観ぶりと毅然とした姿勢を感じさせるエピソードである。

ちなみに、アメリカで発行されてきたベトナム語文芸誌『起行（*Khởi Hành*）』一六三号（1997/5）では、カイ・フンは一九四七年一月二一日にナムディン省スアンチュォン郡クアガー（Cựa Gà, huyện Xuân Trường, tỉnh Nam Định）桟橋の川辺で殺害され、袋に入れられニンコー川（Sông Ninh Cơ）に投げ入れられたと結論付けられている[38]。

カイ・フンはなぜほかの仲間たちのように中国に逃亡しなかったのか。カイ・フンは、ベトミンに連行される数ヶ月前、政治家・歴史学者でありベトミンの宣伝部トップであったチャン・フイ・リェウ（Trần Huy Liệu, 1901-1969 国民党から共産党へ逆「転向」）から団結の証である「ベトナム国民連合会（Hội Liên hiệp Quốc dân Việt Nam）」の徽章をもらっていた[39]。この徽章を付けていれば、ベトミンに狙われることもないと信じていたと考えられる。一方で、カイ・フンは、ホー・チ・ミン、チャン・フイ・リェウ、ヴォー・グエン・ザップ（Võ Nguyên Giáp, 1911-2013）に騙されたとの証言もある[40]。

三　柔軟な政治的態度

「真に芸術家気質であったカイ・フンが、政治活動に足を踏み入れることになったのは、カイ・フン自身に政治に関わりたい意思があったというよりも、ニャット・リンをはじめとする仲間たちと共に活動したい想いの強さによるものであった」[41]。チャン・カィン・チェウのこの指摘を証明するかのように、一九三七年以後、周囲の作家たちがプロパガンダ色の濃い作品を社会に次々と発表する中、まるで派閥主義の闘争から抜け出そうとするかのように、カイ・フンは悠然と純文学作家の役割を堅持した。そして、『蝶魂仙夢』や『チョン・マイ岩（*Trống Mái*）』と流れを同じくする情緒的な小説を出版し続けた[42]。カイ・フンが生きた時代には多くの革命組織が存在したが、ベトミンを含め革命に参与した人々とはみな友人として親しい関係を維持していた[43]。

一九三七年四月から八月にかけて、作家やジャーナリストたちによる報道の自由を求める特別委員会が開催された。インドシナ共産党の代表として、ヴォー・グエン・ザップとチャン・フイ・リェウや、マルクス主義文芸批評家のチュォン・トゥーのほか、ヴー・ディン・リェン（Vũ Đình Liên, 1913-1996）、ヴー・ゴック・ファン（Vũ Ngọc Phan, 1902-1987）などが参加し、カイ・フンも自力文団の代表として参加した。この共同作業は、カイ・フンが左翼政治とまではいかなくても、これらのイデオロギーや党組織と結びつく契機となった。委員会が解散した後も、カイ・フンはチャン・フイ・リェウと連絡を取り続けていた。チャン・フイ・リェウは『今日』の青年特集号（N°.115. 1938/6/1）でもインタビューに答えて、その事情についてコメントしている[44]。さらに旧正月《テト》号（N°.149. 1939/2/15）では「監獄の旧正月《テト》」を寄稿している。

カイ・フンの人生の後半部分には、好むと好まざるとにかかわらず政治がまとわりついていた。しかし政治活動に巻き込まれたにしても、常にその活動から一歩外れたところで事の成り行きを静観する態度を有し続けていた。また、カイ・フンのその時期の目的は、「「政治的」をこの上なく広い意味で用い、世界をある方向へ推し進め、目指すべき社会はどういう種類の社会であるかについて他の人々の考えを変えたいという欲求を抱くこと」[45]というジョージ・オーウェルの言葉に行き着くと思われる。危機の時代にカイ・フンは、知識人としての責務に駆られて、筆を用いてこの欲求を具現化した。その結果、カイ・フンは親仏派や親日派さらには反共などと見做されることになるのだが、その理由をより詳しく知るために、本節ではカイ・フンの直接的かつ間接的政治背景を概観する。

まず、カイ・フンの出生地コーアム村についてであるが、この村ではカイ・フンの父親チャン・ミーの甥（cháu）であるチャン・クワン・ジェウ（Trần Quang Diệu）が率いるベトナム国民党の支部が幅を利かしていた。植民地当局が多くの土地を占領したことにより民衆の恨みが増幅し、民衆はフランスを忌み嫌っていた[46]。

イェンバイ蜂起が植民地当局の白色テロによって鎮圧され、一九三〇年六月一七日、ベトナム国民党の要人一三人が断頭台に登った。その後仏軍の軍用機五機によって、コーアム村は焼き払われた[47]。カイ・フンの記述によれば、カイ・フンの実家にも爆弾が落とされている[48]。

一九八三年にハノイで刊行された『文学辞典（*Từ Điển Văn Học*）』におけるカイ・フンの経歴の後半部分は、次のように記されている。

第二次世界大戦中にカイ・フンは政治活動を開始した。親日派の大越民政党への参与により、仏植民地当局に捕まりヴバン（ホアビン省）の刑務所に投獄。日本によるクーデタの後（一九四五年三月）釈放され、[49] ホアン・ダオとグエン・トゥォン・バックとともに『今日－新紀元』を発刊。日本の傀儡政権への応援を宣伝し、コラム「エコー」を担当。小説「軛」を連載し、越奸〔cf. 漢奸：中国で敵に通じる者〕を高く評価して革命側を攻撃した。一九四五年八月革命の後、カイ・フンは反動であるベトナム国民党の機関紙『ベトナム』と『正義』に記事・短編・戯曲を掲載し、革命政権に対抗し共産主義者と労働者大衆を中傷した。カイ・フンは、自由で急進的なブルジョア作家から反革命作家となり民衆と祖国に抗った。カイ・フンは、ハーナムニン〔Hà-nam-ninh〕省スアンチュォン郡で死亡した。[50]

ちなみに、カイ・フンの最期について、二〇一二年に出された『ベトナム文学作家作品辞典』では、疎開先の革命勢力によって拘束され処分（xử trí）されたと記されている。

『文学辞典』にあるように、カイ・フンの政治的側面が語られる際、反動、反革命、反国のほか、親仏、親日、反共、国家主義《ナショナリズム》などの文言が並ぶことが多い。ちなみに国家主義という漢語に対応した言葉は、一九二〇年代のベトナムにおいてナショナリズムの訳語として用いられ、ファム・クィンもこれを使っていた。[51]

三．一．「親仏」と見做された諸要素

旧北ベトナムおよび現行体制下において、カイ・フンの文学的傾向は、ロマン主義、ブルジョアジー、個人主義、さらには頽廃と見做され、フランス植民地当局が実施した愚民政策に加担した文学として捉えられてきた。しかし、こうした判断を下す前に、フランス植民地の言論統制下において合法的に出版社を運営し、継続して新聞・文芸誌を発行していくための、書き手の工夫および戦略を考慮に入れなければならない。

一九三六〜一九三七年のフランス人民戦線成立を契機とした一九三六〜一九三九年のインドシナ民主戦線期に、自力文団は社会慈善事業を行う光明団／光明会（一九三六〜一九三九年三月末？）を構想し、実現した。[52] この光明会の活動を見た小牧近江は、自身の「種撒く人」の活動との類似を見出している。[53] 光明会はアンリ・バルビュス（Henri Barbusse）によるクラルテ運動（クラルテは仏語で光明の意、小牧近江はこの運動に参加）から、なんらかの影響を受けているのだろうか。当時の新聞記事にはアンリ・バルビュスへの言及も多い。

一九三七年一〇月一四日の議定 N°.4851-A により、北部の理事長官イヴ・シャテルが光明会の設立を認可している。[54] これにより光明会は会員からの会費徴収が可能となった。また、同年一二月一二日にはハノイにおいて「光明の日」と題されたイベントが開催され、ジョセフ・ジュール・ブレビエ（Joseph-Jules Brévié）仏領インドシナ総督が名誉会長に就任し、[55] 会員が二三五二人増加し、一二二一ピアストルが集まった。このように自力文団の活動がフランス植民地当局からの後援を得ていた点では、親仏派と見做されたのも理解できる。

筆者はこの光明会の経験が真の契機となって、ニャット・リンが興越党（のちの大越民政党）を立ち上げたと考えている（寄附金の流用の有無も考察すべき点であろう）。かつて『今日』では賀川豊彦の功績を扱った記事が掲載されているが[56]、社会改良家から政治家となった賀川のプロフィールもこの行動の下絵となったのかもしれない。ちなみにニャット・リンの息子が保管するニャット・リン直筆の文書によれば、『今日』八〇号（1939/10/10）からカイ・フンが『今日』の監修役となっている。

自力文団の文化・社会活動を研究するマルティナ・トゥックニ・グエン（Martina Thucnhi Nguyen）は、ベトナムの近代国家の基礎となる啓蒙的大衆を構築するために、自力文団は世界の幅広い知的潮流と実践を活用したと強調する。その民族主義的なビジョンは、植民地主義と反植民地闘争の間の非暴力的な中間の道を求め、最終的にベトナムの自治に至るまでの段階的な脱植民地化のプロセスを提唱していた。自力文団の活動はコスモポリタン・ナショナリズムを志向していた[57]。

三．一．一．カイ・フンは「親仏派」だったか？

このようにフランス植民地当局の後援を受けた光明会の運動を進めていたことが、自力文団が親仏派と見做される要因となった。一九三九年四月の時点において、カイ・フンは、フランス社会党（SFIO）のベトナム人メンバーを支持する記事を書いている[58]。翌月のコラムでは、次のような意見を述べた。

政治志向を有する自由があるならば、植民地の民衆はいかなる時も左派となる。左派とはフランス政府に抗うことではなく、逆に、民主主義フランスに対し誠意をもって協力し、真心をもって友好関係を維持するということである。

本国と属国は互いに左派であることではじめて協力が可能となり、慈しみ合うことができる。侵略されたり危機に見舞われたりした時に、互いに誠実かつ真摯に擁護し合い守り合うことができる。双方ともが右派である場合、属する国がすべき唯一のことは、自らの願望に逆らわずあらゆる方策を尽くして自国を占拠する国の統治権から脱け出すことである。

そのため、なぜひとはこの国の各民主主義団体を率いないのか理解に苦しむ。

自由と民主を解き放てば——解き放たなければならない時がくる——フランスは植民地におけるすべての民衆の心からの愛を獲得できるだろう。愛情の獲得は、国土の獲得よりもはるかに尊くかつ堅固である。(59)

このようにカイ・フンは、フランスとの対等な友好関係を望むと同時に、フランスからの解放を願っていた。

カイ・フンのフランスに対する考えを知るために、未完の小説「軛」に登場するカイ・フン自身がいくぶん投影されたであろう主人公アイ（Ái）の姿を見てみよう。この小説のあらすじは次のようなものである。

主人公の文筆家アイ（四〇才）は、同じ政党の仲間で作家のリン（Linh）と画家ティエン（Tiến）が、仏植民地当局に捕らえられたため友人の家に身を隠す。リンは共に『青年週報』を発行してきた仲間であり、ティエンとも七~八年来の友人であった。彼らは共に政党を結成したが、即座に自分たちの考えの甘さに気付かされ夢から現実へと引き戻される。アイは入党後すぐに九割方失敗に終わることを見てとったが、何もせずにいれば変化は訪れないと考えて、活動の継続を決意する。作品の後半では、留置所での拷問や監獄での生活が描かれる。

アイは自分の心のなかに確固とした基盤を持てぬまま不確かな年月を生き、理想を探求しながら青春時代を無駄に費やした青年知識人の世代に属する。小説の中ではこの世代の人生が振り返られている。二〇世紀初頭に生まれ幼少時に日露戦争が勃発していた。幼い頃は《フランスを恐れた》が、その後フランス人に対する見方は、他人の財産を奪い、人を殺し、女性に暴力をふるう野蛮人という認識へと変化する。つまり、〈恐れ〉は〈軽蔑〉に転化した。

父親と儒学の師とが酒を交わしながらチューノム（字喃、Chữ Nôm）を用いて《フランスをののしる》詩を詠い合うのを、子供のアイはよく目にしたという。父たちが詠う漢語の詩も辛辣で、この頃からアイは懐疑的思考を養い権勢を軽蔑しはじめる。

一〇才を過ぎた頃、イェンテー蜂起（Khởi nghĩa

図 5 「軛」挿絵
Ngày Nay - Kỷ nguyên mới, Nº.12, 1945/7/21.

Yên Thế, 第四期 1909-1913）が終結した。フランスが、ホアン・ホア・タム（Hoàng Hoa Thám, 1836-1913）の頭をギロチンで切り落としたと聞き、アイは写真で実際にその頭部を目にするが、ホアン・ホア・タムのものだとは信じなかった。

アイがフランス語を学びはじめ、フランス人の隣人としての生活が始まると、植民地支配者の不当さや残忍さを毎日のように目にすることになる。耐え忍べば忍ぶほど鬱屈はたまっていく。同胞が復讐し抗議を行なった時には、アイも晴れやかな気分になった。しかし、それは真夏の炎天下で喉を渇かした何千何万人もの遠客にとっての、広大な砂漠にあるいくつかの水たまりほどの効果しかなかったという。同胞たちはその後幾度も大敗北を喫す。アイは梁啓超（1873-1929）の『飲冰』を読んだことがあった。そこにある梁の嘆きは予見の言葉であったと思いいたるのである(60)。

嗚呼、ベトナム人！　長きにわたってフランス人の奴隷！
嗚呼、インド人！　長きにわたってイギリス人の奴隷！

アイはフランス人の姿とその行為を目にしたくないがために、仏教を学び、山奥にこもって修行することを考える。しかし、新聞と文学が宗教の道に進むことを引き止めた。ある日彼は、文章を書くこと、記事を書くことも、植民地支配者に対するひとつの報復になることに気が付く(61)。彼は儒学者たちのほのめかしを用いた深遠な表現に慣れていた。彼らがフランスをののしる詩を詠っても、フランス人には理解不能である。そうであれば、彼にも曖昧でありながら内に染み入る文章を用い

て、フランスをののしることができないはずがない。(62)

日本が仏植民地体制を解体した後のいわゆる「日本単独支配期」（一九四五年三〜八月）に書かれたこの文章には、仏植民地当局の検閲から解放された後に、植民地主義の横暴についてようやく書くことができるという作者の想いが垣間見える。カイ・フンがこれ以前にフランスを非難してこなかったことから、単純に彼を「親仏派」と捉えることは、言論統制の抑圧をはじめとする政治的背景をないがしろにした理解である。上記の文章には、仏帝国主義に対して非暴力の文筆での闘争を誓う意思が示されている。カイ・フンの思想には、平和主義を唱えたフランス生まれの国際的な平和・反戦運動であるクラルテ運動との親和性を見ることができる。

三・二・「親日」と見做された諸要素

ベトナム青年の日本留学を推し進めた東遊《ドンズー》運動を提唱したファン・ボイ・チャウは、『今日』に寄稿をしている。寄稿文「日本の旧正月《テト》」では、一九一一年末に彼が日本へ密航したことが記されている。日本の密偵の目を避けるため船や列車での移動は回避し、華僑のふりをして長崎から東京へ向かったという。ただし、この一九一一年の日本行きは、これまで筆者が目を通してきた資料のなかでは確認できていない。(63)

自力文団のリーダーであるグエン・トゥォン・タム、即ちニャット・リンが一九三八〜一九三九年頃に立ち上げた大越民政党は、孫文の三民主義およびイタリアファシズムとナチスドイツとを複合させた方針を掲げ[64]、親日派として知られていた。トゥー・モーによれば、ニャット・リンは『我が闘争』を読み、ヒトラーの服装を真似、ナチズムの思想を模倣していた[65]。

前述のとおり、カイ・フンは一九四一年四月、陳福安に会うため日本の軍用機に乗りこみ、広東と台湾に渡っていた[66]。それが理由で、一九四一年一〇月三一日にカイ・フンは仏植民地当局に捕えられる[67]。その後、カイ・フンは約二年間の監獄生活を強いられた。

ちなみに一九四〇年一〇月、陳福安は日本軍事検察団の小池とともに、フランスの密偵の圧力を受けていたニャット・リンの広州への脱出を助けた。しかし一九四三年七月二二日、陳福安は広州にて暗殺された[68]。ニャット・リンは陳福安殺害を命じたことを自ら認めている[69]。ニャット・リンはこの殺害に関係したため、蔣介石政府が支配していた広西へ逃れた[70]。この時期のニャット・リンや他の自力文団メンバーの活動については、トゥイ・クエが数々の資料をもとに自身のホームページで詳述しているが[71]、その信憑性については慎重に見極める必要がある。

三・二・一．日本および日本人との関わり

カイ・フンは、自力文団結成に先だってハノイ北西のフート省で漆商をしていた時に、同じく漆を扱っていた日本人の友人が存在した。渡部七郎という名で、初期の短編「金光大神（Konko-Daijin）」[72]（1932）のなかに登場する。タイトルからも想像できるように渡部は、日本人漆商（商店名は渡部洋行）で金光教の信徒であり[73]、カイ・フンはおそらく彼の通訳をしていた。

また一九四五年八月革命の直前、知識人たちへのテロ行為が激化した際、カイ・フンはハノイ旧市街

の西に位置するクアドン通り（Phố Cửa Đông）の、かつて共に漆の商いをした山田という日本人の家に避難したために捕えられなかったとの記述がある。[74]（クアドン通りを南に一つ下がったバットダン通り（Phố Bát Đàn）三八番地には山田という名の雑貨店がかつて存在し、[75]この山田という店とカイ・フンを匿った家には何らかの関連があるかもしれない。）さらに、先にも触れたが、自力文団が政治活動へ方針を転換した頃には、小牧近江や小松清とも関係を持っていた。

一九四三年一〇月、日独伊同盟が破棄され、大越民政党は[76]中国国民党を頼りとするベトナム国民党と合併し、中国と連携して日・仏に対抗しようとした。[77]ところが、一九四四年初頭には、日本軍を頼りに独立を勝ち取ろうとする大越民政党（ニャット・リン）の弟グエン・トゥォン・ロン＝ホアン・ダオが[78]代表を担った）、大越国民党、大越国社党、大越維民党（Đại Việt Duy dân đảng）、新ベトナム国民党の各政党の連盟である大越国家連盟が結成された。[79]ホアン・ダオが日本寄りの姿勢で独立運動を進める一方で、陳福安の殺害を命じたとされるニャット・リンは、それとは異なる路線、即ち中国国民党寄りの動きをしていた。ニャット・リンとホアン・ダオらの間の政治的方向性の違いはこの後も散見されるが、これは国内と国外での活動経験の相違、接触した勢力からもたらされた政治的見通しの違いなどから生じたと考えられる。

ヴィシー政権崩壊後の一九四四年一〇月、カイ・フンはハノイで保護観察下にあったが、個人崇拝を戒める童話『道士』を出版している。この物語については第六章で論じるが、全体主義がベトナムを覆っていくことをカイ・フンが危惧していたことがこの作品から読み取れる。

一九四五年三月九日の仏印武力処理により「日本の単独支配」となった数日後、「大越新青年機関」

によって、日本文化会館（プロパガンダ業務も担った）の小牧近江と小松清が関わったとされる日刊『平明』が出版された。ヴー・バン（Vũ Bằng, 1913-1984）によれば、日本の仏印進駐時、Komatsu（小松清）とOmiya（近江谷《おうみや》駒《こまき》＝小牧近江）は、大東亜共栄圏の宣伝を目的とした『平明』への協力を、グエン・ザン[80]（Nguyễn Giang, 1910-1969）とカイ・フン、および『中北新聞日曜版（*Trung Bắc Chủ Nhật*）』の責任者グエン・ゾアン・ヴオン（Nguyễn Doãn Vượng）に依頼した。グエン・ザンとカイ・フンがそれに応じた。しかし、その後『平明』の売れ行きが悪くなり、また性格が合わないグエン・ザンと共に続けていくのも難しくなった。そして最後には、カイ・フンは小松に向かって「この新聞が誰のものであるかは問題ではない。友が集い、興味を引かれたからやってみたまでで、この新聞をだしに日本に依存して身を起こそうなどという気などはない」と言い放った[81]。また、トー・ホアイ（Tô Hoài, 1920-2014）は、国語《クォックグー》と漢字が巧みなKôn-su（小松のことか?）は、日本のクーデタ（仏印武力処理）の後、検閲業務を担いグエン・ザンに『平明』紙を発刊させたと記している[82]。

一九四五年四月一二日、ニャット・リンは、国内では大越の名を継続して用いるが、国外で活動するベトナム国民党を通じて中華民国の支援を受けようとして、越国《ベトクオック》（ベトナム国民党を意味する）との合併に合意している[83]。

その八日後の一九四五年四月二〇日には（五月一六日との記録もある）[84]、日本文化会館の隣を暫定住所とした「新ベトナム会（Tân Việt Nam Hội）」が、歴史・文化関係の書を著したチャン・チョン・キム（Trần Trọng Kim, 1883-1953）政府によって創設された[85]。「新ベトナム会」は、チャン・チョン・キム内閣が「正式な独立政府」になるための後ろ盾となる統一戦線の中核であった[86]。カイ・フンは、本名チャン・カィン・ズーで参加している。文学者としてではなく、政治に関わる一員としての参加である。創立メンバーおよび中央委員には、自力文団もしくは『今日』からはカイ・フンひとりしか入っていない。外交官横山正幸によれば、一般的にチャン・チョン・キムの協力者たちは経済的、社会的な分野では進歩主義者であったが、政治的な分野では非常に民族主義的であった。ただし、外国嫌いの排他主義者であるというよりも、(87)むしろ国際主義者であり、また専制的であるよりも民主主義的であった。(88)「新ベトナム会」の目的は、「大東亜共栄圏のなかでのベトナムの独立の維持と国家的統一」「社会の各界および様々な政治的傾向をもつ人々の団結」「ベトナム国家の建設の準備」であった。(89)「今まで中立的であった人のほうが、以前からある特定の政治傾向を有していた人よりも、よりすみやかに社会の現実に対応できる」との旨により結成されたという。(90)ちなみに、ベトナム第四インターナショナル（トロツキスト）のリーダーであるタ・トゥー・タウ（Tạ Thu Thâu, 1906-1945）も「新ベトナム会」に協力した。(91)「新ベトナム会」は、デモ（人民集会）を六月六日に組織し、官吏、学生、商人、下層労働者など様々な社会階層の代表が発言し、八月一五日以降にベトミンが組織したデモの小型版のようであったという。(92)この「新ベトナム会」によって示された「日本を利用して独立する」という発想、具体的にはチャン・チョン・キム内閣への参加・協力は、仏印処理直後の一九四五年四〜五月頃には、都市知識人の間にかなりの影響力をもっていたという。(93)

一九四五年五月五日、『今日』の後継紙『今日－新紀元』（1945/5/5-1945/8/18）がカイ・フン、ホアン・ダオ、グエン・トゥオン・バックらによって発行された。第一号では、北部での大飢饉が取り上げられ、二百万人が飢餓状態にある中、いかなる策を講じるべきかが統計データを用いて考察されている。飢餓二百万人と記された文章の直前の箇所が削除されているが、おそらく日本による検閲であろう。ちなみに四ヶ月後のホー・チ・ミンによる独立宣言では二百万人の餓死者数が挙げられ、ベトナムの公式見解でも死者はその数に達したといわれている。

　フォン・レ編集による『対仏抗戦時のベトナム文学（1945-1954）』は、『今日-新紀元』を敵国日本に奉仕した新聞としている。[94] グエン・トゥォン・バックによれば、合法的な新聞であったため、日本やバオ・ダイ（Bảo Đại, 1913-1997）をオープンに批判できず、そのためにバオ・ダイ政権が『今日-新紀元』を利用して世論をバオ・ダイ側に傾倒させようと企んでいるかのようにみられた。[95] 日本寄りであることは、一九四五年五月一九日付『今日-新紀元』三号で、一人の日本人武官とともに近江谷（小牧近江：日本文化会館事務局長）と小松（日本文化会館顧問）が、「ベトナム人の長所・短所」に関するインタビューに応じていることからも明らかである。[96] しかしながら、「飢え（Đói）」と題したルポルタージュが連載されるなど、政治から国内の問題など様々な興味深い論考に溢れた新聞となっている。

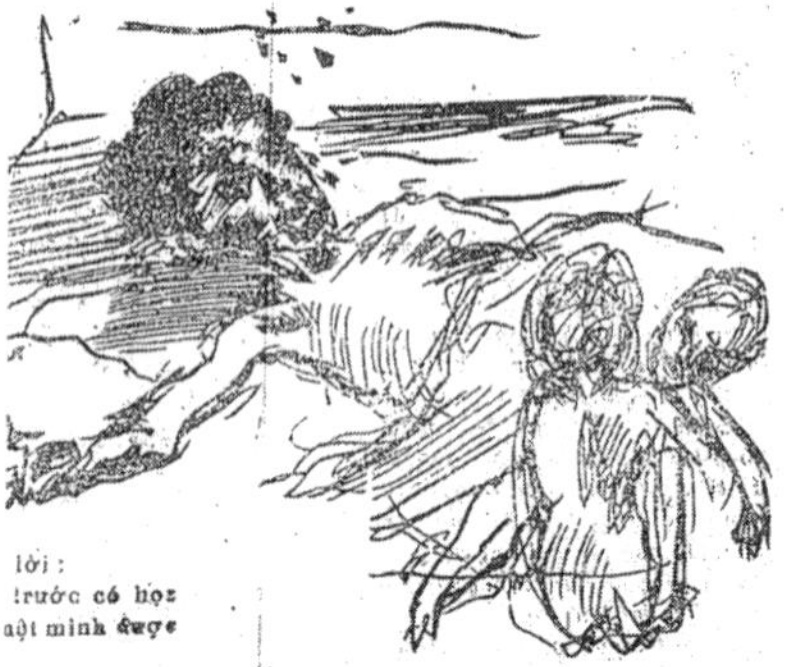

図６　「飢え」挿絵
Ngày Nay - Kỷ nguyên mới, Nº.4, 1945/5/26.

　一九四五年五月七日にドイツが降伏し、日独伊同盟条約が失効した。その二日後、『平明』の発行者が「ベトナム新青年機関」へと変更され、「大越」から「ベトナム」への切り替えがなされている。五月五日から『今日－新紀元』が創刊されており、その後『平明』からカイ・フンの名は消えていった。

ところで意外なことに「親日」と見做されたカイ・フンの自宅兼出版社は、日本の憲兵隊による家宅捜索を受けている。[97] 捜索の時期は不明であるものの、一九四五年七月半ば過ぎには『清儀（*Thanh Nghị*）』[98]編集部と「新ベトナム会」の事務所も日本の憲兵隊の捜索を受けている。その理由はベトミンと協力している学生総会と関係をもっていたためであろう。あるいは『清儀』の論調が日本当局を刺激した可能性もある。[99] カイ・フン宅の捜索はこうした動きに連動したものである。「新ベトナム会」メンバーのカイ・フンとベトミンとの関係を勘繰られたのか、あるいは「日本寄りの新聞」である『今日－新紀元』の論調が日本軍を刺激したのだろうか。[100]

なおカイ・フンは、光明会で共に活動し[101]学生総会の中心的活動家だった民主党のズォン・ドゥック・ヒェン（Dương Đức Hiền, 1916-1963?）[102]に、ベトミンに参加し抗日活動に参与することを勧められている。当時、カイ・フンもグエン・トゥォン・バックも、同じ目的に向かうために協力への道を進みたかった。ところが、ニャット・リンが中華民国とアメリカに頼る方針を掲げるベトナム国民党と合流していたため、共産側と組むのは難しかった。一方で、「このまま間《あいだ》に立ち続ければ、日本は貴方がたの首を斬り落とし、そうでなくても革命が貴方がたの首を斬り落とす」と言うズォン・ドゥック・ヒェンの高圧的な論調は、自負心のために受け容れ難かった。[103] また、かつて光明会で宣伝班の書記を務めた[104]『清儀』の主筆ヴー・ディン・ホエ（Vũ Đình Hòe, 1912?-2011）は、七月の末、同じくズォン・ドゥック・ヒェンの勧めにより、民主党に参加しベトミンに合流した。[105] こうして「新ベトナム会」は一九四五年七月二二日に解散にいたった。[106]

三・二・二・カイ・フンは「親日派」だったか？

カイ・フンは親日派だったのか？　この問いについて、当時カイ・フンを近くで見ていた関係者の叙述を参考にしたい。カイ・フンと交流のあった小牧近江によれば、越南《ベトナム》民族は、アジアの共栄圏などという言葉に酔うよりも、現実として日本が自分たちをフランス植民地政策の桎梏から解放してくれることに期待をかけていた(107)。また、自力文団メンバーのトゥー・モーは、『今日』グループは親日派ではないと断じている。カイ・フンは「彼ら〔日本人〕は時々やってきては言葉巧みに誘ってくる。彼らは自分たちの資料を印刷するのにこの印刷所を利用したいのさ。しかし、僕らは彼らと関わりを持ちたくないのでうまく断った。危険だからね」と述べていた(108)。グエン・トゥォン・バックは、ベトミンが依然として自分たちを「親日」と見做していたが、実際のところそれは彼らの偏見だったと指摘している(109)。

第七章でも言及するが、カイ・フンは『平明』にフランス植民地政策の暴虐や野蛮性を暴く記事を掲載した二週間後に、「植民地政策は西欧民族たちの発明によるものではない」というタイトルで、奴隷狩りを行う習性をもつ蟻や、チンギス・ハンの野蛮性について論じている。この奇妙な転換は、反仏的もしくは革命的プロパガンダへの過度な熱中を日本が抑止した結果とも考えられる(110)。もっともカイ・フンはこれに大人しく甘んじるような人物ではない。奴隷狩りを行う蟻には「サムライアリ（学名：Polyergus Samurai）」(111)が存在し、大東亜共栄圏を進めるにあたって日本がチンギス・ハンをプロパガンダとして活用した事例を思い起こせば(112)、日本の植民地主義の野蛮性を暗に批判しているとも読み取ることができる(113)。

三・三・「反共／反体制」と見做された諸要素

晩年のカイ・フンと交流のあったホー・フー・トゥォン（Hồ Hữu Tường, 1910-1980）は、カイ・フンは文化戦線の「列に加わらない」一人であることを指摘している。カイ・フンは自身の言葉で、自分はベトナム国民党の党員でもないが、ただ仲間、特にニャット・リンとの友情のために、『正義』や『ベトナム』の重い責務を引き受けたと述べた[114]。しかし他の記録では、党員だったという証言もある。実際のところは不明である。

カイ・フンが国民党党員と見做されるのは、『ベトナム』（1945/11-1946/7?）の編集に携わり、自宅に備えられた印刷機で発行までを行なっていたからである。こうしたことから、カイ・フンの自宅はベトナム国民党の機関と見做された。『ベトナム』の出版に当局の発行許可証は不要であり[115]、グエン・トゥォン・バックとホアン・ダオはベトミンの政策を厳しく批判した[116]。ちなみに、『ベトナム』創刊号（1945/11/15）に掲載されたベトナム国民党の方針は、「平等と親愛の原則に基づき互い

図 7　『事実』紙上での『ベトナム』批判
『ベトナム』記者の《殊勝な》行為
1945 年 3 月
同胞たちよ、
自由と満ち足りた暮らしを得るために
熱意をもって政府を応援しよう
1945 年 12 月
民主共和国政府打倒！
Sự Thật, Nº.3, 1945/12/12.

に協力し合おう。国際社会から認められ支援を受けられるような対外的条件を満たした、そして、社会におけるあらゆる階級の調和と団結を目指した政策を実現するための対内的条件を満たした、真正なる国家連合政府の設立に向けて、真正なる連合会議において互いに団結しよう」であった。

『ベトナム』は、共産主義に従えば連合国から見放され、フランス帝国主義が復活し、ベトナムは孤立して独立の基盤を喪失する危険があると警鐘を鳴らした。カイ・フンは「ボケ男」のペンネームを用いて、ベトミンおよび共産主義の対内外政策を厳しく批判したとされる。(117) 一方、インドシナ・マルクス主義研究会宣伝機関による『事実《スタット》（*Sự Thật*）』創刊号一面は、『ベトナム』の編集グループを「越奸《ベトザン》」と攻撃し、彼らは非政治的・非規律的なやり方で新聞を発行しており、ベトナム国民党の忠実な党員も眉をひそめて怒りを表すほどだと記している。(118)『事実』はその後二号三号とも『ベトナム』を一面で批判し続け、各号最終面を唯物弁証法と唯物史観に割いているものの、まるで『ベトナム』を攻撃するために発行されたかのようであった。

また、小松清は自著『ヴェトナムの血』で、「越南国民党の機関紙の「越南《ヴエトナム》」なんぞは、毎日のように大っぴらにホー・チミン〔中黒は原文のママ〕とその政府を、親仏的売国政権と叩いているからね。今までの幾度かの仏越交渉のお蔭で、ホー主席はフランスにたいしては協力派であるの、その政策はフランス共産党やモスコーからきているなどと非難する連中は、越南国民党や大越革命同盟のナショナリスト陣営ではかなり拡がっている」(119) と記している。そしてさらに「越南国民党の場合にしろ、大越革命同盟の場合にしろ、これらの政党をバックしているのは、だいたい、ここのブルジョア階級、プチブル階級、商人階級、それから一応の社会的地位をもった識者層といったような階級です。彼らの多くは、なるたけ戦争にならないようにという念願と、もう一つはコムニストにたいする危惧や反感で一致している。彼らは反仏ではあるが、また反共であり、戦争反対の立場をとっている」[120]という見解を示している。

フランスと中国との協定が結ばれた一九四六年二月には大越とベトナム国民党が合併し、ヴィンイェン（Vĩnh Yên）三区の戦区での活動を委任された。[121]カイ・フンは合併した党の中央班のメンバーであった。[122]カイ・フンはひとりで党の宣伝機関を受け持ち、ホアン・ダオ、グエン・トゥォン・バックはハノイを離れ最終的に中国に渡った。その後もカイ・フンは、ベトナム国民党の別の言論機関紙『正義』に短編や戯曲を掲載し続けた。掲載された短編・戯曲には、戦争勃発前に起きていた党派・派閥間の分断の様子を描写し、党派の違いを超えた協力を促す「団結（Đoàn kết）」や、国民軍（国民党）と衛国軍（共産党）の党派を超えた人間愛を描いた「月光の下で」（これはベトナム国民党の検閲によって文章が削除された）、植民者化してしまった現地人幹部が自分の父親と妻に対してあまりに非情な態度で接する「呪詛（Lời nguyền）」、若き女性革命家の姿が描かれた「佳人の影（Bóng gian nhân）」、混血の行政長官を描いた「省行政長官（Quan Công sứ）」[123]、姿を消した政治犯（政治難民）の妻が夫は船で脱出しサンフランシスコでラジオ放送を受け持っていると確信して生きる希望を見出す「遠きひとの声（Tiếng người xa）」[124]、「ベトナム文化綱領（Đề cương về Văn hóa Việt Nam）」を題材に綱領に対する文学者としての意見を赤裸々に語り「民族化」（植民地の影響に反対し、ベトナム文化を独立発展させること）[125]ではなく「人類化」すべきと主張する「文学談義（Câu chuyện văn chương）」[126]、そして春秋時代の政治家かつ軍人である伍子胥を題材にした最後の作品とされる「哀怨蕭曲（Khúc tiêu ai oán）」などがある。なお、

『正義』に掲載されたカイ・フンの短編のうち、「省行政長官」「月光の下で」、および『ベトナム』に掲載されたオーストリア出身でフランスの外人部隊となりフランス国籍を取得した植民者に家に押入られる「フランス人、家に押し入る」については、第七章および第八章で論じる。

三・三・一・カイ・フンは「反共」だったか？

カイ・フンは無産者知識人[127]であったため、共産主義を嫌悪する理由を持たなかったとトゥー・モーは記している。カイ・フンは情勢への洞察力に長けており、全国蜂起前夜の張りつめた空気の中で、トゥー・モーに対して「越仏戦争勃発時には、抗戦地区に行くことでしか命を守ることはできない」と述べたそうだ[128]。

また、第八章でも言及するが、ホアン・ダオ、ヴォー・グエン・ザップ、長征《チュオン・チン》、チャン・フイ・リェウも関与したとされる「リェンベト（Liên Việt, 連越）」（「ベトナム国民連合会」）が一九四六年五月二九日に結成されている。その狙いは、党派・階級・宗教・政治的志向・種族を超えた団結であった。ベトミンはベトナム国民党とともにリェンベト戦線のメンバーであった[129]。一九四六年一〇月には、カイ・フンはベトミン傘下の文化救国会に顔を出している。そこでは、トー・フー（Tố Hữu, 1920-2002）およびグエン・ディン・ティ（Nguyễn Đình Thi, 1924-2003）が、カイ・フンと握手をする姿を見て、嬉し涙を流す同志もいた[130]。このことから示唆されるように、カイ・フンは必ずしも反共ではなかった。

一九四六年九月、ベトナムは「インドシナ連邦およびフランス連合の一部」ながら独立国家たる地位を認められた。ところが、外交権を誰が持つかも、トンキン・アンナン・コーチシナが一体かも、さらにはフランスの経済権益をいかに処理するのかもまったく不明なまま、ただ仏軍の駐留を認めていた。この時のホー・チ・ミンの関心は、独立と中華民国軍（中国国民党軍）の領内からの追放であった。遅かれ早かれ白人のアジア支配は終わりを告げる。だが「中国がやってきたら一千年の間居座り続ける」に違いない。「中国人の糞を一生食らうよりは、フランスのそれを少しの間嗅ぐほうがまし」だ。ホー・チ・ミンはこう割り切っていた[131]。

この前後の時期の『ベトナム』の刊行事情とカイ・フンの動向について、ホー・フー・トゥォンが記した文章がある。筆者による要約を以下に示す。

それは一九四六年末、仏越戦争勃発の数日前の出来事であった。『ベトナム』はたった九〇部しか売れず、資金不足のため印刷に関わる経費や製紙業者そしてスタッフへの支払いが不能となった。カイ・フンがその実情を吐露したところ、ホー・フー・トゥォンは休刊を促した。しかし、カイ・フンは「グエン・トゥォン・タム（ニャット・リンのこと）は長年の友人であり政治指導者だ。新聞が出されなくなれば、彼の政治的名誉に傷がつく。この状況をどう乗り越えればよいかアドバイスをいただきたい」と意見を求めた。そして「妙計（巧妙な計略）」を得たため喜んだ。翌日（『文』では、二日後の一〇時頃と記されている）、カイ・フンは、グエン・トゥォン・タムの名誉を傷つけることのない合理的な理由によって『ベトナム』を廃刊する旨を書いた記事をホー・フー・トゥォンに見せた。その内容は、「植民地主義者と共産主義者による、三月六日の仏越暫定協定による敵国への協力に異議を唱えるため『ベトナム』を執筆した。しかし両軍が戦闘状態にはいったハイフォン事件[132]（一一月）が起きたことで、私たちが誤解していたことに気がついた。共産主義者たちは私たちの独立を獲得するために、武力闘争の準備を真剣に進めている。したがって、私たちは反対することをやめ、国民の自由を求める闘争において、全面的に政府を支援する」というものだった。[133]

ここで言及されているカイ・フンによる『ベトナム』の廃刊理由の記事は、一二月九日の『正義』二七号に、「全民一致（Toàn dân nhất trí）」という標題を付して「ボケ男」の署名で発表されている。戦闘状態に入った緊迫したこの時期、ホー・チ・ミンはフランス側と強かな交渉を進めていた。

一二月三日、ジャン・セインテニー（Jean Sainteny, 1907-1978）は、前日面会したホー・チ・ミンから、フランスとの絶交がなされないようあらゆる手を尽くす姿勢を感じ取っている。[134]ところが一二月五日の『労働』新聞において、ベトナム労働総同盟が工員を代表しホー・チ・ミンへの要請文を発表している。その内容は、フランスの攻撃に対する憤怒がいまや頂点に達している、ホー政権を積極的に支援する工員の動員を願うというものである。[135]一二月六日、ホー・チ・ミンはラジオを通してフランス国会に「ベトナム政府と人民はフランス人民との兄弟愛にもとづく協力を望んでいる」と呼びかけた。「私たちは戦争をしたくない。しかし、戦争を押し付けられたら、私たちは立ちあがらなければならない」[136]。この時期の新聞各紙には、戦闘心を煽る記事と和平交渉の様子とが入り混じっている。独立闘争の熱気が高まるなか、戦争という事態を回避するための紙一重の交渉が進行していた。

そうしたギリギリの交渉下にあった一二月九日、カイ・フンが掲載した記事内容はこうである。

「堅持しようとする国家主義《ナショナリズム》」と「手本に倣おう（noi theo）とする国際主義」とが対立する現在において肝心なのは、全ての民衆が一致することである。反動が生まれ、党派の離散により生まれ出た各党派の反動勢力があってこそはじめて他者の欠点を明らかにしていくことができる。一方向に吹く風のなかでは、後尾の声は先頭まで届かない。反動を恐れてはならない、それは祖国のためを想ってこそ生まれる。しかし真に国を想う人間であれば、自らの想いを自制し、とどまるべき所でとどまることを知るべきである。これが『ベトナム』の廃刊理由であり、『ベトナム』の目的である「政府の言動を、全国民の意に適ったものにする」ことが達成されたことで、このたび廃刊にいたった。(137)（筆者による抄訳）

この記事が掲載された後、カイ・フンはホー・チ・ミンに呼ばれ、なぜこのような記事を書いたかを聞かれた。カイ・フンは、「『ベトナム』を発行するための資金が尽きたからです」と答えた。ホー・チ・ミンは「そうした宣言は政府の方針に悪影響を及ぼす。より多くの権利を勝ち取るために、政府はフランスに対して率直なやり方（dủng thẳng）で調停を行う。この宣言は、政府をフランスとの戦いの道に進ませようとするものである。私は、政府はフランスと手を組みたいと考えているとフランスに思わせるために、ベトナム国民党には対立の方針を継続し、政府に抗い続けることを求める。新聞を出す資金が足りないのであれば、政府が十分な支払いを行なってあげよう」と言った。ホー・チ・ミンの政治技術は極めて複雑なものであったのだ。カイ・フンは「新聞記事を書いても売れないならばやる気も失せます。ベトミンの幹部たちが発行を邪魔するので、毎号、たった九〇部しか売れません。私は少しもやる気が起きません」と訴えたが、ホー・チ・ミンは「問題ない！　私がベトミンの幹部に『ベトナム』を売るよう命令を下そう」と述べた。しかし、カイ・フンはホー・チ・ミンの意図を受け入れず、『ベトナム』を廃刊し、それに替わって芸術性に重きをおいた文学を追い求めることを決めた。夢見ていた文学誌『時風（*Thời phong*）』の発行に資本を投じてくれる若い友人を見つけたからである。

このホー・フー・トゥォンの述懐に基づけば、ホー・チ・ミン自ら「団結」した状態が生まれることを拒んでいた。

ホー・チ・ミンの戦争回避に向けた交渉は、言うまでもなくベトナムにとって非常に重要な局面であった。カイ・フンが「本国と属国は、互いに左派であることではじめて協力が可能」になると主張したように、フランスの左派陣営との交渉へ希望を託していたのかもしれない。

ここからは筆者個人の感慨となるが、ホー・チ・ミンの戦略は、独立と統一を第一の目標に掲げたリエンベトメンバーの「団結」への熱情を（これについては第八章で詳述する）軽んじてはいないだろうか。同じく独立を渇望し、そのために共に協力し合おうとする国内の人間たちの心情を蔑ろにしてはいないか。ホー・チ・ミンは大国との話し合いがスムーズに進むよう、自政府の共産色を薄めるために彼らを利用することはあっても、彼らに信用を置くことはなく、真摯に協力の姿勢を示す人々に対して疑心を抱き続けた(138)。ホー・チ・ミンのこのような二枚舌的なやり方には、持って行き場のないほどのやるせなさを覚える。

カイ・フンが関係した諸政党は共産陣営（即ち、国際《インターナショナル》陣営）に対立する「国家陣営《ナショナリスト》」と称されてきたため、[139] カイ・フンの思想もナショナリストと見做されがちである。サイードは、民族主義のなかには、批判性を根幹にもつ強固な知的潮流もちゃんと存在し、分離主義や偏狭な民族主義者がかかげる短期的展望しかないスローガンを拒否し、もろもろの文化や民族や社会集団を横断する、より大きな、より寛容な人間共同体のありようを選び取るものもあると言った。[140] カイ・フンの愛国精神はこれに近い。

カイ・フンは「文学談義」において、「民族化」ではなく「人類化」すべきだと主張し、「民族化」に警戒心を抱いていた。さらに彼は、ナショナリズムを根底的に批判する作品であるタゴールの『家と世界（*Ghôre Baire*）』（1916）を翻訳し、[141]『ベトナム』に連載していた。

カイ・フンの同僚であるホアン・ダオは、『今日』（1939/5/27）で「愛国心（Lòng yêu nước）」と題する文章を書き、その末尾でモンテスキューの次の言葉を引いている。「私は祖国を愛する。ここで私が生まれたからだけでなく、私の国が世界という大きな祖国の一部であるからである。愛国者とはすべて自分のような考えを持つ人たちみなを愛し、自分のように愛することを知っている人たちだと考える」。[142]

カイ・フンは芸術家そして文学者として、国家の政治活動において共産党および党幹部たちが愛国心を濫用するありさまに異議を唱えていた。[143] カイ・フンの国家主義および愛国主義に対する眼差しについては、より詳細かつ具体的な考察が必要であるが、フランス本国同様の教育を受けた彼は、世界市民主義《コスモポリタニズム》の祖ディオゲネスや啓蒙思想家ヴォルテール、そしてモンテスキューの思想を学んでいた。

カイ・フンの国を愛する精神は、国の将来を見据え、国が間違った方向へ行かないように、間違ったことは間違ったこととして批判する点に見ることができる。国の行き先を心配するがゆえ、厳しい締め付けが敷かれるなかでも言論活動を継続し続けた。民衆が一色に染まりつつ敵意を同じくする独立闘争期において、「反動」の役割を自ら引き受け、一斉に攻撃的になっていく人々に冷静になることを求めた。これも国を愛するがゆえであろう。

三．四．或いは「親米」？

トゥー・モーによれば、自力文団は親日派ではなく親米派であった。ニャット・リンは、「親米派の政党と共に進めば我々にとって有利となる。アメリカと商取引をし、財を成し、工業を発展させれば、彼らにとっても我々にとっても有益となる」との見解を有していたという。(144) アメリカから多額の資金・軍事援助を受けていた中国国民党に接近するため、ベトナム国民党に合併したニャット・リンの思惑が見て取れる。その動きと関連があるのだろうか、カイ・フンもアメリカが登場する短編を書き残している。政治犯と目をつけられ消息不明となった夫が、アメリカでラジオアナウンサーをしていると確信することで、生きる希望を繋ぎ止める女性が描かれた短編「遠きひとの声」である。

タイン〔Thanh〕が海上輸送船に雇われ太平洋を横断したなんて可能性も大いにあり得る。そしてとあるアメリカ人の助けによりサンフランシスコへ上陸し、その後ラジオ局で働くことになった。この仮説は十分理にかなっており、非現実的というわけでもない。(145)

政治的理由によってサンフランシスコに渡って生活を営んでいるタィン（Thanhは「声」の意味）は、三〇年後の一九七五年サイゴン陥落により、祖国を後にして命からがら海を渡ったボートピープルたち、さらには二〇〇万人を超えるベトナム系アメリカ人コミュニティーを先取りするような存在である。事実、自力文団メンバーの子孫の大半は現在アメリカで暮らしている。[146]第二次世界大戦期を通して、アメリカは建て前としては植民地主義そのものであった英仏と距離を置き、第三世界の多くの国民政党や指導者たちから別のアクターとして考えられることがあった。もしかしたら、カイ・フンもアメリカという国に希望を見ていたのかもしれない。

四．東西の融合を体現したカイ・フン

グエン・ヴァン・スンはカイ・フンについて次のように評している——儒学の家庭で育ったことからカイ・フンの魂は東洋の神秘的な美を早くから愛した、と。西洋の学問がその旧い基盤を補填したという理解である。カイ・フンにおいて、ほとんど相反するふたつの学術および思想が、調和し融合している。[147]

西洋の学問を修得した知識人としてのイメージが強い自力文団ではあるが、カイ・フンは仏教徒であった。彼は幼い頃、家庭の問題で嫌な思いをした時などには、寺に参り経を唱えて救いを求めた。一九四四年旧正月《テト》に母親が亡くなった際には、カイ・フンは数夜に亘って夜遅くまで『阿弥陀経』や

『地蔵経』を唱えていた。[148] それ以外にも第六章で詳述するように、カイ・フンは龍樹《ナーガールジュナ》の著書と伝えられる『大智度論』を読んでいた。とはいえ、カイ・フンは仏教に対してもただそれに没頭するのではなく、批判的距離を保持し続けた。高度な学問を身につけた知識人として批判精神を発揮し続けたのである。

カイ・フンが生きた時代は、西洋と非西洋との対立を固定した帝国主義、植民地における近代化、さらにはナショナリズムの高揚といった諸局面において、二項対立的思考や二分法に沿った態勢が顕著な状況にあった。そうしたなか、右か左、新か旧、東か西のいずれが正しいかが大事なのではなく、それらの共存・融和を体現したカイ・フンは、自らが生み出した文学を通して、大戦下・戦間期における人間の「生」の諸営為を読者に呈示し、未来へ向けて歩みを進める人々に綜合的な思考を促した。

文学の創作者としてのカイ・フンにおいて、仏教はなんらかの作用をしているだろうか。彼の小説の分析（第二部）に入る前に、日本の仏教者の説明による空無碍の思想を確認しておきたい。

空とは何ものにも執着しないことであり、執着し滞るときは、生命ある流れは杜絶して死物と化する。形式化・形骸化である。生成発展の理想的推進は空無碍の活躍によらなければならない。空とは空しいとか空無・虚無とかの意味ではない、一方に偏した我執がなくなり、固定した物の見方が除かれて、自由無碍の活作用がなされることが空である。[149]

小説に登場する数々の人物たちの様々な言論や思想を想像し生成していく過程においては、自由無碍が活作用している。小説家の創作過程を考察してみると、言語的意味分節の世界に住む作家が物語を紡ぐ時、自己の持っている現世性というものを内部でいったん否定し自己を放棄するといった操作を通して、自己を言語的に無分節状態にする必要がある。その状態は流動的かつ意識の方向性を持たぬ状態であり渾沌であるのだが、その渾沌は大きな可能性を有している。それは、自由自在に分節できる可能性である。その渾沌とした妄想世界の無際限なイメージに規制・限定を図る、つまり言語を用いて自己分節することで、渾沌のイメージは客観性を帯び物語が生まれ出る(150)。

小説家は、想像で人物を組み立てていく、即ち人物の描写にあたりその都度他者の立場に身を置くことを実践している。その実践は、空間と時間をひろげることを可能とする。

このように、小説家としての日々の「空」の慣習が、カイ・フンの柔軟で流動的、つまり自由無碍的視座を導き出し、いずれにも偏向せずあらゆる物事に対して等しく真摯に向かい合えるしなやかさの鍛錬に繋がった。

五．国語《クオックグー》への貢献(151)

カイ・フンは東西双方の文学作品を訳出している。彼によって翻訳された、あるいは彼の作品内で言及された海外の作家には、ラシーヌ、アナトール・フランス、アンドレ・ジッド、フェリックス・アルヴェール、ディケンズ、パスカル、ディオゲネス、ドストエフスキー、サマセット・モーム、パール・バック、タゴール、老子、李白、蒲松齢、岡倉覚三などを挙げることができる(152)。

翻訳に関して言えば、おそらくモームはフランス語から、李白は漢語から訳された。三島由紀夫は「翻訳文が現代口語文に影響し、また現代口語文が翻訳文に影響したことは、疑いを容れない事実である」[153]と言うが、カイ・フンは、複数の言語から現代口語文である国語《クォックグー》（自分たちの言葉）を磨き上げた人物でもある。

「自力文団以前は翻訳小説が多く、創作にしても西洋や中国の人物やストーリーの模倣が見られた。自力文団の小説が登場したのち、ようやくベトナムの物語のなかに、ベトナムの役者がベトナムの風景のなかで動く姿が見られるようになった」[154]というフィン・ヴァン・トン（Huỳnh Văn Tòng, 1941-2011）の指摘もある。国語《クォックグー》を流暢に使いこなす技術とベトナム文学の発展とは緊密に結びついている。

ところでカイ・フンは、ベトナムにおける「博学」な文学（伝統的な漢学の素養に基づく文学）を、両岸を堅固な堤防に囲まれた川に喩えている。彼が言うには、「博学」な文学は、代々中国の方式に倣い、それを傷つけまいとほんの少しの変化も敢えて加えようとしてこなかった。他方で彼は、民衆の文学を、山間部の荒野を流れ落ちる藪に囲まれた曲がりくねった川に喩えた。その川は、規則やきまりに沿うことはごくまれで、やむを得ず規則に従う場合であっても、まるでじゃじゃ馬のように失律（従来の古典詩歌のルールから外れていること）・失粘（従来のように対句にこだわらないこと）し、言葉を誤用し、はなはだ荒唐である。しかし、まさにそのために、六八体、双七六八体、四字、さらには句の真ん中で韻を踏むといった新しい言葉と文体が生まれ出た。典故を用いない（先行する作品の表現を手本としない）、威厳のなさが民衆文学の二つの主要な性格である。古い論理に基づきながらも、民衆文学は真実性を帯び、切実な願望が込められた素朴の境地である。ある時代の慣習や風俗を知りたいのであれば、その時代の民衆文学つまり歌謡《カーザオ》（Ca Dao）や俗語《トゥックグー》（Tục ngữ 諺）を読むのが一番であって、これらは、ある時代全体の性格や願望を映し出す鏡である。カイ・フンは自力文団の一員トゥー・モーの文学を評して、トゥー・スォン（Tú Xương, 1870-1907）やホー・スアン・フオン（Hồ Xuân Hương, 1772-1822）といった前代の詩人同様、歌謡《カーザオ》と俗語《トゥックグー》と同じようにベトナムに固有の性格を完全に有していると述べているが、[155]これはカイ・フン自身が民衆文学のような枠を超え出る文学を重視していたことの傍証になるだろう。

このことは言語についても言える。詩人フイ・カンは自力文団の言語面について、次のように述べている――彼らの文章は並列構造の殻から抜け出し、漢越語が軽減されたことで、軽やかで明るくなり、なめらかさと繊細さを帯びた。ベトナム語の文章に必須ともいえるメロディが依然として残っているだけでなく、そのメロディは単調ではなく複調化した、と。[156]東西の融合から生まれたカイ・フンの言語感覚が、当時発展の過程にあった国語《クォックグー》に、豊かさやなめらかさを与えた。それだけではない。彼は国語《クォックグー》文学の創作を通して、新たな用い方、新たな意味を解き放ち、生き生きとしたベトナムらしい芸術言語を生み出した。ベトナムの土地に生きる人びとの現実を捉え、その現実を社会が共有するための言葉を新たに作り上げていった。その文体は今の時代にも引き継がれている。

実際、カイ・フンは国語《クォックグー》を指導していた。国語《クォックグー》の教師として勤めたこともあったカイ・フンは、『風化』の紙面上で、当時の文壇の作家たちに向け正確なベトナム語を書くことを促していた。新聞各紙の文芸欄に掲載された間違った文法や言葉の使用法をひとつひとつ取り上げ添削を行い誤りを指摘していたのである。[157] 歴史学・文学・言語学者であるダオ・ズイ・アィン（Đào Duy Anh, 1904-1988）が指摘したように、ベトナム語の雑誌・新聞は、各作家の才能を試す場としての一面があったのに加え、国民の学校という一面も有していた。[158] カイ・フンの添削は常に諧謔を含んでいたため、誤りを指摘された人間から反感を買うこともあっただろう。カイ・フンの所業はそれだけではない。開智進徳会（Hội Khai trí Tiến đức）が編纂したベトナム語辞書にはない語彙を補足するコラムも書いていた。[159] ファム・クィン編集によるこの字典（*Việt Nam tự điển*）は、ベトナム語の説明と較べてより正しい説明が漢越語に対してなされていた。この字典の編集陣は、職人や農民ほどベトナム語の意味に明るくなく、うまく使いこなせていなかったようで、民衆（民族の大部分を占める人たち）の間でよく使われる多くの言葉が欠落していたと指摘されている。[160]

さらに現代の視座から見ても非常に興味深いことであるが、カイ・フンは人称代名詞〈Chàng（男性用）〉や〈Nàng（女性用）〉ではなく、男女の性別関係なく使える代名詞〈Nghỉ〉を提案している。カイ・フンによれば、『翹伝』にも登場するこの代名詞は黎朝時代に使われていた。それがもはや忘れられてしまっているため真偽を確かめることは難しいが、それはもしかしたらもともとある地域の方言だったのかもしれないという。カイ・フンは加えて代名詞〈Y〉も提案している。ただ〈Y〉には軽蔑の意が含まれるので、〈Nghỉ〉のほうが適していると述べている。[161]

こうした地道かつ真摯な活動が、当時の作家だけでなく民衆のベトナム語の向上に貢献した。また、自身の作品を出版し多くの読者を得たことで、カイ・フンの文学は、言葉についての高尚な「手本」としての役割も果たした。そして、民衆のベトナム語普及につながった。

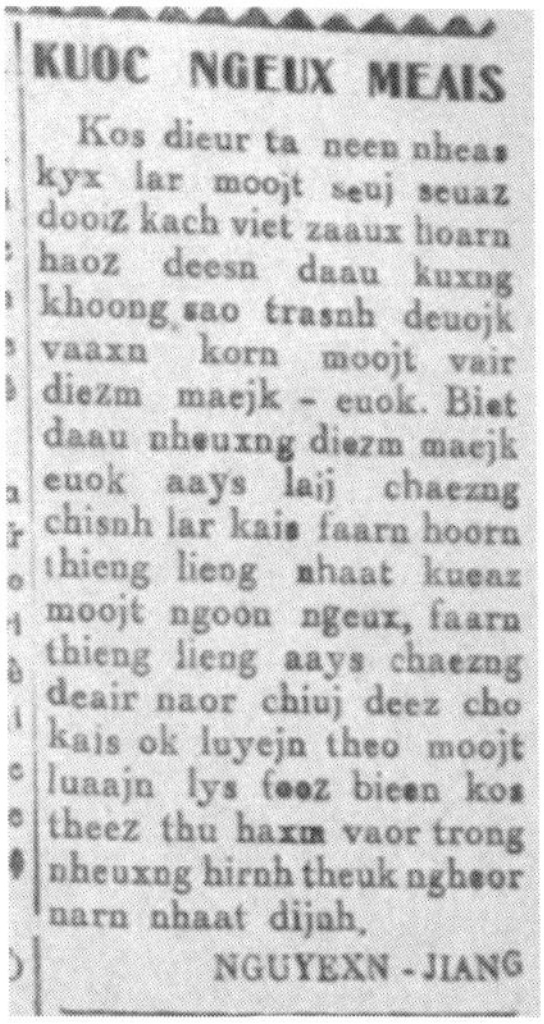

KUOC NGEUX MEAIS

Kos dieur ta neen nheas kyx lar moojt seuj seuaz dooiz kach viet zaaux hoarn haoz deesn daau kuxng khoong sao trasnh deuojk vaaxn korn moojt vair diezm maejk - euok. Biet daau nheuxng diezm maejk euok aays laij chaezng chisnh lar kais faarn hoorn thieng lieng nhaat kueaz moojt ngoon ngeux, faarn thieng lieng aays chaezng deair naor chiuj deez cho kais ok luyejn theo moojt luaajn lys feez bieen kos theez thu haxm vaor trong nheuxng hirnh theuk ngheor narn nhaat dijah.

NGUYEXN - JIANG

図8　新国語
（タイトルは Quốc ngữ Mới と書かれている）
Bình Minh, Nº.51, 1945/5/19.

ところで「日本単独支配期」に発行された『平明』では、グエン・ヴァン・ヴィン（Nguyễn Văn Vĩnh, 1882-1936）の息子グエン・ザンが新しいベトナム語表記法を提案している。これは「グエン・ヴァン・ヴィン方式」とされ、国際間の電報送受のルールに見合うように声調記号を除いたもので、[162] 現在のベトナム語の TELEX 入力書式に近い。カイ・フンのコラムもこの「新ベトナム語」で書かれているが、カイ・フン（KHAIS HEUNG と綴られる）自身は、筆者が見る限りでは、そうした表記には乗り気ではなかったようだ。もっともこの表記法が普及することはなかった。

＊　＊　＊

「間《ズア》」というカイ・フンの本名は、ある意味カイ・フンの立ち位置を示すのに象徴的な言葉である。複雑な歴史的・政治的状況のなか、カイ・フンという作家は、常にいくつもの異なる要素の間、あるいは融合地点に位置し、異種混淆という人間のリアリティそのものを体現する人物であった。彼はどこまでも自由な精神を保ち、いずれの陣営にも強く拘泥せず批判的な距離を維持し、世の中の動向に巻き込まれつつも政治から一定の距離を置いていた。小説家の気質のゆえに、また他者の個性や彼らの喜びや苦しみを想像・尊重するために、他人の道に立ちふさがるような行動をとることもなかった。そのためカイ・フンは、「行動の人」である政治家・改革家としての資質はなかったと言えるかもしれない。翻って、カイ・フンは、人々が無思考のうちに極端な行動（例えば戦争という非日常に向けた行動）へと猪突猛進していくことを、文学という「武器」をもって抑制する役割を担った。そのことが、彼にとっての闘争であった。カイ・フンは、変化する社会情勢において、そのつど独立的かつ自主的に筆を執る姿勢を保ち続け、多様な文学作品を書き続けた。第二部では、いくつかの具体的作品を取り上げ、分析を通して各作品の多様さ、そしてカイ・フンの闘争の在り方を見ていこう。ただその前に、今日にいたるカイ・フン文学の評価を概観しておきたい。ほぼ公式化されてしまったといえるカイ・フン評価の成立の背景にあるものを確かめておく必要があるからである。

注

（1）中井亜佐子、『他者の自伝――ポストコロニアル文学を読む』、研究社、二〇〇七年、六ページ。

（2）第三章でも言及するが、一九五八年刊『文史地』では、ニャット・リンとカイ・フンの人生観と世界観はほぼ同一であるとの見解が示されている。この見解は、現在に至るまで一定の作用を及ぼしている。ちなみに竹内與之助は、二人の相違点を探すならば、ニャット・リンは激しい態度で意見を述べ、男女青年に熱烈に擁護されたのに反し、カイ・フンは温和な態度で臨み、心のやさしい人の心を捉えたことであると指摘している。竹内與之助、「Tự Lực Văn Đoàn（自力文団）とその背景」、『東京外国語大学論集』一三、一九六六年、八三ページ。

（3）Thu Trung, “KHÁI HƯNG, thân thế và tác phẩm”, *Văn*, N°.22, Sài Gòn, 1964, p.3.『ベトナム』に関しては、ハノイ在住の文学研究者からデータで共有いただいた。ただし、全号は揃っていない。

（4）Thu Trung, op.cit., p.16.

なお、筆者は二〇一五年ハノイにおいて、『正義』全二八号分のコピーを、ある蒐集家から入手することができた。『正義』は、ベトミンに対立したベトナム国民党の機関紙であり、反動とのレッテルを貼られたベトナム国民党の機関紙が北部ベトナムにおいて、今日まで保管されていたことが分かる。

（5）Thu Trung, op.cit., p.9.

（6）*Truyện ngắn Khái Hưng*, NXB Văn Nghệ, Sài Gòn, 1971, pp.3-8.

（7）Thụy Khuê, “Khái Hưng (1896-1947)”, *Hợp Lưu*, N°.104, California, 2009, pp.26-56.

（8）Nguyễn Tường Bách, *Việt Nam những ngày lịch sử*, Nhóm Nghiên cứu Sử địa xuất bản, Montréal, 1981.

（9）Phạm Văn Sơn, *Chế độ Pháp thuộc ở Việt Nam*, n.p., Sài Gòn, 1972, p.180.

（10）ここでの革命とは共産主義革命を指すのではなく、植民地支配からの解放に向けた変革を求める動きを指す。

（11）カイ・フンは継母から酷遇を受けており（Trần Khánh Triệu, “Ba Tôi”, *Văn*, N°.22, Sài Gòn, 1964, p.23.）、カイ・フンの作品に頻繁に描きだされる大家族制の糾弾は、これに起因したものと考えられる（Phan Cự Đệ, *Tự Lực Văn Đoàn - con người và văn chương*, NXB Văn Học, Hà Nội, 1990, p.34.）。

（12）Nguyễn Công Hoan, *Đời viết văn của tôi*, pp.150-153.（“Ý kiến của nhà văn Nguyễn Công Hoan về Tự Lực Văn Đoàn”, Hà Minh Đức ed., *Tự Lực Văn Đoàn - Trào lưu - Tác giả*, NXB Giáo Dục, Hà Nội, 2007, p.449.)

（13）Ủy ban Khoa học Xã hội Việt Nam-Viện Văn học, *Thơ văn Lý-Trần (tập 2)*, Khoa học Xã hội, Hà Nội, 1977, p.597.

（14）ニャット・リン（ニャットは1の意）に対しての、ニ・リン（ニは2の意）。その他、KH, Nhất Dao Cạo, Hàn Đãi Đậu などの筆名を持つ。

（15）痛烈な風刺がきいた三幕の韻文喜劇。

（16）翰墨は、筆と墨の意で文学のこと。書香は、読書。

（17）養子となった後の名は、チャン・カィン・チェウ Trần Khánh Triệu。

（18）仏植民地期の各小省の長官。

（19）Nguyễn Vỹ, *Văn thi sĩ tiền chiến*, Nhà sách Khai trí, Sài Gòn, 1969, p.123.

（20）カイ・フンがニャット・リンの小説をより良いものとするために、手を入れていたことから、共著のかたちがとられた（Nguyễn Vỹ, op.cit., p.129.）。

（21）Nguyễn Vỹ, op.cit., p.124.（小牧近江は、アヘンは疲労恢復に必要であったと述べている。小牧近江、『ある現代史――〝種蒔く人〟前後――』、法政大学出版局、一九六五年、一九四ページ。）

（22）Trần Khánh Triệu (1964), op.cit., p.23.（ちなみにタック・ラムはアヘン中毒であった。）

（23）古田元夫、「ベトナム知識人の八月革命と抗仏戦争――ヴー・ディン・ホエを中心に」、『岩波講座　東南アジア史　第8巻　国民国家形成の時代』、岩波書店、二〇〇二年、一一八ページ。

（24）これについての詳細は明らかではない。

（25）一九四〇年時点における職位。Đỗ Tốn, "Ả - Hầu", *Văn Hóa Ngày Nay*, tập 9, 1959/1/23?, p.13.

（26）CAOM, RST/NF 6495, Đại Việt Dân Chính, Note N°.23670. (Guillemot François, *Đại Việt Indépendance et révolution au Viêt-Nam : L'échec de la troisième voie, 1938-1955*, Les Indes savantes, Paris, 2012, p.87. より再引用)

（27）Ibid.

（28）Vũ Bằng, "Tưởng nhớ Khái Hưng", Dương Nghiễm Mậu et al., *Khái Hưng - thân thế và tác phẩm*, Nam Hà, Sài Gòn, 1972, p.27.

（29）Nguyễn Tường Bách (1981), op.cit., p.38.

（30）石井米雄・桜井由躬雄編、『東南アジア史Ｉ』、山川出版社、二〇〇八年、三三四−三三六ページ。
（31）Nguyên Vũ, "Khái Hưng Trần Khánh Giư (1896-1947?)", *Hợp Lưu*, N°.104, California, 2009, p.14.
（32）Nguyễn Tường Bách, "Tưởng nhớ Khái Hưng", Nguyễn Thạch Kiên ed., *Khái Hưng - Kỷ vật đầu tay và cuối cùng - Tập I*, Phương Hoàng, California, 1997, p.166.
（33）［代表］：団長グエン・トゥオン・タム（＝ニャット・リン、Nguyễn Tường Tam）、副団長ヴォー・グエン・ザップ（Võ Nguyên Giáp）、チン・ヴァン・ビン（Trịnh Văn Bính）、クー・フイ・カン（Cù Huy Cận）、ホアン・スアン・ハン（Hoàng Xuân Hãn）、ヴー・ヴァン・ヒエン（Vũ Văn Hiền）、ヴー・ホン・カイン（Vũ Hồng Khanh）、チャン・ダン・コア（Trần Đăng Khoa）、ズォン・バック・マイ（Dương Bạch Mai）、グエン・ヴァン・ルエン（Nguyễn Văn Luyện）、ファム・ゴック・タック（Phạm Ngọc Thạch）、ブイ・コン・チュン（Bùi Công Trừng）、グエン・マイン・トゥオン（Nguyễn Mạnh Tường）。
［顧問］：タ・クワン・ブー（Tạ Quang Bửu）、カー・ヴァン・カン（Khá Vang Cân）、キエウ・クワン・クン（Kiều Quang Cung）、ディン・ヴァン・ホン（Đinh Văn Hớn）、ファム・カック・ホエ（Phạm Khắc Hòe）、グエン・ヴァン・フエン（Nguyễn Văn Huyên）、ホー・ダック・リエン（Hồ Đắc Liên）、ファン・ヴァン・ファック（Phan Văn Phác）、グエン・ヴァン・ティン（Nguyễn Văn Tỉnh）、グエン・ズイ・タイン（Nguyễn Duy Thanh）、グエン・トゥオン・トゥイ（Nguyễn Tường Thụy）、ホー・フー・トゥオン（Hồ Hữu Tường）。
［アシスタント］：チャン・ヴァン・トゥエン（Trần Văn Tuyên）、ヴォー・フー・トゥー（Võ Hữu Thu）など。Hoàng Xuân Hãn, "Một vài Kí vãng về Hội nghị Đà Lạt", *Tạp san Sử địa*, N°.23-24 (Số đặc khảo Đà Lạt), 1971, p.16. の表記に基づく。
ダラット会議は越仏間においていかなる合意にも至らなかったが、閉会後、グエン・トゥオン・タムによって共産側と国家側の団結が謳われた。それに続いて、ヴォー・グエン・ザップは、共産党とベトミン双方が全民衆の団結を方針に掲げており、全民衆の参加を促せるよう、ベトミンの会議において、国民党の立て直しと拡大に向けた支援を提議したと述べている（Hoàng Xuân Hãn, op.cit., p.247.）。

（34）「グエン・トゥォン・タムたち国民党幹部は、ダラト《ママ》会談後に相次いで中国に亡命した。亡命の理由についてバオ・ダイ回想録は、ホー・チ・ミンが渡仏した後、留守を預かるヴォー・グエン・ザップたち強硬派が、これら親中国分子に対する弾圧を強めたために、難を逃れたのだとする。欧米研究者の一部の見解によれば、対仏交渉路線を取るホー・チ・ミンの「共犯者」としての役割を続けることに嫌気がさして、連合政府から離脱したのだとする」（ファム・カク・ホエ、『ベトナムのラスト・エンペラー』、白石昌也訳、平凡社、一九九五年、二八七ページ〔第三章 注〕）。

（35）*Ngày Mới*, Nº.142, 1948/1/24.

（36）Lê Hữu Mục, *Khảo luận về Khái Hưng*, Trường thi Phát hành, Sài Gòn, 1958, pp.8-10.
この真偽について、筆者はアメリカ在住の作家ファム・フー・ミン（Phạm Phú Minh）（ペンネーム：ファム・スアン・ダイ、Phạm Xuân Đài, 1940-）の意見を仰いだところ、カイ・フンがベトミンに殺害されたことは事実であり、この記述がカイ・フン殺害から一〇年後に書かれていることから、それなりの証言が揃っていたと思われ、殺害の詳細は明白ではないものの、さしあたり受け容れることができるとの助言をいただいた。

（37）［原文］“*Vùng vẫy bốn mươi năm, dọc đất ngang trời, tranh thủ tự do đền nợ nước*
Hô hào trăm vạn lý, dồn mây thúc gió, đấu tranh độc lập trả thù người”

（38）Phạm Ngọc Lũy, “Vụ thủ tiêu Khái Hưng, (trích *Hành Trình Từ Dĩ Vãng, tức Hồi Ký Một Đời Người, tập III*)”, *Khởi Hành*, Nº.163, 1997/5, p.19. なお、同じ回想録を元にした証言が、Nguyễn Thạch Kiên ed. (1998), op.cit., pp.869-892. にも掲載されている。ちなみに、一九七二年にハノイで出版された Trần Văn Giáp ed., *Lược truyện các tác gia Việt nam tập II*, NXB Khoa học Xã hội. Hà Nội, 1972, p.149. にも、一九四七年ナムディン省スアンチュォン郡クアガー桟橋にて、カイ・フンが死去したことが記されている。

（39）Trần Khánh Triệu, “Papa Tòa báo”, *Thế Kỷ 21*, Nº.104, 1997/12, p.20.

（40）Nguyễn Thạch Kiên ed. (1997), op.cit., p.30.

（41）Trần Khánh Triệu (1997), op.cit., p.25.

（42）Thanh Lãng, *Bảng lược đồ Văn học Việt Nam - Quyển Hạ - Ba thế hệ của nền văn học mới (1862-1945)*, Trình Bầy, Sài Gòn, 1967, p.744.

（43）Nguyễn Thạch Kiên ed. (1997), op.cit., p.28.

（44）Martina Thucnhi Nguyen, *On our own strength: The Self-Reliant Literary Group and Cosmopolitan Nationalism in Late Colonial Vietnam*, University of Hawai'i Press, Honolulu, 2021, p.161, 139. cf. *Ngày Nay*, N°.57, 1937/5/2, pp.279-280.

（45）ジョージ・オーウェル、『全体主義の誘惑――オーウェル評論選』、照屋佳男訳、中央公論新社、二〇二一年、一五六ページ。

（46）この件に関しては、Phạm Văn Sơn, op.cit., p.174. や Trần Huy Liệu, Văn Tạo, *Cách mạng Cận đại Việt Nam Tập V*, NXB Văn Sử Địa, Hà Nội, 1958, pp.77-83. に詳しい。

（47）Phạm Văn Sơn, op.cit., pp.174-180. 先に言及したように、インドシナ共産党によるゲティン・ソヴィエト蜂起（一九三〇―一九三一）では、およそ一万人が殺害され、五万人が追放された（Joseph Buttinger, *Vietnam: A Dragon Embattled - Volume I*, Pall Mall press, London, 1967, p.219.）。

（48）*Ngày Nay - Kỷ nguyên mới*, N°.2, 1945/5/12.

（49）釈放され保護観察下に置かれたのは、一九四三年のことである。

（50）*Từ Điển Văn Học - tập I*, NXB Khoa học Xã hội, Hà Nội, 1983, p.346.

（51）古田元夫、『増補新装版 ベトナムの世界史――中華世界から東南アジア世界へ』、東京大学出版会、二〇一五年、六四ページ。ファム・クィンの「国家主義」は、儒教をベトナムの伝統的な精粋とし、それを中核とする「東亜文化」とフランス文化を、ローマ字化されたベトナム語を道具にして融合し、新たなベトナムの「国粋」をつくろうという主張であった。

（52）Martina Thucnhi Nguyen, French Colonial State, Vietnamese Civil Society: The League of Light [Đoàn Ánh Sáng] and Housing Reform in Hà Nội, 1937-1941, *Journal of Vietnamese Studies*, Vol.11, Issue 3-4, 2016, pp.17-57. に詳しい。

（53）小牧近江、前掲書、一五六ページ。

（54）*Ngày Nay*, N°.82, 1937/10/24, p.882.

（55）*Ngày Nay*, N°.90, 1937/12/19, p.6.

（56）*Ngày Nay*, N°.28, 1936/10/4.

（57）Martina Thucnhi Nguyen (2021), op.cit..

（58）*Ngày Nay*, N°.156. 1939/4/8. p.4. / Martina Thucnhi Nguyen (2021), op.cit., p.139. その擁護は一九三七年頃から見られた。

（59）*Ngày Nay*, N°.161. 1939/5/13. p.6.　このコラムの結論では、（一）自由および民主を宣言すること、（二）インドシナの工業化を進めること、この二つをすぐに実行しなければならないと主張されている。工業化はドイツに倣って、インドシナ防衛のために（この時日本軍が南下してきていた）必要な軍需工場を建設することで、それは同時に失業問題を解決すると説明されている。

（60）ファン・ボイ・チャウの『越南亡国史』の序文を梁啓超が書いたことにより、本書全体が梁啓超の著作であるという誤解を読者に招きやすいものであった。その結果、梁啓超の『飲冰室合集』に収録されてしまった（廖欽彬ほか、『東アジアにおける哲学の生成と発展：間文化の視点から』、法政大学出版局、二〇二二年、七七〇ページ）。カイ・フンがその事実を知っていたかどうかは不明であるが、これがファン・ボイ・チャウの言葉であると認識していなかったとすれば、皮肉なことである。

（61）これは、第七章で言及する短編「フランス人、家に押し入る」の作中人物G（カイ・フン自身を投影していると考えられる）の考えと同一である。

（62）*Ngày Nay - Kỷ nguyên mới*, N°.12, 1945/7/21, pp.16-17.

（63）Tanaka Aki, "Nhật bản qua hình dung của người Việt trên báo *Ngày Nay*", *Kỷ yếu Hội thảo Quốc tế: Việt Nam - Giao lưu văn hóa tư tưởng phương đông*, NXB Đại học quốc gia Thành phố Hồ Chí Minh, TP.HCM, 2017, pp.352-354.

（64）Nguyễn Tường Bách (1981), op.cit., p.36.

（65）Tú Mỡ, "Trong Bếp núc của Tự Lực Văn Đoàn", *Khái Hưng - Nhà tiểu thuyết xuất sắc của Tự lực văn đoàn*, edited by

Phương Ngân, Nhà xuất bản Văn hóa - Thông tin, Hà Nội, 2000, p.394. / Guillemot François, "The Lessons of Yên Bái, or the "Fascist" Temptation: How the Đại Việt Parties Rethought Anticolonial Nationalist Revolutionary Action, 1932-1945", *Journal of Vietnamese Studies*, Vol. 14, Issue 3, Summer 2019, p.63.

(66) CAOM, RST/NF 6495, Đại Việt Dân Chính, Note N°.23670. (Guillemot, François (2012), op.cit., p.87.)

(67) Ibid.

(68) サイゴンで暗殺されたという記録もある。「復国軍蜂起に失敗した後、チャン・ヴァン・アン（陳文安、または陳福安）は、一九四〇年一一月には中越国境のランソンからトンキンに入り、柴田喜雄と名乗り、復国同盟会の組織化をはかろうとしたが、一九四三年にはリイゴンで暗殺された」(Circulaire, Saigon, le 8 Février 1941, [TTLTQG2/GOUCOCH/17616]、「越南各黨派情形」、中華民国三二年一〇月二一日、[党史館／特 11/17.7]。(武内房司、「大南公司と戦時期ベトナムの民族運動：仏領インドシナに生まれたアジア主義企業」、『東洋文化研究』一九、二〇一七年、三七二ページより再引用)。

(69) CAOM (Aix), GGI, 7F29 (2), p.1. (Nguyễn Vũ, op.cit., p.21. より再引用) サイゴンで出された『文化・今日』(*Văn Hóa Ngày Nay*, tập 9, 1959/1/23?, pp.13-15.) にある小説に、次のように記されている——日本軍北部仏印進駐の一九四〇年一二月、日本がランソン省を返還した後、フランスに捕まる危険性のあった人々を、柴田（陳福安）が日本軍の船／列車／飛行機（tầu）で広東に渡らせた。柴田は、彼らを日本の軍事学校で学ばせることを約束したため、彼らは喜んで同意した。ところが、柴田は彼らが政治活動をすることを一切望まず、それが日本の司令部の命令によるものであり、日本人にはベトナムの革命を真に支援しようという気持ちがないことを知った。また、日本は必要時に自分たちを利用したいだけであることを悟り、柴田の手中から抜け出すしかないと考えた結果、柴田を殺すことを決めた……ちなみに筆者は、虚構のなかにリアリティがあるのが小説だと認識している。なお、広東と雲南を拠点としたベトナム国民党両派の間には対立が生じていた。両派の特徴として、広東ではその大部分が中国社会に同化していったのに対し、雲南では中国文化に必ずしも埋没したわけではなく、独自の言語や信仰を保持することができたことが指摘されている（武内房司、「ヴェトナム國民黨と雲南

――滇越鐵路と越境するナショナリズム」、『東洋史研究』六九（二）、二〇一〇年、一一五ページ）。

(70) Nguyên Vũ, op.cit., p.8.

(71) http://thuykhue.free.fr/TLVD/ 最終閲覧：二〇二二年八月三〇日。

(72) *Phong Hóa*, Nº.14, 1932/9/22.

(73) この点については、湯山英子氏のご教示に負っている。一九三五年の調査では、「漆輸出」を扱う日本の商店六軒のなかに、渡部洋行が含まれている。渡部七郎は一九一〇年代半ばには漆を手がけており、一九一五年に帰国。一九二〇年に再度仏印店の再興に取り組み一九三二年に死亡した（湯山英子、「仏領インドシナにおける対日漆貿易の展開過程」、『社会経済史学』七七―三、二〇一一年、（三七三）六一ページ、（三七五）六三ページ）。カイ・フンは故人を偲んでこの作品を書いたのだろう。

(74) Tú Mỡ, op.cit., p.395.

(75) Quốc Lê, "Thiên đường gốm sứ một thời của Hà Nội giờ nổi tiếng vì điều gì?", *Báo Mới*, 2020/6/2. (https://baomoi.com/thien-duong-gom-su-mot-thoi-cua-ha-noi-gio-noi-tieng-vi-dieu-gi-c35242392.epi 最終閲覧：二〇二四年二月二九日)

(76) この説明からは、ニャット・リンにとってドイツの存在が大きかったことが窺えるが、真相は明らかではない。

(77) Nguyễn Tường Bách (1981), op.cit., p.38.

(78) ホアン・ダオは大越国家連盟の著名なリーダーであった（Quang Minh, *Đại Việt Quốc Dân Đảng*, NXB Văn Nghệ, California, 2000, p.111.）。

(79) 石井米雄監修、『ベトナムの事典』、同朋舎、一九九九年、一九一ページ。／Quang Minh, Ibid.

(80) 小松清の友人で、文学者グエン・ヴァン・ヴィンの息子。

(81) Vũ Bằng, "Tưởng nhớ Khái Hưng", Dương Nghiễm Mậu et al., op.cit., pp.21-23. なお、日本のクーデタ後のハノイ市内では、小松や小長谷のような人間と親しくないといい地位にはつけないと言われた（Đoàn Thêm, *Những ngày chưa quên*, Nam Chi Tùng Thư, Saigon, n.d. p.34.（ビン・シン、「小松清　ベトナム独立への見果てぬ夢」

(下)、『世界』、二〇〇〇年五月号、二八一―二八二ページより再引用)。小長谷の姓は、一九四四年「河内日本人会会員名簿」内に、在仏印大日本特派大使府の小長谷綽と、三井物産河内支店の小長谷龍とがある（中野綾子、「『河内日本人会会員名簿』について」、『リテラシー史研究』一一、二〇一八年、二一―三六ページ）。

（82）Tô Hoài, *Những năm 1944-45*, (https://isach.info/story.php?story=nhung_nam_1944_1945__to_hoai 最終閲覧：二〇二二年八月二二日)

（83）Nguyên Vũ, op.cit., p.11.

（84）Ibid.

（85）『外交官・横山正幸のメモワール――バオ・ダイ朝廷政府の最高顧問が見た１９４５年のベトナム』、白石昌也（他）訳、早稲田大学アジア太平洋研究センター、二〇一七年、六八ページ。

（86）古田元夫（二〇〇二）、前掲論文、一二八ページ。

（87）サイードは、「排他主義」を、他の集団の偉業ばかりか、その豊かな存在自体を故意に濾過して取り除き、自分たちをおだてあげる物語しか過去に見ないような、避けようと思えば避けられる視野狭窄のことと説明している（エドワード・W・サイード、『人文学と批評の使命　デモクラシーのために』、村山敏勝・三宅敦子訳、岩波書店、二〇一三年、六九ページ）。

（88）『外交官・横山正幸のメモワール』、前掲書、六一ページ。

（89）"Tân Việt-nam hội", *Bình Minh*, Nº.28, 1945/4/20. 古田元夫（二〇〇二）、前掲論文、一二八ページの和訳に依拠する。

（90）Vũ Đình Hòe, "Nhiệm vụ của chính đảng trong việc xây dựng nền độc lập nước nhà," *Thanh Nghị*, Nº.107.（古田元夫（二〇〇二）、前掲論文、一二八―一二九ページより再引用。）参加メンバーは、ダオ・ズイ・アイン（Đào duy Anh）、ファン・アイン（Phan Anh）、ファム・ドー・ビン即ちニャット・チュォン（Phạm đổ Bình tức Nhật Trương）、グエン・ドー・クン（Ng. đổ Cung）、ファム・フー・チュォン（Phạm hữu Chương）、ドー・ドゥック・ズック（Đổ đức Dục）、ゴー・トゥック・ディック（Ngô thúc Địch）、チャン・カイン・ズー即ちカイ・フ

ン（Trần khánh Giu tức Khái Hưng）、ゴー・トゥ・ハ（Ngô tử Hạ）、ヴー・ヴァン・ヒェン（Vũ văn Hiền）、ヴー・ディン・ホエ（Vũ đình Hòe）、グエン・ヴァン・フエン（Nguyễn văn Huyên）、チャン・ズイ・フン（Trần duy Hưng）、グイ・ニュー・コントゥム（Ngụy như Kontum）、グエン・ラン（Ng. Lân）、ヴー・ディン・リエン（Vũ đình Liên）、ファム・ロイ（Phạm Lợi）、グエン・ゴック・ミン（Ng. ngọc Minh）、グエン・クワン・オアィン（Nguyễn quang Oánh）、トン・クワン・フィエット（Tôn quang Phiệt）、ファム・カック・クワン（Phạm khắc Quang）、ファン・フイ・クアット（Phan huy Quát）、ゴー・ビック・サン（Ngô bích San）、グエン・フー・タオ（Ng. hữu Tào）、ホアン・トゥック・タン（Hoàng thúc Tân）、ヴー・ディン・トゥン（Vũ đình Tụng）、レ・クォック・トゥイ（Lê quốc Túy）、ギェム・スアン・ティエン（Nghiêm xuân Thiện）、グエン・ディン・トゥ（Ng. đình Thụ）、ホアン・ファム・チャン即ちニュォン・トン（Hoàng phạm Trân tức Nhượng Tống）、ブット・ニュー・ウェン（Bút như Uyên）、レ・フイ・ヴァン（Lê huy Vân）、グエン・シェン（Ng. Xiển）、グエン・スアン・イェム（Ng. xuân Yêm）。（『平明』（1945/4/20）に記載された表記に基づく。Ng. はグエンの略と見做した）

（91）Ngô Văn, *Việt Nam 1920-1945, Cách mạng và phản cách mạng thời đô hộ thuộc địa*, Chuông Rè, California, 2000, p.431.
一九四五年九月七日、タ・トゥー・タウは殺害された。中央政府の指令は必ずしも地方レベルでは守られなかった。人民委員会や熱狂的だが無教養な自衛民兵らは「裏切り者退治」の命令に忠実に従った。植民地警察の拷問官や腐敗したマンダリンに対する正当な処罰だけでなく、判断力に欠ける行為や単なる個人的な復讐心による処罰も存在した。Pierre Brocheux, *Ho Chi Minh: A Biography*, Translated by Claire Duiker, Cambridge University Press, New York, 2007, p.99.

（92）『外交官・横山正幸のメモワール』、前掲書、六八ページ。

（93）古田元夫（二〇〇二）、前掲論文、一二九ページ。

（94）Phong Lê ed., *Văn học Việt Nam kháng chiến chống Pháp (1945-1954)*, Uỷ ban Khoa học Xã hội Việt Nam - Viện Văn Học, NXB Khoa học Xã hội, Hà Nội, 1986, p.38.

フォン・レはさらに、「ホアン・ダオは、ファシスト日本を支援するために、全国民が協力し、必要最小限の食糧だけを残し、残りの米はすべて日本に納めなければならないと訴え、カイ・フンはコラムや連載小説を掲載し、日本の傀儡政権を支援しない者は、射撃され流刑地コンロン（Côn Lôn）に連行されると脅した」と記しているが、実際『今日－新紀元』にそうした記事があるのか、現時点で筆者はその事実を確認できていない。もしかしたら未発見の五・六・七号に記載があるのかもしれない。

（95）Nguyễn Tường Bách (1981), op.cit., p.42.

（96）近江谷（＝小牧近江）は、ベトナム人は落ち着いて物事に動じない人間と、騒々しい人間の二種類に分かれ、嘘や盗みといった小さな欠点については、ベトナムが属国であることが原因であり一時的なものとしている。また、小松は、囚われの身から自由になろうと監獄を破壊してきた人間と、強国の圧政のもと奴隷に甘んじてきた人間を挙げ、ベトナム人は熟慮が苦手な点を指摘している。

（97）Trần Khánh Triệu (1997), p.20.

（98）『風化』『今日』『南風』とともに『清儀』もオンラインで閲覧することができる。https://www.nguoi-viet.com/ThuVienNguoiViet/thuvien-NV.php 最終閲覧：二〇二四年一〇月五日。

（99）Vũ Đình Hòe, *Hồi ký Vũ Đình Hòe*, Nhà xuất bản Văn hóa - Thông tin, 1995, pp.284-286.（古田元夫（二〇〇二）、前掲論文、一三二－一三三ページより再引用）

（100）村上さち子によれば、外交使節団が、伝統主義者、知識人層、高級官吏、資本家などとの接触を増す一方、憲兵隊は、問題分子を扱っていた。さらに憲兵隊は、トンキンのグエン・トゥォン・ロン〔ホアン・ダオのこと〕やトラン〔チャン〕・ヴァン・ライ博士、トラン〔チャン〕・トロン〔チョン〕・キム教授、安南のゴ・ジン〔ディン〕・ジェムといった安南人知識人、高官との接触を開始した。外交使節団の圧力を受け、憲兵隊は一九四四年一月、安南人援助者の一掃にとりかかった。フランス保安隊は、この機に乗じて、民族主義者、特に南の復国連盟、北のダイ・ヴェト〔大越〕党の指導者と工作者を厳罰に処した（村上さち子『佛印進駐：*Japan's Thrust into French-Indochina 1940-1945*』、非売品、一九八四年、四〇六－四〇八ページ）。

(101) Nguyên Vũ, op.cit., p.8.

(102) インドシナ大学出身者で「学生総会」を率いた（今井昭夫、「植民地期ベトナムにおける立憲論と1946年憲法」、『東京外国語大学 東南アジア学』六、二〇〇〇年、一四五ページ）。

(103) Nguyễn Tường Bách (1981), op.cit., pp.42-43.

(104) *Ngày Nay*, Nº.89, 1937/12/12, p.6.

(105) Vũ Đình Hòe, op.cit., pp.287-288.（古田元夫（二〇〇二）、前掲論文、一三三ページより再引用）

(106) Nguyên Vũ, op.cit., p.11.

(107) 小牧近江、前掲書、一五七ページ。

(108) Tú Mỡ, op.cit., p.395.

(109) Nguyễn Tường Bách (1981), op.cit., p.69, 70.

(110) 『外交官・横山正幸のメモワール』、前掲書、六九ページ。

(111) サムライアリの生態は次のとおりである。夏の日中にサムライアリの働きアリ数百匹が隊列をつくって繰り出し、クロヤマアリの巣に侵入して幼虫や繭を略奪してもち帰る。それから生まれるクロヤマアリはサムライアリに労働奉仕して一生を終わる（『世界大百科事典（一一）』、平凡社、一九九六年、三六二ページ）。

(112) 東京朝日新聞社出版編輯部による「序」、エレンジン・ハラ・ダワン、『成吉思汗傳』、本間七郎譯、朝日新聞社、一九三八年。

(113) Tanaka Aki, "Nhật bản qua hình dung của người Việt trên báo *Ngày Nay*", (2017), op.cit., pp.356-359.

(114) Hồ Hữu Tường, "Về Khái Hưng", *Văn*, Nº.22, 1964/11/15, p.28, pp.47-48.

(115) Nguyễn Tường Bách (1997), op.cit., p.167.

(116) 中立路線からのこの方向転換は、ニャット・リンがベトナム国民党のリーダーとして、国外から戻ってきたことが影響していると思われる。

(117) Phạm Ngọc Lũy (1997), op.cit., p.17.　トゥイ・クエは「ボケ男」のペンネームを用いたのはカイ・フンではなく別の人間であることを指摘しているが、これに関しては慎重に見極める必要がある。なお、ボケ男以外の、カイ・フン執筆記事には署名がされていない（Nguyễn Thạch Kiên ed. (1997), op.cit., p.470.）。ボケ男の記事は、名前が示すとおり、とぼけた調子で書かれており、ストレートな主張ではない点で、カイ・フンらしい文章だと筆者は認識している。

（118）*Sự Thật*, Nº.1, 1945/12/5, p.3.

（119）小松清、『ヴェトナムの血』、河出書房、一九五四年、一〇一ページ。小松が言うナショナリスト陣営とは、非共産主義という意味であろうが、古田元夫の見解によれば、ホー・チ・ミンは、ナショナリストでもあり、共産主義者でもある（古田元夫、『アジアのナショナリズム』、山川出版社、二〇〇〇年、二ページ）。

（120）小松清（一九五四）、前掲書、一二五–一二六ページ。

（121）Nguyên Vũ, op.cit., p.14.

（122）Nguyễn Thạch Kiên ed. (1997), op.cit., p.164.

（123）筆者による和訳：カイ・フン、「省行政長官」、『東南アジア文学』一六、東南アジア文学会、二〇一八年、九五–一〇四ページ（https://sites.google.com/view/sealit/16号）。

（124）筆者による和訳：カイ・フン、「遠きひとの声」、『東南アジア文学』一一、東南アジア文学会、二〇一三年、一〇五–一一二ページ（https://sites.google.com/view/sealit/11号）。

（125）森絵里咲、「ベトナム戦争と文学 —— 翻弄される小国」、東京財団研究報告書、二〇〇六年、四ページ（https://nippon.zaidan.info/seikabutsu/2006/00202/pdf/0001.pdf 最終閲覧：二〇一六年一二月一一日）。

（126）筆者による和訳：カイ・フン、「文学談義」、『東南アジア文学』一二、東南アジア文学会、二〇一四年、一〇五–一一二ページ（https://sites.google.com/view/sealit/12号）。

（127）しかし、「インテリゲンチャは、プロレタリアートの立場に立つことを不断に念じながら彼はたえずそこから追放される」ものである（『現代哲学辞典』、講談社、一九七〇年、七九ページ）。

（128）Tú Mỡ, op.cit., p.394.

（129）Viện Khoa học Xã hội Nhân văn - Viện Sử học, *Việt Nam những sự kiện 1945-1986*, NXB Khoa học Xã hội, Hà Nội, 1990, p.25.
当初リェンベトは、ベトミン、マルクス＝レーニン主義研究会、ベトナム労働総同盟、ベトナム婦人連合会、ベトナム青年連合会、ベトナム民主党、ベトナム社会党、ベトナム国民党、ベトナム革命同盟会から成っていたが、ベトナム国民党およびベトナム革命同盟会は当初数ヶ月の参加であった。この時、インドシナ共産党はかたちだけの解散を行っていた。

（130）*Tiên phong*, Nº.22. n.d. (Vũ Đức Phúc, *Bàn về những cuộc đấu tranh tư tưởng trong lịch sử văn học Việt Nam hiện đại (1930-1954)*, NXB Khoa học Xã hội, Hà Nội, 1971, p.168.)

（131）松岡完、『ベトナム戦争』、中央公論新社、二〇〇一年、一一五－一一七ページ。

（132）石井・桜井編（二〇〇八）、前掲書、三四二ページ。仏軍はハイフォンでベトミン軍を攻撃、艦砲射撃で六〇〇〇人もの命を奪った。このハイフォン事件が、第一次インドシナ戦争（抗仏救国戦争）の発端となったとされる（松岡完、前掲書、九ページ）。

（133）ホー・フー・トゥォンが仏語で記したメモワール（Hồ Hữu Tường, *Le Défi Vietnamien*, Paris, 1969/1970, p.275.（未公刊））および Hồ Hữu Tường, op.cit., pp.47-49. を参考にした。メモワールは、ホー・フー・トゥォンの子女でハーバード大学名誉教授のホー・タイ・フエ・タム（Hue-Tam Ho Tai）氏からご提供いただいた。

（134）Phillipe Devillers, *Paris - Saigon - Hanoi: Les archives de la guerre 1944-1947*, Gallimard, Paris, 1988.（引用はベトナム語版に依拠している。Chương 70: Phái Bộ Sainteny. / https://sachtruyen.net/xem-sach/paris-saigon-hanoi-tai-lieu-lu.58133）

（135）*Lao Động*, Nº.41, 1946/12/5, Hà Nội, p.1.

（136）Phillipe Devillers, Ibid.（引用はベトナム語版に依拠している。Chương 71: Lời Kêu Gọi Dư Luận Công Chúng Pháp / https://sachtruyen.net/xem-sach/paris-saigon-hanoi-tai-lieu-lu.58133）

（137）"Quân dân Nhất trí", *Chinh Nghia*, Nº. 27, 1946/12/9, p.1, 12.

（138）「伍子胥」の翻案であるカイ・フンの最後の作品「哀怨蕭曲」では、逃亡中に助けを請う人間に対して手を差し伸べた地元の民が、こともあろうにこの助けた人間に疑念を抱かれ、そのために粛然と自死を遂げる。同じ理由で自死するのはひとりだけではない。

（139）ベトナム民主共和国およびベトナム社会主義共和国においては、こうした二分法的分類はなされない。

（140）エドワード・W・サイード、『文化と帝国主義 2』、大橋洋一訳、みすず書房、二〇〇二年、四八ページ。

（141）『家と世界』とは、ナショナリズムを根底的に批判する作品であり、タゴールの批判は第一次世界大戦の惨状に落ち込んだ西洋文明も、いまやそれに明確に対峙することを始めたインドの民族運動も、ともに同じ二項対立的なナショナリズムに根ざしているから、同時に批判されなければならないというものであった。この超越的立場はインドにおいても結局受け入れられなかった（臼田雅之、『近代ベンガルにおけるナショナリズムと聖性』、東海大学出版会、二〇一三年、二五九ページ）。ここでは、「ナショナリズムは帝国主義の継続にすぎない」というサイードの論調を想起することもできるであろう。

（142）*Ngày Nay*, Nº.163, 1939/5/27, p.10.　なお、ジョージ・オーウェルは、「「愛国心」で私が意味しているのは、特定のある地域、特定のある生き方への献身のことである。この場合、そういう献身を世界で最良のものと信じてはいても、それを他の国民に押しつけようとはしないのである。愛国心は本質上、軍事面でも文化面でも自衛的なものである。他方、ナショナリズムは権力欲と切り離され得ない関係にある。あらゆるナショナリストの不変の目的は、おのれ自身の権力と威信ではなく、おのれの個としての存在をそこに埋めることに決めている種族の権力と威信、あるいは種族以外の権力単位の、権力と威信を拡大強化することである」と、愛国心とナショナリズムとの相違を解説している（ジョージ・オーウェル、前掲書、五一ページ）。

（143）Trần Ngọc, "Ý nghĩa tác phẩm Bóng giai nhân", Nguyễn Thạch Kiên ed., *Khái Hưng - Kỷ vật đầu tay và cuối cùng - tập II*, Phượng Hoàng, California, 1998, p.785.

（144）Tú Mỡ, op.cit., p.394.

（145）Khái Hưng, "Tiếng người xa", *Lời Nguyền*, Phượng Hoàng, Sài Gòn, 1966, p.112.（*Chính Nghĩa*, Nº. 20, 1946/10/21, pp.8-9.)

（146）麻生享志、『「リトルサイゴン」――ベトナム系アメリカ文化の現在』、彩流社、二〇二〇年、一六ページ。

（147）Nguyễn Văn Xung, *Bình giảng về Tự lực văn đoàn*, Tân Việt, Sài Gòn, 1958, p.14.

（148）Trần Khánh Triệu (1964), op.cit., p.23.

（149）水野弘元、『仏教の基礎知識』、春秋社、二〇〇九年、四九ページ。

（150）本見解は、南條竹則氏による東京外国語大学の講義において、井筒俊彦『意識と本質』の読解から「文学研究の意義」を論じる課題に取り組んだ際に受けた示唆に負っている。他の参考文献としては、高橋和巳、「想像力の根源（大江健三郎との対談）」、『高橋和巳全集 第19巻』、河出書房新社、一九七九年が挙げられる。

（151）cf. Tanaka Aki, "Những đóng góp của Khái Hưng trong quá trình hoàn thiện chữ Quốc Ngữ", *Kỷ yếu Hội thảo Quốc tế lần 5: Nghiên cứu, Giảng dạy Việt Nam học và Tiếng Việt*, NXB Đại học Quốc gia Thành phố Hồ Chí Minh, TP.HCM, 2022, pp.434-445.

（152）カイ・フンによって『今日』に訳出された作品には、ウジェーヌ・ダビ（Eugene Dabit, 1898-1936）『漕ぎ手ローラン』（四二号、ベトナム語タイトル "*Bác lái đò LAURENT*"）、サマセット・モーム『雨（*Rain*）』（四三―四九号）、アルフォンス・ドーデ『アルルの女（*L'Arlésienne*）』（五〇号）、サマセット・モーム『サナトリウム（*The Sanatorium*）』（一六七―一七〇号）、岡倉覚三「茶道」・「華」・「茶師」（二〇九・二一一・二一四号）などがある。

（153）三島由紀夫、『文章讀本』、中央公論社、一九六九年、二七ページ。

（154）Huỳnh Văn Tòng, *Báo chí Việt Nam từ khởi thủy đến 1945*, NXB TP.HCM. TP.HCM, 2000, p.317.

（155）Tú Mỡ, *Giòng nước ngược - tập 1*, Phượng Giang, Sài Gòn, 1952.（カイ・フンによる序文）

（156）Trần Khánh Thành ed., *Huy Cận Toàn tập: tập II*, NXB Văn học, Hà Nội, 2012, p.238.

（157）*Phong Hóa*, N°.14, 1932/9/22からスタートし、N°.190, 1936/6/5まで（廃刊に至るまで）続いた。

（158）Đào Duy Anh (Vệ Thạch), *Việt Nam văn hóa sử cương (1938)*, NXB Thế giới, Hà Nội, 2017, p.254.

（159）*Phong Hóa*, N°.113, 1934/8/31 からスタートし、N°.119 まで続いている（N°.118 にはなし）。

（160）Mai Ngọc Liệu, "Tổng kết", Nguyễn Văn Trung, *Chữ, Văn Quốc Ngữ: Thời kỳ đầu Pháp thuộc*, Nam Sơn, Sài Gòn, 1975, pp.191-192.

（161）*Ngày Nay*, N°.187, 1939/11/11. *Ngày Nay*, N°.188, 1939/11/18.

（162）Phạm Hu, Quỳnh Trang, "Nguyễn Văn Vĩnh là 'cha đẻ' kiểu đánh telex?", *Thể thao & Văn hóa*, 2018/10/15.（https://thethaovanhoa.vn/nguyen-van-vinh-la-cha-de-kieu-danh-telex-20181015070411282.htm 最終閲覧：二〇二四年三月六日）

第三章

カイ・フン文学に対する評価
（一九三〇年代から二〇二〇年代）

カイ・フンは、反動派と見做され一九四七年にベトミンによって粛清された。こうした経歴から、仏植民地期の文学界を牽引する作家であったにもかかわらず、カイ・フンを扱った本格的な研究はこれまでほとんどされてきていない。しかし、ドー・ライ・トゥイ（Đỗ Lai Thúy, 1948-）が指摘するように、こうした「デリケートな問題」を忌避していては、ベトナムという国を誤りなく理解することは困難となる。[1]

本章はカイ・フンの文学に対するベトナム国内外の批評・評価を整理し、国の文化政策の変遷を踏まえながら、ベトナム文芸批評の変化を見ていく。[2]ベトミンに抹殺されたことで「デリケートな問題」

と認識されるに至った人物が創作した文学がどのように扱われてきたのか。カイ・フンの死後、現体制下のベトナム文学史において単純化され、なかば定説となりつつある「カイ・フン（自力文団の小説執筆者）＝ロマン主義小説＝ブルジョアジー＝頽廃」といった公式の解体、すなわち一九三〇年代後半におけるチュォン・トゥー（Trương Tửu, 1913-1999 別名：グエン・バック・コア、Nguyễn Bách Khoa いずれもペンネーム）が自力文団に対して下した評価とよく似た評価の上に、政治活動突入後さらに付け加えられた「＝反動」という公式の解体を試みる。また、国レベルの文化政策の変遷については、今井昭夫「ドイモイ下のベトナムにおける包括的文化政策の形成と展開」に詳述されているのでそちらを参照いただくとして、本章はカイ・フンという具体的文筆家に焦点を当てた民間レベルでの文化政策適用の実態を窺い知ろうとするものでもある。なお、第四章において、ロマン主義作家と見做されたカイ・フンと、その同時代下でリアリズム作家と見做されたグエン・ホンの具体的作品の考察を行い、上記「公式」の検証を進めていく。

ただし、本章の内容は細部にわたるため、煩雑に感じられる読者の方もおられよう。その場合は、いったん本章をスキップして次章以降をお読みいただき、その上で改めて本章に戻ってきていただければ幸いである。

二〇一二年八月にベトナム全国の一八〜三〇才の男女五百人を対象に行われたアンケートによれば、自力文団のメンバーであるスアン・ジェウおよびテー・ルーが携わった文学運動「新しい詩」の認知度が九三パーセントであるのに対し、自力文団と「新しい詩」の双方を知るものは一八パーセントと激減している。またニャット・リンの認知度は一五パーセント、カイ・フンは一四パーセントで、スアン・

ジェウの八六パーセント、テー・ルーの四二パーセントと比べ、非常に低い(4)。このように自力文団の小説家と詩人とでは、その認知度および評価が大きく異なってくる。

また、二〇二二年一〇月にZZZ REVIEWが発表した二〇世紀における最も優れたベトナム文学作品五〇冊では、まず専門家に聞いた順位としては、カイ・フン作品では『蝶魂仙夢』が三一位、『蕭山壮士(*Tiêu Sơn tráng sĩ*)』が三三位、『清徳』が四四位にランクインしている。一方、読者による選出では、『蝶魂仙夢』が二四位、『蕭山壮士』が三〇位、『清徳』が三九位、ニャット・リンとの共著『花を担いで(*Gánh hàng hoa*)』(1934)が四三位に入っている(5)。『蝶魂仙夢』はカイ・フンの処女作にして代表作である。そのため彼は時に「『蝶魂仙夢』の作者」と形容される。

これ以降、カイ・フンに焦点を当ててその評価の有り様を時代と地域ごとに見ていく。なお、本章で用いる社会主義ベトナムという語は、一九四五年八月革命以後のベトナム民主共和国および一九七六年南北統一後のベトナム社会主義共和国(Cộng hòa Xã hội chủ nghĩa Việt Nam)のことを指す。社会主義ベトナムにおいては、上記のように自力文団の詩人と小説家の扱い方が異なるため、以下社会主義ベトナムの項目で表記する自力文団とは、主に小説家を名指している。また、各書籍名の後に記した年度は出版年であり新聞掲載年ではない。なお、ベトナム国家図書館のデータをもとにしているものの、元データの打ち込みに誤りが多々生じており、本章で用いたこれらデータは一〇〇パーセント正確ではないこと、そして、本章はカイ・フンに関する言及すべてを網羅したものではないことを断っておきたい(6)。

一. 仏領期ベトナム（一九三〇年代～一九四五年）

カイ・フンの文学に対する初期の批評を考察するにあたり、押さえておかなければならないこととして、文学研究者でありのちに教授となった文学者チュォン・トゥーの眼差しの変化とその功罪がある。チュォン・トゥーは、自力文団創設から二年後に、『トー・タム（*Tố tâm*）』（1925）の作者ソン・アン（Song An= ホアン・ゴック・ファック、Hoàng Ngọc Phách, 1896-1973）と、ニャット・リンおよびカイ・フンを比較している。彼はそこで、ソン・アンは心理学者、カイ・フンは思想家、ニャット・リンは改革家であると位置付けている。(7) 実際、カイ・フンが豊かな思想の持ち主であることは明確であり、この時期におけるチュォン・トゥーの慧眼は見逃せない。また、自力文団論では、概してカイ・フンとニャット・リンとの同一視がみられる一方で、チュォン・トゥーが二人の違いをしかと把握している点は注目に値する。その後、マルクス主義に熱中したチュォン・トゥーは、一九三二～一九三七年における自力文団について、「文学において、彼らは放埒の毒を帯びた一連のロマン主義小説を世に送り出し、罪深く無秩序でモラルなき個人主義を吹聴した。社会において、社会闘争から逃避する〈夢と幻〉に浸りきり、身体から心魂に至るまで堕落した青少年の群れの形成に関与した。文壇において、彼らは分裂主義や派閥根性の見本となり、傲岸なまでの自負心と、品格の乏しい狭隘さで、実学ある者たちからは愚鈍と非難され、熱意ある者たちからは邪道とけなされた。狡知・ご都合主義・日和見主義…は、自力文団の属性となった」と評した。(8) その後の社会主義ベトナムにおける文学史において、自力文団には、ロマン主義小説、個人主義、堕落、頽廃といった代名詞がつきまとうことになるが、その始まりはこの一九三〇年代後半から一九四〇年代前半のチュォン・トゥーの見解に帰すと考えられる。[9]

一九三九年、文学評論家チュォン・チン（Trường Chinh, 1916-2004）は、カイ・フンを文学において格式から性質に至るまでのすべてを刷新し、玄妙かつウィットに富んだ新たな芸術をもたらしたと称えた。カイ・フンは純然たる芸術家であり、文学を社会改造のための魔術とは見做していないため、自身の筆を用いて理想を崇めること等はしないと分析している。[10]

一九四三年、共産党の理論家チュォン・チン（長征、Trường Chinh, 1907-1988. 前段落チュォン・チンと区別するため以下「長征《チュォン・チン》」と記す）の草稿で、毛沢東の『新民主主義論』をヒントにして作られたとされる[11]「ベトナム文化綱領」が出された。そのなかでは、目的として、日・仏の文化政策がもたらす脅威からベトナム文化を守るために、孔子、孟子、デカルト、ベルクソン、カント、ニーチェ等のヨーロッパおよびアジア哲学の誤った観念を打消し、唯物弁証法、唯物史観を勝利に導く学術・思想における闘争、さらには古典主義、ロマン主義、自然主義、象徴主義等に抗い、社会主義リアリズムの傾向を勝利に導く文芸各派における闘争が挙げられた。[12] ちなみに、カイ・フンは、戯曲「文学談義」(1946)で、「文化綱領」が掲げた三原則に疑問を呈し、「民族化」ではなく「人類化」すべきだと主張している。[13] 同じく一九四三年、サイゴンでは、カイ・フンの歴史小説『蕭山壮士』が、価値高い文学作品一〇選に選出されている。[14] なお、これ以降、カイ・フン文学の評価の変遷および継続を、具体的作品を通してより明確に捉えられるよう、とくにこの『蕭山壮士』の批評に注目していく。

一九四五年、ヴー・ゴック・ファンの叢書『近代作家（*Nhà văn hiện đại*）』[15] が出版された。叢書の四巻上・下が「小説家」に割かれているが、四巻上の巻頭項目「風俗小説（Tiểu thuyết Phong tục）」の筆頭にカイ・フンが置かれている。このことから、カイ・フンは当時の小説家のトップに位置づけられていたことが分かる。[16] そのカイ・フン論のなかで風俗小説について、外国人や後世の人々にとって、老練の筆で書かれた風俗小説はいつの時代も価値を有し受け継がれていくものであると評されている。[17] ところが、分断後の北ベトナムおよび統一後のベトナムにおいては、この叢書自体、ヴー・ゴック・ファン没後となるドイモイ以後の一九八九年まで再刊されぬままに終わった。[18]

二．北ベトナム（ベトナム民主共和国）／ベトナム社会主義共和国（一九四五～一九七六年）

一九四五年三月からの日本による単独支配に続き、日本の敗戦、そしてベトナム独立宣言へと、独立闘争が高揚するにつれて文学は時代遅れとされ、政治・社会・経済等の理論本やイデオロギー本が主流になっていった。[19] ベトナム国家図書館OPACでの検索結果を見ると、一九四六～一九五〇年の間、カイ・フンの作品は刊行されていないが、対仏戦争中の一九五一年に『蝶魂仙夢』および『蕭山壮士』の二冊がハノイにおいて再刊されている。南北分断直前の一九五三年には『継承（*Thừa tự*）』が再刊され、同年に刊行された文章指南書『執筆テクニック（*Nghệ thuật viết văn*）』では、カイ・フンの短編「あなた生きて（*Anh phải sống*）」(1934) を用いて文章の書き方が教示されている。[20]

一九五四年の南北分断以後、一九五六～一九五八年のハノイでは、「人文《ニャンヴァン》・佳品《ザイファム》（Nhân văn - Giai phẩm）」事件のあと、これら二つの文芸誌の執筆者に対する弾圧だけでなく、自力文団を潰す動きも存在した。その結果、北部において自力文団の作品は三〇年に亘って完全にその姿が消えることになった。[21]きっかけとなった「人文・佳品」事件とは、一九五六年に作家や知識人の一部が『人文』や『佳品』に論陣をはり、スターリン批判や「百花斉放」に依拠しながら、文芸政策をはじめとする党・政府の政策を公然と批判したことに対して、一九五八年七月初めに、寄稿者に対して文芸各組織からの除名、執行委員解任等の処分がとられた事件のことである。『人文』の観点は「ブルジョア個人主義」と断定された。かつて自力文団を痛烈に批判したチュォン・トゥーは、抗仏戦争中から続く作家と党指導部との衝突について具体例を挙げながら、「このように大衆を侮蔑し、団結を破壊し、独断専権をほしいままにし、上にへつらい下を排斥するような人物が長い間ずっと文芸を指導し、上級〔文芸担当官僚の上位にある共産党（中央）の幹部〕からよろしいとほめられ、表彰すらされているのである。文芸界の空気がいかに息苦しいものかは言わずともわかるだろう」と述べ、文芸界の沈滞状況は文芸担当幹部による上級に対する個人崇拝に起因した官僚主義的指導によってもたらされたものであるとした。こうした言動により、チュォン・トゥーは作家協会から除名され、ハノイ師範大学からも追放された。[22]

一九五七年二月、長征《チュオン・チン》は「人文」事件を批判しつつも、ロマン主義文学の潮流をひとまとめに抹殺してはならず、時代時代の進歩の流れを分析すべきと主張した。堕落した個人主義の悲観的で軟弱な傾向、あるいは日・仏のファシズム下における反動傾向に対し率直な批評を行い、妥協を許さぬ闘争を進め、西欧の頽廃したブルジョア芸術の模倣に抗う一方で、かつてのロマン主義作品における愛国・進歩的要素を吟味する必要があり、帝国主義および官吏や豪族に対する憎悪の精神、国を失った民衆の痛みと苦しみ、道を閉ざされた魂の苦悶、そして自由かつ真の暮らしを渇望する心を正しく評価しなければならないと述べている。[23]チュォン・チンによれば、長征《チュオン・チン》が言及したロマン主義文学とは明らかに自力文団を指しており、(24) 長征《チュオン・チン》の主張には、共産党の理論家として「人文」事件を批判する体を見せつつも、自力文団の文学を革命的ロマン主義として肯定的に批評していこうとする姿勢が垣間見える。(25)

上記長征《チュオン・チン》の呼びかけを受けてか、「人文」事件の只中である同年一九五七年六月に、ファン・ク・デは『蕭山壮士』再刊にあたっての批評を新聞に掲載している。進歩的文学の任務とは、帝国主義および封建主義を断罪し、革命精神を喚起・養成し、民衆の果てなき可能性、革命の最終的勝利への信頼を鼓舞することにあるという。こうしたなか、カイ・フンはいかなる目的を持ってこの作品を創作したのかと設問され、たとえ過去の作品の評価であったにしても、批評家として、無産階級の観点および労働者階級の進歩的観点、そしてマルクス主義の観点や歴史観を捨て去るわけにはいかないと主張されている。ファン・ク・デは、『蕭山壮士』の題材となった「西山《タイソン》の乱」(26)を、民族の歴史にこれまで見られなかった偉大な農民蜂起と捉え、『蕭山壮士』は農民による決起を誹謗中傷したと非難している。また、失敗し現実逃避するさすらいの英雄を持ち上げたカイ・フンの過去を遡っていけばいくほど、彼の頽廃的かつ保守的な思想が明らかになってくるとした。さらに、具体的な作品名を挙げながら、カイ・フンは『蝶魂仙夢』において仏教と恋愛とに青年を惑わし、一九三六年には何万人もの労働者が党旗のもと闘争に立ち上がった人民戦線の高揚のなかで、労働者ヴォイ（Vọi）を中傷する『チョン・マイ岩』を刊行し、反動の影響がより根深く露骨な『蕭山壮士』が生まれ出たとの批評を残している。(27) 同じく一九五七年、チュォン・チンはカイ・フンについて非常に豊かな想像力の持ち主であり、自力文団のメンバーのなかでも最もロマン主義派の作家であると述べている。チュォン・チンによれば、ここでのロマン主義とは現実からより遠く離れ外の現実に注意を払わないという意味であり、とりわけ初期の作品はすべて「小説的」で、作り事であるとの説明が加えられた。一方で、カイ・フンはロマン主義派であるものの、彼の小説はリアリズム性を保ち、彼が創り上げる人物はみな生き生きとしていると評価し、ただ物語中の多くのエピソードだけが作り事であるとの補足がなされている。そして、カイ・フンの人物を創造する技術は、外部の形式よりも人物の内部の意義、振る舞い、変化に注目し、行動を起こすに至る様々に異なる動機、時には矛盾する動機を鮮やかに描き分け、読者にその矛盾を明示しているとした上で、彼は注意深い観察者であり人間の心理を深く理解していると評価している。[28]

その翌年の一九五八年、『文史地（*Văn Sử Địa*）』に、ニャット・リンとカイ・フンの人生観と世界観はほぼ同一であるとの見解のもと、二人の共通点を並べた批評が掲載された。なかでもイデオロギーに関する論述に注目すると、自力文団は当時のブルジョアイデオロギーを代表する文芸グループであり、フランスの頽廃的ブルジョア文学の影響を強く受けているとの見解が示された。その上で、いずれにせよ自力文団も進歩的側面を有し、批判的リアリズムおよび小説の形成においてそれなりの貢献をしており、今必要なのは、彼らの価値を全否定するのでなく、また彼らを称賛しすぎるのでもなく適切に評価すべきとされた。ニャット・リンとカイ・フンの小説がもたらした顕著な害悪は、大勢の青年を道楽の道へと陥れ、殆どすべての青年知識人と学生を民族闘争の現実から逃避させ、贅沢な放蕩生活への渇望に駆り立てたことであり、それは当時のフランス植民地当局の意図とぴたりと符合し、彼らの作品における退潮の傾向が若者たちの勇敢さを麻痺させる毒となったと主張された。一方、カイ・フン個人に対する言及を見てみると、その著書『清徳』[29]（1943）（サイゴンでの再刊時に『不安』へタイトルを変更）における作家の態度は、完全に客観的な立場にあるとされ、ブルジョアの文人カイ・フンは、当然のことなから社会をまんべんなく見通す力が不足しているが、ブルジョア社会の現実的問題において、彼らを正しく評価するためにこのような分析を行なう必要があるとした。[30] こうした論調には、社会主義ベトナムにおける一九五四年以降の社会主義リアリズム確立期において、その方針に則った批判を加えつつ、カイ・フン文学を正当に評価しようとする動きが存在したことを窺うことができる。なお、チュオン・チンは一九六一年刊の『ベトナム文学一九三〇〜一九四五年（*Văn học Việt Nam 1930-1945*）』について、自力文団の各メンバーを論じた章は明らかに右派の論であり、執筆者たちは革命以前の自身の考えや想いをいまだ忘れ去ることができていないがために、表面では批判していても内面では称賛しているとのコメントを残している。[31]

国立図書館 OPAC のデータに基づけば、一九六四年にハノイで、カイ・フン著『同病（*Đồng bệnh*）』およびニャット・リンとの共著『嵐の人生（*Đời mưa gió*）』の二冊が再刊されていたことが分かる。しかし『同病』に関しては、その出版社名がこの時既に存在しない自力文団が運営した「ドイナイ社（Nhà xuất bản Đời Nay）」であることから、データの打ち間違いであると思われる。

ベトナム戦争の激化、そして世界的なベトナム反戦運動の高まりを背景に、一九七一年に出されたヴー・ドゥック・フック（Vũ Đức Phúc, 1921-2015）著『近代ベトナム文学史における思想闘争（一九三〇〜一九四五）（*Bàn về những cuộc đấu tranh tư tưởng trong lịch sử văn học Việt Nam hiện đại (1930-1945)*）』では、「反動かつ頽廃文学理論の傾向」という項目が設けられ、冒頭で『正義』に掲載されたカイ・フンの短編が俎上に上がっている。ここから北ベトナムにおいて、一九四〇年代半ばのベトナム国民党の機関紙が少なくともこの時代まで保管されていたことが推察できるが、内容をめぐっては、例えばカイ・フンは「文学談義」で（共産）党の文学路線を露骨に攻撃したといったように、「文学談義」「英雄(Người anh hùng)」「ニュン（Nhung）」[32]などの作品を取り上げて痛烈な批判がなされている。それと同時に、「〔ベトミン傘下の〕文化救国会[33]に参加したカイ・フンが、トー・フーとグエン・ディン・ティと握手する姿を見て喜びのあまり涙を流す同志もおり、こうしてみなが自身の君子ぶりを示す挙動は双方にとってのいくぶんかの誇りとして認められよう」と書かれた新聞記事について[34]、革命を破壊するようなカイ・フンが「君子」とは何事かと攻撃されている[35]。新聞記事の内容からは、カイ・フンが党派を超えた信奉を集めていたことが窺える。なお、二〇一三年にはフォン・レによって上記評価を見直すコメントが論文の脚注においてなされた[36]。

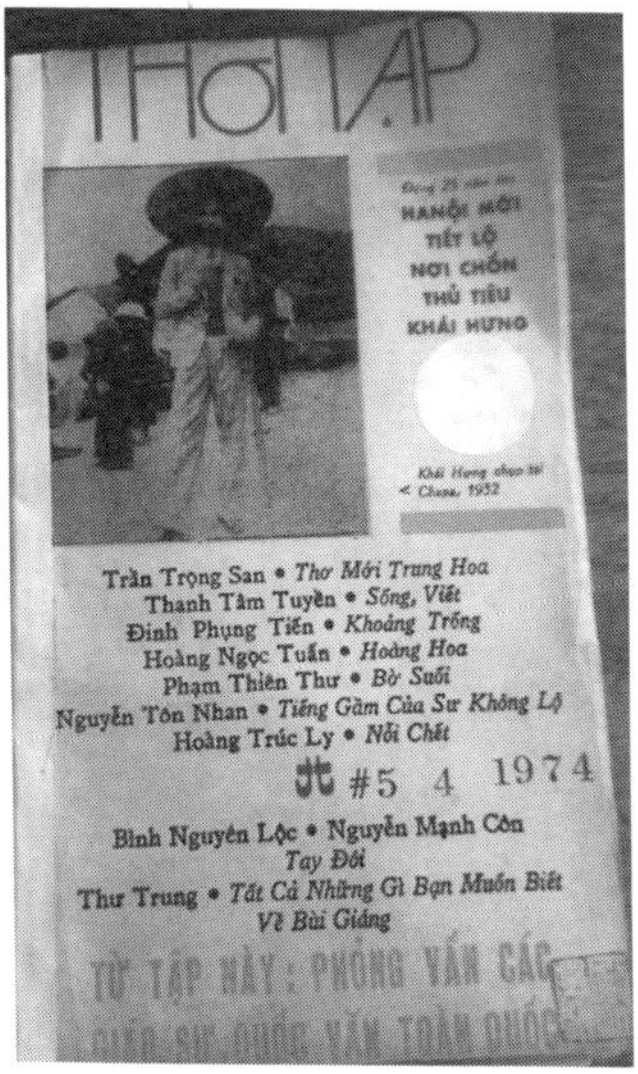

図1 『時集』#5 4 1974

『時集（*Thời Tập*）』(1974) によれば、一九七二年刊『ベトナム作家略伝 II（*Lược truyện các tác gia Việt nam tập II*）』[37]において、カイ・フンに関する文章一八行のうち七行が反動等の政治活動に関する内容に割かれた。ここには、一九四七年にナムディン省スアンチュォン郡クアガーでカイ・フンが死去したことが記され、ハノイで刊行された書籍はすべて共産党と国家の管理のもとにあり、この死去に関する詳細はハノイ政権の確認の上での情報

と受け取ることができるとの見解が示されている。(38)

なお、ドー・ライ・トゥイは、「人文」事件以後のマルクス主義社会学批評では、とりわけ「新しい詩」や自力文団の小説等の過去の文学現象に対して、より階級分析に重きが置かれるようになり、一九四五年以前の文学は、無産階級の革命文学とプチブル下層階級の批判的リアリズム文学、およびプチブル上層とブルジョア階級のロマン主義文学とに分類され、「新しい詩」の潮流やニャット・リンやカイ・フンのような自力文団の優れた作家たちは「喪われる」ことになったとしている。(39)

三．南ベトナム（ベトナム国／ベトナム共和国）（一九四九～一九七五年）

一九四九年のコーチシナへのバオ・ダイ＝ベトナム国編入から一九五四年の南北ベトナム分断を経て、一九五五年にベトナム共和国（Việt Nam Cộng hòa）が建国された。本節では、いわゆる「南ベトナム」におけるカイ・フン評価の様相を考察していく。

一九五八年のレ・フー・ムック（Lê Hữu Mục）著『カイ・フン論考（*Khảo luận về Khái Hưng*）』では、カイ・フンの作品の再刊が重ねられてもカイ・フン自身に言及されることがないと、カイ・フンが忘却されてしまうことが危惧されている。注目すべきことにこの書籍ではカイ・フンの最期についての言及がある。それはトゥー・ガイ（Tú Gầy）の資料をもとにしている。ベトミンに捕らえられ軟禁されている間、カイ・フンはホー・チ・ミンを讃える詩を詠むように求められた。しかし、その内容が揶揄を含んでいたために殺害されたという。(40) なお、これについてはグエン・ヴィー（Nguyễn Vỹ）も同じような説明をしている。[41] 一九五八年、バカロレア試験の対策本として『カイ・フンに関する論題（*Luận đề Khái Hưng*）』が出た。[42] 一九六〇年にも同じタイトルのバカロレア試験対策本『カイ・フンに関する論題（*Luận đề về Khái Hưng*）』が出、カイ・フン文学のジャンル分けが行われた。まず理想小説として、『蝶魂仙夢』と『チョン・マイ岩』、さらにニャット・リンとの共著『花を担いで』と『あなた生きて（*Anh phải sống*）』が挙がっている。社会テーマ小説或いは社会風俗小説として、『春半ば』、『家庭（*Gia đình*）』、『離脱（*Thoát ly*）』、『俗累（*Tục lụy*）』、『継承』、『嵐の人生』（ニャット・リンとの共著）が、そして歴史小説として『蕭山壮士』、感情小説として『泉のせせらぎ（*Tiếng suối reo*）』、『風塵の途上（*Giọc đường gió bụi*）』、『待望（*Đợi chờ*）』、『小銭（*Đồng xu*）』、『ハイン』、『美（*Đẹp*）』、『蝉（*Cái ve*）』、『帽子を斜めにかぶって（*Đội mũ lệch*）』、『同病』、『不安』（『清徳』のこと）が分類されている。[43]

同年に、文学グループ創造（Sáng Tạo）が文芸誌創刊にあたっての所信表明ともとれる「戦前（一九四五年以前）におけるベトナム文芸の見直し」をテーマに掲げた討論の場を設けたが、主に自力文団の文学が痛烈に批判された。カイ・フンの名前は直接出てこないものの、戦前の文学とはほぼ自力文団を指していることが分かる。討論では、戦前文学が今後古典となっていく可能性は「否」とされ、これらの文学は読者を思考に沈ませることなく、彼らが生きた時代を研究する社会学者の参考資料にはなり得ても、そして南ベトナムの国語教科書に採用されているにしても、人生観を後の世代に遺していくような、時代を超越する文学にはなり得ないとの見解が示されている。[44]（笑）の記述が散見する嘲笑を交えながらの討論は、戦前文学が植民地主義の抑圧、厳しい言論統制のもとでの文筆活動であったこと、即ち書けるテーマに制限があったとの認識が欠如しており、「自由と独立が失われた植民地体制のもとで思想統制が敷かれていたなかで、創作の自由が困難であった当時の創作環境」[45]への考慮がなされていない。しかし、文芸誌を新たに発行するにあたり、創造グループにおいては戦前文学の影響はもはや受けていないのだと決然と宣言する必要があり、古きものを徹底的に打破しないことには、新しい文学は描けないといった意識に基づいた必要不可欠の「否定の儀式」としての討論会と捉えられよう。一方で同年一九六〇年、トゥー・モーの娘婿によって『自力文団（*Tự lực văn đoàn*）』が出版され、自力文団のなかでもとりわけ小説家に焦点が当てられた内容が組まれている。[46]なお、一九六一年の『ベトナム文学簡約史新編Ⅲ（*Việt Nam văn học sử giản ước tân biên III*）』では、「ニャット・リンを読むと、私たちは常に、己れの魂だけを映し出し、己れの不安だけを物語り、己れの夢だけを追い求めているように感じる。カイ・フンはニャット・リンとは異なり、人間の物語を一つ一つ拾い上げる作家であり、様々な様相を呈した生に向けられたガラスの鏡、彼の周りを取り囲む社会全体の心情と形状を、忠実にかつ優しく受け容れる鏡なのである」[47]と、二人の違いが具体的に示されている。

一九六三年にニャット・リンは自死を遂げる。実のところ、生前カイ・フンと最も親しかったニャット・リンが、カイ・フンが亡くなった状況を究明しようとしない態度を訝る者もいた。[48]本来先頭になってカイ・フンの追悼本を編集すべきとみられていたニャット・リンが世を去ったことで、[49]自力文団メンバー以外の人間たちの手でカイ・フンの特集がようやく組まれていくことになる。一九六四年のカイ・フンを特集した雑誌『文』では、[50]『正義』等に掲載されたカイ・フンの晩年の作品群についても、戦乱と南北分断によって保管もままならず今や散り散りとなったカイ・フン後期の新聞掲載小説を蒐集し出版することは、カイ・フンの親族・友人の義務だけでなく、教育省の義務でもあると捉えられた。そしてこれらを出版することは、揺るぎない価値を備えたベトナム文学の宝庫の維持につながり、さらには故郷を心から愛しベトナムの将来に奮い立つ、真の革命家の高潔な意識醸成の途上にある、若者世代の心の育成につながるであろうと評されている。また、上記の見解を評した文芸誌編集者トゥー・チュンは、さらに前出の『近代作家』に言及し、大部分はヴー・ゴック・ファンが呈示した「理想小説↓風俗小説↓社会テーマ小説↓心理小説」という、カイ・フン小説の進展の流れに賛同するとしながらも、この評論は一九四二年編集のため、[51]これには続けて「心理小説↓革命闘争小説（一九四五〜一九四六年執筆作品に依拠）」への展開が付け足されるべきであると主張した。また、一九四五〜一九四六年に執筆されたカイ・フンの作品を蒐集し書籍にすることは、一九一七年からのファム・クインの執筆記事をまとめて本にするよりも、文学界および学術界にとって有益であるとも述べている。[52]上記評価にロマン主義の文字が見当たらない点、[53]また現行体制のもとでは革命とは共産主義革命のみを示すのが常識となっている一方、カイ・フンの後期作品を重要視し革命闘争小説と見ている点で、社会主義ベトナムでの評価とは大きく異なる。なお一九六六年にはトゥー・チュンの呼びかけに応じて短編集『呪詛』が、ベトナム国民党の関係者であるグエン・タック・キエン（Nguyễn Thạch Kiên, 1926-2008）によって編まれている。[54]

一九六七年には、一九三七年以後プロパガンダ色の濃い作品が多く出される一方で、カイ・フンは党派間の争いから抜け出たいかのように、純文学者の役割を維持したとの指摘がなされた。[55]同年一九六七年の『一九世紀、二〇世紀前半のベトナム文学一八〇〇–一九四五（*Văn học Việt Nam thế kỷ XIX tiền bán thế kỷ XX 1800-1945*）』では、一九〇五〜一九四五年の新聞史の項目において、『インドシナ雑誌』と

『南風雑誌』と並んで自力文団が論じられた。三者のうち最もページが割かれているのが自力文団で、『南風雑誌』の三倍のページが費やされている。また、自力文団は風刺・諧謔・批判・揶揄の精神が度を過ぎていたため誤解を与えやすく、ひとにコンプレックスを植え付けてはならないと指摘されている。[56]

一九七二年、カイ・フンに特化した『カイ・フンの生涯および作品（*Khái Hưng thân thế và tác phẩm*）』で、作家ズォン・ギェム・マウ（Dương Nghiễm Mậu, 1936-2016）は、カイ・フン文学と革命の関係性についてこう見解を示している。「〔カイ・フンは〕文学者の道を歩んだ。過酷な歴史における熾烈な状況下にもかかわらず、彼は心折れることなく、退くことなく、対立へと歩みを進めた。カイ・フンは私たちに、ひとつの肯定を残していった。文芸は決して政治と妥協することはない。文芸はただ革命と道を同じくするだけである。／文芸はただ革命と道をともにする。文芸は断じて政治や統治に賛同しない。なぜなら、文芸は決して一つの場所に落着くことがなく、政治や統治が現状に満足する一方で、文芸はさらなる美を求め、より良きものを求めるからである」。[57] 同年一九七二年、『カイ・フン短編集（*Truyện ngắn Khái Hưng*）』が出され、冒頭にはカイ・フンの親族による、最も正確かつ充実したカイ・フンの略歴が記されている。[58] なお、一九七三年の『文学辞典（*Văn học Từ điển*）』によると、一九五九年一〇月発行の雑誌『普通（*Phổ Thông*）』[59] には、ナムディン省クアガー河岸でカイ・フンが銃殺され、遺体は川に流されたことが記されていた。[60]

一九七四年、テー・フォン（Thế Phong, 1932?36?-）は、ニャット・リンは英雄の精神を養い時代をつくるが、カイ・フンは時流によって自身を変化させると二人の相違を描写した。カイ・フンを批評する前に、自由と独立が失われた植民地体制のもとで思想統制が敷かれていたなかで、創作の自由が困難であった当時の創作環境を考慮する必要があり、執筆者と批評家の立場には相違があると指摘している。なお、ベトナム文学史前半期の文学の盛り上がりにおいて、カイ・フンは、いかに小説を書くかを知り得た最初の人間との見解が示されている[61]。同年一九七四年の『時集』では、主にカイ・フンの死についての特集が組まれ、いくつかの証言が挙げられている。総じて、南ベトナムにおいては「非難より称賛が多い[62]」傾向にあったと言えるだろう。

四．サイゴン陥落後ベトナム〜統一後ベトナム（一九七五〜一九八六年）

一九七五年四月三〇日のサイゴン陥落により、サイゴンの街はホー・チ・ミンの名を冠する街となった。グエン・ヒエン・レ（Nguyễn Hiến Lê, 1912-1984）の回想記によれば、一九七五年、ホーチミン市文化情報省は検閲実施のため各出版社の在庫書籍を提出させ、何十もの反動・頽廃作家リスト、および何百もの発禁作品リストを作成し、リスト外の書籍のみを流通可能とした。一方、個人宅所蔵の書籍について、文化情報省は各区の青年たちに各家々に所蔵されている反動・頽廃本を点検させ持ち帰り焚書を実施する指示を出し、内容に拘らず小説はすべて没収された。かなりの数の本が燃やされたが、区の情報省トップの部屋には各種頽廃本・チャンバラ（kiếm hiệp）本が積み重ねられ、数年後に高額で売却されたとのことである。一九七八年に第二弾が実行され、自然科学以外の書籍すべてを破棄する反動・頽廃・時代遅れの「三毀」の指示が出された。各家々は事典や数学・物理といった分野の数冊しか

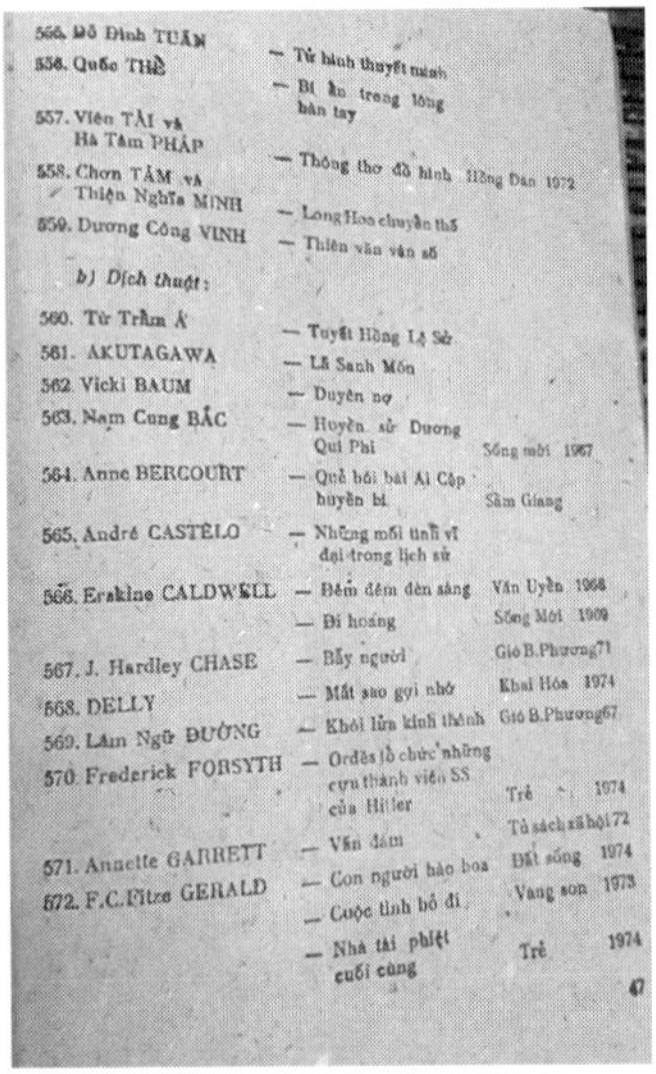

566. Đỗ Đình TUẤN
556. Quốc THẾ — Tử hình thuyết minh
— Bí ẩn trong lòng bàn tay
557. Viên TÀI và Hà Tâm PHÁP
— Thông thơ đồ hình Hồng Dân 1972
558. Chơn TÂM và Thiện Nghĩa MINH
— Long Hoa chuyển thế
559. Dương Công VINH — Thiên văn vận số

b) Dịch thuật :

560. Từ Trầm Á — Tuyết Hồng Lệ Sử
561. AKUTAGAWA — La Sanh Môn
562 Vicki BAUM — Duyên nợ
563. Nam Cung BẮC — Huyền sử Dương Qui Phi Sống mới 1967
564. Anne BERCOURT — Quả bói bài Ai Cập huyền bí Sâm Giang
565. André CASTÈLO — Những mối tình vĩ đại trong lịch sử
566. Erskine CALDWELL — Đêm đêm đèn sáng Văn Uyển 1968
— Đi hoang Sống Mới 1909
567. J. Hardley CHASE — Bẫy người Gió B.Phương71
— Mắt sao gợi nhớ Khai Hóa 1974
568. DELLY — Khói lửa kinh thành Gió B.Phương67
569. Lâm Ngữ ĐƯỜNG — Ordès tổ chức những cựu thành viên SS của Hitler Trẻ 1974
570 Frederick FORSYTH — Văn đàm Tủ sách xã hội 72
571. Annette GARRETT — Con người hào hoa Đất sống 1974
572. F.C.Fitze GERALD — Cuộc tình bỏ đi Vang son 1973
— Nhà tài phiệt cuối cùng Trẻ 1974
47

図２　禁書リストに挙げられた翻訳書
芥川龍之介『羅生門』も禁書となっている
Danh mục sách cũ được phép và cấm lưu hành, Sở Văn hóa và Thông tin, TP.HCM., 1981.

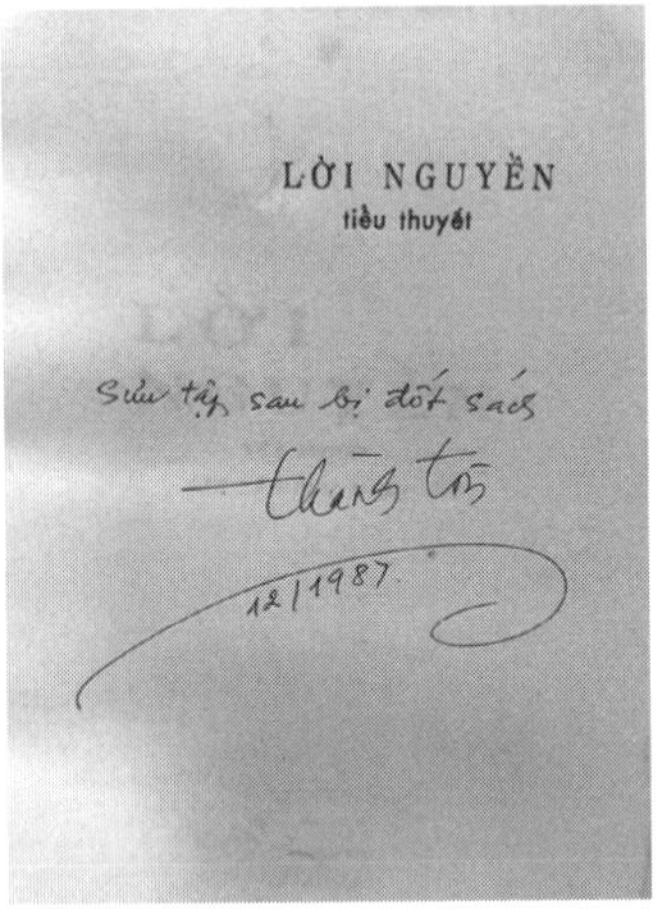

図３　筆者が南カリフォルニアのリトルサイゴンで、蒐集家タィン・トンから譲り受けた『呪詛』の見返しには、「1987年12月、焚書の後蒐集したもの」と書かれている。

保持することができず、また、フランス共産党の機関誌『ユマニテ（*Humanité*）』も国内では販売禁止になったとのことである[63]。

なお、一九八三年刊行の『文学辞典：第Ⅰ集（*Từ điển văn học: tập I*）』では、『蕭山壮士』の作中人物たちは誤った歴史認識と消極的な人生観を体現したと評された[64]。

ドイモイ前夜の一九八六年八月、フォン・レが編集した書籍においては、一九七一年の文章「反動かつ頽廃文学理論の傾向」に記されたカイ・フンへの攻撃が再度掲載され、ニャット・リンとカイ・フンは著名な作家ではあるが、反動的政治思想と卑劣な言動によって彼らの文学の事績は灰燼と化したと述べられている。[65]

五．ドイモイ開始後のベトナム（一九八七年～現在）

改革開放政策であるドイモイ開始後、一九八七～一九八九年にかけて「ハノイの春」と呼ばれるほど文芸活動は活況を呈した。[66] そのきっかけは、一九八七年に催された文芸家や文化活動家との親交会における、当時の書記長グエン・ヴァン・リン（Nguyễn Văn Linh, 1915-1998）の発言であった。[67] グエン・ヴァン・リンはまず、文芸家たちが最も恐れていることは、同志たちがなんらかの世論によって、正しい立場で書いていない、党の路線・方針に反している等と断罪されることであり、自分にはその恐怖が身に染みてよく分かると共感を示した。そして、旧制度（旧南ベトナム）の悪癖やら多くの残滓を抱えて転入してきた旧制度の人々とともに、現在の社会主義建設過渡期においてどのように物事を受け止めていくべきかを判断することは非常に難しく、多くの場合、正と誤の境界は不明瞭であるとの見解を示した。加えて、政権が誕生し社会主義建設に取り組み始めた時には、常に「脚色（tô hồng：紅に塗るの意）」が一方的に称賛される傾向にあり、「脚色」された文章は周囲から認められやすく、悪者や悪事を描く者がいればたいてい「冒瀆（bôi đen：黒で塗りつぶすの意）」との悪評を買うことになったと説明した。そして、良人や良事を表現するだけでなく、皆がそれを嫌悪することによって悪事を回避していけるよう、悪人や悪事を取り上げて描いていかなければならないと自身の考えを示した。さらに、多くの人間が社会主義リアリズム派を自称するものの、彼らは新しい人間の建設に向けた事実を描こうとせず、批判しようとせず、悪を訴えることをしないと指摘し、真なる芸術家である同志たちは、筆への忠誠心を維持し自身の清き思考を保持していかねばならないと訴えた。その訴えは、同志たちは魂の技師であり[68]、今なお多くの欠陥さらには多くの悪を抱える古き人間から、新しき人間を建設するために寄与していかなければならず、また唯心・主意主義に陥って聖人のように常に完璧な人間を描いてはならず、弱点が明らかにならなければ新しい人間を建設していくことはできないと続く[69]。翌月に出された決議では、これまでは共産党・国家による文化の指導・管理において民主主義を欠いていた点が誤りであったとされ[70]、その指摘に連動するようにこれまで長い間不在であった自力文団への言及が見られるようになる。

一九八八年にカイ・フンの『春半ば』が再刊され、ハー・ミン・ドゥック（Hà Minh Đức, 1935- ）がそれに序文を寄せ、カイ・フンの各作品に対する批評が記された。それによれば、『蝶魂仙夢』や『春半ば』といった初期作品は、理想的恋愛のロマン主義的性質をかなり帯びており、『蝶魂仙夢』の作中人物たちは仏陀の慈悲の御姿のもと愛情という夢幻の中に生きている。『春半ば』は封建的道徳に強く逆らい結婚の自由を擁護した。『蕭山壮士』は、西山《タイソン》党に立ち向かう黎昭宗《レ・チウ・トン》（Lê Chiêu Tông, 1506-1527）陣営の青年たちを称え、正義と非義とが綯い交ぜになり誤った目的を信奉し追い求めているにもかかわらず、作者は彼らを理想を抱く壮士たちのように描いた。『チョン・マイ岩』では、海辺に避暑休暇にやって来たハノイのブルジョア少女が、強健な青年漁師ヴォイの美に魅了され、結果的にヴォイが恋愛の犠牲となる悲惨な結末を導く。こうした物語を捏造することによって労働者を笑いの種へと陥れたという。『家庭』では、ブルジョア改良主義の立場を露呈させ、貧しい農村の社会改革および生活改善事業における搾取階級の役割を讃美した。後期になるにつれ、カイ・フンの小説は日増しに閉塞感が露呈していき、病的性質を帯びた芸術へと傾斜していった。『美』でカイ・フンは、放埓な芸術家のライフスタイルや「芸術の為の芸術」の姿勢を讃えた。『清徳』にいたると、カイ・フンの小説の筆先は一部の青年たちの病的な生におけるモラルなき思想を隠すことなく露わにした。恋愛における詩的なロマンチシズムはもはや消え失せ、実存主義的生活や赤裸々な享楽的生活が描かれた。カイ・フンの政治活動と芸術創作活動は複雑であり、政治活動およびその思想における過ちが、彼の創作の道を左右し顕著な影響を及ぼしているとされた。[71]こうした批評のパターンは、その発端は『文史地』(1958)の論調にまで遡り、現在にいたるまでその作用を及ぼし続けている。

一九八九年五月には、ハー・ミン・ドゥックが教鞭をとったハノイ総合大学(現ハノイ国家大学・人文社会科学大学)において「自力文団シンポジウム」が開催された。そこでは自力文団と活動を共にし、その後文化に関わる国家機関で重役を担ってきたフイ・カンが言葉を寄せている。フイ・カンは、自力文団、そしてカイ・フン、ニャット・リンの最も批判すべき点はその末路にあるが、その視座でもって彼らの評価を過ってはならないとした。当初、彼らは真の愛国者であった、しかし誤った道を選択したことで、最終的には反動者となってしまったと振り返られ、結びでは自力文団は小説における芸術性および近代性に大きく貢献し、クリアな文体を用いて非常にベトナム的な民族の口語体・文語体の発展に寄与したと評している。[72]同じく一九八九年五月、ホーチミン市でも『自力文団(*Về Tự lực văn đoàn*)』が刊行された。旧南ベトナムの土地で出されたこの本ではカイ・フンの項目に四〇ページが費やされている。政治的観点に関する項目を見てみると、カイ・フンは自力文団の共通思想である改良の思想を有したが、ニャット・リンのように意識的に政治問題に言及することは稀であったと記されている。また、植民地主義のもと無産階級による革命文学が潰され厳禁とされるなか、『蕭山壮士』は国や人民の苦境を考える契機となり、現行の統治制度や《フランス》に対する憎悪を喚起したと評された。「私たちは今も砂に混入した金の粒子を貴ぶ、金の粒は稀少であり、砂はガンジス川の砂の数ほど無限であることを知っているけれども」と評価される一方で、巻末では、突如としてホー・チ・ミンの名が登場する。（共産主義）革命文学のスタイルの起源は、ホー主席の『革命の道（*Đường kách mệnh*）』(1927)であり、そこから「分かりやすく覚えやすく簡略であること。（中略）二×二＝四のように素早く簡便、かつ美化や粉飾なしに（中略）同胞たちが読了後に考え、考えた後に目覚め、覚醒後には立ち上がり互いに団結し合って革命を進めていけるような文体でなければならない」と引用されている。(73)こうした記述には、この自力文団を論じた書籍をなんとかして国家の方針に符合させようとする後付け感が見て取れる。その二ヶ月後の一九八九年七月、チュォン・チンはこれまでの自力文団批評の動向と背景を次のように振り返った。一九三二〜一九四〇年までの八年間に亘り、自力文団は（地下活動ではなく）公開文壇において絶対的優位を占めてきたとし、彼らの本や新聞は最も美しく、最も良く売れ、都市のブルジョアおよびプチブル知識人の間で一定の影響力を保持していた。その結果、あまりに多くの者が彼らの文学を模倣したため、後にはステレオタイプの文学になってしまったと述べている。また、自力文団は七名全員揃った文団としては一九四〇年までしか活動していないため、親日派のレッテルを貼られた本格的な政治活動に突入する以前の一九四〇年以前においては彼らは無実とされた。(74)そして、いままで共産革命の作家たちと自力文団の作家たちとを対比して彼らの弱点を暴露してきたが、その結果、非常に長きに亘り自力文団の作品は、若い世代には堕落した反動派の文学と信じられ、「禁書」とされてきたと解説している。[75]

さらに一九八九年には、その大半が自力文団の小説で編まれた『ベトナムロマン主義小説（*Văn xuôi lãng mạn Việt Nam*）』（全八巻）が出され、一九九四年にいたるまで何度も版が重ねられた。[76]一九八九年秋からの東欧革命を背景に国家の方針が転換し、当時の書記長ドー・ムォイ（Đỗ Mười, 1917-2018）は、一九八九年一〇月二八日の第四回ベトナム作家大会において「創作の自由、批評の自由、討論の自由の奨励、文学の多様性の奨励は、多元主義に則して各流派が対立し合い、党および社会主義国家に逆らう動きへと誘導していくことではない。民主の拡大も局限なきものではない。我々の民主は、民主社会主義である。民主には指導が必要であり、民主の拡大を基底に民主的方法を用いて指導は行われる。「自由・渾沌の蔓延を何もせずに傍観していてはならない」とするレーニンの言葉と共に進みつつ創作の自由を尊重し奨励するが、その過程は策定済みの計画に沿って指導されなければならない」と発言し、[77]ベトナム共産党は再び思想の引き締めに向かった。

こうしたなか、一九八九年七月二〇日の日付が記された序文を収めたファン・ク・デの『自力文団：人物と文学（*Tự Lực Văn Đoàn – con người và văn chương*）』が一九九〇年に刊行された。[78]ここでは『蕭山壮士』について、『皇黎一統志（*Hoàng Lê nhất thống chí*）』[79]および『梳鏡新妝（*Sơ kính tân trang*）』[80]に依拠したもので、中国の『三国志』や『水滸伝』の空気が漂うことに加え、アレクサンドル・デュマの『三銃士』の影響も受けており、カイ・フンは東西の影響を結合させてベトナム流「英雄義士」を創りあげたと解説されている。ちなみに、当書籍に収められた批評・解説にあたっての引用文献、および付録として掲載されたほとんどの文章は旧南ベトナムで出版されたものであり、実のところ北ベトナムの勝利直後の焚書措置の対象であった書物を、社会主義ベトナムの研究者がしっかり蒐集し、保存していたことが分かる。ドー・ライ・トゥイは、ハー・ミン・ドゥックとファン・ク・デの二人の名を挙げて、彼らは革命にとって初子あるいは初孫とされる批評家であり、「人文」事件の後、「大師」たち[81]が立ち去った大学の穴埋めとして昇り上がってきた世代であると説明し、二人が長年に亘って二頭立て馬車のように並走し、こちらは平韻あちらは仄韻といった並列関係にあったことを指摘している。このペアはハノイ総合大学言語文学部のトップであり、二人による文学の見解の大部分が国の文学関係職員として毎年送り出されてきた学生たちによって、一途に社会に届けられたと解説している[82]。こうして彼らの自力文団評価が、学校教育で普及されるベトナム文学史に組み込まれ、その後再生産され続けた。

一九九五年、「ベトナムロマン主義文学評価における問題と文学研究思惟の刷新（Vấn đề đánh giá văn học lãng mạn Việt Nam và sự đổi mới tư duy nghiên cứu văn học）」を論じた論考がレ・ティ・ズック・トゥー（Lê Thị Dục Tú）によって出され、二年後に自力文団の小説を論じた書籍に収められた。このことから「ロマン主義文学＝自力文団の小説」が公式として成立していることを認めることができる。そこでは、自力文団の小説は南部では非難より称賛が多いが、北部では「有害」や「消極的」といった修辞が用いられたとし、北部では政治の指標によって文学が評定されてきたこと、また「リアリズム」の概念が狭隘すぎたとし、政治の人間と文学の人間が同一視されてきたことが指摘されている。またドイモイ後には、以前のような「文学研究の政治化」は「一面的であり極端」と批判され、一九九四年に再刊された自力文団の小説に付された紹介文における、ハー・ミン・ドゥックおよびファン・ク・デ等の評価は、より適切で客観的な新たな評価になっていることが説明されている。[83]
一九九七年、チュォン・トゥーは次のような反省の言葉を残している（出版は二〇一三年）。一九三六年にフランスで人民戦線が勝利したことで、こちら側には民主戦線が出現し、ようやくマルクス主義等の多くの本を読めるようになった。すると自力文団の階級性が目につくようになった。階級性だけを見て文学を評価することはあまり正しいことではないが、その当時、私の目にはこの階級性の問題だけしか入ってこなかった。ロマン主義やブルジョアの問題は、マルクス主義によれば、植民地と資本主義の本国とでは異なってくる。なぜなら植民地における資本主義階級は、あちらの国々のように発展していないからである。すべてが本国の圧制下にあったのであって、〝彼ら〟も同様に抑圧されていた。[84]よってまさにロマン主義は闘争性を有していた。当時は、いかなるグループも自力文団の作家たちのように上手に書くことができなかった。青年たちは（自力文団に）ひどく熱中し次々とそれに従った。革命に向け青年たちの熱情が必要な時期であったにもかかわらず、自力文団がそれらを吸い上げてしまった。私はその状況を食い止めなければならないと考えた。それは私の闘争であって、何の悪意もなかった。[85]
一九九八年七月第八期五中総の決議で謳われた「ベトナム人および各少数民族の伝統文化の目録作成・蒐集・整理の早期実施」を受けてか、[86]一九九九年には文学院（Viện Văn học）から重厚な撰集『自力文団文学（*Văn chương Tự lực văn đoàn*）』[87]が刊行された。各作品に付された批評は、新規のものではなくこれまでの使い回しがほとんどである。出版社の言葉には「自力文団同様一九三〇〜一九四五年ロマン主義文学」との叙述が見られ、「ロマン主義文学＝自力文団小説」の公式が継承される一方、一九三九年以前のカイ・フン等の一部の作品には、ロマン主義とリアリズム双方の要素が入り混じっているとの見解が示されている。

こうした自力文団の小説の復活の動きについて、ヴオン・チー・ニャン（Vương Trí Nhàn, 1942-）は皮肉とともに苦言を呈している。「まだ無名であった頃、度重なる決然たる態度でもって業を成してきた著名な教師兼文学評論家が、今日再刊されたばかりのこの文団の数冊の小説にいかめしい序文を寄せている。彼らは自身の見解の変化を公衆の前に呈示する必要があるのか、それとも単に食べていくための要請なのか（昨日の断固たる態度もつまりはただ生計を立てるためのものだったのだ）は不明である。最終的に教授たちはニャット・リンとカイ・フンの隣に快く名を書き連ねた。これもこれらの作家たちにとっては名誉なことであろう！」[88]。

一九九八年、ライ・グエン・アン（Lại Nguyên Ân, 1945-）は、自力文団の作家たちの作品はもはや本屋で探しにくいものではなくなったことを記している。その実態は、大勢の人が「新しい詩」を探し求める一方で、自力文団の小説のほとんどは学生・生徒用の参考書や補助読本に掲載されている、というものであったようだ。かつて自力文団の小説に憧れを抱いた人々が、新たに印刷された本を読み返してみてもいまや味気なく感じるとし、カイ・フンやニャット・リン等自力文団の小説家たちは、〔リアリズム作家として位置づけられている〕ヴー・チョン・フン（Vũ Trọng Phụng, 1912-1939）の『幸運（*Số đỏ*）』やナム・カオ（Nam Cao, 1915?-1951）の『チー・フェオ（*Chí Phèo*）』に並ぶ水準の文学結晶体を創り上げることはできなかったと見解を示している。その上で、自力文団のものではない傑作であっても、その傑作に自力文団が一部寄与していることに気付かなければ、それは不平等な評価となる、なぜなら自力文団が呈示した小説の新たな描写法に、当時のほぼ全てのフィクション作家たちが非常に強く濃く影響を受けているからであると評価を下している。[89]

撰集が出された流れに乗ってか、二〇〇〇年に自力文団関連の文章を集めた『民族文学の発展過程における自力文団（*Tự lực văn đoàn trong tiến trình văn học dân tộc*）[90]』および『カイ・フン：自力文団の優れた小説家（*Khái Hưng - Nhà tiểu thuyết xuất sắc của Tự lực văn đoàn*）[91]』が刊行された。新たな論述は少なく、その大半は一九三〇年代に遡った南北双方の既刊の文章である。二〇〇四年の『新版文学辞典（*Từ điển văn học: bộ mới*）[92]』では、『蕭山壮士』の壮士たちの敗戦は多かれ少なかれ、フランスに抵抗して戦ったベトナム国民党の片道の夢とロマンであると解釈された。二〇〇六年には、自力文団記念館を設立すべきとの意見が学術誌に掲載され[93]、同年、博士論文を元にした『カイ・フン小説の論考（*Bàn về tiểu thuyết của Khái Hưng*）』がゴー・ヴァン・トゥー（Ngô Văn Thư）によって刊行された。この書籍で注力して論じられた小説は他の多くの評論と同様『不安』（＝『清徳』）までで止まっている。[94] 同じく二〇〇六年、ヴオン・チー・ニャンは次の評価を行っている。「カイ・フンの文章を読み、彼の散文内の人物たちに触れると、まず東西の頑なな区別がなく、ただ躍動する文化の実体があるという感慨を抱きやすい。そこには人生における百万もの色と形があり、人間の核心は元来すべての精神活動による否応ない要求であり、そこには洗練さがあり、美がある。このことは作家カイ・フンの魂に限らず、戦前の我が国の散文作品の多くが向かった方向であった。彼は文学とともに生き、コンスタントに執筆し、ハズレの作品はひとつも存在せず、いずれの文体であれ成功をおさめている。ベトナム語《クォックグー》を使用し馴致させ、同時に近代化させた彼の貢献を見ただけでも、二〇世紀前半の優れた文学作家の一員に組み入れるのに十分である」(95)。

二〇〇八年に、ニャット・リン兄弟の故郷カムザン（Cẩm Giàng）においてシンポジウムが開催された。ここでグエン・フエ・チ（Nguyễn Huệ Chi, 1938-）は次のような見解を呈示した。自力文団の誕生は、自由への希求そしてその渇望を自ら実現していく一つの項目として、さながら欠くことのできぬ内在的要請のように、国全体の文学創作活動に刺激的作用を及ぼした。自力文団の芸術世界へ潜り込むことは、批判的リアリズムの作家たちの世界へのそれとは異なり、前者はそのなかで自らが体験することを強いる世界であり、後者は自ら憤怒し告発する世界であるものの読者自身との関連性はとりわけ必要ではない。ニャット・リン、カイ・フン、タック・ラムの作品のページをめくるたびに、人は自らに「我」自身との公正な対峙を強いられ、それについて黙考し尋問を行う、即ち自身の内なる深淵の世界を見つめることを強いられるのではなかろうか。また、自力文団の風刺・諧謔・揶揄の傾向については、笑いのミラクルは、僕《しもべ》が主人と化し、主人が僕《しもべ》と化すように、一瞬で社会的地位を転倒させる。自らの笑い声でもって、自力文団は封建主義と植民地主義のカリスマたちを巧妙に扱き下ろし、苦しむ衆生たちと同じ地点にまで各位を引き下げたと評し(96)、先にあったような「諧謔精神の度が過ぎる」という欠点に対する評価が転換させられている。

二〇一二年刊『ベトナム文学作品作家辞典（*Từ điển tác giả, tác phẩm văn học Việt Nam*）』(97)のカイ・フンの項目でも、自力文団の代名詞であったロマン主義の文字が一つも見られず、かわりにリアリズムの文字が記されている点で大きな転換がみられる。また、自力文団の盛衰はカイ・フンのそれと結びついており、自力文団の強みと弱みにはカイ・フンのそれが反映されていると指摘されている。

二〇一三年には、ベトナム北部および南部の双方で自力文団設立八〇周年のシンポジウムが開催された。双方とも紀要（*Nhìn lại Thơ mới và văn xuôi Tự lực văn đoàn*）が出されたが、そのなかでグエン・ダン・マイン（Nguyễn Đăng Mạnh, 1930-2018）はこれまでの文学状況を次のように解説している。ドイモイ以前、自力文団と「新しい詩」は教育プログラムに採用されないばかりか、社会全体にとっての禁書として扱われ、害毒さらには反動的文学と見做されてきた。一九八〇〜一九九〇年代の文学に関する観念は依然として重苦しく、グエン・ダン・マインが自力文団と「新しい詩」を高等学校教育のプログラムに入れたことは保守派の人間に衝撃を与え、彼らは新プログラムに対する批判記事を新聞に掲載した。グエン・ダン・マインは、一九三〇〜一九四五年におけるロマン主義文学に関する最も一般的な誤った観念として、ロマン主義文学と批判的リアリズム文学における階級的世界観の対立を挙げる。それは、資本主義的世界観に属し消極的・反動的とされたロマン主義文学と、貧しいプチブル階級の世界観を反映しつつも労働者・人民および革命に近接している批判的リアリズム文学との対立である。グエン・ダン・マインによれば、ロマン主義文学は奴隷の身の上にある人間を眠りに誘い幻想の夢へと連れていき、自然・宇宙・形而上的世界・個人主義を享楽する恋愛へと逃避させ、革命の楽観主義的精神に相反する悲観思想やメランコリーの種を蒔く。したがってそれは、革命にとって弊害であり、読者を革命に背を向かせ、一九三〇年より示してきた党の革命の道から青年たちを脱線させるものと捉えられてきた。ところが、実際にはリアリズムの作家に組み込まれた文学者たちも、ロマン主義文学を描いていた。一九三〇〜一九四五年においては、合法的な公定の文学にはロマン主義文学と批判的リアリズム文学が、非合法文学には地下活動の（共産主義）革命文学が存在した。ロマン主義作家と彼らの民（市民階級で主にブルジョア・プチブルの知識人）は、民族および民主主義の問題に対し非常に敏感であったが、共産主義思想を受け入れることは非常に難しく、彼らには労働者階級・無産階級の人々が革命と革命リーダーの学説を理解できるとは到底思えなかった。そして、「新しい詩」・自力文団の小説およびその他のロマン主義作品（批判的リアリズム作品は含まず）は、確かに革命を教えることはなかったものの、自国において「故郷喪失」の屈辱感を知ることを手助けしてくれる。とすれば、革命に無害であるだけでなく、逆に革命に応ずる心構えを彼らに準備させることになるとの考察を行っている。[98]同年、『カイ・フン：文学革新における異才な小説家（*Khái Hưng - Nhà tiểu thuyết có biệt tài trong công cuộc canh tân văn học*）』[99]が出されたが、二〇〇〇年と同様、そのほとんどが既刊の文章を集めたものである。

二〇一四年刊、文学理論家チャン・ディン・スー（Trần Đình Sử, 1940- ）の論考では、自力文団やカイ・フンへの言及はないものの、彼らが排除された理由が忌憚なく叙述されている。チャン・ディン・スーによれば、一九四五年の八月革命以前、ベトナムは植民地主義下にあったが多様な学術探究グループが多数存在し多元的であった。ところが、一九四三年の「ベトナム文化綱領」後から文芸を宣伝《プロパガンダ》として認めない者たちが批判され始めた。その「批判」は真理探究に向けた学術討論や論争ではなく、実質的には自分と異なる考えを払拭し抹消するための闘争であった。そのため、通常、批判される側には言い返す権利がなく、意見を擁護する、意見を交換するといった権利を有さなかった。批判する側は、正義や主義を名目に、民衆を名目に、さらには革命を名目に、政治や思想・生き方に対する危険思想という名の罪をこれでもかというほどなすりつけた。こうした空気のなか、厄介事を避けるため、別の新たな学説や思想を創造しようとする者は誰一人いなくなった。当時は正統思想以外のいかなる思想も抱くことは望まれず、専ら「さらなる協議」、「拡大」、「より明確な呈示」、「具体化」への道、即ちその正統思想を描写する道があるだけだった。ドイモイにいたるまで私たちは、厳しい締め付け政策のもとで、社会主義へと進み行く民族・民主革命の条件下で形作られた政治奉仕文学としての革命文学しか有さなかった。それは自らを宣伝の武器へと変身させていった。それは、テーマや主題、創作方法、世界観、生き方、さらには文体や形式までをも規定した。党への忠誠、新しい人間の描写、革命英雄主義、階級のモデル化が求められ、これらの観点が批評を行う上での指標となり、これに反した場合には党の文芸路線からの逸脱と見做され、周縁の文学作品は追放された。個人が存在する空間などないという集団主義が謳歌され、個人主義および一個人は無産階級とは決して共存できぬ敵となった。個人主義は悪であり自己中心主義であると見做され、思想闘争における革命の標的となった。その結果、国民のなかで独立した思考のできる個人は抹殺されるにいたった[100]。チャン・ディン・スーは、自力文団の小説の真の価値が近年再度認識し直されるようになったことを肯定的に捉えているが、普及度に関して言えば、今のところ大学や研究所の研究者といった少数の階層だけに限られているとも指摘している[101]。

二〇一六年、「ベトナムを理解する（Hiểu Việt Nam）」シリーズが刊行され、新たな視点が呈示された。そのいくつかを挙げると、「テーマや実在へのアプローチ法を考察すると、ヴー・チョン・フンと自力文団との間にはほとんど違いはみられない。しかし後世は常に何らかの理由にこじつけて過去に関する異なる解釈を施すものである。まず初めに認めなければならないことは、文学の発言行為における個人としての作家の地位を築き上げたことは、近代ベトナム文学に対する自力文団の極めて重要な功績である」[102]と評されていることは注目できる。また、「カイ・フンの晩年はほとんど知られず、ほとんど分析されていない。一時期サイゴンでこれらの作業が進められたが、十分とは言えない[103]」との指摘もなされた。ところが一方で、同年二〇一六年、ハノイ師範大学出版会より刊行された『二〇世紀初頭から一九四五年までのベトナム文学（*Văn học Việt Nam từ đầu thế kỉ XX đến 1945*）[104]』で紹介された主要参考文献の筆頭二冊には、「人文」事件以後の引き締めのなか文学研究界を牽引した、ハー・ミン・ドゥックおよびファン・ク・デの書籍が挙がっている。この学術書には、ここ数年で出現してきた新たな研究動向は活かされていない。同様に、目次に目を向ければ、作家名で章分けがなされているなか、夭折した、即ち政治活動に関わらなかったタック・ラム以外の自力文団小説家の名はなく、「一九三二〜一九四五年ロマン主義文学潮流概括」の章に一括りにされている。今後もこうした過去の評価が再生産されていくことが予見される。

二〇二〇年、同じく「ベトナムを理解する」シリーズから『近代の風化：二〇世紀初頭ベトナムの植民地状況下における自力文団（*Phong Hóa thời hiện đại - Tự Lực Văn Đoàn trong tình thế thuộc địa ở Việt Nam đầu thế kỷ 20*）[105]』が刊行された。この本では、当時発行された雑誌・新聞原本から得た情報を散りばめた若者世代による各研究成果が掲載されている。そのなかで自力文団研究の新たな展望が示されている。また、二〇二一年にチャン・ディン・スー編『ベトナム文学略史（*Lược sử Văn học Việt Nam*）[106]』がハノイ師範大学出版社から出されたが、やはり「ロマン主義小説」の項目において、カイ・フンを含めた自力文団小説家が言及されている。つまるところ、過去の評価を再生産し続ける師範大学の気質が露わになっていると言えるかもしれない。なお、二〇二二年、フォン・レは自力文団設立九〇周年に言及し、一九五〇〜一九八六年の偏狭かつ硬化した作品群と較べ、自力文団の作品には想像を超えるほどの豊かな民族文化遺産を感じ取ることができると述べている。[107]

六、ベトナム国外

最後にベトナム国外でのカイ・フンの扱われ方について見ておこう。まずアメリカで出されたベトナム語で書かれたものとして、一九九七年に文芸誌『二一世紀（*Thế kỷ 21*）』からカイ・フンの五〇回忌を記念した特集号が出され、同年『起行（*Khởi Hành*）[108]』においてもカイ・フンの死を検証する特集が組まれている。同じく一九九七年、南ベトナム時代に刊行された『呪詛』の編集・刊行を行なったグエン・タック・キェンが、二部からなるカイ・フン特集本を出し、処女作と最期の作品およびカイ・フンへの回想文等（そのほとんどは学術的論考としては質の良い資料とは言い難い）が掲載された。二〇〇九年には『合流（*Hợp Lưu*）』でも、カイ・フンの特集が組まれた。また二〇二〇〜二〇二一年にかけて、フランス在住のトゥイ・クエが精力的に自力文団を論じ、自身のウェブサイトに文章を掲載している。[109]

英語で書かれたものとして、フランス語から翻訳

図4 『起行』7号、1997/5

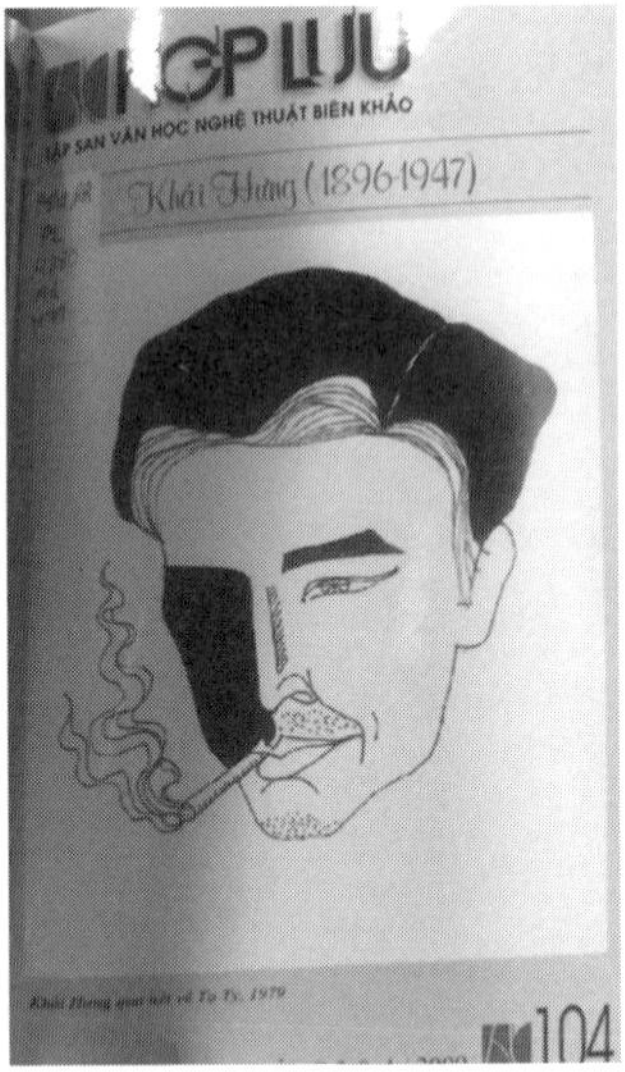

図5 『合流』104号、2009/3&4

された一九八五年刊『ベトナム文学概論（*An Introduction to Vietnamese Literature*）』では、[110]『蕭山壮士』におけるカイ・フンの功績が次のように示されている。カイ・フンは『蕭山壮士』において、実話をピカレスク小説に織り込み、史実と虚構とを融合させ壮大かつ魅力的な作品に仕立て上げた。また彼は、憎き政権を倒すためにすべてを犠牲にする英雄たちの勇敢な行動や、作中人物の魅惑的な愛の物語を、サスペンスの手法を用いて描き読者を惹きつけた。一九三五年のフランス人民戦線に接して、ロマン主義からリアリズムへと立場を転換させた彼は、二〇世紀前半における最も偉大な小説家の一人であり、真の国民文学を形成し、ベトナム語を国際的な文学言語の地位に引き上げることに貢献した。[111] 一九九一年の『近代小説を通して見たベトナムの社会的・政治的発展（*Vietnam's social and political development as seen through the modern novel*）』でも六ページを費やして、一九四五年頃までのカイ・フンの小説のごく簡単な紹介がされている。[112]

近年の動向としては、二〇一三年に南カリフォルニアで開催された自力文団シンポジウムのベトナム語の紀要が出ている。[113] また、二〇一七年に刊行された『ポスト・マンダリン：植民地期ベトナムにおける男性性と美的近代性（*Post-Mandarin: Masculinity and aesthetic modernity in colonial Vietnam*）』[114] では、カイ・フンの『春半ば』を題材に、植民地期ベトナムの女性と言語について論じられている。さらに、二〇二一年の『自らの力で：自力文団と植民地末期ベトナムにおけるコスモポリタン・ナショナリズム（*On our own strength: The self-reliant literary group and cosmopolitan nationalism in late colonial Vietnam*）』[115]は、一九三二〜一九四一年までの自力文団の社会・政治活動を論じた本格的な研究書となっている。こうした海外の若い世代の研究動向がベトナム国内外に影響を与えていくことは間違いない。

以上のようにベトナム国外における評価は、概して非難は見られず、称賛で占められる。

＊　＊　＊

本章は、時代ごとのカイ・フン評価をあとづけることで、「カイ・フン（自力文団の小説執筆者）＝ロマン主義小説＝ブルジョアジー＝頽廃＝反動」という公式の解体を試みた。考察の結果、この公式の成立には、抗仏・抗米戦争、および冷戦を背景とした、換言すれば戦争に翻弄させられた国家の方針が関係していることが見えてきた。チャン・ディン・スーは、抗仏戦争および抗米戦争の只中にあって、我ら／敵の間に明確な境界線を引くことが求められたのであり、それは、筆を握る敵、思想上の敵に対しても同様だったと言う[116]。しかしそのためには、共産側についた作家はリアリズム、そうでない者はロマン主義といった単純な二分法に当て嵌めることが手っ取り早く、よって社会主義リアリズムが確立されていくにつれ、カイ・フンのリアリズム性は否定されていった。ベトナム文学史におけるロマン主義／リアリズムの境界線は、文学テクストに向き合った結果としてではなく、作家たちがどちらの陣営についたかが基準となって引かれた線であった[117]。実際のカイ・フンの文学および思想は、そうした二分法に真摯に抗うものである。謂わば国共のあいだを取り持つことができた稀有な人間であった。それゆえに、不気味な存在として畏れられた可能性もある。

ベトナム国内においても、国家権力がつくりあげたその公式をときほぐす試みが幾度かなされてきた。しかし、たとえそうした努力によってところどころ見直しの動きがみられても、時代時代の政治状況に巻き込まれ振り出しに戻ったり、また、直近の研究動向に関心を払わない一部の教育従事者たちの保守的態度により、公式は再生産され続けた。

ベトナム国内の文学批評を牽引する知識人たちは、高齢になるにつれ保身の構えがゆるんでいくのか、これまでの国による文化政策（当然批評者も巻き込まれていた）を客観視し批判的に見る姿勢を示し始めている。一方で、そうした姿勢を批判する保守派も健在であり[118]、なかなか新たな知見が世に行き渡らない。また、再評価の動きを見ても、作品の再刊の数に対して、その文学テクストそのものに向き合った研究の少なさが目につく。こうした傾向は、「独立した思考のできる一個人は抹殺」されてきた過去の負の歴史が影響しているのだろうか。

本章で露わになった複雑性は、カイ・フン研究や文学研究においてだけでなく、ベトナム研究のあらゆる研究領域にも潜んでいる。ドー・ライ・トゥイが言うように、こうした複雑性を見て見ぬ振りをしていたのでは、ベトナムを真に理解することはできない。

注

（1）Đỗ Lai Thúy ed., *Những cạnh khía của Lịch sử Văn học*, NXB Hội Nhà văn, Hà Nội, 2016, p.7.

（2）カイ・フン並びに自力文団の文学の概要は、川口健一、「ベトナム近代文学の展開（Ⅰ）小説」、『東京外国語大学論集』三七、一九八七年 / Maurice M. Durand, Nguyen Tran Huan, *An Introduction to Vietnamese Literature*, trans. from the French by D. M. Hawke, Columbia University Press, New York, 1985. / Hoang Ngoc Thanh, *Vietnam's social and political development as seen through the modern novel*, Peter Lang, New York, 1991. 等を参照いただきたい。

（3）今井昭夫、「ドイモイ下のベトナムにおける包括的文化政策の形成と展開」、『東京外国語大学論集』六四、二〇〇二年、八九–一〇七ページ。

（4）Trần Hữu Tá eds., *Nhìn lại Thơ mới và Văn xuôi Tự lực văn đoàn*, NXB Thanh niên, TP.HCM, 2013, pp.479-481.

（5）https://zzzreview.com/2022/10/02/50-tieu-thuyet-viet-nam-xuat-sac-nhat-the-ky-20-do-chuyen-gia-binh-chon/
https://zzzreview.com/2022/10/02/50-tieu-thuyet-viet-nam-xuat-sac-nhat-the-ky-20-do-doc-gia-binh-chon/
最終閲覧：二〇二二年一一月一日。一九三〇年代当時、『花を担いで』は版を重ね八〇〇〇部以上売れていた（Khái Hưng, *Gánh hàng hoa*, Nhã Nam, 2020, p.13. 序文）。

（6）補足資料としては、『カイ・フン小説の論考（*Bàn về tiểu thuyết của Khái Hưng*）』（Ngô Văn Thư, *Bàn về tiểu thuyết của Khái Hưng*, NXB Thế Giới, Hà Nội, 2006.）や、論考「ベトナムロマン主義文学評価における問題と文学研究思惟の刷新（Vấn đề đánh giá văn học lãng mạn Việt Nam và sự đổi mới tư duy nghiên cứu văn học）」（Lê Thị Dục Tú, *Quan niệm về con người trong tiểu thuyết Tự lực văn đoàn*, NXB Khoa học Xã hội, Hà Nội, 1997, pp.216-235）が挙げられる。

（7）Trương Tửu, "Văn học Việt Nam hiện đại chung quanh một tấn kịch của thời đại", *Loa*, N°.78, 1935/8/15, p.3.

（8）Trương Tửu, *Tuyển tập Nghiên cứu Văn hóa*, NXB Văn hóa Ngôn ngữ Đông Tây, Hà Nội, 2013, p.788. この批評のタイトルは、「ここ一〇年間のベトナム文学（一九三〇–一九四〇）（Tính số mười năm văn học

Việt Nam (1930-1940)」であるが、執筆年や掲載書籍名が不記載であるため、いつ頃に書かれたものかは明確ではない。しかし、タイトルからは一九四〇－一九四一年頃と推測できる。なお、*Ngày Nay*, Nº.90, 1937/12/19で、チュォン・トゥーは、カイ・フンやニャット・リンの作品を燃やせと言うだけでなく、グエン・ビン・キエム（Nguyễn Bỉnh Khiêm, 1491-1585）やグエン・ズー（Nguyễn Du, 1765?66?-1820）、グエン・コン・チュー（Nguyễn Công Trứ, 1778-1858）までもを燃やせと訴えたことが報告されている。チュォン・トゥーが自力文団を執拗に攻撃したのは、当時、自力文団の作家たちの文才に敵う者は誰一人いなかった、という妬みによるものだったと考えられる（Trương Tửu (2013), op.cit., p.1152.）。

（9）なお、ジョージ・オーウェルは、「共産党のパンフレットやチラシなどの印刷物において、知的自由に対する攻撃は、通常「小ブルジョア（プチブル）的個人主義」とか「一九世紀流リベラリズムの幻想」などという語句を連ねた弁論ですっぽり覆われる。そしてこの弁論は「ロマンチック」とか「センチメンタル」という罵言で補強されるのだが、ただこうした語は一致した意味をもっていないから、反論するのは容易ではない。このようにして論争は真の問題から巧みに逸らされるのである」と述べ、「「現実逃避」「個人主義」「ロマン主義」に反対するという形での非難はただ弁論術上の仕掛けに過ぎないのであり、その真の目的は歴史の歪曲をまっとうなことと思わせることである」との見解を示している（ジョージ・オーウェル、『全体主義の誘惑――オーウェル評論選』、照屋佳男訳、中央公論新社、二〇二一年、九七－九八ページ）。

（10）Trương Chinh, *Dưới mắt tôi*, Nhà in Thụy Ký, Hà Nội, 1939, pp.35-36, 47-48.

（11）加藤栄、『「ベトナム文学を味わう」報告書』、国際交流基金アジアセンター、一九九八年、九四ページ。

（12）*Đề cương về Văn hóa Việt Nam - Chặng đường 60 năm*, NXB Chính trị Quốc gia, Hà Nội, 2004, p.20.

（13）筆者による和訳：カイ・フン、「文学談義」、『東南アジア文学』一二、二〇一四年（https://sites.google.com/view/sealit/12号）。

（14）Nguyễn Trác, Đái Xuân Ninh, *Về Tự lực văn đoàn*, NXB TP.HCM, TP.HCM, 1989, p.131.

（15）直訳すると現代作家であるが、意味としては近代作家のこと。

（16）Đỗ Lai Thúy ed., op.cit., p.112.

（17）Vũ Ngọc Phan, *Nhà văn hiện đại: Quyển tư - tập thượng*, NXB Tân Dân, Hà Nội, 1945, p.15.

（18）Phong Lê, *Hai mươi nhà văn, nhà văn hóa Việt thế kỷ XX*, NXB Thuận Hóa, Huế, 2010, p.218. なお、サイゴンでは、一九六〇年に再刊されている。

（19）Vũ Ngọc Phan, "Văn học Việt Nam từ sau cuộc Âu chiến vừa qua", *Ngày Nay - Kỷ nguyên mới*, N°.14., 1945/8/4, p.15.

（20）Phạm Việt Tuyền, *Nghệ thuật viết văn*, NXB Thế giới, Hà Nội, 1953.

（21）Đỗ Lai Thúy ed., op.cit., p.107, note 2.

（22）Trương Tửu, "Bệnh sùng bái cá nhân trong giới lãnh đạo văn nghệ", *Giai Phẩm mùa Thu*: Tập II, 1956, pp.3-14. / 栗原浩英、「ベトナム労働党の文芸政策転換過程（１９５６年〜５８年）―社会主義化の中の作家・知識人―」、『アジア・アフリカ言語文化研究』三六、一九八八年、三、七、一七ページ。

（23）Trường Chinh, *Tuyển tập Văn học tập I*, NXB Văn học, Hà Nội, 1997, pp.306-307.

（24）Mai Hương ed., *Tự lực văn đoàn - trong tiến trình văn học dân tộc*, NXB Văn hóa - Thông tin, Hà Nội, 2000, p.40.

（25）革命的ロマン主義は、「社会主義リアリズム」をいっそう豊かにし発展させる、正当で必要な要素であると定義される（中里見敬、「中国近代文学における浪漫主義の言説：ポストコロニアル文化論・翻訳論の視角から」『言語文化論究』一八、二〇〇三年、一〇二ページ）。

（26）一八世紀末に起きた西山《タイソン》阮氏と広南《クワンナム》阮氏との争い。

（27）Phan Cự Đệ, "Góp ý kiến về việc tái bản *Tiêu sơn tráng sĩ*", *Hà Nội hàng ngày*, N°.675, 1957/6/12, p.3.

（28）Mai Hương ed., op.cit., pp.375-379.

（29）これについては第五章で論じる。

（30）Nguyễn Đức Đàn, "Mấy ý kiến về Nhất Linh và Khái Hưng - Hai nhà văn tiêu biểu trong Tự lực văn đoàn", *Văn Sử Địa*, N°.46, 1958, pp.8-22.

（31）Trương Chính, *Hương hoa đất nước*, NXB Văn học, Hà Nội, 1979, p.58.

確かに、バック・ナン・ティ（Bạch Năng Thi）によるカイ・フンの解説は、唯心論や階級に結びつけて批判しようと努めはするものの、結論では、創作の練習を進める者にとって、カイ・フンの文学から多くの事柄を学ぶことができるとしている（Mai Huong ed., op.cit., pp.353-374）。

（32）「ニュン」あらすじ：

貧しい家に生まれたシン（Sinh）は、幼少時代、裕福な役人であるおじの家に預けられて育つ。成長するにつれ、おじの非人間的な扱いに耐えられなくなり、実母の家に戻る。シンは社会や人類のありさまに目を向け、貧富の差、階級の差に怒りを覚えはじめ、富豪の悪口を言い回ることで、民衆の汗と血によって自らの幸福を築く富豪に対する村人の怒りを駆り立てようとする。そうした中、シンのおじの家が盗賊に襲撃される。案の定、シンが疑われ逮捕されたが、おじの娘であるニュンの証言によって罪を免れる。それ以後、それまで活発だったシンは無口になり、日々部屋に閉じ籠る生活を送るようになる。襲撃事件が忘れ去られた頃、シンは部屋で首を吊って自殺する。足元には、ニュンへの手紙が置かれていた。手紙のなかで、シンはニュンに対して抱いてきた密かな愛情を告白し、ニュンの証言、つまりシンの罪を見逃しシンを無罪としたその証言によって、自分は永遠に侮蔑すべき人間となってしまったがゆえ、自ら命を絶つことを決めたと綴られる。

（33）文化救国会は一九四四年三月に秘密裏に発足した。党幹部のレ・クワン・ダオ（Lê Quang Đạo, 1921-1999）、チャン・ド（Trần Độ, 1923-2002）らが「文化綱領」を手に携えて、著名な作家・芸術家を訪れ、文化救国会に参加するよう呼びかけた。文芸家らは当初、共産主義および「文化綱領」の掲げる三原則をあまり理解していなかった。しかし、フランスから独立を勝ち取るという呼びかけに共感した。ベトナム共産党もまた、幅広い知識人を結集するために、その人が「祖国を愛し、抗仏戦線に加わるのであればよい」とした。そのため、民族の独立と独立した文化を築きたいという願望から、一部の文芸家が文化救国会に加わった。その結果、文化救国会には、トー・ホアイ（Tô Hoài, 1920-2014）、ナム・カオ（Nam Cao）、グエン・ディン・ティなどの著名な作家が名を連ねて会員となった。文化救国会は、共産主義政権下、はじめての文芸組織であり、後の最大の文芸組織「ベトナム芸術連合協会」の前身でもある。一九四五年一一月一〇日に文化救国会の機関紙『先鋒（*Tiền phong*）』第一号が創刊され、第一次インドシナ戦争が勃発する直前の一九四六年一二月一日まで二四号が発刊された（森絵里咲、「ベトナム戦争と文学―翻弄される小国」、東京財団研究報告書、二〇〇六年、四-五ページ。/https://nippon.zaidan.info/seikabutsu/2006/00202/pdf/0001.pdf 最終閲覧：二〇一六年一二月二一日）。

（34）*Tiền phong*, Nº.22.（発行日は未確認）

（35）Vũ Đức Phúc, op.cit., pp.152-155, p.168.

（36）Trần Hữu Tá eds., op.cit., p.30. 自力文団設立八〇周年記念の際、紀要に掲載されたフォン・レのこの論文のタイトルには「半世紀以上経過したのちの再評価」が付されている。一方、九〇周年記念の際に『文学研究（*Nghiên cứu Văn học*）』に掲載されたフォン・レの論文のタイトルには「九〇年経過したのちの再評価」と付され、その内容の大半がこの八〇年記念の際の論文と同じである。もちろん、この脚注も同一の内容で記載されている（Phong Lê, "Tự lực văn đoàn – sau 90 năm nhìn lại", *Nghiên cứu Văn học*, Nº.10 (608), 2022, pp.46-51.）。ベトナムにおける「研究」の有り様をうかがうことができる良い例といえる。

（37）Trần Văn Giáp ed., *Lược truyện các tác gia Việt nam tập II*, NXB Khoa học Xã hội. Hà Nội, 1972.

（38）*Thời Tập*, #5 4, Sài Gòn, 1974, pp.33-34.

（39）Trần Hải Yến eds., *Nghiên cứu văn học Việt Nam những khả năng và thách thức*, NXB Thế giới, Hà Nội, 2009, pp.66-67.

（40）Lê Hữu Mục, *Khảo luận về Khái Hưng*, Trường thi Phát hành, Sài Gòn, 1958, p.5, pp.8-9.

（41）Nguyễn Vỹ, *Văn thi sĩ tiền chiến*, Nhà sách Khai trí, Sài Gòn, 1969, p.125. / *Phổ Thông*, Nº.19, 1959/9/15.

（42）Bằng Phong, *Luận đề Khái Hưng*, Á châu xuất bản, Sài Gòn. 1958.

（43）Nguyễn Duy Diễn, Bằng Phong, *Luận đề về Khái Hưng*, Nhà sách Khai Trí, Sài Gòn, 1960, p.7.

（44）Duy Thanh; Mai Thảo; Ngọc Dũng; Nguyễn Sỹ Tế; Thanh Tâm Tuyền; Thái Tuấn; Tô Thùy Yên; Trần Thanh Hiệp, "Nhìn lại văn nghệ tiền chiến ở Việt Nam", *Sáng Tạo*, Nº.4, 1960/10, pp.1-16.

（45）Thế Phong, *Lược sử văn nghệ Việt Nam nhà văn tiền chiến 1930-1945*, Vàng Son xuất bản, Sài Gòn, 1974, pp.33-34.
（46）Doãn Quốc Sỹ, *Tự lực văn đoàn*, NXB Hồng Hà, Sài Gòn, 1960.
（47）Phạm Thế Ngũ, *Việt Nam văn học sử giản ước tân biên III*, Đại Nam, California, n.d. (1961), p.479.
（48）Nguyễn Vỹ, op.cit., p.125.
（49）ただし、ニャット・リンも、サイゴンで出版した『文化－今日（*Văn hóa Ngày Nay*）』（1958-1959）にカイ・フンの短編を数編掲載している。
（50）本雑誌の論者は、トゥー・チュンのほか、カイ・フンの養子チャン・カイン・チェウ、ホー・フー・トゥオン、ズォン・ギエム・マウ、グエン・タック・キエンなどで、ベトミンの収容所におけるカイ・フンの様子を描いた文章も掲載されている。
（51）トゥー・チュンは一九四二年の編集と記しているが、カイ・フンについて述べられた第四巻（上）は一九四五年に発行されている。
（52）Thư Trung, "KHÁI HƯNG, thân thế và tác phẩm", *Văn*, N°.22, Sài Gòn, 1964, p.16. ただし、ヴー・ゴック・ファンのハノイで出されたオリジナルの原文を確認したところ、社会テーマ小説の記述は存在しない（Vũ Ngọc Phan (1945), op.cit.）。
（53）本章注9で記したように、西欧における文学潮流としての「ロマン主義」と、共産圏諸国の文学における「ロマン主義」とは異なるものである。
（54）トゥー・チュンやカイ・フンの家族から、何度も要請・催促を受けての編集・出版であったとのことであるが、収められていない作品が存在すること、またパラテクストが消去されていること等、完全版ではない。よって、『呪詛』内の短編の研究を進める上でオリジナルの当時の新聞を探し出し、原文を確認する必要が生まれてくる。また、序文では、カイ・フンが『聊斎志異』の全訳を持っていたと書かれているが、これを訳したのは、ニュォン・トン（Nhượng Tống, 1906-1949）であるようだ（cf. https://nhilinhblog.blogspot.com/2015/10/lieu-trai-chi-di.html 最終閲覧：二〇二二年一一月一日）。なお、一九三九年には、カイ・フンと親交のあった詩人タン・ダー（Tản Đà: 本名 Nguyễn Khắc Hiếu, 1889-1939）の訳による『聊斎志異』が刊行されている（Bồ Tùng Linh, *Liêu Trai Chí Dị*, Tản Đà Nguyễn Khắc Hiếu dịch, NXB Tân Dân, Hà Nội, 1939.）。

（55）Thanh Lãng, , *Bảng lược đồ Văn học Việt Nam - Quyển Hạ - Ba thế hệ của nền văn học mới (1862-1945)*, Trình Bầy, Sài Gòn, 1967, p.744.

（56）Vũ Hân, *Văn học Việt Nam thế kỷ XIX tiền bán thế kỷ XX 1800-194*, Nhà sách Khai trí, Sài Gòn, 1967, pp.139-140.

（57）Dương Nghiễm Mậu et al., *Khái Hưng - thân thế và tác phẩm*, Nam Hà, Sài Gòn, 1972, p.52.

（58）*Truyện ngắn Khái Hưng*, NXB Văn nghệ, Sài Gòn, 1972.

（59）正しい書誌情報は、*Phổ Thông*, N°.19, 1959/9/15.

（60）Thanh Tùng, *Văn học Từ điển*, Nhà sách Khai trí, Sài Gòn, 1973, p.116.

（61）Thế Phong, op.cit., pp.31-47.

（62）Lê Thị Dục Tú, op.cit., p.217.

（63）Nguyễn Hiến Lê, *Hồi ký Nguyễn Hiến Lê*, 2015.（https://isach.info/story.php?story=hoi_ki_nguyen_hien_le_nguyen_hien_le&chapter=0031 最終閲覧：二〇二一年四月一日）なお、筆者はこの回想記の書籍版のなかに焚書にかかわる当該記述を探したが、いまのところまだ見つけられていない。本内容はインターネットに上げられていたものを参考にした。これもまた検閲削除を受けたのかもしれない。

（64）*Từ Điển Văn Học - tập I*, NXB Khoa học Xã hội, Hà Nội, 1983, p.345.

（65）Phong Lê ed., *Văn học Việt Nam kháng chiến chống Pháp (1945-1954)*, Uỷ ban Khoa học Xã hội Việt Nam - Viện Văn Học, NXB Khoa học Xã hội, Hà Nội, 1986, p.38.

（66）今井昭夫（二〇〇二）、前掲論文、九三ページ。

（67）*Nhân Dân*, N°.12147, 1987/10/14.

（68）スターリンが作家を形容して述べた「魂の技師」に依拠するものと考えられる。

（69）Nguyễn Văn Linh, *Nguyễn Văn Linh tuyển tập II (1986-1998)*, NXB Chính trị Quốc gia - Sự thật, Hà Nội, 2011, pp.217-

221.

(70) 今井昭夫（二〇〇二）、前掲論文、九三ページ。

(71) Khái Hưng, *Nửa chừng xuân*, NXB Đại học và giáo dục chuyên nghiệp, Hà Nội, 1988, pp.7-8.

(72) Phan Cự Đệ, "Văn xuôi lãng mạn Việt Nam (Tự lực văn đoàn con người và văn chương)", *Văn học lãng mạn Việt Nam (1930-1945)*, NXB Giáo dục, Hà Nội, 1999, pp.306-307.

(73) Nguyễn Trác, Đái Xuân Ninh, op.cit., pp.141-142, p.190.『革命の道』では、読者に対し、「我らの友は誰か？我らの敵は誰か？」との問いかけがなされ、「この本は、簡潔に、分かり易く、覚えやすいように書いていく。おそらくブツ切れの文章だと貶す人間も出てくるかもしれない。然り！　ここでは、言おうとする事柄を、非常に素早く簡便に、二×二＝四のように確実で、まったくの飾り気なしで述べていく」と記されている（Đảng Cộng sản Việt Nam, *Văn kiện Đảng toàn tập - tập I 1924-1930*, NXB Chính trị Quốc gia, Hà Nội, 2002, p.18.）。

(74) ここでは、一九四〇年以後のカイ・フンの文学活動は無視されており、筆者が注目する一九四〇年以後、つまり上記見解からすれば有罪部分のカイ・フン文学を研究する人がなかなか出てこないのも納得できよう。

(75) Mai Hương ed., op.cit., pp.30-41.

(76) Đỗ Lai Thúy ed., op.cit., p.305, note 1. カイ・フンの小説五編と短編一編が採録されている。

(77) Đỗ Mười, *Những bài nói và viết chọn lọc - tập II*, NXB Chính trị Quốc gia, Hà Nội, 2007, pp.850-851.

(78) Phan Cự Đệ, *Tự Lực Văn Đoàn - con người và văn chương*, NXB Văn Học, Hà Nội, 1990.

(79)『安南一統志』或いは『黎季外史』としても知られ、呉家文派によって一八〇四年に出された漢字で書かれたベトナムの歴史小説。

(80) 一九世紀初頭、範泰《ファム・タイ》（1777-1813）による字喃《チューノム》の詩集。

(81) チュォン・トゥーおよび世界的に有名な哲学者チャン・ドゥック・タオ（Trần Đức Thảo, 1917-1993）を示していると考えられる。

(82) Trần Hải Yến eds., op.cit., p.67.

（83）Lê Thị Dục Tú, op.cit., pp.216-235.

（84）cf. かつてロラン・バルトは「マルクスによってプロレタリヤの条件と定められた倫理的、政治的条件を全面的に引き受けているのは、植民地者である」と述べた（ロラン・バルト、『神話作用』、篠沢秀夫訳、現代思潮社、一九九〇年、一九六ページ注記）。

（85）Trương Tửu (2013), op.cit., pp.1152-1153.

（86）Báo điện tử Đảng Cộng sản Việt Nam, Nghị quyết N°.03-NQ/TW, ngày 16/7/1998, của Ban Chấp hành Trung ương tại Hội nghị Trung ương 5 (khóa VIII) về Xây dựng và phát triển nền văn hóa Việt Nam tiên tiến, đậm đà bản sắc dân tộc. (https://tulieuvankien.dangcongsan.vn/he-thong-van-ban/van-ban-cua-dang/nghi-quyet-so-03-nqtw-ngay-1671998-cua-ban-chap-hanh-trung-uong-tai-hoi-nghi-trung-uong-5-khoa-viii-ve-xay-dung-va-phat-1692 最終閲覧：二〇二二年八月三一日)

（87）Phan Trọng Thưởng, Nguyễn Cừ ed., *Văn chương Tự lực văn đoàn*, NXB Giáo dục, Hà Nội, 2006.

（88）Vương Trí Nhàn, *Buồn vui đời viết*, NXB Hội Nhà văn, Hà Nội, 2000, p.78.

（89）Lại Nguyên Ân, *Đọc lại người trước, đọc lại người xưa*, NXB Hội Nhà văn, Hà Nội, 1998, p.211, 218.

（90）Mai Hương ed., op.cit.

（91）Phương Ngân ed., *Khái Hưng - Nhà tiểu thuyết xuất sắc của Tự lực văn đoàn*, NXB Văn hóa - Thông tin, Hà Nội, 2000.

（92）*Từ điển văn học: bộ mới*, NXB Thế giới, Hà Nội, 2004.

（93）*Nghiên cứu Văn học*, 2006, pp.127-131.（探したものの今のところこの内容を確認できていない）

（94）Ngô Văn Thư, *Bàn về tiểu thuyết của Khái Hưng*, NXB Thế Giới, Hà Nội, 2006.

（95）Vương Trí Nhàn, *Cánh bướm và đóa hướng dương*, NXB Phụ nữ, Hà Nội, 2006, p.75, 79.

（96）Nguyễn Huệ Chi, Thử định vị Tự lực văn đoàn, *Văn hóa Nghệ An*, 2019. (http://www.vanhoanghean.com.vn/k2-categories/goc-nhin-van-hoa/nhung-goc-nhin-van-hoa/177-thu-dinh-vi-tu-luc-van-doan 最終閲覧：二〇二二年四月一日)

（97）Nguyễn Đăng Mạnh, Bùi Duy Tân, Nguyễn Như Ý, eds., *Từ điển tác giả, tác phẩm văn học Việt Nam*, NXB Giáo dục

Việt Nam, Hà Nội, 2012.
（98）Trần Hữu Tá eds., op.cit., pp.12-16.
（99）Thao Nguyễn ed., *Khái Hưng - Nhà tiểu thuyết có biệt tài trong công cuộc canh tân văn học*, NXB Văn hóa - Thông tin, Hà Nội, 2013.
（100）Trần Đình Sử, *Trên đường biên của lý luận văn học*, NXB Văn học, Hà Nội, 2014, pp.302-338.
（101）Trần Đình Sử, Lý luận văn học Việt Nam hiện đại trong bối cảnh toàn cầu hóa - triển vọng và thách thức, 2014.（https://trandinhsu.wordpress.com/2014/05/13/li-luan-van-hoc-viet-nam-hien-dai-trong-boi-canh-toan-cau-hoa-trien-vong-va-thach-thuc/ 最終閲覧：二〇二二年四月一日）
（102）Đỗ Lai Thúy ed., op.cit., p.86, 95.
（103）Đỗ Lai Thúy ed., op.cit., p.113.
（104）Trần Đăng Suyền, Lê Quang Hưng eds., *Văn học Việt Nam từ đầu thế kỉ XX đến 1945*, NXB Đại học Sư phạm, Hà Nội, 2016.
（105）Đoàn Ánh Dương et al., *Phong Hóa thời hiện đại - Tự Lực Văn Đoàn trong tình thế thuộc địa ở Việt Nam đầu thế kỷ 20*, NXB Hội Nhà văn, Hà Nội, 2020.
（106）Trần Đình Sử ed., *Lược sử Văn học Việt Nam*, NXB Đại học Sư phạm, Hà Nội, 2021.
（107）Nhìn lại Tự lực Văn đoàn và Thơ Mới: Di sản văn hóa không hẹp hòi（https://tuoitre.vn/nhin-lai-tu-luc-van-doan-va-tho-moi-di-san-van-hoa-khong-hep-hoi-20221018095241771.htm?fbclid=IwAR06-3qGa6cQRXZMBP9W9Ku2XCumQ3QneNdB8ntmpHQ1ftpDxu5evS8ISvc 最終閲覧：二〇二二年一一月一日）
（108）発行人は、サイゴン時代の文芸誌『時集』と同じ人物である。
（109）http://thuykhue.free.fr　トゥイ・クエは、学術機関において人文学を研究した経歴を有さない。その論考の引用には慎重を要する。
（110）（仏語版）Maurice M. Durand, Nguyen Tran-Huan, *Introduction à la Littérature Vietnamienne*, G.P. Maisonneuve et Larose,

Paris, 1969.

（111）Durand, Maurice M. and Nguyen Tran Huan, op.cit., pp.187-189.

（112）Hoang Ngoc Thanh, op.cit., pp.132-138.

（113）Phạm Phú Minh ed., *Triển lãm và hội thảo về báo Phong Hóa Ngày Nay và Tự lực văn đoàn*, Người Việt xuất bản, California, 2014.

（114）Ben Tran, *Post-Mandarin: Masculinity and aesthetic modernity in colonial Vietnam*, Fordham University press, New York, 2017.

（115）Martina Thucnhi Nguyen, *On our own strength: The Self-Reliant Literary Group and Cosmopolitan Nationalism in Late Colonial Vietnam*, University of Hawai'i Press, Honolulu, 2021.

（116）Trần Đình Sử, *Trên đường biên của lý luận văn học*, op.cit., 2014, p.305.

（117）同様に、冒頭で紹介した現代における自力文団の小説家と詩人との認知度の差は、共産党ではない政党に関わったか否かに依拠しているのであろう。

（118）cf. Chu Giang, *Luận chiến Văn chương*, NXB Văn học, Hà Nội.（一九九五、二〇一二、二〇一五、二〇一七、二〇一九年と、これまでに五巻出版されている。チャン・ディン・スーをはじめとする文学研究者や作家が俎上にあげられている。）

第二部

カイ・フン後期作品を読む（1938-1946）

第二部では、植民地におけるカイ・フンの文学の営みを考察し、トゥー・チュンが「革命闘争小説」と位置付けた対仏戦争前夜に執筆された諸作品に至るまでの過程を確認する。まず、政治活動に足を踏み入れ始めた当初の一九三八―一九三九年に書かれた『ハイン』（第四章）を取り上げ、次に、親日派の嫌疑で仏植民地当局によって投獄された期間を含む時期に書かれた『清徳』（第五章）を読み解き、日仏共同支配期の保護観察下において描かれた『道士』（第六章）を論じていく。そして、日本の敗戦を経て、ベトナム民主共和国による独立宣言ののち対仏戦争勃発に至るまでに書かれた植民地主義および植民者の表象（第七章）を考察し、さらに、同時期に書かれたベトナム人同士の「内戦」が描かれた「月光の下で」（第八章）を検証していく。世界情勢の危機に巻き込まれるように自身の文学活動における危機に直面したカイ・フンは、いかにそれらの危機を巧みに回避していくかを探り、筆を握りつつ思考を重ねた。カイ・フンの闘争の手段である文学作品には、人間味溢れる豊かさを備えた文章が並び、入り組んだ時代性がセンシティブに描かれている。

第四章

植民地主義／国民国家の幻想からの解脱
――『ハイン』と『幼き日々』――

本章では、第三章で展開した論点、とりわけ社会主義リアリズムの高揚とともに構築されてきたロマン主義とリアリズムの二分法的評価法をいかに解体するのかという作業を、仏植民地時代に活躍した二名の作家の作品を材料にして具体的に検証していく。現代批評理論の源泉であるロシア・フォルマリズムは、一九世紀のリアリズムの時代において、文学がテクスト外の現実との関係においてしか評価され得なかったことに叛旗を翻し、文学の形式そのもの、つまりテクストそのものの内在的な構造に取り組むことから出発した。(1)ベトナムで趨勢となった社会主義リアリズムもまた、作品や作者の存在をめぐる基本了解においては、一九世紀リアリズムの素朴さを踏襲しており、そこに苛烈な政治性が加わっていたにすぎないということができる。本書は、第三章で、「ベトナムにおけるロマン主義／リアリズムの境界線は、文学テクストに向き合った結果としてではなく、作家たちがどちらの陣営についたかが基準となって引かれた線」であり、「政治の指標によって文学が測定されてきた」と批判的に論じた。その立場からベトナム文学を具体的に論じるにあたり、あらためてロシア・フォルマリズムの文学理論をめぐる経験や知見の一端を、ベトナム近現代文学に用いることの有効性をここに見出す。フォルマリストは、現実そのものと文学作品内での言語による現実の表象との区別を強調し、一連の体系的な手順と構造を具える文学の内在的な世界を前景化した(2)。

ところで、今日のベトナム文学における支配的な価値判断を反映していると思われる二〇一六年にハノイで刊行された『二〇世紀初頭から一九四五年までのベトナム文学』では、作家カイ・フンと、彼が所属した文学グループである自力文団についての積極的な位置づけがまったく欠落していることが分かる(3)。そこでは、せいぜいのところ「一九三二〜一九四五年ロマン主義文学の潮流の概要」の章で、カイ・フンや彼の同僚たちが「ロマン主義文学」の一例として議論の中に登場する程度である。これに対して、本章では、自力文団を非西洋的、植民地的近代をめぐる幅広い批評的言説を視野におさめつつ考察してみたい。つまり、ベトナム近代文学史を広い視野から再構築するための手掛かりとして、カイ・フンのテクストを取り上げる。

以下では、まず具体的にひとつの比較を行っていく。即ち、カイ・フンの作品の意味を際立たせるために、あえてグエン・ホンの『幼き日々』を参照する。一九三八年から一九三九年にかけて連載された二つの短編小説、カイ・フンの『ハィン』と作家グエン・ホンの『幼き日々』を対照させることでいくつかの点がより見やすくなると考えるからである。また、物語『ハィン』が今日の正統的文学史のなかでは忘れ去られようとしている一方で、比較対象である『幼き日々』は、その「リアリズム」的散文によって、これまで常に賞賛され続けてきた。こうした対照的な評価を寄せられる二人であるが、むしろこの二人の作家の共通点を探ることで、ベトナムの近代化に伴う言語や「自己」概念の変容という観点で、カイ・フンの作品の意義も明瞭になってくるはずである。この点が、さしあたっての本章の問題意識である。

すでに述べてきたように、カイ・フンのテクストの大部分は、『風化』と『今日』という二つの文芸誌に掲載されてきた。カイ・フンは、その『風化』と『今日』の出版業務を実際に担い、またその文芸欄を担当していた。とくに『今日』は、若手作家の文筆活動を奨励することを目的に、自力文団文学賞を設けていた。同誌は、実際に後進を育てようと努めるなかで、グエン・ホンの処女作『女盗人(*Bỉ Vỏ*)』(1936)に賞を授与することになり、またグエン・ホンの二作目である『幼き日々』も同誌に連載された(4)。そこにカイ・フン自身の関与があったことは忘れてはならない。しかも『幼き日々』については、自力文団のメンバーの意見に基づいて加筆修正が行われ、『幼き日々』は五回の修正を経てようやく掲載に至っている(5)。興味深いことに、カイ・フンの『ハィン』の『今日』誌上での掲載期間は、まさにグエン・ホンの『幼き日々』と重なっている。厳密には、『ハィン』は一九三八年一一月から一九三九年一月まで掲載され(一三六号から一四四号)(6)、『幼き日々』は一三三号から一四〇号に掲載された。現在の評価を確認するなら、今日のベトナムでは『幼き日々』は自伝文学として高く評価されており、グエン・ホンは「ベトナムのマクシム・ゴーリキー」と呼ばれている(7)。また、『幼き日々』は、現体制下のベトナムにおいて、ベトナム語の国語教科書に採用され続けている。それに対して、『ハイン』は徹底的に冷遇されており、その存在にはほとんど目を向けられていない。言うまでもなく、このような対照的な評価の状況は、ベトナムの近代文学批評が、歴史的・社会的文脈を評価基準とすることから生まれている。さしあたって『ハイン』の場合、フォン・レが示唆したように（第三章参照）カイ・フンが大越民政党[8]で政治活動を開始し始めた前後に出版されたという事実が、完全に黙殺されている一因である。しかし、根はもっと深いところにある。すでに第三章で詳しく述べたように、ベトナム国内における文学の評価基準は、ベトナム独立前（一九四五年以前）、一九四五〜一九八六年の間、ドイモイ開始後（一九八六年以後）、そして昨今の再評価と、時代によって大きく変遷してきた[9]。評論家ドー・ライ・トゥイが二〇〇九年に「ベトナム文学批評」と題するある論考で述べているように[10]、第一次インドシナ戦争（対仏戦争）終結（一九五四年）後の旧北ベトナムでは、マルクス主義社会学批評が唯一の批評方法として用いられた。その意味で、国家によって正当化され権威を持った批評方法が過去の文学運動の位置づけに適用された。そのことに沿って、一九四五年以前の「新しい詩」や自力文団の小説などの潮流に対しては、階級的観点から分析を行う必要性が強調されるようになっていた。その際、第三章でも言及したように、一九四五年以前の文学は、一方の無産階級の革命文学とプチブル下層階級が担う批判的リアリズム文学、そしてその他方のプチブル上層とブルジョア階級が担うロマン主義文学とに分類される。階級的出自に基づいて分類されるために、必然的に前者の「リアリズム」が評価された。作家としては、ナム・カオ、ヴー・チョン・フン、グエン・コン・ホアン、タック・ラムが肯定的に位置づけられる。「新しい詩」の潮流とニャット・リンやカイ・フンといった自力文団の優れた作家たちは、視野の外に置かれ、その文学的な価値は「喪失」されるに至った。こうした発想のために、ベトナム文学として認識される作品や作家の範囲はますます偏狭になっていった。ファン・ク・デのような評論家が、「ロマン主義文学」というレッテルを自力文団と同義に使っていたことは第三章で述べた。ファン・ク・デは、ハノイ師範大学教授として教鞭をとり、制度として文学研究者の指導にあたることを通じて、ベトナム文学史に今日にいたるまで大きな影響を及ぼしている。そうした影響の規定力について、評論家チュォン・チンはドイモイ後にこれまでの状況をつぎのように説明している。

ベトナムの批評家は概して「革命的立場を維持し、過ちに厳格」であることを望み、「プチブルのロマン主義文学は主としてネガティブである」と見做してきた。極めて狭く理解された「個人主義」は攻撃され、「私」を中心に据えた作家たちは「現実を否定し、責任を逃れ、内的世界の探求にのみ関心を示す」と批判され続けてきた。個人の解放の主張、自由を渇望する心情への共感、思想の探求、真性たる幸福への欲望、民族に心を傾け故郷を愛する…といった積極的要素に言及するとしても控えめに触れるに留まり、多くの限界を挙げ連ねる。とりわけ共産主義革命家と自力文団とを比較して、後者の弱みを暴露する。(中略)その結果、長きに亘って、高校生や大学生でさえも、自力文団の作品は退廃的・反動であり、さらには「禁書」であると固く信じられてきた。[11]

まさにこうした文学評価の支配的な規範を背景に据えてみたとき、社会的出自の点ではたしかにブルジョア的でリベラルな知識人であった[12]省知事の息子であるカイ・フンの作品が、あらかじめグエン・ホンの作品と大きく乖離したものとして眺められることも簡単に予想できる。出自の点で言うならば、グエン・ホンもプチブルの家庭に生まれてはいる。しかし、グエン・ホンの一家は、父親のアヘン中毒によって貧困に陥り、社会的な苦難のなかに投げ込まれることになった。マルクス主義の立場を選択すると公言していた評論家チュォン・トゥーも、一九三八年のある文章のなかで、「自力文団は社会写実形式へと向かいつつある文学潮流にとっての敵だ(13)」と挑発的に書いたことがあったが、これなどは、自力文団の作家たちが生み出す文学と社会主義リアリズムとの対立を機械的に定式化した最初の事例であろう。そうした判断がその後今日にいたるまで長く支配的な力を持っているのである。このような批判のなかではカイ・フンは、自力文団の作家の中で最も「ロマン主義的」であると位置づけられている。チュォン・チンの言葉をさらに見よう。

カイ・フンは、貧窮に苦しみ汚れた人々を描くといった社会問題の側面に、ほとんど触れることはなかった。なぜなら、それは彼の思想と符合せず、情景や物事がロマンチックな霧で常に覆われていた彼の魂とも一致しなかったためであり、さらに穏やかで詩的なものしか好まない彼の筆にも合わなかったからである。(14)

そして、この同じ文章の中で、チュォン・チンはカイ・フンのロマン主義を「現実」と明確に対立させている。

〔チュォン・チンが言及する〕ロマン主義とは、現実から遠く離れていること、あるいは外の現実に目を向けないことを意味し、したがって、彼〔カイ・フン〕が作り上げた物語、とりわけ初期の作品はすべて非常に「小説」〔的〕であり、一見して作り事であった。(15)

そこで、上記の点を踏まえて、同時期に同一の文芸誌に掲載され、不幸な子供時代をそれぞれ異なる形で描写した二つの作品を比べてみる。その際、理解の補助線として想定しているのは、近代文学をめぐるベトナム文学外部のいくつかの考察である。カイ・フンの文学的貢献を曖昧にしてきた既存の枠組みを突き崩す方法として、ひとつは「近代文学は、対象の側に焦点をあてればリアリズム的であり、主観の側に焦点をあてればロマン主義的である(16)」ことを指摘した柄谷行人の批評を下敷きとしたい。またいまひとつは、近代社会を支配している目に見えない構造を分析することで世界を理解しようとしたミシェル・フーコーが展開した、近代の「告白」と「内面性」についての視点である。柄谷が指摘するように、フーコーの告白と内面性という概念は、（アジアの多様な近代を含む）近代とともに出現する形式として援用可能であり(17)、カイ・フンとグエン・ホンの著作を隔てる厳格な二項対立を無効化することに役立つはずである。(18)

一・『ハィン』

一・一・『ハィン』梗概

作品の標題でもある「ハィン」とは、物語の主人公の名前である。彼は北部ベトナム地方の小さな街の教師であった。彼は大家族に生まれていた。ベトナム語で「ハィン／hạnh」とは「幸せ」を意味する。しかし、物語のなかのハィンは自分の名前の皮肉を痛感せざるをえない。この名前を名乗って二〇年以上、ハィンは一度も幸運や幸福に恵まれたことがないと感じている。難産で死にかけたこともある。しかも、父親は医者に「妻の命を助けてくだささい。子どものことは心配しないでください」と伝えていた。母子ともに助かったとき、父は赤ん坊に「幸（ハィン）」と名づけた。しかし、家族も女中もハィンに好意を寄せてはくれなかった。兄弟の誰よりも学校の成績が良かったにもかかわらず、彼は無関心に扱われたと感じ続けた。家庭でも学校でも、ハィンは、自分が人々の心の中から抜け落ちてしまったようだと思っていた。彼は誰からも無視されていた。

ある雨の日、ハィンは自転車に乗っていて転倒するという事故を起こす。頭に大怪我を負い、意識を失った彼は、気がつくとオレンジ農園の家のベッドに横たわっていた（このオレンジ農園は植民地支配者であるフランス人の世界であるかのように描かれる）。彼は意図せずしてそこにまぎれ込んでしまった。頭には包帯が巻かれ、農園の家の女性二人が手厚く介抱してくれたようだった。ハィンにとって、この時の愛情に満ちた介護は生まれて初めての経験であった。快復して農園を後にしたハィンは、農園主の家の女性たちが自分に向けてくれた温かさを天国のようだったと思い、その後も常に懐かしんでいた。農園での体験と、二人の女性から向けられた感情を振り返り、ハィンは、それまでなかった想い、即ち自分も自分を愛せるようになったという最初の自己肯定感を見出す。そのために、頭の怪我が治り、医師が包帯を取り外したとき、むしろハィンは悲しみを覚えた。その寂しさから、使い終わった包帯を家に持ち帰る。

一週間後のクリスマス休暇の時に、ハィンはオレンジ農園を再度訪れることにした。その途中、不意にフランス語の歌がハィンの口をついて出た。「Oh! que je suis heureux! Oh! que je suis heureux!（ああ、なんて幸せなんだろう！　ああ、なんて幸せなんだろう！）」。「幸せ」という言葉はベトナム語での自身の名前を想起させるが、これまでハィンは人生で一度も幸せを体験したことがなかった。そして、ハィンは農園に到着する直前に、白昼夢を見ている。白昼夢の中では、二人の女性が彼を農園で歓待してくれていた。ところが、「現実」にはその女性のうちの一人と偶然家の門の外で出会ったものの、挨拶をした彼が誰であるのか彼女は気づかない。またしても、ハィンは無視されてしまう。しかし、そのときハィンは、この出来事が間違いなく必然だったのだと振り返って悟る。そして再び「Oh! que je suis heureux!」と歌い始め、今度は自分の人生における真実を発見することができたために、ハィンが「幸せ」を感じていることが示唆されている。また、ハィンのことを忘れてしまっていた女性の態度は、さらに彼の幼少期の忘れていた記憶を引き出してしまう。それは、好意を感じていた男友達が自分の気持ちを受け容れてくれなかったという傷みの経験である。その後、夢の中で、ハィンは女性たちから丁寧な謝罪の手紙を受け取る。これは、夢とはいえ、彼にいくらかの慰めをもたらす。

終盤では、年寄りの儒学者のように腿を揺すりながら、ハィンが『翹伝』の一節を囁く姿が描かれる。ここ数日、ハィンは夢見心地に、彼が目にする形や色、そこで思いつく想念を比較しがちであった。彼はまた、詩を書くことを試みるが、それは彼の精神が余りに乾いているために詩句を思いつくことができずに失敗する。そして、ディケンズの『デイヴィッド・コパフィールド（*David Copperfield*）』（1850）のような小説を書こうと考えついたという[19]。自分の頭の傷を診てくれた長キセルを咥えた医者を、物語の作中人物として登場させようと思いつく。ここで休暇は終わり、ふたたびハィンは日常生活に戻っていく。

一・二・『ハィン』：これまでの評価

一九四五年のハノイにおいて、ヴー・ゴック・ファンは、『ハィン』が心理小説であり、教育的要素も含んでいると評したことがある[20]。グエン・チャック（Nguyễn Trác）とダイ・スアン・ニン（Đái Xuân Ninh）は、『ハィン』に関して、「カイ・フンの芸術観は、彼を形式主義《フォルマリズム》に導いた側面もあり、カイ・フンの物語の多くは、内容がない[21]」との見解を示している。あるいはフランス在住のトゥイ・クエは、『ハィン』を「幸福の不幸についての短編小説」と評し、次のように続けている。

ハィンという名の青年は、両親によって幸福を意味する名前をつけられたが、幸福の裏面を映し出している。（中略）ハィンは現実を生きているのではなく、歪んで病んだ想像を通して生きている。この想像の中では、他者とのすべての接触は、現実の生活と何の関係もなく、彼の個人的主観によって推測され分析される。それは、ハインに希望なき期待と静かな心の痛みをもたらす。（中略）ハインは、心が通じ合うことのない厄介なケースであり、それはカイ・フンの共感や幸福に対する懐疑心の高さを示している。(22)

この批評では、ハインは歪んだ、病んだ、厄介を抱えた、といった否定的な言葉で説明されており、議論は作者の懐疑心の分析につながっている。トゥイ・クエの見解自体には賛同できないが、小説の終盤でハインが、自伝的要素が強い(23)ディケンズの『デイヴィッド・コパフィールド』のような小説を書こうと思い立つ場面に注目し(24)、小説『ハイン』もまたそうした自伝的仕掛けがなされていると仄めかす点を考慮すれば、『ハイン』はメタフィクション、即ち、フィクションと現実の関係について疑問を投げかけるための人工物(25)である。『ハイン』は、不幸な人間幸《ハイン》という不適切な名前が示すように、自己への懐疑そのものである。名前はすべての出発点である。

二．自己の発見：近代化の解決策としての国語《クオックグー》

加えて、『ハイン』の意義を、他の多くのアジア社会にも見られる言語改革との関係で少し考えておきたい。一九世紀にフランスの植民地となったベトナムでは、ベトナム語音に近い音をもつ漢字と、ベトナム語の意味に近い意味をもつ漢字の複合であるチューノム文字が使用されていた。一七世紀に、カトリック宣教師がベトナム語の話し言葉を学ぶためにローマ字表記の音節表を作成した。一九世紀半

ば、フランスの植民地軍が印刷機を設置し、ローマ字表記のベトナム語とフランス語の資料を発行するようになった。彼らのベトナム人協力者たちは、ローマ字表記のベトナム語を「国語《クオックグー》」（国民語）と呼ぶようになった。同時に、それまでチューノムで書かれたものを指していた「国文《クオックヴァン》」と「国音《クオックアム》」という術語が、フランスに協力したベトナム人によって、「国民文学」と「国民言語」という新しい概念を表すために使われるようになった[26]。自力文団が活躍した一九三〇年代には、国語《クオックグー》の発展と普及は独立と自由のための闘争の不可欠な要素を構成するという考えが、あらゆる急進的な政治綱領の一部となった[27]。植民地支配への抵抗としての言語ナショナリズムの動きがみられたのである。その後、一九四五年には、日本の傀儡政権であるチャン・チョン・キム内閣がはじめて全公文書のベトナム語（国語《クオックグー》）化に取り組んだ[28]。

モーリス・M・デュラン（Maurice M. Durand, 1914-1966）とグエン・チャン・フアン（Nguyen Tran Huan, 1921-）は、ベトナム文学史におけるカイ・フンの主な功績について、「真の国民文学を形成するのを助け、ベトナム語を国際的文学言語の地位に引き上げることに貢献した」と述べている[29]。実際、第二章で検討したように、カイ・フンは自力文団の中心メンバーとして、ベトナム語のローマ字表記である国語《クオックグー》の充実を図った。こうした国語《クオックグー》運動に連動するかのように、自力文団の「十箇条の宗旨」の一つには、「平易で理解しやすく、漢字の少ない文体、ベトナム的特色をもつ文体を用いる」があった。

この国語《クオックグー》運動の視点を組み入れてみると、比較対象として先に挙げたグエン・ホンの今日高く評価されている文学的発展は、実際にはカイ・フンの文学を形成したのと同様の環境から影響を受けていることが確認できる。この事実は、本章の議論にとっても重要である。例えば、一九三八年に、自力文団のメンバーであるタック・ラムは、グエン・ホンに国語《クォックグー》を用いた作家になることを奨励していた。フランス語で書くベトナム人作家を批判したうえで、タック・ラムは「当分の間、ベトナム人作家の第一の義務はベトナム語を豊かにすることだ」と主張している。母国語だけで書く作家は、「私たちの内なる性格、他人の命令に従って働くことを好まぬ高貴で誇り高い魂の波動を表現できる」という。こうした議論を通じてタック・ラムは、ベトナム語の明るく確固とした未来を創造するために、暗闇や窮乏の中で苦しみながら精一杯書こうとする人たちに対する自身の共感を伝えたのであった。タック・ラムによるこれらのコメントのすぐ下には、『翹伝』の著者で「ベトナム文学の父」である、グエン・ズーの記念日を描写したグエン・ホンのエッセーも掲載されている[30]。

韓国の研究者カン・ネフィ（Kang Nae-hui）や柄谷行人が述べたように、韓国や日本など他のアジアの近代においても、言語改革と国民文学の出現との間には同様の関連性が見られる[31]。柄谷が言うように、日本における言文一致や漢字廃止の動きと同じように[32]、ベトナム知識人の発言には、近代の到来への願望が表現されている。いずれも、これらの文化運動は、保守主義や封建主義を捨て、ヨーロッパのヘゲモニーに抵抗し、「自己」を発見する手段であった。台湾のペイ・ジーン・チェン（Pei Jean Chen）も、柄谷の「言文一致」についての考察を韓国と台湾の近代化に適用している。ペイ・ジーン・チェンは、韓国では「新字体の開発を通じて言語的な近代化を経験」し、それがひいては近代的な感性に結びついたのに対して、台湾では「新字体の実験の結果、土着的な感覚が維持された」と述べている[33]。ベトナムにおいては、ファム・ヴァン・コアイ（Phạm Văn Khoái）が「フランス植民主義にとっての言文一致はフランス語に帰属し（đồng quy）、ベトナム民族および国家にとっての言文一致は国語《クォックグー》に帰属した」ことを指摘している。[34] そこから敷衍するなら、ベトナムでの国語《クォックグー》の体験は、韓国における近代性、台湾における土着性という二つの特徴を同時に体験することを可能にしたと言えるかもしれない。

柄谷は、近代文学の「文体」がより透明性の高いものであったために、それが「自己の発見」を追求する作業と不可分であったという。[35] 自力文団の協力者であり、「新しい詩」を書いた詩人フイ・カンも、「自力文団たちの貢献によって、ベトナム語は明らかに近代化し、二〇世紀のベトナム人の思考と感情を十分に表現できるようになった」と述べている。[36] この点は、カイ・フンとグエン・ホンの双方の営みに当てはまる。現状では極端に違う評価を加えられているこのふたりの作家の「自己発見」が、同時に国語《クォックグー》を豊かにする運動への関与であったことをまず確認しよう。

三、『幼き日々』梗概

『ハイン』と対照させて議論する『幼き日々』は、どのような作品なのだろうか。まずはその物語内容を以下に要約する。

ホン（グエン・ホンのこと）の父は刑務所の看守で、母は近隣地域で商いをしていてほとんど家にいない。父は母より三十才年上で、二人の結婚は双方の両親が決めた結婚だった。父方は裕福な家庭で、安定した暮らしを得るために母親が嫁いできた。

ホンの妹は看守Hの子ではないかとの疑惑がある。Hは毎日ラッパを吹いて兵士を引率する役目を担い、ラッパの音が聞こえるたびに、ホンの母は家を飛び出して見に行く。このような疑念がありながらも、両親はたった二度からだを重ね、自分と妹が生まれたとホンは考える。

同居するホンの祖母は一八人の子どもを産んだが、生存するのはたった三人のみである。ホンの父は公務員（看守）の仕事を辞めて、アヘンに溺れていく。アヘンを買うために、家を担保に借金をし、その結果家を売却する羽目になり、祖母は泣き崩れる。

カトリック信者の祖母は、「主よ、私たちの罪をお赦しください。主よ、酷い事柄すべてを破壊し、私たちに良き事柄をお授けください」と日々唱え、これまでに何万回も繰り返し唱えてきた。

ホンの家族は、貧しさのため、家にある物を売却し始める。そして、父がますますはげしくアヘンを求めるようになるとともに、母の商売はますます駄目になっていく。

一方、ホンは、銅貨遊び（賭け事）で、金を稼ぎ始める。金を持っていることに勘付いた父は、ホンから金を奪おうとし、金を渡さないと殺す、とホンを脅す[37]。

父親が亡くなる。その父親の一周忌であるのに、母親は商いをしているタィンホア省（Tỉnh Thanh Hóa）から戻ってこない。母親が帰ってくると、ホンは母と一緒に三輪車《シクロ》に乗り、自分の身体を母の柔らかな身体に押し付け、燃え上がるような感覚を覚える[38]。

九月のあたまに、母はまたタィンホア省へ戻っていった。一二月二五日の夜一〇時過ぎ、ホンは教会へ赴き、教会の周囲を一〇周ほどぶらつく。教会の扉が開き、フランス人たちがまず先に入場していく。ホンは、歓喜に包まれた人々のなかで徐々に自分の苦しい境遇を顧み、ミサを見ようとする気持ちを失い、霧雨のなかをうろつく。ホンは、中秋の頃に亡くなった父親の葬儀を回想する。ホンはカレンダーの裏に日記を書き始め、カレンダーは文字で埋め尽くされる。そのいくつかが紹介され、これらを読めば自分の幼少時の苦難を、いち早く明確に読者は知ることができる、と書き手は述べる。さらにホンは自分が見た夢（妹が出てくる）を語る。「彼らはもうすぐ漂流の人生に足を踏み入れる兄妹だ」と、書き手は、読者にダイレクトに語りかける。またホンは、辛い時には、想いを寄せる少女トゥーを即座に思い浮かべると吐露する。

ある日、母親から赤ん坊がいることを打ち明けられる。喪が明けないなかでの出産に対するベトナムの忌まわしい風習によって、母は辛い思いをしていた。母が赤ん坊を連れてホンの家に戻ってくるのを待っていたが、結局、母は戻ってこなかった。一方、ホンは銅貨の新たな打ち方を身につけ、負け知らずになっていく。

ホンは、祖母と叔母からの辛い仕打ちに、蔑みの態度で反撃する術を知り、鼻高々に喜ぶ。ホンは、銅貨遊びで得た金で、自分が欲しいものは自分で買えるようになっていた。また、様々な階層の不良の子たちと接触するようになり、その影響からか、ホンは怖いもの知らずの性格になっていった。学校の教室ではお喋りをして、友達をからかい続け、雨の日も、日照りの日も、銅貨遊びの相手を探し続けた。

ある日、学校で、ホンは教師に平手打ちを何度も食らうが、ホン自身、なぜ叩かれるのかが分からない。先生から「お前はこれ以上勉強することはできない、家に帰りなさい」と言われ、ホンは「ぼくは何も罪なことなどしていません」と返す。教室では四日間連続して、常に正座を強いられ、屈辱を覚える。五日目に教師に謝罪に行くも、許してもらえない。

最後に「私は無意識に立ち上がり、消え去るように通りに走り出た」と記される。その下には［第一部終了 1938.7.21］と書かれている。


さきに述べたように、作者グエン・ホンの一家が父親のアヘン中毒によって貧困に陥っているなど、この作品は作者の実体験を踏まえている。そうした自伝文学として、そして「リアリズム」散文として、『幼き日々』は高く評価されている。

四．形式としての告白：『ハィン』と『幼き日々』

あらためて一九三〇年代後半の文学的実験であった二人の文学作品を照らし合わせると、グエン・ホンとカイ・フンの評価における単純化された二分法の不当性が見えてくる。この二分法は、形式そのものの分析よりも、内容やリアリズムについての仮定に縛られたきわめて人工的なものである。この点において、グエン・ホンの『幼き日々』が『今日』に掲載されたときのタック・ラムの紹介文を見過ごすわけにはいかない。「ひとはしばしば真実を隠す、とりわけ家族の辛く悲しい事柄を隠す。何か利益になることなどあるだろうか？　グエン・ホンが以下に語った「幼き日々」は、果たして語るべき物語なのかどうか、私にはよく分からない(39)」。

『幼き日々』の自伝的側面を強調する批評家は、主人公の名前がホンであり、かつ作者の名前グエン・ホンがペンネームではなく実名であることに注目している。また、「私（Tôi）」という人称代名詞を用いた一人称小説である点が自伝的要素として挙げられている。[40] 批評家のファン・ク・デは、グエン・ホンがベトナム近代文学において初めて「自己／自我（cái tôi）」を本のページに登場させ、それを解剖・分析した人物の一人であるという。[41] こうした見解から、例えばグレッグ・ロックハート（Greg Lockhart）は、『幼き日々』を「自伝」「回想録」「自己ルポルタージュ」の作品と見做している。[42] 文学研究者ドアン・カム・ティ（Đoàn Cầm Thi）は、グエン・ホンは、事実が自分の家族や読者を傷つけることがあってもあくまで事実にこだわり、「現実の人物と現実の出来事」を語ったと主張している。[43] このような主張は、グエン・ホンが近代ベトナムにおける社会派かつリアリズムの著名な実践者としての地位を確立していることと連関しており、彼の作家としての真正性を裏付ける効果を果たしている。

このように、グエン・ホンが「私」をテキストの形式的特徴として用いたことで、作品はただちに自伝として捉えられた。植民地政策への怒りが沸騰する時代に筆をとったグエン・ホンは、自分が見たもの、考えたこと、夢見たこと、経験した性愛について、率直に「現実的に」語っているものと了解された。[44] 父親がアヘンに溺れたためにホンの家族は貧困に陥り、妹の父親はホンの父親とは別人だと疑われ、[45] 両親は子孫を残すことを目的に床を共にしたこともあったが愛情があるようには見えなかった……[46]といった「事実」は、当時の読者に扇情的な効果を与えたかに見える。

しかし、グエン・ホンの作品の同時代的な背景には、もうすこし注意深く見ておかなくてはならない二つのさらなる側面が存在する。一つは、グエン・ホンが処女作『女盗人』を書く前に、したがって『幼き日々』を書く前に、少年院に服役していたことである。彼は叔母を虐待していた叔父を刺すという事件を起こしていた。[47]二つ目は、グエン・ホンがキリスト教信仰の家庭に生まれていたことである。文芸誌連載時の『幼き日々』では、同居している祖母が神に救いを求める姿の挿絵が描かれ[48]（図1）、キリストやマリアの像が主人公ホンを天から見守るように配置されている。『今日』に掲載された物語の各回には「母に捧ぐ」という言葉が置かれていたことから、グエン・ホンは執筆にあたり、自分が罪を犯した理由と経緯を母に告白しようとしたのではないかと推測することができる。

『幼き日々』と告白との形式的な関連性については、実際、ファン・ク・デが二〇〇四年の論考で、この小説に言及し、グエン・ホンはルソーの影響を受けていたことを指摘している。そして、ルソーの『告白（*Les Confessions*）』（1764-1770）ばかりでなく、フーコーの『性の歴史（*L'Histoire de la sexualité*）』にも触れている。[49]フーコーは、告白を近代西洋が「真理」という装置を生み出すために案出した形式であり、言説の制度であると捉え、次のように叙述している。

図1　『幼き日々』挿絵
Ngày Nay, Nº.134, 1938/10/29.

> 人は懸命に、できる限り厳密に、最も語るのが難しいことを語ろうと努める。公の場で、私の場で、両親に、教師に、医師に、愛する者たちに告白する。人は、他の人間では不可能な告白を、快楽と苦しみのなかで、自分自身に向かってし、それを

書物にする。人は告白する——というか、告白するように強いられているのだ。[50]

少年院経験を経たグエン・ホンは、人生の次のステップを踏み出すために、告白を行う必要があったのではないか。「［告白は］その人間を無実にし、その罪を贖い、彼を純化し、その過ちの重荷をおろし、解放し、救済を約束する」[51]。このことが、二〇歳のグエン・ホンがこの物語を書いた主な理由であった。また、ドアン・カム・ティは、主人公ホンが母の乳房に顔をうずめるとき、限りなく優しい感覚を覚えるという描写[52]を「エディプス・コンプレックス」に起因するものとしているが[53]、むしろこのような批評に、告白の技法において「真実と性が結びついた」テクストを求める一例を見出すこともできるかもしれない。

キリスト教の悔悛・告解から今日に至るまで、性は告白の特権的な題材であった。（中略）我々にとっては、真理と性とが結ばれているのは、告白においてであり、個人の秘密の義務的かつ徹底的な表現によってである。しかし、今度は、真理の方が、性と性の発現とを支える役を果たしている。[54]

この物語の「センセーショナル」な部分に対する初期の読者の反応は、グエン・ホンの描写の真正性にこそ向けられていたようである。主人公のホンが読者に直接語りかけ（二人称で読者に語りかける）[55]、カレンダーの裏に記した日記や夢を物語に挿入していることも、同様の効果を生んでいた。

カレンダーの裏側はすでに文字で埋め尽くされてしまった！（中略）しかし、上記の数日間にわたる叙述〔ホンの日記の内容〕によって、父が死に、母が生計を立てるために家を出て行った後、私の幼年時代に満ち溢れていた暗い試練を、読者にすぐ明確に理解してもらえると信じています。また、この奇妙な日記の叙述を削減するために、私がはかない夢を見ていた夜に、あなたたちをお連れしようと考えています。(56)

このように、グエン・ホンは、物語の「真実」感を高めるために、読者に「現実」を納得させようとするような演出を凝らしていた。(57)

ところで、これまでの研究史では等閑視されてきたことだが、『今日』の連載最終回で、グエン・ホンは「第一部終了 1938.7.21」と記している。(58) これは、『幼き日々』を書き終えた日に、グエン・ホンの頭の中には、さらに自分の犯罪について告白する「第二部」があったことを示唆している。しかし、グエン・ホンは「第二部」を書くことはなかった。彼は自分の犯罪を明らかにせず、むしろ曖昧にしたまま、『幼き日々』は今日に至るまで、グエン・ホン自身の言葉を借りれば「仮面のない〈私〉を世に出した」(59)、つまり「本当の自分」をさらけ出したという評価を保っている。

柄谷は、「日本の「近代文学」は告白の形式とともにはじまったといってもよい。それはたんなる告白とは根本的に異質な形式であって、逆にこの形式こそ告白さるべき「内面」をつくりだした」と解説した。(60) 文学的制度そのものの効果として生じた「内面」を考察するにあたり、告白的な心理表現に適した書簡形式を用いた『トー・タム』（1925）などを引き合いに出すならば、ベトナムの「近代文学」の起源もほぼ日本と同様であったと捉えられる。『ハィン』や『幼き日々』が執筆されていた時期に、タック・ラムはフロイトをベトナムに紹介し、「すべての人間の中にある言い知れぬ謎」である無意識を描くよう作家に促したことがある[61]。そのとき彼の関心は、シュルレアリスムにも及んでいた[62]。タック・ラムが持ち込んだこれらの視点は、『ハィン』を書いた時のカイ・フンの頭の中にもあったに違いない。『ハィン』という物語には、主人公ハィンの内面（内的対話）が言語化され、無意識が意識化されている。その叙述の内向性は、先述のように「病的」と指摘されるほどである。『ハィン』は告白されるべき「内面」および無意識に非常に意識的である。しかもカイ・フンは、「真の自己」なるものを産出する告白という形式、あるいは告白という制度に対して敏感であった[63]。

以上を踏まえて次節では『ハィン』のより多角的な、かつ深い分析に踏み込みたい。『ハィン』という物語は、多様な相貌を呈する作品であり、だからこそ『ハィン』の解釈は幾重にも試みられなければならない。以下では、前出の「カイ・フンの芸術観は、彼を形式主義《フォルマリズム》に導いた側面もあり、カイ・フンの物語の多くは、内容がない」という指摘に留意しつつ、考察を進めていく。

五．『ハィン』の多様な相貌

五．一．『失われた時を求めて』との相関点

『幼き日々』はゴーリキーの『幼年時代』を想起させる作品とも言える。それに対して『ハィン』はどうであろうか。『ハィン』では、農園の女性の冷淡な態度によって、かつて好意を抱いた男子をめぐ

る無意識的記憶が蘇り、話者の幼年時代が喚起される。また終盤では小説を書く意志を固めるハインが、ディケンズを想起することが描かれる。多くの点がこの小説では入れ子状になりながら、構造的に始めに戻っていく。さらに、冷淡な農園の女性から謝罪の手紙を受け取る夢を見たことで自身がいくぶん慰められる点、[64] そして「自分がいかにして作品を書くことになるのかを語る物語」[65] であるという点でも、『ハイン』は『失われた時を求めて（*À la recherche du temps perdu*）』すら彷彿させる物語にもなっている。[66] 著者カイ・フンが『失われた時を求めて』を読んでいたかどうかは今のところ証明できないが、同時代作家のグエン・トゥアン（Nguyễn Tuân, 1910-1987）は、一九三九年九月の新聞小説のなかで、中央図書館でプルーストとドストエフスキーの本を借りたことを叙述している。[67] 同時期の自覚的作家たちのあいだで、プルーストは流行しており、ひとつの重要な参照点となっていた。したがって、カイ・フンが読んでいた可能性はある。「書物についての書物、小説についての小説にほかならないから、研究者だけでなくむしろ作家に訴えるところが大きかった」[68] と述べられたような同時代的事情からしてそれは不思議ではない。『今日』では、タック・ラムが、アンドレ・モロワの『私の生活技術（*Un art de vivre*）』（1939）の抜粋を紹介してもいる。そして、そこにもプルーストの名が登場していた。

『失われた時を求めて』においては、話者が、作品に表現されたものと、素材となった現実そのものとの食い違いを実地に感じとるのは、ヴィルパリジス夫人の『回想録（*Mémoires*）』が成立していく過程に立ち会うことを契機としていた。[69] 若手作家の奨励と育成を目的として設立された自力文団文学賞を、グエン・ホンが受賞したことはすでに説明した。受賞後の第一作を『今日』に掲載するにあたって、同誌の校正と編集の作業を担ったカイ・フンが、『幼き日々』に目を通したことは確実であろう。したがって、この『幼き日々』に対する批評も兼ねた物語として『ハイン』は成立している。

五．二．名前と名付けられたものとのねじれ：意図的に不安定化させた視点

ハインという名は漢字で「幸」と書くことはすでに確認した。そう名付けられたハインではあったが、彼の幼少時代は幸せを感じるような日々ではなかった。「幸」と名付けられた人物が「不幸」であったことは、前掲のトゥイ・クエの批評にも示されたとおりである。今日、ハインという名は女性に名付けられる場合が多いが、本作品のハインは男性であり、しかも、幼少期には彼は同性の男の子に好意を抱いた経験を持つことも[70]、いくつかの性的な含意を示唆しているかもしれない。『失われた時を求めて』の語り手にとって、事物、人々、名前は容器であって、そこからまったく別のかたちの、まったく別の性質の度はずれな中身が引っぱりだされる[71]。こうした要素は、オレンジ農園の年若い女中ニャンをめぐっても見ることができるのではないか。かつてのベトナムでは女中はセン（Con Sen）と呼ばれ、ハインはその習慣から農園の家族に仕える女中を呼ぶ際に「センさん」と声を掛ける。しかし、その女中は「私の名前はニャン（Nhàn）です」と答える[72]。農園において彼女がセン《女中》と呼ばれず、彼女の実際の名前で呼ばれていることがここから分かるが、忙しく働かされる属性にある彼女の名前が「閑《ニャン》」であり、女中《セン》のイメージとはかけ離れていることには意味がある。また、ニャンはハインに「toa lét はこちらです」と伝えるが、ハインは咄嗟にそれが何を指しているのか分からなかった。扉を開けてはじめてそれが「toilette（手洗い、便所、トイレ（ット））」[73]であることが分かり赤面する。ハインは自分がtoilette の意味を理解していない無教養な者と誤解され、ニャンに見下されないか不安になる[74]。一般的に

無学であるとイメージされる女中のニャンに、ハインが「貴女もフランス語をご存知なのですね？」と問うと、ニャンはただ主《あるじ》の呼び方に則ってそう呼んでいるだけであり、それがフランス語であるかどうかも知らなかったという。このように、「人間行動において習慣の働きがどれほど無視できないか、また人がいかに錯誤を犯しやすいか[75]」という話題を埋め込みつつ、読み手の笑いを誘う喜劇的なやりとりは、名前と名付けられたものの間のねじれを露呈させている。[76]と同時に、日常で使い慣れた、あるいは耳慣れたものを非日常的なものとして新たに捉え直す「異化」の手法を認めることができる。

一方で、ニャンを通して、農園という空間が極めてフランス的空間であることが暗示されている。そこに入り込んだ部外者としてのハインは、数々の新鮮な驚きを体験する。

五．三．幻想に包まれた自己／主体形成の物語

『幼き日々』と『ハイン』の双方にはそれぞれ主人公の少年時代が描かれ、自我／自己／主体形成[77]の芽生えとなる契機が登場する。二〇歳で『幼き日々』を発表したグエン・ホンにとって、この作品の執筆がたとえ自らの罪のすべての告白には至らなかったにしても、自身の自己形成にいくぶん影響を与えたものと考えられる。一方、グエン・ホンより二〇歳以上年上のカイ・フンが書いた『ハイン』は、三人称（三人称客観）[78]で語られる。作中人物のハインは「自分がもはやそこにいない」という理不尽な日々の「現実」を不意に抜け出して、オレンジ農園の洗面所の湯気で曇った鏡に、映画スターやアラブの王様といった他者の姿[79]、即ち理想的自己を見出した。農園を辞去した後、ハインは生まれて初めて自己愛の感覚を認め[80]、想像的自己確信を得る。再度農園を訪れる直前には、心を踊らせ、祖国アメリカ

とパリの街への愛を歌ったジョセフィン・ベイカーの「二つの愛（J'ai Deux Amours）」（1930）の冒頭《On dit qu'au delà des mers là-bas sous le ciel clair（海の向こうの澄んだ空の下）》を口ずさみながら、一度目の「ああ、なんて幸せなんだろう！」を口にし(81)、予見行為でもある白昼夢を見た(82)。ところが、いざ農園に到着すると、ハィンは自分の面倒を見てくれた女性に認識してもらえなかった(83)。しかし、そのことにより、自身がとらわれていた幻想性を認める。それによって、これまで積み重ねられた愛執から解放されて自由となり、二度目の「ああ、なんて幸せなんだろう！」を口にする(84)。

ここでは、とくに『ハィン』に描かれた「鏡」の場面に着目しておきたい。そして、とりわけジャック・ラカンの三世界論（「想像界」「象徴界」「現実界」）を参考にしながら、『ハィン』への理解を深めてみたい。

ハィンは、イメージと幻想の支配する世界である「想像界」から脱け出し、小説執筆を心に決めることで、言語の次元である「象徴界」へ移行する。即ち、ここには、ラカンの三世界論を思い起こさせるような構造が認められる(85)。先に引用した柄谷行人の『日本近代文学の起源』英訳版に序文を寄せたフレドリック・ジェイムソンは、ラカンの仕事を次のように説明する。

> ラカンの仕事は、「主体の構成」をなにより重視するため、オーソドックスなフロイト主義の問題機制を、無意識の過程とか障害とかいったモデルから、主体の形成ならびにその形成を可能にする幻想の説明へという方向に、ずらすはたらきがあった。もちろん、主体の形成を説明することは、ラカン自身のなかでただ芽吹いたにすぎず、しかも、その説明たるや、まだ個人という生物主体の観

点にどっぷりつかっているのだが、しかし、もっと大きな歴史的枠組みとまったくなじまないというわけではない[86]。

この引用や、柄谷の「文学における主観（主体）の成立は、ある意味で、「近代国家」の成立に対応している[87]」との指摘を踏まえれば、植民地的近代という空間で生を営む抑圧された被植民者であると同時に、フランスへの愛と敬意と羨望とを抱く民衆のひとりであるハインの主体形成は、大きな歴史的枠組みとしてのベトナムというナショナル・アイデンティティ（＝国民《ネイション》意識）の形成と重ね合わせて読むことができる。農園はフランス的空間、フランスの支配圏の領域である。農園では日常において、黒いパン（pain noir）[88]、黒い茶（thé noir＝紅茶）[89]、ハム（jambon）などが食され[90]、主《あるじ》はライフルを手に狩猟を楽しむ[91]。また、ハインを手厚くケアする農園の女性は医療知識をもった助産婦（bà đỡ）でもある[92]。ベトナムの植民地空間の医療を読解する小田ならによれば、当時助産婦といわれる人々は、現地の妊婦たちによって植民地性を帯びた医療体系を体現した外来者として認識されていた[93]。また、医療従事者と植民地性の関係について、グエン・ヴァン・チュン（Nguyễn Văn

図2　お湯で顔を洗うハィン
Ngày Nay, Nº.139, 1938/12/3.

Trung, 1930-2022）は、植民地主義の神話性を論じるなかで、医者や看護師が現地民を介抱・投薬している姿を写した写真を手掛かりにしつつ、診察や投薬の実質的目的を人材の維持と生産性の保証として、そして神話的目的を人道的使命として解説している。[94] これらに基づけば、負傷したハインに対する農園の女性の介抱は、仏植民地主義の神話の創造をより促す機能を帯びた、外来者による人道的使命と捉えることができる。つまり、それはハインの主体形成を可能にする幻想として作用したと理解することができるはずである。

ハインはベトナムの大家族制のなかで、たえず等閑視され、ほぼ透明人間のように扱われてきたと感じている。ところが、自転車で転んで頭を打ち、農園の人びとの人道愛とともに、生まれて初めて体験する温かな介抱によって頭に包帯が巻かれた後、自分が覗き込んだ鏡には、映画スターやアラブの王様といった外部の他者の像としての、理想的自己像が映り込んでいた。こうして、ナルシシズム（自己イメージに対する執着）とともにハインに自己愛が芽生えた。[95] ところが、鏡は湯気で曇っていた。ハインが目にしたのは、湯気によって輪郭のボケた主体であった。カイ・フンは、それが湯気が創り出した幻想であることを、ハインにフランス語で「Flou artistique!（芸術的ぼかし効果）」と感嘆させて、[96] 読者に暗示している。この点は『ハイン』を読む上で重要なポイントである。

鏡に映った像は統一体という幻想で主体を一つの束にまとめて、自我と呼ばれる自己愛的なナルシスの鎧を生み出し、「私」の構造化を促進してくれる。[97]

また、ジェイムソンや柄谷の指摘に従って、この文学的な叙述をナショナルなアレゴリーとして読むならば、不完全でバラバラな部分の寄せ集めであった「ベトナム」は、ぼかし技術が用いられたフランスの鏡、つまり幻想の磁場であるフランスの鏡に映し出されている。「ベトナム」は、目の前のその鏡像に強く魅了され（近代西洋が生みだした構築物の一つである国民国家の誘惑）、鏡に映った対象を「自分のもの」と意識する。古田元夫が、「帝国主義の支配からのアジアの人びとの自立を求める闘い」は、「国民国家の樹立という、謂わば「敵の姿に似せて自らをつくりあげる」結果に終わった」[98]と指摘したように、ベトナムは幻想とともにフランスの姿を真似て自ら（国民国家）をつくりあげ、幻想性のうちにナショナリズム（ナルシシズム）の鎧を脱ぎ去る機会を得ることなく、長きに亘る救国戦争に突入していった[99]。古田が指摘するように、戦争は国民国家というありかたを普及させ、国民国家体系の普及が国家総力戦という戦争のありかたを普遍化させた[100]。そしてベトナム戦争は、自己の国民国家を形成することが進歩とされた時代に終止符を打つことになる[101]。

一方、皮肉なことに、ハイン自身は、農園の女性に認識してもらえなかったことで、包帯なしの、換言すれば鎧／仮面なしの自分を見ることになる。そして、それはとどのつまり空無であったことに否応なく気づかされる[102]（包帯なき透明人間を想起していただきたい[103]）。したがって、ハインの場合、ラカン的に言うなら、言語活動もイマジネーション活動も届かない物自体の次元である「現実界」の露呈と向きあうことになる。しかしそれによって、アイデンティティの自明化あるいは固定化に至らなかったことにより、真理を読み違えたまま盲目（盲目的愛国主義）であることから解放された[104]。二度目の「ああ、なんて幸せなんだろう！」は、このような自覚から生まれ、フランス色に染まりきっていたハインの精神は国民的文学『翹伝』（文化的民族主義の主要な土台）に立ち戻り、文筆業を目指す。非現実的な「生」における複雑な観念や感覚は、文字にしてこそはじめてひとに伝えることができる。即ち表現しようと努力しないかぎり外的現実性を帯びることはない。このような「現実」が自覚的に書かれることで、「透明人間」であったハィンの「生」は立ち上がり、その存在に重力を伴わせるかのように（その重みはフランスに占領されたベトナムという土地を踏みしめる）「筆による抵抗（闘争）」に向けた第一歩が踏み出されていく。

五.四.批評としての『ハィン』

冒頭で示したように、文芸誌連載時期が重なっていることを鑑みると、『ハィン』は、自伝的小説とされる『幼き日々』に刺激を受けて、自分であればいかに書くかを念頭に置いて書かれた小説と考えられる。先に説明したとおり『幼き日々』は告白という制度に則った作品であり、あるいは告白という制度によって「内面」が作り出される転倒[105]の機制であった。一方『ハィン』は、「真の自己」なるものを産出する、告白という制度に対して懐疑的である。そのことは「名」と「実」のずれ、そして幻想としての自己の描写などによって明らかであろう。

『ハィン』においては、『デイヴィッド・コパフィールド』のような小説を書きたい想いが芽生えた際、「その美しき夢は、ハィンの心に、四〜五才の頃から今日までの人生を思い出させた。それは芸術家の頭でもって、執筆に向けた模索として冷静沈着に思い出すのであって、〔その人生を〕生きてきた人間の感覚でもってではなかった[106]」という。さらにハィンは、「自身の〔農園の女性に対する〕短命なる恋を、より美しく、より鮮やかに粉飾しようとする、よこしまな想いが芽生えた[107]」ことも吐露している。これらの点に注目すれば、『ハィン』はまた「小説とは何か」を自他に問いかける作品である。この認識からは、第三章で呈示したテー・フォンの「ベトナム文学史前半期の文学の盛り上がりの中で、カイ・フンは、いかに小説を書くかを知り得た最初の人間である」[108]という考察の妥当性をあらためて確かめることができる。

＊＊＊

国語《クォックグー》を用いた二人の植民地作家グエン・ホンとカイ・フンの自伝的物語を比較して論じることで、イデオロギー的二分法（リアリズムvsロマン主義）から抜け出すことが可能になった。それと同時に、「文学は単純にドキュメンタリー的手法で現実を鏡映しにしたものである、という観念から離れることができ」[109]た。小説という形式の多様な可能性を追求したカイ・フンは、グエン・チャックとダイ・スアン・ニンが指摘したとおり、「現実そのものと文学作品内での言語による現実の表象との区別を強調する形式主義《フォルマリズム》的芸術観を身につけていた。それは『ハィン』の最後の一文に、「明日はまたいつものように教壇に立たなければならない」と、まるで先週一週間が、いつものような日々ではなかったように自分に言い聞かせることで明らかである[110]。これは「異化」された小説の世界からの退場を示している。また、『ハィン』は、『デイヴィッド・コパフィールド』のパロディでもあり、カイ・フンは、入れ子構造を用いて『ハィン』を構成すると同時に、主人公ハィンの覚醒を、独立闘争に向けたベトナムという国の覚醒に重ね合わせて読むことができるような戦略を埋め込んだ。独立闘争を抑え込もうとする植民地当局の厳しい言論統制の陰で、カイ・フンは、意識的あるいは無意識的に、ベトナムの主体成立の過程、即ち独立を経て「近代国家」の成立を目指す過程を『ハイン』に託した。ところが、カイ・フンが描き出した主体は、確固とした固定された主体ではなく、実体なきものであり、「近代国家」も同様に幻想である。こうした「真理」を読者に伝えようとしたのが『ハイン』であり、このことは文学者としてのカイ・フンの使命、ひいては闘争であった。だからこそ、カイ・フンの文学の営為を、これまで自力文団に与えられてきた政治主義的な断罪はもちろん、「近代的自我の確立」であるなどと近代主義的に評価してもならない所以もそこにある。

注

（1）沼野充義ほか、『文学理論』、岩波書店、二〇〇四年、九ページ。

（2）ピーター・バリー、『文学理論講義——新しいスタンダード——』、高橋和久監訳、ミネルヴァ書房、二〇一四年、一八九ページ。

（3）Trần Đăng Suyền, Lê Quang Hưng eds., *Văn học Việt Nam từ đầu thế kỉ XX đến 1945*, NXB Đại học Sư phạm, Hà Nội, 2016. ただし、目次には自力文団メンバーで若くして亡くなったタック・ラムや、共産側の詩人となったスアン・ジェウの名前が載っている。

（4）この作品が掲載されたのは、グエン・ホンが自力文団のメンバー、テー・ルーの親戚であったことも一つの要因であるように思われる。グエン・ホンの母親はテー・ルーに、グエン・ホンのために仕事を依頼した（Nguyên Hồng, *Bước đường viết văn*, NXB Văn nghệ TP.HCM, TP.HCM, 2001, pp.34-40.）。また、評論家のテー・フォンは、グエン・ホンを自力文団に属する作家と見做している（Thế Phong, *Lược sử văn nghệ Việt Nam nhà văn tiền chiến 1930-1945*, Vàng Son xuất bản, Sài Gòn, 1974, p.77.）。

（5）Nguyễn Thạch Kiên ed., *Khái Hưng - Kỷ vật đầu tay và cuối cùng - Tập I*, Phương Hoàng, California, 1997, p.17.

（6）『ハイン』には、クリスマス休暇から正月休暇までが描かれ、掲載時期と同時進行であるかのような演出がなされている。

（7）Nguyễn Tuân, "Con người Nguyên Hồng", *Tuyển tập Nguyên Hồng – Tập I*, NXB Văn học, Hà Nội, 1995, p.71. / Tuan Ngoc Nguyen, "Social Realism in Vietnamese Literature", PhD diss., Victoria University, 2004, p.186.　なお、ゴーリキーの『幼年時代』と『幼き日々』とは、タイトルが近似している点、祖母はなみはずれて信仰心のつよい女で、母は遠く離れて住むことが多かった点、そしてゴーリキーは自分の幼年時代をひとつの例証として語ることによって、この現実が悪しき現実であり、この悪しき現実が続くかぎり、一般人民の子として生まれる者に、自己の才能を開花させることがいかに困難であるかを語っており、この作品の大きな意義はそこにあると指摘される点、さらに「悪しき現実に判決をくだす」ための貴重な材料を提供したと評価される点などにおいて、類似点が多く存在する（『ロシア文学全集第33巻　ゴーリキイ』、蔵原惟人訳、修道社、一九五九年、五七〇－五七一ページ（東郷正延の解説））。ちなみに、グエン・ホンは、当時、ルソー、ディケンズ、ゴーリキーなどを読んでいた（Nguyên Hồng (2001), op.cit.）。なお、「実際のゴーリキーがどれほど虚構と相違していたかを述べることは困難である。自分の伝記を彼は幾度も叙述したが、毎度、さまざまな細々とした事柄、都合のいい歪曲（見破られてしまうのだったが）が伴なうし、彼の出生年すら二つある」との指摘がある（ドミートリー・ブイコフ、『ゴーリキーは存在したのか？』、斎藤徹訳、作品社、二〇一六年、一三ページ）。

（8）この政党は、後にベトナム国民党に編入された。

（9）ベトナム統一前の旧南ベトナムでは、カイ・フンの初期作品が後期中等教育（高等学校）のベトナム語《クォックグー》教科書に採用されていた。

（10）Đỗ Lai Thúy, "Phê bình Văn học Việt Nam: Nhìn nghiêng từ phương pháp", Trần Hải Yến eds., *Nghiên cứu Văn học Việt Nam – Những khả năng và thách thức*, NXB Hội Nhà văn, Hà Nội, 2016, pp.66-67.

（11）Trương Chính, "Tự lực văn đoàn", *Đặc san báo Giáo viên Nhân dân*, Nº.27, 28, 29, 30, 31 (1989-7).（Mai Hương ed.,

Tự lực văn đoàn - trong tiến trình văn học dân tộc, NXB Văn hóa - Thông tin, Hà Nội, p.41. より再引用）

（12）The Phong, *The Vietnamese Literary Scene from 1900 to 1956*, trans. Dam Xuan Can, Dai Nam Van Hien Books, Saigon, 1970, p.11. / Maurice M. Durand, Nguyen Tran Huan, *An Introduction to Vietnamese Literature*, trans. from the French by D. M. Hawke, Columbia University Press, New York, 1985, p.187.

（13）Trương Tửu, *Tuyển tập Nghiên cứu Văn hóa*, NXB Văn học - Trung tâm Văn hóa Ngôn ngữ Đông Tây, Hà Nội, 2013, p.790.　チュォン・トゥーは、一九三五年にはカイ・フンの文章を賞賛していたが、インドシナ民主戦線（一九三六－一九三八年）の出現によってマルクスを読み、一九三八年初頭から、自力文団を批判するようになった。社会主義リアリズムの受容期には、それを示す言葉として社会写実が用いられていた可能性がある。

（14）Trương Chính, Khái Hưng, *Lược thảo Văn học Việt Nam tập III*, Xây dựng xuất bản, 1957. (Mai Hương ed., op.cit., p.378.)

（15）Ibid., p.375.

（16）柄谷行人、『定本 日本近代文学の起源』、岩波書店、二〇〇八年、三七ページ。柄谷は、「たとえば、国木田独歩のような作家がロマン主義か自然主義かを議論することは馬鹿げている。彼の両義性は、ロマン派とリアリズムの内的な連関を端的に示すのみである。西洋の「文学史」を規範とするかぎり、それは短期間に西洋文学をとりいれた明治日本における混乱の姿でしかないが、むしろここに、西洋においては長期にわたったために、線的な順序のなかに隠蔽されてしまっている転倒の性質、むしろ西洋に固有の転倒の性質を明るみに出す鍵がある」と指摘したが、このことはベトナムの文学についても当て嵌まる現象と言えよう（同書、三七ページ）。なお、柄谷は、小林秀雄の批評コメントを換言して、「われわれが「現実」とよぶものは、すでに内的な風景にほかならないのであり、結局は「自意識」なのである」と記している（同書、四〇ページ）。

一方、安田武《アン・ディエン・ブ》というベトナム人は、浪蔓主義《ロマンチズム》は、人間の心を自由に抒情的高揚の中に吐露させるものであり、写実主義《レアリスム》は、作家が内面的世界に於けると同じように外界に於て観察した事を率直に表現するに適したものとの見解を示している（安田武《アン・ディエン・ブ》、「安南文化管見」、『東亞文化圈』三－六、財団法人青年文化協會東亞文化圏社、一九四四年、五二―五三ページ)。

(17) cf. 中国系のアメリカ劇作家・小説家であるフランク・チン (Chin Frank, 1940-) は、マキシーン・ホーン・キングストンの自伝的告白形式の文学がそもそも中国にはなく、西欧キリスト教の告解の伝統に連なるものであって、自己を告白することによって他者(神・白人社会)に認められたいという軟弱な姿勢にほかならないと述べている (Frank Chin, "This is not an Autobiography." *Genre* 18. N°.2, 1985, pp.109-130.『越境する世界文学』、河出書房新社、一九九二年、三二四ページより再引用)。

(18) 本章は、SunYoung Park の論考："Confessing the Colonial Self: Yom Sangsop's Literary Ethnographies of the Proletarian Nation" (SunYoung Park, *The proletarian wave: literature and leftist culture in colonial Korea, 1910-1945*, Harvard University Asia Center, 2015.) と並行して検討することで、韓国における植民地文学との比較研究が期待できると考える。

(19) カイ・フンは『色男の宿命 (*Số đào hoa*)』という、『デイヴィッド・コパフィールド』をモデルにしたかのような作品を実際に書いている。物語の終わりでは、語り手であるヴァン (Văn) が、記録した人間としてカイ・フンの名前を記している (かのようにカイ・フンが描いている)。*Phong Hóa*, N°.110 - N°.119. (1934/8/10 - 1934/10/12)

　のちにサイゴンで出版されたが、カイ・フンが生きている間には出版されなかったと思われる。カイ・フン自身、その出来に満足していなかったことがその理由として考えられる。Khái Hưng, *Số đào hoa*, Đời Nay, Sài Gòn, 1961.

(20) Vũ Ngọc Phan, *Nhà văn hiện đại: Quyển tư - tập thượng*, NXB Tân Dân, Hà Nội, 1945, p.31. グエン・ヴァン・チュンの見解では、批評家ヴー・ゴック・ファンは純文学の観点に立脚し文学の理解は非歴史的であるという。これに対し、ファム・テー・グーは歴史的観点に立って文学の考察を行っていることを指摘している (Nguyễn Văn Trung, *Chữ, Văn Quốc Ngữ: Thời kỳ đầu Pháp thuộc*, Nam Sơn, Sài Gòn, 1975, p.81.)。

(21) Nguyễn Trác - Đái Xuân Ninh, *Về Tự lực văn đoàn*, NXB TP.HCM, TP.HCM, 1989, p.120.

（22）Thụy Khuê, "Khái Hưng (1896-1947)", *Hợp Lưu*, Nº.104, California, 2009, pp.46-47.
（23）猪熊恵子、「「自伝的」自伝作家を描きだす試み —— Charles Dickens の *David Copperfield*」、『英米文学』七一、二〇一一年、一七ページ。
（24）Khái Hưng, *Hạnh*, Đời Nay, Hà Nội, 1940, pp.96-97.
（25）Patricia Waugh, *Metafiction: The Theory and Practice of Self-Conscious Fiction*, Routledge, London and New York, 1984, p.2. なお、由良君美は、メタフィクションを、「リアリズムの前提とする〈ミメーシス〉という名の「最も手近な解釈のもつあの自明性」が、全くの素朴な「自己誤解」にすぎないことを白日のもとにさらけだしたフィクションの形式であり、その意味で一つの〈生活世界〉奪還のありようなのである」と説明している（由良君美、『メタフィクションと脱構築』、文遊社、一九九五年、四一ページ）。また、山本沙は、ひとまずの定義として、「メタフィクションとは、作家が自らの虚構構築の作業を強く意識して、その虚構性を作品内で暴く作品、作品自体がその虚構性をあらわにする自己再帰的（self-reflexive）な作品の謂いであり、それがフィクションのあり方や性格そのものを問題にし、批判と検討を加える要素をもつ」ことを挙げている（山本妙、「メタフィクションとしての『一九八四年』と『フランケンシュタイン』」、『同志社大学英語英文学研究』六八、一九九七年、一〇四ページ）。
（26）David G. Marr, *Vietnamese Tradition on Trial, 1920-1945*, University of California Press, California, 1984, p.145.
（27）David G. Marr (1984), op.cit., p.150.
（28）古田元夫、「ベトナム知識人の八月革命と抗仏戦争 —— ヴー・ディン・ホエを中心に」、『岩波講座　東南アジア史　第8巻　国民国家形成の時代』、岩波書店、二〇〇二年、一三八ページ。
（29）Maurice M. Durand, Nguyen Tran Huan (1985), op.cit., p.189.
（30）Thạch Lam, "Người Việt Nam với tiếng Việt Nam", *Ngày Nay*, Nº.131, 1938/10/8, p.17.
（31）Kang Nae-hui, "The Ending -da and Linguistic Modernity in Korea", *Traces*: 3, 2004, p.143.
（32）柄谷行人、『日本近代文学の起源』、講談社、一九八八年、五八ページ。

（33）Pei Jean Chen, "The Transnational-Translational Modernity: Language and Sexuality in Colonial Taiwan and Korea", PhD diss., Cornell University, 2016, p.34.

（34）Phạm Văn Khoái, "Một số vấn đề chung của tiến trình "ngôn văn nhất trí" ở Việt Nam những thập niên nửa cuối thế kỷ XIX - đầu thế kỷ XX", *Nghiên cứu Hán Nôm năm 2020*, NXB Thế giới, Hà Nội, 2020, pp.564-565.

（35）柄谷行人（一九八八）、前掲書、七九ページ。

（36）Trần Khánh Thành ed., *Huy Cận Toàn tập - Tập II*, NXB Văn học, Hà Nội, 2012, p.238. 例えば、自力文団の作家たちは、フランス語で使われているパターンを踏襲し、基本語に接頭辞を付けて抽象語を作り、より質の高い派生語や新造語を生み出した。最もよく使われる接頭語要素は〈cái〉と〈sự〉である（Nguyễn Trác, Đái Xuân Ninh, op.cit., p.154.）。

（37）この部分については、グエン・チュン・タン（ほか）著、『サヌーの森：ベトナム短編小説集』、大島博光、荒木洋子訳、新日本出版社、一九六八年のなかで、日本語に訳されている。

（38）この部分は、現在中学二年生の国語教科書に使われている。

（39）*Ngày Nay*, Nº.133, 1938/10/22, p.10.

（40）二〇世紀ベトナムにおける「個人」と「自己」の概念については、David G. Marr, "Concepts of 'Individual' and 'Self' in Twentieth-Century Vietnam", *Modern Asian Studies*, 34-4, Oct., Cambridge University Press, 2000, pp.769-796. に詳しく、『幼き日々』や一人称単数の「私」について考察されている。

（41）Phan Cự Đệ ed., *Văn học Việt Nam thế kỷ XX – Những vấn đề lịch sử và lý luận*, NXB Giáo dục, Hà Nội, 2004, p.69.

（42）Greg Lockhart, *The Light of the Capital*, Oxford University Press, Kuala Lumpur, 1996, p.2.

（43）Đoàn Cầm Thi, "Những ngày thơ ấu: Nguyên Hồng, tự truyện và Freud", *Tiền Vệ*, http://www.tienve.org/home/literature/viewLiterature.do;jsessionid=E65DDB080428C8EC22325D959AE3D9C4?action=viewArtwork&artworkId=19411 最終閲覧：二〇二二年八月二〇日。

（44）Nguyên Hồng, *Những ngày thơ ấu*, Đời Nay, Hà Nội, 1941, p.39.

（45）Nguyên Hồng (1941), op.cit., pp.14-17.

（46）Nguyên Hồng (1941), op.cit., p.24.

（47）Hồi ký của giáo sư Nguyễn Đăng Mạnh, *Ký Tế*, http://viteuu.blogspot.com/2013/03/hoi-ky-cua-giao-su-nguyen-ang-manh-ky-8.html. 最終閲覧：二〇一九年七月二七日。『グエン・ホン：人物と作品』の脚注で、グエン・ダン・マインはグエン・ホンが叔父に対する暴行・傷害罪（tội “hành hung”）で告発されたと記している。Nguyễn Đăng Mạnh, *Nguyên Hồng – con người và sự nghiệp*, NXB Hải Phòng, Hải Phòng, 1997, p.12. なお、グエン・ホンは、『今日』に「少年院の旧正月《テト》」を寄稿している（*Ngày Nay*, N°.96, 1938/1/30, p.27.）。

（48）Nguyên Hồng (1941), op.cit., p.35.

（49）Phan Cự Đệ ed., op.cit., p.65. ここでは、ファン・ク・デの議論自体に注目を置くのではなく、彼が『幼き日々』からルソーを介してフーコーに言及している点に注目するものである。

（50）ミシェル・フーコー、『性の歴史I　知への意志』、渡辺守章訳、新潮社、二〇一八年、七七ページ。

（51）ミシェル・フーコー、前掲書、八一ページ。

（52）Nguyên Hồng (1941), op.cit., pp.54-55.

（53）Đoàn Cầm Thi, op.cit.

（54）ミシェル・フーコー、前掲書、七九-八〇ページ。

（55）ドアン・カム・ティによると、これは常に読者に「作者と話し手と主人公は一つである」ということを思い起こさせる（Đoàn Cầm Thi, op.cit.）。

（56）Nguyên Hồng (1941), op.cit., pp.66-67.

（57）ドイナイ社から出版された『幼き日々』の表紙のタイトルの下には、「小説」と記載されている。ちなみに、グエン・ヴァン・チュンは、「作家は非常にリアルな物語を語ることが出来るが、もし彼が物語のタイトルの下に「小説」の文字を置いたなら、その意図はこの物語が真実か否か探索すべきではないと告げている、なぜならそれは小説が到達しようとする目的ではないからである」と説明している（Nguyễn Văn Trung, *Xây dựng*

Tác phẩm Tiểu thuyết, Cơ sở Báo chí và Xuất bản Tự Do, Sài Gòn, 1961, pp.204-205.)。

（58）*Ngày Nay*, Nº.140, 1938/12/10, p.15.

（59）Nguyen Hong, *Jours d'enfance et autre récits*, trans. Le Van Chat, Éditions en Langues Étrangères, Hà Nội, 1963, p.6.

（60）柄谷行人（一九八八）、前掲書、八七ページ。

（61）Thạch Lam. "Quan niệm trong tiểu thuyết", *Ngày Nay*, Nº.134, 1938/10/29, p.9.

（62）Thạch Lam. "Văn chương nước ngoài đối với ta", *Ngày Nay*, Nº.124, 1938/8/21, p.17.
　『今日』（一八号）に掲載された、「日本における文学の動向」では、新興芸術会倶楽部について言及がなされ、中村正常、井伏鱒二、川端康成、楢崎勤、久野豊彦、堀辰雄、阿部知二の日本人作家の名が挙げられ、シュルレアリスム（phái quá sự thực）なども我が国の作家にとって有益となろうと記されている（*Ngày Nay*, Nº.18, 1936/7/26.）。

（63）柄谷行人（一九八八）、前掲書、八八ページ。

（64）Khái Hưng, *Hạnh* (1940), op.cit., pp.92-94.『失われた時を求めて』の話者は、恋心を抱くジルベルトの示した冷淡な素振りにたいしてさえ、何かしら小説めいた推測をつけ加えるようになり、「僕はジルベルトから手紙をうけとるだろう、ついに彼女は、けっして僕を嫌いになったのではないと言ってよこすだろう…」と、宵ごとにその手紙を想像しては楽しんだ（マルセル・プルースト、『失われた時を求めて I』、淀野隆三・井上究一郎訳、新潮社、一九九二年、三八八ページ）。

（65）ミシェル・フーコー、『フーコー文学講義：大いなる異邦のもの』、柵瀬宏平訳、筑摩書房、二〇二一年、一一二ページ（『失われた時を求めて』に言及した言葉）。

（66）『失われた時を求めて』では、「過去は理知の領域のそと」に隠されていることが指摘され（マルセル・プルースト（一九九二）、前掲書、四六ページ）、終盤において主人公は「人生を生きがいありと考えさせたものに到達しようと思えば、今こそ着手すべきだと、《時間》の観念が私に告げたのだ。そのうえさらに、われわれのぼんやり送る人生が解明され、たえず歪められる人生がありのままの真の姿に引きもどされるとも見え、つまり、書物のなかで人生が実現されると見える今、どんなに人生は生きがいありと思えることか！ そうした書物の書ける人はどんなに幸福だろうと私は考えた」と書物への着手を決意する（マルセル・プルースト、『失われた時を求めてⅦ』、井上究一郎・淀野隆三訳、新潮社、一九八〇年、三一九ページ）。

（67）Nguyễn Tuân, "Phong vị tỉnh xép", *Tiểu Thuyết thứ bảy*, N°.274, 1939/9/2, p.373. なお、ハノイで刊行されていた仏語のジャーナル『東法日報（*France-Indochine*）』, N°.5188, 1937/2/22 では、プルーストについての講演内容が記され、『失われた時を求めて』やゴンクール賞受賞などについて言及されている。

（68）セルジュ・ドゥブロフスキー、『マドレーヌはどこにある：プルーストの書法《エクリチュール》と幻想《ファンタスム》』、綾部正伯訳、東海大学出版、一九九三年、二七〇ページ（訳者あとがき）。

（69）ちなみに、『回想録』に魅了される人は、現実を歪める作品のトリックに幻惑されているだけであることが指摘されている（清家浩、「『失われた時を求めて』と文学」、『広島経済大学研究論集』七（一）、一九八四年、一四ページ）。なお、『失われた時を求めて』における「わたし」の研究で古典的価値をもつルイ・マルタン＝ショフィエは、『失われた時を求めて』の「わたし」は一つの想像と主張した（Louis Martin-Chauffier, "Proust et le double "Je" de quatre personnes", *Confluences*, 1943; rééd. in *Les Critiques de norte temps et Proust*, présentation par J.Bersani, Garnier Frères, 1971, p.57.（石川美子、「自伝・自己描写・小説――「わたし」をめぐって――」、『仏語仏文学研究』三、一九八九年、一〇三ページより再引用）。

（70）Khái Hưng, *Hạnh* (1940), op.cit., p.93.『失われた時を求めて』では、プルーストが体験した同性愛が描かれた。

（71）Gilles Deleuze, *Proust et les signes* (P.U.F), 4e édition remainée, p.140.（織田年和、「嗜好から方法へ：『失われた時を求めて』の話者の心的傾向性について」、『仏文研究』六、一九七八年、二ページより再引用）

（72）Khái Hưng, *Hạnh* (1940), op.cit., p.37.

（73）ベトナム語辞典には、「toa-lét：手洗い、便所、トイレ（ット）」の単語が存在し、仏語の toilette が語源であることが示されている（川本邦衛編、『詳解ベトナム語辞典』、大修館書店、二〇一一年、一五一〇ページ）。ハインがベトナム語で buồng tắm（バスルーム／シャワールーム）と表現していることから、洗面所、便器、シャワーなどを備えたひとつの空間を指していると考えられる。

（74）Khái Hưng, *Hạnh* (1940), op.cit., p.41.

（75）このことは、プルーストが終生問いつづけたテーマに属する（原田武、『プルースト：感覚の織りなす世界』、青山社、二〇〇六年、二八ページ）。これについては、次の見解を参考にすることができる。「人間生活の現実においては、「名」と「実」との間には、大抵の場合、ずれがある。（中略）そもそも、ものの「名」などというものは、社会的習慣ではないのか。社会的習慣によって、たまたま、この「名」で呼ばれ、あの「名」で呼ばれ、それでもものが「本質」的に固定されてしまうような世界に、人間の、そして存在の、自由はありようはずがない。それに第一、世界をそんなふうに見るということ自体が、存在リアリティーの歪曲以外の何ものでもありえないのだ」（井筒俊彦、『意識と本質』、岩波書店、一九九一年、二九九、三〇五ページ）。

（76）なお、『今日』では、タック・ラムがプルーストのプチット・マドレーヌ（petit madeleine）を、少女の名前（cô bé Madeleine）と訳し間違え、読者から指摘を受けたことが記されている（*Ngày Nay*, N°.190. 1939/12/2, p.6.）。

（77）ユングは、意識の中心としての自我ではなくて、無意識を含む魂全体の中心、あるいは全体性を示すものとして、「自己」のイメージを提唱した（沼野充義ほか、前掲書、一七四ページ）。

（78）柄谷によれば、一九世紀になってから確立された「三人称客観」とは、語り手が主人公を通して世界を見た結果、読者は語り手がいることを忘れてしまい、語り手が明らかに存在しながらも存在しないように見える話法である。また、語り手の中性化とは、語り手と主人公のこうした暗黙の共犯関係を意味する。これらの話法が、近代小説と呼ばれる要素となっていく（柄谷行人（二〇〇八）、前掲書、六四–六五ページ）。

（79）Khái Hưng, *Hạnh* (1940), op.cit., p.42.

（80）Khái Hưng, *Hạnh* (1940), op.cit., p.61.

（81）Khái Hưng, *Hạnh* (1940), op.cit., pp.85-86.

（82）Khái Hưng, *Hạnh* (1940), op.cit., pp.87-89.

（83）Khái Hưng, *Hạnh* (1940), op.cit., p.90.
（84）Khái Hưng, *Hạnh* (1940), op.cit., p.91.
（85）ラカンの「鏡像段階」は一九四九年に発表され、カイ・フンの死後の発表となっている。ラカンは、自我の成立を説明するために構造主義を取り入れた。
（86）フレドリック・ジェイムソン、『政治的無意識』、大橋洋一他訳、平凡社、一九八九年、一八八ページ。
（87）柄谷行人（一九八八）、前掲書、一一一ページ。
（88）Khái Hưng, *Hạnh* (1940), op.cit., p.48.
（89）Khái Hưng, *Hạnh* (1940), op.cit., p.46.
（90）Khái Hưng, *Hạnh* (1940), op.cit., p.48.
（91）Khái Hưng, *Hạnh* (1940), op.cit., p.49.
（92）Khái Hưng, *Hạnh* (1940), op.cit., p.17.
（93）小田なら、『〈伝統医学〉が創られるとき——ベトナム医療政策史』、京都大学学術出版会、二〇二二年、五五-五六ページ。助産婦は仏語で sage-femme と呼ばれ、その現代ベトナム語訳は bà đỡ である。
（94）Nguyễn Văn Trung, *Chủ nghĩa Thực dân Pháp ở Việt Nam - Tập 1*, NXB Nam Sơn, Sài Gòn, 1963, pp.90-91.
（95）カイ・フンは、コレージュ・ポール・ベールで、ギリシャ語を学んでおり、ギリシャ神話に登場する美少年ナルキッソスの物語を知っていたと考えられる。ナルキッソスの物語は「自分を知る」能力の不完全さについての教訓話であり、誤った同一化、すなわち愛が生じる途上で経験する錯覚についての一例とされ、自己-愛 self-love というよりも錯認についてのものということになることが指摘されている。グレン・O・ギャバード、ホリー・クリスプ、『ナルシシズムとその不満——ナルシシズム診断のジレンマと治療法略——』、池田暁史訳、岩崎学術出版社、二〇二二年、七ページ。
（96）Khái Hưng, *Hạnh* (1940), op.cit., p.42.
（97）福原泰平、『現代思想の冒険者たち　第13巻　ラカン——鏡像段階』、講談社、一九九八年、五九ページ。

(98) 古田元夫、『アジアのナショナリズム』、山川出版社、二〇〇〇年、六〇ページ。

(99) 西成彦は、ナルシシズムという言葉を用いて、レーニンは、民族的なナルシシズムが植民地戦争をあおりたてる情勢を「帝国主義」として定義したと論じた（西成彦、「カフカ：雑種的思考／複数の胸さわぎ」、『越境する世界文学』、前掲書、三一六ページ）。救国に向けた戦争参加をあおりたてたのも民族的なナルシシズムであると言えよう。

(100) 古田元夫、『歴史としてのベトナム戦争』、大月書店、一九九一年、一六二ページ。

(101) 古田元夫、「ベトナムにとってのベトナム戦争」、『東南アジア――歴史と文化――』二〇、東南アジア学会、一九九一年、一二九ページ。

(102) 現代フランス語圏を代表する黒人女性作家マリーズ・コンデ（Maryse Condé）の次の述懐は、ハインの心境を知る上で示唆的である。「(自分が属する) 環境のせいで私は味も匂いもない存在、つき合っていた小さなフランス人たちの劣悪なコピーにすぎなかったのである。私は「黒い皮膚、白い仮面」だった」（小倉孝誠編、『世界文学へのいざない：危機の時代に何を、どう読むか』、新曜社、二〇二〇年、二一八ページ）。

(103) サイゴンで出された一九三五年五月三一日付の新聞には、映画『透明人間（*L'HOMME INVISIBLE*）』の広告が掲載されている（*Công Luận*, N°.6847, 1935/5/31.）。

(104) なお、ラカンにとってデカルトは重要な参照項であったが、一九一七年の『南風』では、鏡の文字を取り入れた「智鏡」や「誤謬」「迷妄」「真理」などに言及しながら、デカルトの哲学原理が次のように説明されている。「フランスの儒者デカルトは、懐疑主義を唱えた。凡そ一つの事物が私の智鏡に映るならば、まさに自らを省察してこう問うべきである。わが智識が受け入れているものは、果たして外にあるものの真相と合致しているのか。私が誤謬はないと思っているものの中に、さらなる誤謬はないという保証はあるのか、もし学ぶ者が常にこれによって自分自身を疑いうるならば、この疑いの中にはおのずから疑いを破る種が含まれる。自分の智慧がたやすく迷妄に陥ることを知っていれば、この己を知る効用はまさに迷妄をただす第一の良薬である。凡そ事物に対して、性急に判断を下さなければ、大きな間違いは生ぜずに済むだろう。この方法は真理を探し当てる道具というだけではなく、また、我が智慧を独立させて依存的にせず、自由を保持させるものでもある（中略）自由の本性とは、自ら欺く心がないことである。デカルトの窮理の第一原則である」（漢語版 *Nam Phong*, N°.4, 1916/12/30, p.199. ／廖欽彬ほか、『東アジアにおける哲学の生成と発展：間文化の視点から』、法政大学出版局、二〇二二年、八二七ページ）。

（105）柄谷行人（一九八八）、前掲書、九三ページ。

（106）Khái Hưng, *Hạnh* (1940), op.cit., p.97.

（107）Khái Hưng, *Hạnh* (1940), op.cit., p.98. カイ・フンの小説観とは、第三章で言及した革命文学のスタイルの起源とされる、ホー・チ・ミンの見解「二×二＝四のように素早く簡便、かつ美化や粉飾なしに…」と相反することが、ここから察せられる。

（108）Thế Phong, op.cit., p.47.

（109）ピーター・バリー、前掲書、一八九ページ。

（110）Khái Hưng, *Hạnh* (1940), op.cit., p.98.

第五章

失われた「読み解き」の鍵
――投獄経験から生まれた『清徳』――

本章では、カイ・フンの最後の長編小説『清徳』(1943)を取り上げて考察を行う。[1]『清徳』は二〇一二年にハノイで出された『ベトナム文学作品作家事典』のなかで、心理描写の技術において大きな発展を見せているが、肉体の快楽を追い求め、モラル無き自堕落な生きかたを称えそれを享受するさまは、自力文団の行き詰まりと閉塞感を裏付けていると評されている。[2]一方で、作家が政治犯として仏植民地当局に捕らわれた一九四一〜一九四三年の間に本作品が執筆され、監獄という特殊な空間でその一部が構想あるいは書かれたテクストであったことは、これまでほぼ見過ごされてきた。本章では、監獄で過ごした期間を含む約二年に亘る思索から生み出されたテクストを、より積極的に読むことで浮き上がってきた、植民地支配下のベトナム社会とベトナム知識人の国際情勢観を明らかにする。

ここで時代背景として、日本軍の北部仏印進駐について説明を少し加えたい。第二次世界大戦中の一九四〇年六月、フランスがドイツ軍によって占領されヴィシー政権が発足すると、日本は九月に「北部仏印進駐」を行った。ヴィシー政権はフランスがドイツに対して降伏した後、非占領地域に成立した親独政権であった。そのため日本がインドシナをフランスから奪い単独で支配すると、同盟国ドイツに対する背信行為になりかねなかったので、日本はフランスとともに共同でベトナムを支配することになった。こうして一九四〇年から一九四五年までベトナムは、「日本＝フランス共同支配期」を経験した。[3] 日本は一九四〇年以降、フランスの植民地政権と協力し、その統治システムを温存・利用しながらベトナムを支配した。しかし、第二次世界大戦末期になると連合軍のインドシナ上陸という事態が予想され、フランス植民地政権の協力も期待できなくなった。そのため日本軍は一九四五年三月九日に植民地政権を打倒するクーデタを起こし、インドシナを単独で支配するようになった。[4] ただこの単独支配は長続きせず、一九四五年八月の日本の敗戦によってついえることになる。

一．『清徳』梗概

本作は一九三〇年代後半〜一九四〇年代前半[5]のフランス統治下におけるベトナム・ハノイを舞台とし、主だった登場人物は次のとおりである。

カィン：法学生。裕福な家庭で育つ。人生に意味はないとし、欲望に身をまかせた放蕩生活を送る。
清徳《タィン・ドゥック》：本名ティエン。カィンの父親。各地を飛び回る精鋭ビジネスマン。ハオに好意を寄せ再婚を望む。金儲け主義。五〇歳。
オアィン：カィンの妹。
ドアン：カィンの親友。パリ留学を終え帰国し医院を開業するが、日々放蕩生活を送る。
ラン・フオン：ドアンの義妹。ベトナム中部フエに住む。カィンの許嫁となる。事あるごとに道徳を説く。
ハオ：金と美と強ささえあれば良いという人生観を持つ女性。
ホアン：ハオのいとこ。物理学の教師。賭け事や拝金主義に嫌悪を抱く。広い知識を身につけ、漢書の編集にも携わる。ハオの言いなり。

作品は二部で構成されている。テー・フォンは『不安』〔『清徳』を指す。なぜ、タイトルが異なるのかは後述する〕について、話の筋の要約が極めて難解な小説であり、作品に登場する全挿話を要約することは難しく、これはフランスの現代作家デュアメル（Duhamel Georges, 1884-1966）が好む方法であることを指摘しつつ、現実の人生と同様、物語中における人生もやはり要約は困難なのであると述べていた。(6) 以下の筆者による要約もすべてが集約されたものではない。より詳しい内容は付録2に記しておこう。

〈第一部〉

法学生のカィン（Nguyễn Văn Cảnh）は、社会に出ることで地方に派遣されハノイ在住の友人たちと離別しなければならない。それを避けるため、すでに三度目になった卒業資格試験をわざと失敗する。その数年前、彼は勉学の意義、人生の意義に悩みあぐねた結果、それらの意義はないと結論付けて、人生を謳歌するために放蕩生活に身を投じていた。

カィンの父親清徳《タイン・ドゥック》は有能なビジネスマンで、利益を生む如何なる場所にも足を運び、各地を飛び廻る。その父のおかげでカィンは裕福な暮らしを享受している。

カィンが試験に落ちた日、カィンは妹オアィン（Oanh）から父が間もなく再婚することを知らされる。同時に父親がカィン名義でヴィラを購入したことを知り、仲間とともにそのヴィラのあるサムソンビーチ（Bãi biển Sầm Sơn）へ向かい数日を過ごす。そこで放蕩仲間である医師ドアン（Đoan）の義妹ラン・フオン（Lan Hương）と出会い一目ぼれをする。カィンはこれまでその若さと洗練した身のこなしで、数々の女性の心を容易くつかんできたのであったが、ラン・フオンに対してはその効果は発揮できず、カィンはこれまでの物質的愛情とは打って変わり、ロマン主義的愛情でもってラン・フオンに臨むことを決意する。するとその画策が転じてカィンを真に改心させるにいたり、ラン・フオンとの出会いから四ヵ月後、ラン・フオンはカィンの婚約者となり、カィンは卒業試験に合格し学士号を取得する。

ある日、見知らぬ人物ホアン（Vũ Văn Hoẳng）に突然呼び出され連れて行かれた邸宅で、カィンはハオ（Đặng Thị Hảo）という女性に出会う。ハオと出会った瞬間、カィンは特別な直感があり罪悪感を覚える。その場の流れで皆とコックリさん（phụ đồng chèn）のゲームに興じていると、未亡人であるハオの母親がカィンの父清徳とともに帰宅し、その思いもよらぬ遭遇に父子は互いに目を疑う。カィンは妹の話を思い出し、父の再婚相手はハオではないかと怪しみ、複雑な気分になる。

帰宅後、カィンは出掛ける前に書きかけていたラン・フオンへの手紙を読み返し、「君こそが僕の生きる理由だよ」、に続く文章を書き連ねていく。が、知らぬ間にその想いを吐露する相手がラン・フオンからハオに変わっていることに気付き、手紙を破り捨てる。

カィンは父にハオとの再婚について真相を伺いたい一心でありながら、その勇気が出ぬまま悶々とする。

〈第二部〉

数日後、清徳の家にハオの母親から招待状が舞い込み、清徳一家はその招待に応じる。

同日、カィンはフエに住むラン・フオンから手紙を受け取るが、カィンからの返事が来ないことを気に病む猜疑に満ちたその内容に、カィンは嫌悪を覚える。

清徳一家はハオの家を訪れ、皆でカード占いや麻雀に興じた。この日以後、カィンはホアンに会いに行くことを装い、たびたびハオの邸宅を訪れるようになる。一方、数日おきに届くラン・フオンの手紙に返事を書かねばならぬ憂鬱な義務を煩わしく感じる。また、カィン父子は互いの顔を避けはじめ、父子の関係は悪化の一途をたどる。

数ヵ月後、父にラン・フオンとの年度内の結婚を促されたカィンは戸惑いを感じる。また妹オアィンは、女の勘によりハオが兄に好意を寄せていることに気付き、父と子がひとりの若い女性を取り合う事態に怒りと羞恥を覚える。

その後カィンは、自分名義のヴィラを売り払って車を購入したりと散財したあげく、家に戻らなくなる。清徳はカィンをきつく叱り飛ばすが、カィンは反省の色を見せず、その態度が父の怒りに油を注ぎカィンは家を追い出される。

翌日、清徳は土地への興味を失ったというハオの母親からの手紙を受け取り（その土地を餌にハオに近づいていた）ハオの家を訪れるが、話の途中で金鉱山の投資に関わる人物の名が出ると、ビジネスチャンスを逃すまいとその人物に会うためだしぬけにハオ宅を飛び出していく。それ以後、清徳は金鉱山の件であちこちを飛び回ることになる。

それから数日後、ハノイのカィンの家に、フエからラン・フオンが訪れ、カィンの様子をオアィンに窺う。二人は互いに自身の境遇を哀れみ慰めあい、ハオは悪女であるとして、オアィンはハオに直接会って話さなければと意を決する。と、そこに当事者であるハオが訪れる。オアィンは病気を装って使用人にハオの来訪用件を伺わせると、使用人は婚姻を知らせる三通のカードを手に戻ってくる。それはハオと郡役人ト（Tô）との婚姻を知らせる招待状であった。慌ただしいハオの結婚に、ハオが敢えて自ら身を引いたことを知り、オアィンはこれまでの自身の無礼を省み、ハオへの謝罪を心に決める。ちょうど帰宅した清徳はカードを手に呆然と立ちつくす。その後、ハオの母親に会いにいくため車に乗り込む。

二．従来の『清徳』の評価

本作品はこれまでどのような評価を受けてきたのだろうか。冒頭に示した二〇一二年の批評のほか、（大国主導で行われた）一九五四年のジュネーヴ協定による南北分断後まで遡って、北と南で書かれた数少ない『清徳』批評を見ていく。

分断から四年後の一九五八年にハノイで出された批評では、タイトルにもなっている作中人物の清徳を取り上げ、清徳が資本家であることだけに注目した批判がなされている(7)。旧南ベトナムで「ハノイで編まれた各書籍は、いかなるジャンルであっても、すべてマルクス主義の立場において、《人民の言語》で書かれている」と述べられたように(8)、当論考は結論も含めた論述のほとんどで、主に階級だけに注目した資本家批判がなされ、カイ・フン自身も「軟弱で無力のブルジョアでしかない」と非難を浴びている。しかし、資産家の清徳や不道徳なカィンの言動や性格に、読者ははからずも感心させられ敬服してしまうとも書いている。

一方、旧南ベトナムでの批評を見てみると、まず一九六一年に文学研究者ファム・テー・グー（Pham Thê Ngũ, 1921-2000）が、『不安（＝清徳）』について、「一九三五年以後、ロマンの病から回復したものの、別の病が多くの青年知識人の魂を蝕んだ。それは、懐疑の病である」と述べている(9)。また、一九七二年には作家ズォン・ギェム・マウが「〔『不安』を〕分析すれば、変革を前にした、決起と変化を必要とする実在としての社会の現実を知ることができる。しかし、まさしく本作品が示すように、西洋の学問を学んだ知識人たちは堕落に陥り、行動への礎、始動への礎を持たず、大多数の庶民からかけ離れ、そのために行動を開始した後も、リーダーの役割において失敗に終わった」と論じている。[10]

なお、ベトナム戦争が終結し南北が統一された以後の評価は冒頭で紹介した論述とほぼ同様である。

各批評が指摘するように『清徳』には、故意に試験に落ちるカィン、親友の恋人を寝取るカィン、夜遅く一つの部屋に集まりコックリさんに興じる男女、一人の若い女性を奪い合う清徳とカィン父子、スポーツカーを乗り回すカィン、浜辺のヴィラ、宴と洋酒と賭博…といったデカダンス的要素が散りばめられている。こうした様相は、当時のハノイの様子をありありと描き出している一方で、「一九三二〜一九三七年にかけて「自力」文士グループは何を成し遂げたのか？　文学において、彼らは放埒の毒を帯びた一連のロマン主義小説を世に送り出し、罪深く無秩序でモラルなき個人主義を吹聴した。社会において、彼らはまやかしの快楽、若々しさ、厚顔さ、身勝手さ、さもなければ社会闘争から逃避する〈夢と幻〉に浸りきり、身体から心魂に至るまで堕落した青少年の群れの形成に関与した」という文学研究者チュオン・トゥーの自力文団批判を、そのまま具現化したかのようでもある。[11]マルクス主義に傾倒したチュオン・トゥーは、闘争から目を背ける堕落した青少年たちは自力文団の小説によって形成されたとしている。

三．『清徳』の注目点

本節では『清徳』のいくつかの注目すべき点を特定し、その後の分析に繋げたい。

三・一・植民地という「監獄」での執筆

これまでほとんど指摘されてこなかったが、『清徳』の最終ページには執筆年である〔1941－1943〕が書き込まれている。一九四一年から一九四三年までのどの時期に書かれたのかという詳細は不明であるものの、この小説がカイ・フンが囚われた監獄のなかで、全編ではないにしても、少なくともその一部が構想され加筆、修正された可能性を示唆している。(12) ファン・ク・デだけがこの点を指摘しているが、(13) それは北に住むファン・ク・デの手元にハノイで出版された『清徳』があったからである。最終ページに〔1941－1943〕が記された『清徳』の入手が北部ほど容易ではなかった旧南ベトナムの読者たちは、こうした事実を知ることは困難であった。また、たとえ実際の監獄で全編あるいはその一部が書かれなかったとしても、著者カイ・フンは逮捕前から秘密警察に追跡され、(14) 出獄後も保護観察下にあった。もっとも植民地という空間がそもそも獄中であると、未完の小説「軛」のなかで主人公が語ったように、(15) 監獄の中であっても、あるいはその外であっても、植民地で暮らしを営む者たちにとっては、いずれも自由な身動きが取れない、自由な言論活動が出来ない環境にあった。

獄中という空間においては、自らの闘争精神を表に出さないよう心掛けることが、生命を守ることにつながる。当時は、愛国心や祖国の話をしただけで、警察から危険分子とにらまれていた。(16) こうした緊張のなか、現実の様相でもあった青年たちの頽廃した有り様を『清徳』に意図的に散りばめ、国のことなど露ほども憂えぬ「愚民」ぶりを敢えて剝き出しに描くことは、植民地という監獄(17)における監視の目から巧みに逃れる戦略と捉えることもできる。概して「デカダン派はどんなに魅力的であったとしても、国民を弱体化させ国民から健全な子女を奪い取る非愛国者と目された(18)」。植民地という監獄で執筆する小説の題材として、独立闘争から逃避するかのような非愛国的人間に見做されがちな人物像を採用したのはある意味、賢明だったといえるだろう。

なお、それまでは芸術志向を社会性よりも優先していたカイ・フンが、政治活動に足を踏み入れることになったのは、本人に政治に関わりたい意思があったというよりも、ニャット・リンなど仲間たちと共に活動したい想いの強さによるものであった[19]。ところが、先述のようにニャット・リンとともに日本の軍用機で台湾と広東に渡ったことから、カイ・フンも逮捕の対象になってしまった。

図1　グエン・ザー・チーの風刺画（1）
Ngày Nay, Nº.53, 1937/4/4.

三・二・グエン・ザー・チーへの献辞

『清徳』の冒頭には、自力文団が発行した新聞の表紙や挿画を担当した、ベトナム漆画の第一人者グエン・ザー・チーへの献辞がある。監獄にはグエン・ザー・チーのほか、自力文団のホアン・ダオも共に収監されたが、なぜグエン・ザー・チーに対する献辞となったのか。

図1は、一九三七年六月のフランス人民戦線崩壊を前にした、一九三七年四月四日付の『今日』に描かれたグエン・ザー・チーの筆による風刺画である。積まれた金貨の上に座るのは、ベトナムの民族衣

装アオザイを纏った女性であり、その前で大日本帝国とナチス・ドイツがともに花束を手にしている。女性の隣には、「一．欧州各紙：ドイツ、フランスからのインドシナ譲渡を望む」「二．南北各紙：日本がインドシナを探っていることが明らかに」との説明書きがあり、下部には「インドシナの媚娘《ミ・ヌオン》（My Nương）が山の精《ソン・ティン》（Sơn Tinh）と水の精《トゥイ・ティン》（Thủy Tinh）に結婚を申し込まれている。〔媚娘《ミ・ヌオン》の父親である〕雄王《フン・ヴオン》（Hùng Vương）の判断はいまだ定かでない」と書かれ(20)、ベトナムの伝説にかこつけてベトナムと他国の状勢が諧謔を交えて描かれている(21)。

三．三．タイトルの変移

非常に奇妙なことに『清徳』というタイトルには、書籍広告などでは副題『(即ち罪)（*tức - Tội lỗi*）』が付け加えられている(22)。また一九四一年一一月六日に印刷を終えた『帽子を斜めにかぶって』の裏表紙の書籍広告には、カイ・フンの作品として『罪』という本がまもなく印刷されることが記されている。カイ・フンが逮捕されたのは一九四一年一〇月三一日であり、『罪』の印刷は現在のところ確認できていない。もしかしたら『清徳（即ち罪）』の「罪」は当作品を指している可能性がある(23)。ところで、これに関しアメリカで出されたカイ・フンを追想する本のなかで、ホアン・チュック（Hoàng Trúc）は、『清徳（即ち罪）』の「罪」を、植民地当局の「罪」として連想されることを危惧した植民地当局によって（即ち罪）が削除されたのではないかと見解を述べている。こうした措置は、グエン・トゥアンの小説『故郷の欠如（*Thiếu quê hương*）』（1940）のタイトル内の「欠如 Thiếu」が、「何が原因で、誰のせいで、故郷が欠如してしまったのか」と疑念を抱かれることを憂慮して削除されたケースと同様だという。[24]

さらに不思議なことに、カイ・フンの死後自力文団のリーダーであるニャット・リンによってサイゴンで再刊された一九五四年版は、タイトルそのものが『不安』に変更されている。[25]『清徳』とは、主人公カィンの父親ティエン（Thiện, 善）の通称であるが、一九五四年版には出版社の断りとして「当初、『清徳』のタイトルで出版されたが、作者が付けたタイトルではないため、作者が名付けた『不安』に戻らせたい」との注記がされている。[26]また、サイゴン版『不安』は、タイトルの変更のほか、結末部の内容の順番が入れ替えられ、最終ページの〔1941－1943〕が削除され、冒頭のグエン・ザー・チーへの献辞もなくなっている。そのため、『不安』の読者はこの作品が獄中で作られた可能性を知ることができない。旧南ベトナムにおける『清徳』批評は、この事実を考慮できていない。しかしなぜ、ニャット・リンは再刊にあたってこのように手を加えなければならなかったのだろうか。

タイトルに関しては、『清徳』の前作である『美』（1941）の作中人物、自称作家のグエン（Nguyên）が、『不安』という名を冠した作品の執筆構想について熱く語っている。グエンのように、カイ・フンは自身の次作『不安』の執筆構想を仲間のニャット・リンに語り聴かせたことがあったのだろうか。或いはサイゴンでの『美』の再刊にあたり『美』を再読したニャット・リンが『不安』というタイトルを思いつき、当時の青年たちの不安をテーマとしたのだろうか。グエンの構想が『清徳』解釈の大きな手懸りとなることを期待したいのではあるが、グエンが構想する小説はあくまで『不安』であり、『清徳』ではない。とはいえ、『美』と『清徳』の出版が前後している点、またニャット・リンが『清徳』から『不安』へとタイトルを変更した点は軽視することはできない。次に『美』を通しての『清徳』解釈の可能性を探ってみよう。

三.四.『美』における示唆

すでに述べたように、『美』のなかで、主人公の画家ナム（Nam）の友人グエンは次のような『不安』の執筆構想を語っている。「青年の物語なのだが、僕は前の世代からはじめるんだ。干からびた儒学の世代からさ。どうだ、美しくはないか？　崩壊した世界、根っこを抜き取られた世界だ」、「その世界は崩壊して消散する、そして不慣れで未熟な新しい世界、風を前に不安定にぐらつく新しい世界へと場所を譲るんだ」、「それは僕たちの世代さ。これがこの小説の中で一番重要なところだ。主人公は、不安な人生を生きる青年知識人だ」(27)。また、グエンの構想を暗記してしまった友人トゥー（Thư）は「ヴァン（Văn）〔物語の主人公〕は博打を打ち、競馬もやるんだ。が、彼が博打を打つのは恋愛に忘却を見出せないからであり、恋をするのは読書に忘却を見つけ出すことができないから、そして彼が本を読むのは仕事に忘却を見出すことができなかったからで、事務所で働くのは彼が高級官吏だからだ。要するに、彼は生涯に亘って苦悶の不安を生き、忘却を望むも忘却できない。おそらく彼には理想が欠けているんだ」と付け加える(28)。

ぐらつき不安に満ちた新世界に生きる青年たちは何を忘却したかったのか。仏越辞書を編纂したダオ・ダン・ヴィ（Đào Đăng Vỹ, 1908-1997）は、著書『若き安南（*L'Annam qui naît*）』（1938）のなかで、当時の青年たちの胸の内を「薄幸であった民族はみなさうだが、慘澹たる闘争と血みどろな犠牲をはらつたのちに、どうしても己れの弱さを認めざるをえなくなると精神的にひどく沈滞した時代がやつてきて、その沈滞がしまひには放縦と無氣力に発展し、人間は本來自分を疑ひ、自己を卑下するために生れてきたものだと思ふやうになる（中略）。底をわってみれば傷ついた自尊心と怨恨にすぎない」と分析している。[29] ダオ・ダン・ヴィの青年の心情分析には、理不尽な植民地政策に抗う惨澹たる闘争の果ての血みどろな犠牲、野蛮な大国の暴力に屈するしかない無力さ、不当な社会システムが継続していく不条理、怒りの矛先をどこにも向けようのない虚無感、自信を失い累積していく怨恨、そして懐疑の病が垣間見える。このような抱え切れない遣り切れなさから、青年たちは「抗う」ことから目を背け、心に辛苦を植え付ける怨恨からも解放されたかった。植民地という空間は、生き抜いていくための防衛機能としての「忘却」を望むしかない打ち拉がれた絶望の世であった。『清徳』に描かれた青年たちの心理は、このようであった。だが、彼らは「忘却を望むも忘却でき」ず、「抗い」の精神を捨て去り、植民地当局の「飼い慣らされた家畜」に成り下がることにも決して同意できない。

三．五．ドストエフスキー『カラマーゾフの兄弟』との相似

カイ・フンと同じ監獄に収監されていたと思われる作家グエン・トゥアンは、[30] 一九四一年に収監されるにあたりドストエフスキーの本を何冊か持ち込み、監獄でドストエフスキーに夢中になった。「頭から転がり崩れ落ち、骨がずきずき痛む暮らしのなかで、多くの青年がドストエフスキーを読んでいた。大義のために罪を着せられ監獄に入った数多の青年知識人が、ドストエフスキーの生涯とその作品に深く共感した。革命に身を投じる意識はまだ芽生えていなかったものの、ドストエフスキーの叛逆に同調する青年たちもいた[31]」。

『清徳』と照らし合わせて登場人物を追ってみると、カラマーゾフ父子とグルーシェンカとの三角関係、さらに元の恋人と駆け落ちすることでカラマーゾフ父子の色情から逃れて出直そうとするグルーシエンカの姿など、「革命前後のロシヤの時代精神[32]」が描かれた『カラマーゾフの兄弟』の構図との類似が見られる。好色で金儲けの巧みな老獪な地主フョードル・カラマーゾフは清徳、直情的なミーチャと無神論者の次男イワンが同居したかのようなカィン、フョードルとミーチャ父子が奪い合いをする奔放でコケティッシュなグルーシェンカはハオ、ミーチャの許嫁で生涯を捧げミーチャを見放さず守って行こうとするカーチャの姿には[33]、ラン・フオンを見いだすことができる。ちなみに、『カラマーゾフの兄弟』では、ミーチャには「あるがままのロシア」、イワンには「ヨーロッパ主義」、アリョーシャには「民族精神」が託されているが[34]、『清徳』の登場人物たちにそうした仕掛けはなされているのだろうか。この問いへの回答は後述するが、これらの類似において、カイ・フンが『カラマーゾフの兄弟』の構造に注目し、その図式をベトナムの時代精神の描写に援用したことが推察できる。前章でカイ・フンの形式主義《フォルマリズム》的思惟を確認したが、ここでも彼の形式あるいは構造への関心の高さが窺い知れる。なお、上の問題提起を行うにあたり、ベトナムではいかにドストエフスキーが受容されてきたかを知ることは重要であり、付録1にはその詳細を記している。

四．『清徳』を読み解く

本節では、前節の注目点が示唆する事柄に加え、ベトナムを取り囲む当時の国際情勢を踏まえた上で、『清徳』のより積極的な読みを試みたい。

はじめに、留意すべき点をいくつか挙げたい。まず、図1で示した風刺画の特性を確認すると、島本と岸によれば、「風刺」する絵画が、社会や人物の欠陥や悪事を、他のことにかこつけて「遠回しに責める」という間接性を不可欠の条件とするならば、このことは鑑賞者の側からすれば、風刺画の意味が一目見ただけでは判然とせず、したがって解釈の努力を必要とするということを意味する[35]。こうした解釈の努力は、絵画だけでなく文学にも適用すべきだろう。特に、植民地当局による検閲制度の下、何かにかこつけてある意味をほのめかす寓意は、その効力を存分に発揮するはずである。トゥー・モーは、仏植民地当局の検閲制度下における執筆活動について、「詩がフランス語に訳された時に、誰に咎められることなく、しかし読者が行間を読み取ってその言外の意味を理解できるよう、巧妙な筆使いを必要とした」と述べており[36]、作品を書く側だけでなく、読む側の読み解く力、解釈の努力を期待していたことが分かる。これらのことから、痛快な風刺画を『今日』等に数多く掲載してきたグエン・ザー・チーへの献辞は、読者に視点転換の契機を与え、解釈の努力を促す目配せとしても捉え得るだろう。この転換に関して、哲学者ウィトゲンシュタインの「うさぎ－あひる図」の視点を参考にしたい[37]。

アヒルの図が消えてウサギの図が出現するのではない。アヒルであるがゆえにウサギなのである。ではこのアヒルの図とウサギの図との関係はと考えると、「地と図」つまり背景と図柄（ただし両者とも地であり図であるのだが）といってもいいし、アヒルの図のなかにウサギの図が「無意識」のごとく隠されているといってもいいだろう。カムフラージュのごとく表層にあらわれているのであって、目を凝らし視点を転換すればみえてくる。どう見方を変えるかが、歴史的操作の眼目となる(38)。

また、『清徳』の読解にあたって、文芸批評家ミハイル・バフチンが述べた、「テキストをその作者が理解するように、理解すること。だが理解はそれ以上でありうるし、またそうあらねばならない。大きく深い創作は多くの点で無意識であり多義的である。理解においてそれは意識によって補完され、その意味の多様性を開示する。こうして理解はテキストを補なうが、それは創造的性格をアクチヴに持っているからである。創造的な理解は創造の継起であり、人類の芸術の富を豊かにする(39)」といった「理解する者たちの共同制作」との見解を心に留めた上で、『清徳』の登場人物を眺めることで、見えてくるであろうものを以下に追っていく(40)。

図２　「うさぎ－あひる図」

まず、精鋭実業家である清徳の特性は、ほとんど本能ともいえる天性を有するとされ「クモのうなじにある微細な急所の位置を正確に捉え、たった一刺しで、決して外すことなく仕留めるスズメバチの本能と何ら違いはない。その生きたエサは麻痺させるのであって殺しはせず、後の幼虫たちのための貴重な蓄えになるのである」と、スズメバチの本能に喩えられている(41)。ここで描かれるスズメバチの特徴は、ハチが他の昆虫類やクモなどを襲い、針で刺して麻痺させ、適当な場所へ運んで産卵し、孵化した幼虫はその獲物を食べて育つという狩人蜂の特徴であり、この特徴はベトナムの口承文芸である歌謡《カーザオ》（Ca Dao）で「スズメバチがクモを育てる。この子が成長すれば、この子は尽き果てる。スズメバチは忍び泣く。クモ！　クモよ！　おまえはどこに行ったのか？[42]」と謡われている。この歌謡《カーザオ》でクモは、かつてのベトナムの養子縁組において、名目上養子として迎え入れられるも、実質はその労働力を搾取される犠牲者が含意されていると指摘されている[43]。ここから連想されるのは植民地主義である。一八八三年にはその全土がフランスの統治下にあったベトナムは、本国フランスにとって自国産業の原料獲得、安価な労働力の獲得、資本・商品市場の獲得、軍事的・戦略的要地の獲得等の場であり、現地住民の犠牲において本国の利益をはかろうとする、まさに「スズメバチがクモを育てる」状況下にあった。ここから、スズメバチに喩えられた清徳は、フランスの植民地主義の寓意であり、タイトルとして名付けられた「清徳（即ち罪）」は「フランス、即ち罪」となり[44]、フランスを断罪していると解釈できる。

また、清（い）徳という通称名、そして善《ティエン》という本名には、ニーチェの『道徳の系譜』における思索に基づいたかのようなイロニーが含蓄されている。「善即ち罪」、つまり、カイ・フンの言葉を借りれば「現地の野蛮な人間を文明化させるために犠牲を惜しまず海を渡ってきた」植民者の[45]、キリスト教的使命或いはヨーロッパ中心主義的善を、罪と見做す姿勢とも読み取ることもできよう。

清徳の息子カィン〔景／境〕は、あらゆるものの境に置かれた人物である。ベトナムとフランス、ベトナム国民文学『翹伝』とフランスの文豪アナトール・フランス[46]、国語《クオックグー》と漢字とフランス語、新旧、ロマン主義とリアリズム、理想と現実、精神と肉体、善と悪などの間で、板ばさみの窮境にあり、当時の社会の景色を映し出している。なお、仏植民地当局は当時のベトナムの革命家たちを、失望者や落第者（raté）と呼んだ[47]。故意に試験に失敗した落第者としてのカィンは、ベトナムの独立運動家たちを暗示しているとも捉えることができる。ちなみに、カイ・フン自身も植民地システムの歯車となることを拒むかのように、修了試験に失敗したままである。なお、カイ・フンの父親は、幼い頃父親を亡くした革命運動家グエン・ドゥック・カィン（Nguyễn Đức Cảnh, 1908-1932）を養子として育てていた。(48)

また、フエに住むラン・フオン〔蘭香〕は、クリスチャン的言動をとる女性である。カィンはラン・フオンを宗教画と引き合わせて心を震わせる。また終盤では、カィンとハオの二人について「今はただ二人の罪深き魂を救うために天に祈ることしかできません」とラン・フオンは嘆く。(49) ラン・フオンがカィンに参加を勧めた青年キャンプ（フランスが支援したボーイスカウトか？）(50)も、キリスト教的性格を帯びた団体であろう。この青年キャンプのリーダーの名はトゥエン（Tuyên, 宣）であったが、宣教師を示唆するものと考えられる。ラン・フオンには、フエの阮《グエン》朝第一三代皇帝バオ・ダイ帝の妃となったナム・フオン皇后（Hoàng hậu Nam Phương, 1914-1963）が透けて見える。ナム・フオンの本名はグエン・フー・ティ・ラン（Nguyễn Hữu Thị Lan）、フランス国籍をもつベトナム南部のカトリックの大富豪の娘である。(51) ちなみに、ラン・フオンの「ラン」はナム・フオン皇后の本名の「ラン」、そして「フオン」は、フエの代名詞でもあるフオン河（Sông Hương, 香河）の「フオン」と読み取ることが

図 3　『今日』に描かれたボーイ・スカウト
Ngày Nay, Nº.24, 1936/9/6, p.213.

できる。ラン・フオンをキリスト教あるいはフランスの傀儡となった阮朝の似姿として見れば、カインがハオに出会った途端、即座にラン・フオンを忘れ去りその後も煙たがるのは、青年が一度はそれらに文化的に傾倒したものの、結局は〈否〉を突きつける民族の運命を示唆している。

次に、ハオ〔好〕は、その名前に加え、毎日のように麻雀に興じ、カィンに寄り添って麻雀を教える姿が中国的である。「生きることは裕福になること、強く美しくなること。生きることは勝つこと。人生において、裕福で強く美しい人間だけが優れ、それ以外は何もないのと変わらない」とするハオの人生の目的は美であり、彼女の肯定する社会は金の社会である。[52]「美」と「金」と「強さ」という言葉からは、漢語で美と利および堅の国と表記される美利堅合衆國、つまりアメリカ合衆国の姿が透けて見える。当時の中国では、第二次国共合作（一九三七–一九四五年）を行なっており、援蒋ルートなどを通じてフランスやイギリス、特にアメリカから多額の援助を得ていた、他方で、ソ連からも、日本軍を中国に釘付けにしておくため、高額の借款を得ている。[53]清徳にアメリカ人のような肌色と表現されたレンガ色のファンデーションを施しておどけるハオからは、アメリカに留学しアメリカとの外交に長けた蒋介石の妻、宋美齢の姿がちらつく。大国を天秤にかけてより多額の軍事・経済援助を引き出す国民政府の態度が見え隠れすると言うこともできる。一九四三年一〇月のイタリアの政変によって日独伊同盟が崩れ去ったことで、日本の勢力に期待できないと感じた大越民政党は、中国国民党を頼りとするベトナム国民党と合併し、中国と連携して日・仏に対抗しようとしていた。[54]

小説の最後で、ハオは清徳の邸宅を訪れ、郡役人のトとの結婚を知らせる案内状を清徳親子に渡す。最後にハオが選んだのは、清徳でもカィンでもなく、作中でほとんど姿を現さなかったト〔蘇〕であった。このトが[55]、蘇維埃、つまりソヴィエトであるとすれば、物語の最後で唐突にトに嫁ぐハオの姿は、まるで中国、ひいてはベトナムが、社会主義に傾いていくことを予見しているかのようである。

　最後に、仏印進駐を進めた日本はアレゴリーとしては果たしてどのように描かれているのだろうか。カインをハオの邸宅へ導いたホアンの名は、少し綴りを弄れば［Hoằng → Hoàng］となり、〔皇〕という漢字が浮かび上がってくる。カインを三輪車《シクロ》で迎えに行った時のホアンは、ステテコ姿とも思われるだらしない格好で日本の草履あるいは下駄を履いている[56]。また彼は、物理の教師で自然界の法則について熱く語り漢字の教養も身に付けた人物で、拝金主義者の清徳を見てこんな社会で生き続ければ狂ってしまうと嘆く。それらを考えてみるなら、ホアンには、『ファーブル昆虫記』を翻訳し、日本のプロレタリア文学の先駆とされる雑誌『種撒く人』を刊行し、ベトナムの民族解放運動に関わりカイ・フンとも交友のあった小牧近江が幾分重ねられているかのようでもある。

＊　＊　＊

　『清徳』は、著者自らの命の行く末が見えない植民地という監獄、或いは実際の監獄で、当時の空気に漂う頽廃的要素を意図的に晒すことで、仏植民地当局から危険分子とにらまれぬようカムフラージュしつつ、当時の政治・社会の状況をだまし絵のような手法で描いた。漢字やベトナム口承文学の見識など、自国の伝統文化を知るものしか共有することができない符丁を巧みに操り、『清徳』の献辞や副題、さまざまなパラテクストに読み解きのヒントが隠されていた。グエン・ザー・チーへの献辞は風刺画を見る際の視点の転換と創造的理解を促し、副題の「即ち罪」は読者に清徳とは何者なのかと思案させ、さらには、ロシアの時代精神が「カラマーゾフの兄弟たち」に託されたように、ベトナムの時代精神が『清徳』の作中人物たちに託されていた。

サイゴンで再刊された際、これらのパラテクストは取り除かれたために、本章四節で示したような読み解きの鍵となるヒントは失われてしまった。穿った見方をすれば、それらの操作を施したニャット・リンは、故意に「読み解き」の道を閉ざしたとも考えられる。国内外の情勢を観察し未来を占った『清徳』は、ベトナムの独立を賭けた「決起を促すリーダーの役割としては失敗に終わった」と評される大越民政党のリーダーにとって、痛い所を衝く存在だったのではなかろうか。一九四三年末より中国国民党に接近しつつあったニャット・リンの独立闘争のとどのつまりは、『清徳』結末で描かれた「なんてこった！」と呆然と立ちつくす清徳の姿そのものであった。ニャット・リンは、そのことに対する羞恥のために『不安』結末部の文章の順序を入れ替えたのではなかろうか[57]。

危機の局面において、歴史上の様々な英知に耳を傾け、新聞社の運営に関わり、ジャーナリストの目を有していたカイ・フンは、世界の新思想をいちはやく咀嚼し、国を案じ、民に先立って憂えていた。そのなかから生まれ出た一種の寓話として、『清徳』を読むことができる。獄中生活期間を含む二年間の沈思をもとに生み出されたこの精巧な作品は、これからもまた別の新たな読みを喚起し得る暗示や比喩に満ちた小説と言えるだろう。加えてカイ・フンの文学作品は、謂わば公的な文書では窺い難い歴史のひだと社会の実相を描写した資料として、今後も活用していくことができる。

注

（1）Khái Hưng, *Thanh Đức*, Đời Nay, Hà Nội, 1943.

（2）Nguyễn Đăng Mạnh, Bùi Duy Tân, Nguyễn Như Ý, eds., *Từ điển tác giả, tác phẩm văn học Việt Nam*, NXB Giáo dục Việt Nam, Hà Nội, 2012, pp.291-292.

（3）古田元夫、『ベトナムの世界史』、東京大学出版会、一九九五年、一二一ページ。

（4）古田元夫（一九九五）、前掲書、一二二ページ。

（5）小説の冒頭部に登場する映画『シカゴ』は、一九三七年にアメリカで制作された。ベトナムでの公開年は不明だが、日本での公開は一九三九年である（スティングレイ・日外アソシエーツ編、『映画賞受賞作品事典 洋画編』、日外アソシエーツ、二〇一二年、二四一ページ）。これに即せば、『清徳』の舞台は、一九三七年頃から出版年である一九四三年の間のハノイであることが推測できる。

（6）Thế Phong, *Lược sử Văn nghệ Việt Nam - Nhà văn tiền chiến 1930-1945*, NXB Vàng Son, Sài Gòn, 1974, p.29.

（7）Nguyễn Đức Đàn, "Mấy ý kiến về Nhất Linh và Khái Hưng - Hai nhà văn tiêu biểu trong Tự lực văn đoàn", *Văn Sử Địa*, N°.46, 1958, pp.21-22.

（8）Nguyễn Quảng Nam, "Hà Nội đã viết gì về Khái Hưng?", *Thời Tập* #54, 1974, p.33.

（9）Phạm Thế Ngũ, *Việt Nam văn học sử giản ước tân biên III*, Đại Nam, California, n.d. (1961?), p.467.

（10）Dương Nghiễm Mậu, et al., *Khái Hưng - thân thế và tác phẩm*, Nam Hà, Sài Gòn, 1972, p.45.

（11）Trương Tửu, *Tuyển tập Nghiên cứu Văn hóa*, NXB Văn học - Trung tâm Văn hóa Ngôn ngữ Đông Tây, Hà Nội, 2013, p.788.

（12）いかなる種類の民族主義も警戒するという総督府のおかげで、一九四一年後半、反体制活動のかどでフランス保安隊に追われる身となった安南人は多かった（村上さち子、『佛印進駐：*Japan's Thrust into French-Indochina 1940-1945*』、非売品、一九八四年、四〇一ページ）。当時カイ・フンが収容されていた監獄の医師によれば、囚人となった人のほとんどが知識人や文芸関係者で、その多くがアヘン中毒に陥っていた。政治犯として捕まった彼ら囚人たちは、抗議運動を行った後、監獄の外に各々小屋を建てて暮らした。また、彼らは生活に困らない家の出が多かったため、家族からの差し入れは充実していた（Dương Nghiễm Mậu, et al., op.cit., pp.27-28.）。

（13）Phan Cự Đệ, *Phan Cự Đệ Tuyển tập - Tập 3*, NXB Giáo dục, Hà Nội, 2006, p.437.

（14）この様子は『今日－新紀元』に連載された未刊の小説「軛」に描写されている。

（15）第七章でも言及するが、「軛」では、主人公アイが「そうじゃないか、僕たちは自分たちの国を失った奴隷の生涯を生きてきた。とすれば、どこで生きるのも同じじゃないか。家庭の中で生きるのも、獄中で生きるのと同じことだ。だから、たとえ逮捕されたり罪人にされたりしても、僕はそれほど辛く思わない。どこで生きたにしても、軛の中で生きることに変わりはないからね」と述べている（Khái Hưng, “Xiềng xích”, *Ngày Nay - Kỷ nguyên mới*, Nº.11, 1945/7/14, p.16.）。

（16）ダオ・ダン・ヴィ、『若き安南』、成田節男訳、白水社、一九四二年、一八一ページ。

（17）cf. 海老坂武は、植民地の状況について「巨大な強制収容所」と化しつつある、と叙述している（海老坂武、『フランツ・ファノン』、みすず書房、二〇〇六年、二八三ページ）。

（18）ジョージ・L・モッセ、『ナショナリズムとセクシュアリティ――市民道徳とナチズム』、佐藤卓己・佐藤八寿子訳、柏書房、一九九六年、一三九ページ。

（19）Trần Khánh Triệu, “Ba Tôi”, *Văn*, Nº.22, Sài Gòn, 1964, pp.25-26.

（20）一八代雄王《フン・ヴオン》に媚娘《ミ・ヌオン》という美しい娘がいた。蜀（中国の四川とされる）の王が求婚したが断られ、次に国内の山の精《ソン・ティン》と水の精《トゥイ・ティン》が求婚し、王は礼物を早くもってきた山の精《ソン・ティン》に娘を与えた。水の精《トゥイ・ティン》は洪水を起こして山の精《ソン・ティン》を攻めたが勝てなかった。蜀王は媚娘《ミ・ヌオン》が山の精《ソン・ティン》に嫁いだことを深く恨み、孫の蜀泮（アン・ズォン王）が雄王《フン・ヴオン》を攻めて文郎国《ヴァンラン》を滅ぼした（宇野公一郎）（石井米雄監修、『ベトナムの事典』、角川書店、一九九九年、二九三ページ）。

（21）カイ・フンはまた、ボケ男（Chàng Lẩn Thẩn）という筆名で、一九四六年四月二六日付『ベトナム』一三三号のコラムで、年頃のベトナム女性と老けたフランス男性との縁談話にかこつけて、当時のフランスとベトナムとの関係を風刺している（*Văn*, Nº.22, 1964, pp.57-59.）。

（22）一九四三年出版時における『清議（*Thanh Nghị*）』（一九四三年八月一日付四二号）に掲載された書籍広告を見ると、『清徳（即ち罪）』と書かれており、さらにドイナイ社が出版した自力文団の各作品の背表紙に紹介された彼らの著作リストにも『清徳即ち罪』と明記され、こちらでは（即ち罪）の括弧が省かれている。

（23）『罪』にいかなる内容が書かれていたかを確認することができないため、『清徳』との内容の照合をすることができない。『清徳』が書かれた年は〔1941-1943〕と記されており、出版の一九四三年までにどのような加筆・修正がされたのかも確認することができない。ただし、『罪』という作品全編を、そのままタイトルだけ『清徳』へ変えた可能性は低いと筆者は考える。なぜなら『罪』というタイトルを変えただけであれば、執筆期間を一九四三年までと記す必要がないからである。

（24）Nguyễn Thạch Kiên ed., *Khái Hưng - Kỷ vật đầu tay và cuối cùng - Tập I*, Phương Hoàng, California, 1997, pp.437-438.

（25）*Băn Khoăn* というタイトルの和訳について、ホアン・ゴック・タィン（Hoàng Ngọc Thành, 1926-2015）の英訳 *Anxieties* および竹内與之助の和訳『不安』に基づき、本論文では『不安』とする（Hoang Ngoc Thanh, *Vietnam's social and political development as seen through the modern novel*, Peter Lang, New York, 1991, p.116. / 竹内與之助、「Tự Lực Văn Đoàn（自力文団）とその背景」、『東京外国語大学論集』一三、一九六六年、八四ページ）。

（26）Khái Hưng, *Băn Khoăn*, Phượng Giang, Sài Gòn, 1954

（27）Khái Hưng, *Đẹp*, Đời Nay, Hà Nội, 1941, pp.160-161.

（28）Khái Hưng (1941), op.cit., pp.162-163.

（29）ダオ・ダン・ヴィ、前掲書、三二〇ページ。

（30）Dương Nghiễm Mậu, et al., op.cit., p.27.

（31）Nguyễn Tuân, *Tuyển tập Nguyễn Tuân III*, NXB Văn học, Hà Nội, 1994, p.406.

（32）高橋和巳、『高橋和巳全集　第一四巻』、河出書房新社、一九七八年、四二八ページ。
（33）しかし、カーチャは最後にミーチャを裏切ることになる。
（34）ドストエフスキー、『ドストエフスキー全集11』、小沼文彦訳、筑摩書房、一九六三年、三六九ページ。
（35）島本浣、岸文和、『絵画のメディア学――アトリエからのメッセージ――』、昭和堂、一九九八年、九八ページ。
（36）Tú Mỡ, "Trong Bếp núc của Tự Lực Văn Đoàn", *Khái Hưng - Nhà tiểu thuyết xuất sắc của Tự lực văn đoàn*, Phương Ngân ed., NXB Văn hóa - Thông tin, Hà Nội, 2000, p.387.
　例えば、投獄された経験を有する作家中野重治は、「検閲のことをみんな分かっていない。検閲によって小説が出版されるかされないかが怖いのではなくて、連れて行かれて拷問を受けて、命にまで関わることが私は怖いんだ」というようなことを述べたという。検閲のみならず、書き手は自分が書いた文章によって、属しているコミュニティからどう理解され、または誤解され、どのような暴力的な場面に遭うことになるのかまでを想定しなければならない（金ヨンロン・尾崎名津子・十重田裕一編、『「言論統制」の近代を問いなおす：検閲が文学と出版にもたらしたもの』、花鳥社、二〇一九年、二〇〇ページ）。
（37）ウィトゲンシュタイン、『ウィトゲンシュタイン全集8　哲学探究』、藤本隆志訳、大修館書店、一九七六年、三八五ページ。
（38）フレドリック・ジェイムソン、『政治的無意識　社会的象徴行為としての物語』、大橋洋一・木村茂雄・太田耕人訳、平凡社、二〇一〇年、五九五ページ（大橋洋一による訳者あとがき）。
（39）ミハイル・バフチン、『ことば 対話 テキスト――ミハイル・バフチン著作集8』、新谷啓三郎（他）訳、新時代社、一九八八年、二九七ページ。
（40）ここからの分析は、柴田勝二氏による東京外国語大学における講義からインスピレーションを受けている。その内容は、「表象としての〈現在〉：『細雪』の寓意《アレゴリー》」、『日本文学』四九、二〇〇〇年、九号に掲載されている。柴田氏によれば、本論考はフレドリック・ジェイムソン『政治的無意識』から示唆を得ているとのことである。

(41) Khái Hưng, *Thanh Đức*, Đời Nay, Hà Nội, 1943, pp.16-17.

(42) [原文] *Tò vò mà nuôi con nhện / Đến khi nó lớn, nó quyện nhau đi*
Tò vò ngồi khóc tỉ ti / Nhện ơi! Nhện hỡi! Mày đi đằng nào?

(43) Nguyễn Lân Dũng, "Ý nghĩa thực sự của bài 'Tò vò mà nuôi con nhện'", *Nông Nghiệp Việt Nam*, 2011. (https://nongnghiep.vn/y-nghia-thuc-su-cua-bai-to-vo-ma-nuoi-con-nhen-d30299.html　最終閲覧：二〇二〇年一二月一三日)

(44) 『清徳』において、一般的に主人公として捉えられるのは、清徳の息子のカインであろう。清徳をタイトルに持ってくることには、不自然さが漂う。そのことは、サイゴンで再刊された際に、『清徳』から『不安』へタイトルが変更されたことでも明らかである。なぜ、『清徳』をタイトルにしたのか？　ここから『清徳（即ち罪）』に盛り込まれた仕掛けを読み解く必要性が浮かび上がってくる。

(45) Khái Hưng, "Chính sách thực dân không phải là một sáng kiến của các dân tộc Âu Tây", *Bình Minh*, N°.19, 1945/ 4/10, p.1.

(46) 作中で、カインの友人は「かつては『翹伝』に心酔する青年たちが存在したが、今やアナトール・フランスに傾倒する青年たちを欲している」とからかう。ここでは、仏植民地支配下の状況が、ベトナムの国民文学からフランスの名を冠する文豪への移行によって示される一方で、アナトール・フランスが一九〇九年という早い時期に植民地主義を批判していたことを確認しておきたい (Nguyễn Văn Trung, *Chủ nghĩa Thực dân Pháp ở Việt Nam - Tập 1*, NXB Nam Sơn, Sài Gòn, 1963, p.29.)。

(47) Nguyễn Văn Trung (1963), op.cit., p.242.

(48) Doãn Quốc Sỹ, *Tự lực văn đoàn*, NXB Hồng Hà, Sài Gòn, 1960, p.48 (note 1).

(49) Khái Hưng (1943), op.cit., p.296.

(50) 当時、幹部養成学校ではフランス人とインドシナ人の青年が、三色旗の下、キャンプで共同生活したり、ボーイスカウトの訓練に参加したりした。一九四三年までに、二〇万人以上の青年男女がこの運動に参加したといわれている（Devillers, Phillipe, *Histoire du Viet Nam. 1940 à 1952*. Editions du Seuil, Paris, 1952, p.85.（村上さち子、前掲書、三九二ページより再引用））。

（51）Anonymous, "Hoàng hậu Nam Phương đã qua đời như thế nào", *Phụ nữ Việt Nam*, 2016.（http://phunuvietnam.vn/kho-bau/hoang-hau-nam-phuong-da-qua-doi-nhu-the-nao-post13083.html 最終閲覧：二〇二〇年一二月一三日）

（52）Khái Hưng (1943), op.cit., pp.222-223.

（53）波多野善大、『国共合作』、中央公論社、一九七三年、二三六、二四〇ページ。

（54）Nguyễn Tường Bách, *Việt Nam những ngày lịch sử*, Nhóm Nghiên cứu Sử địa xuất bản, Montréal, 1981, p.38.

（55）ちなみに、ベトミン結成に参加し、ホー・チ・ミンの事務補佐役として頭角を表したファム・ヴァン・ドン（Phạm Văn Đồng, 1906-2000）の別名はト（Tô）である。

（56）『ヴェトナムの血』において、小牧近江をモデルとした人物志村は、戦争中、インドシナの日本文化会館の事務局長という重要な地位についていたのに、彼は官邸もいらぬ、自動車も不要と云い張って、ハノイ郊外の貧乏街の入口に小さな別荘風の邸宅を借り、ここから会館に三輪車《シクロ》で通っていた（小松清、『ヴェトナムの血』、河出書房、一九五四年、二九五–二九六ページ）。

（57）綺麗な結末を迎えていない点がこの作品の特徴と言えるが、カイ・フンが生きていた時代の刊行、即ちカイ・フンの監修の上での刊行であるため、著者自身がオープンエンディングを選択したと考えられる。世界情勢が見渡せないなか、オープンエンドとならざるを得なかった側面をうかがうことができる。

第六章

全体主義への警告
――日仏共同支配期の児童書『道士』を読む――

ペタン（Philippe Pétain, 1856-1951）がヴィシー政権の長として一九四〇年にフランスで権力を握ると、彼は伝統を尊び、家族への回帰を求め、資本主義に反対し、寡頭政治を支持する「国民革命」を推進した。ペタンがインドシナ総督に任命したジャン・ドクーは、ヴィシーの「革命」をインドシナにも適用しようと素早く動いた[1]。フランス植民地政権は、プロパガンダによって「国民革命」の普及を集中的にはかり、「労働・家族・祖国」の価値を強調した。そして「国民革命」の教義とベトナムの伝統的な儒教的価値観の共通性を宣伝することによって、現地住民をヴィシー体制にとりこもうとした[2]。しかし、第二次世界大戦の勃発、フランス本国の対ドイツ降伏、それに乗じた日本軍の北部進駐は、それまで一見揺るぎないように見えていた仏植民地支配が、きわめて深刻な危機に直面していることを示した(3)。日本に亡命した阮朝の末裔クォン・デの一九四一年九月における認識は、次のようであった。今日のヴィシー政府とドクー政権はとるにたらない相手であり、行儀が良く扱いやすいが名前だけで実をともなっていない(4)。

こうした日仏の二重支配下において、カイ・フンは『道士』を執筆した。『道士』刊行の前年まで、仏植民地当局によって約二年間に亘る監獄生活を余儀なくされ、刊行当時はハノイで保護観察下にあった。本書は、第一章でも言及した文団が手掛けた児童書「紅本《サックホン》」(5)シリーズの一作品として、文団の出版社であるドイナイ社より一九四四年一〇月三〇日に刊行された。同年八月にはヴィシー政権が実質的に崩壊していた。しかし、インドシナではドクー総督がその地位にとどまり続け、ようやく一一月にペタンのポスターが少しずつ除去され始めた(6)。

『道士』には、ベトナム古説話のモチーフが取り入れられ、本作品は国語《クォックグー》の普及に貢献した。日本が展開する汎アジア主義から現地住民の関心を逸らせるために(7)、ドクーのもとで頻繁にみられたインドシナ各国の固有の文化や伝統を「称賛」し「復興」を促す動きと連動しつつ(8)、ベトナムの伝統への回帰を意図したように見える点において、この作品は、表面上は、独立闘争に向けたナショナリズムの形成

図1『道士』表紙

に加担した作品と捉えることができる。一方で、『道士』にはある哲学的要素がある。その哲学的含蓄を読み解いてみよう。保護観察という厳しい監視下・言論統制下にあり、作者から読者に対し直接的メッセージを投げかけることが困難な中で書かれたこと、さらに植民地当局が厳しい検閲を行い、優良と判断された新聞・雑誌には補助金などの優遇を与え、そうでないものには発行の一時停止などの措置を課すことによって、政府のイデオロギーや政策を宣伝させていたこと[9]をまず確認しておきたい。そのなかで『道士』が真に伝えたかったことは何なのか？　本章は、『道士』に意識的かつ無意識的に取り入れられた古今東西の神話や説話を分析した後、『道士』に暗示的に描き出された大戦下の各国の有り様を追い、人々の生命が危機に瀕した時代において世界の知識人が重ねた思索の普遍性を明らかにしていく。

「作家にとって真の責任とは、政治参加のしそこないとして文学を引き受けること」とロラン・バルトは言った[10]。この言葉は、作家カイ・フンにとっても非常に示唆的である。

なお、『道士』刊行以後のベトナム国内における戦乱と南北分断、分断後のサイゴンにおける『道士』の未再刊により、本作品を知る人はほとんどいない。昨今、フランス国立図書館の電子図書館Gallicaで鑑賞できるようにはなったものの、これまで筆者は『道士』に言及した文章や先行研究を確認できていない。

一・『道士』執筆時の背景と梗概

一・一・『道士』：文化政策的背景

『道士』は、仏教・道教・ベトナムの古説話といった要素が前面に押し出され、一九四〇年の日本軍進駐期には存在した「新安南運動」（先述のドクーの文化政策と関連があると考えられる）、即ち「従來の支那文化やフランス文化の壓倒的な影響をはなれて、歴史的にも民族的にも嚴存する安南の伝統や民族性に還れといふ[11]」動きに沿ったものである。それと同時に、「ベトナム文化綱領」の方針に則ったかのようにも見える。『道士』刊行の前年一九四三年に出たインドシナ共産党による「ベトナム文化綱領[12]」は、文化活動の柱として「民族化」・「科学化」・「大衆化」の三原則を掲げている。「民族化」とは、外国文学の模倣を排し、ベトナム民族独自の文化遺産を守り、発展させようとすることであった。これはベトナム文化が古くは中国、新しくはフランス文化の模倣の上に形成されたものだったという反省から生まれ、政治的な独立を目指す以上、文化的な独立も必要だと訴える[13]。このような動きは独立闘争時には避けられない傾向であるが、このある種排他的な確信には、大橋洋一が指摘した危険性が孕まれることも忘れてはならない。重なりあう領土、からまりあう歴史という、宗主国と植民地が織りなす相互交流と文化変容のダイナミズムを認知しないままに、純粋で固有の過去と領土を死守することで自他の境界を厳密かつ強固にし、そこに民族のアイデンティティを確立することなどできない。頑なナショナリズムは、結局のところ、帝国主義の言説と姿勢と実践を、無意識のうちに、あるいは無批判に、反復し再生産してしまう危険性がある[14]。こうした問題を意識しつつ、『道士』の内容を見ていこう。

一・二・『道士』梗概

冒頭に、撰者（カイ・フンのこと）によるまえがきが記されている。本作品は動物と植物が共通の言葉を話し、仏の慈悲の眼差しのもと、仲睦まじく暮らしていた昔々の出来事を描いたものだと紹介される。以下は二幕から成る『道士』の梗概である。なお、より詳しい抄訳を付録3に記す。

【第一幕】

仙女が、玉泉からとある森にやってきた。聞けば、九尾狐が二千年に亘る神通力の修練を経て、怜悧な道士に転じて以来、この森での自由な暮らしは消え失せたという。道士は「造化」の威光を超え出るべく、雷・雷電・光・雨をつくり出し、自らの能力を試そうと百年間雨が降らぬよう念じた。道士は数百キロ範囲の雲をかき集め、自分の葫蘆の中に閉じ込め、さらに雷と雷電を井戸に閉じ込めた。道士は、神通力で雨水をつくり上げ周辺地域に配る。そのため誰もが道士に恩をこうむっており、道士がいなければみな干からびて死んでしまう。ここには、誰もが従わなければならない道士の秩序が敷かれていた。その様子を知った仙女は、「この道士は、仁慈の心を持たない。たんに「造化」の法則を顛倒させたいだけだ」と所感を述べる。

【第二幕】

手長猿がやってきて、敵（＝仙女）が美しい歌声で鳥たちに思想煽動をしていると、陛下（＝道士）に告げる。道士は、敵を雷と一緒に井戸に閉じ込めなければならぬと憤る。道士は、その敵を生かしておけば、自分の秩序は失われ「造化」に屈することになってしまうと焦燥し、熊と虎と豹を仙女のもとに送るが、三頭とも仙女の足下に跪くことになる。

道士は、仙女を自分の洞窟に連れてこさせる。洞窟はふいに光に溢れる。みなに道士を崇め祀る歌をうたわせるが、仙女が道士に近づいていくと、不意に道士は仙女に「貴女はわれの妻となれ」と告げる。仙女は、九尾狐などとは結婚せぬと断り、「何万年修行したとしても、狐の尻尾を隠すことはできぬ。道士はたんに「造化」の真似事をして、雨を禁じ、自ら水を作り出しているのだ」と指摘する。ついに道士は、仙女を牢屋に入れると脅す。しかし仙女は「九尾狐の奴隷になるより、投獄されるほうがましだ」と答える。道士は、「二千年におよぶ修行を経てきたなかで、自分はこれまで誰も愛した経験がなく、今はじめて仙女を愛し始めた。貴女はそれを幸せで光栄なことと思わぬのか」と問い詰める。仙女は「私を愛する方は、私を自分の意のとおりにさせるのではなく、私の意向に従わなければなりません」と返す。とうとう道士は「われと一緒になることを承諾せよ、われは貴女の指示に従う」と折れる。そこで仙女は、道士に玉座から降りて雨水が入った葫蘆を渡すよう指示する。道士はしぶしぶ玉座から降り、葫蘆を渡し、仙女の前にひれ伏す。仙女はみなに、道士が「造化」の法則に従い、道士の霊験あらたかな術は消え失せたことを告げる。道士は九尾狐に姿を変え、田畑では雨が降り始める。みなは、八年ぶりに雨が降ってきたと歓喜する。その時、仙女は釈迦に姿を変えていた。

二、『道士』に取り入れられた説話

結末で釈迦が姿を現すことからも分かるように、本作品は仏教説話に基づいて書かれている。その説話は、本書のまえがきで次のように説明されている。

ある道士が山に入り修行を重ね、優れた法術を身に付けた。ある日彼は「祈禱を捧げ、八年の間、降雨を禁じる」といった奇抜なアイディアを思いついた。天は慌てふためき、道士の邪術を破るため、釈迦仏を美女に化けさせ地上へと遣わせた。果たして、道士は彼女の美貌に惹き寄せられ、彼の法術は即座に消え失せた。それ以後、その土地には再び清らかで新鮮なめぐみの雨がもたらされた。[15]

上記からこの説話は「一角仙人」の説話と考えられる。一角仙人は、仙人の子として鹿の胎内から生まれ、身心不犯の純潔な優れた梵行者であったが、美しい女に誘惑されてついに通力を失い、その為に久しく旱魃に喘いでいた下界に大雨沛然といたった、というのがその骨子である。[16]「一角仙人」説話の祖型は、古代インドの大叙事詩『マハーバーラタ』のなかに見られる。ベトナム語のĐạo sĩ は漢字に置き換えると「道士」となるため、筆者は直訳して道士としたが、苦行を修めた功徳により偉大な霊力を獲得したリシ（聖仙）をベトナム語でĐạo sĩ と記す事例もあり、[17]『道士』に登場する道士もこのリシと見做すことができる。『道士』の世界は、まるで『ラーマーヤナ』の「一角仙人」の場面を写実

図２　『ラーマーヤナ』の一場面
https://collections.lacma.org/node/225544

したかのようである（図２）。さらに「一角仙人」は、佛教徒の『アランブサー＝ジャータカ』『ナリニカー＝ジャータカ』などにも取り入れられ、漢訳仏典の所伝にも『大智度論』『根本説一切有部毘奈耶《うぶびなや》破僧事』がある。そのほか中国における所伝として『西遊記』が存在し、日本における所伝には『今昔物語集』『太平記』『鳴神』などが挙げられる[18]。

　では、カイ・フンはどのように「一角仙人」の説話を受容したのだろうか。カイ・フンの養子（ニャット・リンの息子）の回想によれば、カイ・フンは、ルーペを使って漢籍を読み[19]、『阿弥陀経』や『地蔵経』を読経していた[20]。こうした漢訳仏典からの受容がまずは考えられる。日本で出版された漢訳の大蔵経が一九三〇年代までにベトナムに輸入されていたため[21]、カイ・フンの時代にはすでに『大智度論』が伝来していた。また、フランス語訳『マハーバーラタ』『ラーマーヤナ』は一九世紀末に刊行されており、カイ・フンはそれらをフランス語で読んでいただろう。一方で、日本人からも『今昔物語集』や『鳴神』などの「一角仙人」物語を聞く機会もあったかもしれない。

　『道士』では、一角仙人の代わりに九つの尾を持った狐が登場する。ベトナムの古説話集『嶺南摭怪(*Lĩnh Nam Chích quái*)』[22]（一四世紀末）によると、ハノイの西湖《タイ》（Hồ Tây）南側に現存する道観（道教寺院）である真武観（Đền Quán Thánh）即ち鎮武観（Trấn Vũ Quán）をめぐって、かつて九尾の狐の妖怪が害をなしたために、玄天上帝がこれを退治したという「狐精伝（Truyện Hồ tinh）」が伝えられている。(23) 一角仙人が九尾狐へとアレンジされたことにより、『道士』は前出の「ベトナム文化綱領」に沿ったかのように、(24) 人々に親しみやすい作品となった。加えて、ベトナム仏教の諸要素も『道士』に巧みに織り込まれている。ベトナム仏教は、雲・雨・雷・電の天象アニミズムと融合して、女神形の法雲・法雨・法雷・法電の四法（仏）信仰を創造している。これらの諸像は祈雨や止雨の儀礼における祈禱対象となった。また雷神は、一八世紀頃の道教職能者に重視されていた。(25)

なお、『道士』に登場する手長猿には西王母の桃を盗んだ過去があり、(26)『西遊記』の孫悟空と重ね合わせることができよう。孫悟空の前身は、『ラーマーヤナ』に登場する神猿ハヌマンであるということは、ほとんど定説といってよい。(27) このように『道士』には興味深い様々な文化の交錯を認めることができる。その文化の混淆は、アジア圏にとどまらない。カイ・フンは、『道士』刊行の前年に出された小説『清徳』（1943）で、(28) フランスの文豪アナトール・フランスの名を出しているが、『今昔物語集』や『鳴神』に描かれた怪奇な老仙人が女によって堕落する「一角仙人」は、謂わば古代ギリシャの遊女を主題とした

図3　『道士』挿絵
Khái Hưng, *Đạo sĩ*, Đời Nay, Hà Nội, 1944, p.5.

図４　『道士』挿絵
Khái Hưng, *Đạo sĩ*, Đời Nay, Hà Nội, 1944, p.17.

「タイス」的物語である。[29] 二〇歳でキリスト教に帰依し、日々激しい苦行に励む僧侶パフニュスの、娼婦タイスに対する関心は、もともと欲情からきていた。『舞姫タイス（*Thaïs*）』（1890）を執筆したアナトール・フランスの愛読者であったカイ・フンにとって格別の文脈だっただろう。そのことは、挿絵に描かれた仙女の背中にギリシャ神話の神が持つような翼が生えていることから推し量ることができる（図４）。このように『道士』ひとつとってみても、「宗主国と植民地が織りなす相互交流と文化変容のダイナミズム」を容易に見出すことができる。

三、『道士』の寓話性

『道士』のまえがきには、撰者カイ・フンから読者への投げ掛けの言葉が次のように記されている（抄訳）。

この戯曲のいくぶん哲学的な思想は、君たちの思考能力をはるかに超え出ていると訝るかもしれない（中略）。この世に生まれてきたからには、君たちは秘密に満ち溢れた世界の只中で暮らし始めることになる。君たちは、なぜこうなのか、なぜああなのか、常に自問していかなければならない。君たちはみな哲学者なのであって、成長すればするほど、さまざまな神秘にぶちあたる。智覚の世界が広がるにつれ、君たちの好奇心は無限に広がっていく。そして、君たちが知ろうとすればするほど、理解することが必要だと感じるようになる。しかし、欲する心に岸はなけれども、理解には限りがある。これから始まる劇が有意義なものとなるよう、君たちに少し考えてもらいたい。この戯曲は、撰者のたんなる作り話ではない。撰者は仏教書に従って書いたのだ。

〔前掲の仏教説話が記される〕

おそらく君たちの想いも撰者の想いと同じだと思う。怜悧な道士たちには、とっとと消え去ってもらいたい。「造化」の特権を乗っ取ろうと法術の修練に明け暮れる彼ら〔のような存在〕が増え続ければ、ぼくたちの世界にはただただ災禍が増すだけである。彼らの能力が「造化」と同じレベルに達した日には、この世界は消滅する。なぜなら「造化」の基盤は善であり、彼らの基盤は悪だからである。(30)

自分の頭で問い、考えることの大切さを訴えるこの文章は、大戦下という先が見えず、人々の生存が危機に瀕した時代に生まれ、世界消滅の不安を前に理不尽な時代の流れに巻き込まれている子どもたちに宛てた真摯なメッセージであった。

先に分析したように、童話の形をとった『道士』には、古代の神話的物語が取り入れられている。神話学者クロイツァーは、神話の本来の意味とは、「警告したりする「講和」」であり「真理をうちに反映する詩」であると言う。[31] レヴィ＝ストロースによれば、文字や古文書をもたない社会において、神話の目的とは、未来が現在と過去に対してできる限り忠実であることの保証であった。[32] また、小牧近江が創刊した『種蒔く人』同人の劇作家佐々木孝丸は、童話が社会一般に対して持ちうる影響力を生かし、童話によって深遠な社会批判を展開すべきであると主張した。社会構造の概念的批判とその先の社会像の想定には、童話の寓意機能が極めて有効なのだ。[33] 開高健は、寓話とは諸性格の最大公約数を抽出してきて異種の典型に発展させる作業であり、それをある事態に対するただの見取図として終らせないために、著者のなみなみならぬ才腕、博識、精力、冒険心が必要だと述べている。[34]

これら先人たちの省察を鑑みると、カイ・フンの『道士』には、社会批判や警告、単なる見取図だけではなく、連続性と真理性を帯びた歴史の典型的パターンを見出すことができるのではなかろうか？

三．一．保護観察下での『道士』執筆

前述のように、カイ・フンは一九四一～一九四三年の約二年間投獄され、出獄後も保護観察下におかれた。自力文団の文芸誌はこの時期には出ておらず、自由な言論・出版活動がことさら難しい状況にあった。『道士』は出獄の翌年に刊行されたが、童話という出版物は、無害と思わせることができた。外見（表紙）だけでなく仏教説話を下敷きにしたという内容も「無害さ」を纏ったものに仕上がっていた。ドクーの文化政策や「民族化」という「ベトナム文化綱領」に適ったものに見える点でも、左右のどちらからも文句の出しにくい出版物だった。

三・二・ディストピア物語としての『道士』

ところがいざじっくり目を通すと『道士』には、いかがわしいカリスマ的指導者としての道士の独裁的な指揮の下、恐怖のために隷従せざるを得ない動植物たちが暮らす、ある種のディストピア社会が描かれている。

九尾狐から変化《へんげ》した道士は、万物の統治者として世界を掌握したいという支配欲、社会や世界を根底から作り替えようとする巨大な野心から「造化＝自然の法則」を否定し、生物の命の源となる雨を禁じ自ら水をつくりあげて配給する。そのことで、世界の構造を再創造しようとするのである。動植物たちは水を得たいがために道士への服従を強いられ、二本足で立ち振る舞う調教を受けた、道士が敷いた規律の仕組みを担う軍の将校であるかのような虎や熊や豹が、他の生き物たちを画一化し管理統制する。

図 5 『道士』挿絵
Khái Hưng, *Đạo sĩ*, Đời Nay, Hà Nội, 1944, p.25.

ここでは、道士の命令に逆らったものたちは抹殺される恐怖政治が敷かれている。当初、動植物たちは道士によってつくり出されたこの新秩序の犠牲者であった。ところが、時間が経つにつれて彼らは次第に「飼い慣らされた家畜」と化していく。そして、道士に率先して仕える幹部将校たちとともに、知らず知らずのうちに道士の新秩序を機能させる装置としての役割を担っていく。徐々に彼らは、生命の水を与えてくれる道士をこの上ない存在と認識し始める。こうして本質を見極められなくなってしまった動植物たちが、新たな秩序に馴化していけばいくほど、道士への崇拝が嵩じ、道士は神格化されていく。

そこに、道士崇拝が日常となった社会の「外側」から仙女がやって来る。仙女は、道士が率いる世界の状況に疑問を抱き、鹿や小鳥などに寄り添って彼らの声を聴く。事情を把握した仙女は、道士はたんに「造化」の真似事をしているだけだと鋭く指摘し、自然の法則にとってかわって道士が敷いた偽りの法則を否定する。こうした言論を行う仙女は、道士が統率する社会の全体性を脅かす存在となるため、道士は仙女を煽動者と見做し、部下を使って排除すべく動き出す。

このように『道士』からは、全体主義や個人崇拝の諸相が透けて見える。当時の世界の様相を振り返れば、まさしく世界はこうした全体主義に飲みこまれる危機にさらされていた[35]。全体主義とは、イタリアのファシズム（一九二二–一九四五年）、ドイツの国民社会主義（一九三三–一九四五年）、そしてロシアのスターリニズム（一九二〇年代–一九五〇年代）という三つの歴史的経験であった。ファシズムには軍隊さながら従順に動員される大衆が不可欠であり、また、ソヴィエトの権力は革命的独裁を全体主義体制に変容させた[36]。指導者に対する大衆の盲目的支持が嵩じ、あるいはそのような状況を利用して指導者が自己に対する服従を強制する結果、宗教運動に類似した指導者への献身的な崇拝が完成する。個人崇拝は、一般的に既存の規範性が無効化する革命を経験した体制において生じやすい。それは、第三世界のカリスマ的指導者や民族主義運動のリーダーにも、英雄崇拝のような形でみられる。革命や社会変動によって旧来の伝統的な社会制度が解体し、しかも集団的危機意識が高まり、周辺諸国の脅威から自国を防衛する必要のある状況下で、指導者の個人的役割は大きくなる。しばしば指導者自身が新たな価値の体現者として表象される傾向があった。[37] 独立運動、国民国家の形成、資本主義のグローバル化、あるいは社会主義政権の出現と発展の過程において、一政党あるいは一国の創始者や指導者をカリスマ的存在として崇拝する例として、レーニン、孫文、毛沢東などが挙げられる。[38] ホー・チ・ミンについても同様のことが言える。このことを踏まえた上で、『道士』刊行当時のベトナムの状況を確認していこう。

三・三・大東亜の新秩序

『道士』刊行時、ベトナムには日本軍が進駐していた。一九三九年に第二次世界大戦が勃発し、翌年六月、フランス本国がナチス・ドイツに敗退すると日本は仏印への進駐を始め、同年九月、北部仏印進駐と日独伊三国同盟調印を断行した。東南アジアを資源供給地として見ていた日本軍（皇軍）は、「皇國を核心とする大東亞の新秩序」（強調は筆者によるもの）の建設を進めた。[39] 一九四一年にアジア・太平洋戦争が始まり、『道士』出版から約四ヶ月後の一九四五年三月九日、日本軍は「仏印」軍の解体と、単独支配をねらってクーデタを起こす。その際、政庁などを接収し、四月には日本軍の傀儡政権が成立した。[40] 同月二一日と二二日の夜には、ハノイのオペラハウスで「海行かば」が上演された。[41]

大東亜新秩序建設を目的としたアジア・太平洋戦争とともに、一九三〇年代に「国民」の動員と統制のために威力を発揮した天皇制の即物的な「神話」[42]、そして「神聖不可侵」とされた天皇に対する忠義および崇拝の精神[43]、さらに童話のなかの道士が「陛下」と称されていることも含めて、新秩序建設を企む大日本帝国が寓意として『道士』に織り込まれていることも分かる。即ち、『道士』には、ベトナムにやって来た日本の人々の言動を間近で見ることになり、さらにはダオ・チン・ニャット（Đào Trinh Nhất, 1899?1900?-1951）の「日本論」を手にしただろう著者が、日本批判を行っている作品でもあるのである。『道士』刊行の一九四四年には、日本軍部隊の全滅があちこちで起こった。「お国のために」と盲目的に命を落としていく無数の人々の姿も、カイ・フンの脳裏に浮かんだことであろう。(44) と同時に、日本が敗戦した後のベトナムの青写真を、彼は頭に描いたはずである。

三・四・洞窟を拠点とした民族統一戦線

次にベトナムの人々の動きに目を向けていく。ここでは、日仏の支配に抗い独立闘争に奮い立った革命家たちのなかでも、先に名前が挙げられたホー・チ・ミンの動向に注目していく。

一九四〇年一二月、グエン・アイ・クォック（Nguyễn Ái Quốc, 阮愛国。ホー・チ・ミンの別名と言われている）(45) は国境を越えて約三〇年ぶりの帰国を果たし、一九四一年二月、解放区のカオバン省（Tỉnh Cao Bằng）パクボー（Pác Bó）に到達した。(46) インドシナ共産党第八回中央委員会総会がパクボーの秘密基地である洞窟で開催され、そこで、ホー・チ・ミンの指導のもとに、日仏二重支配を打倒して民族解放革命を導く民

図6　ホー・チ・ミンが生活し仕事をした洞窟
（Wikimedia, Shansov.net）

族統一戦線であるベトミンが結成された。

一九四四年一二月には、カオバン省において、ホー・チ・ミンの指令を受けたヴォー・グエン・ザップの指導下に、武装宣伝隊が組織され、最初の人民軍が生まれた[47]。

このような事実を『道士』と重ね合わせれば、ベトナム語でホー（Hồ）と記される「狐」即ち九尾狐、さらには道士の住処である洞窟などが符合してくる[48]。すると、道士の側近として仕える虎や豹などが、後にベトナム労働党（インドシナ共産党）の指導部を構成することになる名将ヴォー・グエン・ザップやファム・ヴァン・ドン（Phạm Văn Đồng, 1906-2000）に見えてくる[49]。

『道士』刊行後のベトナムでは「阮愛国《グエン・アイ・クオック》再来という信仰」が現れ[50]、時の経過とともにホー・チ・ミンは英雄やシンボルとしてだけでなく、神や仏陀のように崇められた[51]。このように『道士』には、新秩序を人々に知らしめ、人々の国家への忠誠心を生み出し永続させるメカニズムとしての「ホー・チ・ミン崇拝[52]」すら透けて見える。なお、グエン・アイ・クオックは、モスクワで五年に及ぶ生活を送っている。続けて、ソヴィエトに焦点を当ててみたい。

三.五.『動物農場』の普遍性

カイ・フンは、前章で扱った『清徳』で、ベトナムがソヴィエトに傾いていくことを予見するかのような寓話的小説を書いた。『清徳』に続く出版となった『道士』は、二本足で歩きはじめるブタたちが登場する、ジョージ・オーウェルの『動物農場（*Animal Farm*）』（1945）を思い起こさせる物語でもある。『動物農場』の末尾には「一九四三年一一月〜一九四四年二月」と執筆時期が明記されているものの、出版されたのは戦争の終結を待った一九四五年八月である。[53] カイ・フンは『動物農場』を知らずに『道士』を執筆しているわけだが、『動物農場』と『道士』とには、その構想および問題意識に近似性がみられる。この二作品からは、東西の隔たりなく、大戦下におけるジャーナリスト兼文人ならではの、共通した世界への眼差しと洞察を見出すことができる。

川端康雄によれば、『動物農場』は風刺的な動物寓話という「おとぎばなし」の形式を用いたがゆえに、「ソヴィエト神話」の暴露というオーウェルの当初の目的を超えて、読者の身近にありうるあらゆる政治権力の腐敗、堕落を撃つものとして、すぐれて普遍性をもつ読み物になっている。[54] また、オーウェルに傾倒し、『動物農場』を全訳した開高健は具体的人名を列挙して解説を行っている。

〔『動物農場』に登場する〕動物が人間にたいして叛乱を試みるときの哲学とスローガンが似ているために、レーニンやスターリンやトロツキーやトハチェフスキーの像をそれぞれの動物に読んでしまう。（中略）ちょっとスローガンを入れかえてみれば、おなじ動物たちにヒトラーやレームやロンメルを読みとることもできるのだが、気がつかない。孫文と蒋介石だって読みとれるのである。[55]

開高の観察は人物像にとどまらない。

〔『動物農場』は〕左であれ、右であれを問うことなく、ある現実にたいする痛烈な証言であり、予言である。コミュニズムであれ、ナチズムであれ、民族主義であれ、さては宗教革命であれ、いっさいの革命、または理想、または信仰のたどる命運の、その本質についての、悲惨で透明な凝視である。理想は追求されねばならず、追求されるだろうが、反対物を排除した瞬間から、着実に、確実に、潮のように避けようなく変質がはじまる。(56)

こうした指摘は、オーウェルの同時代作家、カイ・フンの『道士』にも当て嵌まる。これまで述べてきたように道士の存在は、本章冒頭で挙げたペタン、そして大日本帝国の「現人神」、さらに神や仏陀として崇められるにいたったホー・チ・ミンの姿を内包すると同時に、ヒトラーやスターリン、孫文、蒋介石など、開高が挙げた歴史的人物たちの姿をいずれも見いだすことができる。同様に、道士が創り上げた世界の構造には、ファシズム、コミュニズム、ナショナリズム等々の社会システムの行く末が映し出されている。こうして、『道士』はある時代の証言となり、かつ予言となっている。(57)

図７　ベトナム語版『動物農場』（筆者所有）

ところで、ベトナムにおいては現在に至るまで六冊の『動物農場』ベトナム語版が出されてきたが、そのほとんどは地下出版となっている。一九七五年から今にいたるまで、『動物農場』はベトナムでの出版を禁じられてきたからである。二〇一三年に公けの出版が叶ったものの、一瞬で終わった[58]。その一瞬の間に数冊を買い占めたベトナムの知人から、筆者は一冊をもらい受けることができた。

四.『道士』以後

独立宣言から四ヶ月後、カイ・フンはベトナム国民党の機関紙である日刊紙『ベトナム』にN.B.T.（Người bán than 炭を売る人：カイ・フンの初期の筆名、あるいはNgười biên tập 編集者）のイニシャルで「ジャーナリストは自重すべし」との声明を出している[59]。そのなかで、独立国の雑誌・新聞は、追従、迎合あるいは萎縮の態度を放棄しなければならない、いかなる勢力もいかなる強権も恐れることなく真っ直ぐ前進して行かなければならない、と述べる。その訴えは、新聞各紙が競い合い、ある人間の徳性を褒めちぎり、かの人間の国家への功績をおだて、ある《革命官僚》のために喧伝し、さらにまた別の《革命官僚》のためにプロパガンダを行い、今日は政府を誉め讃え、明日はある長官に媚びへつらうのを目の当たりにして遺憾であると続く。カイ・フンは述べる――私は、こうした人間たちが言論を率い、思想を率い、国民を率いるベトナムという国について考える時、非常に心痛を覚える。ひとが右だと言えば自分も右、ひとが左と言えば自分も左。従僕の身の上！　なんとも哀れな！　と、切実な声を上げている。

このようにカイ・フンは、個人崇拝のシステムを機能させる装置と化しつつあるベトナムのジャーナリストたちに覚醒を促した。日本の敗戦によって独立を獲得した後も、服従・追従の姿勢を依然として取り続けるベトナムのジャーナリストたちに対し、国家権力が誤った政策を行っていないか常に監視し、市民に警鐘を鳴らす番犬の役割を果たすジャーナリズムの機能を改めて明示したのであったが、[60]《革命官僚》たちにとっては、目障りな存在に映ったただろう。『動物農場』が世界的に大評判となったことで、オーウェルが命を狙われてもおかしくない状況となったように、[61]国家権力の番犬的役割を使命感とともに自ら担ったカイ・フンもまた、粛清される結末となった。

『道士』刊行から一二年後の一九五六年、カイ・フンの切実な言葉を受け継ぐような出来事が起きる。この年、ベトナム労働党は、ソ連共産党第二〇回党大会におけるフルシチョフ第一書記のスターリン批判にこたえ、個人崇拝批判、内部民主拡大の方針によって自己点検を進め始めた。第三章でも言及したように、作家や知識人の一部は『人文《ニャンヴァン》』や『佳品《ザイファム》』に論陣をはり、スターリン批判や「百花斉放」に依拠しながら、文芸政策をはじめとする党・政府の政策を公然と批判した。[62]かつて自力文団を痛烈に批判したチュオン・トゥーは、抗仏戦争中からの作家と党指導部との衝突について具体例をあげながら、「このように大衆を侮蔑し、団結を破壊し、独断専権をほしいままにし、上にへつらい下を排斥するような人物が長い間ずっと文芸を指導し、上級からよろしいとほめられ、表彰すらされているのである。文芸界の空気がいかに息苦しいものかは言わずともわかるだろう」と、前掲のカイ・フンの訴えとほぼ同様の論調を展開した。そして文芸界の沈滞状況は文芸担当幹部による上級に対する個人崇拝に起因した官僚主義的指導によってもたらされたものであるとした。[63]こうして「いかなる強権も恐れぬ」意思がようやく公けに示された。ところがすぐに一転して一九五八年七月初めには、『人文』『佳品』の寄稿者に、文芸各組織からの除名、執行委員解任などの処分が下された。これ以降のベトナムにおける社会主義化の過程でスターリン主義的な諸特徴が顕在化することになった(64)。

『道士』に登場する「反対物」としての仙女の役割を、まずカイ・フン自身が、その後『人文』『佳品』の寄稿者たちが担ったわけであるが、結果的に両者とも潰され、その後も長らく「正統な」ベトナム文学史から排除されることになった。このような事態になることを事前に察知していたかのような『道士』ではあるが、道士と仙女のケースのように——ひどく極端な解決策ではあったが——丸く収める道はなかったのであろうか。最後に、道士の世界に平和をもたらした仙女に着目してみよう。

五．世界消滅回避に向けたエロス

前述のように、本作品には世界消滅の回避を求めるメッセージが込められている。『道士』刊行時、世界は大戦の只中であったが、その終結時点で原子爆弾が投下された。まさしく世界の崩壊は間近に迫っていた。

『道士』では、造化＝神に代わって世界を根底から作り替えようとする巨大な欲望によって築かれた道士の新秩序、世界を消滅に導く端緒となるであろう新秩序は、道士が仙女に対して覚えたエロスによって無効化する。ギリシャ神話の愛の神エロスが、カイ・フンが拵えた「道士神話」の仙女に託されているかのようである。児童書という体裁のためか、カイ・フンは道士が仙女に求婚するようにアレンジを加えているが、『大智度論』に基づけば、仙女は扇陀《せんだ》という名の娼婦をモデルにしており、道士のモデルである一角仙人は、美女たちと一緒に身体を交互に洗い合いながら欲望をつのらせ、ついに淫事を行なう。すると、一角仙人はたちどころに神通を失い、天は大雨を降らせる。[65]

『道士』では、鹿の胎内から生まれた一角仙人に代わって、ベトナムの人々が慣れ親しんだ九尾狐を登場させ、道士へと変身させるが、道士に変化《へんげ》するための二千年の修行の間、九尾狐は誰一人も愛したことはなかったという。[66]「愛する」という表現になってはいるが、情欲を拭い去れば不老不死となるといった道教思想を鑑みれば、九尾狐はエロスを抑え続けたからこそ二千年間も生き存えてきたということになる。そして道士は、二千年間抑制し続けた性欲動のエネルギーを、自身を神の位置に据えた新秩序建設という別の目的へ向けたわけである。かつてフロイトは、「人間がすぐに戦火を交えてしまうのが破壊欲動のなせる業《わざ》だとしたら、その反対の欲動、つまりエロスを呼び覚ませばよいことになります。だから、人と人の間の感情と心の絆を作り上げるものは、すべての戦争を阻むはずなのです[67]」という見解を示したことがある。精神科医斎藤環は、この見解を解説するにあたり、「エロスの欲動」の二つの例を呈示している。一つ目は、個々人の距離感を保ちながら言葉に基づく相互理解を深めていく、愛するものとの対話である。二つ目は、一体感や帰属意識で、相手の感情や行動を取り入れ、相手の身になって考えられるようになることである。[68]戦争への道を開いたのが全体主義的国家であるとするならば、全体主義的新秩序を創造した道士の暴挙に歯止めをかけた道士のエロスが、世界消滅回避を導く契機となった。エロスによって他者である仙女への関心、他者との対話が引き起こされ、他者を受け容れる道が開かれた、まさしくそうした情動が世界消滅を回避する手立てであった。[69]

このようにカイ・フンの思想は古今東西を超えて、人間および世界の「本質」をしかと見据えている。カイ・フンの作品群を眺めると、両義的・多義的描写に溢れ、摑み所がないものが少なくないが、反－全体主義や非戦の意思については一切の揺らぎがない。[70] この決して妥協できない点、決然とした使命感が、結果的にカイ・フンの生命を縮めてしまった。

＊　＊　＊

古今東西の「神話」を融合させた『道士』は、批判精神に裏打ちされたカイ・フン独自の機知に富んだ「神話」として、複数の支配者の検閲の目を巧みに掻い潜りながら、世界消滅の危機を警告し、その回避法を呈示した。思考停止に陥らぬようにと読者を諭すこの寓話は、言論統制に挑戦する手立てである抽象化を用いて、歴史の本質的かつ普遍的パターンが描かれるとともに、どうすれば同じ過ちを繰り返さずに済むのかという、解決への道標を示している。[71]

様々な抑圧のもとで「手遅れにならないよう」懸命に筆をとったカイ・フンは、オーウェルあるいはフロイトのように、大戦下・戦間期の危機の只中において、知識人の使命を『道士』を用いて体現したのであった。

注

（1）Shawn Frederick Mchale, *Print and Power: Confucianism, Communism, and Buddhism in the Making of Modern Vietnam*, Munshiram Manoharlal Publishers Pvt. Ltd., New Delhi, 2010, p.24.

（2）難波ちづる、「第二次大戦下の仏領インドシナへの社会史的アプローチ：日仏の文化的攻防をめぐって」、『三田学会雑誌』九九-三、二〇〇六-一〇、一九六ページ。

（3）古田元夫、「ベトナム知識人の八月革命と抗仏戦争——ヴー・ディン・ホエを中心に」、『岩波講座　東南アジア史　第8巻　国民国家形成の時代』、岩波書店、二〇〇二年、一一九ページ。

フランスの期待に反し、（仏植民地当局がとった）宥和政策は安南人の嘲笑を誘い、フランス人に対する恐怖の念は軽蔑へと変化した（村上さち子、『佛印進駐：*Japan's Thrust into French-Indochina 1940-1945*』、非売品、一九八四年、三九六ページ）。

（4）Photographies (negatifs) de documents de propagande du VNPQ DMH (provenance de Cuong De) en quoc ngu, 1941, [ANOM/Papiers Decoux/14PA2/38].（武内房司、「大南公司と戦時期ベトナムの民族運動：仏領インドシナに生まれたアジア主義企業」、『東洋文化研究』一九、三七四ページより再引用）

（5）英語の研究書ではPink Booksと訳されている。カイ・フンは一二冊を執筆したとされ、自力文団のうちで最も多い執筆数となっている（Martina Thucnhi Nguyen, *On our own strength: The Self-Reliant Literary Group and Cosmopolitan Nationalism in Late Colonial Vietnam*, University of Hawai'i Press, Honolulu, 2021, p.33.）。

（6）難波ちづる、「ヴィシー期フランスの対インドシナ文化政策」、『現代史研究』五三、二〇〇七年、五三ページ。

（7）難波ちづる（二〇〇六）、前掲論文、二〇〇ページ。

（8）難波ちづる（二〇〇七）、前掲論文、五一ページ。

一九四二年五月一〇日、ジャンヌ・ダルクを讃えるフランスの国民的な祭典において、ハノイとフエではジャンヌ・ダルクとともに、中国の支配期における圧制に対し蜂起した徴姉妹（Hai bà Trung）が讃えられた（満鉄東亜経済調査局、「仏印政府の対安南人政策」、二六–二七ページ（村上さち子、前掲書、三九三ページより再引用）。ただし、各民族の愛国心は認められても、どんな形であれ民族主義だけは厳しく排斥された（村上さち子、前掲書、三八八ページ）。

（9）難波ちづる（二〇〇六）、前掲論文、一九六–一九七ページ。

（10）ロラン・バルト、『批評をめぐる試み　1964』、吉村和明訳、みすず書房、二〇〇五年、二二三ページ。

（11）小松清、『仏印への途』、ゆまに書房、二〇〇二年（一九四一年）、一三四ページ。

（12）毛沢東の『新民主主義論』をヒントにして作られたものだといわれている（加藤栄、『「ベトナム文学を味わう」報告書』、国際交流基金アジアセンター、一九九八年、九四ページ）。

（13）加藤栄、前掲書、九六ページ。

（14）エドワード・サイード、『文化と帝国主義 2』、大橋洋一訳、みすず書房、二〇〇二年、二六二ページ（訳者あとがき）。

（15）Khái Hưng, *Đạo sĩ*, Đời Nay, Hà Nội, 1944, p.2.

（16）青江舜二郎、「鳴神と一角仙人」、『民俗学研究』一六／一、一九五一年、二五ページ。

（17）例えば、Đạo sĩ Durvasa（ドゥルヴァサ）、Đạo sĩ Dwaipayana（ドヴァイパーヤナ）というように、リシは Đạo sĩ と訳されている（Nguyễn Thị Tuyết Thu, “Màu sắc huyền thoại trong miêu tả nhân vật anh hùng của sử thi *Mahabharata*”, *HNUE Journal of Science*, Social Sciences, Volume 65, Issue 8, 2020, pp. 39-46.）。

（18）岩本裕、『佛教説話研究 第二巻』、開明書院、一九七八年、二七九–二九五ページ。

（19）Trần Khánh Triệu, “Papa Tòa báo”, *Thế Kỷ 21*, Nº.104, 1997/12, p.15.

（20）Trần Khánh Triệu, “Ba Tôi”, *Văn*, Nº.22, Sài Gòn, 1964, p.23.

（21）ファム・レ・フイ、「日本の漢訳大蔵経——忘れられたフランス極東学院の記憶の断片——」、『リテラシー研究』一四、二〇二一年、八五–一〇二ページ。

（22）『ラーマーヤナ』の国外への伝播のうち、安南語（ベトナム語）の『ラーマーヤナ』は、『嶺南摭怪』という史譚集の形で伝えられたことが指摘されている（田中於菟彌・坂田貞二、『インドの文学』、ピタカ、一九七八年、三八ページ）。

(23) 二階堂善弘、「東南アジアの玄天上帝廟」、『東アジア文化交渉研究』八、二〇一五年、一六五ページ。通行本の『嶺南摭怪』「狐精伝」で九尾狐を退治するのは伝説の王「龍君（Long Quân）」であり、玄天上帝がこれを退治するというヴァージョンは後に説話が道教化されてからのものであると考えられる。

(24) 政体が目まぐるしく転変する複雑な時代において、今後を見越して柔軟かつ流動的態度を保つことは、ある意味賢明であると言えるだろう。このような点も含めて、カイ・フンの文学作品は掴みどころのないものになっている。

(25) Nguyễn Minh San, *Tiếp cận tín ngưỡng dân dã Việt Nam*, NXB Văn hóa Dân tộc, Hà Nội, 1993.（大西和彦、「ベトナムの雷神信仰と道教」、『国立民族学博物館調査報告』六三、二〇〇六年、八七、一〇一ページより再引用）

(26) Khái Hưng (1944), op.cit., p.10.

(27) 入谷仙介、『「西遊記」の神話学』、中央公論社、一九九八年、六七ページ。

(28) 小説『清徳』については、第五章を参照いただきたい。

(29) 青江舜二郎、前掲論文、三二ページ。

(30) Khái Hưng (1944), op.cit., pp.1-2.

(31) Georg Friedrich Creuzer, *Symbolik und Mythologiederalten Volker*, besondersder Griechen, I, 1819, p.50. (Reprint Edition: NewYork 1978.)（中村元、「クロイツァーの象徴学とインド神話」、『藝文研究』九一-二、二〇〇六年、九五ページより再引用）

(32) レヴィ＝ストロース、『神話と意味』、大橋保夫訳、みすず書房、二〇一六年、六〇ページ。

(33) 『種蒔く人』（一九二一年一一月）（渋谷百合絵、「小川未明「白刃に戯る火」論：「童話作家宣言」の文学史的意義をめぐって」、『東京大学国文学論集』九、二〇一四年、一六六、一七一ページより再引用）

(34) 開高健、『今日は昨日の明日——ジョージ・オーウェルをめぐって——』、筑摩書房、一九八四年、二五、一〇〇ページ。
（35）『今日』では、アンドレ・ジッドの『ソヴィエト旅行記（*Retour de l'U.R.S.S.*）』（1936）の紹介がされている（*Ngày Nay*, N°.43, 1937/1/17.）。
（36）エンツォ・トラヴェルソ、『全体主義』、柱本元彦訳、平凡社、二〇一〇年、一七―一九ページ。
（37）下斗米伸夫、「個人崇拝」、『世界大百科事典（10）』、平凡社、二〇〇七年、三一八ページ。
（38）韓敏、「近代社会の指導者崇拝に関する人類学的アプローチ」、『国立民族学博物館調査報告』一二七、二〇一五年、五ページ。
（39）朝日新聞（一九四〇年七月一七日）（近藤書店出版部編、『キーナン検事と東条被告：極東国際軍事裁判法廷に於ける一問一答全文』、近藤書店、一九四八年、六四ページより再引用）
（40）石井米雄・桜井由躬雄編、『東南アジア史Ｉ』、山川出版社、二〇〇八年、三三四、三三六ページ。この時期のベトナムの時代状況については、立川京一、「第二次世界大戦期のベトナム独立運動と日本」、『防衛研究所紀要』三―二、二〇〇〇年、六七―八八ページに詳しく記されている。
（41）*Bình Minh*, N°.27, 1945/4/19, p.2. 四月二一日には、カイ・フン作、テー・ルーのアレンジによる歌舞「俗累（Tục lụy）」も上演されている。
（42）成田龍一、「近代日本の『神話』と『神話崩し』（シンポジウム「近代日本の『神話』とナショナリズム」）」、『九州国際大学教養研究』一五―二、二〇〇八年、三四ページ。
（43）Đào Trinh Nhất, *Nước Nhựt bổn 30 năm Duy Tân*, Bùi Huy Tín, Huế, 1936, p.250.
（44）当時カイ・フンは反戦運動家の小牧近江と交遊関係にあり、また親日派とされる大越系政党の一員として日本の戦況は耳に入っていたものと思われる。加えて、仏領インドシナで刊行されていたフランス人ジャーナリストの手で書かれた新聞にも毎日目を通していただろう。
（45）一九四六年七月、『正義』は「ホー・チ・ミンは、グエン・アイ・クォックなのですか」という読者からの質問に対し、こう答えている。「本紙は各情報源を根拠とした回答はできない。ただ、この歴史的局面においてグエン・アイ・クォックがベトナムの地に居合わせていることが、国家の運命にどのような意味があるのか、その点を私たちは見極める必要がある」（*Chính Nghĩa*, N°.7, 1946/7/1, p.12.）。

（46）Ban Nghiên cứu lịch sử Đảng Trung ương, *Chủ tịch Hồ Chí Minh - Tiểu sử và sự nghiệp*, NXB Sự thật, Hà Nội, 1975, p.72. パクボーの山や川は、カール・マルクス山やレーニン渓流と名付けられている。

（47）ベトミン運動は、一九四二、一九四三年になると、ハノイの繁華街でもすでに活動しており、都市民衆からさまざまな支援を得ていた。西原機関で電信係をしていた立花は、一九四三年（と記憶している）に、当時グエン・アイ・クォックの名でベトナム民衆の間に知れ渡っていたホー・チ・ミンの経歴や影響力に関する報告書をまとめ、機関に提出していた。その情報源に、大越グループのメンバーが挙げられている（吉沢南、『私たちの中のアジアの戦争：仏領インドシナの「日本人」』、有志舎、二〇一〇年、三九-四〇ページ）。

（48）一九四二年八月、グエン・アイ・クォックは、ホー・チ・ミンという名前に変え、中国にいる抗日革命勢力と連絡を取るため国境を越えた。しかし、すぐさま蒋介石の地方政権に逮捕され、一年以上各地の牢獄をたらい回しにされたあと、一九四四年七月、『道士』刊行の約三ヶ月前にパクボーに戻っている（Ban Nghiên cứu lịch sử Đảng Trung ương, op.cit., pp.76-78.）。また、ホー・チ・ミンは、一九四三年にパクボーの洞窟に身を隠していた頃から、知識人、とくに若年層に多大な影響力を持っていたカイ・フンとニャット・リンの役割について非常に危惧していた（Nguyễn Thạch Kiên ed., *Khái Hưng - Kỷ vật đầu tay và cuối cùng - Tập I*, Phương Hoàng, California, 1997, p.29.）。なお、柳州の牢獄では、偶然にもニャット・リンとともに収監された（Nguyễn Tường Bách, *Việt Nam một thế kỷ qua: Hồi ký phần I*, Thạch ngữ, California, 1998, p.140.）。

（49）村上さち子によれば、この二人は、ベトナム人特別訓練クラスの生徒の間に、中国国民党ではなく中国共産党のみが、真にベトナムの独立を援助している、と己れの考えを広めていった（村上さち子、前掲書、四一二ページ）。

（50）小松清、『ヴェトナムの血』、河出書房、一九五四年、一七三ページ。

（51）Ho Tai, Hue-Tam, "Monumental Ambiguity: The State Commemoration of Hồ Chí Minh", *Essays into Vietnamese pasts.*

Cornell University, New York, 1995, p.278, 287.

（52）これについては、オルガ・ドロール（Olga Dror）が研究を進めている。

（53）川端康雄、『ジョージ・オーウェル――「人間らしさ」への讃歌』、岩波書店、二〇二〇年、一八三ページ。

（54）同上。

（55）開高健、前掲書、四一ページ。

（56）開高健、前掲書、二五–二六ページ。

（57）ニャット・リンがサイゴンに移住した後、「紅本」シリーズはサイゴンで再刊されたが、『道士』は再刊されないままであったようだ。この作品に込められたメッセージを、自分ごととして認識したニャット・リンが出版を嫌ったとも考えられる。

（58）*Zét Nguyễn*, “Các bản dịch tiếng Việt “*Animal Farm*” của George Orwell”, *ZZZ Review*, 2017/4/24. https://blog.zzzreview.com/?p=288 最終閲覧：二〇二四年三月一一日。

（59）*Việt Nam*, N°.53, 1946/1/16.『ベトナム』に関しては、ハノイ在住の文学研究者から画像データで共有いただいた。ただし、全号は揃っていない。

（60）植村八潮、「ジャーナリズムとメディアの現在――理念を駆動する社会的装置」、『情報の科学と技術』六五–一、二〇一五年、四ページ。

（61）川端康雄、前掲書、二一〇ページ。ちなみに、オーウェルが政治に関わるときに、一番恐れていたことは、自分の良心を偽って党のために宣伝記事を書くことであったという（佐藤義夫、『オーウェル研究――ディーセンシィを求めて』、彩流社、二〇〇三年、一八八ページ）。

（62）栗原浩英、「ベトナム労働党の文芸政策転換過程（一九五六年〜五八年）――社会主義化の中の作家・知識人――」、『アジア・アフリカ言語文化研究』三六、一九八八年、二一–二三ページ。

（63）*Giai Phẩm Mùa Thu Tập II*, Minh Đức xuất bản, Hà Nội, 1956.（栗原浩英、前掲論文、七ページより再引用）

（64）栗原浩英、前掲論文、一七、二三ページ。

（65）『大智度論の物語（三）』、渡辺章悟訳、第三文明社、二〇〇一年、四七ページ。

（66）Khái Hưng (1944), op.cit., p.30.

（67）A・アインシュタイン、S・フロイト、『ひとはなぜ戦争をするのか』、浅見昇吾訳、講談社、二〇一六年、四七ページ。なお、『道士』刊行の前年に、ベトナム語で書かれた『フロイトの学説』がハノイで出されている（Tô Kiều Phương, *Học thuyết Freud*, NXB Tân Việt, Hà Nội, 1943.）。

（68）A・アインシュタイン、S・フロイト、前掲書、一〇四－一〇五ページ。

（69）なお、『清徳』の作中人物カインは、性的欲望について、「それは最上に美しいもので、この世の中においては、それだけが真実である」と述べている（付録2参照）。

（70）cf.「全体主義の雰囲気はいかなる種類の散文作家にとっても致命的である」（ジョージ・オーウェル、『全体主義の誘惑――オーウェル評論選』、照屋佳男訳、中央公論新社、二〇二一年、一〇四ページ）。

（71）カイ・フンの死後、社会主義リアリズムが全盛となったベトナムでは、こうした抽象的で諷喩を用いた描き方は、思想の面で「不明晰」、芸術形式の面で「雑種」であり「ブルジョア」であると見做された（Lê Ngọc Trà, *Tuyển tập Lý luận - Phê bình Văn học*, NXB Hội Nhà văn, Hà Nội, 2012, pp.24-25.）。

第七章

敵／味方の垣根を乗り越える（1）

――植民者を描いた二作品――

本章では、カイ・フンが、独立闘争に向けたナショナリズムの高揚、それに伴う国内の分断と対立、さらには戦争という危機を前にした極めて混乱した複雑な社会において、植民地主義および植民者をいかに描いてきたかを追う。具体的には、一九四五年から一九四六年にベトナム語で書かれた、いまやそのほとんどが収集困難な各新聞『平明』、『今日‐新紀元』、『ベトナム』、『正義』に掲載されたカイ・フンの晩年の文学作品やコラムを通して[1]、公的な文書では窺い知れない歴史のひだと社会の実相を明らかにしていく。

ちなみに、カイ・フンの短編集『呪詛』を編んだグエン・タック・キェンは、「一九四三年〔を境に〕、一九四五年の八月革命以後、カイ・フンの作風は一変した。作家は変化を遂げようとするベトナム社会の実情を直視し、民族文化革命に身を投じた[2]」と記している。

一．「日本単独支配期」における植民地主義の表象

一九四〇年九月の日本軍による北部仏印進駐を皮切りに、インドシナは日仏二重支配下に置かれ、一九四五年三月九日、アメリカ軍上陸をひかえた日本軍は「仏印」軍の解体と単独支配をねらってクーデタを起こし、インドシナにおけるフランス軍の主権は失われた[3]。

フランスの支配下では、カイ・フンの作品も検閲によって削除される憂き目にあった（図1）。日本の単独支配期には、検閲業務を担った日本人職員がベトナム語を理解しなかったことから、全てフランス語に訳さなければならず、言論統制は非常に煩雑な作業であ

図1　仏植民地当局によるカイ・フン作品の検閲（削除箇所が白抜きになっている）
Ngày Nay, Nº.221, 1940/8/17.

った。[4] 一方、ベトナム人ジャーナリストたちにとっては、厳格な検閲制度からある程度解放され、ようやくこれまでの仏植民地の理不尽さや鬱憤などをストレートに執筆できる機会がやってきた。カイ・フンは、在ハノイ日本文化会館での活動に従事した小牧近江と小松清が関わったとされる新聞『平明』[5]のコラムで、他国への武力干渉を正当化するフランスの「文明化の使命」（ベトナム語で文明化は「開化（khai hóa）」）に言及し、「彼らは、〔勝手に〕私たちの鉱山を〈開〉き、我が民衆を聾唖で盲目の民族に〈化〉けさせようとした」と皮肉り、仏植民地主義の暴虐性を糾弾した。[6] カイ・フンの文言には、一九二〇年代前半のファン・ボイ・チャウの嘆き「吾等同胞（中略）耳あつて聾、眼あつて盲、口舌あつて尚唖であり、手足あつて尚麻痺して用を為さぬ」[7]が反映されているかのようである。当時はこうした認識が、植民地支配下の民衆が置かれた境遇への共通認識であったのかもしれない。ところが、その半月後にカイ・フンは「植民地政策は西欧民族たちの発明によるものではない」と題したコラムを発表している。そこでは、文明社会に生きる人間に見劣りしない奴隷狩りを行う蟻、さらには破壊と殺戮を繰り返し一大帝国を築いたチンギス・ハンに言及し、「植民地政策とは、原始人あるいは原始的性格を持つ人間によって為され、今日の植民者たちは完全に原始的性格を有しているものの、自分が原始的であることを認めようとせず、ただ美しい文言や人道的理念を持ち出して、自らの野蛮性を覆い隠している。それらを剝ぎ取れば、好戦的な蟻の生来の獰猛さ、原始人の原始的な獰猛さが残るのみである」と糾弾する。[8] 生き物が抱え持つ野蛮性は、いつの時代になっても消滅することがないという。第二章でも言及したように、奴隷狩りを行う「サムライアリ」の学名を冠した蟻、そして大東亜戦争の真っ只中に増補出版され、戦時中のプロパガンダとして活用された『成吉思汗は源義経也』（一九二五）などを想起するなら、[9]このカイ・フンの文言の裏には、大東亜戦略で破壊と殺戮を繰り返してきた大日本帝国が潜んでいる。フランスの帝国主義と同じ、あるいはそれ以上の野蛮な行為を繰り返す日本への皮肉である。[10]

一・一・寓話「外来の頭」

その翌月、カイ・フンは、自力文団の一部のメンバーとともに復刊した『今日－新紀元』三号(1945/5/19)に、「民族の力（Sức mạnh của dân tộc）」と題したコラムを掲載し、[11]千年に亘って潜在してきたベトナム民族の三つの徳性（đức tính）を挙げている。その三つとは、「辛抱強い」、「怨みを忘れない」、「向こう見ず」である。こうした徳性が精神的力となり、いかなる弾圧の下に置かれたにしても、我が民族が消滅することはないと訴える。

一方で、続く『今日－新紀元』四号（1945/5/26）では、[12]怒りに燃え上がる同胞たちに平常心を促すひとつの寓話を語っている。話の終わりに（続く）と記されているが、この翌号である五〜七号が現在のところ発見できていないため、現時点でその続きを知ることはできていない。少し長くなるが、カイ・フンの植民地主義観を多少なりとも把握することができる重要かつ興味深い文章を少しく吟味しよう。

　あらゆる場所で訴えの声が響き渡っている。これを訴え、あれを訴える。あとは人々の心中にくすぶり続けた六〇年に及ぶ不平不満が、はち切れる時を待つだけのようだ。いかなる力もそれを抑えることはできない。

私たちはどこの国も同じであることを知っている。クーデタが起きれば、国民が怒りを発散しようと、頭から突撃してくるのを覚悟しなければならない。

また、このような場合には、同胞たちに寛大な赦しの心を持つことを言い聞かせなければならないことも知っている。それは、風の下で激しく燃え盛る薪に、コップ一杯の水を流しかけることとなんら変らぬ行為である。

しかしそれでも、その一杯の水を私たちは流しかける。これはひとつの寓意である。おそらく水のように希薄であり、しかし水のように冷ややかな寓意。

昔、健康でたくましく四肢のバランスがとれた、五臓良好の人間がいた。さらに、その完全なる創造物である各々の部位が、良い具合に調和がとれていたことを付け加えておこう。目は誠実さで澄み、耳は明確に聞き取り、口は嘘を吐かず、手はせっせと働き、足は剛健に歩みを進め、胃袋は懸命に食物を消化し、心臓は乱れなく血液を身体全体に送り出し、脳から発せられる穏便な指令のもと、互いに協力し合おうと、各々の部位が周到に力一杯それぞれの役割を担っていた。

それは純朴で誠実な頭脳、農夫の頭であった。

ある日、農夫が路の脇の畑で一生懸命作業をしていると、不意に、馬に跨がった役人の大名行列が通り過ぎていった。

夕方農夫が家に戻ると、脳があれこれと思考を開始し、心は倦怠感に包まれ、手足は疲れきってしまった。長者への夢が今しがた純朴な魂に転がり込んできたのである。それ以来、彼にはとりとめもない願望が生まれ、仕事も怠けがちになっていった。なぜなら、脳が脳の役割を果たさなくなったからであり、とすれば、他の部位に自らの役割を果たすことを期待することができようか？

この様子を知った仏が姿を現し、農夫に問うた。

「なぜに悲しんでいるのか？」

彼は答えた。

「裕福な役人になりたいのです」

仏は笑って言った。

「役人になりたければ、脳と顔を替えなければならぬ。お前の頭脳は聡明さに欠け、お前の顔は黒く醜い。どうして役人になれようか。では、私がお前の頭を別の頭と取り替えてみせよう、いかがかね？」

農夫は喜んで答えた。

「仏様、私を助けてください」

仏はすぐさま近隣地域に赴き、死んだばかりの学生の頭を切り落とした。その頭は、白い顔と高い鼻、青く輝く目を持つ美しい顔であった。農夫はそれを見て喜び、仏の導きに従い、仏が古い頭を切断し新しい頭と取り替えるために、おとなしく横たわった。

その日以後、彼は、生意気な学生の思考や挙動をとるようになった。しかし、鍬を握るのに慣れた手が今どうしてペンを握ることができ、裸足で歩くのに慣れた足が今どうして靴を履くことができ、大量を詰め込むことに慣れた胃袋が今どうして少量で我慢することができよう。それでも脳はあくまで、手にはペンを握らせ、足に靴を履かせ、胃袋にはほんの少しを詰め、口にはデタラメを言わせ、耳にはいかさまだけを聴かせた。詰まる所、外来の脳のために、かつて健康だった身体の各部位の調和が失われてしまったのである。痩せて萎えた手足は、多くの食糧を詰め込もうとしない胃袋を責め、ぺちゃんこの胃袋は働こうとしない手、進もうとしない足を責め、口は目を責め、目は耳を責め、もはやどの部位もほかのいかなる部位を好まなくなった。しまいに農夫の身体と気ままな学者の頭は徐々に消耗していった。

農夫がまさに息絶えようとする時、仏が再び姿を現しほほ笑んで言った。

「お前の古い頭、つまり元の頭をお前に戻すことに応じなければ、お前はもはや生き延びることはできまい。どうかね、応じるかね？」

農夫はすでに生気を失い、頷くことしかできなかった。即刻、仏は昔の頭を彼に戻した。しかし、頭が身体に戻ったにもかかわらず、身体の各部位は依然として互いに互いを責め、忌み嫌い合い、かつての調和のとれた団結はいまだに戻ってこないままである。

同胞たちよ！　過ちは兄弟が互いに殺し合った罪（一八世紀末）の罰として、仏が私たちに与えた外来の頭にある。仏はその頭をベトナムの身体にくっつけ、それによって私たちを迷いから醒めさせ、過ちに気づかせようと企て、私たちを一時懲らしめたのである。

今や外来の頭は切り落とされた。古い頭とともに各部位の密接な連携が必要なのだが、身体はもはや瀕死状態にある。なぜなら、外来の頭のよこしまな（càn rỡ）指令があってこそ、回復を望むことができ、かつての強さを取り戻すことができるからである。

赦し、団結し、自らを救おう！

この寓話は、日本による仏印武力処理の翌々月のものである。ヴー・ゴック・ファンによれば、このクーデタにおけるフランスの大敗は、ベトナム民衆のなかに残存していたフランス思想の残り滓を、洗いざらいに消し去ったという。[13] その後日本の敗戦に続き八月革命が起きる。コラムの冒頭からはこの時期、フランスの統治支配によって熾烈な弾圧を受けてきた民衆たちの、長年蓄積されてきた憤怒が爆発寸前であったことが分かる。陳福安が言ったように、これ以前は「官憲は偵探を以て前鋒とし、極刑を以て後盾として之に臨んでいる為に、人民は内心怒っても、外面に之を発表することは出来な」かったのであるから、[14] 何も気にすることなく思う存分怒りを表現するにいたるのは当然と言える。

青い目で白い肌の外来の頭とは、フランス、さらにはフランスによる政治・文化・教育・経済など多岐に亘る支配とそれがもたらす影響として捉えることができるだろう。裕福な役人への欲望を抱く農民は「安定的な村落を基礎とした」[15] ベトナムであり、西洋の軍事品を入手し、西洋科学の利用を望んだ、鄭《チン》氏（Chúa Trịnh）や阮《グエン》氏（Chúa Nguyễn）たちの姿が浮かんでくるようである。[16] 一八世紀末の兄弟の殺し合いとは、西山《タイソン》阮氏と広南《クワンナム》阮氏との争い「西山《タイソン》の乱（Khởi nghĩa Tây Sơn）」を指している。シャムやフランスの援助を得て西山《タイソン》朝を滅ぼした阮福暎《グエン・フック・アィン》（Nguyễn Phúc Ánh, 1762-1820／阮朝初代皇帝嘉隆《ザー・ロン》帝）が抱いた欲望が想起される。現にこの件が端緒となって、フランスはベトナムに強烈な関心をもつようになる。[17] 結果として阮福暎の自らの利益だけを念頭に置いた行動は、祖国を裏切る行為となった。[18]

この寓話からベトナムの政治情勢を読み取ろうとするならば、かつて芽生えた金銭的かつ地位的欲望が招き入れた青い目を持った外来の頭のために、健康・健全であったベトナムは不調和状態に陥り、フランスが去った今、もとの身体にベトナムの頭を取り付けたところで、身体の各部位は相変わらず忌み嫌い合い、不和のまま連携もできず、瀕死の危機にある。[19]ベトナムが瀕死の状態から回復するためには、別の外来の頭のよこしまな指令、つまり単独支配を決行した大日本帝国のよこしまな指令が必要である。ここには、日本の傀儡となったチャン・チョン・キム政権という理不尽な政体をそれと認識しながら、それでも自国の回復に向け、戦略的な連携の必要性を訴えるという苦渋がにじむ。

独立闘争の熱狂のなかで、無謀かつ思考停止のまま「向こう見ず」に猪突猛進したところで、軍事力や軍事戦略が脆弱なベトナム独りでは何も機能しないことをしかと受けとめ、望むと望まざるとにかかわらず日本がこの土地に現前する今、真の独立に向け、日本を利用できる点は利用していこうという方策である。[20]「怨みを忘れない」ながらも「辛抱強く」、冷静に状況を俯瞰し、想像力を働かせ、知恵を駆使し、より効果的な戦略を練ることが求められている。その後泥沼ともいえる長期戦争に突入していくことになるのだが、それを前にした極めて重要なこの時期に慎重な状況判断が必要だったことは言うまでもない。

なお、「コップ一杯の水」という形容は、知識人としてのカイ・フンの無力さを表現しているかのようでもある。共産主義革命が高揚するなか、民衆に対し「因果応報」を気づかせ「赦し」を促した仏教信者カイ・フンは、元来争いを恐れ、平和かつ温和な解決を模索する人間であり、[21]暴力革命に与することができなかった。こうした時勢において、自身の信念を貫きながら自らが国や民に対し担うことができきる役割を手探りしたところで、所詮は絶望的観測しか見えなかったのではなかろうか。

二．インドシナ戦争（対仏戦争）前夜における植民者の表象

日本の敗戦によって、一九四五年九月二日にホー・チ・ミンが独立を宣言した。フランスと日本の支配体制が崩れたことで言論の自由度が増し、カイ・フンは政治的様相を織り込んだ作品を執筆するようになる[22]。ちなみに、この時期におけるベトナム文学は、ヴー・ゴック・ファンによって「政治、社会および経済の道を行くことになるだろう。実質的で、建設へ向かう道へと[23]」と認識され、闘争に向けた極めて肝心な時期に、いわゆる「文学」などを書いている場合ではないといった空気があった。

そうしたなかにありながら、カイ・フンは懲りずにペンを握り続けた。ベトナムの独立をめぐって一九四六年一二月に勃発した対仏戦争を目前に、一三篇の短編と戯曲が新聞『ベトナム』と『正義』に掲載された。そのうち植民者がメインで登場するのは二篇だけであり、その二篇からカイ・フンが描いた植民者の表象を探っていく。

二．一．短編「フランス人、家に押し入る（Tây xông nhà）」

本作品は『ベトナム』一九四六年一月三〇日の旧正月《テト》号に掲載された。「喜劇（truyện vui）」と名付けられているが、南北分断後の一九六六年にサイゴンで出された短編集『呪詛』に収められた際[24]、「喜劇」の文字は消えてしまっている[25]。なお、タイトルにあるTâyとは「西」の意味だが、仏植民地期に

は「フランス」を指していた。

二・一・一・梗概

著者自身と重なる作中人物G〔カイ・フンの本名はGiu〕が語り手である。まず、Heineshilk〔以下、ハイネシルクと記す〕という人物が紹介される。ハイネシルクは、噂によれば、オーストリア出身で死刑判決を受けフランスへ逃亡し外人部隊に志願、モロッコで戦い契約期間満了後にフランス国籍を取得、各省の公安（警察）監督者としてベトナム〔仏領インドシナ〕にやって来た。ハイネシルクは、地元住民に対しては専制君主的態度をとり弾圧や搾取を行う一方、行政長官や軍事監督に対しては褒めちぎり裏金を渡して早々と昇進、Gが住む地域にある駐屯地に赴任し代官職を兼務する。彼は、ベトナム語で「お代官様（quan đại）」と呼ばれることにご満悦であったが、実際の職名「署長（Monsieur le chef de poste）」[26]や「警部（Monsieur l'Inspecteur）」と呼ばれた時には、呼んだ相手に対して何らかの復讐を企んだ。

ある日、Gは病院開院にあたって医師の挨拶文の草稿を頼まれた。その挨拶文は「お代官様」によって検閲がなされ、それによってGは「お代官様」の

図2　「フランス人、家に押し入る」挿絵
Việt Nam, Nº.64, 1946/1/30.

拙いフランス語能力を目の当たりにし、ふと笑みをもらしてしまう。それが「お代官様」の耳に入り、ハイネシルクは面目を失った怨みを晴らす機会を、アルフォンス・ドーデーの「らばの足蹴」のように入念に窺ってきた。

一九三〇年旧正月《テト》元日の夜九時頃、「お代官様」がGの家を訪れる。「お代官様」がわざわざ新年の挨拶にやって来たのかとGは不審に思う。案の定、「お代官様」は、重要指名手配被疑者である革命家Cの捜索で、Gの家の家宅捜査にやって来たのだった。その結果、旧正月《テト》元日の晩にGの家は滅茶苦茶に掻き回された。(27) フランス語の不出来を笑いものにされた怨念を晴らそうと、ここぞとばかり復讐を実行したのである。

Gはのちに文筆業に専念した。元日の晩の怨みを文筆で晴らそうと企む「植民地のらば」の足蹴の破壊力を読者に知らしめるのである。

二・一・二・外人部隊

虚構の人物か実在の人物をモデルにしているのか分からないハイネシルクではあるが、彼が志願した外人部隊について、外人部隊に所属した経験を持つスイスの作家フリードリヒ・グラウザーの長編小説『外人部隊』を参考にしたい。この小説では「外人部隊では（中略）猫も杓子もその昔は伯爵だったり、百万長者だったりした。大犯罪者かと思うとギャングのボス、将校かと思うと革命家だった」(28) とある。カイ・フンの物語のなかでも、ハイネシルクは元死刑囚のオーストリア人であった。(29) グラウザーの作中人物の述懐を参考にしたい。

ウィーンがどんなありさまだったか、きっとあんたも知ってるよな。戦争があり、革命があった。それから何年も経っていなかった。何をやっていいのか、もうまるでわからなかった。闇商売をちょっとやった。でも、キャバレで金をばらまいたけど退屈だった。それから食うものがなくなって、みんな街頭でばたばた野たれ死にした。それもこっちにはどうでもよかった。ピストル自殺したやつもいた。おれはせいぜいが小切手の偽造をしたぐらいだ。で、ふん捕まえられそうになったものだからさっさとウィーン駅でフランスの保護下に入って、つまりは外人部隊志願《アンガジェ・プール・ラ・レジョン》というわけさ(30)。

ハイネシルクも同じように、戦争と革命を経たのちに、生き延びる方策を外人部隊に求めた。多言語が行き交う、しかしフランス語を着実に身につけるには不向きな空間である外人部隊での戦場の日々を経て、ハイネシルクはフランス国籍を取得、仏植民地の役人となり、仏領インドシナに「文明化の使命」とともに送られた。

二・一・三・仏植民地の役人

植民地に送られたフランス兵は(31)、囚人や革命家、あるいは社会のはみ出し者などが多かった。「彼ら〔落伍者やはみ出し者〕がいなくなれば、本国には安全と休息がもたらされるだろう。これらの侮辱され不安に苛まれた騒々しい不満分子は、紛争や不和の誘因だからである(32)」。

ハイネシルクはオーストリアでどのような罪を犯し、あるいは着せられ死刑判決を受けたのか？　グラウザーの記述にあるように、戦争や革命を起因として処刑される運命にあったとすれば、彼は政治犯か政治亡命者であった可能性がある。ハイネシルクは帰属するべき国を失い、外人部隊を経て新しい国籍を得た後も、本国からはるかに遠い植民地に送られた。外人部隊という環境において、フランス語を一からきちんと習得する機会もなく、ネイティブ並みのフランス語能力に至らなかったことは、ハイネシルクが抱える触れられたくない「劣等感」だったと考えることもできる。

インドシナ総督を務めたアルベール・サローによれば、「現地住民との日常の接触の場面では支配者としていかにも居丈高、かつ尊大で強欲な姿勢で臨む、それが植民者というもの」であり、「原住民であれば誰でも、つまり下層の労働者であれ、学のある人であれ、お偉方であれ、そんなことなどお構いなしにひとしなみに「劣った者」として粗略に、邪険に、「お前」扱いし、軽々しく扱う。その結果、原住民の心には忘れがたい恨み、憎しみが生ずることなど考えもしない[33]」。

「劣った者」であるGに、フランス語能力への「劣等感」を刺激されたことで、ハイネシルクの心にむくむくと復讐心が沸き起こった。ましてやハイネシルクは支配する側の人間である。

二・一・四・他者への想像力

のちに文筆業に就いたGは、ハイネシルクの背景に思いを馳せたことがあったのではなかろうか[34]。それでも、ハイネシルクが書いたフランス語の文章に目を通した時、ふと笑みが漏れてしまった[35]。それは文字を学習し始めた幼児が書いた文字の誤記を目にして、大人がふと漏らす笑みに近かった可能性もあるだろう。G自身もフランス語上達に至るまでの過程で、ハイネシルクと同じようなミスを犯したことがあったかもしれない。

　ハイネシルクは、革命家Cの捜索のためにGの家を訪れた際[36]、共に連れ立った役人たちの手前、植民者としての職務を果たすべく居丈高な態度を示す。憤りを抑えるのに必死のGは、これはフランス語の不出来を笑ったその復讐と考えるが、一方でハイネシルクはGに対してそれなりの礼儀を示している。Gの家を訪れた「お代官様」は、まず「今夜の家宅捜査に同意しない場合は、翌朝また来る」ことを告げ、昼ではなくみなが寝静まった晩にGの家を訪れた理由は、昼だとみなが見物に来て色々と噂を立てられ面目を失うことになるからと説明する[37]。危険人物Cが旧正月《テト》の団欒に加わるためにGの家を訪れる可能性があったため、元日の家宅捜査になったことにも一理ある。本作品はあくまで「喜劇」であり[38]、こうした点を「厭味」と読むことで面白さは増していく。しかしながら、元日夜に家宅捜査を行う行為を復讐と捉えたGの考えには「される側」特有の意識がある。自分が漏らした笑みが、オーストリア出身の植民者の痛みや悲しみや「劣等感」に不用意に触れてしまったことに気付いていたのなら尚更である。そのことがずっと頭にあったからこそ、今回ハイネシルクがいよいよその復讐にきたと恐れたのではなかろうか。顧みれば、G自身、フランス語の優秀さは、フランスに支配され、フランスによって国を失った土地に生まれ出たからこそ身に付いたものである。その能力を矜持とすることもできない。

　危険分子である革命家Cの捜索のためにGの家に押し入ったハイネシルク自身が、かつては危険分子と見做されフランス本国から追い出されたのかもしれない。Gに自らを投影するカイ・フンも、同じく危険分子と見做され仏植民地当局によって監獄に入れられている。カイ・フンの未完の小説「軛」

（1945）では、政治犯として植民地当局に捕らえられる登場人物が、次のように心情を吐露している。

そうじゃないか、僕たちは自分たちの国を失った奴隷の生涯を生きてきた。とすれば、どこで生きるのも同じじゃないか。家庭の中で生きるのも、獄中で生きるのと同じことだ。だから、たとえ逮捕されたり罪人にされたりしても、僕はそれほど辛く思わない。どこで生きたにしても、軛の中で生きることに変わりはないからね。[39]

情況は異なるにしても、ハイネシルクもこうした感慨を一度や二度感じたのではなかろうか。死刑判決を受けた生まれ故郷には今や戻れず、フランスからはただただ「戦闘の駒」として扱われ、フランス国籍取得後も、厄介者として植民地に飛ばされた。その後、あらゆる手を使って兵士から役人へと昇進するも、植民地体制の「駒」であることから逃れることができない。このように、二人は互いに互いの境遇に思いを馳せる瞬間があったかもしれない。

二・一・五．ドーデーのらば

作品中で、仕返しの機会を辛抱強く窺っていたハイネシルクは、「ドーデーのらば」に喩えられている。[40] これはアルフォンス・ドーデーの筆による「法王のらば」に登場するらばのことで、執念深く、復讐に燃えている男のことを指す。[41] さらに文筆での逆襲を企むG自身も、[42] 最後に自らを「植民地のらば」と称する。Gもハイネシルクと同じく復讐に燃えるらばであり、Gも敵対するハイネシルクもさほど変わることのない存在であるという認識が示されている。

不遜な植民者を題材に、正月の読み物として読者を笑いに誘う諧謔に富んだこの復讐喜劇には「怨みに報いるに怨みを以《もっ》てしたならば、ついに怨みの息《や》むことがない[43]」という仏教の教えが基底に横たわっているかのようである。この九ヶ月前にはベトナム民族の徳性として「怨みを忘れない」を挙げたカイ・フンではあるが、仮にその徳性を存分に発揮すれば、その結果、らば同士の復讐が延々と続く一種滑稽なループに陥る。「怨みを忘れぬ」執念から一歩外に脱け出て自らの姿を眺めれば、まるで子ども同士の喧嘩のように見えるが、当人同士にとっては一歩も譲ることのできない体面にかかわる重大な問題である。悟りを開くように、怨みを消し去ることは到底できないであろう。しかし、怨みが生じたその根源を追求することには意味がある。過去を振り返って阮福暎の行為を想起したように、ひとの痛みを踏みにじった自身の行為を想起することができれば、怨みの執着心から多少なりとも離れることができる。理性的思考を駆使することで、負のループに突入するリスクを回避する道を模索することができる。近い将来、一歩間違えれば、こうした負のループにベトナムが巻き込まれていくのではないかという予見がカイ・フンにはあったのだと、筆者は推測する。本短編はさながら、戦争に突入する年の頭に出された一種の警鐘と捉えることができる。

なお、らばとはウマとロバの混血であり、雑種強勢、即ち両親のどちらよりもすぐれた生活力をもつそうだ。次に紹介する短編は、ある種のらばにまつわる物語である[44]。

本作品は『正義』一九四六年九月一六日付に掲載された。[45] カイ・フンの監獄での実体験が創作の起点となっている。本項は、ベトナムの民族解放運動に関わりカイ・フンとも面識があったフランス文学者小松清の『仏印への途』（一九四二）の記述を参考にしながら、考察を進めていこう。[46]『仏印への途』は、大東亜共栄圏建設に向けた対仏印文化工作を進めるにあたっての現地調査を名目として、一九四一年五月から約三ヶ月、仏印とタイを旅した際の記録である。

二・二・一・梗概

ホアビン省の行政長官は、囚人たちに送られてくる手紙の検閲業務を担っている。検閲済みの手紙には風刺混じりの機知に富んだコメントが添えられ、囚人たちはそのコメントをいつも楽しみにしていた。アヘンと酒が好物の長官は、「正統なフランス人」とベトナム人婦人との混血（tây lai）であり、青い目と高い鼻、そして黒い髪をもつ。

ある日突然行政長官が監獄を訪れた。長官とは一体いかなる人物か興味津々な囚人たちは心を躍らせる。しかし、行政長官の口から出たのは、「わたしが誰よりも一番聡明かつ高貴であり、お前たちはただの幼な子だ」という威張り散らしで、囚人たちは半月間手紙を送ることを禁じられる。その夜、囚人たちは長官の怒りの原因を探り、夜中過ぎまで喋り煙草を吸い続けた。自分も統治者に反感を抱いた警備官が、囚人たちが思う存分煙草を吸えるよう許可してくれたのである。

数日後、行政長官は混血の夫人と息子とともに監獄を訪問する。穏やかで和んだ様子の長官に、囚人たちは目を見開く。その日は手紙配布の日でもないのに、長官は手紙を持ってきてくれた。さらに囚人たちの要望がすべて受け容れられ、その晩は窓を開けて眠ることができた。結果、チャン・チン〔Trạng Trình, 状程(47)：莫朝時代の官僚・文人で予言者として知られるグエン・ビン・キェム（Nguyễn Bỉnh Khiêm, 1491-1585）のこと〕の予言「不戦自然成（Bất chiến tự nhiên thành）(48)」どおりとなった。

ある日、驚くべきニュースが監獄に舞い込んできた。行政長官がフランス人のプランテーションオーナーに平手打ちを食らわせ、左遷されたというのだ。長官は、植民地支配者たちのあいだで馴染みの風土病、精神疾患を患っていた。囚人たちは〈愛すべき〉長官のコミカルな批評を味わう楽しみを完全に失ってしまった。(49)

二・二・二・混血

本短編で扱われるのは混血の植民地支配者である。大まかな数値ではあるが、インドシナには一九三七年に一〇万、一九五五年には三〇万の混血が存在した。(50)

小松清はベトナムの混血について次のように述べている。

佛印の混血兒は蝙蝠のごとき存在である。フランス人のあひだでは安南人〔ベトナム人のこと〕並みに扱はれ、安南人のあひだでは最下等なフランス人としての扱ひをうけなければならぬ。植民地向きの、無教養で低級なフランス人を父とし、この無教養で低級な男たちに女としての誇りと民族の誇りを賣つた女を母として、生を享けてきた人間たち、これが混血兒の大部分の經歴である。この人種がどうして秀れた天性や素質に恵まれ得ようか[51]。

ベトナムの混血児はこうした偏見にさらされてきた。記録によれば、白系フランス人とインドシナ婦人との間の関係から生ずる認知されざる私生子は、一方の親からは軽蔑され、一方の親を軽蔑しつつ、特別の階級を成しつつあった。立派な教育を受けた者でも、しばしば白人社会には歓迎されず、同時に被植民者の間でも仲間外れになった[52]。特に、ベトナムの儒教社会では子供は父親に帰属し、父なし子とその母親は社会的に排除されたため、捨て子や貧困といった問題が起こりがちだった[53]。また、混血の車夫が富裕な「原住民」の客を乗せて人力車を引く姿は、植民地秩序の逆転の衝撃的な象徴であったという[54]。なお、前出の「軛」からは、仏植民地支配下の秘密警察の職に混血の人々が就くことが多かったことが分かる[55]。

手紙の検閲作業において知的でコミカルな批評精神を発揮するも、囚人を前にして専制君主を装わざるをえず、家族とともにある時は笑顔の優しき父であろうとする混血の「省行政長官」の心境はさぞ複雑だったことだろう。「フランス人権宣言[56]」がそこでは妥当しない横暴な植民地政策の遂行を強いられ、「フランス人には現地民並みに、現地人には最下等なフランス人として扱われ」る彼が、あらゆる場面で二項対立の状況を求められる植民地社会において、酒やアヘンに依存していく心性も理解可能である。また、支配者としてフランス人のプランテーションオーナーの側につかなければならないところを、現地少数民族に対する横柄な態度に憤り、思わずオーナーに手を振り上げてしまう「省行政長官」は[57]、きわめて人間的である。しかし、そうした「省行政長官」の人間的行為は、植民地支配者たちの風土病、即ち精神異常と見做される。だが、病に蝕まれているのは、植民地主義という構造そのものである。凝縮した植民地の矛盾が、「省行政長官」をはじめ植民地支配者たちの心身の矛盾として噴き出した結果が「風土病」なのだ。[58]

二・二・三・精神上の混血

本作品に登場する混血は「省行政長官」とその妻や子だけではない。囚人たちの会話の端々から聞こえてくるのは、フランスやベトナムの文学から吸収した見識である。こうした状況を、小松清は極めて浅薄な観察をもとに「精神上の混血」と呼んだ。

> 佛印にはもう一つ、より怖るべき癌としての別種の混血兒がある。精神の上でのそれである。換言すれば、安南人でありながら、安南とその歴史、伝統を忘れはてるまでフランス化してしまつた一部の知識人である。（中略）この連中となると、佛印のフランス人以上にフランスの文學や思想に通じ、フランス人以上に巴里好みの風采をととのへてゐる。しかし、ちょつと表面《うはべ》を剝ぐと、内部には何も殘つてゐない貧しさが、すぐ感づかれる。氣のきいたフランス人の面をかぶつてゐるこそすれ、ほんたうのフランス人のよさを少しも持ちあはせてゐない。[59]

仏印から帰国後、クォン・デなど東京在住のベトナム人によるベトナム民族解放組織とも関係を深め、[60]現地の人々に「寄り添い」共に闘おうと行動を起こした小松ではあったが、この文章には、フランスによる統治支配という暴力のもとでこのような「フランスかぶれ的」状況が生まれたことへの問題意識が徹底的に欠けている。加えて、日本の近代化にとっても「上昇志向と劣等意識の両価的な対象[61]」である「ほんたうのフランス[62]」に自分たち以上に通じたベトナム知識人への妬みが漂う。

　本作品の舞台となった監獄には、多くの文芸関係者が収監された[63]。あえて小松の形容を借りれば、囚人たちが行政長官の哲学的要素を含んだ批評文を文学の傑作だと感服し、また行政長官が収監された囚人に心優しく対応する懐の深さを見せるにいたるこの空間においては、行政長官と囚人たちその両方ともが混血であった[64]。

　今福龍太はメキシコを論じた著書において、混血《ハーフ・ブリード》とは「純粋なものがなにかによって汚染され、混濁するのではな」く、「その真実が排外主義の根を断ち、純血主義の幻想に穴を穿」つことだと捉えた。そして、混血《ハーフ・ブリード》とは「すべての混合体、混成体、交差、混濁、中間性、境界侵犯、混淆体」であり「あらたな可能性としての自由、解放、寛容性、悦楽」と見るしなやかな姿勢を呈示している[65]。カイ・フン自身が中間性を体現し、彼の作品の多くに両義的意味合いが含蓄されている。今福が呈示した混血《ハーフ・ブリード》の思想に通じるかのようなカイ・フンの思考の豊穣さを鑑みると、悲痛な分断や断絶を経験したベトナムにおけるカイ・フンの存在は、そのような惨劇を回避する道を模索し、豊かな思索を繰り広げたひとりの思想家として、今後丁寧に研究されていく必要があるだろう。

　フランスとの戦争が勃発する三ヶ月前に書かれた「省行政長官」は、現実に数多く存在した混血を題材に、敵／味方のどちらでもない、かつ、さほど自分との違いもない、心を持ったいきいきとした人間像を描くことで、読み手に現実の複雑さを気づかせる。そして、そこには〈愛すべき〉他者の痛みを分かち合う想像力を喚起させ、人びとの命を奪っていく戦争をできる限り回避しようとする作者のしなやかな意志が内包されている。

三．紋切り型への抵抗

日仏二重支配下にあった一九四三年、共産党が「ベトナム文化綱領」を制定し、文化活動の柱として「民族化」・「科学化」・「大衆化」の三原則を掲げたことは、既に第六章で述べた。文化の「民族化」とは、即ち「ベトナム文化以外の外来文化」ではないことを示すこと。国際世界の一員として一歩を踏み出すには、国民文化の種的同一性を、否定の否定という二重否定によって維持する必要があった[66]。

この三原則に言及した戯曲「文学談義」で[67]、カイ・フンは、「民族化」ではなく「人類化」すべきだと、作中人物のカイン（Khanh）に言わせている[68]。

自国文学の価値を引き上げたいのであれば、我々はそれを人類化すべきだと考える。我々が自身の人間、作中人物を描く際には、ベトナム人を描く前にまず人間を描かなければならない。そしてそれが人間であったとき、すなわち起き上がり小法師のようにゆらゆら揺れるのではなく、生きている人間なのであれば、すべての階級の人間、すべての人種の人間に近いはずだ。民族化？　パール・バックは、彼女の作品を民族化したかい？　もし彼女がそれを民族化しようとすれば、その出生届は中国と申請するのか？　それともアメリカか？　民族化？　ああ、君たちは作家を規定の枠に当て嵌めたいのか？　君たちは私たちを縛り上げようとし、僕たちが人間としての、人類の人間としての資格でもって、クロスワードとひとり象棋で抗議をすれば、君たちは僕たちを落伍者呼ばわりする。(69)

民族化？　じゃあ君に訊くよ。パール・バックの作品に描かれる人物たちは、完全なる中国人かい？『水滸伝』や『紅楼夢』の作中人物たちと比較することができるかい？　それ以下でも、それ以上でもない。君もそう思わないか？　すると、人が芸術の域に達したとき、人が確かな技術を身につけたとき、人は君たちの《民族化》を顧みない。今、仮に僕の蒲松齢(70)が生き返ったとして、彼をパリに放り込んだとしたら、彼は百パーセントパリの『聊斎志異』を書くだろう。君たち、君たちはただ中身のない空虚な《化》を口に出すだけであって、《芸術家》であるならば、《化》はいつでも実行している。そして、彼らの《化》は、万物のなかに生きる人間の無数の形状、千百の色彩を具えているのだ。(71)

独立に向け「ベトナム的なるもの」を模索し確立しようとする「民族化」の動きは、結果的に、帝国主義の言説・姿勢・実践を反復していくことになる。「民族化」は、「正統」と「異端」とを区別しようとする論理と心理を内包し、「外的なるもの」の確認を媒介として自らを同定しようとする発想を強くする。自らの同一性形成のために、「外的なるもの」を設定しようとする動きが、自-他の境界を厳密かつ強固にする。(72)この時期は、人間的=道徳的想像力が排除された視野狭窄と並行して、ナショナリズムが日々高揚していった過程でもあった。古田元夫が指摘するように、国民という集団性が、「やつら」に対する「われわれ」という性格をもつものである以上、「やつら（＝外的なるもの）」はつねに帝国主義勢力だけであるとはかぎらなかった。[73]「やつら」には、国内で活動する同胞の他党派勢力も含まれ、インドシナ戦争（対仏戦争）勃発前から、互いを「越奸（Việt gian）」と誹謗する殺し合いが始まった。[74]

　この時期のベトナムの状況は非常に複雑であった。しかし、争う人びとは、自分は常に「正しい側」にあると信じ込み、状況の複雑さに正面から向き合おうとはしなかった。カイ・フンは筆を用いて、こうした状況に真摯に抗おうとした。その一例については次章で論じるが、カイ・フンは、党派を別にする同胞同士が殺し合う戦場を舞台にした戯曲のなかで、死に瀕した「敵」を介抱する作中人物を登場させ、対話をさせている。

図 3　「越奸 !?!?」ある独裁者の悪夢
Viêt Nam, Nº.4, 1945/11/18.

　一九四七年にカイ・フンが同胞によって殺害された後も、同胞同士の殺し合いは、対フランス戦争、対アメリカ戦争に奉仕するかたちで長期に亘り継続する。文学理論家チャン・ディン・スーは、ベトナムで起きた戦争の真っ只中で革命を進める人々はみな、譲歩なしの生死を賭けた戦闘に臨むため、民衆に対して「怨恨は一生もの、生涯消え去らぬ」という教育・宣伝を実施し、友／

仇、敵／我らの境界線を明確に引くことが求められたと説明する。チャン・ディン・スーによれば、これは拳銃を握る敵に対してだけでなく、筆を握る敵、思想上の敵に対しても同様であり、文化・文学および思想上の各々の観点・立場・傾向において、譲歩や妥協や同情などはあり得なかった。その結果、こうした敵を抹殺せよという闘争心理によって、ベトナム人および東洋人の暮らしが元来何世代にも亘って伝統的に有してきた寛容の精神が失われた[75]。

カイ・フンは、植民地の様相を「知的労働の結果として、戦場ではなく、共存の場を作り上げる[76]」想いでもって、物語に描いたのだろう。しかし、敵と味方の線引きを曖昧にする流動的な観念は、わたしたちが拠りどころとしている認識に大きな懐疑を投げかけ、それを多義性でつつみ込むものであるため[77]、独立闘争のさなかに有害な邪魔者と見做され、「筆を握る敵、思想上の敵」として粛清される。

インドシナ戦争（対仏戦争）、そしてベトナム戦争（対米戦争）、さらにボートピープルなどの惨禍のなかで、一体どれだけの人びとが命を落としたかを思うと、この時期におけるカイ・フンの知識人としての使命が、たとえ「コップ一杯の水」だったにしても、どれほど切実であったかを思わずにはいられない。

＊　＊　＊

念願だったベトナムの独立に向けたこの重要な時期に、民衆の闘志を奮い立たせるためには、「外的なるもの」をただ盲目的に、敵として、悪として描くことは効果的であっただろう。そうしたなか、カイ・フンは、ベトナムが長期の戦争に足を踏み入れる直前の、極めて重大な時代の分岐点において、反対に民衆の奮い立つ闘志を宥め、敵と呼ばれる他者への想像力を促すかのように、自身が目撃した現実の複雑な様相、例外ではなく常態である人間の異種混淆性を、「不戦自然成」の願いとともに描きだした。敵／味方の二分を煽る政治の担い手たちとは異なり、文学者であるカイ・フンは、膨大な数の命が犠牲となる戦争を回避する道を探り、戦争へと突き進む思考停止状態に抗おうと、自らの生命の危険を承知した上で筆を執り続けた。トゥー・チュンが「故郷を心から愛しベトナムの将来に奮い立つ、真の革命家[78]」の育成に寄与すると位置付けたカイ・フンの革命闘争文学とは、身を捧げて、ベトナムという国の未来を本気で案じた孤独で悲壮な闘争であった。

最後に、ベトナム出身のポストコロニアル批評の主要な思想家であるトリン・T．ミンハの言葉を引きたい。

今日かつてなく切実に意識されているのは（中略）、歴史的・文化的経験がどれほど異種混淆的か、それが一見相容れないもの同士のぶつかり合いの中で、どれほど領土や分野を越境しつつ、政策中心の論理や国家主義的な閉域に挑みうるかということである。名指された「他者」とは決してあちら側、つまり、自己の外のみに存在するものではない。なぜなら「他者」とは常にここ、つまり、〈私たち〉のあいだにあるもので、「他者」という名称が具体的事実として成り立つのは、〈私たち〉の言説内においてだからだ。かくして、意識的に純化・排除しようとするさまざまな企てにもかかわらず、文化は到底統一的なものにはなりえない。文化は、人々が認めたがっている以上に常に、差異や異種混淆性、異質の要素などで成り立ってきたのだから。[79]

植民地支配の下で強かに思索を重ねたカイ・フンの文学の真諦は、世代を超えて、アクチュアルに生きている。

注

（1）『ベトナム』と『正義』に掲載されたカイ・フンの文学作品は、南北ベトナム分断後の一九六六年に出されたカイ・フンの晩年の短編集『呪詛』に収められた。しかし、次章でも言及する国民同士の団結を訴える重要な戯曲「団結」は未収である。なお、筆者は南カリフォルニアのリトルサイゴンで、幸運にも蒐集家から『呪詛』を譲り受けることができた。その見返しには「一九八七年一二月、焚書の後、蒐集したもの」と書かれている。

（2）Nguyễn Thạch Kiên, “Khúc nhạc dạo…”, Khái Hưng, *Khúc tiêu ai oán*, Đời Nay, Sài Gòn, 1969, p.5.（米国での再刊版）

（3）石井米雄・桜井由躬雄編、『東南アジア史Ⅰ』、山川出版社、二〇〇八年、三三四-三三六ページ。

（4）『外交官・横山正幸のメモワール――バオ・ダイ朝廷政府の最高顧問が見た１９４５年のベトナム』、白石昌也（他）訳、早稲田大学アジア太平洋研究センター、二〇一七年、六八ページ。

（5）Vũ Bằng, “Tưởng nhớ Khái Hưng”, Dương Nghiễm Mậu, et al., *Khái Hưng - thân thế và tác phẩm*, Nam Hà, Sài Gòn, 1972, pp.21-22.

（6）Khái Hưng, "Xưa và Nay", *Bình Minh*, N°.7, 1945/3/27, p.2.　アルベール・サローは、「文明化という企図、それは鉄を鍛えるが、その鉄は刃となって立ち向かってくる」と発言している（アルベール・サロー、『植民地の偉大さと隷従』、小川了訳、東京外国語大学出版会、二〇二一年、二四九ページ）。

（7）潘是漢、「天乎帝乎」（大岩誠、『安南民族運動史概説』、ぐろりあ・そさえて、一九四一年、一三〇ページ）

（8）Khái Hưng, "Chính sách thực dân không phải là một sáng kiến của các dân tộc Âu Tây", *Bình Minh*, N°.19, 1945/4/10, pp.1-2.

（9）このプロパガンダでは、成吉思汗と源義経を同一化する試みを通じて、満洲国建国の正当性、および日本民族が盟主となって東アジアおよび東南アジアを欧米諸国の支配から解放しようとする大東亜共栄圏の思想が、歴史的必然として語られた（開催概要・発表要旨〈特集1〉二〇一五年度公開シンポジウム「近代日本の偽史言説：その生成・機能・受容」、『立教大学日本学研究所年報』、一四／一五、二〇一六年、六ページ）。カイ・フンはこのプロパガンダを知った上で、日本のプロパガンダ機関紙『平明』にこうしたコラムを書いたのであろう。

（10）こうした言論は、当時のベトナム人ジャーナリストたちが反仏的もしくは過度に革命的なプロパガンダに熱中しすぎるのを抑えようとする、日本人職員の統制・検閲業務に対する面従腹背的表現行為と捉えることができる（cf.『外交官・横山正幸のメモワール』、前掲書、六九ページ）。

（11）Khái Hưng, "Sức mạnh của dân tộc", *Ngày Nay - Kỷ nguyên mới*, N°.3, 1945/5/19, p.9.

（12）Khái Hưng, "Tiếng Vang", *Ngày Nay - Kỷ nguyên mới*, N°.4, 1945/5/26, p.9.

（13）Vũ Ngọc Phan, "Văn học Việt Nam - Từ sau cuộc Âu chiến vừa qua", *Ngày Nay Kỷ Nguyên Mới*, N°. 14, 1945/8/4, p.15.

（14）陳福安、「佛国統治下に於ける越南国情」、『アジア』、4月號、全亞細亞協會、一九二六年、四一-五三ページ。

（15）石井・桜井編、前掲書、二一四ページ。

（16）Phan Khoang, *Việt Nam Pháp thuộc sử*, Nhà sách Khai Trí, Sài Gòn, 1961, p.15.

（17）石井・桜井編、前掲書、二一一ページ。嘉隆帝《ザー・ロン》の直系の子孫にクォン・デ候がいる。

（18）カイ・フンは西山《タイソン》の乱を題材にした時代小説『蕭山壮士』のなかで、阮福暎について、作中人物に「わたしはわれわれの歴史の数ページに思いを馳せている。国を愛し民を愛する心もなく、ただ自分ひとりだけ、自分の党だけの利権を考えるならば、たとえ王や帝であったにしても、ろくでもないやつだ。象に墓を踏み潰させるような行為〔祖国を裏切る行為の意〕は言うまでもなく」と発言させている（Khái Hưng, *Tiêu Sơn tráng sĩ*, Đời Nay, Hà Nội, 1940, p.130.）。

（19）なお、三月九日のクーデタ以後ベトナムでは政党や政治団体が急増した。新ベトナム国民党（Đảng Tân Việt Nam Quốc Dân）、大越国社党（Đảng Đại Việt Quốc Xã）、国家奉仕党（Đảng Phụng Sự Quốc Gia）、ベトナム独立建設連盟団（Đoàn Việt Nam Liên Minh Kiến Thiết Độc Lập）、ベトナム青年愛国会（Hội Việt Nam Thanh Niên Ái Quốc）、新ベトナム会（Hội Tân Việt Nam）などが結成された。寓話の各身体部位の不調和とは、これら政党間の不調和としても理解することができるかもしれない（Khái Hưng, "Tiếng Vang", *Ngày Nay - Kỷ nguyên mới*, Nº.1, 1945/5/5, p.5.）。

（20）第二章でも言及したが、カイ・フンが参加した「新ベトナム会」によって示された「日本を利用して独立する」という発想、具体的にはチャン・チョン・キム内閣への参加・協力は、仏印処理直後の一九四五年四〜五月頃には、都市知識人の間にかなりの影響力をもっていた（古田元夫、「ベトナム知識人の八月革命と抗仏戦争――ヴー・ディン・ホエを中心に」、『岩波講座　東南アジア史　第８巻　国民国家形成の時代』、岩波書店、二〇〇二年、一二九ページ）。

（21）Nguyễn Bá Lương, Tạ Văn Ru, *Luận đề về Khái Hưng*, Xuất bản Tao Đàn, Sài Gòn, 1961, p.25.

（22）しかしカイ・フンは、短編を掲載した機関紙を運営するベトナム国民党によって文章を削除される憂き目にあっている。

（23）Vũ Ngọc Phan, op.cit, p.15.

（24）Khái Hưng, *Lời Nguyền*, Phượng Hoàng, Sài Gòn, 1966, pp.40-47. に収められている。

（25）作品の考察を進める際、こうしたパラテクストの果たす役割を軽視してはならないだろう。この「喜劇」があるかないかで、読み手の「読み」も大きく変わってくる。
（26）トゥイ・クエによれば、これは"Monsieur le chef de poste de police"を省略したものだと言う（二〇二三年二月二〇日にやり取りした電子メールにて確認）。
（27）通常、元日にこのような目に遭うとその一年は散々な一年になると信じられている。
（28）フリードリヒ・グラウザー、『外人部隊』、種村季弘訳、国書刊行会、二〇〇四年、一二一ページ。
（29）トゥイ・クエは、この記述から、ハイネシルクが元殺人犯であり、さらにヒトラーの同郷者であることをカイ・フンが示唆し、その罪悪性や独裁性をほのめかしていることを指摘した。ところが、作品内でハイネシルクが殺人を犯したとの説明はない。ヒトラーによって迫害され或いは死に至った、また、ナチス政権に対する抵抗運動に加わったが故に、逮捕され収容所に送られたり処刑されたりしたオーストリア出身の人々の存在が、トゥイ・クエの思考から抜け落ちている（http://thuykhue.free.fr/TLVD/TLVD-39-KhaiHung/39-KhaiHung.html 最終閲覧：二〇二三年二月二一日）。
（30）フリードリヒ・グラウザー、前掲書、一二三ページ。
（31）ちなみに、インドシナ戦争において、一九四五年九月から一九五四年七月の停戦までの間に、フランス極東派遣軍として本国からインドシナに送られた総数は四八九、五六〇名に上るが、そのうちフランス人は二三三、四六七名、外人部隊が七二、八三三名であるのに対し、北アフリカ（マグレブ）から一二二、九二〇名、サハラ以南のアフリカからは六〇、三四〇名を数えた。なお、一九四五年の派遣軍は全員「白人」で構成されていたが、その後、はっきりと「有色化」していった（平野千果子、『フランス植民地主義と歴史認識』、岩波書店、二〇一四年、七七―七八ページ）。
（32）Paul Leroy-Beaulieu, *De la colonisation chez les peuples modernes*, Guillaumin, Paris, 1874.（N．バンセル、P．ブランシャール、F．ヴェルジェス、『植民地共和国フランス』、平野千果子・菊池恵介訳、岩波書店、二〇一一年、八六―八七ページより再引用）。

(33) アルベール・サロー、『植民地の偉大さと隷従』、小川了訳、東京外国語大学出版会、二〇二一年、二六五―二六七ページ。

(34) カイ・フンは、短編「相知（Tương Tri）」で、素性を知らぬ相手でも象棋を指せば相手の本性がだいたい分かると、相手がかつて革命家であったことを見抜く様子を描いている（*Ngày Nay*, N°.175, 1939/8/19.）。

(35) Khái Hưng, "Tây xông nhà", *Việt Nam*, N°.64, 1946/1/30, p.4.

(36) 革命家Cとは、カイ・フンの父親が養子として受け入れた、ゲティン・ソヴィエト蜂起（Xô Viết - Nghệ Tĩnh, 1930-1931）のリーダーの一人であるグエン・ドゥック・カィン（Nguyễn Đức Cảnh, 1908-1932）ではないかと、筆者は推測する。

(37) Khái Hưng, "Tây xông nhà" (1946), op.cit., p.5.

(38) 物語の冒頭において、フランス人によって自宅に押し入られたこと、即ち家宅捜索をされたことを、幸いにも家宅捜索をされたといった意味合いを持つ được を用いて表現している（Tôi đã được Tây xông nhà.）。ここには、「悲劇」としか思えない出来事を「喜劇」として面白おかしく描いたカイ・フンの諧謔／皮肉精神が如実に現れている。

(39) Khái Hưng, "Xiềng xích", *Ngày Nay - Kỷ nguyên mới*, N°.11, 1945/7/14, p.16.

(40) Khái Hưng, "Tây xông nhà" (1946), op.cit., p.4.

(41) 「風車小屋の周囲一五里以内では、執念深く、復しゅうに燃えている男のことを話す時、『あの男に気をつけろ！……七年間足げを企んでいた法王のらばみたいなやつだぞ。』という」（ドーデー、「法王のらば」、『風車小屋だより』、桜田佐訳、岩波書店、一九八二年、五三ページ）。法王はらばに夢中でひどく可愛がっていたが、悪戯者《いたずらもの》ティステによってらばは皆の笑いものとなり、七年後、らばは長年の恨みを晴らすべく、ティステに対しすさまじい足げを放つ。

(42) サイードは、脱植民地化における文化的抵抗プロセスの主要構成要素として、宗主国の文化に、文筆で逆襲すること、オリエントやアフリカに関してヨーロッパ人がこしらえた物語を攪乱すること、ヨーロッパ人による物語を、それよりももっと遊戯的《プレイフル》で、もっと強力《パワフル》な新しい物語様式に取り替えることを挙げている（エドワード・W・サイード、『文化と帝国主義２』、大橋洋一訳、みすず書房、二〇〇二年、四五-四六ページ）。

（43）『ブッダの真理のことば・感興のことば』、中村元訳、岩波文庫、一九七八年、一〇ページ。

（44）cf. 白黒雑婚から生まれた混血児、ミューラートウは、ミュール（ラバ）を語源とする。ラテン・アメリカ世界では、ミューラートウに積極的価値を見出そうとするときラバの神聖なイメージが掬い上げられるが、アメリカ南部では、ドンキー＝黒人とホース＝白人の交配の結果、いつもホースの美質は失われ、愚鈍なラバしか誕生しないという寓喩が浸透していた（『越境する世界文学』、河出書房新社、一九九二年、三一七ページ）。

（45）Khái Hưng (1966), op.cit., pp.48-60. に収められている。

（46）『今日-新紀元』三号（1945/5/19）で、小松清は小牧近江とともに「ベトナム人の長所と短所」についてのインタビューを受けている。

（47）グエン・ビン・キェムは、最高学位「状元（Trạng nguyên）」に合格し、その後「程国公（Trình quốc công）」の職に昇進したため、「状程」と呼ばれるようになった。ちなみに、グエン・ビン・キェムの故郷はカイ・フンと同じハイズォン省ヴィンバオ郡で、カイ・フンの出生地コーアム村には、グエン・ビン・キェムが教室を開いた寺（Chùa Mét）が現存している。筆者はTUFS Joint Education Programを利用して二〇一八年にここを訪れた。この地域にはカトリック教会が林立し、ある意味、異種混淆の村と言える。

（48）戦わずして勝利を得るという意味で、『讖記（*Sấm ký*）』や『白雲庵詩集（*Bạch vân am thi tập*）』に登場することばである。

（49）筆者による和訳：カイ・フン「省行政長官」、『東南アジア文学』一六、東南アジア文学会、二〇一八年、九五-一〇四ページ（https://tufs.repo.nii.ac.jp/records/6777）。

（50）松沼美穂、『植民地の〈フランス人〉——第三共和政期の国籍・市民権・参政権』、法政大学出版局、二〇一二年、一二七ページ。

（51）小松清、『仏印への途』、ゆまに書房、二〇〇二年、一七八ページ。

（52）ヘスケス・ベル、『蘭・佛印植民司政』、羽俣郁譯、伊藤書店、一九四二年、一六五ページ（原書は Hesketh Bell, *Foreign Colonial Administration in the Far East*, E. Arnold & Co., London, 1928.）。一九二六年の訪問手記。
（53）松沼美穂、前掲書、一二八ページ。
（54）松沼美穂、前掲書、一二七ページ。
（55）Khái Hưng, "Xiềng xích", *Ngày Nay - Kỷ nguyên mới*, N°.2, 1945/5/12, p.18.
（56）ホアン・ダオは、『今日』紙一六八号（1939/7/1）で、フランス人権宣言を紹介し、その前文で次のように述べている。「人間は物品や家畜ではない。人間として生まれてきたからには、誰もが人格・人権を有し、他者はそれを尊び、社会はそれを守っていかなければならない。ある政体やある憲法がこうした原則を認めないのであれば、それは非道な政体であり価値の無い憲法である」（*Ngày Nay*, N°.168, 1939/7/1, p.10.）。
（57）Khái Hưng, "Quan Công sứ", *Chính Nghĩa*, N°.16, 1946/9/16, p.12.
（58）cf. 英国の植民地だったビルマで警察官を務めたジョージ・オーウェルは、次のことを述べている。「俺たちはここに搾取に来ているのであって、植民地のために来ているのではない、植民地の向上に来ているのではないということだ。それをイギリス人たちはだれもがわかっている。だけど、それを口に出して言うことだけが禁じられている。つまり、これは嘘で固められた世界だというわけです」（鈴木健三、『絶望の拒絶　ジョージ・オーウェルとともに』、南雲堂、一九九五年、一八二ページ）。
（59）小松清（二〇〇二）、前掲書、一七八―一七九ページ。
（60）Shigemi Inaga,「小松清とヴェトナム：日本の仏印進駐期「文化工作」とその余波　木下杢太郎のヴェトナム訪問（一九四一年五月）から小松清のヴェトナム退去（一九四六年六月）まで」, *Proceedings of Japanese Studies in Southeast Asia: Past, Present, Future*, Vietnam Academy of Social Sciences, Hanoi, Vietnam, October 22-23, 2009, pp.30-31.
（61）酒井直樹、『死産される日本語・日本人「日本」の歴史―地政的配置』、一九九六年、新曜社、viページ。
（62）「ほんたうのフランス」とは一体何なのか、筆者による強調は「ほんたう」に対する懐疑を示すものである。

（63）Vũ Bằng, "Tưởng nhớ Khái Hưng", Dương Nghiễm Mậu, et al., op.cit., p.27.

（64）なお、西成彦は「雑種的精神は、世界中のあらゆるプラハ的地域に共通する植民地特有の精神であったと言っていい」と述べている（『越境する世界文学』、前掲書、三一二ページ）。そもそもこの世界に生きる人間はすべて混血ではないのかというのが筆者の考えであるが、国民国家がそれぞれの地域で成立していった近代においては、「正統なフランス人」「ほんたうのフランス人」といった純血主義的観念が存在した。

（65）今福龍太、『ハーフ・ブリード』、河出書房新社、二〇一七年、七、三六四ページ。あとがきには、「混血《ハーフ・ブリード》とはいま、ここにおける一つの創世の瞬間に与えられた自然条件である」と書かれ、「混血」の文字にはハーフ・ブリードとルビがふられている。

（66）cf. 酒井直樹、「文学と国際世界」、『早稲田大学国際文学館ジャーナル』一、二〇二三年、六五ページ。

（67）Khái Hưng, "Câu chuyện Văn chương", *Chính Nghĩa*, N°.19, 1946/10/7, pp.8-9.（筆者による和訳：カイ・フン「文学談義」、『東南アジア文学』一二号、二〇一四年（https://drive.google.com/file/d/10ZE7q87Kf_8kow5Y5_uF0UOElummER1D/view））

本作品は、フォン・レによって、ドイモイの年である一九八六年に「カイ・フンは、戯曲の形式を用いて、我が党の文学路線を批判する「文学談義」を描いた」と評されたが、約三〇年後の二〇一三年には「カイ・フンは「文学談義」において、ロマン派の芸術観点を擁護し、インドシナ共産党による一九四三年「ベトナム文化綱領」の三原則：「民族化」・「大衆化」・「科学化」を批判した。本作品が書かれた当時は、こうしたカイ・フンの批判に対して、革命側から反発が出るのは必至であった。しかし、今日においては、こうしたカイ・フンの意見にも、容認可能な点があることが認められる」と、評価が見直されている。しかし、この再評価は、本文中ではなく文末脚注で述べられており、国内においては、いまもってカイ・フンの再評価を公言することへの懸念が存在していることが察せられる（Phong Lê ed., *Văn học Việt Nam kháng chiến chống Pháp (1945-1954)*, Ủy ban Khoa học Xã hội Việt Nam - Viện Văn Học, NXB Khoa học Xã hội, Hà Nội, 1986, p.38. ／Phong Lê, "Tự lực văn đoàn và Thơ mới sau hơn nửa thế kỷ nhìn lại", Trần Hữu Tá eds., *Nhìn lại Thơ mới và Văn xuôi Tự lực văn đoàn*, NXB

Thanh niên, TP.HCM, 2013, p.30.)。

（68）この時期カイ・フンは、ナショナリズムを根底的に批判するタゴールの『家と世界』（1916）をベトナム語に翻訳し、『ベトナム』に掲載していた。

（69）なお、アンドレ・ジッドは『ソヴェト旅行記』のなかで、ソヴィエトの文化が画一主義に陥ることを憂慮し、「最良の藝術家、つまりいかにしても彼らの藝術を潰すことを肯じない、或はいささかなりともそれを屈することをしない人々は、つひに沈黙してしまふだらう」と述べている（ジイド、『ソヴェト旅行記』、小松清訳、岩波書店、一九三七年、一〇七ページ）。文学者を規定の枠に嵌めることは彼らの芸術を潰すことであり、「文化綱領」の三原則に屈することができず煩悶するカイ・フンの姿を、まるでカィンの沈黙を通して透かし見ることができるようだ。

（70）『聊斎志異』の作者。

（71）*Chính nghĩa*, N°.19, 1946/10/7, p.9.

（72）ここでの議論は、中谷義和、『グローバル化とアメリカのヘゲモニー』、法律文化社、二〇〇八年、五〇ページから示唆を受けている。

（73）古田元夫、『アジアのナショナリズム』、山川出版社、二〇〇〇年、八三ページ。

（74）このことは、前出の寓話において身体の各部位が互いに責め合い、忌み嫌い合った様子と照らし合わせることができよう。

（75）Trần Đình Sử, *Trên đường biên của lý luận văn học*, NXB Văn học, Hà Nội, 2014, p.305, 307.

（76）エドワード・W・サイード、『人文学と批評の使命　デモクラシーのために』、村山敏勝・三宅敦子訳、岩波書店、二〇一三年、一九二ページ。二〇〇三年英米の対イラク戦争への反対（或いは賛成）における作家－知識人の役割に言及した文章。

（77）エドワード・W・サイード、『戦争とプロパガンダ』、中野真紀子・早尾貴紀共訳、みすず書房、二〇〇二年、四六ページ。サイードは、「西洋」と「イスラーム」といった「文明の衝突」理論はイカサマの新機軸にすぎないと批判した。

（78）Thư Trung, "KHÁI HƯNG, thân thế và tác phẩm", *Văn*, Nº.22, Sài Gòn, 1964, p.16.

（79）トリン・T・ミンハ、『ここのなかの何処かへ：移住・難民・境界的出来事』、小林富久子訳、平凡社、二〇一四年、九七-九八ページ。

第八章

敵／味方の垣根を乗り越える（2）

――「内戦」を描いた「月光の下で」――

本章では、戯曲「月光の下で」を題材に、インドシナ戦争前夜に起きていた同胞同士の対立を概観し、カイ・フンがどのような想いでこうした内部闘争を見つめ、解決への道を探ったかを追う。

まず、本戯曲が書かれた時代的背景を、主に松岡完の著書『ベトナム戦争』に依拠して見ていこう。[1]日本敗戦後の一九四五年九月二日、ベトミンを率いるホー・チ・ミンがベトナム民主共和国の独立を宣言した。しかしポツダム会談の合意にもとづき、インドシナ半島の北緯一六度線以南には英軍が、以北には中華民国軍（中国国民党軍）が進駐し、日本軍の武装解除にあたった。民主共和国に対する国際的な承認を得たいホー・チ・ミンは、連合国による一時的な分割占領を容認したが、英軍は、仏軍将校に武器を与え、独立運動の弾圧を助けた。一方、中華民国軍も英軍に劣らず難物だった。「滅共禁胡（共産党を滅ぼし、ホーを捕まえる）」を唱え、亡命していた反共民族主義者たちを帰国させた。そのなかにはグエン・トゥォン・タム（＝ニャット・リン）なども含まれ、中華民国軍の圧力により、ホー・チ・ミンは民主共和国の閣僚の座のほぼ半数を、ベトナム国民党など非共産党員に与えなければならなかった。インドシナ共産党は中華民国軍占領下で生き延びるために偽装解散し、[2] ベトミンは「華越親善」を訴えた。中華民国軍がフランスの撤退要求になかなか応じなかったことはベトミンに組織を強化させ、とくに北部で地歩を築く時間的余裕を与えた。蔣介石はインドシナを中国の朝貢国と考えており、また華南を守るためにもフランスを極力排除するつもりだったという。だが華僑商人ですら、征服者として略奪や暴行にいそしむ中華民国軍を「原爆より悪質」と罵倒しており、彼らの庇護を受けたベトナム国民党やベトナム革命同盟会（Việt Nam Cách mệnh Đồng minh hội）の残党たちは人々にそっぽを向かれた。

ベトナム国民党機関誌『正義』九・一〇号（1946/7/29-8/5）に掲載された戯曲「月光の下で」では、国民軍に属するコア（Khoa, 三〇才）と共産側である衛国軍トゥック（Thức, 二〇才）との党派を超えた人間愛が描かれている。しかし、そのために、カイ・フン自らが属したベトナム国民党の検閲によって文章が削除された。「月光の下で」は、対立政党であるベトミンと自らが属する国民党の双方に投げかけた和解のメッセージとして捉えることができ、同じ民族同士が争い合う不条理を読者に気付かせる内容となっている。[3]

この作品は、（とりわけベトナム国内において）ほぼ知られていないが、ディヴィッド・マー（David

G. Marr, 1937-）は、これについて「重傷を負った衛国軍兵士と国民軍兵士が夜通し会話を交わし、互いを理解するようになるが、前者は傷（出血多量）で死に、後者は進軍してきた衛国兵に殺されるという短編劇であり、検閲の憂き目に遭った」[4]と記している。旧南ベトナムの作家ズォン・ギェム・マウも、「これは、カイ・フンが所属する政党による検閲である。ということは、カイ・フンは自らが所属するその党が認めない思想を有していた。つまり、党に所属しながらもカイ・フンは盲目的で急進的な指導者ではなかった。彼はあくまでひとりの作家であった」[5]と述べている。アメリカでグエン・タック・キエンによって編まれたカイ・フン追悼集では、「月光の下で」は、戦争に抗い国に仕えるために恨みを消し去ることを促す点が強調されている[6]。

問題となる国民軍とは、国民党戦線の軍隊を意味し、「白い星の部隊」と呼ばれた。一九四五年五月重慶における会議で、大越国民党、ベトナム国民党、大越民政党が一つの戦線に併合され[7]、カイ・フンが属した大越民政党は国民党と組むことになった。ちなみに、後出する越国《ベトクオック》とはベトナム国民党、越革《ベトカック》とはベトナム革命同盟会を示す。国民軍は、購入もしくは寄贈されたフランスと日本の武器で装備を整えたが、のちに中華民国の武器が加わった。服装は、日本あるいは中華民国の正規軍の服と相似し[8]、その軍隊は、ベトナム北部の各地の戦場で共産軍やフランス軍に立ち向かった[9]。この「共産軍とフランス軍」の組み合わせについては後述する。

一方、衛国軍（或いは衛国団）とは、共産ベトミン戦線の軍隊で「黄色い星の部隊」と呼ばれ、のちに国軍あるいは共軍と呼ばれるようになった[10]。

前述したようにインドシナ共産党は、八月革命直後の一九四五年一一月、自らの「解党」を宣言していた。これは、ベトナム民主共和国＝共産政権という非難を回避し、同政府が愛国者の連合政府であることを強調するためにとられた措置である。したがって、ある種の偽装解散だったが、東側陣営に属することをうたう国で政権をとった党が地下に潜行しているのは「異常」であった。[11]

本戯曲の分析によって、脱植民地化に向けたインドシナ戦争（対仏戦争）勃発前夜に、ベトナム北部では同国民同士の「内戦」が繰り広げられていたという、これまでほぼ表に出てこなかった史実が見えてくる。[12] 古田元夫が指摘するように、ベトナム戦争は「内戦」ではなく、「ベトナム民族」が米国の侵略と戦った戦争であるというのが正統的な抗米救国闘争史観だが、この戦争がベトナム人同士の戦いという側面をもっていたことは否定することができない。[13] この視座に立てば、本戯曲に描かれた「内戦」は、後に勃発したベトナム戦争を「内戦」と認識する見解にも通じる。そのためにも、扱われていることは非常に重要な出来事であったと捉えられる。[14] 本章は、カイ・フンが描いた「内戦」と、ベトナム戦争の「内戦」性との連続性を考える。

ベトナム国民党機関誌『ベトナム』をカイ・フンと共に創り上げた仲間であるニャット・リンの末弟グエン・トゥォン・バックは、ベトナムで起きたその後の戦争と比較して、このベトナム北部で勃発した「内戦」（グエン・トゥォン・バックの言葉）を次のように回想している。[15]

規模および武器は粗野で時代遅れであったが、意義と性質において、この戦いは極めて特別かつ深遠であり、今日に至るまで影響を及ぼし続けている。なぜなら、政治思想に相違があるにせよ、双方の幹部たちはみな、民族解放、抗‐仏帝国の時代に登場したひとびとであった。二つ目は、双方の軍事指揮官たちはみな、正規の職業軍事家ではなくすべて「素人」の革命軍師であった。三つ目は、小規模で粗野でありながらも与えた影響は奥深い。一九四六年の国家《ナショナリスト》陣営（phe quốc gia）〔国際主義に対立する側〕の失敗によって、ベトナム共産党の全国統治の基盤〔形成〕は達成されたと言うことができるだろう。一九五四年、一九七五年の出来事は、単に一九四六年を遠因として起きただけなのである。

「一失速成千古恨」一歩の誤りが千秋の恨みと成る。ベトナム国家《ナショナリスト》〔側〕の人間は一九四五～一九四六年における千載一遇のチャンスを逃したがために、半世紀が経った後も恨みを抱え続けなければならなくなった。

それまで私は、戦争に突入するとしても、本来フランス〔植民地主義〕と戦わなければならないと思っていたが、ベトナム人同士の戦いとなるとは想像だにしなかった。私や闘争に参加した青年たちの真の目的は、フランスに抗うためであった。しかし、時局が、われわれを閉塞、偏見、矛盾へと導いていき、ついには武力では解決できぬ、降伏だけでは解決できぬ場所に行き着いてしまった[16]。

ベトナム戦争に勝利した北ベトナム、そしてその意思を継いだ現行体制下においては、ベトナム戦争とは、民族解放闘争であって、アメリカに抗う（抗米）戦争であると主張されてきた。しかし同胞同士の殺し合いや、その「内戦」性にはほとんど触れられてこなかった。

日本のジャーナリストや研究者のなかでは、近藤紘一は、当時の土着の南ベトナム人をして「ベトナム戦争とは、南ベトナムを舞台とした北ベトナム人同士の闘いだ」と嘆かせ、かつ憤然とさせたと書いている。(17) また中野亜里は、ベトナムの革命について、「戦時中と戦後の混乱期の犠牲者の七六パーセントは、ベトナム人どうしの殺し合いによるものだという数字もある。外国軍による残虐行為に正当化の余地はない。しかし、ベトナム人が同じ民族の多様な思想や信条を排除し、単一のイデオロギーで強権支配を行ったことは、外国の敵の侵略よりも大きな民族的悲劇と言えるのではないだろうか」と述べている。(18) これらの叙述からは、ベトナムの革命戦争における内部対立が透けて見える。

これから「月光の下で」の梗概を紹介し（付録4における抄訳では、いかなる箇所が検閲で削除されたかを具体的に示す）、戦場という緊迫した空間においてどのような人間同士の交流が繰り広げられたかを垣間見ると同時に、そこに込められた作者のメッセージを呈示する。その後、本戯曲が描かれることになった歴史的・政治的背景を、公文書以外のいくつかのテクストを頼りに明らかにしよう。同時に、「内戦」の双方に奉仕するかたちで「内戦」に参加した残留日本兵など、これまで目を向けられてこなかった新たな歴史的事実も明らかにしよう。本章は謂わば文学作品を通して、窺い難い当時の複雑な歴史と政治を明るみに出す試みである。そして最後に、「月光の下で」の原稿には込められていたものの、掲載時に削除されてしまったカイ・フンの思想とメッセージを考察する。

DƯỚI ÁNH TRĂNG

BI KỊCH MỘT HỒI của KHÁI HƯNG

(Tiếp theo)

THỨC mỉm cười — Cười chảy nước mắt... hay khóc chảy nước mắt đấy?

KHOA — Anh rõ lẩn thẩn! Việc gì mà phải khóc. Trẻ con nó chơi đùa ấy mà! Với lại nói câu này chắc anh không tin: Tôi muốn gây tự do tín ngưỡng, tự do tư tưởng cho con tôi ngay từ thuở nó còn non nớt. Bây giờ thì cố nhiên nó không biết gì về đảng phái, về lý tưởng, về chủ nghĩa, nhưng nó sẽ lớn lên với lòng nhân từ, khoan thứ, nó sẽ thấy rằng cha nó là người rộng lượng, biết trọng tự do cá nhân của kẻ khác dù kẻ ấy là con mình, là một đứa con gái nhỏ... Có phải không anh, vì sao cha là đảng viên V. N. Q. D. Đ. mà con lại không là Việt-Minh được? Điều quan trọng là chúng ta nên dạy cho con chúng ta hiểu rằng không được a dua vào một đảng nào, không được vì cha mẹ tin tưởng một chủ nghĩa, lý thuyết nào, là cứ nhắm mắt tin theo không thèm suy xét gì hết. Ta lại nên dạy con cái chúng ta điều này nữa: là lập nên đảng nọ đảng kia không phải để tranh dành địa vị, hay để thỏa lòng thù ghét chém giết, chúng ta, Việt-Minh cũng như Việt-Quốc, chỉ có một mục đích cứu quốc, đưa nước nhà tới chỗ tự do độc lập.

T. cười — Chắc anh không... ở trong bộ tuyên truyền... Việt Nam Quốc Dân Đảng?

K. — Anh đoán đúng.

Kiểm duyệt 11 giòng

Nếu tinh thần đoàn kết có từ lâu thì hiện giờ, chúng ta đã rất sánh nhau trong một chiến tuyến chống xâm lăng rồi... Mà... mà cái cảnh đau đớn chúng ta đương sống, cái giờ phút đau đớn chúng ta đương qua, kẻ bị thương, người ngồi nói chuyện trên một đỉnh đồi, dưới ánh trăng, bên tiếng cũ, làm gì đã xảy ra?... Anh và tôi, anh mơn mởn tuổi xuân, và tôi đầy lòng yêu nước, chúng ta là hai kẻ cừu địch ư?

T. cất xuống thở dài — Chán!... Nhưng may... cũng chả còn sống được... bao lâu!

K. — Rõ tôi cũng vô lý! Tôi đã bảo không quay trở lại câu chuyện buồn ấy nữa, rồi tôi vẫn cứ quay lại như thường. Vậy thôi đấy, chỉ nói chuyện vui thôi đấy! Ừ phải! Tôi hát cho anh nghe nhé? Năm sáu năm về trước tôi có một cô bạn Huế; chiều chiều chúng tôi đi chơi mát với nhau ở trên núi Sầm-sơn và cô ta... cô Liên... tên cô ta là Liên, cô ta hát cho nghe nhiều điệu Huế hay quá. Tôi thích nhất cái điệu hát đò, để tôi hát cho anh nghe nhé (ca):

Trăm năm dầu lỗi hẹn hò
Cây đa bến cũ con đò năm xưa

Cây đa bến cũ còn lưa
Con đò sớm thắc thẻo xưa qua rồi!

T. — Điệu hát buồn chết người... mà anh thích được!

K. — Ừ, kể buồn thì buồn thực! Tôi chắc đó là dấu vết điệu ca Hời, một điệu ca vong quốc.

Kiểm duyệt 34 giòng

T. mơ mộng — Tôi đọc Nam sử... tới đoạn Chế Bồng Nga đem đại đội Thủy binh... đến vây thành Thăng Long ta... mà tôi không khỏi thán phục. Thế rồi Bồng Nga trúng tên chết ngay trên thuyền thống tướng... Biết đâu...

K. — Biết đâu sao, anh?

T. — Biết đâu... ông vua anh hùng ấy... lại không bị giết..., vì một mũi tên Hời... trong lúc hỗn chiến... (thở dài)

K. cười — cũng có thể lắm. Cái hại của mình thường là ở trong phát ra hơn là ở ngoài xẩy tới. Về đời Trần ta thắng được quân Mông-cổ oai hùng là nhờ ở sự đoàn kết của toàn thể dân tộc Việt Nam. Và có lẽ quân Hời thua ta một phần lớn là do sự cạnh tranh của các họ lớn thời bấy giờ (cười) — Tôi không thuộc Nam sử như anh nhưng tôi đoán thế. Một dân tộc yếu hơn dân tộc địch mà lại thiếu đoàn kết, thì làm gì mà không bị tiêu diệt!

T. thở dài — Đoàn kết! (Thở hổn hển). Tôi khó... thở quá... mà lại khát... nhưng thôi... Phiền anh quá...

K. — Có gì mà phiền..! Anh em giúp đỡ nhau trong khi hoạn nạn thì phỏng có gì mà phiền. Có anh làm phiền lòng tôi thì có, anh không chịu thẳng thắn với tôi. Hay anh cứ nhất định coi tôi là kẻ thù đấy?

Kiểm duyệt 4 giòng

. . . . . . Nhưng thôi để tôi đi lấy nước cho anh đã. (Cầm cái mũ sắt).

T. — Sao Có nó cứ kéo... dài... mãi cái điệu âm nhạc buồn thế nhỉ?.. Anh có tin nó đem.. tin buồn.. nó báo tin chết không?

K. cười — Bậy! Đó chỉ là một dị đoan. Nó kêu thế là chỉ để thôi miên chuột, chuột nghe thấy tiếng rùng rợn ấy, hẩn rẩn ra không chạy được, chỉ việc đứng im cho nó bắt. Thôi anh ngồi chờ tôi một lát nhé? (Cầm mũ sắt đi xuống đồi).

Khoa ra

T. — Yên lặng ngửng ngắm trăng. Đồng đăm đăm nhìn cái xác chết. Tiếng cú trở nên rùng rợn — Ối giời.. Không!.. Lui!.. Được.. Tôi theo đây! Không!.. Giời ôi! Giời ôi!.. (Thở hổn hển, mắt trợn to). Anh Khoa!.. Anh Khoa! mau cứu em!.. (ngất đi một lúc.

K. Bưng mũ nước đi lên — Uống cạn mũ nước này nữa thì sứ mà về bụng — Thức! Thức! Ngủ à?.. (lo lắng đứng nhìn Thức, rồi quỳ xuống vừa lay vừa gọi:) — Thức.

T. từ từ mở mắt — Ôi giời ơi! Không!.. không!.. Cứu tôi với!

K. — Tôi đây mà! Sao thế? Anh chiêm bao?

T. thở hổn hển — Không... tôi... thức.. giời ơi! Nó đến rồi?

Mắt đăm đăm từ từ đứng lên. Thức yếu dần.

K. — Ai?

T. — Ma!

K. cười — Làm gì có ma!

T. — Rõ ràng... nó vừa... hiện lên. Cái xác chết kia kìa!.. Nó ngồi dậy... Nó đứng dậy... Nó vẫy em đi theo nó... về âm phủ... Giời ơi! em sợ quá, anh ạ!.. Lúc anh lay..., em dậy... thì em đương đi theo nó đấy!.

K. cười — Thôi bây giờ có tôi đây thì nó không dám trở lại nữa đâu. Anh uống nước đi!

T. — Cảm ơn anh.. Anh để cho em... hoàn hồn đã...

K. cười — Nó vẫy mặc nó, sao anh lại đi theo nó?

T. — Không theo không được... Cứ thiếp... dần, rồi tự nhiên... lửng lững đi theo nó.

K. — Đó là một giấc chiêm bao. Khi mình không thức hẳn, không ngủ hẳn thì mình mơ màng tưởng tượng cái gì thành ra cái ấy liền. Đã uống nước được chưa?

T. gật.

K. — Ghé mũ nước vào miệng Thức.

T. uống một hơi — thở ra — Dễ chịu!.. Mát ruột!.. Cảm ơn anh!.. Sao em uống nhiều nước thế nhỉ?

K. — Vì thiếu máu! Mất máu nhiều quá!

T. lắc đầu — Em chết mất anh ạ!

K. — Việc gì mà chết! Mai về nhà thương tiêm vài phát là lại người liền. Mà sang máu được thì có thể khỏe ngay là khác. (Mơ mộng) Ước gì tôi được sang máu tôi cho anh! Thế kỷ niệm cái đêm gặp gỡ lịch sử này!.. Nhưng không thể được, anh ạ!

T. — Vì sao? (mỉm cười) Anh sợ... máu Việt Minh... và máu Việt Quốc sẽ... đánh lộn trong tim tôi chăng.

K. cười — Không phải thế! Vì máu Việt Minh và máu Việt Quốc cũng là máu Việt Nam, hay nói giọng văn hàng, chữ

8

図1　「月光の下で」掲載紙面。枠線で囲ったところに「検閲 11 行」「検閲 4 行」とある。
Khái Hưng, “Dưới ánh trăng”, *Chính Nghĩa*, Nº.10, 1946/8/5, p.8.

一・「月光の下で」梗概

〈登場人物〉
コア　：国民軍　三〇才　薬学部で学び、卒業前に捕らえられ収容所に連行される
トゥック：衛国軍　二〇才　中等教育学校一年生で退学し衛国団に入団

激戦後の丘。時間は真夜中で月が見え隠れしている。藪の傍らにビロードの服を着た人間の死体が転がり、銃や弾倉、鉄ヘルメットが散らばっている。コアが脇を血で濡らし倒れているトゥックを見つけ、敵軍の人間と認識しながらもトゥックを介抱する。

同国民が殺し合う戦場において、コアはトゥックに対し「僕たちは進む道を間違えたと言うべきであろう…。そうだ、僕たちはみな行く道を誤った。現実とかけ離れた主義、曖昧な理想に酔いしれ、僕たちは同じ屋根の下に住む兄弟であることを忘れてしまった…」と感慨を漏らす。そして「僕は、祖国のために生命を捧げることだけを望んで入党した。しかし、君と僕は、組織が丸ごと進む方向を誤ってしまった、その責任が僕たちにないと断言することはできまい。本当ならば、殺し合いに全力で抗う勇気と覚悟がなければならなかった。昨今の状況はその真逆で、僕たちは彼らに、まるで牛の群れを屠殺場に導き入れるようなことをしてしまった。僕たちはひどく愚かでまやかしの宣伝《プロパガンダ》を鵜呑みにし、外国からの侵略に対抗するための勢力を用いて、粉砕するまで互いに互いを

潰しあった…、だけど、遅すぎることなどないんだ」と話す[19]。

コアはトゥックとの対話を通して、自らの思考を吐露していく。「なぜ父親がベトナム国民党の党員である時、その子がベトミンであってはならないのか？　誰かを真似てなんらかの党に入党してはならない。また両親が何がしかの主義・理論を信奉しているがために、子が何も考えず盲目的にそれを信じ従うことがあってはならない。このことを僕らの子どもに教えていくことが大切だ。この党あの党を立ち上げるのは、地位の争奪、あるいは報復や殺戮の意趣を晴らすためではない。越盟《ベトミン》も越国《ベトクオック》も同様、双方とも自国を自由と独立に導き、国を救うといった、たった一つの目的のために行動しているだけなんだ」。

この時、ベトナム南部ではフランスを相手に至るところで戦争が続いていた。コアは、「僕たちは南に行って死ぬんだ。北で死ぬなんて命が哀れだよ」と嘆く。コアは、瀕死のトゥックに唄を歌って聴かせ笑わせようと努める。すると不意にトゥックは静かになる。トゥックは死んでしまった。

空が明るくなり始める。銃声が聞こえ丘の麓のほうから騒々しい音が聞こえる。銃弾一発がコアの胸に命中し、コアはトゥックを抱きかかえながら倒れ込む。「ムイ！　ラップ！」（コアの二人の子の名前を呼ぶ）

二．戯曲の背景

先述したように、この戯曲が書かれる前のベトナム北部において、大越系の政党は一九四五年日本軍の敗北とベトミンによる親日党派掃蕩にあって、急速に勢力を失っていた。戯曲の背景は「ベトミンによる親日党派掃蕩」の局面だけに集約されるだろうか。ちなみにディヴィッド・マーは、一九四六年五月から六月にかけてハノイの国民党機関紙『ベトナム』が、ベトナム民主共和国の衛国兵に対し、同胞を攻撃しないよう求める悲痛な声を掲載したと指摘している。[20]

その五月にカイ・フンは戯曲「団結」[21]（1946/5/27-1946/7/8）を書き始めている。「団結」では、自らを中立の立場とする主人公チン（Chính, 二六才）と、チンの婚約者でベトミンの宣伝活動を担うハオ（Hảo, 二〇才）を中心に話が進む。ハオの父親（五〇才）は一家の大黒柱として、とりあえず今はベトミンが優勢であるためにベトミン側についており、ハオとその弟ティン（Thịnh, 一五才）をベトミンの活動に参加させ、姉弟はベトミンのイデオロギーにしっかり染まっている。一方、姉弟の兄であるハィン（Hanh, 二五才）は国民党側についており、兄弟間で各党のイデオロギーをめぐって喧嘩がたえない。しかし、父親には国民党が優勢になった時に備え、ハィンには国民党側のままでいてもらいたいという思惑がある。ハノイの街や郊外では、ベトミン派と越奸と呼ばれる他派との争い、あるいは誘拐や抹殺事件が絶えず、こうした様子が狂人の出現とともにドタバタ喜劇のように描かれる。

ハオに軟弱者扱いをされたチンは、こうした極端な思想を持つハオとの将来を懸念する。チンの名誉挽回のため、チンの友人ミン（Minh, 二八才）はある芝居をうつことを思いつく。それは越奸を捕らえるために越奸のアジトに侵入したハオとティンを、逆に越奸に捕らえられ命を奪われる局面に陥らせ、そこにチンが助けに入るという芝居である。芝居が成功した後、ハオのチンを見る目は変わり、越奸を懲らしめようという考えも間違いだったと気付く。

『正義』と『ベトナム』に掲載されたカイ・フンの作品を集めた短編集『呪詛』（旧南ベトナムで刊行）には、「団結」は掲載されていない。こうした事実は、この「団結」の内容が、『呪詛』を編集したベトナム国民党のグエン・タック・キェン、あるいは国民党メンバーの思想と相容れなかったことを示唆している。[22]

戯曲「団結」が連載を開始した翌日の一九四六年五月二九日、「リェンベト（連越、Liên Việt）」、即ち「ベトナム国民連合会」がハノイで結成されている。[23] ダラット会議（1946/4/19-1946/5/11）の後であり、グエン・トゥオン・タム（ニャット・リン）が中国に逃亡した後、あるいはその前後の時期である。リエンベトは、国民党戦線が共産党との非協力運動を展開していた最中に、大越民政党（ベトナム国民党）のグエン・トゥオン・ロン（ホアン・ダオ：ニャット・リンの弟）と、無党派のフィン・トゥック・カン（Huỳnh Thúc Kháng, 1876-1947）および他の数名の共産党高級党員によって設立された。[24] 長征《チュオン・チン》はこの会の設立について、これが重要な政治現象であり、かつベトナム民族にとっても朗報であると述べている。リエンベトは、ベトナムという国を「独立・統一・民主・富強」させるために、無党無派かつ階級・宗教・政治的志向・種族を超えた、すべての愛国政党および愛国同胞の団結を目的としていた。[25] ちなみに、ベトミンは、それをホー・チ・ミン政権を支持するすべての宗教・党派を包括した戦線だと言い回っていたとの指摘もある。[26] さらに、国内の反共勢力や西側諸国からは、共産主義者の巧妙な偽装だと批判されていた。[27]

カイ・フンは、このリエンベトに賛同し、だからこそその結成時期に合わせて戯曲「団結」を執筆・

掲載したものと考えられる。[28]

なお、その一ヶ月後に出た六月二七日付『独立（*Độc Lập*）』[29]には、リエンベトの宣言が掲載されている。ベトミン総部代表として、グエン・ルォン・バン（Nguyễn Lương Bằng）、ヴォー・グエン・ザップ、スアン・トゥイ（Xuân Thủy）が、また国民党中央代表として、チュー・バー・フオン（Chu Bá Phượng）、グエン・トゥォン・ロン、ヴー・ディン・チ（Vũ Đình Chi）、さらに民主党中央代表としてドー・ドゥック・ズック（Đỗ Đức Dục）の名が記されている。各党の同志に徹底した団結を実現するよう呼びかけ、全国民に自分たちの団結への応援を請うている。

その数日後、「団結」最終回を翌週に控えた一九四六年七月一日付『正義』七号では、カイ・フンの記名はないものの、カイ・フンと思われる執筆者が[30]、フランスと中国で進められた「国共合作」を持ち出して（フランスにおいては人民戦線のことを指している）、ベトナムの「国共合作」の拙さを嘆いている。以下は、その中で述べられたベトナムの団結の実情である。

〈団結〉　ベトナム民主共和国二年目となる六月二六日、ベトミンと国民党の二党は、もはや何度目か分からない団結を宣言する合同会議を行なった。

〈なおも団結〉　ここ半月ばかりの間、これら二党の軍隊は、なおも血と銃弾・銃剣を用いて、団結を厳格に追い求めている。

〈そして団結！〉　何十回も合同会議を行なった。宣誓も七度ほど行なった。しかし団結はまるで漆喰のようにゆるい。誠実心の不足によるものだろうか？

〈そして反対〉我が国では、団結のなかに反対があり、反対のなかに協力がある。各党派が七度ほど団結を訴えたにもかかわらず、各地で彼らはいつも通り殺し合いを繰り返している。そして、それは徹底的な殺し合いである。

ここでベトミンにとっての「団結」の意味を探ってみたい。一九九〇年に政治難民としてフランスに逃れたブイ・ティン（Bùi Tín, 1927-2018）によれば、共産党指導者にとって団結という文字は、普通使われているのとは違う意味がある。彼らに言わせれば、団結の意味はつねにただ一つ、「われに従え」ということだ。ベトミン戦線やリェンベト戦線、祖国戦線の中の団結とは、共産党の指導に従い、共産党の言うことを聞き、共産党のあらゆる圧力に甘んじることを意味していた。党と違うことを言ったり、党に反論したりすることは団結の精神に反し、団結を壊すことになった。それは犯罪であり、それも時として非常に重大な犯罪であった[31]。

団結の状況について、ベトナム帝国の首相を務めたチャン・チョン・キムはこう記している。「ベトミン軍と国民党軍は、団結を唱えながらも誠実心を伴わなかった[32]」、「一時に事を済ませようと、あらゆる方法を用いて暴虐・残忍・虚偽・詐欺行為を行なうのがベトミンである。彼らはベトナム国民党に対し、今日団結を唱え、明日も団結を唱えるが、あくまで攻撃を続け、包囲戦で食糧封鎖を仕掛ける。優勢時には殺戮・破壊を行い、劣勢時には団結を唱え、また数日後に攻撃・破壊を行なう[33]」。

なお、「本当にベトミンはベトナム国民党を滅ぼそうとしているのか」という『正義』に掲載された読者からの質問に対しては、「二つの政党は依然互いに団結しているが、ベトミンの一部の反動が本部

の指令に従わず、団結を破りベトナム国民党を潰すことを企てている」との回答がなされている。(34)
小松清がモデルと思われる『ヴェトナムの血』の主人公和田は、次のように越盟《ベトミン》と国民党と大越の三党の団結の重要性を訴えている。

この三党三派の三つ巴は、当分のあいだ、嚙み合う三つ巴でなく、繫《つな》がり合う三つ巴にならなきゃ駄目なんだ。一年二年さきのことは、いざ知らず（恐らく彼らは内輪喧嘩をぶり返すだろうが）フランス相手に交渉をやるときは、三つ巴になって叩き合っていたんじゃ、折角のヴェトナムの独立も水の泡だ。(35)

実際、小松清と小牧近江は、ベトナム側の分裂状態を何とかして一つにまとめ、統一政権の全権代表を定めさせ、それによってフランス側と和平協定を結べるよう下工作をしていた。(36) ところが、第二章で言及したように、ホー・チ・ミンの策略は、対仏戦争への突入を避けるために、政府がフランスと手を組みたいと考えているとフランスに思わせることにあった。したがって、ベトナム国民党には対立の方針を継続してもらい、政府に抗い続けることを求めた。(37) これでは下部において団結が成し遂げられないのはもっともである。

グエン・トゥォン・バックは、この時期を振り返って次の言葉を残している。

今日に至って私は自問する。あの時、協力がなされていれば、祖国の時運はいかに動いていただろうか。少なくとも内部での無益な流血をいくらかは避けられただろうし、ベトナムの強固な民族団結を前に、フランスが手を引かざるをえない状況に陥ったことも大いにあり得ただろう。(38)

この感慨は小松清も共有するものであろうが、したたかなホー・チ・ミンは違う次元で画策していた。なお、ディヴィッド・マーは、『正義』に関する記述のなかでリェンベトに言及している。

『ベトナム』は一九四六年七月末に廃刊になったが、週刊誌『正義』はさらに三カ月間、当時主流となっていたベトミン紙とは全く異なる見解を掲載し続け、共産主義とソ連帝国主義を非難するエッセイ（「赤いファシズム」とも呼ばれる）を、軽めの検閲削除を受けながら連載した。『正義』はベトナム民主共和国の行政委員会制度や政府が、独立した司法を確立できていないことも批判した。ホー・チ・ミン主席の外交戦略にも疑問を呈した。長征《チュオン・チン》が「国民連合（リェンベト）」の旗の下に意見の統一を図ろうとしたことに対して、ベトナム民主共和国の一部の閣僚が違和感を覚えたことが、『正義』の存在によって窺える。このリェンベトの後方支援は一〇月下旬に崩壊し、紙面から論説が消え、それに続いて内政に関する報道がすべて消えた。読者に残されたのは、断片的な海外ニュース、無味乾燥な文化論、そしてカイ・フンの短編小説であった。一二月初旬には、検閲によって一行も削除される必要がないほど、『正義』は完全に中立化された。(39)

カイ・フンがリェンベトの徽章をチャン・フイ・リェウから貰ったという証言もある。それを加味すれば、リエンベトには、ヴォー・グエン・ザップやホアン・ダオのほか、長征《チュオン・チン》、チャン・フイ・リェウなども賛同していたことになる。しかし、上記によれば、そうした動きに違和感を示す者がベトナム民主共和国側に何人かいた。それが誰なのかは不明であるものの、上記のホー・チ・ミンの策略を鑑みれば、そうした存在があってもいっこうに不思議ではない。

一九四六年五月からインドシナ戦争（対仏戦争）勃発直前の一九四六年一二月まで発行された『正義』では、国内外の思想やイデオロギーの横断的な考察がなされている。「コスモポリタニズム」的姿勢である。ベトナム国民党の言論機関の役割を果たすというよりも、世界大戦後の、そしてベトナムにとっては脱植民地化に向けた対フランス戦争勃発直前の、複雑な政治社会状況を読者に少しでも理解させようとしている。そこにはイデオロギーに踊らされるのではなく、自ら思考して的確な判断をしてもらいたいという編集者の想いが垣間見える。(40)

三．「月光の下で」の様相を具体的に知るための各証言

三．一．背景

中華民国軍進駐にあたり、ホー・チ・ミンとヴォー・グエン・ザップは、雲南の軍事勢力とともに、右派ナショナリストであり親中派のベトナム革命同盟会とベトナム国民党がやって来ることに対する危惧をフランス側へ吐露していた。(41) ベトナム革命同盟会およびベトナム国民党は中国と連携する姿勢を見せており、そこにはアメリカの機関の思惑や動きも重なっていた。(42)

一九四六年二月に大越はベトナム国民党と合併し、ヴィンイェン（Vĩnh Yên）第三戦区での活動を任された。[43] 当時の北部ベトナムには、ティエンイェン（Tiên Yên）－モンカイ（Mông Cái）／ヴィンフックイェン（Vĩnh Phúc Yên）／フート－ヴィエットチー（Việt Trì）／イェンバイ（Yên Bái）－ラオカイ（Lào Kai）／中越国境／バックザン（Bắc Giang）－ランソン（Lạng Sơn）の各戦区が存在した。[44]

以下では、「月光の下で」の背景を知るために何人かの証言を辿ってみようと思う。具体的には、カイ・フンと共に新聞の発行に携わり、当時カイ・フンの最も近くにいたと考えられるグエン・トゥォン・バックがモントリオールで四五歳の時に出版した記録、そしてカリフォルニアで発刊された大越国民党の書籍、さらに現地で各政党と関係を持っていた小松清の『ヴェトナムの血』などを根拠としよう。ベトナム国内の資料には、「月光の下で」の背景を知ることに資するものは何も見つからないからである。小牧近江によれば、『ヴェトナムの血』には、フィクション化されている部分はあるにしても、実際にあった敗戦後のハノイのことが書かれている。[45] 個人が書いた「小さな物語」の分析を介して、これまで見過ごされてきた「大きな物語」を探ってみよう。

グエン・トゥォン・バックの言葉によれば、『ベトナム』や『正義』の発行場所となっていたカイ・フンの自宅は、当時はベトナム国民党の一機関と見做されていた。[46] そのため、その場所は常にベトミン武装隊の偵察の対象となり、[47] 外出時には護衛が必要だった。[48] またグエン・トゥォン・バックは、第三戦区、即ちヴィンイェン、ヴィエットチーの戦闘が勃発する前の様子を次のように記録している。

国家《ナショナリスト》陣営の軍隊が国防省の指揮下に統合されることを拒絶したため、ベトミン軍はときおりイエンバイ、ヴィンイエン、ヴィエットチーを攻撃した。他の場所でも小さな衝突や迫害が発生し、国家《ナショナリスト》陣営の活動は邪魔された。当時は、越国〔＝ベトナム国民党〕と越革〔＝ベトナム革命同盟会〕には依然として隔たりがあり、共同の計画に向けた徹底した話し合いはなされていないままだった。最終的に越革も自身の勢力増強の必要性を認識し、国家《ナショナリスト》陣営の各派閥間で協力するという合意に達し、そのための臨時中央会議が召集された。そこには、旧い大越党の人間も幾人か含まれ、ヴー・ホン・カイン（Vũ Hồng Khanh, 1898-1993）が主席の役を担った。

その後、国家青年団体を組織し、政治や軍事に関する訓練所を開いた。イエンバイに小さな軍事学校を開いたが、教官のなかには降伏に応じず逃亡した数名の日本人士官がいた。彼らも軍事活動を増加〔活発化〕させ報復を行った。[49]

こうした証言からは戦闘勃発の背景や国家《ナショナリスト》陣営側の連携の様子だけでなく、国家《ナショナリスト》陣営側に奉仕した日本人残留兵の存在まで知ることができる。ちなみに、ベトナム残留日本兵の研究は、主に共産側に協力した人々に光が当てられてきた。[50] しかし、「〔ベトナム〕国民党などベトミン以外の独立運動諸組織に参加した日本人は、おおむね短期間で離脱し、ベトミンに合流するか、もしくは中立的存在として自活する道を選んだ。一部はベトミンとの抗争で死亡したとみられる」[51]。このように日本敗戦への絶望、戦争犯罪で訴追され虐待されるのではないかという恐怖、頼るべき家族の喪失などの個々の背景事情があった旧日本兵は[52]、これまでの研究史が作り出したイメージとは違ってすべてベトミンに協力したわけではなかった。

敗戦直後日本兵の一部の者は、蘆漢軍や越南革命同盟会或いは越南国民党などの庇護のもとに入って、当面の身の安全を確保しようとし、他方、蘆漢軍や越南革命同盟会のほうは、ベトミンと対抗するために、また再侵略をねらっているフランスを牽制するために、日本兵を利用しようとした。（中略）フランス文学者の小松清も、越南革命同盟会に浅からぬ関係を持っていた。(53)

その小松清はこう記している。

インドシナの日本軍の若い将校や下士官たちのうちには、ポツダム宣言受諾に対して烈しい反撥と遣る瀬ない忿懣をもった連中が少くなかった。(54)（中略）永い間、反共教育の中で育ち、ついこないだまでは、北部トンキンの山中で越盟《ヴェトミン》討伐をやっていた彼らが、大の越盟《ヴェトミン》嫌いであるのは説明するまでもないでしょう。それに、ついこないだまで彼らの協力者であり、僚友であった越南人が参加している大越国民党というナショナリスト政党に親近感をもったのも当たり前のことでしょう？(55)

現場でその状況を観察しベトナムの各政党と関与していた小松の言葉は、非常に興味深い。加えて、東遊運動《ドンズー》(56)に参加し日本の振武学校で学んだ越革のリーダーであるグエン・ハイ・タン（Nguyễn Hải Thần, 1869-1959）(57)などの役割もあり、国家《ナショナリスト》側が共産側に敗北する以前には、国家《ナショナリスト》側についた数のほうが上回っていたかもしれない。ただし、「内戦」における国民党の敗北により、旧日本兵の関わりは短期間に終わっている。なお、繰り返すが、「国家《ナショナリスト》側の人間」とはナショナリスト一般を指すわけではない。ベトミンの共産主義の主張も極端なまでにナショナリスト的であったからである。

大越国民党の記録によれば、ベトナム名をHùng：雄、Văn：文、Dân：民、Dũng：勇、Quốc：国、Thần：神、Hổ：虎、Quang：光、Quế：桂と称した日本人士官たちを中心に（HùngとDũngは仏語と越語を話す通訳[58]）、一九四六年一月三一日、中国との国境に近いサパ（Sa Pa）の元仏軍士官クラブ施設を利用して、大越陸軍士官学校が開校された[59]。指揮長（校長）は、Hùng Sanと「さん」付けで呼ばれた旧日本軍の大佐であった[60]。副指揮は中佐のDân Sanで、教官班（訓練士官と幹部士官）は日本軍と、仏軍のベトナム人士官とで構成された。その際、日本人の本名が隠された理由については次のような証言がある。

> ベトミンに加わった日本人が顔見知りの同国人にすら本名や経歴を告げず、しばしば偽名を使うのが普通であった（中略）。旧日本軍では部隊離脱は重罪であったから、彼らは後日の処罰を恐れていたのかもしれない。また彼らは、所属部隊を脱走したからには、過去を、さらには日本人としてのアイデンティティーを捨てたも同然で、もはや本名や経歴を他人に語ることに何の意味もないと思っていたようである。元憲兵などの場合は、〔大戦中の行為をめぐって〕戦犯として裁かれることへの恐れもあったであろう[61]。

一九四六年二月末、この士官学校はサパからイェンバイへ移動し、「大越陸軍チャン・クォック・トゥアン軍校（Đại Việt Lục quân Trần Quốc Tuấn Quân trường）」、別名「イェンバイ陸軍校（Trường Lục quân Yên Bái）」と名を変えた[62][63]。これは、一九四六年六月一日に設立された共産側のクァンガイ陸軍中学（Trường Lục quân trung học Quảng Ngãi）と並ぶベトナム初の本格的士官学校となった。北部のソンタイ（Sơn Tây）に設立されたチャン・クォック・トゥアン武備学校（Trường Võ bị Trần Quốc Tuấn）[64]と混同されやすいかもしれないが、別物である。立川京一は主に英仏の資料から、一九四六年末にインドシナに残留していた日本人（圧倒的多数は軍人・軍属）の総数を約七百人と推定した。一方で、元日越友好協会事務局の長岡和明は約八百人と推定している[65]。ところが『ヴェトナムの血』には、一万という数字が記されている。これほど大きな数字は怪しいと言えるが、少なくとも従来の言説では、ベトミン以外の独立運動諸組織に参加したかなり多くの残留日本兵が見落とされてきた可能性をこの差異は示唆している。

さまざまな伝説が云いふらされていた。大量の兵器弾薬をトラックにつみこんで脱走した日本の将兵たちが武器をお土産にホー政府軍に参加したとか。いや、共産党嫌いな将兵は越南国民党か大越革命同盟の軍隊にぞくぞく合流しているとか。脱走兵の数は、北部インドシナだけでも悠に一万は越すとも取沙汰されていた[66]。

ロナルド・H．スペクターによれば、日本軍の将校や下士官は、武器の使用や整備、小部隊の戦術、通信などをベトナム人に教えた。また、専門家による野戦医学、スタッフワーク、管理運営に関する教育も行われ、下級将校は中隊や大隊レベルの演習で訓練を受けた。さらに日本軍は、戦争末期に連合軍の優勢な侵略者に対して採用しようとしていたゲリラ戦術をベトナム人に紹介した。フランス情報機関の報告書は、日本の「幹部、専門家、指導員はベトナム人にとって非常に大きな戦闘的価値を持っていた」と結論づけている。(67)

一九四六年二月、フランス代表とのあいだで締結した重慶協定により、中国領雲南鉄道の中国への譲渡や中国への最恵国待遇、在インドシナ華人への特別待遇などが確保された。そののちの一九四六年六月、中華民国軍は最終的に撤退した。(68)小松清の言葉を借りると、中法協定（中国とフランス間の協定）により、蒋介石はベトナムを見棄て、それと引替えにフランスから、たんまりお土産をもらって、進駐軍が引揚げることとなった。(69)一九四六年三月六日には、仏越暫定協定により、一九五二年までのフランス軍によるベトナム軍の指揮権掌握が決定した。(70)これにより、仏軍が中華民国軍に代り北部にやって来た。仏軍は共産軍と協力して、国民党の拠点を攻撃し始めた。(71)これ以後、ヴォー・グエン・ザップとホー・チ・ミンは、国民軍の戦区と拠点を潰すため、とりわけ砲兵を即座に増強することを求めて、仏軍と何度も直接面会し要求した。(72)あるフランス人将軍の述懐によれば、ホー・チ・ミンはベトナム国民党の排除を望んでおり、それはフランスの目的を援護することに繋がったという。(73)フランス人は、ベトミンよりも危険視していた民族主義政党（国家《ナショナリスト》側）の敗北を喜び、「我々の無関与政策と、場合によっては援助のおかげで、彼ら（ベトミン）の奮闘を妨げていた反対派政党を排除することができた」(74)。こうした証言などから判断する限り、インドシナ戦争（対仏戦争）勃発直前の時期に、共産陣営は巧妙にも国家《ナショナリスト》陣営を打倒するためにフランスの軍事力に頼っていたということになる。

ホー・チ・ミンもフランスもともに、中国によるベトナムの再統治を恐れていた。したがって何よりもベトナムにおける中華民国軍の存在を煙たく思っていた。フランスとの協定により中華民国軍はベトナムから立ち去った。加えてベトミンにとっての反対派政党であるベトナム国民党をはじめとする国家《ナショナリスト》側の掃討を進めた。この時点で、フランスへの抗いの精神をあからさまに顕わしていた国家《ナショナリスト》側は、フランスにとっても面白くなかった。そこで両者の目的は一致した。結果として、ベトミンは同胞を潰すためにフランスの力を借りたということになる。

表向きに団結を謳っていたにしても、共産陣営が国家《ナショナリスト》陣営との真の団結を受け入れることはあり得なかっただろう。ベトナム国民党はあえて対立の姿勢を崩さず、政府に抗い続けてもらいたいというホー・チ・ミンの指針の真意はそこにあった。

一方、中華民国軍の動きについて、グエン・トゥォン・バックはこう述懐している。中華民国軍は、中国共産党と今後連携する可能性が高い共産党よりも、中華（中国）寄りの国家主義の政府を望んでいた。蔣介石はすこしでも早く中国共産党を打倒するために軍隊を送る必要があったが、他方でベトナムではホー・チ・ミン政権から食糧を得ていた（要するに、ベトミンは、中華民国軍を警戒するあまり、彼らを刺激することは避け、中華民国軍の指揮官にたくさん贈り物をしてなだめようとした）[75]。中華民国はホー・チ・ミン政権を交渉の対象として見なければならず、その制約もあって国家《ナショナリスト》側に対する支援には限りがあった。重要なのは、国家《ナショナリスト》側がこのことの意味を十分に認識することができなかったことである。彼らはなおも連合国を信用していた。ベトミンの策略ははるかに柔軟かつ賢明であった[76]。

国家《ナショナリスト》陣営の掃蕩に成功した後、共産陣営が次にどのような策を講じていたのかは不明であるが、一九四六年七月から九月、ホー・チ・ミンが出席したパリ郊外フォンテーヌブローでの会談は決裂に終わった[77]。一九四六年一二月、フランス軍とベトミンはとうとう全面的交戦に入るに至った。この端緒となったのは、フランス軍が中法協定の条項によりハイフォンの華街を接収しようとしたとき、これを早くより占拠していたベトナム軍が、接収を拒んで発砲した事件であった。戦火は忽ち各地に飛火した[78]。

以上のように、「月光の下で」の背景を探るなかで、これまで見過ごされてきた史実を掘り起こすことができる。ベトナムにおいて国民党と共産党の内戦、即ち「国共内戦」が勃発していた事実、国家《ナショナリスト》陣営に奉仕した少なくない数の残留日本兵の存在、ベトミンに加勢したフランス軍の存在、そしてホー・チ・ミンのベトナム国民党に対する策略である。これらは現行政権下には不都合な真実であるため、公的歴史にはけっして登場しない。

三・二・戦場の様相

「月光の下で」の舞台となった戦場の具体的状況を考察するために、大越が関わった第三戦区の戦況を追ってみよう。戯曲が書かれる前の月である一九四六年六月一〇日、連合国による戦後処理を行なっていた中華民国軍はハノイを離れ、二六日にフランスに全権を明け渡した。中華民国軍の撤退に合わせ、ヴォー・グエン・ザップは、ベトナム国民党とベトナム革命同盟会が掌握していた各拠点を激しい戦闘の後に占領した[79]。一九四六年六月一九日、共産軍はフートに三千の兵士を送って包囲し戦闘を開始した。同日夜、国民軍は反撃せよとの指令を出したが、国民軍の兵士は三百名のみで、三日間しかもたなかった。一九四六年六月二一日、国民軍は二手に分かれヴィエットチーへの撤退を始めた。しかし、翌日二二日も依然として追撃を受け続けた。共産軍には八人の仏人兵士がおり、増強された仏軍の大砲を撃っていたことも大きかった[80]。

グエン・トゥォン・バックの記述によれば[81]、戯曲「月光の下で」が書かれた一九四六年七月の初めに中華民国軍が撤退し始めると、ベトミンが軍隊の統合を求めてきた。ベトミンは、イエンバイやフートを攻撃して圧力をかけ、国家《ナショナリスト》陣営の活動を禁じ金星紅旗（ベトミンの旗）のもとに屈服せざるを得ない状況を作った。また七月一一日から一三日にかけて、ヴォー・グエン・ザップの秘密警察は、対立する二つの政党の各司令塔（中枢部）を捜索して武器を接収し、二政党の党員数百名を逮捕した[82]。そうした状況下において、グエン・トゥォン・バックは秩序ある撤退という方針へと心を動かした。彼の表現では、「団結精誠」（精誠

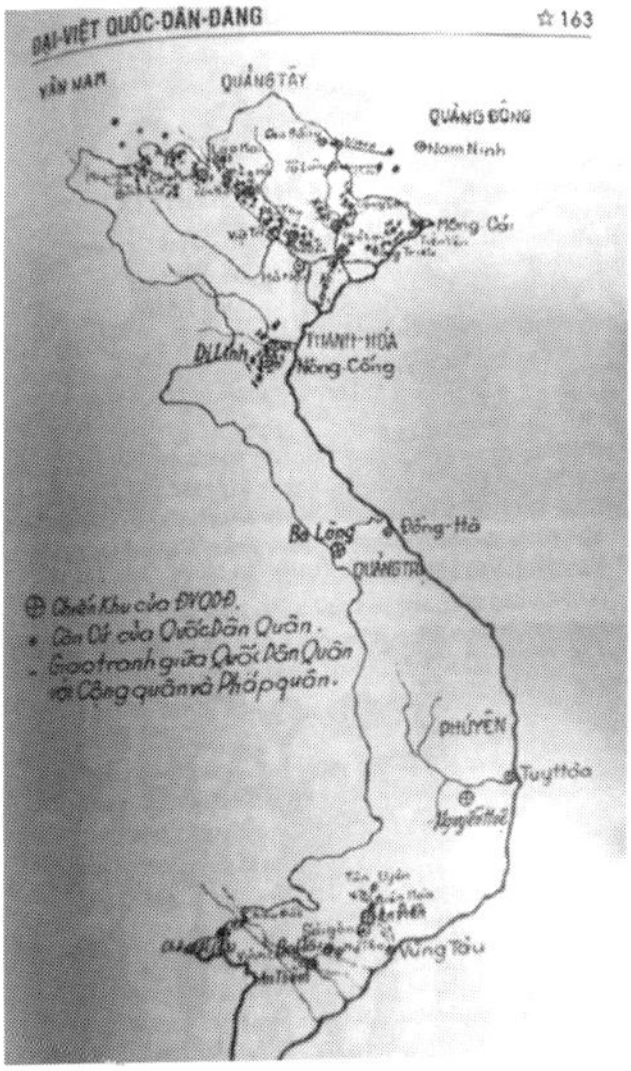

図 2　国民軍と共産軍＋仏軍とが争った地域
Quang Minh, *Đại Việt Quốc dân đảng*, NXB Văn Nghệ, California, 2000, p.163.

＝まじりけのないまごころ）の分裂が始まり、数日後に「内戦」が勃発した。グエン・トゥォン・バックは、この争いをはっきり「内戦」と呼んで「歴史を前にこの責任は誰にあるのか？」と問い、この「内戦」を以下のように描いている。なお、「内戦」の状況は、カイ・フン宅にも報告されていた。カイ・フンの「月光の下で」は、グエン・トゥォン・バックの戦況報告に依拠して書かれた可能性もある。

一九四六年七月、ヴィンイエンの拠点からの撤退を決め、ハノイの中央〔本部〕に電報を打ち協議するも、本部は躊躇した。ヴィンイエンの人々も家族を捨てなければならなくなるという理由で反対した。蒋介石軍〔中華民国軍〕がほぼ撤退するなか、決定が下されないまま数日後、ベトミンがチャンスをうかがって突如攻撃をしかけてきた。ヴィンイエンからフート、イエンバイまで、さらにヴィエットチーも攻撃を受けた。おそらくベトミンは、同じ指揮命令下に統一されることを呑ませるため、国民党に圧力をかけたかった。そして内戦が勃発した。ハノイ以外のいたるところで、国民党や越革の各司令部が攻撃された。攻撃を受けた側は秘密裏に撤退し、その一部は中国へ逃走した（一九四六年八月末）(83)。

圧力をかけるためだったのか、本気で掃討したかったのかは見極める必要があるが、グエン・トゥォン・バックは「生まれて初めて戦争に参加したが、それがベトナム人同士の戦いになるとは思いもよらなかった。本来であればフランス植民地主義と戦わなければならなかったのに」と述べている。こうした感慨はカイ・フンの戯曲「月光の下で」の作中人物二人の会話にも見出すことができる。

トゥック：南部の戦士たちの死を想うと羨ましい（thèm）[84]！

コア　：君が療養して完全に健康を回復したら、僕たちは一緒に南へ向かおう。聞くところによれば、そこではまだいたるところで〔対フランス〕戦争が続いているそうだ。そうだ、僕たちは南に行って死ぬんだ。北で死ぬなんて、命が哀れだよ。[85]

グエン・トゥォン・バックの記録には、さらに撃ち合いの場面が描かれている。

互いに戦闘に慣れておらず、彼ら〔ベトミン〕は日本の小型大砲を持ち出すも、命中しなかった。最終的にこちら側が初戦を勝利し、戦利品として大型の鉄砲（砲弾なし）と小銃数丁を獲得した。数日後、敵軍〔ベトミン〕が倍以上の規模の軍を引き連れてきた。ハノイから停戦のための混合〔合同〕代表団が送られるので、固守するよう連絡がくるが、敵軍は攻撃を急ぎ攻め続けた。包囲を解くためヴィンイェンの軍隊を退かせ、ヴィエットチーでの真夜中の戦いに向かわせた。同時に戦闘に向けた予備小隊二隊をヴィエットチー側から派遣した。この小隊二隊は日本の軍曹が指揮した。[86]私たちは夜通し連絡を待ち続けたが、朝になっても誰の姿も見えなかった。明け方に連続した銃声が聞こえただけであった。この小隊二隊が郊外で撃破されたのは確実であった。ヴィンイェン軍も足を進めることができなかった。この失敗の要因は、ヴィンイェンの指揮官たちが指令どおりに動かなかったことにある。

ここからは、ハノイにいる党の幹部たちと地方の戦場で闘う兵士たちとの、行動および思考の乖離、統率の乱れを窺い知ることができる。こうした状況は、あちらこちらで発生したものと考えられ、混乱しているという点では共産側も同様の状況にあったかもしれない。上記の記述と「月光の下で」を照らし合わせてみると、「真夜中の戦い」および「明け方の銃声」という戯曲閉幕直前の描写には重なり合う点が認められる。

空が明るくなり始める。不意に銃声が聞こえ、丘の麓のほうから騒々しい音が聞こえる。銃弾一発がコアの胸に命中し、〔コアは〕トゥックを抱きかかえながら倒れ込む。[87]

本戯曲は、この「内戦」に対する著者の感慨や想いが描かれると同時に、「内戦」の存在を民衆に伝えるジャーナリズムの役割も兼ねていた。日本の武器を用いて戦うベトミン軍に、日本人の指揮による小隊が挑んだことを想像するならば、いずれかの場面で日本人同士の闘いが発生していた可能性も浮き上がる。中国の国共内戦において日本人同士の戦いがあったように、[88] ベトナムの「内戦」においても、同様のことが起こったのだ。また、この「内戦」に日本の武器が果たした役割についても検証が必要であろう（図3：日本敗戦後の『救国』の挿絵には、日本軍の三八式歩兵銃と思われる武器を手にするベトナム民衆が描かれている）。ちなみに、米戦略活動局（ＯＳＳ：のちのＣＩＡ）もベトミンに武器を供給し訓練してきた。[89] 第二章注59でも触れたように、カイ・フンは一九三九年の時点で軍需工場建設の必要性を説いていた。独立闘争の勢いが国全体で加熱する一方で、武器が独立派には欠けていたからである。それでは武器を提供してくれる大国に要請するしかない。それを通じてますます大国のイデオロギーに巻き込まれていく。そうした悪循環をまた繰り返すことになる。ここでもう一度、かつて海外からの支援を受けた阮福暎《グエン・フック・アイン》とその後の宿運を想起しておこう（第七章一節）。

　敗戦した日本軍に人材と武器を求めようとするのは、当時のベトナム人一般の極めて自然な着想であった。[90] あるいは、日本の武器、そして戦術の訓練を指導できる日本兵が日本の敗戦によってベトナムの土地に残されたからこそ、このベトナム人同士の「内戦」が起こり得たとも考えられる。日本の武器や戦術がこの「内戦」発生の端緒となったと言うことすらできるかもしれない。

　ところで、国家《ナショナリスト》側についた日本人の末路は悲惨だった。記録によれば、一九四六年一一月二五日、「イエンバイ陸軍校」が国境を越え出る撤退命令を受けた日に、ヴー・ホン・カィンによって士官学校の日本人教官たちは全員が殺害された。[91]

図3　日本軍の武器をもったベトナム民衆。
「いかなる侵略にも断固抵抗する！」とある。
Cứu Quốc, Nº.37,1945/9/7.

四．「内戦」の遺産

「内戦のもっともありそうな遺産はさらなる内戦だ[92]」とは、アーミテイジの『〈内戦〉の世界史』の冒頭に掲げられている言葉である。内戦は通常、それほど長く「国内《シヴィル》」だけに留まってはおらず、すぐにも近隣国の諸勢力や外部の大国からの干渉を招く[93]。内戦における勝利者は、自分たちの闘争をよく革命として顕彰しようとし、「私は革命家である。あなたは反乱者である」と言うが、主語が変わると述語もたやすく変わる[94]。このことは、グエン・トゥォン・バックが「主権を掌握した共産党は、常に自らを祖国・民族の側に位置づけ、彼らに反対する者を反国・反民族と見做した[95]」と証言しているとおりである。

「月光の下で」で描かれたのは、ベトナムにおける共産陣営と国家《ナショナリスト》陣営との抗争である[96]。一九四六年六月から八月の新聞『独立』を追うと、中国における国共合作・国共内戦の状況を報じる記事が頻出しており、その関心の高さは顕著である。中小国家にとっては、国外戦争とて国内における政治的対立の延長でしかなく、それは新たな国内戦争をひき起こす恐れを含んでいる。なぜなら、イデオロギーは国境を越えた連帯を生むからである[97]。中国における国共の対立が、ベトナムにおける「国共対立」に強く影響した。ベトナムの各政党の党首あるいはリーダー格は、数年から十数年に亘って中国で活動をし、日本の敗戦前後にベトナムに戻ってきた。彼らは中国において国共の対立を目の当たりにしていた。また彼らの中には、例えばホー・チ・ミンやニャット・リン（グエン・トゥォン・タム）などのように、中国国民党、あるいは中国共産党に捕らえられ、獄中生活を送った者もいる[98]。中国でのこうした体験から積み上げられたそれぞれの想いないしは恨みが、(99) ベトナムにおける「国共合作」を失敗させた。中国における国共の関係は一九四六年七月以降ふたたび内戦に突入しており、ベトナムにおける「国共内戦」と重なる。中国では、国民党政府が台湾に逃れ、アメリカの援助を受けて共産側との対立が続いていったが、ベトナムでは国家《ナショナリスト》陣営の大半が南北分断後に南部に逃れ、アメリカの援助を受けて北（共産主義）との対立を続けた。

シャルル・ド・ゴールは、一九七〇年に「全ての戦争は悪い……しかし、相戦う両者の塹壕に同胞がいる内戦は、許しがたい。なぜならば、戦争が終わっても平和がやってこないからである」と述べた。(100) 「月光の下で」で描かれた、ベトナムにおける共産陣営と国家《ナショナリスト》陣営との抗争が、インドシナ戦争終結後、さらにはベトナム戦争終結後も終息を見せず、双方の間に平和がいまだ訪れていない現状を見ると、「月光の下で」に込められた作者のメッセージはなおも重要である。ひょっとするとその主張の核心は、伏せ字とされた箇所にあるのかもしれない。そこで何が述べられていたかを想像することは、本作品およびベトナムにおける戦争を理解する上で無駄な作業ではない。

五．カイ・フンの思想とメッセージ

本戯曲には、カイ・フンの思想と彼の揺るぎなき非戦の願いが込められている。

本作品は、曖昧さに覆われたと言われがちな他の作品と比べて、カイ・フンの思想がより直接的に示されている。日仏の支配者による言論統制が無くなり、これまでのように曖昧で二重性を持つ表現行為を続ける必要がなくなったことからだろう。また、読み手に文章の深読みを求めるような悠長な状況ではなく、それだけ国内の情勢が切迫していたということでもある。実際、『事実』創刊号では、「ベトナム人に向けて決して銃を撃ってはならない」と述べた『ベトナム』一〇号の主張に対して、はっきり次のように反論している——独立を望むならば、外敵と撃ち合うだけでなく国内の反国の輩を撃たなければならないことを知っているか。革命の歴史においてはいずれの国においても、こうした痛みの必要性を認めてきた、と[101]。

本作品において、カイ・フンは自身にとっての「同志」である人々にも鋭い批判の矛先を向けた。そのために当戯曲の一部は、カイ・フン自身が所属する政党によって伏せ字にされてしまった。カイ・フンの主張のもっとも核心的な内容がこの検閲削除箇所にあったはずである。そこで、削除された文章のおおまかな内容の想像を試みたい。

まず、ベトナム国民党にとって不利益な点を想像できる。たとえば、コアは「けれども、もう絶対に政党の話はしない。これも、彼らに対する僕らの復讐だ[102]」と発言しており、政党の話をする、即ち、党のプロパガンダを無批判に垂れ流すことに対する嫌悪感が表明されている。また、コアは、国を亡くしたチャム族について（大越国がチャム族から成る南部の隣国チャンパを侵略し、多くの人々を殺害した）、次のような見解を示している。

コア：ありえる話だ。敗戦は、通常外部からやって来るよりかは、内部から生じる。陳の時代、私たちが蒙古軍に勝利したのは、ベトナム民族全体の団結によるものだった。そして、おそらくチャム軍が私たちに負けた大きな理由は、当時のチャム族たちの間の競り合いによるものだ（笑う）。僕は君のようにベトナム史には長けていないけど、そう推測する。敵の民族よりも脆弱な民族が団結精神に欠けているとなれば、滅ぼされて当然だ。[103]

あくまで想像ではあるが、上記発言前後に施された検閲削除箇所には、大越国の「南進」を帝国主義の侵略と変わらぬ行為と認識し、大越の名がついた党の活動、および自らもそれに加担した傲りを省みる発言が、コアの言葉のなかにあったかもしれない。

日本軍仏印進駐も実質的に「南進」のかたちをとったが、これに関して、パトリシア・ペリーの次の指摘は大変興味深い。

一九五〇年代から一九七〇年代にかけて出版された歴史書では、ベトナム民族が現在の中南部地域を併合し、植民地化したプロセスである「南進」の話題をほとんど避けている。あるいは、伝統的に理解されている「南進」の話題を避けたと言うべきだろう。その代わりに、彼らは同じ「南進」という言葉を再び登場させたが、それは〝抗米戦争〟の最終段階を説明するために使われた。言い換えれば、新たな歴史家たちは、ベトナム帝国主義の歴史を最も明確に包含する表現を、純粋に防衛的・自己防衛的な措置を表す用語に変換したのである。新たな「南進」は、アメリカだけでなく他のベトナム人にも向けられたものであったにもかかわらず。[104]

「月光の下で」では、これもまた想像ではあるが、何度試みても団結にいたらない各派閥に対する切実な苦言が呈されていたのかもしれない（これは共産側だけの問題ではない）。大越とチャムとの争いは、見方によれば「内戦」とも捉えることができるだろう。同じく兄弟殺しが繰り広げられた西山《タイソン》の乱の「内戦」においては、結果的に外国の勢力をベトナムに招き入れ、フランスがベトナムに侵出する契機となった。ベトナム（大越）によるチャムの亡国の事態を、フランスによるベトナムの亡国に重ねた集合的記憶の構造がここに浮かび上がる。ベトナム系アメリカ文化を論じた研究書では、かつてチャンパを侵略したことへの運命の報復をベトナム戦争に見いだす解釈もある。これもまた伝統的なベトナムの発想のひとつであり、さらにそこには因果応報であるカルマが働いていることが指摘されていると論じられることとすらある。[105]

負傷したトゥックの命を守るために、「空が明るくなったら、君を君の側の軍の後方へ連れていくよ」[106]と、敵の陣地にトゥックを連れて行こうとするコアの意志には、自分の命よりも他者の命を重んじる忘己利他の精神とともに、自らの死を覚悟しつつ戦いを放り出して戦線から離脱する、即ち戦争への不参加を表明する態度が見て取れる。ところが、この発言のあとの長文が削除されているため、コアの想いを十分に知ることができない。

＊　＊　＊

カイ・フンは、ベトナム国民党機関紙の執筆を担当した。本来であれば、党に協力する一員として、[107]

党の宣伝を担う役割を果たさなければならなかった。[108] しかし、カイ・フンは、国民党の方針を丸呑みにしたような作品を書くことはできなかった。彼はあくまで文学の作家であった。作家ズォン・ギェム・マウはカイ・フンを論じたなかでこう指摘する。「言葉は常になんらかのメッセージであり、発信するものである。ある作家のメッセージおよび発信は、宣伝とは完全に異なるものであり、それに真っ向から対立するものである」[109]。理想を決して諦めることがなかったカイ・フンは、双方の和解・団結という理想を決して捨て去ることがなかった。その理想を信じ続けたのである。党の一員としてではなく、ひとりの人間としての理想を。

ただし、劇中のコアは理想を追い求めた結果が招いた過ちを吐露している。理想を盲目的に追い求めることの危険性をカイ・フンは戒めている。カイ・フンは自国の内戦の歴史だけでなく、フランスの教育機関で身につけたフランス革命やナポレオン戦争などの見識、『三国志』などから学んだ中国における戦国史を自家薬籠中のものとしていた。そして新聞制作に関わり、日中戦争や世界大戦の勃発の背景やその経緯をジャーナリストの目で分析し読者に伝えてきた。「月光の下で」で描かれた「内戦」は、今後も負の遺産としてベトナムの未来に暗雲を落としていると深く危惧していたことは確かだろう。

注

（1）松岡完、『ベトナム戦争』、中央公論新社、二〇〇一年、八、一一五-一一七ページ。

（2）以後、インドシナ共産党は一九五一年にベトナム労働党として公然化するまで非合法組織として活動する（石井米雄・桜井由躬雄編、『東南アジア史Ⅰ』、山川出版社、二〇〇八年、三四〇ページ）。

（3）〇七会戦友会編、野砲兵第二聯隊戦記稿第二集「佛印（ベトナム）戦記」には、「（平和に対する）悲願が独立解放のための内部抗争のみに燃焼し、完全独立の夢を果すことの出来なかったベトナムの歴史につながるところに、ベトナム民族の悲哀が継承されていったのである」や、「ベトナムの悲劇は際限のない分裂であったとも云える。ベトナム人のエネルギーが分裂、分派活動にのみ消費されていたことは否定出来ない」といった叙述が見られる（〇七会戦友会編、野砲兵第二聯隊戦記稿第二集「佛印（ベトナム）戦記」、一九六九年、五四、五五ページ）。

（4）David G. Marr, *Vietnam: State, War, and Revolution (1945-1946)*, University of California Press, California, 2013, p.528.

（5）Dương Nghiễm Mậu, "Khái Hưng, nhà văn và cuộc phấn đấu", Dương Nghiễm Mậu, et al., *Khái Hưng - thân thế và tác phẩm*, Nam Hà, Sài Gòn, 1972, p.49.

（6）Trần Ngọc, "Ý nghĩa tác phẩm Bóng giai nhân", Nguyễn Thạch Kiên ed., *Khái Hưng trong Tự lực văn đoàn: Kỷ vật đầu tay và cuối cùng - tập II*, Phượng Hoàng, California, 1998, p.803.

（7）Quang Minh, *Đại Việt Quốc Dân Đảng*, NXB Văn Nghệ, California, 2000, p.140.

（8）Quang Minh, op.cit., p.141. 日本軍は、カーキ色の軍服を着用していた。

（9）Quang Minh, op.cit., p.143.

（10）Quang Minh, op.cit., p.141.

（11）古田元夫、「ベトナム知識人の八月革命と抗仏戦争――ヴー・ディン・ホエを中心に」、『岩波講座　東南アジア史　第8巻　国民国家形成の時代』、岩波書店、二〇〇二年、一四三ページ。

（12）表に出てこなかった理由として、ベトナムにおける戦いとは、国外の帝国主義による侵略への抗戦であるとの主張が崩れ落ちる危険性があったために、「内戦」の事実は打消されてきたことが挙げられるであろう。フランス軍の帰還に先立って起こった、トンキン（ベトナム北部）における「内戦」については、Brett Reilly,

"The Sovereign States of Vietnam, 1945-1955", *Journal of Vietnamese Studies*, Vol.11, Issue 3-4, 2016, pp.117-118. でも言及され、ベトミン兵士が、「ベトナム人は政治のためにベトナム人を殺すことを止めなければならない」と呼びかけていた事実が記されている。

（13）古田元夫、「現在のベトナムにとってのベトナム戦争と米国」、『東京大学アメリカ太平洋研究』一四、二〇一四年、二一ページ。

（14）作曲家チン・コン・ソン（Trịnh Công Sơn, 1939-2001）の「母の遺産（Gia tài của mẹ）」の歌詞には、「内戦」という言葉が入れられているが、この曲はベトナムで公演禁止となっている。なお、筆者は彼の葬儀に参列した。

（15）一九四六年五月に、グエン・トゥォン・タム（ニャット・リン）は再び中国へ逃亡している。

（16）Nguyễn Tường Bách, *Việt Nam một thế kỷ qua: Hồi ký phần 1*, Thạch ngữ, California, 1998, pp.250-251.

（17）近藤紘一、『目撃者』、文藝春秋、一九八七年、三八二ページ。

（18）Bui Tin, "Nhung suy tu va uoc nguyen dau nam ve to quoc", *Hiep Hoi*, so 3 - 2003.（中野亜里編、『ベトナム戦争の「戦後」』、めこん、二〇〇五年、五七ページより再引用）

（19）ダオ・ダン・ヴィは、一九三八年の時点で次のことを書き残している。「私のしつてゐる一人の學生は、革命や共産主義の嫌疑さへかけられてゐた。彼らは、過激思想をもつて、祖國や民族の將來に貢獻できると思つてゐた。また己れの曲論に熱烈な信念をもつてゐた。祖国に奉仕してゐると信じた彼らは、自己の將來と生活を犠牲にした。彼らは己《おの》が信念の犠牲たらんとした正直な青年である。しかるに彼らは、自己の信念が誤りであり、暴力は成功しさうにもない――實際成功しなかつた――また犠牲は無益だらうといふことに氣づいたのである。」（ダオ・ダン・ヴィ、『若き安南』、成田節男訳、白水社、一九四二年、一六九―一七〇ページ。）

（20）David G. Marr (2013), op.cit., p.423.（*Viet Nam* 145 (11 May 1946); 169 (8 June 1946), 181 (23 June 1946); 186 (29 June 1946)）ディヴィッド・マーによれば、『ベトナム』において、六月下旬に政府による検閲が初めて行われ、中国のほとんどの部隊がハノイから撤退したのと時を同じくして検閲が行われたという。これらの検閲は、政府によるものではなくベトナム国民党によるものだと思われる。

（21）*Chinh nghĩa*, N°.2, 1946/5/27.

（22）筆者は「団結」のベトナム語版を、南カリフォルニアで刊行されていた雑誌『起行（*Khởi Hành*）』N°.225-226, 2015/10-11. に掲載してもらった。

（23）*Sự Thật*, N°.38, 1946/6/1. 長征《チュオン・チン》によるリェンベト設立にあたっての声明文が掲載されている。なお、リェンベトの規則は、*Cứu Quốc*, N°.287, 1946/7/9. に掲載されている。

（24）Quang Minh, op.cit., p.173. 一九四五年八月革命から第一次インドシナ戦争（一九四六－一九五四年）の過程で、共産党はベトミン（およびその後身としてのリェンベト戦線）を前面に押し出すことによって、勝利を手にした（池端雪浦・石井米雄ほか編、『岩波講座　東南アジア史　第7巻　植民地抵抗運動とナショナリズムの展開』、岩波書店、二〇〇二年、二〇八ページ）。共産党の名称を避けたのは、公然と活動できる条件をつくりだすためだった（松岡完、前掲書、六五ページ）。

（25）*Sự Thật*, N°.38, 1946/6/1.

（26）Quang Minh, op.cit., p.173.

（27）松岡完、前掲書、六五ページ。実際に抗仏勢力はその後も、形のうえでは解散したはずのベトミンの名で呼ばれ続けた。ベトミンはもっぱら共産党の代名詞扱いだった。

（28）二章にも記したとおり、『ベトナム』創刊号で団結が訴えられている。

（29）*Độc Lập*, N°.182, 1946/6/27.（ベトミン枠内のベトナム民主党の機関紙）

（30）過去にカイ・フンが執筆した各新聞におけるコラムと同様の形式とアプローチの仕方をとっていることから、カイ・フンが書いたものと考えられる。この時期はそれぞれの党派がテロを起こし、襲撃事件が多発していたため、実名での記載は避けられたと考えられる。

（31）タイン・ティン、『ベトナム革命の素顔』、中川明子訳、めこん、二〇〇二年、一五八ページ（Bui Tin, *Mặt Thật*, Saigon Press, California, 1993.）。

（32）Trần Trọng Kim, *Một cơn gió bụi*, NXB Vĩnh Sơn, Sài Gòn, 1969, p.109.
（33）Trần Trọng Kim (1969), op,cit., p.118-119.
（34）*Chính Nghĩa*, N°.9, 1946/7/29, p.12.
（35）小松清、『ヴェトナムの血』、河出書房、一九五四年、二四三ページ。
（36）小牧近江、『ある現代史――〝種蒔く人〟前後――』、法政大学出版局、一九六五年、一八五ページ。
（37）Hồ Hữu Tường, "Về Khái Hưng," *Văn*, N°.22, 1964/11/15, p.49.
（38）Nguyễn Tường Bách, *Việt Nam những ngày lịch sử*, Nhóm Nghiên cứu Sử địa xuất bản, Montréal, 1981, p.43.
（39）David G. Marr (2013), op.cit., p.426.
（40）『正義』で取り上げられたテーマは以下のようなものである。
・革命闘争運動関連：民族運動の必要性、ドイツにおける青年運動、イタリアファシズムにおける青年運動の考察、階級闘争或は民族闘争、日本における青年運動、生き残りと革命、革命の三側面…
・主義研究：社会主義考察、生存主義研究、ドイツ国家社会主義考察、釈迦とカール・マルクスとの談話、三民主義考察、赤いファシズム！、ファシズムとは？、自由主義と自由権、民主主義と民権、自由と民主、右か？　左か？、民生主義、三民主義の哲学基盤…
・経済問題：銀行政策、資本経済再考、経済の組織化と経済の社会化…
・ベトナム国内問題：ベトナムにおける貨幣問題、小村における問題、ベトナム国民党の闘争過程、ベトナムにおけるフランス企業の問題、今日のベトナムにおける女性運動、ベトナム国民党と三民主義、今日のベトナムにおける宗教の地位…
・世界の問題：フランスの政治状況、ブルガリアの政治状況、ミハイロヴィッチ事件、マニラからトリエステまで、アメリカの政策、ユダヤ問題考察、ここ三〇年におけるパレスチナの歴史、ギリシャにおける恐慌――原因と意義、ロシア・ソ連政府と宗教、ドイツ国家社会主義のプロパガンダ術、ヨーロッパとアジアの文明比較、第二次世界大戦の原因、人類の「国際化」政策と「合衆国化」政策…

（41）Phillipe Devillers, *Paris - Saigon - Hanoi: Les archives de la guerre 1944-1947*, Gallimard, Paris, 1988. 引用はベトナム語版に依拠している（Chương 22: Sainteny Ở Hà Nội. https://sachtruyen.net/xem-sach/paris-saigon-hanoi-tai-lieu-lu.58133 最終閲覧：二〇二四年六月三〇日）。

（42）Phillipe Devillers, *Paris - Saigon - Hanoi: Les archives de la guerre 1944-1947*, Gallimard, Paris, 1988. 引用はベトナム語版に依拠している（Chương 28: Một Vấn Đề Kép. https://sachtruyen.net/xem-sach/paris-saigon-hanoi-tai-lieu-lu.58133 最終閲覧：二〇二四年六月三〇日）。

（43）Nguyên Vũ, "Khái Hưng Trần Khánh Giư (1896-1947?)", *Hợp Lưu*, N°.104, California, 2009, p.14. 第三戦区（ヴィンイェン戦区）についてのベトナム国民党による記録は以下のウェブサイトに掲載されている（https://baovecovang2012.wordpress.com/2014/05/29/vnqdd3/9/ 最終閲覧：二〇二三年七月一六日）。

（44）Quang Minh, op.cit., pp.144-162.

（45）小牧近江、前掲書、一九二ページ。

（46）Nguyễn Tường Bách (1981), op.cit., pp.93-96.

（47）Nguyễn Thạch Kiên ed., *Khái Hưng - Kỷ vật đầu tay và cuối cùng - Tập I*, Phương Hoàng, California, 1997, p.469.

（48）Nguyễn Tường Bách (1981), op.cit., p.87. 二〇一七年に筆者がここを訪れた際、隣家の人から、ここはベトナム国民党に関連した建物だと伺った。しかしカイ・フンの名は出てこなかった。

（49）Nguyễn Tường Bách (1981), op.cit., p.89.

（50）例えば、小松みゆき、『動きだした時計：ベトナム残留日本兵とその家族』、めこん、二〇二〇年など。

（51）井川一久、「ベトナム独立戦争参加日本人の事跡に基づく日越のあり方に関する研究」、『東京財団研究報告書』、二〇〇五－一四、一〇－一一ページ。

（52）井川一久、前掲論文、九七ページ。

（53）吉沢南、『私たちの中のアジアの戦争：仏領インドシナの「日本人」』、有志舎、二〇一〇年、九八－九九ページ。なお、フランス側はこのどさくさに日本の兵隊が集団脱走して越南独立運動軍に合流されることを内心懸念しているフシがあった（小牧近江、前掲書、一八六ページ）。
(54) 小松清（一九五四）、前掲書、一四ページ。
(55) 小松清（一九五四）、前掲書、一五ページ。日本軍によるベトミンへの軍事的弾圧の実態は、吉沢南、『ベトナムの日本軍：キムソン村襲撃事件』、岩波書店、一九九三年に詳しい。
(56) 二〇世紀初頭に起ったベトナム青年の日本留学促進運動。
(57)「ベトナム語さえ忘れた」と称されたほどの人物で、中国国民党の張発奎将軍の援助のもとに一九四二年に越南革命同盟会を組織し、その後中国領内で活動していた。日本が無条件降伏すると、蘆漢将軍指揮下の一八万の中華民国軍は、日本軍の武装解除を名目に北緯一六度線以北のベトナムに進駐してきたが、越南革命同盟会はその尻尾について、ハノイに帰還した（吉沢南（二〇一〇）、前掲書、九八ページ）。
　一九四二年初頭、広西省国境靖西におけるベトナム解放同盟が崩壊し、その結果、ベトナム人移住者のほとんどが、柳州へ移っていた。当時、柳州には約六〇〇人のベトナム人がいたが、主義の面でも組織面でも分裂し、強い警戒心や個人的競争意識でバラバラの状態であった。一九四二年一〇月一日、越南革命同盟会が結成された。（中略）重慶政府は、その腹臣、グエン・ハイ・タンを長とし、トンキンでスパイ活動や破壊活動を組織するための費用として、月々十万中国ドルの資金援助をした（Phillipe Devillers, *Histoire du Viet Nam. 1940 à 1952*, Editions du Seuil, Paris, 1952, p.104.）。ところが、真にリーダーシップのとれる人間は一人もいなかったし（King. C. Chen, *Vietnam and China, 1938-1945*, Princeton University Press, Princeton, 1961, p.63.）、すべての革命勢力を統合するどころか、革命同盟会は党派抗争に明け暮れた（村上さち子、『佛印進駐：*Japan's Thrust into French-Indochina 1940-1945*』、非売品、一九八四年、四一四-四一五ページ）。
(58) ベトナム語の漢訳は筆者によるもの。漢訳の選択肢は多く、必ずしも正しくない。Hùng のフルネームは、Trần Anh Hùng で Cao Hùng と呼ばれた。同様に、Dân は、Trần Thanh Dân で Cao Dân と呼ばれた（Phạm Văn Liễu, "Trường lục quân Trần Quốc Tuấn", http.//doanket.orgfree.com/quansu/tqtplieu.html　最終閲覧：二〇二二年八月二一日）。

（59）Quang Minh, op.cit., pp.124-125.

（60）日本側の史料をもとに、彼らの身元が判明する可能性もあるかもしれない。

（61）井川一久、前掲論文、一八ページ。

（62）陳朝大越の皇族・武将：陳興道《チャン・フン・ダオ》（Trần Hưng Đạo, 1228?-1300）の本名。

（63）Quang Minh, op.cit., p.127.

（64）井川一久、前掲論文、一七ページ。井川によれば、ベトナム民主共和国国防省が設立したチャン・クォック・トアン（トゥアン）武備学校は、それまでの短期教育機関を発展させたもので、そこにも日本人教官がいたという情報があるが、未確認とされ、クァンガイ陸軍中学の教官がすべて日本人であったのに対し、武備学校の教官は大半が中華民国軍と仏印軍にいたベトナム人将校で、両校は図らずも中仏日三カ国の軍事技術競合の場となった（井川一久、前掲論文、三二ページ）。

（65）井川一久、前掲論文、七ページ。

（66）小松清（一九五四）、前掲書、二五四ページ。

（67）Ronald H. Spector, *A continent erupts: decolonization, civil war, and massacre in postwar Asia, 1945-1955*, W.W. Norton & Company, 2022, p.37.

（68）石井・桜井編、前掲書、三四〇ページ。

（69）小松清（一九五四）、前掲書、三〇三ページ。日本の外務省の資料によれば、滇越鉄道問題、ハイフォン港の自由港化、在仏印華僑の地位向上等の諸問題に関し、満足の解決を得て、中国は北部仏印からの円満撤退を約束した。フランス軍は三月上旬北部仏印に上陸、同月半ばに中国側からその管理を引き継いだ（外務省調査局第五課編、『佛印における終戰後の政治經濟情勢』、一九四八年、四ページ）。

（70）石井・桜井編、前掲書、三四一ページ。
仏越暫定協定の内容は次のとおり。

（一）フランスはベトナム共和国政府をフランス連合内のインドシナ連邦を構成する自由国として認める。
（二）その地域は差し当たりトンキン（北部）、アンナン（中部）とする。
（三）コーチシナの帰属は人民投票によって決める。
（四）フランス軍は五年間に漸次縮少撤退する。但しフランスは外的防衛のための海空軍基地を確保する。
ベトナム共和国政府部内に於ては、フランスの許容する自治の程度に不満を持ち、フランス側の提供する条件は象徴的価値があるに止まり、実際には政治的にも経済的にも自治を与えようとするものではないとして、同協定の調印者であるホー・チ・ミン大統領に対してもあきたりずとする者が相当あった（強調は原文のママ）。（外務省調査局第五課編、前掲書、五ページ）。

（71）Quang Minh, op.cit., p.129.
（72）Quang Minh, op.cit., p.149.
（73）François Guillemot, “Vietnam 1945-1946; l’elimination de l’opposition nationaliste et anti-colonialiste: au Coeur de la fracture vietnamienn,” in Christopher Gosha and Benoit de Treglode, eds., *Le Viet Nam depuis 1945: etats, contestations et constructions du passé*, Les Indies Savants, Paris, 2004, p.58 and passim.（Ronald H. Spector, op.cit., p.32. より再引用）
（74）George Wickes, “Saigon 1945 – Hanoi 1946,” p.27.（未出版の回想記）（Ronald H. Spector, op.cit., p.34. より再引用）
（75）Phillipe Devillers, (1988), op.cit. (Chương 28: Mặt Vấn Đề Kép. https://sachtruyen.net/xem-sach/paris-saigon-hanoi-tai-lieu-lu.58133　最終閲覧：二〇二四年六月三〇日)
（76）Nguyễn Tường Bách (1981), op.cit., pp.74-75.
（77）六月一六日、首相ファン・ヴァン・ドンを団長とするベトナム共和国代表団（これにはホー・チ・ミン大統領も加わっていた）はパリに到着し、会議は七月六日からフォンテーヌブローで開催された。ファン・ヴァン・ドンベトナム共和国首相は、フランスのコーチシナ政策は三月協定（仏越暫定協定）の違反で、ベトナム各地の騒擾が終息しないのはフランス側の責任であると強硬な言明を行った。フランス側はコーチシナ臨時政府は協定に規定された人民投票を行う目的の下に樹立されたのであると弁明したが、ベトナム側はこれをコーチシナに対するフランスの権力の増強を意味するものと見て、あくまで協定違反を盾に争おうとした。八月上旬フォンテーヌブロー会議は遂に決裂した（外務省調査局第五課編、前掲書、七ページ）。

（78）外務省調査局第五課編、前掲書、八ページ。

（79）Ngô Văn, *Việt Nam 1920-1945, Cách mạng và phản cách mạng thời đô hộ thuộc địa*, Chuông Rè, California, 2000, p.360.

（80）Quang Minh, op.cit., pp.148-149.（ニャット・リンの晩年の小説『清水川（*Giòng Sông Thanh Thủy*）』のなかでは、フランス人を使って越国《ベトクォック》の国内組織を潰したベトミンのメンバーであるゲ（Nghệ）が登場する（Nhất Linh, *Giòng Sông Thanh Thủy I: Ba người Bộ hành*, Phượng Giang, Sài Gòn, 1974. (Ghi chú của tác giả)）。

（81）Nguyễn Tường Bách (1981), op.cit., pp.93-96.

（82）Ngô Văn, op.cit., p.360.

（83）一九四六年八月二九日付『独立』には、ベトミン総部とベトナム国民党中央党部、ベトナム民主党中央党部の代表らによって、完全なる団結の実現を目的とした、ヴィンイェンでの軍事統一合意書が掲載されている。そこでは国民党の部隊は今後ベトミンの衛国団の部隊に組み込まれることが決定している（*Độc Lập*, N°.233, 1946/8/29. ちなみに同日の記事には、南部の同胞による、サイゴン市をホー・チ・ミンの名を冠した市にしようとする提案を歓迎する旨が記されている）。

（84）南部においては、一九四五年九月二三日には新着のフランス空挺部隊と旧インドシナ連邦軍がサイゴンにクーデタを起こし、行政委員会を駆逐して、市内の行政権を把握した。行政委員会はただちに抵抗委員会を組織し抵抗運動を開始した。しかし、一〇月、フランスの増援部隊が到着するとともに、四六年一月までにメコン・デルタの主要都市はことごとくフランス軍に奪還された。四六年三月五日、一六度線以南の主権が駐留イギリス軍からフランス軍に委譲され、フランス領コーチシナが再建された（石井・桜井編、前掲書、三四一ページ）。

即ち、北部では同国民同士、南部ではフランスとの戦い（抵抗運動）が繰り広げられていた。本来であれば、侵略者であるフランスに対抗して戦うべき、フランスと戦って命を落とすべきという意識が込められていると考えられる。同国民同士での戦いで命を落とすのは、まったくもって不条理であるとの認識であろう。

（85）Khái Hưng, "Dưới ánh trăng", *Chính Nghĩa*, N°.10, 1946/8/5, p.9.

（86）オレゴン大学 US Vietnam Research Center の大越国民党メンバーへのインタビュー記録にも、日本人への言及がある。https://usvietnam.uoregon.edu/dai-viet-quoc-dan-dang/ 最終閲覧：二〇二二年八月三〇日。

（87）Khái Hưng, "Dưới ánh trăng", *Chính Nghĩa*, N°.10, op.cit., p.9.

（88）中国大陸では、共産中国誕生までの世界史的激動のなかで、アメリカやソ連までも巻き込んだ戦いが繰り広げられ、残留日本兵も共産党側に三〇〇〇人、国民党側に二六〇〇人と分かれて過酷な運命に翻弄された（林英一、『残留日本兵』、中央公論新社、二〇一二年、二一二ページ）。

（89）松岡完、前掲書、六一ページ。

（90）井川一久、前掲論文、一〇ページ。

（91）Quang Minh, op.cit., p.130. / Phạm Văn Liễu, "Trường lục quân Trần Quốc Tuấn", (http://doanket.orgfree.com/quansu/tqtplieu.html 最終閲覧：二〇二二年八月二二日)

（92）デイヴィッド・アーミテイジ、『〈内戦〉の世界史』、平田雅博ほか訳、岩波書店、二〇一九年、四ページ。

（93）デイヴィッド・アーミテイジ、前掲書、五ページ。

（94）デイヴィッド・アーミテイジ、前掲書、一一ページ。

（95）Nguyễn Tường Bách (1997), op.cit., p.166.

（96）一九四六年一一月四日の『正義』には、「左？　右？」という記事が掲載されている。その内容は次のとおりである。

保守的性格を持つ極右は、急進的性格を有する左派ならびに中道的性格の中立派と対立する。各国々ごとの政治・社会制度によるが、右派は王や君主、大地主、大資本家の代表であったりする。つまりは、地位のある者、政治界・財政界に利権を持つ者である。今現在、自らが享受しているすべての利益を保持し続けたいため、社会におけるあらゆる改革の風潮に対して、社会状態（現状）を維持する不移不易の保守的態度を示す。イギリスのように技術が発達している帝国では、右派は大資本家、大植民者である！　一八世紀末のフランス革命における右派の議員たちは、王政の議員たちだった…。

右派の政党は、保守的性格のほか国家（主義）の性格を有し、通常、左派のカール・マルクス理論の実現を目指す国際（主義）の態度と対立する。民主や社会、中立の方々と比べて、この二つの側面に目を向けると、ベトナム国民党は極右の政党ではない。わたしたちは、もちろん、保守政党ではない！　昨今の国の歴史のフェーズにおいて、わたしたちは、いかなる事柄よりも国家の利益を一番に考え、国の独立のために戦う決心でいる。昨今の国の政治界の現状を見ても、ベトナム国民党は極右の政党ではない。私たちはただ、マルキストたちのように急進的ではないだけである。しかし民主や社会の方々同様、政体と社会制度の改革を願っている。昨今国会での政治的傾向による左・右の分類には、誤りがある。各党の外交方針を見て、このような分類をするのはなおさら理不尽なことである（*Chinh Nghia*, N°.22, 1946/11/4, p.12.）。

（97）ロジェ・カイヨワ、『戦争論：われわれの内にひそむ女神ベローナ』、秋枝茂夫訳、法政大学出版会、一九七四年、二五八-二五九ページ。

（98）村上さち子によれば、グエン・アイ・クォックは、張発奎に対し、自分の解放を助けてくれたら、インドシナでのスパイ活動や扇動を引き受けようと申し出た。ホー・チ・ミンという名前の有能で戦闘的なベトナム人革命家がいると、張に話した。重慶政府はこの申し出を受入れた。一九四三年二月、ホー・チ・ミンは、公式にベトミンの統領に任命された。以後彼は、グエン・ハイ・タンがもらっていた月十万中国ドルを受け取ることになった。ベトミンの活動が、カオバン地方はもとよりバッカン、タイグエン地方まで浸透する少し前のことであった（村上さち子、前掲書、四一六ページ）。

（99）カイ・フンの最後の作品とされる「哀怨蕭曲」は、『史記』の「伍子胥」を題材としている。伍子胥列伝は、いわば伍子胥の「怨み」を縦糸に、まわりの人々の「怨み」を横糸に織りあげられた怨讐絵巻である。伍子胥は、他国に亡命し、力を借りて父の恥をすすごうとする。道中での疾病・飢餓などの苦しみは、伍子胥をくじけさせるどころか、その「怨み」を一層深いものにさせた。呉・越は互いに「怨み」を抱きながら抗争をくり返す。そして伍子胥は、こうした国際情勢に翻弄されてゆく。最後に、伍子胥の死骸は、鴟夷の革袋に包まれ、長江に投げこまれる（福島正、『鑑賞中国の古典　第七巻　史記・漢書』、角川書店、一九八九年、四九－一〇五ページ）。

カイ・フンは、当時のベトナムの状況と伍子胥列伝を重ね合わせてみていたのであろう。他国に亡命し、ベトナム独立のチャンスをうかがい、ベトナムに戻ってきた各政党の党首やメンバーがおのずと想起される。カイ・フンもまた殺害されたあと、皮袋に入れられて、川に流された。金文京の考察によれば、皮袋は「一種のうつぼであることは言うまでもない。皮袋の霊力によって、伍子胥は人間から神へと変身したと考えられよう。（中略）司馬遷は、単に怨念の虚しさを示したのみでこと足れりとしているわけでは、もとよりない。人間はまた、時によって、怨念にすがることなしには生きてゆくことのできない存在であることを、彼はあまりにもよく知っていた」という（金文京、「「伍子胥列伝」と「伍子胥変文」――『史記』の神話と文学――」、福島正、前掲書、四三八－四六四ページ）。

（100）デイヴィッド・アーミテイジ、前掲書、七ページ（De Gaulle, 以下に引用．Marañon Moya, "El general De Gaulle, en Toledo."）。

（101）*Sự Thật*, N°.1, 1945/12/5.

（102）Khái Hưng, "Dưới ánh trăng", *Chính Nghĩa*, N°.9, 1946/7/29, p.9.

（103）Khái Hưng, "Dưới ánh trăng", *Chính Nghĩa*, N°.10, op.cit., p.8.

（104）Patricia M. Pelley, *Postcolonial Vietnam: New Histories of the National Past*, Duke University Press, Durham and London, 2002, p.241.

（105）麻生享志、『「リトルサイゴン」――ベトナム系アメリカ文化の現在』、彩流社、二〇二〇年、七六ページ。

（106）Khái Hưng, "Dưới ánh trăng", *Chính Nghĩa*, N°.10, op.cit., p.9.

（107）第二章で言及したが、カイ・フンの晩年に接触のあったホー・フー・トゥオンは、カイ・フンは文化戦線の「列に加わらない」一人であり、ベトナム国民党の党員でもないが、ただ仲間、特にニャット・リンとの友情のために、『正義』や『ベトナム』の重い責務を引き受けたと叙述している（Hồ Hữu Tường, "Khái Hưng - người thứ nhứt muốn làm nguyên soái của <văn chương sáng giá>," "Về Khái Hưng," *Văn*, N°.22, 1964/11/15, p.28, pp.47-48.）。

（108）一九四六年二月あるいは三月に、カイ・フンはベトナム国民党宣伝部の任務を任された。Nguyễn Tường Bách (1998), op.cit., p.223.

（109）Dương Nghiễm Mậu, "Khái Hưng, nhà văn và cuộc phấn đấu", Dương Nghiễm Mậu, et al., op.cit., p.50.

終章

コロニアル状況におけるナショナルな苦悶

本書では、長い間等閑視されてきたカイ・フンの後期作品に注目し「植民地文学（植民地という時空間において現地作家によって現地語で書かれた文学）」という視座から、ベトナムを巡る現実と格闘したカイ・フンの豊かな文学的営為および政治活動を考察した。ナショナリズムが高揚する最中で、カイ・フンはおのずと政治と文学のあいだに立たされた。あいだに立たされたのはこの二つだけではない。時間的・空間的に「圧縮された近代」が営まれた植民地という、東西（東洋／西洋）および南北（インドやベトナム／中国や日本）のはざまに、そして新旧のせめぎあう交錯のうちに育まれたカイ・フンの知見や経験から、大戦下・戦間期の複雑な世界情勢下において、いかなる文学が生まれたかを探った。

現実と虚構の明確な線を引くことが困難なカイ・フンの文学作品を精読すると、作品が抱えるさまざまな矛盾や異種混淆性、あるいは他の作品との相互作用を見て取ることができる。とりわけコロニアル状況におけるナショナルな苦悶の、そしてその集合的意識のアレゴリーとしてカイ・フンの作品を読んでいくことが、現体制下におけるカイ・フンの評価、さらにはベトナム文学史の刷新に繋がっていくと信じている。

カイ・フンの後期文学は、両義性と流動性を有し、近代化・植民地化・独立闘争に伴って生じる二項対立的風潮の「外」に立つものであった。瞠目すべきは、複数の文化のはざまに身を置かざるを得ないコロニアル状況において創造されたカイ・フンの文学が、ポストコロニアリズム文学と呼んでよい特徴を帯びた文学であったことだ[1]。たとえば、脱植民地化を目指す熱狂的ナショナリズムに対し冷静沈着な対応を促したカイ・フンの言論は、ポストコロニアルの理論家ホミ・バーバが提示した二つの視点を、この時代においてすでに描いていた。即ち、植民地支配者も日常においては絶対的な存在ではなく、また被植民地支配者もたえず植民地支配者に対抗しようとしているのではない、といった様相を、である[2]。

具体的には、ホミ・バーバの「時に被植民地支配者は植民地支配者のようになろうと努力し、自ら西洋中心主義を担保することさえある」との指摘は、短編「呪詛」に見ることができる[3]。「呪詛」には、フランス植民地当局に仕えフランス人のような生活を送るひどく高慢なベトナム人幹部が登場する。その老いた父親と幹部の妻が、彼が任務に就く山中のヴバンまで彼を訪ねるが、その幹部に足蹴にされて追い払われる。帰り道、老親は怒りと屈辱で河谷の激流に身を投げる。投身前に老人はこう唱える。「今後この地に夫や子どもを訪ねてきた者は、こうして死ぬのだ」と。のちに、その土地に夫や子どもを訪ねる者は重病に罹って死にいたり、この地域に住む人々は今なおその呪詛の脅威のもとに生きているという。このように植民地政策下において自身があたかも植民地支配者になったかのように立ち振舞うベトナム人権力者（被植民地支配者）の非情さと、周囲の人間の遣る瀬なさが、その作品には絶望とともに描かれている。

植民地を両義性の場所と理解することこそが、ポストコロニアル理論の先駆者であるファノンの読解から私たちが引き出しうる洞察であるのだが[4]、まさしくカイ・フンの読解からもそうした植民地主義の両義性を読み取ることができる。

カイ・フンは、越漢洋の学問を備えた作家であり、古き越漢の伝統と趣味志向、そして欧州の学問趣味嗜好とを一身に備えた人であった。中国文化・フランス文化・ベトナム文化とともに、それぞれの言語に囲まれた異種混淆の空間に身を置いて彼は思考を重ねた。こうした雑種的経験から生ずる思考および言論は、時に矛盾を抱えながらも[5]、モノローグ的あるいは一義的ではあり得ず、ダイアローグ的かつ多義的となる。いずれかを選択し一心に邁進することへの不信と懐疑を身につけており、そのことが彼の作品の多層性・重層性につながった。彼の文学は、読者の視野を拡大させると同時に世の中の多様性に気づかせ、読み手ひとりひとりに自分の頭で考えることを促す。

現地語を用いる被支配者の作家が、目まぐるしく政体が転変する複雑な時代に、いかに自身の作品を合法的に発表し後世に残していくかを常に考えながら、今後を見越して柔軟かつ流動的態度を保っていることも、カイ・フンの後期文学の特徴である。テー・フォンが指摘した「時流によって自身を変化させる」カイ・フンの姿勢は、ベトナムの激動の時代を生き抜く術でもあった。彼の文学は、物事の精髄を戯画化し、ある意味「わかりにくい形」で当時の社会・政治と関わりを持っていた。そのために、カイ・フンの後期文学作品は摑みどころがなく、一貫した理論では捉えられないという批判を受ける。しかしながら、読み手もまた柔軟な「読み」を実践することで、その「わかりにくさ」の理解に努めてみることが大切である。「時間と空間を超え出て」[6]、現在「戦争」という現実を突きつけられた二一世紀の世界を生きる我々にとっても、多くの学びが含まれていることが分かる。その意味で、彼の作品群は今なお色褪せていない。

カイ・フンは儒学と西洋哲学、そして仏教を身につけた人間であった。このことが、彼の文学作品に思想的影響を及ぼしている。豊かな文化的土壌において複数の言語を横断しながら思索を展開したカイ・フンは、東西、左右、新旧といった様々な要素を、知的好奇心に駆られるまま探求し、それを陰陽太極図のような絶妙なバランスでもって保ち続けた。西洋の学問によるものだろうか、彼はいかなる物事に対しても批判的距離を置いた。[7] さらに仏教書精読時に体内に沁み渡っていっただろう無自性／空の思想によって、[8] 自我への執着、そして自己の所有になると思われる存在に対する執着からも離れ、こだわることを斥けた。偏見なく他の地域の思想・文化を受け容れ、なおかつ尊重する。儒学者たちの深遠でほのめかしを用いた表現法を駆使しつつ、自力文団の宗旨「西欧の科学的方法をベトナムの文学に応用する」を実践した。西洋文学のレトリックを取り入れ、各為政者たちに対する批判精神をベトナム固有の伝統文化に包み隠すかたちで自著に織り込んでもいる。その文章は、老練な筆によって、ユーモア精神を含みつつ自然なタッチで書かれており、東西／新旧の融合へと通じていた。カイ・フンは謂わば、アメリカ出身歌手によるシャンソン「二つの愛（J'ai Deux Amours）」が示したように（第四章）、いずれを毛嫌い／排除することなく、植民地的近代に顕現した様々な要素を、その善悪の混合を認めた上で自身の精神的糧として吸収した。彼はまたコスモポリタンでもあった。あらゆる新しい物事に心を開き、文化、宗教、政治的偏見から自由な人間であったカイ・フンは、それゆえに戦争の道へ突き進む危険性を孕んだナショナル・アイデンティティへの固執が強まる空気のなかでも、自由無碍の風を文学作品を通して送り続けた。

次のサイードに言及した指摘は、カイ・フンを理解するにあたって示唆的である。

戦前の巨人たちは、いっぽうで帝国主義を憎み批判しながらも、西洋文化に対する造詣の深さもあって、西洋文化に対する敬意を最後まで捨てることはなく、その主張も、強烈な民族意識を前面に出すようなネイティヴィズムにはいたらなかった。それは非西洋の知識人としてのありようからもくるのだが、帝国主義の時代において西洋と非西洋とは、重なりあう領土、からまりあう歴史を体験していたからであって、そのなかで非西洋人は、みずからのなかにある西洋的要素すべてを捨象して、純粋な民族のアイデンティティ（という捏造物）を主張はできなかったからである。(9)

カイ・フンは、非戦の意志以外のあらゆる面で、どっちつかずであった。彼は、新学かつ旧学の知識人であり、儒教的家族制度の負の面を呈示しつつ儒教の礼儀を重んじた。仏教書を熱心に読みながらもエロスを否定することはなかった[10]。そして、国を愛する人間でありながら民族主義に対して批判の眼差しを向け、反共とされながらも共産側との接触と連携を求めた[11]。

ベトナム戦争における「正義」と「不正義」の担い手に言及した古田元夫は、ベトナム戦争後の今日の国際的な民衆運動の連携について、こう述べる。連携において問われることは、一〇〇パーセント「正しい」連帯の相手を探したり、手をとり合っている相手を一〇〇パーセント美化することではなく、自分とは非対称的で異質な個性との共同を模索することである[12]。今一度、想起してみよう。ベトナム戦争で争点となったベトナム統一の歴史的起源ともいえる八月革命前後において、国内の各党派は団結、共同、そして連携を模索していた。しかし、この重要な分岐点において、この取り組みが功を奏さなかったことは、これまで見てきたとおりである。

本書は、「小さな物語」（現地の人間の手による小説）から「大きな物語」（現行政権の公的歴史観）を問い直す、そうした作業であったと考えている。一方で、ミラン・クンデラが示したように、自国民の歴史という〈小さなコンテクスト〉が、そしてその他方で、国民国家の枠に囚われない超国家的な歴史という〈大きなコンテクスト〉がある[13]。カイ・フンの文学は〈小さなコンテクスト〉（しかし同時に

「大きな物語」）においては、過酷な運命を強いられた。では〈大きなコンテクスト〉においてはどうであろう。筆者は彼の作品を〈小さなコンテクスト〉においては読んでこなかった。つまり、国民文学にとどまるものとしては読んでこなかった。それは筆者が一冊の本として出版された彼の作品を読むだけでなく、『今日』や『正義』といった文芸誌・新聞に連載された作品にも目を通してきたことで、それらの誌面にどれだけ世界各国の思想や文化、第一次・第二次世界大戦期を通した各国のせめぎあいが記されていたかを知っているからである。筆者はカイ・フンの文学を世界文学という〈大きなコンテクスト〉で読んできた。コスモポリタンの思想を持ったカイ・フンである。〈小さなコンテクスト〉にとどまることはいずれにしても不可能である。

ところで、文学者は、先刻はAの立場、次は非Aの立場へと、自分を転換させながら小説を書いていく。彼は、Aと非A双方を理解する者であり、さらにはBとCを、非Bと非Cを理解する者である。こうした転換の対象は、当然のことながら人間だけでなく、主義・主張、思想・人生観などにまで及んでいく。「軛」の主人公アイは「人生において、思い切って何かをしようとするならば、おそらく多くを理解しすぎてはならない[14]」と言った。そしてアナトール・フランスは「われわれは理解すればするほど、意欲することが少ない[15]」と言った。その一方で、行動を起こす革命家には意欲することが必要である。「意欲するとは一つの目的を凝視して、その隣りの目的や反対の目的は考慮に入れないことを意味する。だからそれはまた取捨選択することでもある。（中略）意志は行動の道具だ、そしてそれはまた、賢者に固有の観照の反対でもあるのだ[16]」。

ここで文学者と革命家について考えてみよう。ジッドは、マクシム・ゴーリキーの葬儀に際し、モスクワの「赤き広場」にて（一九三六年六月二〇日）、作家と革命家についてこう言及している。

今日まで世界のどこの國に於ても、偉大な作家たちは殆んどいつも、なんらかの程度で革命家であり闘争者であつた。また多かれ少かれ意識的に、多かれ少かれ鮮明になにものかに抵抗して考へたり書いたりしてきた。つまり彼らは同意することを拒んできたのです。彼らは、人々の精神《エスプリ》や心のうちに不柔順と反抗の酵母をもたらしてきたのです。(17)

作家は革命家であり闘争者である。こうした見解は、現状に満足せず同意を拒んできた作家はさながら革命家のようだと述べたズォン・ギェム・マウのカイ・フン論にも見ることができる。

現状に満足しないがため、作家たちは社会の不公平に抗い、あくどい地方豪族に手向かい、官僚に楯突き、鉱山での肉体労働者、プランテーションにおける農民搾取に抗議した。彼らは貧困者の不服を申し立てた。現状に満足しないがため、現状に立ち向かい、到達すべき理想の生き方の大旨をもって、さながら革命家のように、文学がおのれ自身の要求によって、目標に向かってともに進んでいったことが分かるであろう。たとえ、最も消極的な実在であったにしても。(18)

彼は文学者の道を歩んだ。過酷な歴史における熾烈な状況の下にもかかわらず、彼は心折れることなく、退くことなく、対立へと歩みを進めた。カイ・フンは私たちに、ひとつの肯定を残していった。文学は決して政治と妥協することはない。文学はただ革命と道を同じくするだけである。(19)

文学はただ革命と道をともにする。文学は断じて政治や統治に賛同しない。なぜなら、文学は決して一つの場所に落着くことがなく、政治や統治が現状に満足する一方で、文学はさらなる美を求め、より良きものを求めるからである。(20)

カイ・フンは、未来を見つめ未来の希望に向けて文学を司り、さらなる美を求め続けた「偉大な」作家であった。言い換えれば、より良きものを目指してひた走る「偉大な」革命家であった。国の未来を豊饒にしようと、「人々の精神《エスプリ》や心のうちに不柔順と反抗の酵母をもたら」す〈反動〉の役割をあえて引き受け、そのために命の危険が迫りつつあることを十二分に認識しながらも、その使命を途中で投げ出すことはなかった。彼の闘いは、誠実と信頼にみちびかれ、失敗を乗り越えて互いの向上を目指す限りない前進の努力であった。あらゆる〈枠〉を超え出る文学とともに、心折れることなく、退くことなく、〈美〉を追い求め続けたのがカイ・フンであった。

カイ・フンは作家でありジャーナリストでもあった。フランス語・中国語・ベトナム語を操り、明敏な頭脳とともに収集した知的情報量の多さによる不幸、言い換えれば、いろいろなことを知り、いくつもの立場のことがわかり、考えることを知っているからこその不幸が、そこには感じられる。アナトール・フランスは、「実際、天才は単なる知性ではない。天才はとりわけ感受性だ、そしてまさしくそれ故に天才は苦悩の同義語なのだ[21]」と述べ、こう続けた。

感受性、これこそは最悪のものだよ。感受性は生の悲哀を痛感させたり虚無の普遍性を思わせたりする新しい動機の数々を知性に提供するからだ。とりわけ、この真の苦痛の詩神ともいうべき感受性のせいで、心の奥にひそむ瑣細な事柄や、最も取るに足りない思いや、重要でもない出来事が、どうして強い不安の種となるかということを、できれば表現しなければなるまいと思うのだが、果たしてできるかどうか[22]。

感受性とは、情であり、心である。カイ・フンの人生は果して、『翹伝』の「才と災は一韻」の文句に結露されるかのようである。チャン・チョン・キムによる『翹伝』の次のような解説は、カイ・フンの人生をも解き明かしてくれている。

「多情は災禍のもと」であり「才（tài）と災（tai）は一韻である」。才と情は常に隣り合わせにある。この世の人間は、幸運にも〈才情（tài tình）〉を有し、不運にも〈才情〉を有する。〈才情〉があれば人より優れるが、この〈才情〉のために人を上回る辛苦に出合う。〈才情〉があるからこそ、風塵の人生に足を踏み入れる。しかし、風塵が激しいほど、高尚さは増す。おそらく、風塵の人生とは、青天に妬まれやすい人だけが舐める人生であり、凡夫俗子には決して能わない人生である。そのためグエン・ズーは、「天を責めてはいけない。善根は私たちの〈心〉にある。その〈心〉は、〈才〉の幾倍もの価値を有するものである」[23]と締め括り、風塵の人生に陥ったとしても、清らかな〈心〉を保ち続け、元来持ち続けてきた善根を変えるべきではないと、諭しているのである。[24]

〈才情〉とは、「知識と感情」を意味する。カイ・フンは極めて〈才情〉豊かな人間であった。カイ・フンはその〈才情〉を文学に、そして後世のより良き未来に向けて注ぎ込んだ。それゆえ彼は風塵の人生に足を踏み入れた。文学に枠が設けられ、新聞が廃刊に追いやられ、投獄され、文学が時代遅れとされるなかでも、懸命に筆を握り続け、生きているかぎり表現することを止めなかった。ところが最期に彼は殺害された。清らかな〈心〉を、〈善根〉を保ち続けたがために、彼は死にいたった。しかし、それは高尚で美しき〈死〉である。[25]

カイ・フンは歴史の惨劇のなかで死んでいった。彼と彼の文学作品は、「時代」によって生まれ出、「時代」によって抹殺された。しかし彼は、小さくとも私たちの行く先を照らしてくれる灯火としてなお生き続けている。それは意識の炎である。[26]カイ・フンの意識の炎は、私たちの行く先、即ち未来を照らしだす。〈美〉はここにある。

＊　＊　＊

本書は後期作品のみを扱ったが、後期作品に限ってもまだまだ世に発表すべき魅力的な作品がたくさんある。これらを美や感受性の観点で論じていくことも重要な作業である。さらにはカイ・フン文学の全体像を統括した、カイ・フンの文学全体の研究、再評価、位置付けといった作業が残っている。

今後はカイ・フン研究で学んだことを活かして、南ベトナム時代にベトナム語で書かれた戦争文学を論じていく予定である。そしてその問題意識を難民文学にまで発展させていきたい。戦争文学を論じるためには植民地期の文学を把握しなければならず、難民文学を研究するにも植民地期の文学と戦争文学を深掘りしていく必要がある。カイ・フン研究は、筆者のベトナム語文学研究において第一のステップである。本研究を基盤に置くことで、第二・第三の研究がさらにより豊かなものになることを信じている。

注

（1）その特徴には、〈脱属領域化〉、〈脱コード化〉、〈脱中心化〉、〈周縁性〉、〈多数多様性〉、〈不確実性〉、〈転移〉、〈規範《カノン》批判〉、そして〈倒錯したアイデンティティ神話〉などが挙げられる（『越境する世界文学』、河出書房新社、一九九二年、三二一ページ）。

（2）坪井秀人他編、『越境する歴史学と世界文学』、臨川書店、二〇二〇年、一〇一－一〇二ページ。

（3）Khái Hưng, "Lời nguyền", *Chính Nghĩa*, N°.13, 1946/8/26, p.9, 12.

（4）植民地を、あたかも植民者＝ヨーロッパ人＝白人の意図のもとに創出され、その意図がくまなく貫かれる均質で滑かな空間として理解しないためにこの両義性が重要である（『越境する世界文学』、前掲書、三〇七ページ）。

（5）cf.「作家が誠実であるなら、自分の書いたものと政治的活動との間に矛盾が生じる場合が時折あるかもしれない」（ジョージ・オーウェル、『全体主義の誘惑——オーウェル評論選』、照屋佳男訳、中央公論新社、二〇二一年、一七五ページ）。

（6）Nguyễn Thạch Kiên, "Khúc nhạc đạo…", Khái Hưng, *Khúc tiêu ai oán*, Đời Nay, Sài Gòn, 1969, p.8.

（7）アルベール・サローは、「学校教育というものは分析的精神、批判的精神を涵養するものでもある」と述べた（アルベール・サロー、『植民地の偉大さと隷従』、小川了訳、東京外国語大学出版会、二〇二一年、二五二ページ）。

（8）すべての事物は、他のさまざまな事物や構成要素に依存しており、それゆえ固有の本質を欠いているという思想。中村元・福永光司・田村芳郎・今野達・末木文美士編、『岩波仏教辞典第二版』、岩波書店、二〇〇二年、九八七ページ。

（9）エドワード・W・サイード、『文化と帝国主義 2』（二〇〇二）、大橋洋一訳、みすず書房、二〇〇二年、二六四ページ（訳者あとがき）。

（10）cf.「慧僧（Sư Tuệ)）」（*Ngày Nay*, N°.182, 1939/10/7, pp.8-9.）

（11）ダオ・ダン・ヴィは、「われわれの社會は《東洋的な過去》と《西洋的な未來》とのあひだを漂ふ一つの混沌のごときものであつて、その混沌のなかに根づよい伝統と極端な近代主義とがしばしば對立してゐる。われわれはこのおそるべき混亂から有益無益と眞偽を區別しうる一握の教養ある人物がほしいのである」と記している（ダオ・ダン・ヴィ、『若き安南』、成田節男訳、白水社、一九四二年、三〇四ページ）。

（12）古田元夫、『歴史としてのベトナム戦争』、大月書店、一九九一年、一六七ページ。

（13）ミラン・クンデラ、『カーテン』、西永良成訳、集英社、二〇〇五年、四五ページ。
（14）*Ngày Nay - Kỷ nguyên mới*, N°.11, 1945/7/4, p.17.
（15）ニコラ・セギュール、『知性の愁い――アナトール・フランスとの対話――』、大塚幸男訳、岩波書店、一九八一年、一八七ページ。
（16）同上、一八八ページ。
（17）ジイド、『ソヴェト旅行記』、小松清訳、岩波書店、一九三七年、一三〇ページ。一九三七年一月一七日付『今日』四三号で、ジイドの『ソヴェト旅行記』が紹介されている（*Ngày Nay*, N°.43, 1937/1/17, p.662.）。
（18）Dương Nghiễm Mậu, "Khái Hưng, nhà văn và cuộc phấn đấu", Dương Nghiễm Mậu et al., *Khái Hưng - thân thế và tác phẩm*, Nam Hà, Sài Gòn, 1972, pp.39-40.
（19）Ibid., p.52.
（20）Ibid.
（21）ニコラ・セギュール、前掲書、一八九ページ。
（22）ニコラ・セギュール、前掲書、一九〇ページ。
（23）ベトナム語原文：*Cũng đừng trách lẫn trời gần trời xa. Thiện căn ở tại lòng ta, Chữ tâm kia mới bằng ba chữ tài.*
（24）Trần Trọng Kim, *Truyện Thúy Kiều*, NXB Tân Việt, Sài Gòn, 1968, p. XXXI. "Tựa".
（25）「軛」のアイの言葉にはこの〈死〉を想起させる以下のくだりがある。*Ngày Nay - Kỷ nguyên mới*, N°.1, 1945/5/5, p.18.

「文学者たちは時に危険だ。彼らは幻想にふけりがちだ。彼らが革命に参加するのは、革命のなかに美を見出そうとするからだ」。（中略）いかなる大革命家も、自らが追い求める理想の美しさ、非凡さ、輝かしき偉大さに、心を奪われた芸術家でないものはない。（中略）犠牲という行為も濃い浪漫色に染まっており、真の芸術家でなければ、祖国のために犠牲になるということを真に理解することはできない。美が、国のために死ぬこと、つまり自らが追い求める理想に取って代わるのだ。

(26) Dương Nghiễm Mậu, "Khái Hưng, nhà văn và cuộc phấn đấu", Dương Nghiễm Mậu, et al., op.cit., pp.50-51.

付録1 ベトナムにおけるドストエフスキー受容

カイ・フンは、中編『美』と戯曲「文学談義」において、ドストエフスキーに言及している。

『美』

彼には世の中の人間はみなドストエフスキーの小説の登場人物のように思えた。ある時は善人で、ある時は悪人になる、しかもそれだけではない。人間は上っ面を巧みに整え、善人にはなれないにしても、平凡な枠内に生きる平凡な人間を装う。人間は世の人間にあざ笑われることを恐れ、人間は人間さえも恐れ、自己の良心をも恐れる。そのため、人は他の人が敢えて持とうとはしない粗暴な性格を、自身の内心においてでさえ露呈しようとはせず、世の人間が倫理に反すると判断する思想を打ち明けようとはしない。彼らは、自身の周囲にある内に秘められた人生や外面に表出した人生を真似しようと、つまり偽りの人生を送ろうと努める。(1)

「文学談義」（「ベトナム文化綱領」の「大衆化」に対する作中人物カィンの意見）

ただ僕に分かっているのは、小説という芸術を頂点に押し上げた文学者は、ドストエフスキーであるということだけだ。けど、大衆はどうやってもドス[2]を理解することができない。なぜなら、心のままにものを語るからだ。僕たちは誰のために書いているわけではない、僕たちは僕たちのために書いている。小説家はいつでもただ我がままで、自らの魂にずっしりとのしかかった重荷を描くことでその重荷を転嫁させようと、自分のために筆を走らせるときにのみ、彼らは胸の奥に秘めた密かな不安や鬱憤を正直に描く、まさにその我がままさでもって、彼らは人類に貢献している。その作家の胸の奥に秘めた密かな不安や鬱憤は、同時に、人類の、今日的に言えば大衆の、胸の奥に秘めた密かな不安や鬱憤でもあるのさ。文学は、この意味での大衆性しか有していない。だけど、人はひたすら《文学は、大衆が理解できるように、シンプルで馬の腸の如く真っ直ぐでなければならない》と捉えたいらしい[3]。

ドストエフスキーはベトナムにおいてどのように受容されてきたのか。ホーチミン市師範大学助教授ファム・ティ・フオン（Phạm Thị Phương）著「一九四五年以前のベトナムにおけるドストエフスキーの影響（Ảnh hưởng của Dostoievski tại Việt Nam trước 1945）[4]」によれば、一九二九～一九三〇年にかけて『復活』が、一九三七年に『アンナ・カレーニナ』が翻訳出版されたトルストイと比べ、ドストエフスキー文学のベトナム語翻訳・出版はずいぶん遅れをとっている。南ベトナムでは、一九五九年に雑誌『百科（*Bách Khoa*）』や『今日－文化（*Văn hóa Ngày Nay*）』紙上でドストエフスキーの小説の抜粋が翻訳・掲載され、六〇年代以降、特に七〇年代に入ってようやく主要な作品の全訳が紹介されるに至った。一方、北ベトナムにおいては、六〇年代に『罪と罰』が翻訳され、文化出版社（NXB Văn hóa）にその翻訳本が存在したにもかかわらず、八〇年代に入ってはじめて『罪と罰』が正式に発表された。こうした北ベトナムの状況の説明として、かつて東京外国語大学のベトナム語教師（文学が専門）であったレ・ティ・タイン・タム氏によれば[5]、ドストエフスキー文学は、ベトナム共産党のイデオロギーに適っておらず、そのために、一九八六年のドイモイを待ってからの出版になったということである。本間三郎は、近代ソヴィエトが長年に亘ってドストエフスキーを無視してきた理由を、「マルクシズムのみの観点からの皮相的、観念的解釈にある[6]」と嘆き憤っているが、こうしたソヴィエトの状況は、当時の兄弟国ベトナムも同様であったことが分かる。

このようにベトナム語への翻訳はずいぶんと遅れをとったが、フランスの植民地であったベトナムでは、ドストエフスキーはフランス語で入って来た。では、フランス語にはいつ頃翻訳されたのであろうか？『カラマーゾフの兄弟』の仏語訳については、一八八八年に最初の翻訳が、一九〇六年にまた新たな翻訳が出ている。これらの翻訳の出来具合を、アンドレ・ジッドは、次のように記している。

一八八八年版

(*Les frères Karamazov*, Th. Dostoievsky ; traduit et adapté par E. Halpérine-Kaminsky et Ch. Morice, Plon-Nourrit, 1888.)

その廣汎さに喫驚したフランス最初の飜譯家はこの類ひなき傑作の、而も切れ切れの飜譯をしか發表しなかつた。外的の統一と云ふ口實の下に、全章が、こゝかしこ切斷され、それは、「早熟者」の名の下で、補本として一冊になるのに充分な位であつた。讀者を韜晦する様に愼重深くもカラマゾフの名はシエストマゾフの名に代へられた。この飜譯は譯してある部分は非常に巧く、其後に現はれたものより寧ろこれを採りたい位である。恐らく或人はこれの現はれた時期から見て公衆は未だ充分にこんなにたつぷりある傑作の全譯を受け入れる程進んでゐない時だつたと考へるだらう。たゞ私は飜譯者が不完全のものと自ら白状しなかつた點のみ責めたい。[7]

一九〇六年版

(*Les Frères Karamazov : 1879-1880*, Dostoievski ; traduit du russe par J.-W. Bienstock et Charles Torquet, Eugène Fasquelle, 1906.)

四年前〔四年前とは、フィガロ紙掲載の年：一九一一年からの四年前〕にビヤンストツクとナウ兩氏の新らしい飜譯が現はれた。それはさらにぎつしりとした一冊の中に、本の綜合的調和を現はしてゐる特質がある。即ち最初の飜譯家が先ず取り除いた部分を補修し而も組織的な凝結で、つまり各章の凝結で、彼等はその悲壯な呟きや戰慄の會話を奪ひ文章の三分の一を時には一節を而も最も意味深き一節をも省いた。その結果はあらはで急激で銅板畫の様で、或ひはレンブラントの深遠な肖像畫をなぞつた線畫の如くに陰影もないものであつた。[8]

ジッドは、「恐らく或人はこれの現はれた時期から見て公衆は未だ充分にこんなにたつぷりある傑作の全譯を受け入れる程進んでゐない時だつたと考へるだらう」と述べているが、日本においては、大正三年（一九一四年）に初めて紹介された三浦関造訳「カラマゾフの兄弟」（1879-1880）は、前編のみで、後編は刊行されず、こうした事実は当時の読書界の水準を示すものとも捉えることができる。(9) では、ベトナムの読書界についてはどうだったのであろうか？ グエン・ヒェン・レは、一九六〇年の南ベトナムの雑誌で次のように語っている。

〔当時のフランス人がドストエフスキーの価値を理解するまでに至っていなかったことを指摘して〕我が民族にとっては、ドストエフスキーはフランス人たち以上に理解が難しい。彼の作中人物は、非常に奇異で、無頼漢で、兇暴で、堕落し、狂乱、逆上し、まるで地獄から閻魔が現れ出たかのようである。私たちは彼らを見出すことができない。彼らの行動と思考は私たちのものとは遠くかけ離れている。私たちは恐れるばかりで好意など少しも抱くことができない。私たちの多くは、自力文団やグエン・トゥアン、最近ではヴォー・フィェン〔Võ Phiến, 1925-2015〕の登場人物に慣れ親しんでいる。（中略）幼い頃から、儒学・老子・仏陀の分かりやすい慈しみによって躾けられてきたために、ドミトリーやイワンの心情を理解できるまでには至っていない。(10)

ベトナム人にとって親しみやすい作家として、ドストエフスキーの熱心な読者であった、自力文団とグエン・トゥアンの名が出ていることは興味深い。また上記では、ベトナム人はドミトリーやイワンの心情を理解できるまでには至っていない、とあるが、「一九三七〜一九四一年頃のベトナム社会は呪うべき社会であった。頽廃し、不当で、罪深く、貧しかった。まさにその極貧の盲目的・頽廃的生活が、社会に生きる人々を売春、詐欺、窃盗といった罪の道へと押しやった」[11]。そうした時代を生きた、カイ・フンやグエン・トゥアンらは、ドミトリーやイワンの心情にいたく共感していたと筆者は考える。

明治維新いらいの欧化の枠の中で、ロシアの文学は、イギリス、フランスなどの先進国の文学への関心に拮抗し、時にはそれを超える興味をもたれた。その理由として、急速な近代化の過程のなかで文学がになわせられた重すぎる課題が、根ぶかいところで共通していたからであると私は考える。(中略)近代化の過程でおしつけられた矛盾については共通するゆえにロシア文学に大きな関心がはらわれたのである。

高橋和巳は、上記を述べたのちに、ヨーロッパの三〇〇年を八〇年でなしとげようとした日本の無理を指摘しているが[12]、謂わば「圧縮された近代」のもとにあったベトナムも、同様の矛盾を抱えていた。また、自力文団のリーダー、ニャット・リンは一九六一年に出版された小説に関する考えを述べた本のなかで、次のように書いている。

ドストエフスキーの文章は、重く、理解し難く、狭い場所をうろついているかのようである。しかし、そこには何かが潜んでおり、語られはしないものの、読者にははっきりと感じ取ることができる何かがある。そしてこれらの語られない事柄は、人生の深遠性に光を注ぎ、扉を開け、これまで自分では理解することのできなかったものを、目の当たりにさせてくれる。そして、これらはまさに、言葉では決して描写でき得ぬものである。[13]

グエン・ヒエン・レと同じくドストエフスキーの理解の難しさを挙げる一方、語られない言葉の重要性を指摘している点に、ニャット・リンの洞察力の鋭さを垣間見ることができよう。

アンドレ・ジッド、『ドストエフスキー』（一九二三年）

「ジッドはフランスにおける真のドストエフスキー移入者である」[14]と、恐らくベトナム系と思われるヴォ・ホ・ディエプ（**Võ Hồ Điệp**）が述べているが、同じように「ジッドはフランスの植民地であったベトナムにおける真のドストエフスキー移入者である」とも言えるようだ。

ファム・ティ・フオンは、「一九四五年以前のベトナムがドストエフスキーを知ることになったのは、ある部分、A・ジッドのおかげであろう（のちにM・バフチンのおかげでドストエフスキーに更なる関心を抱いたのと同じように）[15]」と述べている。事実、自力文団のメンバーであるタック・ラムは、一九三九〜一九四〇年にかけて『今日』に掲載された文学エッセイを集めた『流れに従って（*Theo giòng*）』(1968) で、当世紀そして当地球における最も価値ある小説家としてドストエフスキーの名を挙げ、ジッドの『ドストエフスキー』から文章を引いている。ジッドの論考「書簡集を通じてのドストエフスキー（一九〇八年）」から、「私を非常に苦しめるのは、もし私が小説を豫め一年程前に書き上げ、それを寫し修すのに二三月かけたとすると、きつとそれは更に秀れた他のものゝやうになつて了ふだらうと云ふ事を考へるとだ」[16]や、「一時にやつて來るのはインスピレーションを受けた箇所のみで、其他は非常に苦しい仕事の結果である」[17]などを引用して、文豪ドストエフスキーの創作態度と較べ、ベトナム作家の生温さを指摘し、これではいつになっても傑作は生まれないと嘆いている[18]。

注

（1）Khái Hưng, *Đẹp*, Đời Nay, Hà Nội, 1941, Hà Nội, p.210.
（2）ドストエフスキーのこと。
（3）Khái Hưng, "Câu chuyện văn chương", *Chính Nghĩa*, N°.19, 1946/10/7, p.9.
（4）Phạm Thị Phương, "Ảnh hưởng của Dostoievski tại Việt Nam trước 1945", *Tạp chí văn nghệ quân đội*, 2012/3. http://vannghequandoi.com.vn/Phe-binh-van-hoc/Anh-huong-cua-Dostoievski-tai-Viet-Nam-truoc-1945-2772.html 最終閲覧：二〇一六年七月一九日。
（5）ハノイ国家大学ベトナム学部教員でベトナム文学研究者。
（6）本間三郎、『「カラマーゾフの兄弟」について』、審美社、一九七一年、二三五-二三八ページ。
（7）アンドレ・ジイド、「カラマゾフ兄弟」、『ドストエフスキー』、武者小路実光・小西茂也訳、日向堂、一九三〇年、二二九-二三〇ページ（ジイドの「カラマゾフ兄弟」は、一九一一年四月四日付フィガロ紙上に掲載された）。
（8）アンドレ・ジイド、「カラマゾフ兄弟」、二三〇ページ。
（9）『比較文学辞典 増訂版』、東京堂出版、二〇一三年、二七六ページ。
（10）Nguyễn Hiến Lê, "Dostoievsky (1821-1881)", *Bách Khoa*, N°.83, 1960/6/15, Sài Gòn, p.40.

（11）Thanh Lãng, *Bảng lược đồ Văn học Việt Nam - Quyển Hạ - Ba thế hệ của nền văn học mới (1862-1945)*, Trình Bầy, Sài Gòn, 1967, p.729.
（12）高橋和巳『高橋和巳全集　第14巻』、河出書房新社、一九七八年、二四六ページ。
（13）Nhất Linh, *Viết và đọc tiểu thuyết*, Đời Nay, Sài Gòn, 1961, pp.84-85.
（14）Vo Ho Diep, *Gide et Dostoievski*, thèse, Université du Québec, 1975, dans Bibliothèque de national de Ottawa.（成谷麻理子、「ジッドの「ドストエフスキー」について」、早稲田大学大学院文学研究科フランス文学専攻研究誌『フランス文学語学研究』二八、二〇〇九年、三一ページより再引用）
（15）Phạm Thị Phương, op.cit..
（16）アンドレ・ジイド、「書簡集を通じてのドストエフスキー（一九〇八年）」、『ドストエフスキー』、一九一ページ。（原文のママ）
（17）アンドレ・ジイド、「書簡集を通じてのドストエフスキー（一九〇八年）」、一九二ページ。
（18）Thạch Lam, *Theo giòng*, Đời Nay, Sài Gòn, 1968, pp.72-73.（アメリカでの再刊版）

付録2
『清徳』梗概

〈作中人物〉

カィン　：法学生。裕福な家庭で育つ。人生に意味はないとし、欲望に身をまかせた放蕩生活を送る。

清徳　：本名ティエン。カィンの父親。各地を飛び回る精鋭ビジネスマン。ハオに好意を寄せ再婚を望む。金儲け主義。五〇歳。

オアィン：カィンの妹。

ドアン　：カィンの親友。パリ留学を終え帰国し医院を開業するが、日々放蕩生活を送る。

ラン・フオン：ドアンの義妹。ベトナム中部フエに住む。カィンの許嫁となる。事あるごとに道徳を説く。

ハオ　：金と美さえあれば良い、という人生観を持つ女性。

ホアン　：ハオのいとこ。物理学の教師。賭け事や拝金主義に嫌悪を抱く。広い知識を身につけ、漢文の本の編集にも携わる。ハオの言いなり。

〈I部〉

1

カィンは法科学院の学士号取得の試験に落ちたことを知って安堵する。最初の試験は仮病、二度目は得意科目を白紙で提出するものの、三度目である今回はなぜか筆が進んでしまい、もしかしたら合格してしまったのではないかと不安だったのだ。彼はアルベール・サロー校の哲学科を卒業し、続けて法科学院に進んだが、三年目にふと〈何のために学ぶのか？ 合格して何になるのか？〉という疑問が生じ、何ヵ月も頭から離れなくなる。〈勉強したところで何にもならない。合格したところで、自分にとって、将来にとって、何の役にも立たない〉、それが彼が出した答えであり、その延長線上で〈生きることに目的はない、人生は無意味である〉といった考えにまで至る。幾度か自殺を考えたりもしたが、そんな考えを払いのけるために、唯一の方法として彼が選んだのは、放蕩無頼の生活に身を投じることだった。時折、彼は我に返るものの、青年期特有の危機を乗り越えるために必要な道楽であると、自らに嘘をつき、自らを赦した。道楽に厭きれば厭きるほど、これまで以上に道楽しなければと思うのであった。

かつて彼を死の淵から救いあげたのは、仲間に対する友情であり、彼は友人たちのそばにいるために、ハノイにとどまる必要があった。彼がわざと試験に落ちた意図はここにあった。

放蕩生活を始める以前に、カィンは追い求めるべき理想を探してみたものの、これといった思想に出会うことはなかった。

2

カィンは家に帰り、仲間たちを招いて落第祝賀パーティーを催す。そこで妹オアィンから、父ティエンがもうすぐ再婚するらしいことを耳にする。父ティエンが帰宅すると、海辺の街サムソンにカィン名義でヴィラを購入したことを告げる。カィンの落第に関しては一言も言及しない。

突如、パーティーに集まった仲間らとともに、父親のフォード（車）を借りて翌朝サムソンへ向かう流れとなる。

3

カィンの親友ドアンは、医者を目指すのではなく、六年から七年という長い年月を学生でいられるという理由で医学部を選んだ。カィンのように落第することはプライドが許さず、試験に合格し、その後二年間パリへ留学する。医師の資格を取得し、帰国後は、これまで勉強に打ち込んできたのと引き換えに、これからは人生を楽しまなければ、享楽に興じなければ、と考えるが、金がないことには遊べないため、仕事をしなければならなくなる。しかし、実際にやったことはといえば、最新の機器を揃えた豪華な病院としての形を整えただけであった。本来は明るい性格であるのに、患者に対しては、冷酷で軽蔑の態度で接し、彼は、患者が彼のところに来ないように仕組んだ。夜、患者に呼ばれればそれを断った。それでも周りのスタッフたちのおかげで、病院は収益を上げていた。

「欲すれば叶う！」とカィンはよく口にした。彼はそれが罪であると自覚しながらも、ドアンの恋人であるリェンと一夜を共にする。「私たちにとって、神聖なるものなんてひとつもないわね」と言うリェンの言葉に、カィンは冷たく「この科学の時代では、神にいたっても、人間の信仰心に対しその神聖さを失ってしまったよ。肉体の愛、今ある快楽だけが、〔存在するものにとっての〕神聖さと呼べるのではなかろうか。」

4

社会での実体験を通じてカィンが悟り得たことは、幸福で充実した日々を送るためにこの世に生まれてきたのであって、苦しみ嘆くために、もしくは決して手の届くことのない目的を追うために生まれてきたのではない、ということである。

カィンはサムソンで、ドアンの義妹であるラン・フオンと出会い一目ぼれをする。彼女の瞳は秋水のように美しく澄んでおり、突如カィンは『翹伝』の一句を読み上げる。

彼女の目は秋水のように澄み、眉は春山のように美しかったので
花はそのさめるような紅に劣っているとねたみ
柳はその清楚な青に服して恨んでいるかのようであった

5

〈運命に身をまかせるよりほかはない〉

カィンはアナトール・フランスが懐疑主義の作家であるからこそ、彼を好んだ。人生には、美と愛、そして肉欲のほかには、何もない。カィンは自身を、そして彼の仲間を、快楽という宗教は信仰しても、無宗教のアナトール・フランスの信者であると自認した。

「アナトール・フランスを愛さぬような青年は、見棄てるべき青年だ」とカィンは言い放つ。

カィンの友人は「かつては『翹伝』に心酔する青年たちが存在したが、今やアナトール・フランスに傾倒する青年たちを欲している」とからかう。

ドアンの招待により、カィンたちはラン・フオンが滞在するヴィラを訪れる。カィンはラン・フオンを前に、臆することなく彼女の美しさを褒め称えた。すると、ラン・フオンからは笑顔が消え、堅く冷たい表情へと変わる。

6

ラン・フオンの素っ気ない態度に対し、カィンも同様に冷たく軽蔑した態度でラン・フオンに接しようと決意するが、ある朝彼女が一人で歩いているのを見て、その冷酷な意図は消え去ってしまった。自身の無礼を彼女に謝罪し「幸せな生活を送りたいのであれば、忘れることを知らなければなりません、容易く忘れることが必要です」と述べるが、彼女は「事と次第によります」と返答する。そしてドアンとカィンが、何人ものハノイの女の子と交際していることに言及し、ドアンについて、医者という大事な責任を負っているというのに、享楽にふけることしか頭にないだなんて、社会的罪を犯していると言うこともできる、と述べる。カィンが彼女を「道徳的な人間だね」と指摘すると「道徳的ではないのです。ただ青年たちが目的なく、或いは遊興にふけることを唯一の目的として生きているのを見て、そんな彼らにぞっとし、そして残念であると思うのです。ドアン兄さんのような知識階級の青年たちが、信仰心とともに仕事に励むことができれば、どれだけ素敵なことでしょう、どれだけ国民の役に立つことができるでしょう」と語る。それを聞いたカィンは不快になったが、その後、妹オアィンから、ラン・フオンが自分に気があるようだと聞いて、大いに喜ぶ。

7

四ヶ月が経過した。その間、さまざまな変化があった。ラン・フオンはカィンの婚約者となり、カィンは試験に合格し学士号を取得した。カィンにとって、一番の変化は、性格の変化である。怠慢で乱雑であったのが、努力家となり整理整頓をするようになり、軽率が慎重へと変化した。彼は、それを、愛の力が彼の身体内に起こしたドラスティックな革命であると信じた。

ラン・フオンを獲得するため、カィンは戦略として、物質主義的愛からロマン主義的愛への転向を図った。結果、それがカィンを真に改心させ、数年前の清らかで秩序立った生活に戻させたのである。

カィンが悪い行いをした日の夜には、ひたすら善い行いばかりをする非凡な人間となった自分がしばしば夢に現れる。

カィンはそれを潜在意識のなせるわざだと考えた。今回起きたことも、潜在意識がなしたわざであり、自分はずっとその夢の中にいるのではないかと心配になった。

彼が彼自身を自己分析しての結論は次のようなものであった。「自分の自我は、外部からの刺激ひとつで変わってしまうそんなやわな自我なのか。いや、決して違う。しかし、なぜ自分は善良な基盤、堅固な士気を持てないのか。強固な意志を持つことができていたならば、心のやっかいな転回の局面においても、うまく解決できただろうに」。

それを確かめるため、彼は青年キャンプを訪れた時のことを思い出した。訪問前夜、彼は懐疑と辛苦と不安で、翌朝まで一睡もできなかった。彼は、自身の善行と善意それらすべてに不信感を抱いた。彼は自身が偽りであり、にもまして、自己欺瞞であると考えた。人間は、肉体の命令に従うときのみ正直であると言える。人間は自らに禁欲を課すと？　否、人間が正直さをもって、自らに禁欲を課すことは決してあり得ない。人間は偽るのである。しかし、いかなる理由で欲求を抑えるのか？　それは、自身が非凡な事柄を成し得たことを誇るためにである。すると、非凡な事柄すべては偽りであり、こうして偽ることで、他人からの称賛、そしてまさに自分からの称賛を請うのである。自らが自らを称える、即ち、自身を偽り自身を欺くということである。

カィンは、自身を偽って称賛を得る行為が、自身をありのままに顕示するのと比べ、より劣った行為であることは自明のことに思えた。それが悪いのであれば、おのずとそれは悪いのであり、それが善いのであれば、おのずとそれは善いのである。そしてカィンは、世の中に善と悪などはなく、それは単にこの数千年の間における、人類の誤った固有の判断だと考えた。カィンは、老子思想のいくつかと、特にアナトール・フランスの一ページ一ページを独り言ちた。それから、人間の性的欲望へと思いをめぐらせた。

それをなぜ悪と見なすのか。——彼は心の中で理論を展開した——それは万物の基礎であり、人類の最も重要な条件である。それが無ければ、ずいぶん昔に人類は滅亡していたことだろう。なぜそれを排斥し、それを悪と決め込むのか。否、それは最上に美しいもので、この世の中においては、それだけが真実である、即ち、アナトール・フランスが言った真実の愛である。すると、偽りのためだけに、彼はこの数か月の間、彼の〈実際〉の生活から遠ざかって、つまり肉体愛から遠ざかって生きてきた。不意に彼は、人間は常に〈捕えた獲物は黙らせねばならない〉という西洋の格言を思い浮かべた。

彼には、その行為は大変困難であるように思えた。人間は喉が渇いたならば、喉を潤わさなければならない。動物が欲求を訴えた時、人間はその欲求を満たしてやろうとはしないのか？

もし生が、それが単なる生であり、単に性的欲求を満たすことであるならば、彼が今無理矢理に自らに従わせようとしている事柄〔道徳のこと〕は、生ではない。

〔ラン・フオンに青年キャンプへの訪問を勧められたカィンは、青年キャンプの団長トゥエンと次の会話を交わす〕

（トゥエン）「生きることとは、自身または友の命令に従うだけのことである。生きることは、自身もしくは友が立てた計画を実践するだけのことである。」

（カィン）「では、性的欲望に従って生きる、肉体の欲求に従って生きる、ということは？」

（トゥエン）「それは、生きるではなく、死さ。堕落に至り、自身の身、そして子孫を滅ぼすに至る。まさにその偽りの生、快楽を享受することだけしか頭にない人間の怠惰で利己的な生に抗うために、僕たちは集い合って、過酷な労務作業をこなし、厳格な規律の下に生きているのだ。」

(カイン)「そのとおりだ、欲望に従って生きるのであれば、なんら動物と変わらないじゃないか。人間の生は、その一段上をいかなければならない。」

青年キャンプを訪問したことで、カインの士気は鍛えあげられた。その気持ちをラン・フオンに伝えようと筆をとると、門の呼び鈴がなった。見知らぬ男ホアンが、コックリさんの最中に降りてきた亡くなったロックの霊がカインを呼んでいると、迎えにきたのであった。

8

連れて行かれたクワン・タイン通りの邸宅で、カインはそこの女主人の娘であるハオと出会う。邸宅には詩人や小説家、地主、教授といった人々が集まっていた。カインが「私はグエン・ヴァン・カイン、無職」と自己紹介すると、ハオも「ダン・ティ・ハオ、同じく無職」と自身を紹介し、カインはそこに何か親密な内に秘めたものを感じ取る。彼女を一目見ただけで、カインは罪悪感をおぼえた。彼は、心の奥底で、二人が秘め事の企てを申合せたような感覚を覚えたのである。

9

ちょうどその時、女主人が帰宅した。カインは父親清徳がその女主人とともに部屋に入ってきたのを見て驚愕し、清徳もカインの姿に驚く。仲間のうちの一人ルェンが密かにハオに思いを寄せており、清徳にハオよりも年上の息子がいることを示すことで、清徳とハオの結婚を阻止できればと考えて仕組まれた邂逅であった。彼はその息子が自身にとって何十倍、何百倍も危険なライバルになるとは予想だにしなかったのである。

カィンはこれまで聞いてきた妹の話から、父親の再婚相手がハオではないかと推察する。

息子の登場に、父子に対してどのように接すれば良いか決めかねていたハオが、カィンに学業について尋ねると、清徳が代わりに「カィンは法学の学士号を取得したばかりです」と誇らしげに答えた。「では官吏の試験を受けるのですか」の問いに、カィンは「否」と答えたが、「もし受けなければならないのであれば、受けます」と言い直した。清徳はそれを「嫁が促せば、ということです」と説明するが、ルェンが「なぜ貴殿がカィンさんに試験を受けるよう促さないのですか」と問うと、「私は子どもたちが好きにしたいように自由にさせている」「子どもたちが私の仕事を一度も目にしたことがないように。父には父の自由があり、子には子の自由がある」と答える。「では、カィンさんは、お父様の完全に自由な行動を受け容れることができますか？」それにカィンは答えぬまま、父子は暇を告げる。

10

帰宅後、カィンは出掛ける前に書きかけていたラン・フオンへの手紙を読み返した。〈僕は生きる理由を見つけたよ。僕の生きる理由は君だ…〉。続けてカィンは筆を走らせていく。〈今後、僕の不安は消え去っていくよ、なぜなら僕は生きる理由を見つけることができたから。これから僕は君が望むものに、君の掌中にあるものに…、僕は君の思い通りに動くコイン（chěn）になるよ〉。すると知らぬ間に、その想いを吐露する相手がラン・フオンからハオに変わっていることに気付き、手紙を破り捨てる。

カィンはふと我に返り、ばかげている（vô lý）と叫ぶ。その声を聞いた妹オアィンが、部屋に入ってきて、二人は父親の再婚相手であるハオについて論議する。オアィンによると、父は翌年ハオと結婚する予定で、その結納品はバックザン省の土地だと皆が噂しているという。カィンはそれらの事実すべてを不合理と感じ、オアィンは兄に、父に直接真相を尋ねてみることを促すが、カィンは訊くことができない。彼は、父は実は女主人に好意を抱いているのだが、世間が官僚の未亡人は再婚できぬと言うので、娘に気があるという口実を設けただけなのだと理解するよう努め、父はハオとは結婚しないと結論付け、安堵とともに眠りにつく。

〈II部〉

1

（ハオの家族とハオ自身についての紹介）ハオは自由にどんどんお金を使わせてもらえるような夫でなければならない、と二〇歳を過ぎてもまだ結婚をしていない。ハオ母子がバックニン省からハノイに上京してすぐに、亡き夫の友人である清徳と偶然に出会い、親身になって世話をしてくれたため、女主人は、清徳は自分に気があるのかと勘繰るが、彼が娘に夢中であることを知るにつれ、娘の清徳に対する意味ありげな態度を目にして、心配と恐れを抱くのであった。

2

朝、ハオとホアンが出掛ける準備をしていると、ホアンがキンの自殺を報じた新聞記事を発見する。金、或いは女が原因で自殺したものとみられる。ホアンはハオが賭け事に熱中するあまり、身を沈めることになるのではないかといつも心配を抱いているが、忠告することができぬまま今日に至っている。しかし、キンの死を知り、それを阻止しなければという思いが再度浮上するが、結局できない。

清徳一家の様子を知りたいハオの提案で、女主人の同意を得て、次の日曜日に、清徳一家（清徳、カィン、オアィン）を自宅に招待することになる。

3

カィンの家に、ハオの母親名義の招待状が届く。父親の同意を得て、三人はその招待を受けることにした。カィンは、父親に、ハオとの結婚の真相について尋ねたいが、なかなか真相に迫れず、取るに足らない会話となる。その会話のなかで、カィンは思わず父親に「ハオはかなり自由奔放な様子だね」と口にし、清徳はそれに対し「確かにハオは決して真面目な娘でないかもしれないが、それは彼女の個人の問題であって、何の関係もないお前が気に留めることはないだろう」と返す。

その結果、カィンとオアィンの二人は、結婚の話は真実ではなさそうだ、と結論づける。

4

その日の昼、カィンはラン・フオンからの手紙を受け取る。

〈ここ四日の間、あなたからの手紙を受け取ることができず、とても心配しています〉その出だしに、カィンは、完全なる自由な人生を望む、何にも属さない、自己中心的人間が覚える不快を感じた。〈疑いを抱くことがどんなに辛く苦しいことか、あなたはご存知でしょうか？　あなたに辛い思いをさせたくないので、あなたは何の疑いも持たないでください。私は完全にあなたのものです、ラン・フオンは一分たりともあなたを想わない時はありません…〉〈私の考えは、あくまで女性側のものです。男性に関して言えば、〝貞操を守った〟夫を望むことは、ある意味幻想であります。本心からの愛情でもって愛されるということも、滅多にないことです…。〉

カィンはラン・フオンに皮肉られているように感じ、途中で手紙を読むのをやめた。昼食を終え、続きを読み始めてはみたが、大体が猜疑心に満ちた内容で埋め尽くされていたため、また途中で放り出してしまう。

5

生きることとは裕福になること、強く美しくなること。生きることとは勝つこと。人生において、裕福で強く美しい人間だけが優れ、それ以外は何もないのと変わらない。ハオは、官僚社会、役人社会、文芸家社会とを分類することに何の意味もないと考えた。ただ強い社会と弱い社会、勝ち社会と負け社会があるのみである。彼女の社会はというと、カネ社会である。

金を消費する、まさにこのことが、ハオと清徳を結びつける糸である。

〈カィンを自分の子どもとして受け容れることができるだろうか？〉彼女は自問する。そして彼女は笑い声を上げ、人生とはなんと美しいものだろうと、幸せな気持ちになる。

清徳一家が家にやって来る。

ハオはホアンを科学的な占い師として清徳に紹介する。彼は、科学や宇宙について語り、科学も単なる魔術であるとする。

皆はカード占いを始め、その後、麻雀（mạt chược）に興じる。

6（なし）

7

それ以来、カィンは頻繁にホアンを訪ねるようになり、やがて二人は親友となった。ホアンはカィンが自分を訪ねることは、ただ単に、カィンが自分を好いてくれているからだと何の疑いも持たなかった。遠方に出張に出掛けている父親とはほとんど顔を合わせることがなく、カィンは父親とハオとの結婚のことは考えなくなった。しかし、二・三日に一度来るラン・フオンの手紙に、親しみや優しさを込めて返事を書かなければならない自身の使命を思うと頭が痛かった。とは言っても、手紙を書いている最中に、ホアンから麻雀の誘いが来れば、手紙を途中で放り投げてすぐに駆け付けた。ハオやホアンと興じている時が一番楽しかった。

しかし、父と子の関係は悪化する一方で、女主人の家だけでなく、自宅においても、お互いの顔を避けあうこととなった。

8

冬が終わりを告げ、春になった。カィンはハノイでの暮らしを楽しんでいたが、物足りなさを感じてきた。ハオと一緒にどこか遠くへ行けたら、と考えたりもした。そんな春の日、道でばったりホアンと出会うと、ホアンの話は秩序や道徳へと向かい、カィンは不愉快になる。麻雀の誘いを断り、家に帰ると、父親が戻っていた。父に今年中のラン・フオンとの結婚を促され、カィンは戸惑いを覚える。妹オアィンの結婚も促され、子どもを先に送り出し、そして自身の結婚に臨みたいという父の意図を察する。

一方、オアィンは百貨店で偶然出会ったハオに、兄カィンが早く結婚するよう急き立てるよう勧められ、ハオは兄に好意を抱いているのではと疑念を抱く。そして自分が、ハオを息子と取り合う父の子どもであることを、隣人に冷笑されることを想像し、怒りと恥ずかしさで一杯になるのであった。

9

カィンが家に戻らなくなってから二日が経った。清徳は、カィンが家を去ってから、自身の親友のようだった息子への愛情を覚え、悲しみ苦しんだ。カィンが、サムソンのヴィラを売り払って車を買ったりと、金を使いまくっていることを知り、息子が不良へと落ちぶれてしまったことを嘆き、息子を叱る。が、覚悟していたカィンは平然とした態度をとったため、父の怒りは頂点に達し、カィンを家から追い出す。

翌日清徳は、ハオの家を訪れる。女主人から、土地から手を引きたいとの手紙を受け取ったからである。女主人はその理由を、何十年経ってもその借りを返すことができないからだという。その後の麻雀の席で、清徳はカィンの悪行を語り、ハオの顔色をうかがうが、ハオは一言も口にせず、冷静を保っているように彼には見えた。そこで女主人が金鉱山開拓への出資を求める人物に言及すると、清徳は、その件に関して彼を探している最中で、彼に会うためにすぐに家を飛び出した。それを見たホアンは「カネ！　ああ、カネ！　カネは人々に、嫌悪、愛情、恨み、怒りを忘れさせ、そればかりを考えさせようとする、それを思い出させようとする、ただそれだけを追いかけさせようとする。カネ万歳！　こんな社会でずっと生きていれば、いつか僕は気が狂ってしまうだろう。」と嘆く。

ハオはホアンにカィンを探し出すよう頼む。

10

ハノイの家にラン・フオンがやって来て、オアィンにカィンの家出について尋ねる。オアィンとともに悲痛を分かち合い、ラン・フオンは涙を流しながら「今はただあの二つの罪深き魂を救い出すために神に祈ることしかできないわ」と述べる。それに対し、オアィンは、自分自身で自身を救い出さねばならない、とハオに会いに行くことを決意する。すると、門の呼び鈴が鳴り、そこにはハオの姿があった。オアィンは仮病を装い、使用人を使って何の用事でハオがやって来たかを探ると、使用人は三つの封筒を手に戻ってきた。一通は清徳宛て、一通はカィンに、そしてもう一通はオアィンに宛てたトとの結婚を知らせる案内状であった。オアィンは、慌ただしいハオの結婚に、ハオが敢えて自ら身を引いたことを知って、これまでの自身の無礼を省み、ハオへの謝罪を心に決める。

ちょうどその時、清徳が帰宅し、鉱山開発ビジネスの書類の手続きにカィンが必要であるため、カィンを連れ戻してきてほしいとオアィンに頼む。オアィンはそれを承諾し、しかしまずこの知らせを見てください、と清徳に三通の封筒を渡すと、彼は震え、顔は青ざめた。「なんてこった！」と清徳は立ちすくむ。その後、ハオの母親に会いにいくため、車に乗り込む。

付録3
『道士』梗概

【第一幕】春の森が舞台：老鹿が赤鹿の一団に対し、二本足で直立した姿勢で行う上皇道士への崇拝の仕方を指導している。

上皇道士に手を合わせ跪き礼拝を行う　／　閣下はあらゆる生き物の統治者であられ　／　閣下の威光は宇宙を覆い包み　／　閣下の威力は天に及ぶほど強い　／　「造化」の法則は、閣下によって書き換えられ　／　閣下が雨を禁じれば、雨は降り落ちようとせず　／　閣下は自らの術で光を生み出し　／　雷を井戸へ閉じ込めた

玉泉からやって来た仙女はこの歌を耳にし、上皇でもあり道士でもあるとは何事かと驚き、鹿と花に問うと、閣下とは万物の統治者であるという。仙女は「天こそがあらゆる生き物の統治者であり、天が万物を創り出し、あなたがたの道士も創り出した」と諭すと、鹿は仙女を煽動者と疑う。そこに、かつ

ては西王母の仙桃を盗み、いまは道士の葫蘆に入った水を盗んで千年間生き延びている手長猿が現れる。手長猿によれば、九尾狐が二千年に亘る神通力の修練を経て、怜悧な道士に転じて以来、ここでの自由な暮らしは消え失せた。万物の命は自然に生まれるのではなく、道士によって授けられるからである。道士は「造化」の威光を超え出るべく、雷・雷電・光・雨をつくり出し、自らの才能を試そうと、百年間雨が降らぬよう念じた。道士は数百キロ範囲の雲をかき集め、自分の葫蘆の中に閉じ込め、さらに雷・雷電を井戸に閉じ込めた。道士は、神通力で雨水をつくり上げ、周辺地域に配る。そのため誰もが道士に恩を着せられており、道士がいなければ、みなは干からびて死んでしまう。仙女は「天に逆らう鬼のもとで身を屈するより、枯渇して死んでいくほうがまし」と述べるが、手長猿は「みんなかつては同じことを言っていた。しかし誰もが生きることを望み、死を恐れたため、道士に服従せざるをえなかった」と説明する。「造化」の法則のもとでは、鹿が草を食み、鳥が虫をついばむように、虎は鹿の肉を食べるが、道士は、虎に鹿の肉を食べることを禁じる。閣下に逆らったり閣下の命令に従わなかったりしたロバ・馬・狼などを、渇きによって死に至らせる一方で、道士は動植物同士の殺し合いを禁じる。また、朝見を欠席すれば、即座に死刑となる。これは道士が暴虐だというのではなく、誰もが従わなければならない道士の秩序なのだという。この様子を知った仙女は、「この道士は、仁慈の心を持たない。たんに「造化」の法則を顚倒させたいだけ」と所感を述べる。

【第二幕】道士の洞窟が舞台：道士がみんなを集めて集会を行なっている。

万物の統治者は誰かね？　／　みな一斉に：上皇道士！

道士が強いか？　それとも天が強いか？　／　一斉に：道士のほうが強い！

あなたがたに命を授けたのは誰か？　／　一斉に：道士！

あなたがたは「造化」の法則に従うのか、それとも道士の規律か？　／　一斉に：道士！

よし！　みな立ち上がってよろしい。少ししたら、葫蘆を持ってくるから待ちたまえ、あなたがた全員に命を与えよう。　／　一斉に：ははーっ！


手長猿がやってきて、敵が美しい歌声で鳥たちに思想煽動をしていると、陛下（＝道士）に告げる。道士は罰として、鳥たちに三日間水を飲むことを禁じるが、鳥たちはそうと知りながらも、魅力的な歌声のとりこになってしまっている。道士は、敵を雷と一緒に井戸に閉じ込めなければならぬと憤るが、手長猿は、敵に対して怒りを向けることができる者は誰ひとりとしておらず、敵は鬼ではなしに仙女であることを説明する。道士は、その敵を生かしておけば、自分の秩序は失われ、「造化」に屈することになってしまうと焦燥し、熊と虎と豹を仙女のもとに送るが、三頭とも仙女の足下に跪くことになる。

〈仙女の歌〉

「造化」の法則は不変であり、その才智はほとんどゆるぎがない　／　満月が欠け、満ちた川は引いてゆき　／　流水は高台から海へ出て、雲をつくる　／　浮雲は風に飛ばされこちらにやって来て雨を降らせ、森の木に水をもたらす　／　草花たちは次々に膨らみ、虫たちは生き生きと成長す

る　／天から降る雨は山地に染み込み、砂で濾過され、湧水は常に澄みきっている　／　渓水は山の谷間をくねくね流れ、せせらぎは動物たちを呼び集め、その後ふたたび閑散とした沈黙の場となる　／芳しき水は渇きを潤し、自らを日陰に隠す　／　「造化」の法則：天は産み、天は養う　／天に抗えるものなどいるだろうか　／　生に逆らう者たちがいるとは奇妙なことだ　／　霊術を求め修行に励み（道士、目を丸くする）　／　「造化」に逆らいまた別の規律を設けて、まるで天の職人のごとく模倣を行う　／　翼を持たない生きものが、翼を傾けて飛ぶことを夢見　／　尾鰭を持たない生きものが、海に出ようと身を〔水面下に〕沈ませる　／　昨今では、九尾狐が森に雨が降るのを禁じようとする

道士は、自分を挑発する敵を自分の洞窟に連れてこさせる。仙女が洞窟に入ってくると、後ろには虎・豹・熊を従えている。洞窟はふいに光に溢れる。みなに道士を崇め祀る歌をうたわせるが、仙女が道士に近づいていくと、不意に道士は仙女に「貴女はわれの妻となれ」と告げる。仙女は、九尾狐などとは結婚せぬと断り、「何万年修行したとしても、狐の尻尾を隠すことはできぬ。道士はたんに「造化」の真似事をして、雨を禁じ、自ら水を作り出しているのだ」と指摘する。それでも道士は仙女に求婚し続けるが仙女は断り続け、果てに道士は、仙女を牢屋に入れると脅す。しかし仙女は「九尾狐の奴隷になるより、投獄されるほうがまし」と答える。道士は、「二千年におよぶ修行を経てきたなかで、自分はこれまで誰も愛した経験がなく、今はじめて仙女を愛し始めた、貴女はそれを幸せで光栄なことと思わぬのか」と問い詰める。仙女は「私を愛する方は、私を自分の意のとおりにさせるのではなく、私の

意向に従わなければなりません」と返す。とうとう道士は「われと一緒になることを承諾せよ、われは貴女の指示に従う」と折れる。そこで仙女は、道士に玉座から降りて、雨水が入った葫蘆を渡すよう指示する。道士はしぶしぶ玉座から降り、葫蘆を渡す。仙女は自分にひれ伏すことを道士に請う。道士は「われは万物の統治者である、仙女の足下になどひれ伏すことはできぬ。われの威厳が失われてしまう」と抗うが、仙女が強い語調で「平伏せよ！」と命じると、道士はゆっくりとひれ伏す。仙女はみなに、道士が「造化」の法則に従い、道士の霊験あらたかな術が消え失せたことを告げる。道士は九尾狐に姿を変え、田畑では雨が降り始める。みなは、八年ぶりに雨が降ってきたと歓喜する。その時、仙女は釈迦に姿を変えていた。

付録4 「月光の下で」抄訳

〈登場人物〉
コア　：国民軍　三〇才　薬学部で学び、卒業前に捕まり収容所に連行される
トゥック：衛国軍　二〇才　中等教育学校を一年で退学、衛国団に入団
　　　ハノイのフエ通りに母親が居住

激戦後の丘。時間は真夜中で、月が見え隠れしている。藪の傍らにビロードの服を着た人間の死体が転がり、銃、弾倉、鉄ヘルメットが散らばっている。コアが、脇を血で濡らし倒れている人間を見つける。

トゥックが右脇を負傷している。コアがトゥックの服を脱がせて確認すると、右肋骨の下を撃たれ大量の血が流れている。トゥックは、自らの死を覚悟した上で、コアに自軍の勝利を確認する。コアは、隣に落ちていたトゥックの舟形帽に付けられたシンボルマークを眺め、静かにトゥックを抱えて岩にも

たれさせ、薬を塗り、包帯を巻く。トゥックは、再度勝利を確認し、コアは勝ったと答える。コアは、敵が激しく攻めてきたため、高熱があったにもかかわらず前線への出撃を申し出、拳銃を手に丘へと突き進んだが、銃を撃ちまくった後、気を失っていたのだった。

コアは、喉の渇きを訴えたトゥックのために、ヘルメットを使って、丘のふもとの小川へ水を汲みに行く。ふくろうの鳴声と遠くの銃声が聞こえる。雲が月を一分の間隠し、丘は暗くなる。トゥックは、コアが撃たれてしまわないか心配になる。コアはトゥックに水を飲ませる。トゥックは感謝を述べる。

コア：もし僕が国民軍だったら、君は僕に感謝したかな？（トゥック、黙って微笑む）僕は国民軍だと、いま僕が君に告げたなら、君はどう思うかな？（トゥック、なお黙って微笑む）ましてや、君が傷を負ったのは、僕が放った一発の弾のせいだと僕が言ったら、君はどう思うかい？

トゥック：（黙って微笑み、コアを見つめる）

コアは、トゥックが信じないのを見て、国民党のシンボルマークの付いた服を見せる。

トゥック：いずれにせよ、私（tôi）は死ぬということですね。私を捕虜にする必要もないでしょう？

コア：捕まえるわけないじゃないか！　だけど、君の言葉遣いが変わったね。anh em〔兄弟の間の呼称〕で呼び合っていたのに、僕が国民軍と知ったら、君の語調は即座に変化した。敵対する党員に対し、em を使うことを、きまり悪く感じたのだろ？

トゥック：しかし、なぜあなたは私に包帯を巻いてくれたのですか？　なぜ、あなたが？

コア：なぜ僕が君を助けたかって！　それにはいくつか理由がある。まず、君は負傷している、だから包帯を巻かなければならない。君がベトミンかどうかではなくて、君が負傷していたから包帯を巻いた。

コアはかつて薬学部で学び、トゥックとほぼ同い年の弟を何百の国民党軍の兵士とともに戦場で亡くしていた。

トゥック：（泣き出す）

コア：弟は自らの死によって、同種民（người đồng chủng）(1)を殺すことを回避できた。僕たちの党員が、君たちの党員に捕らえられた時には、常に「あなたたちは道を誤った」の常套句で説き伏せられる。しかし、僕たちは進む道を間違えたと言うべきであろう…。そうだ、僕たちはみな行く道を誤った。現実とかけ離れた主義、曖昧な理想に酔いしれ、僕たちは同じ屋根の下に住む兄弟であることを忘れてしまった…。

トゥック：それを知っていてなぜあなたはこの道を進んだのですか？　私はといえば、家が革命家の家庭であったからです。父はコンダオ〔Côn Đảo：監獄で有名な島〕に送られ、そこで死にました。私はただ父の意志を継いで、革命に従事しているだけなのです。

コア：僕も同じさ。僕は、祖国のために生命を犠牲にすることだけを望んで入党した。しかし、君と僕は、組織が丸ごと進む方向を誤ってしまった、その責任が、僕たちにないと断言することはできない。本当ならば、殺し合いに全力で抗う勇気と覚悟がなければならなかった。昨今の状況はその真逆の状況で、僕たちは彼らに、まるで牛の群れを屠殺場に導き入れるようなことをしてしまった。僕たちはひどく愚かで、まやかしの宣伝《プロパガンダ》を鵜呑みにし、外国からの侵略に対抗するための勢力を用いて、粉砕に至るまで互いに互いを潰しあった…、だけど、遅すぎることなどないんだ。
トゥックは朦朧とするが、コアに話を続けてほしいと言う。
コア：けれども、もう絶対に政党の話はしない。これも、彼らに対する僕らの復讐だ。
トゥック：あなたは信条をなくしてしまったのですか？
コア：信条をなくすことなどない。
コアは楽しい話をしようと促すが、トゥックは母を想い、涙を流す。トゥックの恋人たち（三人）の話に移り、トゥックは、コアの家族について尋ねる。
コアは男女二人の子の父親であり、一八ヶ月の男の子は、「進軍歌（Tiến Quân Ca）」〔ベトミンの軍歌：ベトナム民主共和国（一九四六年から）およびベトナム社会主義共和国の国歌〕を誰も教えずとも、真似して歌う。近所に子だくさんの家があり、一日中《ベトミン団軍》と《ホー・チ・ミン万歳》を繰り返す。おそらくそこから息子の耳に入ってきたのだろう(2)。
トゥック：きっとあなたは腹が立ったことでしょう？　常にあの歌が耳に入ってきて……。
コア：腹を立てることはないけれども、腹立たしいことと言えば、六才になる娘が、一日中、隣のベトミンの家で遊んでいて、娘はベトミン化してしまった。ベトミンに挨拶し、ホー主席を応援する。ファシズム撲滅、越奸逮捕、反動軍逮捕の話をするもんだから、娘の話を聞いていると涙が出るほど笑ってしまう。

君は信じないかもしれないが、僕は自分の子どもたちに幼い頃から、信仰の自由と思想の自由を与えてあげたいんだ。（中略）なぜ父親がベトナム国民党の党員である時、その子がベトミンであってはならないのか？　誰かを真似てなんらかの党に入党してはならない、また、両親が何がしかの主義・理論を信奉しているがために、子が何も考えず盲目的にそれを信じ従うことがあってはならない、ということを僕たちの子どもに教えていくことが重要だ。ほかにも教えなければならないことがある。この党あの党を立ち上げるのは、地位の争奪、或は報復や殺戮の意趣を晴らすためではない。越盟《ベトミン》も越国《ベトクオック》も同様、双方とも自国を自由と独立に導き、国を救うといった、たった一つの目的のために行動しているだけなんだ。

トゥック：（笑って）おそらくあなたは、ベトナム国民党の宣伝部に所属してはいないでしょうね？

コア：その通り

〈検閲一一行〉〔ベトナム国民党宣伝部による検閲〕

もしも団結精神がもっと前からあったならば、今頃、僕たちはともに侵略者に対抗する一つの戦線内にいただろう。君と僕、青春只中の若々しい君、愛国心に満ち溢れた僕、僕たちが敵対者同士だなんて。

トゥック：ひどい話だ！　しかし幸運なことに、自分はもはや長く生きることもない！

コア：自分としたことがまた悲痛な話に戻ってしまった。

コアは、フエ出身の女性が歌っていた唄を歌うが、トゥックにひどく悲しい歌だと指摘される。コアは、おそらくそこにはチャム（Hời）の歌の調べ、亡国の歌の調べのなごりがあると言う。[3]

〈**検閲一四行**〉

トゥック：ベトナム史を読んでいて、阿答阿者《あとうあしゃ》〔Chế Bồng Nga：チャンパ王国の国王〕が水兵の大隊に、タンロン城〔thành Thăng Long：ハノイにあるベトナム王朝の城〕を包囲させたことに感服したけど、阿答阿者は総司令官の船の上で矢に打たれて死んでしまった。ことによると、あの英雄の王は、殺されることはなかった…、混戦のなかで、チャムが放った矢によって…（嘆息）

コア：ありえる話だ。敗戦は、通常外部からやって来るよりかは、内部から生じる。陳の時代、私たちが蒙古軍に勝利したのは、ベトナム民族全体の団結によるものだった。そして、おそらくチャム軍が私たちに負けた大きな理由は、当時のチャム族たちの間の競り合いによるものだ。僕は君のようにベトナム史に長けていないけど、そう推測する。敵の民族よりも脆弱な民族が団結精神に欠けているとなれば、滅ぼされて当然だ。

コア：君は僕に対して正直になろうとしない。君は僕を敵として見ようと決めつけているのかい？

〈**検閲四行**〉

コアが、再度水を汲みにいく。

トゥックは、死の間際にあるかのように幻視を見る。

コア：明日病院に行って、注射を数本打てば大丈夫だ。輸血ができればすぐに元気になる。僕が君に輸血できればいいけど、それはできないんだ。

トゥック：僕の越盟《ベトミン》の血が怖いのですか？ 越国《ベトクオック》の血が私の心臓のなかで喧嘩するとでも？

コア：そうではないさ！ なぜなら、越盟《ベトミン》の血も越国《ベトクオック》の血も、ベトナムの血であるから。或いは雄渾な言い方をすれば、陳國瓚《チャン・クォック・トアン》〔Trần Quốc Toản, 1267-1285〕、黎利《レ・ロイ》〔Lê Lợi, 1385-1433〕、李常傑《リー・トゥオン・キェット》〔Lý Thường Kiệt, 1019-1105〕の血でもある。ただ僕は収容所で慢性のマラリアに罹患してしまったので、君に輸血するとマラリアのウイルスまで君にうつしてしまうことになる。

コアは、トゥックに、国が完全に独立し、完全なる自由を手に入れたとき、一緒に住もうと提案する。

トゥック：まだまだ先のことではないでしょうか？ そして、おそらくもう手遅れです。

トゥックの容体が悪化する。

コア：僕たちは死を恐れるような人間ではない、もし死を恐れるならば、革命なんかしていない。革命に身を投じるなら、私たちは果敢に死を迎え入れなければならない。革命成功後も、生き延びたならば、祖国建設事業に参与しなければならない。しかし死んでしまうにしても、自分たちは祖国のために身を捧げるという目的を達成したと、目を閉じるときには自らを慰めることができる。だけど、君は絶対に死なない。傷を負った人間が誰しも死ぬとは限らない。

トゥックは、自分の写真を記念としてコアに渡し、もう一枚は、自分の母親に渡してもらうようコアに頼む。

コア：トゥックの写真に「これは私の親友である、同じ政党ではなかったけれども、私とともに《祖国》という唯一の理想のために奉仕した」との言葉を添えて、子孫に遺していくよ。

トゥック：あなたは霊魂が不滅であることを信じますか？

コア：信じるさ。ある神霊学者は、実験で、フラマリオン〔Nicolas Camille Flammarion, 1842-1925：フランスの天文学者・作家〕のような世界で有名な科学者の目の前で霊魂を呼び寄せた。

トゥック：南部の戦士たちの死を想うと、羨ましい（thèm）！

コア：そこではまだ至るところで戦争が続いているそうだ。そうだ、僕たちは南に行って、死ぬんだ。北で死ぬなんて、命が哀れだよ。

コア：ある戦士は、一袋の乾燥食品と銃と三つの銃弾で、三昼夜、道の脇の窪みで待伏せし続けなければならなかった。彼は敵の軍団がそこを通り過ぎるのを迎え撃とうとしていた。案の定、敵軍はそこを通り過ぎた。彼らが近づくのを待って、二発発砲し、二人を殺した。三発目は、不発弾だった。そして、彼は微笑んで静かにそして満足げに死んだ、なぜなら一つの命で二つの命を奪うことができたからだ。また別のケースでは、ある負傷兵が救急隊に包帯を巻いてもらった。しかし、彼はこれ以上生きるのは難しいと感じた。即座に彼は銃を摑み、前線に突撃し、敵軍一人を撃って死んでいった。

トゥック：（意識を失いかけている）僕のことは放っておいて、後方に下がってください。

コア：空が明るくなったら、君を君の側の軍の後方へ連れていくよ。

〈検閲一四行〉

トゥック：あなたは街に戻ったほうがいい。今だったら行くことができる。明るくなったらもはや脱出するすべはない。銃の音は完全に止んだようです、行ってください！

コア：いや、君を置いていくことはできない。君は少し眠ったほうが良い。

トゥック：眠ってしまったら、もう目を覚まさないかも…

トゥック：僕に唄を歌って聞かせてください。

コアは、「鎮守留屯（Trấn thủ Lưu Đồn）」(4)を滑稽に踊りながら歌う。

トゥックは声を上げて笑い、たくさん笑う。不意に彼は静かになる。

コア：トゥック！　トゥック！　トゥック！(5)　死んでしまった！　不条理な！

空が明るくなり始める。銃声が聞こえ、丘の麓のほうから騒々しい音が聞こえる。銃弾一発がコアの胸に命中し、コアはトゥックを抱きかかえながら倒れ込む。「ムイ！　ラップ！」〔二人の子の名前を呼ぶ〕

〈閉幕〉

注

（1）ロジェ・カイヨワによれば、種族には国境などあり得ない（ロジェ・カイヨワ、『戦争論：われわれの内にひそむ女神ベローナ』、秋枝茂夫訳、法政大学出版会、一九七四年、二〇一ページ）。（cf.「種族」の場合は、生まれや血統をめぐる同一性や連続性が重視され、そこに言語と文化の系統が加えられた集団分類を意味している。小森陽一ほか編、『ネイションを超えて』、岩波書店、二〇〇三年、二ページ）

（2）小松清は次のように記している。「越盟の革命歌。党歌でもあろう。もう今では越南の国歌といってもよい。それほど、この国中に拡がっている。（中略）終戦後二、三カ月のあいだは、ハノイの市中では、朝早くから夜更けまで、この越盟《ヴェトミン》の歌をきかぬときはなかった。人々は、老いも若きも、まるで酔いしれた人間か、熱病に罹った人間のように、狂熱的に歌い通しに歌っていた。（中略）ところが、年がおしつまってくるにしたがって、越盟歌をうたう人たちが眼にみえて少くなってきた。（中略）やがて、その主な原因を把みとることができた。ホー政府にたいする人心の不安である。その第一は、南部での対仏戦争が長びくばかりでなく、それが東京《トンキン》地方〔ベトナム北部のこと〕に飛び火するかもしれぬ、そうなればハノイは忽ち戦火の巷となり、政府は都落ちをして元の古巣のジャングル地帯にかえらねばならぬだろう、といった不安が民衆の心に忍びこみはじめたからであろう。もう一つの不安は、独立騒ぎに有頂天になっていた人々が、やっと冷静をとり戻すと、彼らの国のおかれている完全な国際的孤立に気がついた、そんなことからもきているのだろう。米英はおろか、中国やソヴィエトまでもがホー政権を認めようとしない厳しい現実にぶつかった、その不安は浅いものではない。これらの不安の他にも、二十万を越す中国進駐軍の存在によって、日一日と急速に進行するインフレ、一般の経済生活の悪化などからくる不安もあった」(小松清、『ヴェトナムの血』、河出書房、一九五四年、二一〇–二一一ページ)。

(3) なお、ホアン・ダオは「弦楽器の音(Tiếng Đàn)」という短編の中で、中部フエの女性が奏でる音色から、滅ぼされたチャムの人々や建築を想起する様子を描いている(http://lmvn.com/truyen/?func=viewpost&id=g2cVlRE4QXUhfs18DyKU4XiFNDI9Cxf4 最終閲覧:二〇二一年七月一五日)。今井昭夫氏による和訳がされている(タック・ラムほか著、『続ベトナム短編小説選』、竹内与之助ほか訳注、大学書林、一九八七年)。

(4) 仏領期の国語教科書に掲載された歌謡《カーザオ》。グエン・スアン・コアット(Nguyễn Xuân Khoát)によって音声が録音された。

(5) Thức という名には、「目を覚まして」という意味もある。

付録5 年表

年	ベトナムと世界の情勢	カイ・フン
1887	フランス領インドシナ成立	
1897	インドシナ総督ポール・ドゥメールによる同化政策推進	カイ・フン誕生
1904	ファン・ボイ・チャウとクォン・デが維新会結成	
1913		コレージュ・ポール・ベール入学
1914	第一次世界大戦勃発（～1918）	
1921		結婚、その後フート省で漆の商売を始める
1927		ニンザン省でオイルの代理業務を営む
1930	イェンバイ蜂起 ゲティン・ソヴィエト蜂起（～1931）	カイ・フンの故郷コーアム村が、フランス空軍によって爆撃にあう
1931		カイ・フン、ニャット・リンと出会う（1932とも）
1932		『風化』発刊

1933		自力文団結成、『蝶魂仙夢』出版
1935		『今日』発刊
1936	フランス人民戦線発足	
1938	フランス、中国国民党政府への物資援助（～1940）	ニャット・リン、ホアン・ダオ、カイ・フンら、政治活動を開始 1938年末から1939年初頭にかけて、『ハィン』連載
1939	第二次世界大戦勃発（～1945） 小牧近江、仏印滞在（～1946）	
1940	フランス、ヴィシー政権へ移行 日本軍、北部仏印進駐（日仏共同支配期へ）「復国同盟軍」の独立計画失敗（9月） ソ連、中国に計2億ドルの物資供与 アメリカ議会、中国国民党政府に対する1億ドル借款案を可決	1940年、カイ・フンとホアン・ダオは他の革命政党と連絡を取るために中国へ渡り、1940年末に帰国
1941	グエン・アイ・クォック、カオバン省のゲリラ拠点に入る ベトナム独立同盟（ベトミン）結成 日本軍、南部仏印進駐 アジア・太平洋戦争勃発（～1945）	ニャット・リンと日本の軍用機で、台湾と広東を訪れ、国外にいる革命運動家たちと連絡を取り合う ホアン・ダオ、グエン・ザー・チーと共にフランス植民地当局に捕まり投獄
1943	長征《チュォン・チン》、「ベトナム文化綱領」公布	出獄、ハノイ当局の保護観察下に 『清徳』出版
1944	ベトナム解放軍宣伝隊設立 この年秋から翌春にかけて北部・北中部で大飢饉（200万人が飢餓）	児童書『道士』出版

1945	日本軍の仏印処理 日本単独支配（3-8月） チャン・チョン・キム内閣成立 日本敗戦 ベトミンによる一斉蜂起（八月革命） ホー・チ・ミン、ベトナム民主共和国独立宣言 イギリス軍が北緯16度線以南に進駐、以北には中華民国軍進駐 イギリス軍の手引きでフランス軍が南部制圧、翌年3月には北部にも進駐 インドシナ共産党「解散」	『平明』発刊 『今日−新紀元』発刊 『正義』および『ベトナム』発刊
1946	北部に進駐した中華民国軍撤退 フランスが南部にコーチシナ共和国樹立 越仏予備協定 ダラット会議 中国、第二次国共内戦勃発（〜1949） フォンテーヌブロー会議、交渉決裂 第一次インドシナ戦争（対仏戦争）勃発（〜1954）	カイ・フン、ベトミンに連行される
1947		ベトミンに殺害される

【参考】

石井米雄監修、『ベトナムの事典』、同朋舎、1999年
武内房司・宮沢千尋編、『西川寛生「戦時期ベトナム日記」1940年9月〜1945年9月』、風響社、2024年
フイ・ドゥック、『ベトナム：ドイモイと権力』、中野亜里訳、めこん、2021年

付録6
カイ・フン著作リスト

書籍として刊行された著作を挙げたリストで、記載した出版年は初版の年とは限らない。仏領期の出版物のほとんどは、南ベトナム時代に再刊されているが、重複を避けるため、ひとつのタイトルにつきひとつのリストアップとさせていただく。

一．仏領期の出版物

一・一．フランス国立図書館電子図書館所蔵

植民地から本国への納本制度に基づく蔵書と考えられ、現在電子化され、無料公開されているもの（二〇二三年一月八日時点）。新聞および文芸誌に掲載されたカイ・フンの短編などは大量に存在し、別のペンネームを使って、自力文団とは直接関係のない文芸誌に作品を掲載している可能性もあり、カイ・フンの全著作を完全に把握することは、現在のところ出来ていない。

1. 『蝶魂仙夢（*Hồn bướm mơ tiên*）』1933
2. 『花を担いで（*Gánh hàng hoa*）』1934（ニャット・リンとの共著）
3. 『あなた生きて（*Anh phải sống*）』1934（ニャット・リンとの共著）
4. 『春半ば（*Nửa chừng xuân*）』1936
5. 『チョン・マイ岩（*Trống Mái*）』1936
6. 『風塵の途上（*Giọc đường gió bụi*）』1936
7. 『嵐の人生（*Đời mưa gió*）』1937（ニャット・リンとの共著）
8. 『儒学者ベー（*Ông Đồ Bể*）』1939（紅本《サックホン》シリーズ）
9. 『継承（*Thừa tự*）』1940
10. 『蕭山壮士（*Tiêu Sơn tráng sĩ*）』1940
11. 『ハイン（*Hạnh*）』1940
12. 『スズガエル（*Cóc tía*）』1940（紅本シリーズ）
13. 『茶壺（*Cái ấm đất*）』1940（紅本シリーズ）
14. 『願いが叶う本（*Quyển sách ước*）』1940（紅本シリーズ）
15. 『美（*Đẹp*）』1941
16. 『喜びの日々（*Những ngày vui*）』1941
17. 『帽子を斜めにかぶって（*Đội mũ lệch*）』1941
18. 『百節の竹（*Cây tre trăm đốt*）』1941（紅本シリーズ）

19.『小さな世界（*Thế giới tí hon*）』1941（紅本シリーズ）
20.『キャンプ（*Cắm trại*）』1941（紅本シリーズ）
21.『同病（*Đồng bệnh*）』1942
22.『清徳（*Thanh Đức*）』1943
23.『黄菊（*Bông cúc huyền*）』1943（紅本シリーズ）
24.『蝉（*Cái ve*）』1944
25.『道士（*Đạo sĩ*）』1944（紅本シリーズ）
26.『一隊長（*Thầy đội Nhất*）』1944（紅本シリーズ）
27.『待望（*Đợi chờ*）』1945

一・二・上記図書館で確認できなかったものの、出版の記録があり、南ベトナムで再刊されたもの

Dương Nghiễm Mậu et al., *Khái Hưng - thân thế và tác phẩm*, 1972. および竹内與之助「Tự Lực Văn Đoàn（自力文団）とその背景」一九六六年に依拠する。

28.『泉のせせらぎ（*Tiếng suối reo*）』1937
29.『俗累（*Tục lụy*）』1937（「俗累」はのちに歌劇として披露された）
30.『小銭（*Đồng xu*）』1939
31.『離脱（*Thoát ly*）』1939

32.『家庭（*Gia đình*）』1939

二．旧南ベトナム時代の出版物

上記に含まれないもので、東京外国語大学およびコーネル大学蔵書に依拠する。オリジナル版の文章をタイプで打ち直したものと思われ、タイプミスや故意或いはケアレスミスによる文章の書き換えが生じていることに留意しなければならない。コーネル大学における蔵書は、ベトナム戦争を展開するにあたって、知識・情報を蓄積しなければならないという要請から発祥した「地域研究（area studies）」を始まりとして、蒐集された。

33.『不安（*Băn khoăn*）』1958
34.『アヘン更生（*Cai thuốc phiện*）』1961
35.『色男の宿命（*Số đào hoa*）』1961
36.『呪詛（*Lời nguyền*）』1966（グエン・タック・キエンによる出版）
37.『黒菊（*Bông cúc đen*）』1967（紅本シリーズ）
38.『哀怨蕭曲（*Khúc tiêu ai oán*）』1969（グエン・タック・キエンによる出版）
39.『へそくり（*Để của bí mật*）』1960s?（紅本シリーズ）

付録7 『ベトナム』『正義』に掲載されたカイ・フンの文学作品

サイゴンで出版された『呪詛』には、掲載されなかった作品が存在する。作品の正確な掲載日を知るためにも、『ベトナム』および『正義』の二紙を実際に確認する必要が生じてくる。

◆『ベトナム』

1.「フランス人、家に押し入る（Tây xông nhà）」N°.64, 1946/1/30.

◆『正義』

1.「団結（Đoàn kết）」N°.2-8, 1946/5/27 - 7/8.

▽筆者は、「団結」のベトナム語版を、南カリフォルニアの雑誌『起行（*Khởi Hành*）』N°.225-226, 2015/10-11. に掲載していただいた。

2.「月光の下で（Dưới ánh trăng）」N°.9-10, 1946/7/29 - 8/5.

3. 「英雄（Người Anh Hùng）」N°.11, 1946/8/12.
4. 「ニュン（Nhung）」N°.12, 1946/8/19.
5. 「呪詛（Lời nguyền）」N°.13, 1946/8/26.
6. 「佳人の影（Bóng giai nhân）」N°.14, 1946/9/2.
7. 「お香の煙（Khói Hương）」N°.15, 1946/9/9.
8. 「省行政長官（Quan Công sứ）」N°.16, 1946/9/16.
　▽筆者による和訳：https://sites.google.com/view/sealit/16号『東南アジア文学』一六号、二〇一八年
9. 「虎（Hổ）！」N°.18, 1946/9/23?
10. 「文学談義（Câu chuyện văn chương）」N°.19, 1946/10/7.
　▽筆者による和訳：https://sites.google.com/view/sealit/12号『東南アジア文学』一二号、二〇一四年
11. 「遠き人の声（Tiếng người xa）」N°.20, 1946/10/21.
　▽筆者による和訳：https://sites.google.com/view/sealit/11号『東南アジア文学』一一号、二〇一三年
12. 「哀怨蕭曲（Khúc tiêu ai oán）」N°.21-28, 1946/10/28 - 12/16.

参考文献

Ban Nghiên cứu lịch sử Đảng Trung ương, *Chủ tịch Hồ Chí Minh - Tiểu sử và sự nghiệp*, NXB Sự thật, Hà Nội, 1975.

Bằng Phong, *Luận đề Khái Hưng*, Á châu xuất bản, Sài Gòn, 1958.

Bồ Tùng Linh, *Liêu Trai Chí Dị*, Tản Đà - Nguyễn Khắc Hiếu dịch, NXB Tân Dân, Hà Nội, 1939.

Brocheux, Pierre, *Ho Chi Minh: A Biography*, Translated by Claire Duiker, Cambridge University Press, New York, 2007.

Buttinger, Joseph, *Vietnam: A Dragon Embattled - Volume I*, Pall Mall press, London, 1967.

Chen, Pei Jean, "The Transnational-Translational Modernity: Language and Sexuality in Colonial Taiwan and Korea", PhD diss., Cornell University, 2016.

Chu Giang, *Luận chiến Văn chương*, NXB Văn học, Hà Nội, 1995, 2012, 2015, 2017, 2019.

Devillers, Phillipe, *Histoire du Viet Nam. 1940 à 1952*, Editions du Seuil, Paris, 1952.

Doãn Quốc Sỹ, *Tự lực văn đoàn*, NXB Hồng Hà, Sài Gòn, 1960.

Durand, Maurice M., Nguyen Tran Huan, *An Introduction to Vietnamese Literature*, trans. from the French by D. M. Hawke, Columbia University Press, New York, 1985.

Dương Nghiễm Mậu et al., *Khái Hưng - thân thế và tác phẩm*, Nam Hà, Sài Gòn, 1972.

Đảng Cộng sản Việt Nam, *Văn kiện Đảng toàn tập - tập I 1924-1930*, Hà Nội, NXB Chính trị Quốc gia, Hà Nội, 2002.

Đào Duy Anh (Vệ Thạch), *Việt Nam văn hóa sử cương*, NXB Thế giới, Hà Nội, 2017.

Đào Trinh Nhất, *Nước Nhựt bổn 30 năm Duy Tân*, Bùi Huy Tin, Huế, 1936.

Đỗ Lai Thúy ed., *Những cạnh khía của Lịch sử Văn học*, NXB Hội Nhà văn, Hà Nội, 2016.

Đỗ Mười, *Những bài nói và viết chọn lọc - tập II*, NXB Chính trị Quốc gia, Hà Nội, 2007.

Đoàn Ánh Dương et al., *Phong Hóa thời hiện đại - Tự Lực Văn Đoàn trong tình thế thuộc địa ở Việt Nam đầu thế kỷ 20*, NXB Hội Nhà văn, Hà Nội, 2020.

Guillemot François, *Đại Việt Indépendance et révolution au Viêt-Nam : L'échec de la troisième voie, 1938-1955*, Les Indes savantes, Paris, 2012.

Guillemot François, "The Lessons of Yên Bái, or the "Fascist" Temptation: How the Đại Việt Parties Rethought Anticolonial Nationalist Revolutionary Action, 1932-1945", *Journal of Vietnamese Studies*, Vol.14, Issue 3, Summer 2019.

Hà Minh Đức ed., *Tự Lực Văn Đoàn - Trào lưu - Tác giả*, NXB Giáo Dục, Hà Nội, 2007.

Hồ Hữu Tường, "Về Khái Hưng", *Văn*, N°.22, 1964/11/15, pp.47-49.

Hồ Hữu Tường, *Le Défi Vietnamien*, Paris, 1969/1970.（未公刊）

Ho Tai, Hue-Tam, "Monumental Ambiguity: The State Commemoration of Hồ Chí Minh", *Essays into Vietnamese pasts,* Cornell University, New York, 1995.

Hoang Ngoc Thanh, *Vietnam's social and political development as seen through the modern novel*, Peter Lang, New York, 1991.

Hoàng Xuân Hãn, "Một vài Kí vãng về Hội nghị Đà Lạt", *Tạp san Sử địa*, N°.23-24 (Số đặc khảo Đà Lạt), 1971.

Huỳnh Văn Tòng, *Báo chí Việt Nam từ khởi thủy đến 1945*, NXB TP.HCM. TP.HCM, 2000.

Kang Nae-hui, "The Ending -da and Linguistic Modernity in Korea", *Traces:* 3, 2004.

Khái Hưng, *Băn Khoăn*, Phượng Giang, Sài Gòn, 1954.

Khái Hưng, *Đạo sĩ*, Đời Nay, Hà Nội, 1944.

Khái Hưng, *Đẹp*, Đời Nay, Hà Nội, 1941.

Khái Hưng, *Hạnh*, Đời Nay, Hà Nội, 1940.

Khái Hưng, *Khúc tiêu ai oán*, Đời Nay, Sài Gòn, 1969.

Khái Hưng, *Lời Nguyền*, Phượng Hoàng, Sài Gòn, 1966.

Khái Hưng, *Nửa chừng xuân*, NXB Đại học và giáo dục chuyên nghiệp, Hà Nội, 1988.

Khái Hưng, *Số đào hoa*, Đời Nay, Sài Gòn, 1961.

Khái Hưng, *Thanh Đức*, Đời Nay, Hà Nội, 1943.

Khái Hưng, *Tiêu Sơn tráng sĩ*, Đời Nay, Hà Nội, 1940.

Lại Nguyên Ân, *Đọc lại người trước, đọc lại người xưa*, NXB Hội Nhà văn, Hà Nội, 1998.

Lê Hữu Mục, *Khảo luận về Khái Hưng*, Trường thi Phát hành, Sài Gòn, 1958.

Lê Ngọc Trà, *Tuyển tập Lý luận - Phê bình Văn học*, NXB Hội Nhà văn, Hà Nội, 2012.

Lê Thị Dục Tú, *Quan niệm về con người trong tiểu thuyết Tự lực văn đoàn*, NXB Khoa học Xã hội, Hà Nội, 1997.

Lockhart, Greg, *The Light of the Capital*, Oxford University Press, Kuala Lumpur, 1996.

Mai Hương ed., *Tự lực văn đoàn - trong tiến trình văn học dân tộc*, NXB Văn hóa - Thông tin, Hà Nội, 2000.

Marr, David G., *Vietnamese Tradition on Trial, 1920-1945,* University of California Press, California, 1984.

Marr, David G., "Concepts of 'Individual' and 'Self' in Twentieth-Century Vietnam", *Modern Asian Studies*, 34-4, Oct., Cambridge University Press, 2000.

Marr, David G., *Vietnam: State, War, and Revolution (1945-1946)*, University of California Press, California, 2013.

Mchale, Shawn Frederick, *Print and Power: Confucianism, Communism, and Buddhism in the Making of Modern Vietnam,* Munshiram Manoharlal Publishers Pvt. Ltd., New Delhi, 2010.

Ngô Văn, *Việt Nam 1920-1945, Cách mạng và phản cách mạng thời đô hộ thuộc địa*, Chuông Rè, California, 2000.

Ngô Văn Thư, *Bàn về tiểu thuyết của Khái Hưng*, NXB Thế giới, Hà Nội, 2006.

Nguyễn Bá Lương, Tạ Văn Ru, *Luận đề về Khái Hưng*, Xuất bản Tao Đàn, Sài Gòn, 1961.

Nguyễn Duy Diễn, Bằng Phong, *Luận đề về Khái Hưng*, Nhà sách Khai Trí, Sài Gòn, 1960.

Nguyễn Đăng Mạnh, Bùi Duy Tân, Nguyễn Như Ý, eds., *Từ điển tác giả, tác phẩm văn học Việt Nam*, NXB Giáo dục Việt Nam, Hà Nội, 2012.

Nguyễn Đăng Mạnh, *Nguyên Hồng – con người và sự nghiệp*, NXB Hải Phòng, Hải Phòng, 1997.

Nguyễn Đức Đàn, "Mấy ý kiến về Nhất Linh và Khái Hưng - Hai nhà văn tiêu biểu trong Tự lực văn đoàn", *Văn Sử Địa*, Nº.46, 1958.

Nguyên Vũ, "Khái Hưng Trần Khánh Giư (1896-1947?)", *Hợp Lưu*, Nº.104, California, 2009.

Nguyễn Hiến Lê, "Dostoievski (1821-1881)", *Bách Khoa*, Nº.83, 1960/6/15, Sài Gòn, pp.31-41.

Nguyen Hong, *Jours d'enfance et autre récits,* trans. Le Van Chat, Éditions en Langues Étrangères, Hà Nội, 1963.

Nguyên Hồng, *Những ngày thơ ấu*, Đời Nay, Hà Nội, 1941.

Nguyên Hồng, *Bước đường viết văn*, NXB Văn nghệ TP.HCM, TP.HCM, 2001.

Nguyễn Hưng Quốc, "Đánh giá lại Tự Lực Văn Đoàn", *Kỷ Yếu Triển lãm và Hội thảo về báo Phong Hóa Ngày Nay và Tự Lực Văn Đoàn*, Người Việt xuất bản, California, 2014.

Nguyen, Martina Thucnhi, "French Colonial State, Vietnamese Civil Society: The League of Light [Đoàn Ánh Sáng] and Housing Reform in Hà Nội, 1937-1941", *Journal of Vietnamese Studies*, Vol.11, Issue 3-4, 2016.

Nguyen, Martina Thucnhi, *On our own strength: The Self-Reliant Literary Group and Cosmopolitan Nationalism in Late Colonial Vietnam*, University of Hawai'i Press, Honolulu, 2021.

Nguyễn Thạch Kiên ed., *Khái Hưng - Kỷ vật đầu tay và cuối cùng - Tập I*, Phương Hoàng, California, 1997.

Nguyễn Thạch Kiên ed., *Khái Hưng - Kỷ vật đầu tay và cuối cùng - tập II*, Phượng Hoàng, California, 1998.

Nguyễn Thị Tuyết Thu, "Màu sắc huyền thoại trong miêu tả nhân vật anh hùng của sử thi *Mahabharata*", *HNUE Journal of Science*, Social Sciences, Volume 65, Issue 8, 2020.

Nguyễn Trác, Đái Xuân Ninh, *Về Tự lực văn đoàn*, NXB TP.HCM, TP.HCM, 1989.

Nguyen, Tuan Ngoc, "Social Realism in Vietnamese Literature", PhD diss., Victoria University, 2004.

Nguyễn Tuân, *Tuyển tập Nguyễn Tuân III*, NXB Văn học, Hà Nội, 1994.

Nguyễn Tường Bách, *Việt Nam những ngày lịch sử*, Nhóm Nghiên cứu Sử địa xuất bản, Montréal, 1981.

Nguyễn Tường Bách, "Tưởng nhớ Khái Hưng", Nguyễn Thạch Kiên ed., *Khái Hưng - Kỷ vật đầu tay và cuối cùng - Tập I*, Phượng Hoàng, California, 1997.

Nguyễn Tường Bách, *Việt Nam một thế kỷ qua: Hồi ký phần 1*, Thạch ngữ, California, 1998.

Nguyễn Văn Linh, *Nguyễn Văn Linh tuyển tập II (1985-1998)*, NXB Chính trị Quốc gia - Sự thật, Hà Nội, 2011.

Nguyễn Văn Trung, *Chủ nghĩa Thực dân Pháp ở Việt Nam - Tập 1*, NXB Nam Sơn, Sài Gòn, 1963.

Nguyễn Văn Trung, *Chữ, Văn Quốc Ngữ: Thời kỳ đầu Pháp thuộc*, NXB Nam Sơn, Sài Gòn, 1975.

Nguyễn Văn Trung, *Xây dựng Tác phẩm Tiểu thuyết*, Cơ sở Báo chí và Xuất bản Tự Do, Sài Gòn, 1961.

Nguyễn Văn Xung, *Bình Giảng về Tự Lực Văn Đoàn*, Tân Việt, Sài Gòn, 1958.

Nguyễn Vỹ, *Văn thi sĩ tiền chiến*, Nhà sách Khai trí, Sài Gòn, 1969.

Nhất Linh, *Giòng Sông Thanh Thủy I: Ba người Bộ hành*, Phượng Giang, Sài Gòn, 1974.

Nhất Linh, *Viết và đọc tiểu thuyết*, Đời Nay, Sài Gòn, 1961.

Park, SunYoung, *The proletarian wave: literature and leftist culture in colonial Korea, 1910-1945*, Harvard University Asia Center, 2015.

Pelley, Patricia M., *Postcolonial Vietnam: New Histories of the National Past*, Duke University Press, Durham and London, 2002.

Phạm Phú Minh ed., *Kỷ yếu Triển lãm và hội thảo về báo Phong Hóa Ngày Nay và Tự lực văn đoàn*, Người Việt xuất bản, California, 2014.

Phạm Thảo Nguyên, "Tự Lực Văn Đoàn thành lập năm nào?", *Nhìn lại Thơ Mới và Văn Xuôi Tự Lực Văn Đoàn*, NXB Thanh Niên, Hà Nội, 2012.

Phạm Thế Ngũ, *Việt Nam văn học sử giản ước tân biên III*, Đại Nam, California, n.d. (1961?)

Phạm Văn Khoái, "Một số vấn đề chung của tiến trình "ngôn văn nhất trí" ở Việt Nam những thập niên nửa cuối thế kỷ XIX - đầu thế kỷ XX", *Nghiên cứu Hán Nôm*, NXB Thế giới, Hà Nội, 2020.

Phạm Văn Sơn, *Chế độ Pháp thuộc ở Việt Nam*, n.p., Sài Gòn, 1972.

Phạm Việt Tuyền, *Nghệ thuật viết văn*, NXB Thế giới, Hà Nội, 1953.

Phan Cự Đệ, *Tự Lực Văn Đoàn - con người và văn chương*, NXB Văn học, Hà Nội, 1990.

Phan Cự Đệ, "Văn xuôi lãng mạn Việt Nam (Tự lực văn đoàn con người và văn chương)", *Văn học lãng mạn Việt Nam (1930-1945)*, NXB Giáo dục, Hà Nội, 1999.

Phan Cự Đệ, *Phan Cự Đệ Tuyển tập - Tập 3*, NXB Giáo dục, Hà Nội, 2006.

Phan Cự Đệ ed., *Văn học Việt Nam thế kỷ XX – Những vấn đề lịch sử và lý luận*, NXB Giáo dục, Hà Nội, 2004.

Phan Khoang, *Việt Nam Pháp thuộc sử*, Nhà sách Khai Trí, Sài Gòn, 1961.

Phan Trọng Thưởng, Nguyễn Cừ ed., *Văn chương Tự lực văn đoàn*, NXB Giáo dục, Hà Nội, 2006.

Phong Lê, *Hai mươi nhà văn, nhà văn hóa Việt thế kỷ XX*, NXB Thuận Hóa, Huế, 2010.

Phong Lê ed., *Văn học Việt Nam kháng chiến chống Pháp (1945-1954)*, Uỷ ban Khoa học Xã hội Việt Nam - Viện Văn học, NXB Khoa học Xã hội, Hà Nội, 1986.

Phong Lê, "Tự lực văn đoàn – sau 90 năm nhìn lại", *Nghiên cứu Văn học*, Nº.10 (608), 2022.

Phong Lê, "Tự lực văn đoàn và Thơ mới sau hơn nửa thế kỷ nhìn lại", Trần Hữu Tá eds., *Nhìn lại Thơ mới và Văn xuôi Tự lực văn đoàn*, NXB Thanh niên, TP.HCM, 2013, pp.22-30.

Phương Ngân ed., *Khái Hưng - Nhà tiểu thuyết xuất sắc của Tự lực văn đoàn*, NXB Văn hóa - Thông tin, Hà Nội, 2000.

Quang Minh, *Đại Việt Quốc Dân Đảng*, NXB Văn Nghệ, California, 2000.

Quốc Lê, "Thiên đường gốm sứ một thời của Hà Nội giờ nổi tiếng vì điều gì?", *Báo Mới*, 2020/6/2.

Reilly, Brett, "The Sovereign States of Vietnam, 1945-1955", *Journal of Vietnamese Studies*, Vol.11, Issue 3-4, 2016.

Spector, Ronald H., *A continent erupts: decolonization, civil war, and massacre in postwar Asia, 1945-1955*, W.W. Norton & Company, 2022.

Tanaka Aki, "Một cách nhìn mới về Băn khoăn của Khái Hưng", *Nghiên cứu Văn học*, Nº.1 (539), 2017.

Tanaka Aki, "Một cách giải mã nhân vật tiểu thuyết của Khái Hưng (Khảo sát tác phẩm *Băn khoăn*)", *Tạp chí Khoa học Đại học Sài Gòn*, 26 (51), 2017.

Tanaka Aki, "Nhật bản qua hình dung của người Việt trên báo *Ngày Nay*", *Kỷ yếu Hội thảo Quốc tế: Việt Nam - Giao lưu văn hóa tư tưởng phương Đông*, NXB Đại học quốc gia Thành phố Hồ Chí Minh, TP.HCM, 2017.

Tanaka Aki, "Những đóng góp của Khái Hưng trong quá trình hoàn thiện chữ Quốc Ngữ", *Kỷ yếu Hội thảo Quốc tế lần 5: Nghiên cứu, Giảng dạy Việt Nam học và Tiếng Việt*, NXB Đại học Quốc gia Thành phố Hồ Chí Minh, TP.HCM, 2022.

Thạch Lam, *Theo giòng*, Đời Nay, Sài Gòn, 1968.（アメリカでの再刊版）

Thanh Lãng, *Bảng Lược Đồ Văn Học Việt Nam - Quyển Hạ - Ba thế hệ của nền văn học mới (1862-1945)*, Trình Bầy, Sài Gòn, 1967.

Thanh Tùng, *Văn học từ điển*, Nhà sách Khai trí, Sài Gòn, 1973.

Thao Nguyễn ed., *Khái Hưng - Nhà tiểu thuyết có biệt tài trong công cuộc canh tân văn học*, NXB Văn hóa - Thông tin, Hà Nội, 2013.

The Phong, *The Vietnamese Literary Scene from 1900 to 1956*, trans. Dam Xuan Can, Dai Nam Van Hien Books, Saigon, 1970.

Thế Phong, *Lược sử văn nghệ Việt Nam nhà văn tiền chiến 1930-1945*, Vàng Son xuất bản, Sài Gòn, 1974.

Thư Trung, "KHÁI HƯNG, thân thế và tác phẩm", *Văn*, N°.22, Sài Gòn, 1964, pp.3-16.

Tô Kiều Phương, *Học thuyết Freud*, NXB Tân Việt, Hà Nội, 1943.

Tran, Ben, *Post-Mandarin: Masculinity and aesthetic modernity in colonial Vietnam*, Fordham University press, New York, 2017.

Trần Đăng Suyền, Lê Quang Hưng eds., *Văn học Việt Nam từ đầu thế kỉ XX đến 1945*, NXB Đại học Sư phạm, Hà Nội, 2016.

Trần Đình Sử, *Trên đường biên của lý luận văn học*, NXB Văn học, Hà Nội, 2014.

Trần Đình Sử ed., *Lược sử Văn học Việt Nam*, NXB Đại học Sư phạm, Hà Nội, 2021.

Trần Hải Yến eds., *Nghiên cứu văn học Việt Nam – Những khả năng và thách thức*, NXB Thế giới, Hà Nội, 2009.

Trần Hữu Tá eds., *Nhìn lại Thơ mới và Văn xuôi Tự lực văn đoàn*, NXB Thanh niên, TP.HCM, 2013.

Trần Huy Liệu, Văn Tạo, *Cách mạng Cận đại Việt Nam Tập V,* NXB Văn Sử Địa, Hà Nội, 1958.

Trần Khánh Thành ed., *Huy Cận Toàn tập: tập II*, NXB Văn học, Hà Nội, 2012.

Trần Trọng Kim, *Truyện Thúy Kiều*, NXB Tân Việt, Sài Gòn, 1968.

Trần Trọng Kim, *Một cơn gió bụi*, NXB Vĩnh Sơn, Sài Gòn, 1969.

Trần Văn Giáp ed., *Lược truyện các tác gia Việt nam tập II*, NXB Khoa học Xã hội. Hà Nội, 1972.

Trương Chính, *Dưới mắt tôi*, Nhà in Thụy Ký, Hà Nội, 1939.

Trương Chính, *Hương hoa đất nước*, NXB Văn học, Hà Nội, 1979.

Trương Tửu, *Tuyển tập Nghiên cứu Văn hóa*, NXB Văn học - Trung tâm Văn hóa Ngôn ngữ Đông Tây, Hà Nội, 2013.

Trường Chinh, *Tuyển tập Văn học tập I*, NXB Văn học, Hà Nội, 1997.

Trương Chính, "Tự lực văn đoàn", Mai Hương ed., *Tự lực văn đoàn - trong tiến trình văn học dân tộc*, NXB Văn hóa - Thông tin, Hà Nội, 2000, pp.30-41.

Trương Chính, "Khái Hưng", Mai Hương ed., *Tự lực văn đoàn - trong tiến trình văn học dân tộc*, NXB Văn hóa - Thông tin, Hà Nội, 2000, pp.375-380.

Tú Mỡ, *Giòng nước ngược - tập 1*, Phượng Giang, Sài Gòn, 1952.

Tú Mỡ, "Trong Bếp núc của Tự Lực Văn Đoàn", *Khái Hưng - Nhà tiểu thuyết xuất sắc của Tự lực văn đoàn*, Phương Ngân ed., NXB Văn hóa - Thông tin, Hà Nội, 2000.

Ủy ban Khoa học Xã hội Việt Nam-Viện Văn học, *Thơ văn Lý-Trần (tập 2)*, NXB Khoa học Xã hội, Hà Nội, 1977.

Viện Khoa học Xã hội Nhân văn - Viện Sử học, *Việt Nam những sự kiện 1945-1986*, NXB Khoa học Xã hội, Hà Nội, 1990.

Vũ Đức Phúc, *Bàn về những cuộc đấu tranh tư tưởng trong lịch sử văn học Việt Nam hiện đại (1930-1954)*, NXB Khoa học Xã hội, Hà Nội, 1971.

Vu, Chieu Ngu, *Political and Social change in Viet-Nam between 1940 and 1946*, University Microfilms International, Michigan, 1984.

Vũ Hân, *Văn học Việt Nam thế kỷ XIX tiền bán thế kỷ XX 1800-194*, Nhà sách Khai trí, Sài Gòn, 1967.
Vũ Ngọc Phan, *Nhà văn hiện đại: Quyển tư - tập thượng*, NXB Tân Dân, Hà Nội, 1945.
Vương Trí Nhàn, *Buồn vui đời viết*, NXB Hội Nhà văn, Hà Nội, 2000.
Vương Trí Nhàn, *Cánh bướm và đóa hướng dương*, NXB Phụ nữ, Hà Nội, 2006.
Waugh, Patricia, *Metafiction: The Theory and Practice of Self-Conscious Fiction*, Routledge, London and New York, 1984.

Danh mục sách cũ được phép và cấm lưu hành, Sở Văn hóa và Thông tin, TP.HCM., 1981.
Đề cương về Văn hóa Việt Nam - Chặng đường 60 năm, NXB Chính trị Quốc gia, Hà Nội, 2004.
Phong Hóa thời hiện đại - Tự Lực Văn Đoàn trong tình thế thuộc địa ở Việt Nam đầu thế kỷ 20, NXB Hội Nhà văn, Hà Nội, 2020.
Truyện ngắn Khái Hưng, NXB Văn nghệ, Sài Gòn, 1972.

Từ Điển Văn Học - tập I, NXB Khoa học Xã hội, Hà Nội, 1983.
Từ điển văn học: bộ mới, NXB Thế giới, Hà Nội, 2004.
Tuyển tập Nguyên Hồng – Tập I, NXB Văn học, Hà Nội, 1995.

アーミテイジ、デイヴィッド『〈内戦〉の世界史』、平田雅博ほか訳、岩波書店、二〇一九年
アインシュタイン、A.、フロイト、S.、『ひとはなぜ戦争をするのか』、浅見昇吾訳、講談社、二〇一六年
青江舜二郎「鳴神と一角仙人」、『民俗学研究』一六／一、一九五一年
麻生享志『「リトルサイゴン」――ベトナム系アメリカ文化の現在』、彩流社、二〇二〇年
安田武《アン・ディエン・フ》「安南文化管見」、『東亞文化圈』三―六、財団法人青年文化協會東亞文化圈社、一九四四年
井川一久「ベトナム独立戦争参加日本人の事跡に基づく日越のあり方に関する研究」、『東京財団研究報告書』、

二〇〇五—一四
池端雪浦、石井米雄ほか編『岩波講座　東南アジア史　第7巻　植民地抵抗運動とナショナリズムの展開』、岩波書店、二〇〇二年
石井公成「ベトナムの仏教」、『新アジア仏教史10　朝鮮半島・ベトナム　漢字文化圏への広がり』、佼成出版社、二〇一〇年
石井米雄、桜井由躬雄編『東南アジア史Ⅰ』、山川出版社、二〇〇八年
石井米雄監修『ベトナムの事典』、同朋舎、一九九九年
石川美子「自伝・自己描写・小説——「わたし」をめぐって——」、『仏語仏文学研究』三、一九八九年
井筒俊彦『意識と本質』、岩波書店、一九九一年
Inaga, Shigemi「小松清とヴェトナム：日本の仏印進駐期「文化工作」とその余波　木下杢太郎のヴェトナム訪問（一九四一年五月）から小松清のヴェトナム退去（一九四六年六月）まで」、*Proceedings of Japanese Studies in Southeast Asia: Past, Present, Future*, Vietnam Academy of Social Sciences, Hanoi, Vietnam, October 22-23, 2009.
猪熊恵子「「自伝的」自伝作家を描きだす試み——Charles Dickens の *David Copperfield*」、『英米文学』七一、二〇一一年
今井昭夫「植民地期ベトナムにおける立憲論と一九四六年憲法」、『東京外国語大学　東南アジア学』六、二〇〇〇年
今井昭夫「ドイモイ下のベトナムにおける包括的文化政策の形成と展開」、『東京外国語大学論集』六四、二〇〇二年
今福龍太「世界文学の旅程」、『越境する世界文学』、河出書房新社、一九九二年
今福龍太『ハーフ・ブリード』、河出書房新社、二〇一七年
入谷仙介『「西遊記」の神話学』、中央公論社、一九九八年
岩井美佐紀「ベトナムにおけるナショナリズムと「国語」問題：20世紀前半のクオックグーの扱いをめぐって」、『神田外語大学日本研究所紀要』三、二〇〇二年
岩本裕『佛教説話研究　第二巻』、開明書院、一九七八年

ウィトゲンシュタイン『ウィトゲンシュタイン全集8　哲学探究』、藤本隆志訳、大修館書店、一九七六年
植村八潮「ジャーナリズムとメディアの現在――理念を駆動する社会的装置」、『情報の科学と技術』六五―一、二〇一五年
臼田雅之『近代ベンガルにおけるナショナリズムと聖性』、東海大学出版会、二〇一三年
海老坂武『フランツ・ファノン』、みすず書房、二〇〇六年
エレンジン・ハラ・ダワン『成吉思汗傳』、本間七郎譯、朝日新聞社、一九三八年
大岩誠『安南民族運動史概説』、ぐろりあ・そさえて、一九四一年
オーウェル、ジョージ『全体主義の誘惑――オーウェル評論選』、照屋佳男訳、中央公論新社、二〇二一年
大西和彦「ベトナムの雷神信仰と道教」、『国立民族学博物館調査報告』六三、二〇〇六年
小倉孝誠編『世界文学へのいざない：危機の時代に何を、どう読むか』、新曜社、二〇二〇年
織田年和「嗜好から方法へ：『失われた時を求めて』の話者の心的傾向性について」、『仏文研究』六、一九七八年
小田なら『〈伝統医学〉が創られるとき――ベトナム医療政策史』、京都大学学術出版会、二〇二二年
開高健『今日は昨日の明日――ジョージ・オーウェルをめぐって――』、筑摩書房、一九八四年
外務省調査局第五課編『佛印における終戰後の政治經濟情勢』、一九四八年
カイヨワ、ロジェ『戦争論：われわれの内にひそむ女神ベローナ』、秋枝茂夫訳、法政大学出版会、一九七四年
加藤栄『「ベトナム文学を味わう」報告書』、国際交流基金アジアセンター、一九九八年
柄谷行人『日本近代文学の起源』、講談社、一九八八年
柄谷行人『定本　日本近代文学の起源』、岩波書店、二〇〇八年
川口健一「ベトナム近代文学の展開（I）小説」、『東京外国語大学論集』三七、一九八七年
川端康雄『ジョージ・オーウェル――「人間らしさ」への讃歌』、岩波書店、二〇二〇年
川本邦衛編『詳解ベトナム語辞典』、大修館書店、二〇一一年
金ヨンロン、尾崎名津子、十重田裕一編『「言論統制」の近代を問いなおす：検閲が文学と出版にもたらしたもの』、

花鳥社、二〇一九年
ギャバード、グレン・O、クリスプ、ホリー『ナルシシズムとその不満――ナルシシズム診断のジレンマと治療法略――』、池田暁史訳、岩崎学術出版社、二〇二二年
グラウザー、フリードリヒ『外人部隊』、種村季弘訳、国書刊行会、二〇〇四年
栗原浩英「ベトナム労働党の文芸政策転換過程（1956年～58年）――社会主義化の中の作家・知識人――」、『アジア・アフリカ言語文化研究』三六、一九八八年
クンデラ、ミラン『カーテン』、西永良成訳、集英社、二〇〇五年
小松清『仏印への途』、ゆまに書房、二〇〇二年（旧版『仏印への途』、六興商会出版部、一九四一年）
小松清『ヴェトナムの血』、河出書房、一九五四年
小牧近江『ある現代史――〝種蒔く人〟前後――』、法政大学出版局、一九六五年
小森陽一ほか編『ネイションを超えて』、岩波書店、二〇〇三年
近藤紘一『目撃者』、文藝春秋、一九八七年
近藤書店出版部編『キーナン検事と東条被告：極東国際軍事裁判法廷に於ける一問一答全文』、近藤書店、一九四八年
サイード、エドワード・W.『文化と帝国主義2』、大橋洋一訳、みすず書房、二〇〇二年
サイード、エドワード・W.『戦争とプロパガンダ』、中野真紀子・早尾貴紀共訳、みすず書房、二〇〇二年
サイード、エドワード・W.『人文学と批評の使命　デモクラシーのために』、村山敏勝・三宅敦子訳、岩波書店、二〇一三年
酒井直樹『死産される日本語・日本人　「日本」の歴史――地政的配置』、新曜社、一九九六年
酒井直樹「文学と国際世界」、『早稲田大学国際文学館ジャーナル』一、二〇二三年
佐藤義夫『オーウェル研究――ディーセンシィを求めて』、彩流社、二〇〇三年
サロー、アルベール『植民地の偉大さと隷従』、小川了訳、東京外国語大学出版会、二〇二一年

ジイド『ソヴェト旅行記』、小松清訳、岩波書店、一九三七年
ジイド、アンドレ『ドストエフスキー』、武者小路実光・小西茂也訳、日向堂、一九三〇年
ジェイムソン、フレドリック『政治的無意識　社会的象徴行為としての物語』、大橋洋一・木村茂雄・太田耕人訳、平凡社、二〇一〇年
柴田勝二「表象としての〈現在〉：『細雪』の寓意《アレゴリー》」、『日本文学』四九、二〇〇〇年、九号
渋谷百合絵「小川未明「白刃に戯る火」論：「童話作家宣言」の文学史的意義をめぐって」『東京大学国文学論集』九、二〇一四年
島本浣、岸文和『絵画のメディア学――アトリエからのメッセージ――』、昭和堂、一九九八年
白石昌也「20世紀前半期ベトナムの民族運動」、池端雪浦・石井米雄ほか編、『東南アジア史　第7巻　植民地抵抗運動とナショナリズムの展開』、岩波書店、二〇〇二年
鈴木健三『絶望の拒絶　ジョージ・オーウェルとともに』、南雲堂、一九九五年
スティングレイ・日外アソシエーツ編『映画賞受賞作品事典 洋画編』、日外アソシエーツ、二〇一二年
清家浩「『失われた時を求めて』と文学」、『広島経済大学研究論集』七(一)、一九八四年
セギュール、ニコラ『知性の愁い――アナトール・フランスとの対話――』、大塚幸男訳、岩波書店、一九八一年
〇七会戦友会編『野砲兵第二聯隊戦記稿第二集「佛印（ベトナム）戦記」』、一九六九年
タイン・ティン『ベトナム革命の素顔』、中川明子訳、めこん、二〇〇二年
ダオ・ダン・ヴィ『若き安南』、成田節男訳、白水社、一九四二年（原書一九三八年）
高橋和巳『高橋和巳全集　第14巻』、河出書房新社、一九七八年
高橋和巳『高橋和巳全集　第19巻』、河出書房新社、一九七九年
武内房司「ヴェトナム國民黨と雲南――滇越鐵路と越境するナショナリズム」、『東洋史研究』六九(一)、二〇一〇年
武内房司「大南公司と戦時期ベトナムの民族運動：仏領インドシナに生まれたアジア主義企業」、『東洋文化研究』

一九、二〇一七年

武内房司、宮沢千尋編『西川寛生「戦時期ベトナム日記」1940年9月〜1945年9月』、風響社、二〇二四年

竹内與之助「Tự Lực Văn Đoàn（自力文団）とその背景」、『東京外国語大学論集』一三、一九六六年

立川京一「第二次世界大戦期のベトナム独立運動と日本」、『防衛研究所紀要』三―二、二〇〇〇年

田中あき「自力文団カイ・フン著『清徳』――フランス植民地の獄中で書かれたベトナム語小説を積極的に読む」、『東南アジア――歴史と文化――』五〇、東南アジア学会、二〇二一年

田中あき「一九四〇年代ベトナム北部で描かれた植民地主義と植民者の表象――ベトナム語作家カイ・フンのテクストを中心に」、『言語・地域文化研究』二八、東京外国語大学大学院総合国際学研究科、二〇二二年

田中あき「粛清されたベトナム語作家を巡る評価の変遷と連続性（1930s-2020s）――自力文団カイ・フンを事例に――」、『東南アジア研究』六〇巻二号、京都大学東南アジア研究研究所、二〇二三年

田中於菟彌、坂田貞二『インドの文学』、ピタカ、一九七八年

陳福安「佛国統治下に於ける越南国情」、『アジア』、4月號、全亞細亞協會、一九二六年

坪井秀人他編『越境する歴史学と世界文学』、臨川書店、二〇二〇年

ドーデー『風車小屋だより』、桜田佐訳、岩波書店、一九八二年

ドゥブロフスキー、セルジュ『マドレーヌはどこにある：プルーストの書法《エクリチュール》と幻想《ファンタスム》』、綾部正伯訳、東海大学出版、一九九三年

ドストエフスキー『ドストエフスキー全集11』、小沼文彦訳、筑摩書房、一九六三年

トラヴェルソ、エンツォ『全体主義』、柱本元彦訳、平凡社、二〇一〇年

トリン・T. ミンハ『ここのなかの何処かへ：移住・難民・境界的出来事』、小林富久子訳、平凡社、二〇一四年

中井亜佐子『他者の自伝――ポストコロニアル文学を読む』、研究社、二〇〇七年

中里見敬「中国近代文学における浪漫主義の言説：ポストコロニアル文化論・翻訳論の視覚から」、『言語文化論究』一八、二〇〇三年

中谷義和『グローバル化とアメリカのヘゲモニー』、法律文化社、二〇〇八年
中野亜里編『ベトナム戦争の「戦後」』、めこん、二〇〇五年
中野綾子「『河内日本人会会員名簿』について」、『リテラシー史研究』一一、二〇一八年
中村元「クロイツァーの象徴学とインド神話」、『藝文研究』九一-二、二〇〇六年
中村元・福永光司・田村芳郎・今野達・末木文美士編『岩波仏教辞典第二版』、岩波書店、二〇〇二年
成田龍一「近代日本の『神話』と『神話崩し』（シンポジウム「近代日本の『神話』とナショナリズム」）」、『九州国際大学教養研究』一五-二、二〇〇八年
成谷麻理子「ジッドの「ドストエフスキー」について」、早稲田大学大学院文学研究科フランス文学専攻研究誌『フランス文学語学研究』二八、二〇〇九年
名和田政一「印度支那における佛蘭西の文化政策と其の現状」、『東亞文化圏』一-三、青年文化協會東亞文化圏社、一九四二年
難波ちづる「第二次大戦下の仏領インドシナへの社会史的アプローチ：日仏の文化的攻防をめぐって」、『三田学会雑誌』九九-三、二〇〇六-一〇年。
難波ちづる「ヴィシー期フランスの対インドシナ文化政策」、『現代史研究』五三、二〇〇七年
二階堂善弘「東南アジアの玄天上帝廟」、『東アジア文化交渉研究』八、二〇一五年
日本印度支那協會『佛印の政治經濟状況と印度支那人の希望事項』、一九四一年
沼野充義ほか『文学理論』、岩波書店、二〇〇四年
波多野善大『国共合作』、中央公論社、一九七三年
バフチン、ミハイル『ことば 対話 テキスト――ミハイル・バフチン著作集8』、新谷啓三郎（他）訳、新時代社、一九八八年
林英一『残留日本兵』、中央公論新社、二〇一二年
原田武『プルースト：感覚の織りなす世界』、青山社、二〇〇六年

バリー、ピーター『文学理論講義――新しいスタンダード――』、高橋和久監訳、ミネルヴァ書房、二〇一四年

バルト、ロラン『神話作用』、篠沢秀夫訳、現代思潮社、一九九〇年

バルト、ロラン『批評をめぐる試み 1964』、吉村和明訳、みすず書房、二〇〇五年

韓敏「近代社会の指導者崇拝に関する人類学的アプローチ」、『国立民族学博物館調査報告』一二七、二〇一五年

バンセル、N.、ブランシャール、P.、ヴェルジェス、F.『植民地共和国フランス』、平野千果子・菊池恵介訳、岩波書店、二〇一一年

平野千果子『フランス植民地主義と歴史認識』、岩波書店、二〇一四年

ビン・シン「小松清　ベトナム独立への見果てぬ夢」(下)、『世界』、二〇〇〇年五月号

ファノン、フランツ『地に呪われたる者』、鈴木道彦・浦野衣子訳、みすず書房、二〇〇四年

ファム・カク・ホエ『ベトナムのラスト・エンペラー』、白石昌也訳、平凡社、一九九五年

ファム・レ・フィ「ベトナムの説話世界の独自性と多元性――東アジア世界論・単一民族国家論・ナショナリズムを超えて」、『説話文学研究の最前線』、文学通信、二〇二〇年

ファム・レ・フイ「日本の漢訳大蔵経――忘れられたフランス極東学院の記憶の断片――」、『リテラシー研究』一四、二〇二一年

フイ・ドゥック『ベトナム：ドイモイと権力』、中野亜里訳、めこん、二〇二一年

ブイコフ、ドミートリー『ゴーリキーは存在したのか?』、斎藤徹訳、作品社、二〇一六年

フーコー、ミシェル『性の歴史I　知への意志』、渡辺守章訳、新潮社、二〇一八年

フーコー、ミシェル『フーコー文学講義：大いなる異邦のもの』、柵瀬宏平訳、筑摩書房、二〇二一年

福島正『鑑賞中国の古典　第7巻　史記・漢書』、角川書店、一九八九年

福原泰平『現代思想の冒険者たち　第13巻　ラカン――鏡像段階』、講談社、一九九八年

古田元夫『歴史としてのベトナム戦争』、大月書店、一九九一年

古田元夫「ベトナムにとってのベトナム戦争」、『東南アジア――歴史と文化――』二〇、東南アジア学会、一九九一

年
古田元夫『ベトナムの世界史』、東京大学出版会、一九九五年
古田元夫『アジアのナショナリズム』、山川出版社、二〇〇〇年
古田元夫「ベトナム知識人の八月革命と抗仏戦争——ヴー・ディン・ホエを中心に」、『岩波講座　東南アジア史　第8巻　国民国家形成の時代』、岩波書店、二〇〇二年
古田元夫「現在のベトナムにとってのベトナム戦争と米国」、『東京大学アメリカ太平洋研究』一四、二〇一四年三月
古田元夫『増補新装版　ベトナムの世界史——中華世界から東南アジア世界へ』、東京大学出版会、二〇一五年
フロイト『フロイト著作集　第三巻』、高橋義孝（他）訳、人文書院、一九六九年
プルースト、マルセル『失われた時を求めてⅠ』、淀野隆三・井上究一郎訳、新潮社、一九九二年
プルースト、マルセル『失われた時を求めてⅦ』、井上究一郎・淀野隆三訳、新潮社、一九八〇年
ヘスケス、ベル『蘭・佛印植民司政』、羽俣郁譯、伊藤書店、一九四二年
本間三郎『「カラマーゾフの兄弟」について』、審美社、一九七一年
松岡完『ベトナム戦争』、中央公論新社、二〇〇一年
水野弘元『仏教の基礎知識』、春秋社、二〇〇九年
モッセ、ジョージ・L『ナショナリズムとセクシュアリティ——市民道徳とナチズム』、佐藤卓己・佐藤八寿子訳、柏書房、一九九六年
森絵里咲「ベトナム戦争と文学——翻弄される小国」、東京財団研究報告書、二〇〇六年七月
山本妙「メタフィクションとしての『一九八四年』と『フランケンシュタイン』」、『同志社大学英語英文学研究』六八、一九九七年
湯山英子「仏領インドシナにおける対日漆貿易の展開過程」、『社会経済史学』七七-三、二〇一一年
由良君美『メタフィクションと脱構築』、文遊社、一九九五年
吉沢南『ベトナムの日本軍：キムソン村襲撃事件』、岩波書店、一九九三年

吉沢南『私たちの中のアジアの戦争：仏領インドシナの「日本人」』、有志舎、二〇一〇年
ヨン・デヨン「1930-40年代の金永鍵とベトナム研究」、『東南アジア研究』四八-三、二〇一〇年
松沼美穂『植民地の〈フランス人〉――第三共和政期の国籍・市民権・参政権』、法政大学出版局、二〇一二年
三島由紀夫『文章讀本』、中央公論社、一九六九年
村上さち子『佛印進駐：*Japan's Thrust into French-Indochina 1940-1945*』、非売品、一九八四年
廖欽彬ほか『東アジアにおける哲学の生成と発展：間文化の視点から』、法政大学出版局、二〇二二年
レヴィ＝ストロース『神話と意味』、大橋保夫訳、みすず書房、二〇一六年
『越境する世界文学』、河出書房新社、一九九二年
『外交官・横山正幸のメモワール――バオ・ダイ朝廷政府の最高顧問が見た一九四五年のベトナム』、白石昌也（他）訳、早稲田大学アジア太平洋研究センター、二〇一七年一二月
『現代哲学辞典』、講談社、一九七〇年
『新版 哲学・論理用語辞典』、思想の科学研究会編、三一書房、二〇一二年
『世界大百科事典（10）』、平凡社、二〇〇七年
『世界大百科事典（11）』、平凡社、一九九六年
『大智度論の物語（三）』、渡辺章悟訳、第三文明社、二〇〇一年
『比較文学辞典　増訂版』、東京堂出版、二〇一三年
『佛印文化情報』五、在佛印日本文化会館東京事務所、一九四四年一一月三一日
『ブッダの真理のことば・感興のことば』、中村元訳、岩波文庫、一九七八年
『フランス文学辞典』、白水社、一九七四年
『ロシア文学全集　第33巻　ゴーリキイ』、蔵原惟人訳、修道社、一九五九年

開催概要・発表要旨〈特集Ⅰ〉二〇一五年度公開シンポジウム「近代日本の偽史言説：その生成・機能・受容」、『立教大学日本学研究所年報』、一四／一五、二〇一六年

新聞・雑誌

Bách Khoa, N°.83 (1960/6/15), Sài Gòn.

Bình Minh, N°.7 (1945/3/27), N°.19 (1945/4/10), N°.27 (1945/4/19), N°.28 (1945/4/20), N°.51 (1945/5/19), Hà Nội.

Chính Nghĩa, N°.2 (1946/5/27), N°.7 (1946/7/1), N°.9 (1946/7/29), N°.10 (1946/8/5), N°.13 (1946/8/26), N°.16 (1946/9/16), N°.19 (1946/10/7), N°.22 (1946/11/4), N°.27 (1946/12/9), Hà Nội.

Công Luận, N°.6847 (1935/5/31), Sài Gòn.

Cứu Quốc, N°.37 (1945/9/7), N°.287 (1946/7/9), Hà Nội.

Độc Lập, N°.182 (1946/6/27), N°.233 (1946/8/29), Hà Nội.

Đông Pháp, N°.5188 (1937/2/22), n.p.

Giai Phẩm mùa Thu: Tập II, 1956, Hà Nội.

Hà Nội hàng ngày: N°.675 (1957/6/12), Hà Nội.

Hợp Lưu, N°.104 (2009), California.

Khởi Hành, N°.163 (1997/5), N°.225-226 (2015/10-11), California.

Lao Động, N°.41 (1946/12/5), Hà Nội.

La PATRIE ANNAMITE, N°.326 (1939/11/18), Hanoi.

Loa, N°.76 (1935/8/1), N°.78 (1935/8/15), Hà Nội.

Nam Phong, N°.4, Hà Nội.

Ngày Mới, Nº.142 (1948/1/24), Hải Phòng.

Ngày Nay, Nº.1 (1935/1/30), Nº.18 (1936/7/26), Nº.24 (1936/9/6), Nº.28 (1936/10/4), Nº.35 (1936/11/22), Nº.43 (1937/1/17), Nº.53 (1937/4/4), Nº.82 (1937/10/24), Nº.89 (1937/12/12), Nº.90 (1937/12/19), Nº.96 (1938/1/30), Nº.124 (1938/8/21), Nº.131 (1938/10/8), Nº.132 (1938/10/15), Nº.133 (1938/10/22), Nº.134 (1938/10/29), Nº.139 (1938/12/3), Nº.140 (1938/12/10), Nº.142 (1938/12/24), Nº.150 (1939/2/25), Nº.156 (1939/4/8), Nº.161 (1939/5/13), Nº.163 (1939/5/27), Nº.168 (1939/7/1), Nº.175 (1939/8/19), Nº.182 (1939/10/7), Nº.187 (1939/11/11), Nº.188 (1939/11/18), Nº.190 (1939/12/2), Nº.198 (1940/1/27), Nº.205 (1940/3/30), Nº.221 (1940/8/17), Hà Nội.

Ngày Nay - Kỷ nguyên mới, Nº.1 (1945/5/5), Nº.2 (1945/5/12), Nº.3 (1945/5/19), Nº.4 (1945/5/26), Nº.11 (1945/7/14), Nº.12 (1945/7/21), Nº.14 (1945/8/4), Hà Nội.

Ngọ Báo, Nº.1991 (1934/4/26), Hà Nội.

Nhân Dân, Nº.12147 (1987/10/14), Hà Nội.

Phổ Thông, Nº.19 (1959/9/15), Sài Gòn.

Phong Hóa, Nº.14 (1932/9/22), Nº.87 (1934/3/2), Nº.110 - Nº.119 (1934/8/10 – 1934/10/12), Nº.172 (1936/1/31), Hà Nội.

Sáng Tạo, Nº.4 (1960/10), Sài Gòn.

Sports jeunesse d'Indochine. Edition du Nord, Nº.1 (1941/12/27), Hà Nội.

Sự Thật, Nº.1 (1945/12/5), Nº.3 (1945/12/12), Nº.38 (1946/6/1), Hà Nội.

Thanh Nghị, Nº.42 (1943/8/1), Hà Nội.

Thế Kỷ 21, Nº.104 (1997/12), California.

Thời Tập, #5 4, 1974, Sài Gòn.

Tiểu Thuyết thứ bảy, Nº.274 (1939/9/2), Hà Nội.

Văn, Nº.22 (1964/11/15), Sài Gòn.

Văn Hóa Ngày Nay, tập 9 (1959/1/23?), Sài Gòn.

Việt Nam, N°.1 (1945/11/15), N°.4 (1945/11/18), N°.53 (1946/1/16), N°.64 (1946/1/30), Hà Nội.

インターネット

Anonymous, "Hoàng hậu Nam Phương đã qua đời như thế nào", *Phụ nữ Việt Nam*, 2016.
http://phunuvietnam.vn/kho-bau/hoang-hau-nam-phuong-da-qua-doi-nhu-the-nao-post13083.html　最終閲覧：二〇二〇年一二月一三日

Báo điện tử Đảng Cộng sản Việt Nam, Nghị quyết N°.03-NQ/TW, ngày 16/7/1998, của Ban Chấp hành Trung ương tại Hội nghị Trung ương 5 (khóa VIII) về Xây dựng và phát triển nền văn hóa Việt Nam tiên tiến, đậm đà bản sắc dân tộc.
https://tulieuvankien.dangcongsan.vn/he-thong-van-ban/van-ban-cua-dang/nghi-quyet-so-03-nqtw-ngay-1671998-cua-ban-chap-hanh-trung-uong-tai-hoi-nghi-trung-uong-5-khoa-viii-ve-xay-dung-va-phat-1692　最終閲覧：二〇二一年八月三一日

Devillers, Phillipe, *Paris - Saigon - Hanoi: Les archives de la guerre 1944-1947*, Gallimard, Paris, 1988. ベトナム語版
https://sachtruyen.net/xem-sach/paris-saigon-hanoi-tai-lieu-lu.58133　最終閲覧：二〇二四年六月二八日

Đỗ Quý Toàn, "Sách Hồng: Một chủ trương "xây dựng" của Tự lực văn đoàn", *Văn Việt*, 2015/4/9.
http://vanviet.info/nghien-cuu-phe-binh/sch-hong-mot-chu-truong-xy-dung-cua-tu-luc-van-don/　最終閲覧：二〇二一年一〇月三一日

Đoàn Cầm Thi, "Những ngày thơ ấu: Nguyên Hồng, tự truyện và Freud", *Tiền Vệ*,
http://www.tienve.org/home/literature/viewLiterature.do;jsessionid=E65DDB080428C8EC22325D959AE3D9C4?action=viewArtwork&artworkId=1941　最終閲覧：二〇二一年八月二〇日

Hoàng Đạo, "Tiếng Đàn", *Truyện.com*, http://lmvn.com/truyen/?func=viewpost&id=g2cVIRE4QXUhfs18DyKU4XiFNDI9Cxf4　最終閲覧：二〇二三年七月一五日

Hoàng Văn Đào, "Lịch sử đấu tranh cận đại 1927-1954: Việt Nam Quốc Dân Đảng", *Vinh Danh QLVNCH và Bảo Vệ Cờ Vàng*, 2014/3/29. https://baovecovang2012.wordpress.com/2014/05/29/vnqdd3/9/　最終閲覧：二〇二四年六月三〇日

Linh Phạm, "The Life, Death and Legacy of 7 Pillars of Vietnam's Quốc Ngữ Literary Wealth", *Saigoneer*, 2024/4/22. https://saigoneer.com/trich-or-triet/25576-the-life,-death-and-legacy-of-7-pillars-of-vietnam-s-quốc-ngữ-literary-wealth?fbclid=IwZXh0bgNhZW0CMTEAAR2vfBvgsHRz1iJE218v2gNrYnfWd4UBtB1Pzg9qB3gLkuhUaP9MZuTT9Sw_aem_Ab0uX2Sn1Dc3QWOWncA7VT2WY_6BgTCV3EHw18x82Fiu_bDc3DtfBj7TSue60FKYDUSJnbOyyG7C4xiU_d_hAqX8　最終閲覧：二〇二四年五月三日

Nguyễn Đăng Mạnh, "Hồi ký của giáo sư Nguyễn Đăng Mạnh", *Ký Tế*, http://viteuu.blogspot.com/2013/03/hoi-ky-cua-giao-su-nguyen-ang-manh-ky-8.html.　最終閲覧：二〇一九年七月二七日

Nguyễn Hiến Lê, *Hồi ký Nguyễn Hiến Lê*, *iSach.info*, 2015. https://isach.info/story.php?story=hoi_ki_nguyen_hien_le__nguyen_hien_le&chapter=0031　最終閲覧：二〇二三年四月一日

Nguyễn Huệ Chi, "Thử định vị Tự lực văn đoàn", *Văn hóa Nghệ An*, 2019. http://www.vanhoanghean.com.vn/k2-categories/goc-nhin-van-hoa/nhung-goc-nhin-van-hoa/177-thu-dinh-vi-tu-luc-van-doan　最終閲覧：二〇二三年四月一日

Nguyễn Lân Dũng, "Ý nghĩa thực sự của bài 'Tò vò mà nuôi con nhện'", *Nông Nghiệp Việt Nam*, 2011. https://nongnghiep.vn/y-nghia-thuc-su-cua-bai-to-vo-ma-nuoi-con-nhen-d80299.html　最終閲覧：二〇二〇年一一月

一三日

Nguyễn Mạnh Hùng, "Đại Việt Quốc dân Đảng", *US Vietnam Research Center*, University of Oregon, 2021/1/13.
https://usvietnam.uoregon.edu/dai-viet-quoc-dan-dang/　最終閲覧二〇二四年六月三〇日

Nhị Linh,
https://nhilinhblog.blogspot.com　最終閲覧：二〇二四年六月三〇日

Phạm Huy - Quỳnh Trang, "Nguyễn Văn Vĩnh là 'cha đẻ' kiểu đánh telex?", *Thể thao & Văn hóa*, 2018/10/15.
https://thethaovanhoa.vn/nguyen-van-vinh-la-cha-de-kieu-danh-telex-20181015070411282.htm　最終閲覧：二〇二四年三月六日

Phạm Thị Phương, "Ảnh hưởng của Dostoievski tại Việt Nam trước 1945", *Tạp chí văn nghệ quân đội*, 2012/3.
http://vanghequandoi.com.vn/Phe-binh-van-hoc/Anh-huong-cua-Dostoievski-tai-Viet-Nam-truoc-1945-2772.html　最終閲覧：二〇一六年七月一九日

Phạm Văn Liễu, "Trường lục quân Trần Quốc Tuấn", *Nguyệt san Đoàn Kết*,
http://doanket.orgfree.com/quansu/tqtplieu.htm　最終閲覧：二〇二四年六月三〇日

Phạm Xuân Cần, "Gần một thế kỷ trước thanh niên xứ Nghệ chơi thể thao ra sao?", *Tạp chí điện tử Nông thôn Việt*, 2023/08/18.
https://nongthonviet.com.vn/gan-mot-the-ky-truoc-thanh-nien-xu-nghe-choi-the-thao-ra-sao.ngn　最終閲覧：二〇二四年三月五日

Quốc Lê, "Thiên đường gốm sứ một thời của Hà Nội giờ nổi tiếng vì điều gì?", *Báo Mới*, 2020/6/2.
https://baomoi.com/thien-duong-gom-su-mot-thoi-cua-ha-noi-gio-noi-tieng-vi-dieu-gi-c35242392.epi　最終閲覧：二〇二四年二月二九日

Thiên Điều, "Nhìn lại Tự lực Văn đoàn và Thơ Mới: Di sản văn hóa không hẹp hòi", *Tuổi Trẻ online*,
https://tuoitre.vn/nhin-lai-tu-luc-van-doan-va-tho-moi-di-san-van-hoa-khong-hep-hoi-20221018095241771.htm?fbclid=IwAR06-3qGa6cQRXZMBP9W9Ku2XCumQ3QneNdB8ntpHQ1ftpDxu5evS8ISvc　最終閲覧：二〇二二年

一一月一日
Thụy Khuê,
http://thuykhue.free.fr　最終閲覧：二〇二四年六月三〇日
Thụy Khuê, "tự lực văn đoàn văn học và cách mạng (6), 'Sự tiếp nhận Tự Lực Văn Đoàn'", *Da Màu*, 2020/12/16.
https://damau.org/66898/tu-luc-van-don-van-hoc-v-cch-mang-6　最終閲覧：二〇二四年六月三〇日
Trần Đình Sử, "Lý luận văn học Việt Nam hiện đại trong bối cảnh toàn cầu hóa - triển vọng và thách thức", 2014.
https://trandinhsu.wordpress.com/2014/05/13/li-luan-van-hoc-viet-nam-hien-dai-trong-boi-canh-toan-cau-hoa-trien-vong-va-thach-thuc/　最終閲覧：二〇二三年四月一日
Trần Văn Chánh, "Chương trình Giáo dục và Sách Giáo khoa thời Việt Nam Cộng Hòa (tiếp theo)", *Văn Việt*, 2015/9/18.
http://vanviet.info/tu-lieu/chuong-trnh-gio-duc-v-sch-gio-khoa-thoi-viet-nam-cong-ha-tiep-theo/　最終閲覧：二〇二三年八月二五日
Tô Hoài, *Những năm 1944-45, iSach.info*,
https://isach.info/story.php?story=nhung_nam_1944_1945__to_hoai　最終閲覧：二〇二四年六月三〇日
Zét Nguyễn, "Các bản dịch tiếng Việt '*Animal Farm*' của George Orwell", *ZZZ Review*, 2017/4/24.
https://blog.zzzreview.com/?p=288　最終閲覧：二〇二四年三月一一日
Zét Nguyễn, "50 tiểu thuyết Việt Nam xuất sắc nhất thế kỷ 20 (Do chuyên gia bình chọn)", *ZZZ Review*, 2022/10/2.
https://zzzreview.com/2022/10/02/50-tieu-thuyet-viet-nam-xuat-sac-nhat-the-ky-20-do-chuyen-gia-binh-chon/　最終閲覧：二〇二四年六月三〇日
Zét Nguyễn, "50 tiểu thuyết Việt Nam xuất sắc nhất thế kỷ 20 (Do độc giả bình chọn)", *ZZZ Review*, 2022/10/2.
https://zzzreview.com/2022/10/02/50-tieu-thuyet-viet-nam-xuat-sac-nhat-the-ky-20-do-doc-gia-binh-chon/　最終閲覧：二〇二四年六月三〇日

図版参照

Los Angeles County Museum of Art,
https://collections.lacma.org/node/225544　最終閲覧：二〇二五年二月五日

Wikimedia, Shansov.net,
https://commons.wikimedia.org/wiki/File:C%E1%BB%91c_B%C3%B3.jpg　最終閲覧：二〇二五年二月二七日

ベトナム共産党中央本部、知ろうベトナム！、ハノイ歴史研究会、
http://hanoirekishi.web.fc2.com/vietnamkyousantouhonbu.html　最終閲覧：二〇二四年六月三〇日

あとがき

十三年間という長い年月をベトナムで過ごした。その日々のほとんどをベトナム語で言うChán đời という言葉とともに歩んだ。Chán đời とは「厭世」という意味である。ベトナム人の友人たちに対してこれを口にしても、ほぼ誰も理解を示してくれなかった。みんないい意味で楽観的だった。

振り返ってみると、二十世紀末から新世紀にいたるホーチミン市には、厭世的な空気が濃く漂っていた。わたしが知るとあるバイクタクシーの運転手は、国外脱出を試み、インドネシアの難民キャンプに滞在しながらベトナムに送り返されたいきさつを語ってくれた。その当時は、ベトナムのひとびとはパスポートを取るのも難しかった。海外に行けるのは、ほとんどが国の役人たちだけだった（と思う）。サイゴン陥落後にホー・チ・ミンの名を冠する街となったその都市には、社会主義的時空間とそれが連れて来る倦怠感が広がっていた。いまではその空気も消散してしまったかのようではあるが、それは、少なくとも当時のわたしの心性にはフィットしていた。

一方で、そこは（日本とくらべ）誰もが気さくに話しかけてくる、そしてこちらからも気軽に話しかけることができる、そうした空間でもあった。たしかにときには鬱陶しく思うこともあったが、そんな環境にわたし自身助けられてきたことは、否定できない。

本書で論じた『不安』（『清徳』のこと）にはChán đời な主人公が描かれている。わたし自身のChán đời を理解してくれるひとがなかなかいない状況のなかで、なおさらChán đời に陥っていたわたしは、この作品の主人公カィンに救われていた。勉強することに何の意味があるのか、人生の意味とは何なのかと正面から問いただしたのがカィンであった。フランスによる植民地支配のもとで、さらには第二次世界大戦の只中で、彼の虚無感や空虚さは思えば当然なことであった。本書の冒頭でも述べたように、わたしはこの『不安』と出会ったことをきっかけに、カイ・フン研究にのめりこんでいった。カイ・フンの言論と思想に深く分け入っていく作業は、わたしの精神にとっては清涼剤であった。奇妙な言い方かもしれないが、カイ・フンは「まとも」であったし、このまともさにわたしは心を打たれたのだ。

研究の内実としても、わたしはカイ・フンの言論から研究者に不可欠な批判精神を学び、その重要性をしかと認識させられた。カイ・フンがわたしの生きる指針となり、カイ・フン研究がわたしのパッションとなり、わたしが今日まで生きるモティヴェーションとなった。

ベトナム滞在期間のうちの十年間は、南部のホーチミン市で生活した。ベトナムの国営会社で働いたこともあった。その時期にはベトナムに来ている日本人との接触はほとんどなく、もっぱらベトナムのひとびととのあいだで揉まれてきた。近所のおじさんたちと毎晩のように路上でヘビ酒を飲み交わした時期もあった。そうであるのに（あるいはそうだからこそなのか）わたしは常に、覆い隠され抜け落ちている何かをベトナム社会に対して感じ続けていた。カイ・フンを研究するようになったということは、その抜け落ちたなにかを見極めようとすることなのだと、徐々に気がついていくのである。

カイ・フン自身が今日のベトナムから抜け落ちた存在であった。わたし自身も世界から抜け落ちた存在であった。殺害され遺体もどこに流れていったか分からないカイ・フンを取り戻す作業。それは、日本を抜け出してベトナムに流れ着いていたわたし自身を取り戻す作業でもあった。それにしても、初めは、そのカイ・フンを扱うことがこれほど困難だとは思ってもみなかった。

カイ・フンには実子がいない。誰も彼の「生」を引き継ぐものがいない。わたしがやる。この使命感が、わたしの研究におけるパッションとなった。パッションは、「情熱」の意味だけでなく、「受難」という意味も有している。

おそらく本書のような書籍は、今日のベトナムにおいてはとうてい歓迎されるものではない。カイ・フンの言論を考察することは、ベトナム現代史において「絶対とされてきたもの」を相対化し、それを揺るがす行為でもあるからである。あるいはそれは、歴史の隙間に墓碑名もないまま打ち捨てられた記憶について語り始める行為だからである。こうしたことが、本研究を進めるなかでずっとわたしの頭の片隅にあった。だが、いつの日か変化の瞬間はやって来る。それは確実である。その日が来たときに、未来の研究者たちから「昔の研究者は怠惰だった」と言われることがないよう、わたしは予測し得るさまざまな事態を覚悟した上で本書を公刊しようと思う。

本書は博士学位論文「仏領インドシナにおける植民地文学：ベトナム語作家カイ・フン（自力文団）の後期テクストを中心に」（東京外国語大学大学院総合国際学研究科、二〇二三年五月二四日学位授与）に修正と加筆を施したものである。刊行に際し、公益財団法人松下幸之助記念志財団「松下正治記念学術賞」の出版助成（二〇二三年度）を受けている。また、刊行までの期間に本書に関連して、TUFS Joint Education Program（二〇一六年、二〇一八年）、日本学術振興会若手研究者海外挑戦プログラム（二〇一八年八月から二〇一九年七月）、京都大学東南アジア地域研究研究所「東南アジア研究の国際共同研究拠点」若手個別型（二〇二一年六月から二〇二二年三月）、公益財団法人松下幸之助記念志財団研究助成（二〇二一年一〇月から二〇二二年九月）、公益財団法人村田学術振興財団（二〇二二年七月から二〇二三年六月）から研究助成を受けた。心より感謝申し上げる。

本書の内容で、すでに学術雑誌に論文掲載されている部分の書誌情報は下記の通りである。本書収録にあたり、それぞれ加筆修正がなされている。

第二章の一部（初出）

Tanaka, Aki. Những đóng góp của Khái Hưng trong quá trình hoàn thiện chữ Quốc Ngữ, *Kỷ yếu Hội thảo Quốc tế lần 5*: Nghiên cứu, Giảng dạy Việt Nam học và Tiếng Việt: 434-445, 2022年

第三章（初出）

田中あき「粛清されたベトナム語作家を巡る評価の変遷と連続性（1930s-2020s）——自力文団カイ・フンを事例に——」、『東南アジア研究』六〇（二）、二一〇-二三五、二〇二三年

第五章（初出）

田中あき「自力文団カイ・フン著『清徳』——フランス植民地の獄中で書かれたベトナム語小説を積極的に読む」、『東南アジア——歴史と文化——』五〇、二四-四三、二〇二一年

第七章（初出）

田中あき「１９４０年代ベトナム北部で描かれた植民地主義と植民者の表象——ベトナム語作家カイ・フンのテクストを中心に」、『言語・地域文化研究』二八、一-二〇、二〇二二年

【謝辞】

まず、博士論文審査員を務めてくださった沼野恭子先生（主任指導教員）、水野善文先生（主査）、野平宗弘先生、川口健一先生、久野量一先生に厚く御礼申し上げる。米国留学の前と後には、岩崎

稔先生に多くの助言をいただいた。コーネル大学留学中には、岩崎先生にご紹介いただいたブレット・ド・バリー（Brett de Bary）先生から、実にしなやかな心でもってご指導をいただいた。ド・バリー先生の言葉はわたしには干天の慈雨のような力があった。帰国後は、今井昭夫先生のオンラインゼミに参加し、とくにコロナ禍の孤立という困難のなかで研究を進めるにあたって、力強いサポートをいただいた。また、コロナ禍による研究の停滞状況においては、必要な文献をお借りした京都大学東南アジア地域研究研究所図書室、東京外国語大学図書館、とりわけ龍谷大学大宮図書館に心からの感謝を申し述べたい。

わたしに自力文団の魅力を教えてくれたのは、詩人フイ・トゥォン（Huy Tưởng）氏である。二〇一三年の自力文団シンポジウムに招待してくれたファム・フー・ミン（Phạm Phú Minh）氏、『風化』や『今日』など自力文団にまつわる大量のデジタル資料をシェアしてくれたファム・レ・フオン（Phạm Lệ Hương）氏、カイ・フンに関する貴重資料を惜しげもなく提供してくれたタィン・トン（Thành Tôn）氏をはじめ、アメリカのリトルサイゴンでは、多くの方から心温まるご支援をいただいた。ニャット・リンの子息グエン・トゥォン・ティエット（Nguyễn Tường Thiết）氏、ホアン・ダオの孫ダン・トー・トー（Đặng Thơ Thơ）氏からは、自力文団にかかわる貴重な情報をうかがった。フランス在住のトゥイ・クエ（Thụy Khuê）氏にはベトナム語に訳した卒業論文の一部に目を通していただき、ご助言をいただいた。また、ベトナム国内のライ・グエン・アン（Lại Nguyên Ân）氏や某文学研究者からは、日本敗戦後からインドシナ戦争勃発までの間に刊行された希少な刊行物を、デジタル画像および紙媒体でご提供いただいた。ズォン・ギェム・マウ（Dương Nghiễm Mậu）氏は生前、カイ・フンに関するインタビューに快く応じてくださった。ホー・タイ・フエ・タム（Hue-Tam Ho Tai）先生からは、ホー・フー・トゥォン（Hồ Hữu Tường）のメモワールをデータでお送りいただいた。勅使河原彰氏からは、エクス＝アン＝プロヴァンスで撮影された『平明』の画像をご共有いただいた。

本書の刊行にあたっては、宮沢千尋先生、神田真紀子氏、とりわけ東京外国語大学を退職され、大阪の大和大学に移られていた岩崎稔先生にこまかく原稿を読んでいただき、そのつどアドバイスをいただいた。また、Yuta cabezon 氏は、繊細な銅版画でカイ・フンを甦らせてくださった。

最後に、出版作業が思うように進まず路頭に迷っていたわたしに、出版の道筋を整えてくださった株式会社松籟社の木村浩之氏も忘れられない恩人である。心より御礼申し上げる。

【マ行】

【ヤ・ラ・ワ行】

【ナ行】

【ハ行】

【タ行】

【サ行】

【カ行】

◉事項索引◉

【ヤ・ラ・ワ行】

◉作品名索引◉

【ア行】

【カ行】

【サ行】

【タ行】

【タ行】

【サ行】

索　引

・本文および注で言及した主な人名を人名索引に、書籍や小説等の作品名を作品名索引に、団体名、地名、媒体名、歴史的事項、専門用語等を事項索引に配列した。
・作品名索引において、本書で作者名が言及されている場合は、作品名の後ろの括弧内に作者名を記入した。
・カイ・フンについては、本書全体で論じているので索引項目に含めていない。

◉人名索引◉

【ア行】

【カ行】

本書は公益財団法人松下幸之助記念志財団「松下正治記念学術賞」の
出版助成（二〇二三年度）を受けて刊行されました。

【著者紹介】

田中　あき（たなか・あき）

2023年3月東京外国語大学大学院総合国際学研究科博士後期課程単位取得退学。
2023年5月博士号（学術）取得。
現在、東京大学附属図書館アジア研究図書館上廣倫理財団寄付研究部門特任研究員（東南アジア担当）。

消された作家カイ・フン
——植民地主義・民族主義に抗う「小さな物語」

2025年4月10日　初版第1刷発行　　定価はカバーに表示しています

著　者　　田中　あき

発行者　　相坂　一

発行所　松籟社（しょうらいしゃ）
〒612-0801　京都市伏見区深草正覚町1-34
電話　075-531-2878　振替　01040-3-13030
url　https://www.shoraisha.com/

印刷・製本　モリモト印刷株式会社
カバー装画　Yuta cabezon
装幀　安藤紫野（こゆるぎデザイン）

Printed in Japan

ISBN978-4-87984-464-4　C0098